李小玲 著

二十世纪初中国白话文学研究及当代意义

华东师范大学出版社

·上海·

图书在版编目（CIP）数据

二十世纪初中国白话文学研究及当代意义 / 李小玲
著. —上海：华东师范大学出版社，2022
华东师范大学新世纪学术基金资助出版项目
ISBN 978 - 7 - 5760 - 3241 - 3

Ⅰ. ①二… Ⅱ. ①李… Ⅲ. ①新文学(五四)—文学研
究 Ⅳ. ①I206.6

中国版本图书馆 CIP 数据核字(2022)第 176718 号

ERSHI SHIJICHU ZHONGGUO BAIHUA WENXUE YANJIU JI DANGDAI YIYI

二十世纪初中国白话文学研究及当代意义

著　　者　李小玲
责任编辑　李玮慧
责任校对　时东明
装帧设计　郝　钰

出版发行　华东师范大学出版社
社　　址　上海市中山北路 3663 号　邮编 200062
网　　址　www.ecnupress.com.cn
电　　话　021 - 60821666　行政传真 021 - 62572105
客服电话　021 - 62865537　门市(邮购)电话 021 - 62869887
地　　址　上海市中山北路 3663 号华东师范大学校内先锋路口
网　　店　http://hdsdcbs.tmall.com

印 刷 者　常熟高专印刷有限公司
开　　本　787 毫米×1092 毫米　1/16
印　　张　24.25
字　　数　392 千字
版　　次　2022 年 11 月第 1 版
印　　次　2022 年 11 月第 1 次
书　　号　ISBN 978 - 7 - 5760 - 3241 - 3
定　　价　88.00 元

出 版 人　王　焰

目　录

序 一

白话：我们日常生活的建构-描述性整体概念

——李小玲《二十世纪初中国白话文学研究及当代意义》读后

吕　微

《二十世纪初中国白话文学研究及当代意义》是继《胡适与中国现代民俗学》[①] 之后李小玲"胡适民间文学-民俗学研究之研究"的第二部曲，如果前者着重于对胡适学术-思想中内涵的民间文学理论事实的"历史还原"[②]，那么后者则着力于胡适民间文学学术-思想本身——特别是"白话""白话文学"概念作为民间文学学科的"理论前提""关键词"——能否实践地直观-认识"我们"作为民众的普通文化-日常生活"本真状态"（2022：260）、"本真形态"（2022：269）的现象学-先验论价值还原，尽管前者已经蕴涵了后者，而后者仍然包含着前者。

一

在中国民间文学界，提起本学科的先驱者，少有人说到胡适，例如洪长泰《到民间去：1918～1937 年的中国知识分子与民间文学运动》第二章"开拓者"就只列了刘复（半农）、周作人、顾颉刚三个人的名字。当然，当年的胡适自己也无意于开创一门叫作"民间文学"的现代学科；胡适更看重的是自己作为"中国文艺复兴之父"的功臣角色。但李小玲更愿意为胡适辩护，至少证成胡

---

① 李小玲：《胡适与中国现代民俗学》，北京：学苑出版社，2007 年版。以下凡引此著仅在正文中注明出版年代、页码。

② 李小玲：《二十世纪初中国白话文学研究及当代意义》，上海：华东师范大学出版社，2022 年版，第 71 页。以下凡引此著仅在正文中注明出版年代、页码。

适也是中国现代民间文学学科之父，就像赫尔德是德国浪漫主义民间文学运动之父一样；而且不仅仅是精神之父，同时也是具体"尝试"民间文学研究的先行者。但如果我们进一步说，胡适开创了中国现代浪漫主义民间文学运动，又是胡适本人定会"不赞同"的，就像胡适"不赞同"新文学运动是启蒙主义运动一样，而这一点"不赞同"正是胡适定义中国现代新文学运动乃至中国现代民间文学运动的独特性与深刻性之所在。

胡适所谓"文艺复兴"不同于"启蒙主义"，也不同于"浪漫主义"，合并胡适与康德的话说，如果启蒙主义是开启民智，浪漫主义是想象"民情"甚至民德，那么文艺复兴就是"让公众给自己启蒙"（康德），"人人可以提出［自己］的假设"（胡适，2022：190、193、194）以"开启民智"（2022：84）；由此构成了胡适与中国现代新儒学诸先贤自上而下的"亲民"理念不同的，原始儒学自下而上"人皆可以为尧舜"的"新民"① 理想。据此胡适原始儒学自下而上的"新民"理想，我们才可能更准确地判断中国现代文学之于古代文学的"质"的转折点，既不是"晚清""19 世纪末 20 世纪初""民国元年"的"亲民"时间标准，也不是 1919 年"五四运动"的"亲民"事件标准——这些标准都缺乏内在于文学自身而从旧文学向新文学转折的"'质'的差异"（2022：247）——而就是 1917 年 1 月《新青年》第二卷第五号发表的胡适《文学改良刍议》"有意的主张"（胡适，2022：155）"新民"的实践标准，尽管"就胡适本人来说，他始终坚持新文学自 1916 年［与梅光迪讨论'文学革命'］始"（2022：24）。

每一种文学史的显性叙述中都潜存着叙述者对文学现代转型的阐述视角，而通行版本的现代文学史无论是持"五四说""新文化运动说""民国说"还是"晚清说""通俗文学说"，无一例外都忽视了民间文学对现代文学建立的意义，而民间文学文学价值的确认恰恰是现代文学与古典文学裂

---

① "大学之道，在明明德，在亲民，在止于至善。"朱熹注："程子曰：'亲，当作新。'……新者，革其旧之谓也，言既自明其德，又当推己及人，使之亦有以去其旧染之污也。"朱熹：《四书章句集注》，北京：中华书局，1983 年版，第 3 页。"'作新民'之'新'，是自新之民……'安百姓'便是'亲民'，说'亲民'便兼教养之意。"王阳明：《阳明先生集要》（上册），北京：中华书局，2008 年版，第 28—29 页。

变的标志，是现代文学发生的起点。(2022：146)

正因为对民间文学的发现构成了中国现代文学改良-革命的"质"的"界碑"(2022：148)或"分水岭"(2022：147)，胡适以起源于民间的大众文学、平民文学、俗民文学、通俗文学、白话文学的"活的文学"对中国现代新文学的"形式"(工具)规定性，与周作人以"人的文学"对中国现代新文学的"质料-内容"(目的)的规定性相辅相成，才构成了"创造出具有民众性和民间性即民俗学学科意义上的中国现代文学"(2007：50)的"民间"逻辑起点。而中国现代文学-"文化民主"(汉森，详见下文)运动的胡适式"白话文学""活的文学"形式规定性逻辑起点，据李小玲的研究，竟起源于胡适童少年时代无意识接受的原始儒学"新民"观念与青年时代有意识接受的康德哲学"自由"理念的"无缝对接"(2022：6)。

浸润于本土传统儒家伦理学的中国士人在思想上接纳现代西方道德哲学(特别是德国古典实践哲学)，在中国现代学术史上不乏其例，中国民间文学的先驱者胡适、周作人都未出其外。对胡适来说，从父亲胡传的"言传"和母亲冯顺弟"身教"的儒学氛围中授受的诸如"歉让""容忍"的品德，构成了他"生命的永恒底色"(2007：34)——"如果我能宽恕人、体谅人，我都得感谢我的慈母"(2007：35)——"胡适从平凡普通和农家出身的母亲身上，看到了民众的伟大和不凡。或许可以说，胡适的平民意识和民众观念的最初基原是由他人生的第一位老师——母亲铺设的"(2007：36)；而胡适那早年去世的父亲"给胡适留下了两本充满理学气息的自编四言韵文书(《原学》《学为人诗》)，亦成为胡适最早的启蒙教材"(2007：45)。

> 为人之道，在率其性。求仁得仁，无所尤怨。因亲及亲，九族克敦；因爱推爱，万物同仁。(2007：45)

"《学为人诗》宣传了仁爱之心、推己及人、人人平等友爱的思想"(2007：45)，"中国传统文化中潜藏的民主基质"(2022：73)、儒家学说"民主主义的思想精华，培养了〔胡适的〕一种宽于待人、严以律己的人生态度"(2007：

46）。在李小玲看来，正是"母体文化或本土文化"（2007：58）决定了胡适最终选择和吸纳了具有普遍性价值的自由主义思想的"前基础和前理解"（2022：74；2007：58）条件。

[胡适] 满怀热情欣然接受的，是那些他的早期教育已为他奠定下根柢的思想，而且，他只是吸收了与他到美国之前虽未坚定于心却也显露端倪的观点最为合拍的那些当代西方思想……也只是证实和强化了他已经有了的思想。①

"正是那个因为接触新世界的科学、民主、文明而复活起来的人本主义与理智主义的 [传统] 中国"（欧阳哲生，2007：83）让当年初到美国的胡适旋踵之间就把自己思想的目光首先投向了康德（2022：73），而不是首先投向杜威——此前几乎没有人认真看待胡适与康德的思想联系（2022：73），李小玲对"这一段史实"（2022：74）的重新发掘令人耳目一新——正像胡适自己说过的："我对他[厄德诺] 以道德为基础的无神宗教十分折服，因为事实上这也是中国留学生所承继的中国文明的老传统。"（胡适，2022：74）

厄德诺是"伦理文化运动"新宗教的发起人……"这一新宗教的基本观念是相信人类的品格和人类本身的行为是神圣的"。而他 [厄德诺] 的这一思想又起自康德，是"康德的抽象观念具体化"。胡适也说，从厄德诺的语录里"很容易看出康德（Immanuel Kant，1724—1804）和康德哲学的至高无上的道德规律对他 [厄德诺] 的影响"。……在胡适的留学日记里，记录了很多条厄德诺语录，如："精神上的关系是人与人之间的参互交错的关系。就是爱。……"这些格言凸显了爱与道德的力量，肯定了道德的存在是作为人为自己立法的自律存在，强调通过个体的道德完善，学会尊重他人，看重他人的价值和作用……胡适在 1915 年 2 月 1 日给韦莲司

---

① [美] 格里德：《胡适与中国的文艺复兴——中国革命中的自由主义（1917—1937）》，鲁奇译，南京：江苏人民出版社，1996 年版，第 46 页。

的信中，提到自己受到康德思想的影响："无论是对你自己，还是对别人，在任何情况下，都要将人道本身视为一个目的，而不仅仅是个手段。"他概括这句话的中心思想为："尊重每一个人，并将这种感觉升华为一种敬意。"这无疑就是康德宣称的"人是目的，而非手段"的表述和观念的翻版。……对人与人之间乃至对人本身的一种判断和认识，即对每一个独立个体的绝对尊重乃至敬意。（2022：74—75）

而且，即便在接受了杜威"实验主义"即英美式功利主义、实用主义思想之后，对自由主义理想，胡适也始终没有放弃；同时，胡适也先于五四同侪同人，更准确地理解了自由的深意："民主的生活方式，在政治制度上的表现，好像是少数服从多数，其实他的最精彩的一点是多数不抹杀少数，不敢不尊重少数，更不敢压迫少数，毁灭少数。"（胡适，2022：81）"其得力所在，全在一'恕'字，在于'己所不欲勿施于人'八字。"（胡适，2007：63）美国七年的留学生活，让胡适一方面满怀敬意地认识了康德对人的自由本性的先验设定，另一方面又满眼惊异地直观了以自由为原则的民主制度的经验性实践。

> 美国国民对政治的关心和热情及美国民主政治体现出的平等平权的意识给予胡适极大的心灵震动。……他在 1912 年参加过许多次政治集会，在一次有诸多教授到场的集会上，令他惊奇万分的是此次大会的主席竟是学校里的一位管楼工人，"这种由一位工友所支持的大会的民主精神，实在令我神往之至"。……尤令他［胡适］感触颇深的是议会成员的组成，"会员一为大学教习，余皆本市商人也"。其中有雪茄烟商、煤商和建筑工师等。现任市长是大学女子宿舍执事，前任是洗衣工，现在做洗衣店主人。胡适不由感叹"其共和平权之精神可风也"。（2007：62）

也许，这些美国经历都唤醒了胡适的早年记忆，让胡适想起了只给他留下了两本启蒙读物的父亲和"对我本身垂久影响"的母亲。

> 朱子记陶渊明，只记他做县令时送一个长工给他儿子，附去一封家

信，说："此人亦人子也，可善遇之。"……"长工在家里跟小孩一样的称呼别人，家里待他称呼客；当作家中人一样的看待。……我检阅我已死的母亲的生平，我追忆我父亲对她毕生左右的力量，及其对我本身垂久的影响，我遂诚信一切事物都是不朽的。……伏念先母一生行实，虽纤细琐屑不出于家庭闾里之间，而其至性至诚，有宜永存而不朽者。……那英雄伟人可以不朽，那挑水的、烧饭的，甚至于浴堂里替你擦背的，甚至于每天替你家掏粪倒马桶的，也都永远不朽。"（胡适，2007：46、40、36）

这就是胡适。在胡适身上，故土的、传统的东西和异域的、现代的东西"无缝对接"；而胡适之所以能够做到这一点，乃是因为本土的、传统的文化与异域的、现代的文化各个包含可以相互贯通的普世价值。正是因于本土、传统与异域、现代的普世价值之间的纯粹综合，青年的胡适"激情满怀"："少年中国相信民主，相信通向民主之唯一道路就是拥有民主……所以她现在必须拥有民主。他〔胡适〕反复申明民众自决是民主政治的根本要义，充满了对民众智慧的自信。"（胡适，2007：65）"民主的真意，'就是承认人人各有其价值，人人都应该可以自由发展'，'民治制度的本身便是一种教育，人民初参政的时期，错误总免不了，但我们不可因人民程度不够便不许他们参政。人民参政并不需多大的专门〔理论〕知识，他们需要的是参政的〔实践〕经验。民治主义的根本观念是承认普通民众的〔普通〕常识是根本可信任的。三个臭皮匠，赛过一个诸葛亮。这便是民权主义的根本'。胡适的潜台词很明确，只要民众享有了自治政府制度，他们就知道怎样执行这些制度。……我们甚至可以说，高度的民众自觉意识正是胡适发动文学革命的逻辑起点和思想基础。"（胡适，2007：66）

二

周作人与胡适同为中国现代新文学运动的旗手，他们二人联手"活的文学"工具形式与"人的文学"目的内容的文学改良-革命主张相辅相成。

我们现在应该提倡的新文学，简单的说一句，是"人的文学"。应该排斥的，便是反对的非人的文学。……人的文学，当以人的道德为本。……养成人的道德，实现人的生活。……这人道主义的文学，我们前面称它为人生的文学，又有人称为理想主义的文学；名称尽有异同，实质终是一样，就是个人以人类之一的资格，用艺术的方法表现个人的感情，代表人类的意志，有影响于人间生活幸福的文学。①

对于周作人来说，文学在本质上就应该是"人的文学"，因而"人的文学"首先不是一个能够实然地"表现"的经验描述性理论认识概念，而是一个应然地"提倡"的先验建构性实践自由理念，即根据"人道主义"② 理念"提倡"而有待"实现"的"人间本位"③ 的"人的生活""'人的'理想生活"④ "人间生活幸福的文学""人生的文学""人性的文学"⑤ "人道主义文学""理想主义的文学"，因而"人的文学"就应该是"实现""以人的道德为本"的"标准"而"无限的超越的发展""出世"的"超人化"文学。但这样一来，根据周作人的观点，"人的文学"就基本上不属于胡适意义上通俗文学、白话文学的俗民文学、民间文学、大众文学和平民文学，而更多地属于贵族文学。

我们说贵族的平民的，并非说这种文学是专做给贵族，或平民看，专讲贵族或平民的生活，或是贵族或平民自己做的。不过说文学的精神的区别，指它的普遍与否，真挚与否的区别。……就［语体、文体］形式上说，古文多是贵族文学，白话多是平民文学。但这也不尽如此。古文的著作，大抵偏于部分的，修饰的，享乐的，或游戏的，所以确有贵族文学的性质。至于白话这几种现象，似乎可以没有了。但文学上原有两种分类，白话固然适宜于"人生艺术派"的文学，也未尝不可做"纯艺术派"的文

---

① 吴平、邱明一编：《周作人民俗学论集》，上海：上海文艺出版社，1999 年版，第 269、273、277、286 页。

② 吴平、邱明一编：《周作人民俗学论集》，上海：上海文艺出版社，1999 年版，第 272 页。

③ 吴平、邱明一编：《周作人民俗学论集》，上海：上海文艺出版社，1999 年版，第 283 页。

④ 吴平、邱明一编：《周作人民俗学论集》，上海：上海文艺出版社，1999 年版，第 271—272、286 页。

⑤ 吴平、邱明一编：《周作人民俗学论集》，上海：上海文艺出版社，1999 年版，第 284 页。

学。纯艺术派以造成纯粹艺术品为艺术唯一之目的，古文的雕章琢句，自然是最相近的，但白话也未尝不可雕琢，造成一种部分的修饰的享乐的游戏的文学。那便是虽用白话也仍然是贵族的文学。……文学的［白话与古文从］形式上，是不能定出［普遍与真挚的］区别，现在再从内容上说。内容［普遍与真挚］的区别，又是如何？……贵族文学形式上的缺点，是偏于部分的，修饰的，享乐的，或游戏的，这内容上的缺点，也正是如此。所以平民文学应该着重与贵族文学相反的地方，是内容充实，就是普遍与真挚两件事。……平民文学决不单是通俗文学。白话的平民文学比古文原是更为通俗，但并非单以通俗为唯一之目的。① ……拿了社会阶级上的贵族与平民这两个称号，照着本义移用到文学上来，想规分两种阶级的作品，当然是不可能的事。即使如我先前在《平民的文学》一篇文里，用普遍与真挚两个条件，去做区分平民的与贵族的文学的标准，也觉不很妥当。我觉得古代的贵族文学里并不缺乏真挚的作品，而真挚的作品便自有普遍的可能性，不论思想［内容］与［语体、文体］形式的如何。我现在的意见，以为在文艺上可以假定有贵族的与平民的这两种精神，但［贵族的与平民的这两种精神］只是对于人生的两样态度，是人类共通的，并不专属于某一阶级，虽然它的分布最初与经济状况有关，——这便是两个名称［之历史而非逻辑］的来源。……前者［平民文艺］是要求有限的平凡的存在，后者［贵族文艺］是要求无限的超越的发展；前者完全是入世的，后者却几乎有点出世了。……我想文艺当以平民的精神为基调，再加以贵族［精神］的洗礼，这才能够造成真正的人的文学。……从文艺上说来，最好的事是平民的贵族化，——凡人的超人化，因为凡人如不想化为超人，便要化为末人了。②

周作人根据自己几经修订的对"人的文学"的内容"要求"③，最终将平民

---

① 吴平、邱明一编：《周作人民俗学论集》，上海：上海文艺出版社，1999年版，第278—279、281页。
② 吴平、邱明一编：《周作人民俗学论集》，上海：上海文艺出版社，1999年版，第287—289页。
③ 吴平、邱明一编：《周作人民俗学论集》，上海：上海文艺出版社，1999年版，第282、287—289页。

文学设定为以"无限的超越的发展"的贵族文学精神-态度为应然理想,而自身抱持实然现实的精神-态度的"有限的平凡的存在"。即,在现实中,平民文学与贵族文学固然各有其历史的起源("最初与经济状况有关");但在理想中,"最好的事是平民〔文学〕的贵族化",即应该用贵族文学"无限的超越的发展"的精神-态度"洗礼"平民文学"有限的平凡的存在"的精神-态度——"文学家须是民众的引导者。倘若照我直说,便是精神的贵族……贵族的精神是进取的,超越现在的"(周作人,2007:95)——但这样一来,根据周作人"人的文学"理想,胡适推崇的古代白话"活的文学"大部分都入不了周作人的法眼:"中国文学中,人的文学本来极少,从儒家道教出来的文章,几乎都不合格。"① "旧剧正是平民文学的顶峰,只因为它的〔内容〕缺点太显露了,所以遭大家的攻击。"② 弄得胡适也不得不"一面夸赞这些旧小说的文学工具(白话)。一面也不能不承认他们的思想内容实在不高明,够不上'人的文学'。用这个新标准去评估中国古今的文学,真正站得住脚的作品就很少了"③。于是,若想追溯"人的文学"的现实和历史起源,就只能到贵族文学中去寻根了;④ 若想进而把平民文学、大众文学、民间文学、俗民文学、通俗文学、白话文学"活的文学"提升为"人的文学",就只能依赖于自上而下"将平民的生活提高,得到恰当的一个地位"⑤ 的"亲民""洗礼"的启蒙,而不是像胡适相信的那样,"活的文学"被提升为"人的文学"可期待于平民自己自下而上"新民"地自我"要求"、自我启蒙的"文艺复兴",尽管周作人与胡适一样,视新文学改良-革命为现代中国的"文化民主"运动。

胡适和周作人都没有刻意地区分通俗文学、俗民文学、大众文学、民间文学、平民文学;但胡适与周作人的不同之处在于,胡适"把'白话文学'的范围放的很大,故包括旧文学中那些明白清楚近于说话的作品"⑥,以寄希望于

---

① 吴平、邱明一编:《周作人民俗学论集》,上海:上海文艺出版社,1999 年版,第 273 页。
② 吴平、邱明一编:《周作人民俗学论集》,上海:上海文艺出版社,1999 年版,第 289 页。
③ 胡适:《〈中国新文学大系〉第一集导言》,见姜义华主编《胡适学术文集·新文学运动》,北京:中华书局,1993 年版,第 258 页。
④ 周作人:《中国新文学的源流》,上海:华东师范大学出版社,1995 年版,第 57、58 页。
⑤ 吴平、邱明一编:《周作人民俗学论集》,上海:上海文艺出版社,1999 年版,第 280 页。
⑥ 胡适:《白话文学史》,上海:上海古籍出版社,2019 年版,"自序"(1928 年),第 8 页。

"活的文学"的通俗文学、俗民文学、民间文学、大众文学、平民文学能自我"实现"为"表现人生的白话文学"（胡适，2007：232；2022：62）①，即"以人的道德为本"的"人的文学""普遍与真挚"的"本真状态""本真形态"，从而成就平民自己自下而上"新民"地自我"要求"、自我启蒙的"文艺复兴"，进而证明普通人的日常生活即"全体的人［包括贵族与平民］的生活"② 在道德上"便自有普遍［与真挚］的可能性"甚至就是"普遍［与真挚］的思想与事实".③ 胡适主张把白话提升为国语，把白话文提升为国文，把白话文学提升为国语文学，"使文学不再成为大众的禁地"（2022：106），就是意在让白话、白话文、白话文学既能够先验建构性地"要求"国民（公民）"实现""人的生活"的实践自由理念；同时也能够经验描述性地"表现"平民（俗民）自己自下而上"新民"地自我"要求"、自我启蒙以"实现""人的生活"的先验道德能力与天赋自由权利的理论认识概念。也许就是因为接受过康德关于"公众给自己启蒙"的天赋能力与自由权利的先验哲学思想，胡适坚信，民众作为主体在道德上自律地自我启蒙的天赋能力与自由权利，即便无法证明于白话文学的精神-态度目的内容，也能够且已经证明于白话文学的语体、文体工具形式；一部《白话文学史》就是通过白话文学的语体、文体工具形式，对民众作为主体在道德上自律地自我"要求"、自我启蒙的先验建构性实践自由能力与权利的"大胆假设"-"小心求证"的经验描述性"表现"的理论认识。

"文学者，随时代而变迁者也。一时代有一时代之文学。"④ "文学史上有一个逃不了的公式。文学的新方式［新文体］都是出于民间的。"（胡适，2022：68）"一切新文学［新文体］的来源都在民间……这是文学史的通例，古今中外都逃不出这条通例。"⑤ "中国三千年的文学史上，那一样新文学［新文体］不是从民间来的？"（胡适，2007：110）"中国文学史没有生气则已，稍有生气

---

① 胡适：《白话文学史》，上海：上海古籍出版社，2019 年版，第 19 页。
② 吴平、邱明一编：《周作人民俗学论集》，上海：上海文艺出版社，1999 年版，第 279—281 页。
③ 吴平、邱明一编：《周作人民俗学论集》，上海：上海文艺出版社，1999 年版，第 279—281 页。
④ 胡适：《文学改良刍议》，见姜义华主编《胡适学术文集·新文学运动》，北京：中华书局，1993 年版，第 21 页。
⑤ 胡适：《白话文学史》，上海：上海古籍出版社，2019 年版，"自序"（1928 年），第 9、20 页。

者［新文体］皆自民间文学而来。"① 因而，在胡适看来，白话语体、文体工具形式几乎就是文学的本质规定性，进而，语体、文体文学工具形式的改良就是文学革命的根本目的，即从旧文学向新文学转折的"'质'的差异"。胡适提出"文学语体、文体工具形式改良论"不知与其接受过的西方思想有无渊源关系；但胡适"意识到文字形式与文学本质之间的内在关联"（2022：38），的确符合亚里士多德以来西方哲学关于事物的形式而不是事物的质料-内容才必然是事物本质的逻辑命题。当然，说"一件事物的形式就是它的本质"②，却不是说事物的所有形式都是事物的本质；如果只有事物的内在形式才必然是事物的本质，那么事物的外在形式则必然不是事物的本质。当年的胡适就碰到了这样的问题：语体、文体究竟是文学的内在形式本质，还是文学非本质的外在形式？这实在是事关文学工具形式是不是文学的本质，进而是否应当被"提倡"为文学革命的根本目的的大问题——即便如黑格尔所言，"《伊利亚特》之所以成为有名的史诗，是由于它的诗［体］的形式，而它的内容是遵照这［诗体］形式塑造或陶铸出来的"③，我们也不敢说"诗体"就是荷马史诗的内在形式即荷马史诗的本质规定性——但是，如果语体、文体并不就是文学的内在形式，即不是文学的本质规定性，那么语体、文体等文学工具形式的改良也就不可能是文学革命的根本目的。以此，周作人起用"文学精神-态度目的内容革命论"补正胡适"文学语体、文体工具形式改良论"之不足，直接从内容上规定文学的本质和文学革命的根本目的，就是更合法也更合理的新文学主张，即的确带来了从"非人的文学"到"人的文学"精神-态度"质"的转折——对于文学来说，不可能还有比"人的文学"更根本的革命目的了——但这里仍然存在的问题是，如果"人的文学"的目的不是从文学的内在形式中推论出来，而是从文学之外"强加"（汉森，详见下文）给文学的，那么"人的文学"质料-内容与"活的文学"形式的联结，在逻辑上就不可能是自文学之内而及文学之"表"（平民文学自下而上"新民"）地自我"要求"且能够通过旧文学自我"表现"

---

① 胡适：《中国文学的过去与来路》，见姜义华主编《胡适学术文集·新文学运动》，北京：中华书局，1993 年版，第 185 页。
② ［英］罗素：《西方哲学史》（上册），何兆武译，北京：商务印书馆，1963 年版，第 215—217 页。
③ ［德］黑格尔：《小逻辑》，贺麟译，北京：商务印书馆，1980 年版，第 279—280 页。

的"文艺复兴",而只可能是自文学之外而及文学之"里"（贵族自上而下"亲民"）地被"要求"且不能够通过旧文学被"表现"的政治启蒙。于是，本应该是内在于文学而（"平民主义"）客观必然的先验构成性实践自由理想，就沦落为外在于文学而（"精英主义"）主观偶然的理论调节性、引导性先验自由理念。也许正是因为无法通过"活的文学"语体、文体等非本质规定性的非内在形式推论出"人的文学"精神-态度的文学革命根本目的，从而无法通过文学的工具形式证明每一个普通人作为主体天赋的道德目的、先验能力与自由权利，胡适才退而言之："人权并不是天赋的，是人造出来的。所谓民主自由平等，都是一个理想，不是天赋的。"（胡适，2022：80、92）

对于周作人来说，新文学运动的根本目的不单是语体、文体工具形式的改良，更是"文学精神-态度目的质料-内容"的革命。如果"文化民主"是新文学运动的本质规定性，那么蕴涵了"民主"理想的"人的文学"的确就应该是文学革命根本目的"至上的限制条件"。① 但是现在，周作人"文学精神-态度目的质料-内容革命论"也碰到了与胡适"文学语体、文体工具形式改良论"同样的实践理论困难，即，如果"人的文学"并不能从"活的文学"的现实（或历史的现实）中引申出来；相反，从历史（曾经是现实的历史）上"活的文学"中引申出来的多半是"非人的文学"；那么，对于"活的文学"来说，"人的文学"就只能止步于自外而内、自上而下"精英主义""亲民"的理论调节性、引导性先验自由理念，尽管其原本应该是"平民主义""新民"自内而外、自下而上的先验建构性实践自由理想。胡适"活的文学""白话文学"似乎能够从历史和现实中引申出来，因而能够被用作经验描述性地"表现"平民生活的理论认识概念；但作为文学工具的外在形式，语体、文体却不可能是文学的本质规定性暨文学革命的根本目的。但是现在，如果只有文学的内在形式才必然是文学的本质规定性，进而能够被用作文学革命的根本目的；那么，什么条件才必然可能是文学的内在形式即文学的本质规定性，并由此文学本质规定性的文学内在形式推导出"人的文学"先验质料-内容的目的理想，以作为文学革命根本目的"至上的限制条件"？就像康德说过的，如果实践的本质规定性

---

① ［德］康德：《道德形而上学奠基》，杨云飞译，邓晓芒校，北京：人民出版社，2013年版，第66页。

就是内在于主观实践准则的*单纯普遍性形式*的客观道德法则；那么我们就能够从主观实践准则的单纯普遍性形式的客观道德法则推导出"对每一个理性存在者的意志都有效"① 的客观道德法则的先验质料-内容，并将此先验质料-内容"补充"② 给主观实践准则的单纯普遍性形式即客观道德法则，作为"形式转化为内容"并"返回［形式］自身的东西"，成就道德实践的普遍性形式综合质料-内容的先验建构性实践自由。但这样的实践理论难题，却是二十世纪初中国新文学运动的旗手们尚难以回答的，尽管胡适与周作人从一开始就已经认识到新文学改良-革命的形式与内容"这两方面"③ 的"要求"。这就是说，在还没有发现文学的内在形式或者说文学的内在形式的实践理论语境条件下，无论周作人还是胡适都很难从逻辑上阐明文学的本质规定性即文学的单纯普遍性形式（客观道德法则）——并非语体、文体等文学的外在工具形式——与其质料-内容之间先验综合的必然可能性，即从内在于"活的文学"语体、文体工具形式的普遍性形式必然地推导出"人的文学"精神-态度目的质料-内容的目的理想，从而在实践上（出于实践自由）先验建构性地"要求"，同时也在理论上（出于先验自由）经验描述性地"表现"文学革命的根本目的，从而，"活的文学"内在普遍形式与"人的文学"先验质料-内容的联结就不是偶然现实的经验性综合，而是必然可能的先验综合——唯有通过"活的文学"与"人的文学"内在的必然可能性联结，我们才好理解，何以主张"活的文学"的胡适立即就接受了周作人"人的文学"的主张，因为"人的文学"原本就内在于"活的文学"，因而也就是胡适自己所主张的"健全的个人主义""真正纯粹的个人主义"④ 文学——进而，中国现代新文学运动就不仅仅是自上而下、自外而内单纯应然的"亲民""要求"的理论调节性、引导性先验自由的精英主义、启蒙主义，同时也是自下而上、自内而外，应然且实然地"新民"自我"要求"、自我"表现"的先验建构性实践自由的"平民主义"，进而也就是能够通过理

---

① ［德］康德：《实践理性批判》，韩水法译，北京：商务印书馆，1999 年版，第 17 页。
② ［德］康德：《实践理性批判》，韩水法译，北京：商务印书馆，1999 年版，第 36 页。
③ 胡适：《〈中国新文学大系〉第一集导言》，见姜义华主编《胡适学术文集·新文学运动》，北京：中华书局，1993 年版，第 244 页。
④ 胡适：《〈中国新文学大系〉第一集导言》，见姜义华主编《胡适学术文集·新文学运动》，北京：中华书局，1993 年版，第 256 页。

论上的先验自由调节性、引导性而经验描述性地"表现"的"文艺复兴"。

白话当然首先是语言的工具形式，其次是文学的工具形式，但这样的白话就仍然是且始终是语言、文学的外在形式而不是其内在形式，即不是语言、文学的本质规定性；那么，什么条件才必然可能是语言、文学的内在形式呢？当年胡适使用的语言意义上的"语体"（language-style[①]）概念，以及其继承人郑振铎使用的文学意义上的"文体"（"体裁"，即 literature-genre）概念，都曾经接近于回答了文学改良-革命真正的实践理论难题，即他们都已经有意识地从白话中分离出与"语言"（langue）语法形式不同的"言语"（parole[②]）语用形式，如"表达方式""表现形式""话语形式""交谈形式"。

"白话"概念不仅有"日常生活"的意指，更有对"日常生活"现象的描述。就一般而言，我们往往只是将白话视为相对于文言的口头语言或书面语言，但就拆解来看，"白"与"话"两个字本身都兼有语言和叙说的双重意味。所谓"白"既是"说"，也是"话"，"话"也包含"说"与"话"的意思。（2022：50）在这里，胡适又进一步拓展了"说""说话"的概念，并以"话"的概念一以贯之……更侧重强调文学是一门关于"说话"的艺术，并以此体悟文学［形式］的本质属性。值得注意的是，这里的"说话"并不是我们今天通俗意义上的说话的行为概念，而是一种表达方式，"话"是指文学创作的内容、情感、思想，也是中国传统的一种文学表现形式，如话本的简称就是"话"，而"说"则是行文组织以传递"话"的［形式］过程。（2022：42）"白话"是一种说话的行为。说话这个行为本身，就预设了交流行为的双方、说话的情境等多方面因素。这是一个互动的［形式］过程，正因为是互动的，所以话语的走向是不固定的，每个参与其中的因素都可能会对最后完整的话语呈现造成影响。而在这个过程中，对于民间主体地位的凸显是明确无误的，每个人都可以说话，每

[①] 胡适：《白话文学史》，上海：上海古籍出版社，2019 年版，第 9 页。

[②] "在我们看来，语言（langue）就是言语活动（langage）减去言语（parole）。它是使一个人能够了解和被人了解的全部语言习惯。"［瑞士］索绪尔：《普通语言学教程》，高名凯译，岑麒祥等校，北京：商务印书馆，1980 年版，第 115 页。

个人都可能参与到这个话语行为之中，每个人也都可能成为创作的主体。(2022：264)胡适认为文学的价值在于民间的传诵，只有传诵才能有交流，而只有有交流，才能实现情感的表达、思想的互换，而文学的生命力也在这传诵的过程中产生。(2022：43)胡适的"白话"概念已不是单纯的语言概念、区别于文言的一种语言。其更为深远的意义在于这是一种日常用语，是一种民众日常交流的生活用语。白话，相较于文言，是一种有场景有表情的语言。正如胡适本人所一直强调的，话怎么说，文就怎么作。这种表达的［形式］过程的凸显才是胡适提出"白话"最为有力的理论意义。(2022：263)

白话是普通人的日常用语，平民文学、大众文学、民间文学、俗民文学、通俗文学是能够"表现人生的白话文学"，胡适几乎道出了内在于语言、言语、文学的外在工具形式的单纯普遍性形式。但白话、白话文学作为日常生活的表达方式、表现形式、话语形式、交谈形式，仍然只是语言、言语、文学的外在形式，还不是其真正的即内在的单纯普遍性形式。这是因为，无论话语也好，表达也好，表现也好，交谈也好，都可能限定于"特定的言语共同体"(speech community 即索绪尔 langage)①或"方言(dialect)共同体"之内，而并不必然向全人类(周作人"人类共通的，并不专属于某一阶级")开放。换句话说，通过各种言语形式的比较普遍性，我们只可能直观("描述")地还原出一般主体(经验现象中的人)；而唯有通过内在于各种比较普遍性言语形式的严格普遍性(周作人"便自有普遍的可能性")形式，我们才必然可能演绎("建构""描述")地还原纯粹交互性主体(先验自由的人)。但是，由于内在于白话、白话文学的比较普遍性外在形式的严格普遍性形式对于新文学运动的旗手们来说还是闻所未闻之物，所以言语、文学的本质规定性，就还有待于胡适、周作人、郑振铎……的后来者，给予白话、白话文学的各种比较普遍性外在形式进一步的严格普遍性内在性还原。

---

① ［美］理查德·鲍曼：《作为表演的口头艺术》，杨利慧、安德明译，桂林：广西师范大学出版社，2008 年版，第 19、86、105、107 页。

胡适、周作人、郑振铎没有做到的事情，正是户著的努力方向，于是，在胡适的白话文学形式研究（1922 年［《白话文学史》]）之后九十多年，郑振铎的俗文学形式研究（1938 年［《中国俗文学史》]）之后的近八十年，户著终于接过了先驱者们手中的民间文学实践的纯粹形式和内在目的研究的接力棒，竟然实现了先驱者们未竟的遗愿，进而超越了前人，完成了从民间文学-民俗学实践的内容目的论到形式目的论的哥白尼革命。①

户晓辉受鲍曼从表演"框架"（"准"体裁形式）直观地还原出内在于表演的比较普遍性交流责任形式即"小群体内艺术性交流"②的"本质"规定性的启发，进一步演绎地还原出民间文学的严格普遍性交流责任"内在形式"（inner form）和"纯粹形式"（pure form）。③内在于民间文学的严格普遍性交流责任形式当然也就是任何文学类型（包括周作人说的"平民文学"与"贵族文学"）的内在形式或纯粹形式——即交流责任"要求"的严格普遍性形式——进而，通过内在于白话、白话文学交流责任的严格普遍性形式，我们就可以推导出合于（甚至出于）白话、白话文学的内在性严格普遍性形式（道德法则）的先验质料-内容，即唯一能够承担起内在于文学的严格普遍性形式及其先验质料-内容的目的理想对象，即先验地拥有纯粹理性-自由意志的天赋能力与自由权利，因而必然可能"无限的超越"每一个人自己的经验性自然目的而合于（甚至出于）所有的人、每一个人共同的先验道德性目的的人本身或人自身（"以人的道德为本"的"超人"）的每一个作为个体的"个人"④，以及作为先验地交互的复数主体的"我们"。由此，新文学运动就必然可能从内在于"活的文学"

① 吕微：《民俗学：一门伟大的学科——从学术反思到实践科学的历史与逻辑研究》，北京：中国社会科学出版社，2015 年版，第 513 页。
② ［美］阿默思：《在承启关系中探求民俗的定义》，《民俗学概念与方法——丹·本-阿默思文集》，张举文编译，北京：中国社会科学出版社，2018 年版，第 15—16 页。
③ "内在的形式。"［美］鲍曼：《作为表演的口头艺术》，杨利慧、安德明译，桂林：广西师范大学出版社，2008 年版，第 161 页。"内在形式。"户晓辉：《民间文学的自由叙事》，北京：社会科学文献出版社，2014 年版，第 106 页。"内在存在形式。"同上书，第 174 页。
④ 吴平、邱明一编：《周作人民俗学论集》，上海：上海文艺出版社，1999 年版，第 283 页。

语体、文体工具形式的严格普遍性形式推导出"人的文学"精神-态度的先验质料-内容，即"人是目的"的先验建构性实践自由"内在的要求"（2022：56），即文学革命根本目的"至上的限制条件"。就像胡适说过的，"中国新文学运动的一切理论都可以包括在［'活的文学'和'人的文学'］这两个中心思想的里面"[①]，而且这两个中心思想不是"人的文学"对"活的文学"自上而下、自外而内的（"精英主义"）先验自由偶然现实的理论调节性、引导性综合，而是"人的文学"从"活的文学"自下而上、自内而外的（"平民主义"）实践自由必然可能的建构性先验综合。

但是，当年的胡适、周作人都没有可能认识到，新文学的工具改良论与目的革命论——从前者（"活的文学"）内在的严格普遍性形式推导出后者（"人的文学"）的先验质料-内容（"形式转化为内容""作为返回［形式］自身的东西"）——之间实践自由建构性先验综合的必然可能性，即新文学改良-革命的"人的文学"目的的质料-内容先验地内在于"活的文学"工具形式的严格普遍性形式当中，即能够从内在于"活的文学"现实工具的严格普遍性形式中必然地推导出"人的文学"先验质料-内容的目的理想。这样，只有在当内在于文学的严格普遍性形式与先验目的质料-内容的形而上学结构的实践理论条件下，无论"人的文学"还是"活的文学"才能够先验综合地同时被用作建构性"要求"的实践自由理念和描述性"表现"的理论认识概念。于是，新文学改良-革命"人的文学"目的理想才不是精英主义偶然现实地自上而下、自外而内"亲民""要求"的启蒙运动（无法经验性地描述的理论调节性、引导性先验自由），而是"平民主义"必然可能地自下而上、自内而外"新民"自我启蒙而可"表现"的"文艺复兴"（可经验性地描述的先验建构性实践自由），进而也就为新文学改良-革命运动旗帜下民间文学作为经验学科的实证研究方法论（"实验主义"）奠定了先验理想的目的论基础，即为我们直观地认识普通人日常生活或人的日常普通生活"以言行事"（奥斯汀）地践行（perform）各种语言、言语和文学形式，提供了"理想类型"（内在严格普遍性形式＋先验质料-内容的形而上学结

[①] 胡适：《〈中国新文学大系〉第一集导言》，见姜义华主编《胡适学术文集·新文学运动》，北京：中华书局，1993年版，第244、226、296页。

构)的"至善"("活的文学"＋"人的文学")理念条件下的建构-描述性直观-认识概念条件。这样,现代中国新文学运动的旗手们尽管没有在理论上明示,但毕竟在实践中坚持了这一"至善"理念的"理想类型"概念条件,因此新文学改良-革命运动才占据了历史性的高地;但同时,胡适、周作人等新文学运动的先驱者毕竟没有在理论上自觉地完构"至善"理念的"理想类型"概念条件,这就为日后经验主义实践理论家们(例如汉森,详见下文)不自觉地解构这一"至善"理念的"理想类型"概念条件的形而上学先验结构预留了现实性的余地。

三

发端于 1917 年的中国现代新文学运动,到今天已过去了整整一百年。一百年后的今天,几经更名的标准化汉语"官话""白话""国语""普通话"书面语言、口头言语工具形式作为新文学改良-革命的成果——这成果当然包括了以"鲁郭茅巴老曹"为代表的"人的文学"的现代汉语白话文学,却也包括了现代白话通俗文学如"鸳鸯蝴蝶"派小说和大众艺术电影——已成为我们今天日常生活习焉不察的"正常"条件——"今日中国,无论是大众的日常交流,还是政府的公文或作家的写作,使用的基本上都是白话"(陈平原,2022:46)——而"白话"概念本身似乎也已经沉淀为语言、言语、文学史上的一个曾经有待"日常"、有待"正常"的历史范畴(2022:46—47)。

胡适"白话"概念在世纪之交重新被"激活",当然首先要归功于美国芝加哥大学教授汉森 1999 年《大批量生产的感觉:作为白话现代主义的经典电影》以及 2000 年《堕落女性,冉升明星,新的视野:试论作为白话现代主义的上海无声电影》这两篇论文提出的"白话现代主义"(Vernacular Modernism)命题;而随着"白话现代主义"命题被引进中国学界,中国学者也已经使用该概念-命题生产了一批重新认识现代电影的学术论文。同样,汉森的论文也为李小玲《二十世纪初中国白话文学研究及当代意义》打开了"新的研究视域"(2022:35)——"当下,'日常生活'概念已为〔国际民间文学-民俗学〕学界普遍接受和普遍谈论,但美国学者却没有直接套用这一概念,而是另辟蹊径,以中国传统概念'白话'一词以涵盖之,并赋予其更为丰富的内涵,这为我们重新理解'白话'概念也打开了新的窗户"(2022:50)——李小玲借助此"新的窗户"

"新的研究视域"的"启示"，重新认识了胡适"白话""白话文学"等概念所蕴涵却一直被忽略的实践理论意义和价值，于是就有了"'白话'：作为'民间'与'文学'的话语表达""白话文学作为民间文学学科的理论前提""'白话'：作为中国民间文学学科关键词""建立'地地道道的中国式的理论'"等一系列崭新的学术命题(见李小玲新著目录)。

汉森"白话现代主义"命题，意在打破现代主义美学的一元论框架，赋予现代主义美学多元化的后现代主义再解释，用汉森自己的话说，就是用"'后现代性'或'第二现代性'"解构"思想更单一、更正统、更简单的'第一现代性'"①，在"后现代性视野里〔呈现〕另类的现代主义"②。

　　无论人们能在何种程度上赞同或者反对后现代主义对现代主义和现代性的挑战，它的确为我们理解现代主义现象开拓了更广泛、更多元的空间，避免陷入……任何一种单一逻辑体系。十多年后，学者们已经开始摆脱那个〔单一逻辑〕体系，转而描述现代主义的其他〔更广泛、更多元的美学〕形式。无论是在西方还是在世界的其他地区，现代主义的〔美学〕形式都会根据自身的地缘政治位置做出〔更广泛、更多元的自我〕调整。地缘政治位置的形成，常常与殖民/后殖民的轴线以及他们所应对的地缘政治位置特殊的次文化和本土传统密切相关。除了拓展现代主义〔的单一逻辑体系为多元〕原则之外，这些〔后现代性〕研究设想：现代主义的概念，不仅只是〔精英的〕艺术风格的仓库，也不仅只是一群群艺术家和知识分子追求的一套套〔先验〕理念。相反，现代主义包含了文化、艺术实践的整个范畴，即对现代化过程和现代性体验的获得、回应与反思，包括艺术生产环境、传播环境和消费环境的范式性转变。换句话说，正如现代主义美学无法简化成〔任何一种单一逻辑体系的精英〕风格范畴一样，他们〔后现代主义者〕倾向于抹平传统的〔、精英的〕艺术基本原则(在18、19世纪，就是〔例如康德式〕自律性审美理想的具体化)界线，高级艺术

①② 〔美〕米莲姆·布拉图·汉森：《大批量生产的感觉：作为白话现代主义的经典电影》，刘宇清、杨静琳译，《电影艺术》2009年第5期。

与低俗艺术的区隔，以及自律性艺术和［自律性-非自律性"混杂"的］大众流行文化的对立。①

这样，被后现代主义者重新解释过的"现代主义美学"就是"获得［反映］、回应［反应］与反思""现代化过程""现代性体验"的一种"更加广义的美学观念"。

> 关注现代主义和现代性之间的联系，也意味着一种更加广义的美学观念，即将各种艺术实践置于更加广阔的历史和感知体系中……随着城市工业技术的大范围扩散、社会（和性别）关系的大批量开掘以及引发真正破坏与流失过程的大规模消费转向，又诞生了组织视觉与感官认知的新模式，与可见/可感的"事物/世界"的新关系，模拟经验表情、情感、时间和内省活动的新方式，以及日常生活、社交和娱乐结构的改变。从这个角度，我选择了［可以用后现代主义重新解释的多元］现代主义美学研究来涵括既表现又传播过现代性经验的各种文化实践，比如大规模生产和大规模消费的时装、设计、广告、建筑和城市环境，以及摄影、广播和电影等。我把这类现代主义称为"白话现代主义"（以避免"大众"一词在意识形态上过于武断），因为"白话"一词包括了平庸、日常使用的层面，具有流通性（circulation）、混杂性（promiscuity）和转述性（translatability），而且兼具谈论（discourse）、习语（idiom）和方言（dialect）的意涵。②

在《堕落女性，再升明星，新的视野：试论作为白话现代主义的上海无声电影》一文中，汉森用"语言"（language）替换了"谈论"（discourse）。

> 这一［后现代主义］主张使现代主义美学的视野得以延伸，从而纳入

---

①② ［美］米莲姆·布拉图·汉森：《大批量生产的感觉：作为白话现代主义的经典电影》，刘宇清、杨静琳译，《电影艺术》2009年第5期。

大批量生产、经大众媒体传播，并由大众消费的现代性的各种文化表现。这些表现包括时装、设计、广告、建筑及城市环境、日常生活质地的转化，以至新形式的经验、交流及公共形态。它们构成纷繁的话语形式，一方面是经济、政治、社会现代化进程的体现，同时也对这一进程做出反应。我选择"白话"（vernacular）一词，以其包括了平庸（quotidian）、日常（everyday usage）的层面，又兼具语言（language）、习语（idiom）、方言（dialect）等涵义，尽管词义略嫌模糊，却胜过"大众"（popular）一词。后者受到政治和意识形态多元决定（overdetermined），["在意识形态上过于武断"，因]而在历史上并不比"白话"确定。①

李小玲指出：

> 美国电影评论家汉森深受中国白话文学运动的启迪，援引"白话"（vernacular）术语进入电影领域，提出"白话现代主义"概念，涵括"既表现又传播现代性经验的各种文化实践"。她认为过往的现代主义美学一直局限于艺术的经院化，体现为精英现代主义，她主张应扩大现代主义美学的视野，将大众传媒之下的大批量生产、大批量消费的现代性的各种文化表现也一并纳入进来，并以"白话"概念来统摄这一广义现代主义美学的范畴。她认为，"白话"包括了"平庸、日常的层面，又兼具谈论［或'语言'］、习语和方言等涵义"。她特别强调白话作为纷繁的话语形式，有着日常生活经验和日常生活表现的指向，并在注释中特别说明，这一白话现代主义概念与五四运动所倡导的中国文学艺术现代主义实践有关，并明确这一观点是参见了胡适、傅斯年等人的相关论述。（2022：47）

汉森以美国好莱坞经典电影为例解释了经过她再解释的"现代主义美学研究""范式"。

---

① ［美］米莲姆·布拉图·汉森：《堕落女性，再升明星，新的视野：试论作为白话现代主义的上海无声电影》，包卫红译，《当代电影》2004 年第 1 期。

我更愿意将它［现代主义］看作一个能够兼容并包、兼收并蓄各种美学效果和经验的舞台、母体或者网络——换句话说，它是一种文化构型，比从任何一个单一［逻辑的美学］体系出发的最精确的功能阐释更复杂、更有活力，需要一种更自由(无结论、无确定答案、无时间限制)、更漫无边际、更具有想象力的研究方式。①

　　经过后现代主义者再解释的"现代主义美学""研究方式"或"范式""不再受利益追逐、扩张意识和［特别是］意识形态控制等目的所驱动"②，"拒绝对该术语［'现代主义'］的任何［评价性、建构性］价值性的用法(不管是赞同的还是批评的)，代之以非评价性的、科学描述性的解释"。③这样，对比笔者在上一节阐明的、内在于中国现代新文学-民间文学运动的严格普遍性形式＋先验质料-内容的形而上学结构"更单一、更正统、更简单"也"最精确的功能阐释""单一逻辑体系"——按照汉森的说法，我们可以称之为——"现代主义改良-革命美学"，我们就可以认识到，汉森再度"激活"但同时也解构了胡适、周作人联手贡献的"活的文学"＋"人的文学"的描述性＋建构性、"批评性""评价性""白话"概念，现象学地还原"白话"为"活的文学""非评价性""表现"的单纯描述性概念，即还原到"人的文学"纯粹理性自由状态"至上的限制条件"逻辑之前的"活的文学"感性自然状态的"白话"概念(2022：132)。这样，汉森后现代主义"白话"概念就有理由"拒绝任何价值性用法"，"不管是赞同的还是批评的"，而取"无结论、无确定答案"的"非评价性"；而现代主义"白话"概念建构性"要求"的"价值性用法"＋描述性"表现"用法"自我强加的一致性"④(康德式"先验综合")就被解构掉了；只剩下后现代主义现象学对普通人日常生活或人的普通日常生活"表皮"⑤"描述性的解释"——汉森误以为是"科学的描述性"——当然，也正是在解构了与

―――――――――――――――

①②③④［美］米莲姆·布拉图·汉森：《大批量生产的感觉：作为白话现代主义的经典电影》，刘宇清、杨静琳译，《电影艺术》2009年第5期。

⑤［美］米莲姆·布拉图·汉森：《大批量生产的感觉：作为白话现代主义的经典电影》，刘宇清、杨静琳译，《电影艺术》2009年第5期；［美］米莲姆·布拉图·汉森：《堕落女性，冉升明星，新的视野：试论作为白话现代主义的上海无声电影》，包卫红译，《当代电影》2004年第1期。

"白话""活的文学"内在地联结的"人的文学"而"更单一、更正统、更简单"（或许）也"最精确的功能阐释"的现代主义美学形而上学先验结构的"单一逻辑体系"之后，"白话"作为现象学"表现"的单纯描述性概念，似乎才有助于呈现在现代主义美学的"总体性描述中被抛弃、边缘化或者压制的［多元化、多样性］现象"①，包括在道德价值上"低俗类型"②的大规模消费的大众艺术的正当性，以"赞美生活的任何东西"（everything that celebrates life）。③于是，借助以"白话"为概念条件的后现代主义"以动感为基础的'集体感官机制'"④"文化的感官机制"（2022：49），像"物质""质体""感官""感觉""感受"（2022：48、132）等"意味着不同［于道德类型］的事物"⑤的"非评价性"单纯描述性概念都获得了合法且合理的使用权限⑥，从而创建了"一种大众介入的［单纯感官］公共领域"⑦。

从创建全球大众文化-生活公共领域、公共空间的角度，汉森肯定了美国好莱坞经典电影在全球的现代性成功。⑧而现代主义美学之所以能够成就全球现代大众文化-生活的公共领域、公共空间，汉森认为，端在于创建了现代大众文化-生活公共领域、公共空间的"白话"感官形式具有自我反思（"反身性"）能力，⑨即反思地意识到自身作为自由普遍的"交谈形式"⑩（discursive form；比较前引汉森"白话兼具谈论［discourse］的意涵"）。

反身性［reflexivity］（自我反思）是下列主张的关键：电影不仅是现代型公共空间［modern type of public sphere］的特殊代表［represented a specifically］，而且发挥了作为"交谈形式"（discursive form）的功能。在这里，"公共空间"被认为是［现象学］经验的社会视域：通过这种交谈形式个体的经验可以得到表达，不管是主体、他者还是陌生人都可以从中

---

①⑥⑦⑧⑩［美］米莲姆·布拉图·汉森：《大批量生产的感觉：作为白话现代主义的经典电影》，刘宇清、杨静琳译，《电影艺术》2009年第5期。

②③⑤⑨［美］米莲姆·布拉图·汉森：《大批量生产的感觉：作为白话现代主义的经典电影》，刘宇清、杨静琳译，《电影艺术》2009年第5期；［美］米莲姆·布拉图·汉森：《堕落女性，冉升明星，新的视野：试论作为白话现代主义的上海无声电影》，包卫红译，《当代电影》2004年第1期。

④ 张英进：《阅读早期电影理论：集体感官机制与白话现代主义》，《当代电影》2005年第1期。

发现认同……电影是另一种可供选择的公共空间，一种想象的公共空间，一种具有实际意义的、类似于文化民主的东西在其中逐渐形成。用克拉考尔的话说，就是"大众主体在机械化进程中的自我呈现"。电影之所以可能成为一种新型的公共空间，不仅因为它吸引了主流文化，而且因为它把自己以及先前被主流文化忽视的甚至鄙弃的社会［非主流文化］展现出来，放到公众的视野之中。电影作为一种新媒介还提供了另一种选择，从感觉的层面参与进现代性的各种矛盾。正是在感官的层面上，现代技术对人类经验的影响最刻骨铭心、最不能忽视。换句话说，电影不仅交换大量生产的感觉（senses），同时为大众工业社会提供了审美视野（aesthetic horizon）。……一旦我们将好莱坞电影看成是对现代化的朴素反应，或者是表达各种不同的可比性经验的白话（习语），我们将会明白，……［各种类型的白话现代主义感官形式的］反身性都可以呈现出不同的形式和不同的情感方向；反身性并非永远都必须是批评性［、"评价性"即建构性］的或者确定性的。相反，这些影片的反身性恰恰在于它们允许自己的观众以各种不同方式［描述性、"非评价性"地］面对现代性带来的矛盾情绪。①

这就是说，尽管汉森现代主义美学"反身性""白话"概念与胡适"白话"概念，粗看起来或许形似，但细想起来却并非神似；然而，凭借感官（sense）现象学还原，白话作为"交谈形式"的"非评价性"单纯描述性功能还是被汉森"选择"，用作了"想象"现代大众文化-生活公共领域、公共空间"文化民主"的"朴素"机制。但我们也就认识到，汉森对"白话""交谈形式""非评价性"单纯描述性功能的感官现象学还原，"和我们［中国学者］理解的日常生活是对民间生活的一种［严格普遍性形式的建构性＋描述性功能的现象学-先验论］判断还是很不一致的"（李小玲，详见下文）。具体地说，中国学者一方面坚持对白话工具形式非价值描述性功能的现象学主观性（"活"的）观念直观

---

① ［美］米莲姆·布拉图·汉森：《大批量生产的感觉：作为白话现代主义的经典电影》，刘宇清、杨静琳译，《电影艺术》2009 年第 5 期。

还原，另一方面也坚持对白话目的内容价值建构性功能的先验论客观性（"人"的）理念演绎还原，而这正是中国民间文学研究的现象学-先验论"反思性"范式与汉森电影美学的单纯现象学（"反身性"）范式在立场和方法上重大而细微的差别。但这也就意味着，汉森真正启发中国学者的"新的研究视域""新的窗户"，反而是她把"白话"感官形式"想象"为现代大众文化-生活公共领域、公共空间（"想象的公共空间"）"特殊代表"的"反身性"思路，而不是单纯的感官"反身性"本身；因此，中国学者才没有走上汉森对现代主义美学的后现代主义现象学还原之路，而是继续坚持走在现代主义美学本身的现象学-先验论还原的道路上。

> 就胡适而言，他理解的白话文学不只是单纯的语言变革，而是指向操持这种语言的整个生存空间，即民间，也是日常生活中的民间，而在此基础上提出的民间文学就不再单纯是民间传说、神话故事等单纯意义上的文学形式，而是扩展至所有民间的话语表达。（2022：32）其实，白话一如民间，指向的是特定的生活空间，即汉森所说的"日常生活"，以此观之，"白话"就不仅是一语言概念，"民间的白话文学"完全可简缩为"白话文学"以对等于"民间文学"，因为白话本身就寓意民间。（2022：131—132）

与汉森不同，胡适眼中普通人日常的生活空间、生存空间即"白话"的"民间"，不是"非评价性"的单纯描述性概念，而是以"人的文学"的"评价性""批评性"-建构性的"确定性"为"至上的限制条件"的"活的文学"的现代大众文化-生活公共领域、公共空间。正是在此"人是目的""至上的限制条件"的"公共视野"中，胡适才有条件"把白话文学的范围放的很大"，进而"白话现代主义"美学的"总体性描述"也才有条件容纳各种被"抛弃、边缘化或者压制"的"现代性带来的矛盾情绪"，就像周作人一方面"评价"《水浒》为"非人的文学"（见上引文），另一方面又"评价"《水浒》并非"海盗的小说"。①

---

① 周作人：《中国新文学的源流》，上海：华东师范大学出版社，1995 年版，第 14—15、29—30 页。

汉森在她的两篇电影美学论文（《堕落女性，冉升明星，新的视野：试论作为白话现代主义的上海无声电影》《大批量生产的感觉：作为白话现代主义的经典电影》）中分别用 language（语言）和 discourse（交谈）界定 vernacular（白话），说明汉森（至少无意识地根据索绪尔划分"语言"和"言语"的做法）认识到白话兼具日常生活的外在语言形式和同样外在的言语形式"实体层面和寓意层面的双重内涵"（2022：130），而后者正是我们通过白话日常生活"活的文学"工具的外在言语形式，进一步还原出内在于日常生活的生活世界严格普遍性形式（即道德法则的生活形式）及其"人的文学"质料-内容目的理想的先验逻辑途径。对于汉森"激活""白话"概念的实践理论效果，李小玲归纳为两者："一者是打破精英的［意识形态］局限"，现象学地搁置了"白话"语言形式"实体层面"的价值建构性（"评价性""批评性"的"确定性"）功能；"一者是破除封闭式的［感官形式］传统"，现象学地还原了"白话"言语形式"寓意层面"非价值描述性（"非评价性"）功能，即普通人的日常生活或人的日常普通生活"纷繁的话语形式"、"涵括"、"统摄"、民间多元化、多样性、"复调"、"狂欢"（巴赫金）（2022：47、51—52、253）、文化、生活现象的直观"表现"形式条件。

［汉森和鲍辛格］他们以"白话"和"日常生活"概念来指称现代性背景下的纷繁复杂的文化现象。一者是打破精英的局限，一者是破除封闭式的传统，但殊途同归，都将眼光转向了大众传媒和现代技术等日常生活领域，即发生了由传统到当下，由静态的、闭锁式的研究转为动态的、整体性的研究的转变。汉森认为"白话"概念作为日常生活的指向，既体现了经济、政治、社会现代化进程，诸如时装、设计、广告等日常生活物质表现形式的转换，同时，也是对这一进程的诸种感受和反应，以突破传统与现代之间的令人遗憾的两极对立的二元划分。……显见，相较于西方"folklore"作为历史"遗留物"的指称意义，白话文学更多地指向日常和日用。（2022：49—50）

李小玲肯定汉森"白话"概念的"日常生活"后现代性用法的积极意义，并认为应该将"'白话'作为中国民间文学学科关键词"，将"白话文学作为民间文学的理论前提"，李小玲的上述想法得到了国际民间文学-民俗学"日常生活"实践转向的理论支持。李小玲发现，汉森"避免'大众'一词在意识形态上过于武断"或者"受到政治和意识形态多元决定"的做法，与德国民俗学家鲍辛格对"民众"一词的负面感觉如出一辙。

1934年，在一份名为"书写真实的五个困难"的传单中，贝托尔特·布莱希特曾要求我们这个时代说［个体的］"居民"，而不要说［集体的］"民众"：谁做出了这种替换，谁"就已经不再支持许多谎言"。这份传单印在一本非法的反法西斯主义杂志上，它的背景是纳粹国家对"民众"概念的片面政治化。不过，布莱希特的说法并非仅仅受到时代的束缚，好像我们今天就不需要对它再加思考了；恰恰是我们这样一本研究当今"民间文化"的著作［指鲍辛格《技术世界的民间文化》——笔者补注］，必须正视并思考他提出的要求……①

二十世纪七十年代，伴随着现代技术下大众传媒的兴起，"日常生活"成了社会学、历史学、民俗学等相关学科关注的问题域，图宾根学派鲍辛格等人甚至将民俗学学科的对象定位为"普通人日常生活"，即将日常生活中的事物、习惯和态度作为研究领域和反思对象，以告别旧有的名称"民俗学"（Volkskunde）。虽然汉森和鲍辛格分别从电影现代主义美学和民俗学学科不同领域出发，但他们都将自己研究的触角伸到技术世界中的大众文化领域，同时都不满于"大众"［和"民众"］的概念而分别以"白话"和"日常生活"为关键词予以取代，两者在研究对象、研究方法和研究思路上均存在诸多重合之处，这为我们理解"白话"概念及把握民俗学（含民间文学）学科转型问题提供了新的思路。（2022：48）

这真是"一件很值得玩味的事情"。

---

① ［德］赫尔曼·鲍辛格：《技术世界中的民间文化》，户晓辉译，桂林：广西师范大学出版社，2014年版，第15—16页。

当我们大量借鉴和引入西方的术语、理论和方法，并感觉不借助于西方的术语和思维方式就难以进行思考的时候，美国学者却舍弃西方诸多固有的语言选项，单挑"白话"一词以概括自己所要表述的内容，意义不言而喻。……［汉森］从浩瀚的汉语词汇中找到了"白话"一词，并透析出其中所包含的日常［语言- language"实体形式"］与言说［discourse "寓意形式"］的二重性，且以日常［语言］和言说为圆心辐射到更大的［大众文化-生活］空间，从而跳脱了"白话"作为单纯的语言符号，用"一种以物质［'表现'］形式接近思想的方法"，把捉住符号背后的深意，进而将"白话"与"现代主义"对接，赋予了"白话"概念的现代性和现代主义因子，传统的词语由此获得了重新阐释的可能。（2022：130—131）不过，需要说明的是，汉森提到的白话概念不仅与中国传统意义上以语言作为区分度的白话相距甚远，而且，她对白话所作的"日常生活"的理解也有其特定的指向，白话（包括诸多方言习语）的混杂性构成纷繁的话语形式，是与大规模生产、大规模消费和大规模毁灭的现代性结合在一起的，或更确切地说，"是与现代生活中物质、质体和感官层面"相联系的，这和我们理解的日常生活是对民间生活的一种［建构性＋描述性］判断还是很不一致的。汉森的误读源自异质的文化记忆和文化符码，概念的旅行也是一个去语境化与再语境化的过程。由此，又提醒我们不论是对概念的输出还是输入，都应该进行重新的认知和分析。（2022：132）

"汉森的误读"一方面源自"异质文化"的"概念旅行"，另一方面则源自"去语境化与再语境化过程"所掩盖的不同语境条件下出于不同思想立场的学术目的论和方法论。这正如笔者在上文中已阐明的，汉森对"现代主义美学"的后现代主义再解释，意在现象学地搁置胡适"白话"概念原本蕴涵的（"人的文学"目的的）价值建构性，而现象学地还原"白话"概念另外包含的（"活的文学"工具）"以物质［'表现'］形式接近思想"的文化多样性、生活多元化"集体感官形式"的单纯描述性，因而与"我们理解的日常生活是对民间生活的一种［建构性＋描述性］判断还是很不一致的"。但汉森做法的有效性，有其特定的依赖条件，这条件就是能够保证普通人的日常生活或人的日常普通生活的现代大众文化-生活公共领域、公共空间的制度建设，就像汉森（不无乐观）的反问："由一国发展出的、以大众为基础的、工业生产的'白话'为何、如何在一（多）个特定历史阶段［和一（多）个特定文化共同体］达到了全球性的国际统治地位？"①

　　文化输出与美国大众文化共享基本特征，这一文化不光指文化产品及其相应［集体感官］形式，还包括第一个资本主义大众社会的公民价值观及其社会关系（cultural exports shared the basic features of American mass culture，intending by that term not only the cultural artifacts and associated forms，but also the civic values and social relations of the first capitalist mass society）。②

因此，如果没有把每一个人都当作目的的"大众社会的公民价值观及其社会关系"垫底，"文化产品及其相应［的对多样性、多元化对象的集体感官］形式"就不可能具有正当性；但如果"大众社会的公民价值观及其社会关系"即现代大众文化-生活公共领域、公共空间及其"自治政府制度"的外在立法条件还没有被确立，当"苦难变成我们日常生活的常态"，"我们共同的日常生活出现的实践问题和出了实践问题的日常生活"③，面对"大规模消费"但也"大规模毁灭的现代性"④，我们如何还能够反复地"赞美"（celebrates）"生活的任何东西"？也许正是因为意识到价值建构性作为非价值描述性有效性"至

① ［美］米莲姆·布拉图·汉森：《堕落女性，冉升明星，新的视野：试论作为白话现代主义的上海无声电影，包卫红译，《当代电影》2004 年第 1 期；［美］米莲姆·布拉图·汉森：《大批量生产的感觉：作为白话现代主义的经典电影》，刘宇清、杨静琳译，《电影艺术》2009 年第 5 期。

② ［美］米莲姆·布拉图·汉森：《堕落女性，冉升明星，新的视野：试论作为白话现代主义的上海无声电影，包卫红译，《当代电影》2004 年第 1 期；［美］米莲姆·布拉图·汉森：《大批量生产的感觉：作为白话现代主义的经典电影》，刘宇清、杨静琳译，《电影艺术》2009 年第 5 期；Miriam Bratu Hansen, *Fallen Women*, *Rising Stars*, *New Horizons*: *Shanghai Silent Film As Vernacular Modernism*, Film Quarterly, 2000, No.1, p.12.

③ 户晓辉：《日常生活的苦难与希望——实践民俗学田野笔记》，北京：中国社会科学出版社，2017 年版，第 9、11、25 页。

④ ［美］米莲姆·布拉图·汉森：《大批量生产的感觉：作为白话现代主义的经典电影》，刘宇清、杨静琳译，《电影艺术》2009 年第 5 期。

上的限制条件"，汉森才没有决绝地拒绝现代主义美学价值"确定性"的"批评性""评价性"建构性功能，因而只是"建议更广义地理解美学这一观念，[即] 美学可视为关乎人类[理性]认知和[感性]感觉的整个领域，属于感知史及不断变化的感知体制[及其公共条件]的一部分"，而并没有执意"将现代主义美学这一澡盆中[先验建构性实践自由]的婴儿连同精英现代主义[理论调节性、引导性的先验自由]这盆洗澡水一同泼出"①；而鲍辛格也在他的专著中"仍然保留了'民间文化'这个概念，尽管它['民间文化]与民俗学学科[转向当下'日常生活']的通常对象有所不同，因为民俗学的历史发展使本书既不能够也不允许丢开'民间'这个词"②，因为"民间"这个词，尽管饱经意识形态政治风霜的浸染和裹挟，却仍然能够演绎还原出"人是目的"的"精神-态度"（"公民价值观"）的先验建构性实践自由理念的目的理想，即"对于民间文学主体的预设"（2022：23）；而如若没有对"人"的"精神-态度"的先验建构性实践自由理念的目的理想，仅仅凭借"白话"感官形式的单纯描述性，人间善恶"相溷"的苦难和希望就无法通过"人"的"态度"被"区别"地"表现"出来，甚至"白话"本身能否就是摒弃了"谎言"而诚实的语言-言语形式都成问题；而唯有对"人"的"精神-态度"的先验建构性实践自由理念的目的理想之情理有所衷，我们才有条件通过内在于"白话"言语形式的诚实而负责任的严格普遍性形式，以及从"白话"的严格普遍性形式推导出的"人是目的"质料-内容的先验综合，"尽可能地接近"对"日常生活的苦难与希望"的建构性-描述性直观-认识。即，如果只有"白话""活"的描述性感性工具形式而没有"人"的建构性理性目的质料-内容（"精神-态度""公民价值观"），进而如果没有内在于"白话"言语工具形式的严格普遍性形式及其"人是目的"的质料-内容先验综合"可能结果"的道德外在立法条件（胡适"自治政府制度"、汉森"现代大众文化-生活公共领域、公共空间""社会关系"、康德"目的王国"）——这道德外在立法条件作为"摹本"，将依赖于实践

---

① ［美］米莲姆·布拉图·汉森：《堕落女性，冉升明星，新的视野：试论作为白话现代主义的上海无声电影》，包卫红译，《当代电影》2004 年第 1 期。
② ［德］赫尔曼·鲍辛格：《技术世界中的民间文化》，户晓辉译，桂林：广西师范大学出版社，2014 年版，"导论"，第 15—16 页。

的内在严格普遍性形式与先验质料-内容综合统一性的道德内在立法"原型"①，而不可能仅仅依赖于实践的外在比较普遍性形式——那么，感官形式不可能单单依赖于自身，就保证对多样性文化、多元化生活现象包括"地缘政治位置"关系中"特殊的次文化和本土传统"例如儒家文化-生活传统的直观-认识的正当性，却必然停滞于单一感官形式从痛苦到快乐（或者反过来，从快乐到痛苦）的不同感觉程度，而在价值上"无结论、无确定答案"的非理性感受。但是现在，李小玲的新著已经为我们提供了"白话"这一兼具"活"的外在语言、言语、文学工具形式和内在生活责任形式及其"人是目的"的质料-内容先验综合的"理想类型"的"全体性或总体性"（康德）理念——而不是单纯"以物质〔'表现'〕形式接近思想的方法"——作为民间文学学科，理性地认识并感性地直观"我们"日常文化-生活和文化-生活世界的"学科关键词"甚至"理论前提"，作出了重要的"范式性"尝试。那么，我们通过李小玲的新著，再次走近胡适，就是重温新文学-民间文学运动"让公众给自己启蒙"而"新民"的"文艺复兴"，就是通过能够"表现人生的白话文学"建构而描述地走进我们每一个人"自己就是民众"（顾颉刚）的日常文化-生活和文化-生活世界，以民主之"恕"道，经受地"赞美"尽管苦难却仍然且始终充满希望的人生。

---

① "我们可以称前者为原型世界……后者因为包含作为意志决定根据的第一个世界的理念的可能结果，我们称之为摹本世界。"〔德〕康德：《实践理性批判》，韩水法译，北京：商务印书馆，1999年版，第46页。

序　二

时人不识凌云木，　直待凌云始道高

——喜读李小玲教授新著有感

户晓辉

一

李小玲教授的新著《二十世纪中国白话文学研究及当代意义》（以下简称李著）带给我一种目不暇接、喜不自胜的阅读享受。这是我期待已久却又不期而遇的一股学术清风，吹开了盘桓在我心头多时的历史迷雾。作为同样对中国民间文学学科源头抱有强烈兴趣的学者，我虽然也曾论及胡适、周作人、顾颉刚等先贤人物，而且对他们的远见卓识钦佩不已，但终究为自己没能对他们作专门研究感到遗憾。如今，这本凝聚着作者多年研究心得的李著在很大程度上弥补了我的缺憾。

李著看似学术史研究，实则为基础理论著作。我这样说，至少有五点理由。

第一，在研究方法上，从博士论文①到李著有一个从重史到重论的转折与提升，也就是从学术史的个案研究转向对民间文学本体理论的研究。李著既不是以论带史，也不是抽象的理论演绎，而是试图"取理论思辨与史实考证相辅相成、互为佐证的学术理路"，形成一种"依史立论"的独特风格。

第二，在研究问题上，李著没有像许多学术史那样单纯回到所谓历史现场，而是站在学科概念和基础理论的立场来确定重点论述的核心问题。

第三，在研究对象上，李著没有被偶然细节和复杂脉络淹没，而是入乎其内，出乎其外，由此匡正以往对胡适的"白话""白话文学""人的文学""中

---

① 李小玲：《胡适与中国现代民俗学》，北京：学苑出版社，2007 年版。

国文艺复兴"等概念以及"大胆的假设，小心的求证"等说法的表层化、浮泛化和片面化理解。

第四，在研究范围上，李著以胡适为切入点和基点，但其落脚点却不限于个人，而是勾勒出陈独秀、周作人、梅光迪、刘半农、顾颉刚、董作宾等先贤群像，深入挖掘二十世纪初中国民间文学学科发生史上的关键概念及其理论可能性，对重要问题作出令人耳目一新的思考，进而对民间文学学科的基本问题得出发人深省的结论，有效地推进了民间文学学科建设和基础理论的研究进展。

第五，最让我感到震惊和欣喜的是李著对胡适的民间文学思想受康德影响的独到研究，这也可以看作李著的一个重要的理论突破口。作为中国现代民间文学研究的开创性学者，胡适和周作人都是综合型人才，所以，如果我们仅仅拥有民间文学和民俗学的知识背景，就难以理解他们繁复而博大的思想内涵。显然，李小玲教授不仅对此心领神会，而且以理论慧眼和思想洞见来烛照胡适的关键概念与核心思想，并且通过细致的材料爬梳和广博的历史考证表明，在接触杜威之前，胡适曾在以研究康德与黑格尔哲学见长的康奈尔大学哲学系接受过五年的哲学训练，这对胡适的民间文学思想产生了重要的影响。在李著的启发下，我们还可以作一点细节上的补充说明。

首先，从当年的选课和得分情况来看，胡适初入康奈尔大学时原本学农科，三个学期后改习文科。他第一学期的德文课得了 90 分，"曾经考过全班第一名"[①]。胡适后来回忆说："学习德文、法文也使我发掘了德国和法国的文学。我现在虽然已不会说德语或法语，但是那时我对法文和德文都有相当过得去的阅读能力。"[②] 在康奈尔大学 2014 年公布的胡适"成绩单"中，1911—1912 年的"道德观念及其实践"课的授课老师是曾在德国受过严格哲学训练的唯心主义哲学家梯利（Frank Thilly，1865—1934，他的《西方哲学史》在中外学界都是名著）教授，胡适得 78 分；1913—1914 年的"德国哲学选读"课的授课老师是擅长美学和古希腊哲学的哈蒙（William Alexander Hammond，1861—1938）教授，胡适得 78 分；1914—1915 年的"康德的批判哲学"和"经验论与唯理

---

① [美]江勇振：《舍我其谁：胡适（第一部：璞玉成璧，1891—1917）》，台北：联经出版社，2011年版，第 204 页。

② 胡适口述、唐德刚译注：《胡适口述自传》，桂林：广西师范大学出版社，2005 年版，第 49 页。

论"两门课的授课老师都是研究形而上学和英国哲学的艾尔比（Ernest Albee，1865—1927）教授，胡适得分均为 OK。[1] 正如江勇振所指出的，胡适在康奈尔大学五年选修了十四门哲学课，而在哥伦比亚大学两年只选了四门哲学课，可见胡适在康奈尔大学的五年是他一生思想成熟的关键期。"我们甚至可以说，要了解胡适一生的思想，唯一的途径，就是去发掘他在康乃〔奈〕尔大学的所学、所读、所思。"[2]

其次，从影响环节来看，胡适与康德的接触还有一个重要的中间人物，那就是厄德诺（Felix Alder，1851—1933）教授。厄德诺是出生在德国的犹太人，1873 年在海德堡大学获哲学博士学位。在德国学习期间，厄德诺深受新康德主义的影响。胡适回忆说：

> 就在康乃〔奈〕尔这个伦理俱乐部，我第一次听到厄德诺教授的讲演。我对他以道德为基础的无神宗教十分折服，因为事实上这也是中国留学生所承继的中国文明的老传统。
>
> 后来我又选读了厄教授的一门课，因而和他的本人乃至他的家人都熟识了。在我的留学日记里，我记了很多条厄德诺语录。让我抄几条在下面：

> 道德的责任并不是外来的命令，只是必须要怎样做才可以引出别人——例如所爱的人——的最好部分。
>
> 只有对别人发生兴趣才可使自己常是活泼泼地，常是堂堂正正地。
>
> 要生活在深刻地影响别人！
>
> 要这样影响别人，要使他们不再菲薄自己。

从这些语录里我们很容易看出康德（Immanuel Kant，1724—1804）和

---

[1] 席云舒：《康奈尔大学胡适的成绩单与课业论文手稿》，《关东学刊》2017 年第 1 期。〔美〕江勇振：《舍我其谁：胡适（第一部：璞玉成璧，1891—1917）》，台北：联经出版社，2011 年版，第 289—290 页。

[2] 〔美〕江勇振：《舍我其谁：胡适（第一部：璞玉成璧，1891—1917）》，台北：联经出版社，2011 年版，第 291、245、294 页。

康德哲学的至高无上的（Categorical imperative）道德规律对他的影响。所以厄德诺是［当代思想家中］对我生平有极大影响的人之一。①

由此可见，厄德诺不仅堪称康德思想对胡适产生影响的重要桥梁和媒介，而且在很大程度上影响了胡适对康德思想的理解和接受，以及胡适后来有关民间文学与白话文学的思想和实践。

第三，从思想影响的发生契机和选择倾向来看，厄德诺教授的讲演最吸引胡适的是"他以道德为基础的无神宗教"，"因为事实上这也是中国留学生所承继的中国文明的老传统"。胡适已经看出厄德诺"以道德为基础的无神宗教"恰恰来自康德的影响，他摘录的厄德诺语录与康德的道德律令非常接近，因而这也可以部分地解释胡适对康德哲学发生兴趣的原因。由此可见，在思想影响的发生过程中，胡适并非单向接受和被动选择的一块白板，而是以自己此前理解的中国传统文化观念为接受影响的资本，这正是李小玲所谓"胡适对西方思想的选择和吸纳有他的前基础和前理解"，也正如美国汉学家格里德所指出的，"不能不说，在美国作学生的时候，胡适满怀热情欣然接受的，是那些他的早期教育已为他奠定下根柢的思想，而且，他只是吸收了与他到美国之前虽未坚定于心却也显露端倪的观点最为合拍的那些当代西方思想"②。进而言之，胡适少年时代接受的儒学"新民"观念"让当年初到美国的胡适旋踵之间就把自己思想的目光首先投向了康德，而不是首先投向杜威"③。胡适不仅研究过康德哲学，而且多次提到康德的影响。

第四，从思想影响的内容和细节来看，在李著的启发下，我查阅了胡适本人早年写作的几篇英语文章：大约在 1915 年，胡适在题为"What An Oriental Sees in the Great War"（"一个东方人在大战中看到什么"）的英文演讲中说："在看到这个重大教训之后，我们怎样才能从中获益呢？我的回答是，我们必

---

① 胡适口述，唐德刚译注：《胡适口述自传》，桂林：广西师范大学出版社，2005 年版，第 96—97 页。
② ［美］格里德：《胡适与中国的文艺复兴——中国革命中的自由主义（1917—1937）》，鲁奇译，南京：江苏人民出版社，1993 年版，第 36 页。
③ 参见吕微为李小玲教授《二十世纪初中国白话文学研究及当代意义》所作的序：《白话：我们日常生活的建构-描述性整体概念——李小玲〈二十世纪初中国白话文学研究及当代意义〉读后》。

须重建我们的文明，让它基于更加坚固的基石之上，基于人道法之上，而不是基于丛林法之上。如果我们的文明想让自身持续下去，就必须建立在对所有人都公正、正义和爱的基础之上。这就是我说的人道法。"① 胡适所谓的"人道法"，也可以理解为"人性法"，基本上与康德的道德法则如出一辙。1915 年 3 月 14 日，胡适用英文写了 "Kant's Principles of International Ethics"（《康德的国际伦理法则》）一文，在对康德的实践哲学原理作出复述和分析之后，胡适说："政治道德的这种严格的观点，无论它看起来对于身处政治的实用主义时代的我们是多么行不通和'过时'，都是不无理由的。对我而言它仅仅意味着，在国际关系中，正如在私下关系和公民关系中一样，以某种善良或权利原则作为行动的目标是绝对必要的，而不是仅仅按照戒律去谨慎行事，就像盲人在黑暗中摸索那样笨拙的尝试。"② 当然，在概要地论述了康德的永久和平论之后，胡适也指出时代对康德哲学的挑战及其得失。关于胡适的这篇重要文章，李著评论说：

> 1915 年 3 月 19 日，〔胡适的〕日记记载："上星期读康德之《太平论》(*Zum Ewigen Frieden*)，为作《康德之国际道德学说》一文。"《太平论》即康德写于 1795 年的《永久和平论》，也就是试图从哲学的根基上寻求解除战争状态，实现永久和平的方案。很显然，胡适那时决定将博士论文题目改为"国际伦理原则的研究"，应该和康德的这篇文章有关，而且在当时他已用英文写作了 *Kant's principles of international ethics*（《康德的国

① 户晓辉译，胡适的原文是："Having seen the great lesson, how can we profit from it? My answer is that we must rebuild our civilization, base it upon a firmer foundation of rock, upon the law of humanity, not the law of the jungle. Our civilization, if it wishes to perpetuate itself at all, must be based upon the law of justice to all, righteousness to all, and love to all. That is what I call the law of humanity."（胡适著，季羡林主编：《胡适全集》第 35 卷，合肥：安徽教育出版社，2003 年版，第 140—141 页。）

② 胡适：《康德的国际伦理法则》，席云舒译注，《鲁迅研究月刊》2017 年第 10 期。胡适的原文是："This rigoristic view of political morality, however impracticable and 'antiquated' it may seem to us in these days of political pragmatism, is certainly not without its justification. To me it simply means that, in international, as well as in private and civil relations, it is absolutely necessary to aim at some principle of goodness or right as the ideal for action, rather than proceeding only on prudential precepts, and blundering and experimenting like the blind man groping in the dark."（胡适著，季羡林主编：《胡适全集》第 35 卷，合肥：安徽教育出版社，2003 年版，第 91 页。）另可参见席云舒：《胡适论康德的国际伦理法则》，《鲁迅研究月刊》2017 年第 11 期。

际伦理法则》）一文。此文甚为重要，胡适后来很多的思想，包括民主、自由、平等等思想的端倪和脉络来源都可在此找到踪迹，可以帮助我们更好地理解甚或是修正我们过往对他的一些偏见。

1915 年 5 月 26 日，在 "The Argument of the Transcendental，Analytic in Kant's Critique of Pure Reason"（康德《纯粹理性批判》中先验分析论的论证）一文中，胡适详细概括了康德哲学的论证要点并作了简要评述。这两篇有关康德的论文显然是为艾尔比教授"康德的批判哲学"课所作。① 这些文章及其核心观点可以与李著中列举的材料一起表明，胡适所受的康德影响非同小可。

第五，胡适在 1910 年 8 月进入康奈尔大学，1915 年 9 月入哥伦比亚大学哲学系，师从约翰·杜威（John Dewey，1859—1952）。上文列出的胡适几篇有关康德的重要论文大多写于 1915 年前后，这也从一个侧面表明胡适对杜威的接受不仅与康德有关，而且在较大程度上以胡适对康德的理解为基础和环节。不仅如此，所谓实验主义本来就与康德有关，康德思想对胡适产生的作用不仅影响了胡适的民间文学思想，而且首先影响了胡适对实验主义的接受和理解，"康奈〔奈〕尔大学哲学系对他的影响要远大于杜威对他的影响"②。按照实验主义创始人之一皮尔士（Charles Sanders Peirce，1839—1914）的说法，由于 practicalism 或 practicism 具有康德形而上学和道德的含义，所以他没有使用这两个术语，而是改用 pragmatism，因而这个术语的提出本身就与康德有关。③ 实验主义是以先验理想为准则的实效主义④，而不是急功近利的经验主义⑤，正

① 关于这两篇文章的写作时间和写作目的，参见席云舒：《康奈尔大学胡适的成绩单与课业论文手稿》，《关东学刊》2017 年第 1 期。

② ［美］江勇振：《舍我其谁：胡适（第一部：璞玉成璧，1891—1917）》，台北：联经出版社，2011 年版，第 292 页。

③ Marcus Willaschek. "Kant and Peirce on Belief", in Gabriele Gava and Robert Stern（ed.），*Pragmatism，Kant，and Transcendental Philosophy*，Routledge Taylor & Francis Group，2016，p.134.

④ 胡适本人也把 pragmatism 译为"实效主义"或"实验主义"，参见席云舒：《胡适的哲学方法论及其来源》，《社会科学论坛》2016 年第 6 期。

⑤ 关于康德与美国实用主义的复杂关系，参见论文集《实用主义、康德和先验哲学》（Gabriele Gava and Robert Stern. *Pragmatism，Kant，and Transcendental Philosophy*，Routledge Taylor & Francis Group，2016）。

因如此，胡适的老师杜威才会对美国的民主制度和民主教育作出很大的贡献。实验主义的科学方法以人的有限理性为前提，每个有理性的探究者都被置于平等的地位上，谁都不是绝对的权威，谁都需要接受他人的质疑和批评，"简言之，这种探究方法就是按照平等、自由和宽容的民主原则来实行的一种实验主义方法"①。詹姆斯（William James，1842—1910）和杜威比皮尔士更多地把这种民主实验主义的科学方法用于审美的、道德的、社会的和政治的问题。在我看来，实验主义的科学方法试图打通康德在理性的理论用法与实践用法之间的隔阂并克服二者的冲突，它是培养反权威的、实行自我批评的社会理性和民主理性的一种实验主义方法，是在理性理念引导之下并且"按照平等、自由和宽容的民主原则来实行的一种实验主义方法"。杜威和胡适的实验主义方法也应该在这种意义上得到深入的理解。至少杜威和胡适都相信，民主是个人生活的一种人际方式，它隐含的超验信仰和先验理念是：无论个人禀赋有多大差异，每个人都有权利与别人享有平等的机会来发展自己的才能，都有能力不受别人的强制和强迫而过自己的生活。② 这样的理念显然对胡适的"白话文学"构想有很大的影响。在哥伦比亚大学求学期间，胡适更多地从方法论角度接受并理解杜威的实验主义③，因为胡适更感兴趣的是唯心主义如何贯彻和实施的问题，而实验主义恰好能够为这些理念如何通过中国的现代学术研究而在中国落地生根并在文化理念上弃旧图新提供切实可行的路径和方法。可以说，在接触康德和杜威之后，胡适更是在思想上发生了精神质变。在这个思想影响与融合的过

① David Macarthur. "A Kant-Inspired Vision of Pragmatism as Democratic Experimentalism," in Gabriele Gava and Robert Stern （ed.），*Pragmatism，Kant，and Transcendental Philosophy*，Routledge Taylor & Francis Group，2016，p. 74. 另可参见 H. S. Thayer，*The Logic of Pragmatism: An Examination of John Dewey's Logic*，The Humanities Press，Inc.，1952。

② 户晓辉：《日常生活的苦难与希望：实践民俗学田野笔记》，北京：中国社会科学出版社，2017年版，第337页。关于杜威与康德的思想关联，参见 Daniel M. Savage. *Dewey's Liberalism: Individual，Community，and Self-Development*，Southern Illinois University Press，2002；Dirk Jörke. *Demokratie als Erfahrung. John Dewey und die politische Philosophie der Gegenwart*，Westdeutscher Verlag，2003；Gregory Fernando Pappas. *John Dewey's Ethics：Democracy as Experience*，Indiana University Press，2008，p. 30；Hilary Putnam，Ruth Anna Putnam，*Pragmatism as a Way of Life：The Lasting Legacy of William James and John Dewey*，The Belknap Press of Harvard University Press，2017，pp.288 - 291。

③ ［美］江勇振：《舍我其谁：胡适（第一部：璞玉成璧，1891—1917）》，台北：联经出版社，2011年版，第327—336页。

程中，一方面，康德在受到杜威的改变，另一方面，杜威在受到康德的改变，与此同时；一方面，胡适在改变着康德和杜威，另一方面，胡适也在受到康德和杜威的双重改变。胡适并不仅仅把实验主义用于认识论意义上的考据学领域，更重要而且更值得我们重视和反思的是，胡适还把实验主义用于实践论意义上的新文化实践和白话文学实践。问题的关键在于，在认识论领域和实践论领域，胡适所谓"大胆的假设"具有完全不同的来源和性质。简言之，认识论领域中"大胆的假设"主要来自经验归纳，而在实践论领域中，除了有来自经验归纳的"大胆的假设"之外，尤其不可或缺而且更加重要的是作为实践法则的那些"大胆的假设"，这些作为实践法则的"大胆的假设"并不来自经验归纳，而是来自先验的和超验的理性推论，因而具有真正的普遍性。例如，自由和民主作为实践领域"大胆的假设"，就不是也不能来自经验归纳，而是出于先验演绎和超验演绎的理性理念和实践目的，因而才具有普遍必然性和逻辑自洽性。如果我们承认胡适是对中国民间文学研究的现代发生起过决定性影响的重要人物之一，那就不能忽视康德和杜威通过胡适与中国现代民间文学研究结下的思想交流之缘，这种历史渊源和影响至少从胡适就开始了。也就是说，中国现代民间文学研究对民主和自由问题的关注至少在胡适那里就已经有了发端并且深深地埋下了伏笔，这就进一步表明，为民主、争自由是中国现代民间文学研究与生俱来的胎记和先天基因，"民俗学本来就是一门为民主、争自由的学问"①，自由和民主的理念绝非从实践民俗学才开始的"横空出世"，而是早已潜藏在中国现代民间文学研究的开端之中。

第六，从思想效果来看，通过康德和杜威的双重影响，胡适用实验主义方法把康德的自由理念与杜威的民主理念接入中国文化语境，并且开启了中国现代民间文学研究的崭新格局，最终导致的是中国现代民间文学研究的现代性特征及其精神质变。胡适更愿意把中国的新文化运动称为"中国文艺复兴"，因为在胡适看来，中国的新文化运动与欧洲的文艺复兴运动都是思想解放和个性解放的运动，当此之时，"个人开始抬起头来，主宰了他自己的独立自由的人格，

---

① 户晓辉：《为民主、争自由的民俗学——访日归来话短长》，《民俗研究》2013 年第 4 期。

维护了他自己的权利和自由"①。这意味着中国现代民间文学在发生时所设定的学科目的并不仅仅是在拾遗补阙的意义上发现新材料、新领域，而主要是在前无古人的意义上发现并维护民众个体的独立自由的人格和权利。在这方面，李著一针见血地指出：

> 事实上，我们长期以来对胡适民主、自由、平等等思想的解读有流于表层化和浮泛化的倾向，更多是从政治观念出发，严重缺失政治观念后的哲学基础和逻辑起点上的考量和细察。胡适信仰世界主义、和平主义和国际主义，很大程度上和康德的道德律令及永久和平论有关，他的人道主义，民主观念，自由、平等意识，及其后来所发动的白话文运动，提倡白话文学都和此有密切的关联。甚至可以说，不打通胡适与康德之路，不了解这一点，我们就无法深入理解胡适孜孜以求的民主、自由、平等的精神实质，也就难以把握其哲学思考背景下的文学革命和文学思想理念。而不真正了解胡适哲学思想和文学思想的康德背景，我们对胡适及由其所发动的文学革命、涵盖中国民间文学和民俗学学科等的内在基质依然会陷于云山雾罩之中。

> 胡适自由、平等、民主的概念并非附庸于政治，而是基于康德的主体精神和纯粹理性的层面立论，至于"人的文学"的倡导，乃是切合人作为具有自由意志的纯粹人的身份，由此寻找到民间文学以哲学为逻辑起点的学术预设，对民间文学学科的关键问题即民间文学何为给出了明晰的答案。

这样的真知灼见立刻为我们开启了理解中国民间文学研究的现代发生的另一种可能性，并且为民间文学的学科目的展示出全然不同于通常理解的理论基础。经过康德的自由理念、杜威的民主理念与中国宋明儒学"新民"观念的思想融合作用，正如李小玲所指出的，胡适不仅将"人道本身视为一个目的，而不仅仅是个手段"，而且把对每个民众个体的绝对尊重看作理性法则，这种理念恰恰

---

① 胡适口述，唐德刚译注：《胡适口述自传》，桂林：广西师范大学出版社，2005年版，第173页。

是胡适民间文学思想背后的哲学根基。"胡适对道德和自由的理解既超越了经验世界的思考，但又有着客观实在性，兼有先验哲学和实践哲学的双重特点。"实际上，胡适在1914年10月27日的日记里已经写道："今读葛氏书，深喜古人先获我心，故志之。吾前年在西雷寇大学大同会演说'大同主义'之真谛，以康德'常把人看作一个目的，切勿看作一种用具'（Always treat humanity as an end，never as a means.此语最不易译）之语作结，葛氏亦然。"① 由此可见胡适受康德"常把人看作一个目的，切勿看作一种用具"这一哲学思想的影响之深。正是基于这样的哲学根基，李著对胡适最具影响力和最有代表性的概念与方法作出重新阐释，让中国民间文学研究的发生轨迹展露出簇新的风貌和格局。

二

我们进而可以看到，思想的影响和碰撞并非像物质东西那样的简单输入和单纯输出，而是思想融汇的因缘际会所带来的精神质变。

首先，胡适之所以能够对"白话文学"和"民间文学"作出重新发现和崭新评价，恰恰以对"人"的价值重估和全新的"人"观为前提，而且，"白话文学"和"民间文学"恰恰是康德的自由理念和杜威的民主理念影响了胡适的思想之后又在中国现代文学和民间文学研究领域再次产生的思想成果。胡适和周作人对民间文学的根本见解在"人的文学"理念上发生交叉和会合，并以自由与民主理念为导引。作为"人的文学"意义上的中国现代民间文学，不仅完全不同于中国古代所谓的民间文学，而且是对中国古代所谓民间文学的一种"哥白尼革命"意义上的重新理解，因为经过康德自由理念和杜威民主理念的直接的或间接的影响，胡适和周作人眼中的"民"首先必须是"人"，这也就意味着中国现代民间文学研究首先要改变"人"观，因为要把传统意义上的民间文学变为"人的文学"，首先就需要让汉字本意为奴隶和"氓"的"民"② 成

---

① 胡适：《读葛令〈伦理学发凡〉与我之印证》，见胡适著，季羡林主编《胡适全集》（第27卷），合肥：安徽教育出版社，2003年版，第535—536页。

② 晁福林：《谈先秦时期的"民"与"俗"》，《民俗研究》2002年第1期。户晓辉：《返回爱与自由的生活世界——纯粹民间文学关键词的哲学阐释》，南京：江苏人民出版社，2010年版，第121—122页。

为公民意义上的"人"①。所谓"人"，以独立人格和理性精神为基本规定。"胡适呼吁民众要成为真正的国民，首先要具备'独立'的精神品格。现代国家的确立，民主是题中必有之义，民主作为政治制度，其前提是配享民主的个体具有独立的精神。独立意识的实质是理性，没有理性精神的自由、民主、科学，其后果是生产出暴民和无政府状态；而缺乏理性精神，科学也将无从谈起。"②不理解这一点，就难以深入理解中国现代民间文学研究和现代文学研究在起点上所蕴含的现代性初心和现代化使命，这种初心和使命的自由民主理念的核心不是中西之争，而是古今之变，或者说，虽然迄今仍然表现为中西之争，但实质是古今之变。它从根本上要求"民""白话文学"和"民间文学"接受并且经历自由、平等和民主等现代价值观的洗礼，由此使"民"成为"人"，让"白话文学""民间文学"成为"人的文学"。

其次，面对中国国情，胡适并没有直接照搬康德的自由理念和杜威的民主理念，而是因地制宜地提出实验主义意义上的中层概念，"白话文学"正是这样一个负载着自由民主理念并且能够在中国落地生根的中层概念，这个实验主义工具论概念的提出在很大程度上恰恰是为了从理念和国情的双重立场出发，首先通过一场表达工具的革命来实现并贯彻"常把人看作一个目的，切勿看作一种用具"的自由民主理念。因此，胡适所谓"大胆的假设"虽然主要被用于实证考据方面，但也适用于实践上的先验理想和超验原则，其中的一个根本性的和本质性的区别在于：实证考据方面"大胆的假设"基本上来自经验归纳，但实践上的先验理想和超越原则却并非来自经验归纳，而是来自先验的和超验的逻辑演绎，因而这种"大胆的假设"并非用现实经验来加以验证的认识工具，而是用来改变现实经验的实践法则。来自经验归纳的"大胆的假设"最多具有相对的普遍性，而康德的自由理念和杜威的民主理念正是通过理性的逻辑演绎得出的"大胆的假设"或实践法则，因而具有绝对的和真正的普遍性，也就是能够概莫能外地适合并且适用于作为有限的理性存在者的所有民众个体，违背了实践法则就一定会出现严重的社会问题和

---

① 户晓辉：《从民到公民：中国民俗学研究"对象"的结构转换》，《民俗研究》2013 年第 3 期。
② 朱承：《胡适与现代中国国民意识塑造》，《学术界》2010 年第 4 期。

道德问题。康德的自由理念和杜威的实验主义方法对胡适产生的影响所造成的独特性之一恰恰表现在：中国现代民间文学研究自一开始就绝非单纯的"自下而上"，而是先有理念的"自上而下"作为理论上"大胆的假设"，再有现实的"自下而上"作为实践路径，而且事实上，"自上而下"与"自下而上"本是同一条路，只不过这里的"上"并非指知识分子，而是指理性的理念或理想类型。李著已经指出："如果启蒙运动不是建立在康德意义上的启蒙，而是将自己高悬于民众之上，那么，没有对启蒙的超越，根本就不可能有'民的文学'的发现，有对民间文学文学价值的确认，有对民间文学的一种自觉意识。"胡适关于"活的语言"和"活的文学"的定义有其道德哲学力量的支撑，作为"活的语言"并且作为国语的"白话"是作为理性法则提出的，它们不仅仅是开启民智的工具，而且体现了人与人绝对平等的根本理念，胡适当初为民间文学预设的正是作为哲学意义上的"人的文学"的学术轨道，而"民间文学也就在此'假设'之前提下脱颖而出"。这些无疑都是难得的洞见，我想强调的是，胡适和周作人对民间文学的"想象"，固然与安德森所谓民族国家的"想象"有相同的经验内涵，却更有不同于安德森的超验原则，那就是康德的自由理念和杜威的民主理念。这种可以普遍化的超验原则虽然被后来的许多研究者忘在脑后，但对中国民间文学研究来说却无比重要、不可或缺。在李著的基础上，我还想把胡适的整体思路还原为理念先行，也就是说，如果没有康德的自由理念和杜威的民主理念所产生的影响，胡适就不大可能把民主看作一种生活方式和一种习惯性的行为[1]，就难以对"人的文学"和"白话文学"作出"重新估定一切价值"（Transvalution of all values）[2]的崭新思考，更难以想到要像康德在思维方式上的哥白尼革命那样，"在中国文化史上，我们真也是企图搞出个具体而微的哥白尼革命来"[3]。这首先是一条"自上而下"的理论思路，表现在实际的历史中则是一条"自

---

[1] 胡适口述，唐德刚译注：《胡适口述自传》，桂林：广西师范大学出版社，2005 年版，第 187 页。

[2] 胡适口述，唐德刚译注：《胡适口述自传》，桂林：广西师范大学出版社，2005 年版，第 174 页。正如有学者所指出的，"这种'重新估定一切价值'的态度才把中国如何现代化的问题从科技和政制（张之洞所谓'西艺'、'西政'）的层面提升到文化的层面，因而突破了'中体西用'的思想格局"。

[3] 胡适口述，唐德刚译注：《胡适口述自传》，桂林：广西师范大学出版社，2005 年版，第 243 页。

下而上"的现实进路。具体而言，胡适和周作人不仅有顶层设计和"大胆的假设"，而且有理念的预设先行，正如胡适自己所说："我的白话文学论不过是一个假设，这个假设的一部分(小说词曲等)已有历史的证实了；其余一部分(诗)还须等待实地试验的结果。我的白话诗的实地试验，不过是我的实验主义的一种应用。"① 正因为这种"大胆的假设"并非来自经验归纳，所以它不仅能够在认识上烛照过去，更可以在实践上开辟未来。胡适"大胆的假设"的实验主义理论顺序至少表现为逐级下降的三个层次：从"人的文学"到"白话文学"，再到对民间文学各种体裁以及其中的"箭垛式"人物和"滚雪球"式情节的具体研究。胡适提出"双线文学史观"并撰写《白话文学史》，周作人提出"文艺的"和"学术的"双重目的，都不过是实验主义意义上"小心的求证"而已。② 这体现的正是康德和杜威对胡适产生的双重思想影响所带来的精神质变。"按照胡适先生的论述，我们似乎可以这样来推论他思想的逻辑：唯有思想的独立，才会有人格的独立；唯有人格的独立，才会有人格的平等；唯有思想的自由，才会有权利的自由；唯有人格的平等，才能保证权利的平等；人格和权利上能够自由平等的人才是现代人，唯有现代人才能组成自由平等的现代社会。"③ 也可以说，只有这种"现代人"才是中国民间文学研究应该努力去认识并在实践中加以促成的"民"，才应该是该学科的理论主体和实践主体。中国现代民间文学研究就诞生在"人的文学"与"白话文学"的交叉点上，而实践民俗学恰恰试图在这个交叉点上返回康德和杜威的自由民主理念，以此彰显并推进以胡适和周作人为代表的先驱学者所开创的事业，使它落地生根并开花结果④，用胡适本人的话来说，就是"要继续做无数开路先锋没有做完的事业，要替他们修残补阙，要替他们

---

① 胡适：《四十自述》，见胡适著，季羡林主编《胡适全集》(第18卷)，合肥：安徽教育出版社，2003年版，第126页。

② 户晓辉：《返回爱与自由的生活世界——纯粹民间文学关键词的哲学阐释》，南京：江苏人民出版社，2010年版，第31—34页。

③ 席云舒：《胡适"中国的文艺复兴"思想研究——在首届海峡两岸"胡适奖学金"颁奖典礼上的演讲》，《关东学刊》2017年第10期。

④ 户晓辉：《民间文学的自由叙事》，北京：社会科学文献出版社，2014年版。吕微：《民俗学：一门伟大的学科——从学术反思到实践科学的历史与逻辑研究》，北京：中国社会科学出版社，2015年版。

发挥光大"①。

第三，单就"白话"和"白话文学"概念来说，在 1919 年发表的"A Literary Revolution in China"（《中国的一场文学革命》）一文中，胡适把"白话"称为 plain language(大众化用语)或 vulgate Chinese(通行的汉语)②，这是民主化的自由理念在语言上的双重体现，旨在以语言的普遍权利为突破口，争取民众个体在文学表达上的自由权利，以人道法来破除并取代身份等级的丛林法。正如李著所指出的，胡适的"白话文学这一概念从提出伊始就是兼顾语言和文学、价值主体和学术主体的双重考虑的"，因此，"我们对胡适有关民间文学的理解就不能仅局限于文学的范畴，还应该纳入哲学的考辨当中，而关于哲学的问题首先是解决人的问题"。继而，李著超出单纯语言层面对"白话"和"白话文学"概念作出深入阐述，认为："胡适对于民间的主体定位，没有选择直接进行定性的划分，而是从语言的角度切入——使用白话的群体。不论其具体身份是什么，只要是使用，且较多(或几乎全部)使用白话的人就是民间文学的主体。"接着，李著还从民间文学本体理论层面重新阐释"白话文学"概念，认为这个概念在"日常生活化""复调性""日常生活审美性"等方面比"民间文学"概念更加具有突破下层民间话语表达的藩篱、将日常生活审美纳入民间文学的研究范畴、实现传统与当下的合理对接等理论潜力。这样的拓展为"民间文学"这个学科名称预示了一个非常富有理论思考空间的未来方向。不过，李著仍然留下了值得我们继续思考的问题：当"白话文学"已经成为中国文学的主流之时，是否已经不再需要从理论上区分"白话文学"概念的阶层属性，而只需强调它的个体性、变异性和本质性呢？"白话文学"概念是容易遮蔽还是有助于改变民间与官方在中国既对立又同构的非理性结构呢？

在自由民主理念的影响之下，当年胡适在号召学者收集民歌时就"反对士大夫自视为高踞于民众之上的人上人，坚定地表明'我们是我们，他们是他们，

---

① 胡适：《白话文学史》，见胡适著，季羡林主编《胡适全集》（第 11 卷），合肥：安徽教育出版社，2003 年版，第 216 页。
② 胡适著，季羡林主编：《胡适全集》（第 35 卷），合肥：安徽教育出版社，2003 年版，第 237 页。

那种态度是不行的，非我们就是他们，他们就是我们不可'"①，这也是他提倡"白话文学"的一个实验主义目的。正如李小玲在一篇论文中已经敏锐指出的那样："相较于以往的'你们'、'我们'的泾渭分明，这里有意将'我们'和'你们'相加，'我们'不再是作为特定的享有特权的知识分子群体的存在，'我们'和'你们'就是一个同属的集体，这一复数名词的想象共同体的勾勒打破了'我们'、'你们'之间的界限和壁垒。"② 当然，在胡适生活的年代，他首先需要把白话文学视为实验主义工具，正如他在《四十自述》中所说，1916年，"从二月到三月，我的思想上起了一个根本的新觉悟。我曾彻底想过：一部中国文学史只是一部文字形式(工具)新陈代谢的历史，只是'活文学'随时起来替代了'死文学'的历史。文学的生命全靠能用一个时代的活的工具来表现一个时代的情感与思想。工具僵化了，必须另换新的，活的，这就是'文学革命'"③。后来他又回忆说："今日回思，在1916年二三月之际，我对中国文学的问题发生了智慧上的变迁。我终于得出一个概括的观念：原来一整部中国文学史，便是一部中国文学工具变迁史——一个文学或语言上的工具去替代另一个工具。中国文学史也就是一个文学上的语言工具变迁史。"④ 在很大程度上，这并非胡适本人的思想局限，而是客观形势的要求使然，因为胡适本人已经意识到："我也知道光有白话算不得新文学，我也知道新文学必须有新思想和新精神。但是我认定了：无论如何，死文字决不能产生新文学。若要造一种活的文学，必须有活的工具。那已产生的白话小说词曲，都可证明白话是最配做中国活文学的工具的。我们必须先把这个工具抬高起来，使他成为公认的中国文学工具，使他完全替代那半死的或全死的老工具。有了新工具，我们方才谈得到新思想和新精神等等其他方面。这是我的方案。"⑤ 所以，在胡适看来，白话

① 陈勤建、李小玲：《东西方文化的碰撞：胡适文学观中的民俗倾向》，华东师范大学中国现代思想研究所编《思想与文化》(第二辑)，上海：华东师范大学出版社，2002年，第157页。

② 李小玲：《想象的民间文学：知识分子作为其生产者》，《上海大学学报(社会科学版)》2012年第6期。

③ 胡适：《四十自述》，见胡适著，季羡林主编《胡适全集》(第18卷)，合肥：安徽教育出版社，2003年版，第108页。

④ 胡适口述，唐德刚译注：《胡适口述自传》，桂林：广西师范大学出版社，2005年版，第144页。

⑤ 胡适：《四十自述》，见胡适著，季羡林主编《胡适全集》(第18卷)，合肥：安徽教育出版社，2003年版，第121页。

文学本身并非目的，而是实现"常把人看作一个目的，切勿看作一种用具"这个根本目的的工具和手段。在白话文学已经实现了工具革命并且已经变成普遍的表达工具的今天，我们需要着重思考白话文学的"新思想和新精神等等其他方面"，从内在形式上来重新审视白话文学和民间文学本身所蕴含并要求的内在对话形式和先验伦理原则，因为"白话文学"与"民间文学"都要求把"我们"作为体裁叙事行为的纯粹发生形式和先验基础，而且"我们"就是民间文学体裁叙事行为发生和存在的公共伦理条件。① 这个"我们"不再是非人格化的、面目模糊的、可以被任意解说的那种集体和群体形象，而是由一个个具有"他者面孔"② 的民众个体组成的现代共同体。当此之时，民间文学就是"白话文学"，"白话文学"也就是民间文学，因为它们在内在形式或本质形式上都是"我们"文学③，都是有可能让私民成为公民的文学。民间文学研究及其学科实践的根本任务就在于促成"我们"这个民间文学体裁叙事行为的纯粹发生形式条件由内而外、由潜而显，由此得到真正的觉识和普遍的实现。

三

唐代诗人杜荀鹤有诗云："时人不识凌云木，直待凌云始道高。"（《小松》）经过李著的深入挖掘和重新阐释，经过我们对胡适与康德、杜威的思想关系的再度突显和理论还原，胡适民间文学思想这棵"凌云木"才显出其原有的和应有的高度，才等来"直待凌云始道高"的时刻，它"在中国民间文学学科领域中被遮蔽的光芒"才重新焕发出来。尽管胡适在理论上的确存在着李著指出的一些缺点，比如，"更多是感悟式和灵感式的概念方法的提出"，"没有系统的论证"，但胡适提出的根本理念和远见卓识以及他在身体力行方面做出的非凡业绩，都无愧于他的时代。通过思想交融带来的精神质变，胡适不仅为中国现代民间文学研究"建立了库恩（Thomas S. Kuhn）所说的新'典范'（paradigm）"，而且"毫

---

① 户晓辉：《民间文学的自由叙事》，北京：社会科学文献出版社，2014 年版，第 138 页。
② 周福岩：《民俗与生活世界的意义构造——论民俗学研究的理论向度》，《民俗研究》2020 年第 4 期。
③ 户晓辉：《民间文学的自由叙事》，北京：社会科学文献出版社，2014 年版，第 160 页。户晓辉：《民间文学：转向文本实践的研究》，《中国社会科学》2014 年第 8 期。

无疑问地已尽了他的本分。无论我们怎样评判他，今天中国学术与思想的现状是和他的一生工作分不开的。但是我们希望中国未来的学术与思想变成什么样子，那就要看我们究竟决定怎样尽我们的本分了"。作为后来者的我们，应该在先驱学者的基础上继往开来并且以往鉴来。李著的重要意义之一就在于返回中国民间文学研究的实践理性起点①，接续学科的伟大传统②，并以扎实而新锐的理论研究实绩表明，尽管对自由、平等和民主的学理思考和实践觉醒发端于西方学者，但我们并不能说这些问题就不是中国学者自身的问题，相反，我们应当看到：这些问题不仅自一开始就是中国现代民间文学研究的内在问题，而且是更严重、更紧迫和更应该得到优先应对和严肃思考的中国问题。③

胡适与康德、杜威的思想影响关系表明，中国现代民间文学研究自一开始就不仅仅是单纯摸着石头过河式的经验研究，而且更是在自由、平等和民主理念引导与规范之下产生的人文研究。"换言之，学科先辈们为我们设定的学科起点是：民间文学或民俗学是一门有大爱的基础学科，它之所以能够成为其他学科的基础或底子，正因为它本身有爱，有普遍而纯粹的爱，它的眼里始终有一个大写的'人'字，这个'人'字也就是'爱'字。"④尽管这样的"凌云"高度并没有得到多数学者的领会和发扬光大，但实践民俗学需要返回胡适为我们开启的学科起点而重新出发，从研究理念的逻辑原点上寻求更加明确的实践理性目的和更加丰富、更加具体的理论规定。

实践民俗学不反对在认识民俗时作出必要的经验性假设，也不否认经验性假设在实践领域常常能够起到各种各样的实用效果，而是反对在实践领域中仅仅停留于、仅仅满足于经验性假设和单纯的试错性假设，反对胡适早就批评过的那种"仅仅按照戒律去谨慎行事，就像盲人在黑暗中摸索那样笨拙的尝试"。

① 户晓辉：《返回民间文学的实践理性起点》，《民族文学研究》2015 年第 1 期。
② 吕微：《接续民间文学的伟大传统——从实践民俗学的内容目的论到形式目的论》，《民族文学研究》2015 年第 1 期。
③ 吕微：《民间文学-民俗学研究中的"性质世界"、"意义世界"与"生活世界"——重新解读〈歌谣〉周刊的"两个目的"》，《民间文化论坛》2006 年第 3 期。吕微：《民俗学：一门伟大的学科——从学术反思到实践科学的历史与逻辑研究》，北京：中国社会科学出版社，2015 年版，第 86 页。
④ 户晓辉：《返回爱与自由的生活世界——纯粹民间文学关键词的哲学阐释》，南京：江苏人民出版社，2010 年版，第 35 页。

这种反对不是反对这样的做法本身，而是反对仅仅停留于、仅仅满足于这样的做法。实践民俗学主张在实践时以"常把人看作一个目的，切勿看作一种用具"这一具有大爱的实践法则来引导和规范经验性假设，以此在实践中减少各种有可能违背实践法则的任意假设和盲目试错。因为如果没有实践法则的引导和规范，各种经验性假设就会缺乏统一的实践目的和实践方向，就有可能偏离人性和理性的正当使用范围而把实践引入歧途，甚至可能在损害民众个体的自由、权利和尊严之路上越走越远、愈演愈烈。这样一来，不仅民间文学实践、民俗实践和学科实践缺乏甄别的普遍标准和评判的通用尺度，而且必然导致侵犯人权的民俗行为和日常生活中的诸多苦难。反过来说，只要不违背实践法则，民众个体在民间文学实践、民俗实践和日常生活实践中的任何一种经验性假设都是应该被允许和被宽容的自由选择，都可以成为日常生活中的理所当然。这些都是胡适的自由民主理念给我们带来的理论启示。

李著为我们展示的胡适与康德、杜威的思想渊源关系，或者说，康德和杜威通过胡适对中国现代民间文学研究产生的影响，也再次印证了吕微的敏锐断言：

> 一门学科的理论所关注的基本问题（终极关怀），并不是在其起源处就一劳永逸地被固锁住的，学科理论的基本问题需要该学科的学者不断地追问。就此而言，学科问题是学科的先驱者和后来人不断对话并通过对话得以解决的结果。①

---

① 吕微：《反思民俗学、民间文学的学术伦理》，《民间文化论坛》2004 年第 5 期。

绪　论

一、考镜源流

　　当前，中国民间文学理论和学科建设已取得了一定的成绩，但也面临着诸多困境与挑战，表现为学科边缘化、学科理论弱化、学术地位式微、学科前景悲观、研究队伍不稳，等等，尤其是民间文学作为学科概念也被普遍质疑。因此，如何突破困境亦是当下民间文学研究必须面对和亟须解决的问题。

　　我国的民间文学学科兴起于新文化运动时期，曾一度有过它的辉煌期，出现了一批卓有成效的著名学者，形成了自身的学术个性与学科意识，只是在后来的发展中渐渐由中心趋于边缘。因此，辨章学术、考镜源流、溯端竟委以找寻学科形成之初的研究特色及所潜在的学术危机，或可作为一条摆脱现状的可行路径，以为当下陷入困境的民间文学探寻出路和对策。黑格尔曾提出过关于哲学的一个重要命题，即"哲学史本身就应当是哲学的"。[①] "在哲学史里我们所研究的就是哲学本身。"[②] 并认为哲学唯一能把握的也只能是历史，因为哲学的目的是追求和把握真理，哲学是关于真理之必然性的科学，而这种理解和把握不是基于琐碎的事件和偶然的意见，而是一种概念式的把握和理解，哲学的特性也就在于"它的概念只在表面上形成它的开端，只有对于这门科学的整个

---

① ［德］黑格尔：《哲学史讲演录》（第一卷），贺麟、王太庆译，北京：商务印书馆，2019 年版，第 13 页。
② ［德］黑格尔：《哲学史讲演录》（第一卷），贺麟、王太庆译，北京：商务印书馆，2019 年版，第 25 页。

研究才是它的概念的证明，我们甚至可以说，才是它的概念的发现，而这概念本质上乃是哲学研究的整个过程的结果"①。在此，黑格尔谈的虽是哲学研究问题，然就笔者看来，此种表述或可具有学科研究的普遍意义，抑或是具有某种范式性的作用，史学研究理应成为学科研究的根柢，缺失史学的视野和眼光，对学科概念和学科的把握或犹如无根的浮萍。因此，从史学的角度进入民间文学概念和学科研究本身，这也是本书的一个基本出发点。

在谈及民间文学学科研究之时，户晓辉也曾明言："只有从学科的源起处或逻辑前提下才能重新找回学科的内在目的和新的可能性。"② 当然，这里所指的学科的源起是从哲学的形而上的层面即学科何为和学科何能方面而言，这对于学科的学理探幽很有必要，中国民间文学学科之所以发生，就得益于有学人对此问题曾有过深刻的思考和探寻。本书也对民间文学的哲学背景有所考量，但更着力于中国民间文学学术史的考辨，立足于学人的学术反思和经验现实的场域，对现实语境予以复现、展演和诠释，试图在历史的回溯中找寻形构中国民间文学学科的根由，并与当下相勾连。笔者以为，1918 年，刘半农、沈尹默发起北大征集歌谣运动，这是一重大事件，是民间文学学科产生的标识，1916年，梅光迪引入民间文学概念并和中国的白话文学运动相勾连，这是一重要时间点，说明学人已有了学科的意识和思考。为了更好地再现和把握学人对民间文学学科的探索过程，本书拟以 1916 年学科概念的引入为研究起点，围绕着1916—1937 年这一时间段提出的学科概念、理论与方法诸问题，展开对学科的讨论和反思，并进而挖掘其当代意义。

考镜源流，非指拘泥于传统的学术理路故步自封，实则有推陈出新，更有从头说起的意味。多尔逊明确指出美国民俗学的严重危机就在于"既没有自己的'祖先'也没有自己的理论"。③ 邓迪斯感叹于"欧洲的概念似乎主宰着美国的民俗学研究"④，"不仅很多美国民俗——材料——从根本上是从欧洲

① ［德］黑格尔：《哲学史讲演录》（第一卷），贺麟、王太庆译，北京：商务印书馆，2019 年版，第 6 页。
② 户晓辉：《民间文学的自由叙事》，北京：社会科学文献出版社，2014 年版，引言第 1 页。
③ 钟敬文：《民俗学概论》，上海：上海文艺出版社，1998 年版，第 439 页。
④ ［美］阿兰·邓迪斯：《民俗解析》，户晓辉编译，桂林：广西师范大学出版社，2005 年版，第 39 页。

民俗移植的，而且，美国民俗学惯于用来研究民俗的许多理论和方法也是欧洲的借用品"①。邓迪斯认为民俗学概念有着不同地域之间的差异，如拉丁美洲的民俗学家和北美民俗学家在对民俗的理解方面就表现出很多不一样的地方，因此，他以"美国的民俗概念"为题，强调特定地域下的民俗理解。美国民俗学界通过不懈努力，在二十世纪中后期终于摆脱依附关系，并迎来了学科研究的黄金时代。就目前而言，中国的民俗学、民间文学研究在学人的共同努力下，也已取得了不俗的成就，但在形成自我特色和对外影响力等方面还有待加强。美国的这种自我警醒、自我探索的精神和追求也有很值得我们学习和借鉴的地方，即要有意识地创建具有本民族特色的概念、理论和方法。

陈寅恪早在1932年曾对中西学术之关系有过评述，这也是当时一个争论不休的话题。他提到："窃疑中国自今日以后，即使能忠实输入北美或东欧之思想，其结局当亦等于玄奘唯识之学，在吾国思想史上既不能居最高之地位，且亦终归于歇绝者。其真能于思想上自成系统，有所创获者，必须一方面吸收输入外来之学说，一方面不忘本来民族之地位。此二种相反而适相成之态度，乃道教之真精神，新儒家之旧途径，而二千年吾民族与他民族思想接触史之所昭示者也。"② 这是一种比较客观中肯的态度，既不闭关锁国，也不妄自菲薄，追求中西学术的兼收并蓄。虽然陈寅恪肯定吸收输入外来之学说，但他又特别说明和强调了一点，即外来之思想，不能居最高之位，并终归于歇绝。换言之，缺失本民族的知识系统作背景和支撑，终难以有成就，也难以维持长久，这对于当下西学泛滥，唯西学马首是瞻的学术风气，依然还有它的警醒作用。

因此，考镜源流，寻找自己的"祖先"，"不忘本来民族"，这既是一种治学态度，也是一种治学方法。跳脱对西方学说的迷信和依样画瓢的学术愿景，希冀以中国的学术话语参与到与西方话语的平等对话与交流之中，回归中国历史和传统，似乎是达成愿景可能的不二选择。民间文学本为一文化想象物，兼有先验的哲学逻辑起点，也有现实的生活经验沉淀，自然脱不了学科自身存有

---

① ［美］阿兰·邓迪斯：《民俗解析》，户晓辉编译，桂林：广西师范大学出版社，2005 年版，第39 页。

② 陈寅恪：《审查报告三》，见冯友兰《中国哲学史》（下册），上海：华东师范大学出版社，2000年版，第 441 页。

的土壤和基质的本原。文化人类学的研究成果也明证了每一民族都有与之相适应的文化和文学生产，英国、德国、法国、芬兰等国都形成了具有自己民族特色的民间文学研究视域，多尔逊敏锐地意识到："美洲各国民俗皆产生于多种族多文化的互动过程之中，因此不能生搬硬套欧洲民俗学理论。"① 同理，中国也要结合中国文化自身的特点和实际，根据本土的需求和社会的现状，提出恰适本国国情的民间文学理论，以避免用西方的概念和理论框架来对中国本土的文学现象作简单和直接的拼接和对应，而单纯沦为西方理论与方法的试验场。

考镜源流，以史为据，并非只是着力于史料的收集、整理和分类等工作，也力求避免仅作理论上的抽象演绎，而是取理论思辨与史实考证相辅相成、互为佐证的学术理路。单纯的资料爬梳，虽有其史学的意义和价值，但也容易流于材料的平铺直叙，失之于理论上的概括和提升。纯理论的探究往往能突破表象而深入本质，但有时又不免有悬空之感。马尔库斯和费彻尔曾批评法兰克福学派的论文派风格，认为他们最明显的失败就在于只是纯粹的理论演绎，没有从现实的层面去佐证其思想的确实与否，而知识分子的主观性和模糊性本身"既可以强化某些视野或观点，也可能限制或阻碍其他的视野或观点"②。为了避免个体研究可能出现的主观性和偏见性，以史立论，探索在史料挖掘和分析的基础上予以理论的提炼和概括，这或许是一条可行的途径。

考镜源流，也并非以传统为指归而墨守成规，却意在打通传统与当下学术理路之内在脉络，以寻求学科确立和发展的理论新增长点。笔者以为，学科研究对象的"变"与"不变"乃是其常态，"不变"的是作为民间文学学科的内在目的，"变"乃是因时因地制宜。就如当下，随着网络时代和自媒体时代的到来，传统的民间文学也呈现出新的表现内容、新的传播方式和新的文学艺术样式，如手机文学、网络文学等，由此，我们的学科研究也要及时跟进，既对新的文学现象作出理论回应，从传统到现代，亦是学科得以生存和延续的必要前提。而民间文学概念的滞后性已难以涵盖当下民众日常生活意蕴的文学指向，至于民间文学的几大特性，如口头性、传承性、集体性、变异性和"历史遗留物"等特征的

---

① 钟敬文：《民俗学概论》，上海：上海文艺出版社，1998年版，第439页。
② ［美］乔治·E·马尔库斯、米开尔·M·J·费彻尔：《作为文化批评的人类学——一个人文学科的实验时代》，王铭铭、蓝达居译，北京：生活·读书·新知三联书店，1998年版，第172页。

概括，更多的是作为一门过去学科而难以囊括当下，已和作为"日常生活"指向且面向当下的学科转向格格不入，这在某一方面也恰恰暴露了我们过去在学科理解方面所存有的种种误区，而在民间文学作为学科概念前出现的、具有中国本土特色的"白话""白话文学""人的文学"等概念却潜藏了今日学科所包孕的丰富意蕴，甚至可以补当下学术研究之不足，而这也一直为人们所忽视。

综上所述，考镜源流，不只是想以史为镜，或谓旧说新论，更多是以此为出发点，找到问题的症结，进而在理论探索和研究方法等多方面有所创新和突破。从学科的缘起去追溯学科的本源和本质，力求为当下民间文学研究提供新的展开维度和可能性。

本书的写作是一尝试，也希望是一突破。

二、民间文学学术史扫描

就学术概念而论，民间文学既指称文学类型，又指向对这类文学的研究。民间文学作为一种由"历史的和现代的广大劳动人民的口头创作"的"语言艺术"①，自古就受到重视，如先秦时期的采风制度，《汉书·食货志》《汉书·艺文志》和《礼记·王制篇》等古书中均对此多有记载，还有汉乐府机构的设置等，都可见一斑。民间文学先后经过了片段式研究、脉络式研究等阶段，直到新文化运动时期才开始广泛受到学术界的关注，并迎来了一个研究热潮，产生了极其丰富的研究成果，为之后的民间文学学科构建和发展提供了一个探索方向，并奠定了一定的理论基础，可以说，此后的民间文学学科多是沿着这一时期的理论方向在逐步前行。伴随着的五四政治思潮的蓬勃兴起，新文化运动涂抹上了政治的色彩，民间文学蕴涵的对于"民间"群体表达诉求的重视与挖掘也就不自觉地同五四"民主""自由"的启蒙思潮形成了一定的理论勾连。这一方面使得文史哲等各学科的学者、知识分子等精英群体走向民间，开始正视并逐渐重视民间文学内涵的民间意识、民间话语，并自觉不自觉地投入对于民间文学学科的构建和理论价值的探讨工作之中，客观上推动了民间文学的学科发展；但另

---

① 钟敬文：《钟敬文学术论著自选集》，北京：首都师范大学出版社，1994年版，第24页。

一方面，作为思想导向下的民间文学学术追求，其学科建设也不可避免地会受到政治因素和社会因素等多方面因素的干扰。在这种背景之下，民间文学更多是作为一种政治话语的辅助力量，从另一个角度为社会变革提供实践论据。相较之下，民间文学学科本身的特性以及围绕其进行的本质性探讨倒有所忽略。

及至解放战争时期，毛泽东于1942年发表了《在延安文艺座谈会上的讲话》，明确提出我们的文艺是为人民大众，首先是为工农兵服务，又一次激发了知识分子走向民间的热情，民间文学因此也迎来了一个新的研究高潮。由于政治活动的需要，民间文学内涵的"民间"的文学主体概念同主流政治话语中的"人民""百姓"等阶级属性的概念等实现了无缝对接。这一时期的民间文学由于知识分子的积极参与而呈现出蓬勃发展之势，表现出民间文学文人化倾向，与此同时，也带有极其浓厚的阶级属性和政治色彩，由此也导致了民间文学学科在现代语境下学术研讨的缺失。当我们今天重新回顾这一时期的研究成果时，将会发现，如果剥离了当初阶级话语的附着，民间文学本身的纯粹性和学理性已很难对应找寻。

到了二十世纪五十年代，民间文学被正式确立为大学中文系研修科目，复旦大学、北京师范大学和华东师范大学等三所高校率先开设了民间文学课程，民间文学获得了国家层面学科体系内的肯定与重视。1958年，北京师范大学中文系55级学生集体编写了《中国民间文学史（初稿）》，虽然其中不乏一些"极左"观点，但总体而言，还是从学科建设的角度确立了民间文学的地位和价值。[①]同时，还有一个现象值得注意，当时教育部规定中国新文学史为高等学院中文系的必修课程，并对教学内容作了明确规定，要求运用新的观点和方法，介绍从五四到二十世纪五十年代的中国新文学发展史，王瑶编撰的《中国新文学史稿》可谓奠基之作，并成为研究新文学的一种范式。关于新文学史的研究范围，王瑶认为："应该是在社会上公开发表过并且得到社会上一定评价的作品，不包括没有产生社会影响的个人手稿。"[②] 也就是说，散落在民间的民间文学并没有进入新

---

① 北京师范大学中文系55级学生集体编写：《中国民间文学史（初稿）》，北京：人民文学出版社，1958年版。

② 王瑶：《关于中国现代文学研究工作的随想——在中国现代文学研究会学术讨论会上的发言》，《中国现代文学研究丛刊》1980年第4期。

文学史写作的范围。关于个中的原因，笔者在第五章第二节中有详细的探讨。

二十世纪七十年代末到八十年代，民间文学研究恢复了生机，显现出逐渐向学科本体靠拢和回归的态势，早期自觉与非自觉的学科意识此时已得以明确，即要建立具有自己特色的中国民间文学体系。中国民间文艺研究会和《民间文学》杂志重新恢复，恢复民间文学硕士研究生的招生，举办民间文学教师进修班，培养民间文学学术骨干。1979年，钟敬文、贾芝和马学良三位前辈提出编撰"中国民间文学三套集成"，即《中国民间故事集成》《中国歌谣集成》《中国谚语集成》，三套《集成》的编撰极大地推动了中国民间文学学科的发展。值得一提的还有当时民间文学学科的推进，得益于钟敬文的多方努力。钟敬文先后出版发表了一系列的民间文学理论著作，如《民间文学概论》①、《钟敬文民间文学论集》（上下册）②等，并发表了相关论文，涉及建立新民间文艺学的设想和怎样建设新的民间文艺学等问题，并结合中国多民族的特点，强调加强各民族之间的文学交流和沟通。总体来说，钟敬文对于民间文学的研究更侧重的是民间文学学科本身所包容的学科交叉性，比如民俗学和文学。这一方面是民间文学学科本身的特性所决定的，许多民间文学作品天然地蕴含着民俗的因素，而同时又具有文学审美性；另一方面，也表现了钟敬文的研究向度由文学向民俗转向的学术理路的变化。所以这段时期的民间文学的学科定位更多地表现出向民俗学的倾斜，民间文学也成为一种需要多学科合力研究的交叉学科。

二十一世纪，伴随着非物质文化遗产保护热潮，民间文学再一次成为学人关注的焦点，其研究呈现出多样的态势，研究视域得到极大的拓展。就研究内容而言，归纳起来大致可分为以下几类。一是从民事主体法的研究角度入手，着重探讨民间文学著作权的问题。二是从非物质文化遗产保护的研究角度入手，探讨如何保护民间文学这一文学遗产的相关举措和政策导向，以及具体到某一地域或某一民族的民间文学的个案分析等，如《民俗学在非物质文化遗产保护运动中的尴尬处境》③《民俗非遗保护研究》④《非物质文化遗产保护与

① 钟敬文：《民间文学概论》，上海：上海文艺出版社，1980年版。
② 钟敬文：《钟敬文民间文学论集》，上海：上海文艺出版社，1982年版。
③ 施爱东：《民俗学在非物质文化遗产保护运动中的尴尬处境》，《民间文化论坛》2014年第2期。
④ 董晓萍：《民俗非遗保护研究》，北京：文化艺术出版社，2016年版。

民间文学》① 等。这也从一个侧面反映出整个社会从上到下对民间文学的普遍关注。三是对个体理论作品或理论思想的述评。如《新文学建构中民间资源的探询——高有鹏〈中国现代民间文学史论〉的学术史意义》②《郑振铎"俗文学派"研究——基于当代民间文学视角的考察》③《从元文艺学看钟敬文的民间文学研究》④ 等，既有对五四时期的理论综述，也有对当代的理论分析与探讨，成果丰富。四是对中国民间文学学术史的研究。这方面以刘锡诚的《20世纪中国民间文学学术史》⑤ 为代表，受学界"重写文学史"思潮的影响，该书提出了"20世纪中国民间文艺学"概念，将中国民间文艺学的时间推前至晚清末年，对中国民间文学百年学术史进行了追溯和探讨。五是对学科本身及研究的反思。如《现代性与民间文学》⑥，利用现象学的研究视点以及精神分析法对民间文学话语的现代性特征进行了探讨和梳理，体现出了一种跨文化的研究立场，还有《20世纪中国俗文学学科建设的反思》⑦《民间文学本体特征的再认识》⑧ 等，这些主要是探讨民间文学学科建设的诸多具体问题，如学科对象、学科定位、现存问题等。陈平原于2004年主编了《现代学术史上的俗文学》一书，这部著作将俗文学（民间文学）纳入学科视野，收集了一些有代表性的学者的颇有价值的学术论文，可以说是对二十世纪后半段的民间文学学术研究成果的一次汇总，具有较高的理论参考价值。序言中提到，此前的诸多研究多是"学术史的回顾与自我反省"，主要进行的是"学术思潮的描述以及思想史路向的分梳"，而"很难真正深入到具体学科内部"⑨。笔者认为，陈平原主编的这部书主要强调的是俗文学（民间文学）学科定位的问题。第一，民间文学不应该

---

① 刘守华：《非物质文化遗产保护与民间文学》，武汉：华中师范大学出版社，2014年。
② 刘进才：《新文学建构中民间资源的探询——高有鹏〈中国现代民间文学史论〉的学术史意义》，《文化遗产》2008年第2期。
③ 王姝：《郑振铎"俗文学派"研究——基于当代民间文学视角的考察》，《民族文学研究》2012年第1期。
④ 刘波：《从元文艺学看钟敬文的民间文学研究》，《广西民族大学学报（哲学社会科学版）》2009年第4期。
⑤ 刘锡诚：《20世纪中国民间文学学术史》，开封：河南大学出版社，2006年版。
⑥ 户晓辉：《现代性与民间文学》，北京：社会科学文献出版社，2004年版。
⑦ 周忠元：《20世纪中国俗文学学科建设的反思》，《文艺理论研究》2009年第3期。
⑧ 万建中：《民间文学本体特征的再认识》，《北京师范大学学报（社会科学版）》2004年第6期。
⑨ 陈平原主编：《现代学术史上的俗文学·序言》，武汉：湖北教育出版社，2004年版，第4页。

完全局限于学术史料的搜集、整理，而应该形成一个完整且独立的体系，其中包括清晰的学理思路、科学的研究方法等。第二，强调的是民间文学的现代性的问题。民间文学不应该只是停留在对于过去研究成果的反复阐释、整理和探讨，而应该结合新的时代命题提出新的议题。虽然，陈平原的这部著作并没有对"民间文学"和"俗文学"进行区分，而是将"俗文学"等同于一个学术概念，但是从整部书的编选体例也不难看出，陈平原所指的"俗文学"并不等同于惯常意义上理解的"通俗文学"，而仍是侧重强调"平民""大众"的一种"生活经验"①，带有指向生活和当下的意味。除了对民间文学现代性的思考之外，还有的是在民间文学学科研究的整体背景下，对学科本原性问题作哲学形而上及实践理论的推导和论证，有很强的理论色彩和学理思考，显示了民间文学研究在理论思辨上的推进。如论文《民间文学传统与"我们"》②《"内在的"和"外在的"民间文学》③、专著《返回爱与自由的生活世界》④《民间文学的自由叙事》⑤《民俗学：一门伟大的学科（从学术反思到实践科学的历史与逻辑研究）》⑥ 等。

就目前民间文学研究特点而言，大致呈现为以下几点：1. 多文本、史料的搜集与整理，或个案分析，形成了"散珠式"的研究，如多种版本的民间文学作品选等；2. 多民俗语境下的研究分析，如地方志，或地方传说、方言文学等，形成了"地图式"的研究模式，如《台湾民间文学》⑦ 以及各少数民族民间文学的作品选评等；3. 多文学史的编写，或理论发展史的梳理，多为回顾性分析，如高有鹏所著的《中国现代民间文学史论》，探讨了"中国现代作家的民间文学史观"，论述了胡适、鲁迅、周作人、矛盾、老舍等诸多学者的民间文

---

① 陈平原主编：《现代学术史上的俗文学·序言》，武汉：湖北教育出版社，2004 年版，第 3 页。
② 王光东：《民间文学传统与"我们"》，《当代作家评论》2012 年第 2 期。
③ 吕微：《"内在的"和"外在的"民间文学》，《文学评论》2003 年第 3 期。
④ 户晓辉：《返回爱与自由的生活世界——纯粹民间文学关键词的哲学阐释》，南京：江苏人民出版社，2010 年版。
⑤ 户晓辉：《民间文学的自由叙事》，北京：社会科学文献出版社，2014 年版。
⑥ 吕微：《民俗学：一门伟大的学科——从学术反思到实践科学的历史与逻辑研究》，北京：中国社会科学出版社，2015 年版。
⑦ 王甲辉：《台湾民间文学》，上海：上海文艺出版社，2005 年版。

学观，体系比较清晰完整①；4. 从研究内容的时间跨度来看，对于五四时期以来的研究较多，对于当代关注较少；5. 相关讨论众多，切入点多样化，对于民间文学学科本身构建的一些实质性问题仍存争议，譬如何谓民间文学、民间文学的研究主体及研究对象是什么、民间文学是关于过去的学科还是一门有生长力的学科，等等，不一而足，可谓仁者见仁，智者见智。学科的这种发展态势显示了学科自身存有的活力，但也在另一方面折射出一个现实问题，即民间文学作为学科本身，仍存在很多模糊不清的问题，于是也就有了十分广阔的讨论空间。

　　"一个学科的独立存在，要求它有自己特定的研究对象，特定的基本问题，特定的体系和构成，特定的研究原则和方法。"② 换言之，某一领域一旦被纳入学术范围，发展成为一门学科，那么它必须要具有几个必备的要素：一、明确的研究对象，包括学科概念的明晰和研究范畴的明晰等；二、相应的基本问题和系统的理论支撑；三、恰适可行的研究方法。其中，明确的研究对象是学科形成的关键所在，因为"任何科学都不能没有清晰的研究对象"③，同时，研究对象也是理论和方法发生和存在的前提，研究对象的明晰，即基本问题的确立，需要理论的佐证和支持，并采用相应的研究方法，才能保证学科研究有所针对、有所集中地进行。研究对象的明朗化又具体包括几个问题：对象是什么？具有什么特点？怎么产生的？发展历程是如何的？等等。以上种种问题，联系到当下民间文学的研究现状，可以归结为一个关键问题：民间文学作为学术名词，其本身概念如何解读？由于"民间文学"一词最初是由英语"folklore"翻译而来的，而"folklore"兼有民俗学和民间文学等多重意义，方法上，又和人类学、民族学、社会学等学科多有交叉，因此民间文学从一开始就同民俗学、人类学等学科纠缠在一起，而无法明确表达"民间文学"的学科独特性。这也导致了民间文学的概念所指和研究对象不对应的问题：一方面，学科概念不明确，

---

① 高有鹏：《中国现代民间文学史论：中国现代作家的民间文学观》，郑州：河南大学出版社，2004年版。

② ［英］爱德华·泰勒：《原始文化：神话·哲学·宗教·语言·艺术和习俗发展之研究》，连树声译，刘魁立主编，桂林：广西师范大学出版社，2005年版，序言第2页。

③ ［美］勒内·韦勒克：《辨异：续〈批评的诸种概念〉》，刘象愚、杨德友译，上海：上海人民出版社，2015年版，第115页。

有俗文学、非作家文学、平民文学等诸多概念互为指称，而这诸多概念之下，研究对象既不是完全独立，也不是完全相同的，有交叉又有不同；另一方面，定性概念的所指缺失。经过数十年的学术探讨研究，对于民间文学的基本性质达成了一定的共识，即口头性、集体性、变异型、传承性。但是这样一来，又容易将民间文学囿于民俗学的田野考察或对于史料的搜集整理工作中，民间文学作为文学的学科属性似乎被遮蔽了。因此，对于民间文学的学科概念进行明确的界定实属必要之举。

如何还原民间文学学科本来的学术面貌，笔者以为，应当回到民间文学学科概念产生之初去寻找答案。民间文学作为学科正式进入现代学术视野，当始于新文化运动时期。1916 年 3 月，梅光迪引入民间文学概念，用来指称胡适所倡导的"白话文学运动"。1917 年 1 月，胡适在《新青年》发表《文学改良刍议》一文，明确提出"白话文学之为中国文学之正宗"。[①] 1918 年，刘半农、沈尹默发起北大歌谣征集运动，学界普遍认为，这是我国民间文学和民俗学的开端。据同时代顾颉刚所言：刘、沈二人是"为了作新体诗，要在本国文化里找出它的传统来，于是注意到歌谣"，"征集各地民歌"[②] 作新体诗，也就是对胡适创作白话新诗的积极响应。因此，不论是概念的引入，还是作为学科开端的标识性事件，两者都和胡适提倡的白话文运动密切相关。

1921 年 11 月，胡适开始编撰《国语文学史》，后对其进行修改，并于 1928 年改名为《白话文学史》出版。在书中，胡适屡屡将白话文学、民间文学和平民文学等概念互相指称，通过对白话文学史的梳理，从学术史的角度证实了白话文学历史性的存在，并充分肯定白话文学的文学价值，进而确立了白话文学在文学史中的地位。胡适是基于对白话文学的思考而与民间文学学科概念相勾连的，因此，他对白话文学的上述肯定和张扬直接促成了社会对民间文学本身的肯定和张扬。胡适从史学的角度确立了白话文学的价值和地位，引发了学术界的极大关注和热烈讨论，在关于文学革命的各种研讨中，在西方民间文学理论引进的同时，民间文学学科概念的基本内涵、研究范式等被逐渐确立。

---

① 胡适：《文学改良刍议》，见胡适著，季羡林主编《胡适全集》（第 1 卷），合肥：安徽教育出版社，2007 年版，第 15 页。
② 顾颉刚：《我和歌谣》，《民间文学》1962 年第 2 期。

1922 年，北京大学《歌谣》周刊刊行，进一步推动了民间文学作品的收集和创作，也进一步使民间文学回归到实践层面，赋予了民间文学在现代学术史中的合理话语权。但是，梅光迪和胡适对民间文学最本初的表述却在一定程度上被片面化了，学界更多的是关注以民间为主体的价值取向，对于胡适的白话文运动以及相关尝试也多从语言层面去进行解读，忽略了白话文学这一概念从提出伊始就是兼顾语言和文学、价值主体和学术主体的双重考虑的。

通过对中国民间文学学科发展过程中的理论进行梳理，也不难发现胡适的白话文运动所内设的理论起点客观上对于民间文学的学科发展提出了一些可能的借鉴。胡适的白话（民间）文学史观念直接影响到郑振铎，郑振铎的《中国俗文学史》① 可谓关于民间文学的一部非常重要的著作，对于民间文学学科形成之初的许多问题都起到了某种规范、定性的作用，从中也可以看出对胡适学术理路的诸多借鉴，或可说是对《白话文学史》的回应和拓展。胡适的《白话文学史》虽然在概念上未能统一，即没有明确的学科概念和学科意识，但却在实践的层面提出了一个实质性的问题，即"何谓民间"，并在与同侪以及同侪之间的讨论中，逐渐明确了一种可能的学术方向，即这种产生于"民"之间的文学是客观存在的，也是应该被挖掘、被讨论的。在此基础上，胡适对于白话文学的研究就在实践层面形成了一种对于民间文学学科的背景研究或者说先期讨论。正如吕微所评："胡适没有着意写作一部民间文学史，因为胡适写作文学史的目标是为白话和国语作合法性奠基。但是民间文学史和俗文学史的写作却因此而成为可能，这种可能即存在于胡适关于白话文学之民间根源或平民根源的理论假设和实证描述之中。"② 或许更为恰切的表述是，胡适主观上并没有明确的民间文学学科意识，但却前瞻性地把准了民间文学学科的内在规约性，由此民间文学史的书写才成为可能和现实。胡适研究专家江勇振曾这样评述胡适："二十世纪前半叶的中国，能带领一代风骚、叱咤风云、臧否进黜人物者，除了胡适以外，没有第二人。正由于胡适是二十世纪中国思想界的第一人，正由于胡适是当时中国思想、学术、舆论界的领袖、宗师与巨擘，他的一生正是

---

① 郑振铎：《中国俗文学史》，上海：上海人民出版社，2006 年版。
② 吕微：《论学科范畴与现代性价值观——从〈白话文学史〉到〈中国民间文学史〉》，《文学评论》2001 年第 4 期。

用来管窥二十世纪前半叶中国学术、知识、舆论界最理想的透视镜。"① 这虽不乏溢美之词，但胡适在二十世纪初的思想和学术影响，在当时确实起到了引路的作用。正是基于此，本书试图以胡适兼及同时代有代表性的学人为基点，去挖掘二十世纪初中国民间文学学科意义上的发生、发展乃至命名的诸种可能。

三、胡适与中国民间文学研究

伴随学科概念的西化和学科的意识形态化，关于现代民间文学学科兴起的白话运动这一史实却在有意无意间被淡化甚或被消解，白话文学连同在白话文运动中"暴得大名"的胡适似乎与民间文学渐行渐远。不过，令人欣慰的是，也有不少学者着手于历史的还原工作，从不同的视角予以诠释和凸显胡适对于民间文学所作的贡献。概括起来，有如下几个方面。

（一）关于胡适与民间歌谣的研究。学者们普遍注意到胡适对民歌民谣等民间文学的研究及对民间文学的贡献。周正举总结了胡适关于民歌的理论，强调胡适对民歌的重视和维护："从总体上看，他在民歌理论上的建树，是有划时代的意义的。"② 陈泳超则从学术和文艺两方面勾勒出胡适对歌谣所作的特殊贡献，提到了"胡适倡导的创作白话诗的风气，却在不经意间引发了现代歌谣运动"③，肯定了胡适对民间文学的倡导之功。李小玲的《胡适的"比较研究法"与民间歌谣研究》，从胡适的方法论和他提出的"母题"概念入手探讨其对于提升民间文学学术化的努力④。作为 2010 年江苏省高校哲学社会科学研究项目"20 世纪早期中国现代审美主义思想研究"阶段成果的《民间与启蒙：论"五四"时期歌谣学运动的意义》着重探讨了胡适、周作人、顾颉刚等人对于民间文学的学术态度和关注点，并由此分析这种整体态度对于"民间"这一具有启

---

① ［美］江勇振：《舍我其谁：胡适（第一部：璞玉成璧，1891—1917）》，北京：新星出版社，2011年版，第 5 页。
② 周正举：《一切新文学的来源都在民间——胡适论民歌》，《四川大学学报（哲学社会科学版）》1995 年第 1 期。
③ 陈泳超：《中国民间文学研究的现代轨辙》，北京：北京大学出版社，2005 年版，第 56 页。
④ 李小玲：《胡适的"比较研究法"与民间歌谣研究》，《江西财经大学学报》2005 年第 1 期。

蒙意义的现代性主体力量的生成。①

（二）关于胡适的民间文学方法论研究。万建中认为胡适的《歌谣的比较的研究法的一个例》对我国现代早期的民间文学研究方法产生过重要影响。②陈平原论证了胡适用"历史演进法"研究有"演化的历史"的中国古典小说，肯定顾颉刚借鉴此法写作的《孟姜女故事研究集》至今仍有典范意义。③刘锡诚则从民间口传文学方法论的角度阐述了胡适小说考证对于民间文学方法论上的意义和价值，充分肯定胡适"无论在理论上还是在方法论上，对于中国民间文学学科的形成与发展产生过不可忽视的重要影响"④，认为在百年中国民间文艺学史上，胡适是民间文学的文学研究派的代表人物。从整体上看，这部分的研究成果为我们厘清了胡适的具体操作实践，特别是研究方法的使用与民间文学学科分支发展的学术思路，也为本书的立论提供了一些极具参考价值的借鉴。

（三）探讨胡适的理论思路同民间文学学科整体构建的关系。如高有鹏的《中国现代民间文学史论——中国现代作家的民间文学观》将胡适专列一章，将其置于中国民间文学发展史的背景之下，较为全面地考察和论述了胡适的民间文学观，探讨了其对于之后民间文学学科构建的理论意义。⑤刘锡诚明确提出："胡适关于民间文学及其在文学发展上的作用的思想，从文学革命之初就与白话文学的理念一同萌生了。"⑥陈泳超的《中国民间文学研究的现代轨辙》一书单独探讨了白话文运动对于民间文学的挖掘和正声（见《从白话文运动到〈白话文学史〉——胡适对民间文学的发现和倡导》），认为"双线文学观念"是一个内涵丰富而又不断调整的文学史思路，着重考察了民间文学在这一观念体系及其演变历程中的特殊作用；分析了胡适提出的"双线文学史观"这一文

---

① 黄皎碧：《民间与启蒙：论"五四"时期歌谣学运动的意义》，《常熟理工学院学报（哲学社会科学）》2012 年第 3 期。

② 万建中：《民间文学引论》，北京：北京大学出版社，2006 年版，第 322 页。

③ 陈平原：《中国现代学术之建立》，北京：北京大学出版社，1998 年版，第 208 页。

④ 刘锡诚：《20 世纪中国民间文学学术史》，开封：河南大学出版社，2006 年版，第 214 页。

⑤ 高有鹏：《中国现代民间文学史论——中国现代作家的民间文学观》，开封：河南大学出版社，2004 年版，第 17—82 页。

⑥ 刘锡诚：《20 世纪中国民间文学学术史》，开封：河南大学出版社，2006 年版，第 214 页。

学史思路，并考察了在这一思路中，民间文学是如何逐渐清晰，并形成一个一以贯之的发展脉络的。①

（四）以民间文学和白话文学为关键词，对民间文学和白话文学之间的理论关系进行探讨。吕微的《论学科范畴与现代性价值观——从〈白话文学史〉到〈中国民间文学史〉》②选择了中国民间文学学科构建过程中的几本具有阶段标示性意义的理论著作，进行了理论脉络的梳理。其中对郑振铎在《中国俗文学史》一书中对民间文学进行"文体"分类的理论探讨及其同胡适的《白话文学史》以"语体"予以界定的关系辨析，是十分客观且深入的，本书对于"白话"的概念界定的讨论，一定程度上也基于对这一问题的思考。另外两篇分别为《论钟馗故事及形象在通俗文学中的演变》③和《白话小说的编撰出版》④，前者以具体的文本进行分析，后者从出版学的角度进行讨论。

饶有意味的是，海外胡适研究虽然硕果累累，但关于胡适与民间文学研究的专论却不多，更多的是从思想史的视角，即从思想启蒙和文化启蒙的角度切入。美国著名汉学家杰罗姆·B·格里德博士追踪了胡适思想形成的轨迹，虽然仍是站在现代化启蒙的理论角度探讨胡适的理论及其思想活动，但值得一提的是，他充分肯定了胡适所提倡的白话文运动对大众文学及中国文化走向的作用和影响。⑤美国学者洪长泰的《到民间去——1918—1937年的中国知识分子与民间文学运动》（1993年版）是研究中国民间文学的专著，书中肯定了胡适对于民间文学研究的贡献，认为胡适是"使用'方言文学'概念的第一人"⑥，后在2015年的新译本中修改为"首批使用'方言的文学'概念的人之一"⑦。遗

① 陈泳超：《中国民间文学研究的现代轨辙》，北京：北京大学出版社，2005年版，第40页。
② 吕微：《论学科范畴与现代性价值观——从〈白话文学史〉到〈中国民间文学史〉》，《文学评论》2001年第4期。
③ 徐泽亮：《论钟馗故事及形象在通俗文学中的演变》，《深圳大学学报（人文社会科学版）》2010年第6期。
④ 缪咏禾：《白话小说的编撰出版》，《出版发行研究》2003年第3期。
⑤ ［美］格里德：《胡适与中国的文艺复兴——中国革命中的自由主义（1917—1937）》，鲁奇译，南京：江苏人民出版社，1996年版。
⑥ ［美］洪长泰：《到民间去——1918—1937年的中国知识分子与民间文学运动》，董晓萍译，上海：上海文艺出版社，1993年版，第101页。
⑦ ［美］洪长泰：《到民间去——中国知识分子与民间文学，1918—1937（新译本）》，董晓萍译，北京：中国人民大学出版社，2015年版，第63页。

憾的是，新旧译本均没有将胡适列入民间文学研究"开拓者"名单，仅列了刘复、周作人和顾颉刚几人。洪长泰认为"中国现代民间文学运动的意义，不完全在于它把民间文学的研究纳入了学院式的正轨，更在于它对现代中国知识分子产生的深刻思想影响"。① 客观地说，洪长泰对中国民间文学运动意义的把握还是比较到位的，但也就是基于这种判断，书中对民间文学的探讨更多的是偏重于文化思想的层面，而对具有现代学科意义的中国民间文学本体研究则有所忽略，所以，施爱东更愿意把《到民间去》"看作中国现代文化思想史的一部分"。② 笔者以为，就民间文学思想史意义而言，胡适的贡献并不亚于刘复、周作人和顾颉刚三人，胡适在此的缺席确实有些遗憾。

综观国内外研究成果，民间文学理论探讨始终是一个比较热点的论题，且角度多样，成果丰富。胡适在进行白话文学的理论阐释和研究工作时，从客观上为民间文学学科建设进行的可能的理论思路的预设和研究方法的启示等，已经引起了部分学者的关注和重视。不同于以往对于胡适及其提出的白话文运动中所蕴涵的现代性意识的整体挖掘和探讨，更侧重于一种对于主体的细化分析。但是其中也有不少学者着重强调的是白话文运动的语言层面的意义，将白话文学理解为一种单纯以语言作为界定依据的文学概念，或者将白话文学和民间文学两者进行直接对接，却少有对白话概念的具体阐释。这一方面反映出学界可能还没有从整体上关注到这一论题，另一方面也可能反映出这一论题本身所具有的争议性。同时，就关注的焦点来看，少有学者将胡适所倡导的白话文学概念与中国民间文学理论、学科建设研究及其当代意义勾连起来，然此却关乎对胡适民间文学理论的整体评价，关乎对中国民间文学缘起及发展脉络的勾勒，也关乎民间文学学科反思及未来走向等问题，而这些都是我们需要思考的问题。

四、问题的提出与整体框架

鉴于上述几个方面的考量和支撑，笔者试图以胡适为中心点，兼及同时代

① ［美］洪长泰：《到民间去——1918—1937 年的中国知识分子与民间文学运动》，董晓萍译，上海：上海文艺出版社，1993 年版，第 267 页。
② 施爱东：《洪长泰的〈到民间去〉》，《民俗研究》2007 年第 3 期。

学人的群像，以二十世纪初影响最大的民间文学学术关键词，包括理论概念如"白话""白话文学""人的文学"等及"大胆的假设，小心的求证"等方法论为切入点，重心不局限于学人对民间文学的表述，而是将视野延伸到民间文学学科建设和学科理论的思考和探索的深处，即透过同时代学人对相关概念的界定及零散性的论述和研究，挖掘出关涉民间文学本体性的相关问题，在为"白话"和"白话文学"正名的同时，更全面、更客观地把握中国民间文学学科形成的轨迹和特点，推动民间文学理论和学科研究的深入，进而建构具有本民族特色的民间文学概念和理论。

之所以选择胡适作为切入点，是因为他对于中国现代民间文学学科形成有开创之功，他强化学科研究价值与背景，立足本体研究，在当时独树一帜，且对中国民间文学重外围轻本体的传统学术理路也多有纠偏之功。正如户晓辉所言："在一定意义上说，德国浪漫派以及中国的胡适、周作人等先辈学者之所以能够为我们的学科开创伟大的实践理性起点，恰恰因为他们有现代哲学家的眼光并且受到现代自由价值观的启蒙，而后来的许多学者之所以看不到这一点甚至对学科伟大先驱的洞见视而不见，恰恰因为他们远离甚至忘却了现代哲学的眼光和自由价值的启蒙。"[①] 就胡适而言，他不仅看重民间文学在哲学层面的实践经验——由此可以很显明地看出康德先验哲学的影响，也注重民间文学在现实历史层面的思考，注重理论的实际性和现实性。

笔者以为，以胡适的治学理路为切入点，以具有中国特色的"白话""白话文学"等概念为理论架构，展开到对二十世纪初中国民间文学研究及当代意义的挖掘，兼有理论和学科建设的视角，相较于引入西方概念和术语，抑或对学科作抽象的理论演绎，或仅是对史料进行收集和整理的学术理路，应该别有洞天，也别有意味，希冀以此获得对中国民间文学理论和学科的新的认识及突破。鉴于此，本书五个章主要包括以下几个方面的内容。

（一）学术探源：从白话文学到民间文学

民间文学存在着表述的零散性和概念本身的不确定性，以及历史的演变性

---

① 户晓辉：《民间文学的自由叙事》，北京：社会科学文献出版社，2014年版，第18页。

等问题，本部分通过界定白话文学、俗文学、平民文学、民间文学等相关概念，以此管窥二十世纪初学人对民间文学的认识。与此同时，概述不同时期、不同学者对民间文学概念的认识，借此对现代民间文学学术史有一宏观考察和审视，对二十世纪初中国民间文学研究状况作一系统考述。在此基础上，厘清从白话文学到民间文学概念的历史发展脉络，从史学的角度对民间文学概念作出诠释。结合概念提出的理论背景，重新考量和审视"白话"作为民间文学学科前提的可能。胡适、陈独秀等人领导的白话文学运动，以语言变革为先导，直接冲击了文言文作为正统文学的传统观念，白话因此获得了文学的意义，进而被纳入文学写作和文学研究的视域。与此同时，白话也不仅仅作为一语言概念，它还指向民众的日常生活，在日常语言进入文学语言的同时，民众生活也成为文学表现的重要内容，知识分子中间也出现了走向民间的热潮。白话文学作为国语的文学和白话文学史的梳理，以及"人的文学"的张扬，实际上为民间文学学科的确立扫除了障碍，打下了坚实的基础。本部分以"白话文学"为切入点，对胡适领导的白话文学运动进行学术史和学科理论上的回溯和考察，挖掘白话文学内蕴的文学理论内涵，试图还原"民间文学"概念在中国引入的理论前提，以探寻民间文学学科的本土化特色。

（二）民间文学的哲学背景与理论思考

本部分对胡适民间文学思想的哲学来源作出了新的判断，对其自由、平等、民主，还有"人的文学"等概念作出了新的阐释，认为胡适对自由、平等、民主的理解是基于康德的主体精神和纯粹理性的层面立论，他所提及的"人的文学"切合人作为具有自由意志的纯粹人的身份，由此进入纯粹民间文学以哲学为逻辑起点的学术预设，对民间文学学科的关键问题即"民间文学何为"给出了明晰的答案。

胡适的民间文学构想表现出"想象"的特征，这亦是二十世纪初中国民间文学学科形成的特点。以胡适为代表的诸多前贤以白话文即国语想象作为其出发点，试图"从社会底层追溯历史"的民间记忆，成为形塑二十世纪初中国民族国家和新国民、新文学的关键人物，由此拉开了中国现代民间文学的序幕。民间文学作为"民间"的载体，内含着"想象"的成分，"民间"概念本身就是想象中的社会。民间文学作为意向性的对象具有了学科的意味和地位。文学因"想象"而拓宽了民间的视域，但也因主观预设而有失学术理论上的严谨性。

作为以民间研究为主导的学科，知识分子的介入对于学科的发展到底是学科发展的动力，还是某种程度对民间的消解，乃至破坏，对于这一有争议性的问题，试图给出相应的解释，一是想就此进一步缕析中国民间文学学科缘起的学术背景和固有的学术话语，二是想在钩沉史实和面向当下"非遗"热潮的双重视域下，对何谓知识分子、知识分子何为，以及学科走向等问题有所阐释。

（三）自觉与不自觉的学科意识与学科实践

本部分论述不同于一般就史实到史实、从理论到理论的研究路数，而是以史实为基点，以二十世纪初中国民间文学学科建构时期的三个关键词"folklore""spoken language""popular poetry"为切入点，结合史实判断，对民间文学学科研究对象进行梳理和研讨。通过对胡适白话文学运动的解析，首先明确民间文学学科的文学定位，其次揭示学科形成背后的思想主导，最后对"folklore""spoken language"和"popular poetry"三个关键词作出新的阐释，从而在历史和当下的双重维度下，对学科意义上的中国民间文学作更全面和客观的评述。

胡适倡导的"中国的文艺复兴"并不局限于史学领域的判断，而是包含了胡适对于民间话语的挖掘和复兴、对于传统文化与西化等问题的诸多理性思考。对"民间"的信念和坚持，乃是对民间文学传统的一种接续和发扬。虽然胡适提倡白话文学不是基于明确的民间文学学科建构，但他那种实事求是的科学精神，善于将个体的文学经验转化成知性的形式，并将其纳入合理化的体系，且兼有学理上的价值判断，使其成为关于文学的一种知识或学问，却恰适学科研究者所应具备的素质和学科进展应有的学术理路。胡适对民间文学的学科意识并不是比照我们传统观念上的以西方概念或以某一理论为先导，而是以事实为判据，以史实为根柢，依照事物本身予以界定和解释，也可以说是另一个层面上的更为自主的学科意识。

胡适及同时代学人积极倡导并致力于民间文学实践研究，涉及民间文学的学科分类研究及各类别的具体研究，对神话、歌谣、故事诗、传说、有演变历史的小说、方言文学等"民间"的文学的研究，引发了学界由雅到俗、由庙堂到民间的现代文学研究的实践转型。胡适还论述到民间文学与文人文学的关系，明确提出"一切新文学的来源都在民间"，这些论断直接影响到郑振铎、鲁迅等时人对民间文学的评价，到五十年代则演变成"民间文学中心论"，并影响至今。

(四) 民间文学方法论思考及影响

本部分从宏观与微观两方面对民间文学方法论予以阐释。"大胆的假设，小心的求证"当属二十世纪初中国学界影响最大、争议最大的方法论，学界对其评价也存有诸多的误解。"大胆的假设，小心的求证"虽是一个老话题，但也是一个新话题，不仅因为对其方法论本身存有诸多的误解，而且新颖性也可通过对已有理论的重新阐释予以实现。考辨与厘清这一理论方法的学术来源，挖掘和还原方法背后科学哲学的学术理路，论证其作为方法论的价值与生命力，并希冀以此获得一般意义上方法论的普遍性认识和结论，兼对"大胆的假设"概念作出新的解析，既确证民间文学乃是借助"假设"构建"新范式"的尝试，也为当下民间文学方法论研究及学科建设等问题提供新的启示。

胡适提出的"箭垛式"人物研究和"滚雪球"式情节研究的概念与理论，在相当大的程度上改变了当时民间文学研究方法缺失的现状。挖掘"箭垛式"人物研究、"滚雪球式"情节研究等具有鲜明中国特色概念的内在理论潜质，打造中国民间文学理论和方法的名片，以期对中国民间文学研究重外围轻本体的传统学术理路起到纠偏作用。

(五) 民间文学研究的当下意义

五四学人提倡民间文学隐含着民族振兴富强的政治构想，是其文化理想的附着物，因此，在肯定民间文学学术价值和文学价值的同时，也积极倡导民间文学的思想意义。而在思想启蒙的时代，乃至在中国民间文学发展史上的相当一段时期，前者渐次被遮蔽或误读，后者则逐渐被放大或凸显，导致民间文学研究的思想性高于学术性。一旦民间文学作为思想的意义和价值不再为人所重视，学术性的缺失必然导致人们对它的疏离，当下民间文学的危机其实早在它产生之日就已潜伏。

　　胡适充分肯定民间文学自身所存有的文化与文学价值，赋予民间文学情感性、生命力和文学性等特点，从本体论意义上确立了民间文学学科建立之价值和意义。但受制于胡适自觉与不自觉的学科意识，以及"历史癖"和"考据癖"的学术偏向等诸多方面的影响，胡适未能对上述见解作充分展开，由此也一直不太为人所注意。本部分在对外来的民间文学概念和理论进行质疑、对胡适民间文学研究缺失予以反思的同时，挖掘胡适白话文学研究中潜在的有益养分，即着重探讨这一概念本身所蕴含的对于民间文学"生活活态性""复调性""日常生活审美化"等的界定，进而将"日常生活"概念纳入学科研究范畴，实现传统与当下的合理对接，并以此反观中国民间文学理论与学科建设的意义、价值和得失，进而探寻当今民间文学学科建设的必要性及其未来目标。

　　伴随文化全球化、多元化话题和后现代、后殖民语境的兴起，文化的多元化取代了文化的霸权主义，传统的经典和精英文化遭到了前所未有的挑战。汉森对"白话"概念的重新阐释和引入，打破了精英现代主义的狭隘与局促；巴赫金提出的狂欢化诗学理论，以狂欢节的笑声消解了上层人物在文化和文学上的霸权；雷蒙德·威廉姆斯和理查德·霍格特"力图复苏并进一步探索一种通俗的、劳工阶级的文化"，力图恢复长期被湮没的声音，以完成"从社会底层追溯历史的工程"。[①] 中国学界也越来越关注民间文化，陈思和将"民间"概念和民间话语引入中国现当代文学研究。这些都为我们看视民间文学的本体价值和意义提供了启示。

　　户晓辉曾感叹随着学科的日益成熟和规范化，民间文学的研究"离老百姓的生活似乎是越来越远了"。[②] 这不能不说是这门以"民间"和"群体"为研究对象的学科之存在现状的一种悲哀，而这并不只是民间文学学科独有的现象，也是社会现象的折射。孙立平指出当下学者精英和大众之间的裂痕在进一步拉大、加深，精英根本无视民众群体，有的甚至自诩普通老百姓对自己观点的反对恰好证明了自己的正确，精英越来越霸道与专横，民众对精英则越来越反感

---

① ［美］乔纳森·卡勒：《文学理论入门》，李平译，南京：译林出版社，2008年版，第47页。
② 户晓辉：《返回爱与自由的生活世界——纯粹民间文学关键词的哲学阐释》，南京：江苏人民出版社，2010年版，第14页。

和仇恨。① 由此，辨章学术，考镜源流，重返"到民间去"的激情时代以找寻学科存有的根柢，或不失为一条摆脱困境的可行路径。笔者试图从具体的史实入手，遵循"实验是真理的唯一试金石"②的学术原则，从学科的缘起去追溯学科的本源和本质，以期为当下民间文学的研究提供新的展开维度和可能性。

① 孙立平：《中国社会结构演变的四个可能趋势》，《乡音》2016 年第 12 期。
② 胡适：《杜威先生与中国》，见胡适著，季羡林主编《胡适全集》（第 1 卷），合肥：安徽教育出版社，2007 年版，第 362 页。

第一章　学术探源：从白话文学到民间文学

第一节　民间文学概念辨析

本章节以史实为基点，以梅光迪对民间文学学科概念的首次引入，刘半农、沈尹默发起的北大征集歌谣运动和胡愈之对民间文学理论的系统输入为切入点，以确证白话文学作为民间文学学科的理论前提，并通过对民间文学关键词"folklore"在西方背景下的意义阐释与解析，从史学的角度对民间文学概念作出诠释。结合史实判断，从语言层面和文学层面，分析民间作为一种社会价值主体和文学价值主体的双重立场，提炼出"白话"作为民间文学学科构建的一个关键词。探讨白话文学所内涵的对民间文学学科的理论概括性，如对于民间文学主体的预设、民间文学的话语表达模式的生成等问题的客观思考，以厘清中国民间文学学科从白话文学到民间文学的内在学术理路。白话文学作为国语的文学和白话文学史的梳理，以及对人的文学的张扬等，实际上为民间文学学科的确立扫除了障碍和打下了坚实的基础。

一、白话文学作为民间文学学科的理论前提

民间文学自古就有，但作为学科意义的民间文学概念的输入却始于 1916 年 3 月，是用来对应于胡适领导的"白话文运动"的。刘锡诚充分肯定梅光迪

对民间文学概念的引入，"在当时的学界当属首创"。①

据胡适记载，1916年3月，他跟梅光迪在书信中谈到了宋元白话文学的重要价值，3月19日，梅光迪回信说："来书论宋元文学，甚启聋聩。文学革命自当从'民间文学'（Folklore, Popular poetry, Spoken language, etc.）入手，此无待言；惟非经一番大战争不可，骤言俚俗文学，必为旧派文家所讪笑攻击。但我辈正欢迎其讪笑攻击耳。"②

就胡适本人来说，他始终坚持新文学自1916年始③，而非学界普遍认同的1917年1月，即以他的《文学改良刍议》的发表为标志，他在《逼上梁山——文学革命的开始》一文中，对自己文学革命思考的生成过程有一个非常具体的描述，他特别提到1916年与梅光迪等人关于文学问题的激烈讨论，使他的思想"起了一个根本的新觉悟"，即"一部中国文学史只是一部文字形式（工具）新陈代谢的历史"。④并将之视为文学革命，也就是在双方反复较量、辩论的过程中，学西洋文学的梅光迪引入民间文学概念来对应胡适所说的文学革命，并以"自当"二字说明两者之间的合法关系，而对民间文学概念括号后的几个解释——folklore, popular poetry, spoken language，基本是借民间文学之词，实则在概说白话文学的特点，显见概念引入的背后有关于白话文学诸多问题的思考。而梅光迪对民间文学概念的解释也可见出当时学人对民间文学的理解。梅光迪在提出"民间文学"一词之前，首先是基于对胡适文学观点的认同，即对宋元白话文学的肯定，随后又以"俚俗文学"释之，即将文学革命（白话文学）、宋元白话文学、民间文学、俚俗文学等几个概念连缀在一起。这样的概念重叠说明了一点，也就是在梅光迪看来，民间文学与白话文学之间有着自然而合法的内在勾连。至于"白话文学与民间文学的同源、同构假设关系，经梅光迪的启发可能早已扎根于胡适的

---

① 刘锡诚：《20世纪中国民间文学学术史》，开封：河南大学出版社，2006年版，第73页。

② 胡适：《逼上梁山——文学革命的开始》，见胡适著，季羡林主编《胡适全集》（第18卷），合肥：安徽教育出版社，2007年版，第109页。

③ "我们的新文学，自从民国五年（一九一六）开始。"胡适：《新文学·新诗·新文字》，见胡适著，季羡林主编《胡适全集》（第12卷），合肥：安徽教育出版社，2007年版，第434页。

④ 胡适：《逼上梁山——文学革命的开始》，见胡适著，季羡林主编《胡适全集》（第18卷），合肥：安徽教育出版社，2007年版，第108页。

思想深处"。① 梅光迪在信中透露的信息在当时至少有四个方面的意义：一是在学界率先引入了民间文学学科概念；二是将胡适、陈独秀等领导的"白话文运动"与民间文学学科意义上的挖掘和构建相结合；三是明确了文学革命自当从民间文学开始；四是对民间文学的性质和特点有了一个初步的界定，即民间文学包括 folklore，popular poetry，spoken language 等几方面的特点，它是民众智慧的结晶，具有大众文学的文学属性，且运用口语化的语言进行创作。这在当时，可谓意义重大。

1917 年 1 月，胡适在《新青年》上发表《文学改良刍议》一文，明确提出"白话文学之为中国文学之正宗"。② 学界普遍认为这是正式拉开了文学革命的序幕，胡适的这一倡导得到了文史哲各学科知识分子的积极响应。胡适说："新文学是从新诗开始的。最初，新文学的问题算是新诗的问题。"③ 在当时，创作新诗最活跃的人物也主要就是胡适、沈尹默和刘半农三人。1918 年，刘半农、沈尹默两人在散步聊天的时候萌发了征集歌谣的想法，后得到北大校长蔡元培的支持，由此发起了一场声势浩大的北大歌谣征集运动，发展成为全国性的运动，成为中国现代民俗学和民间文学学科发端的标志性事件。刘半农、沈尹默萌发征集歌谣的想法，是源于响应胡适创作白话新诗的号召。"北大征集歌谣活动之目的，最初只是在于替白话诗寻找证据，在于提倡新诗、写作新诗，欲从民间歌谣中吸取养分以建设新文学的需要出发，关注的焦点在文学，落脚点在诗歌革命。"④ 刘半农拟定《北京大学征集全国近世歌谣简章》⑤，其中提到"歌辞文俗一仍其真，不可加以润饰，俗字俗语亦不可改为官话""一地通行之俗字为字书所不载者，当附注字音"等，都可以说是对胡适《文学改良刍议》中第八点"不避俗字俗语"⑥ 的

---

① 吕微：《论学科范畴与现代性价值观——从〈白话文学史〉到〈中国民间文学史〉》，《文学评论》2001 年第 4 期。
② 胡适：《文学改良刍议》，见胡适著，季羡林主编《胡适全集》（第 1 卷），合肥：安徽教育出版社，2007 年版，第 15 页。
③ 胡适：《新文学·新诗·新文字》，见胡适著，季羡林主编《胡适全集》（第 12 卷），合肥：安徽教育出版社，2007 年版，第 434 页。
④ 李小玲：《胡适与中国现代民俗学》，北京：学苑出版社，2007 年版，第 216 页。
⑤ 刘半农：《北京大学征集全国近世歌谣简章》，《北京大学日刊》1918 年 2 月 1 日第 61 号。
⑥ 胡适：《文学改良刍议》，见胡适著，季羡林主编《胡适全集》（第 1 卷），合肥：安徽教育出版社，2007 年版，第 14 页。

某种回应。换言之，刘半农、沈尹默的歌谣征集运动既是在实践层面对胡适白话文学运动的支持，也是在学科层面展开的对民间文学的一种实践性研究。

　　尽管梅光迪于1916年引入了民间文学概念，但学界并未将其作为学科的专业术语，概念的使用相对还是比较随意率性：有的是采用各种体裁方式的命名，如歌谣、神话、儿歌、传说、故事等，周作人就先后发表有《童话研究》（1913年）、《童话略论》（1913年）、《儿歌之研究》（1918年）、《中国民歌的价值》（1923年）等，还有的是将白话文学、平民文学、俗民文学、俗文学、人的文学等概念交替使用。从实论来说，上述各概念并非完全等同，而是各有偏向，如胡适提到的白话文学是从语言的层面来说的，平民文学和俗民文学则就阶级属性而言的，郑振铎的俗文学指向的是文学的特性，周作人关于人的文学则是从文学的精神层面立论的。但他们对概念的指称也不是固定的，如胡适常常将白话文学、俗民文学、平民文学、民间文学等概念互为指称，郑振铎对俗文学的解释是通俗的文学、民间的文学和大众的文学，周作人就先后发表过《人的文学》《平民文学》《通俗文学》等文章，诸多概念互为指称，少有概念本身的辨析，往往是以此概念解释彼概念，在互为指称的过程中扩大概念的内涵与外延。但这在某种程度上也影响到学科概念的确定性，因为在这诸多概念之下，研究对象既不是完全独立的，也不是完全相同的，而是既有交叉又有不同。概念的交织杂糅和互为指称乃是二十世纪初中国民间文学学科概念的特点，可见当时的学人并没有明确的学科概念和学科意识，所以对概念的把握往往是含混的、非清晰化的。当时又恰逢中国处于政治、思想文化变革的转型时代，思想性大于学术性，这些概念更多的是在白话文学运动，即思想文化运动的背景之下展开的，有着共同的走向民间的精神指向，在某种程度上，也可以说是对白话文学概念的某一向度的解释和延展。

　　针对学界概念使用的混乱，同时也没有关于民间文学相应的理论总结的情况，胡愈之觉得很有必要将欧美发达已久的民间文学理论引介进来。1921年1月，胡愈之在上海《妇女杂志》发表了《论民间文学》一文，这篇论文"成为中国现代文化史和现代民间文学学术史上第一篇全面系统论述民间文学及其特征的文章"。[①] 胡愈之有语言上的优势，他懂世界语、日语、英语等，并熟悉欧

---

① 刘锡诚：《20世纪中国民间文学学术史》，开封：河南大学出版社，2006年版，第120页。

美民间文学的研究状况，而当时《妇女杂志》又开设了"民间文学"专栏，搜集各地故事、歌谣，以为民间文学研究之用。胡愈之从民间文学的意义、特质，艺术的本质，各国的民间文学研究情况、分类等多方面对民间文学作了较为全面而系统的介绍。他提到，"民间文学的意义，与英文的'folklore'德文的'Volkskunde'大略相同，是指流行于民族中间的文学"，民间文学有两项特质，"第一，创作的人乃是民族全体，不是个人"，"第二，民间文学是口述的文学（oral literature），不是书本的文学（book literature）"。[①]

胡愈之首先确定了民间文学作为民族的文学的特点，接着从创作主体、创作特色、接受主体和文学特点等四个方面入手，对民间文学概念进行解释。相对以往概念的互为指称性的界定方式，胡愈之则将民间文学作为学科概念予以阐释，更为系统，也更有学理性，对中国民间文学学科建构和发展都产生了深远的影响。如钟敬文提出的"民间文学"的"集体性""口头性"等都清晰地体现出对于胡愈之定义的继承与拓展。作为最早的系统性的民间文学理论概述，在影响深远的同时，也不免会对其作确定性和定势化的理解，容易导致予以阐释的惰性，从而有可能遮蔽其他富有理论价值的部分。

相较于梅光迪将"folklore"作为对民间文学概念特性的一个方面的解释，胡愈之则将"folklore"翻译成"民情学"，而民间文学是民情学最重要的一部分，并辅以德文 Volkskusadle 释之，可见胡愈之的民间文学的理论来源有德国的知识背景，而这一点不太为学界注意。如果要把握德国民间文学的特点，那赫尔德是绕不开的，"多数学者都一致认为，现代民间文学或民俗学的思想奠基者，是德国哲学家和神学家赫尔德（Johann Gottfried Herder，1744—1803）"。[②]赫尔德关注的对象始终是"人（Volk）"，他认为就哲学问题而言，人应该成为关注的中心问题，在民间文学当中，他"实际上有力促成了把（人）民构造成一种社会结构并把民间诗歌构造为民间文化的本质"。[③]由此再来反观胡愈之将"folklore"译为"民情学"，显然是有其深意的。胡愈之特别强调民间文学是表

---

① 胡愈之：《论民间文学》，见苑利主编《二十世纪中国民俗学经典·民俗理论卷》，北京：社会科学文献出版社，2002 年版，第 3—4 页。

②③ 户晓辉：《返回爱与自由的生活世界——纯粹民间文学关键词的哲学阐释》，南京：江苏人民出版社，2010 年版，第 54 页。

现"人"的思想、"人"的情感的最好的表现形式，在此，他还特意用引号将"人"字括起，他认为个人的作品，不能把"人"的思想感情表现出来，类似于艾略特提出的"非个人化理论"，可见，这里所谓的人也就不是一般意义上的特定社会中的某个个体，而是超越了阶级、阶层属性的人，更多地指文化人类学学者意义上的带有共通性、现实性特点的人，与周作人提出的"人的文学"中的人道主义意义上的人，以及胡适理解的康德哲学意义上的人之所以为人的纯粹意义上的人均有所不同。虽然对"人的文学"中人的理解各有差别，但对文学中人的关注这一点却是他们三人的共同之处。在对民间文学作"人的文学"的解读这一点上，胡愈之在精神实质层面，既将"Vol(skusadle"与胡适、周作人提倡的白话文学和人的文学相勾连，同时也就此抓住了民间文学的本质问题和核心问题。

不同于胡愈之将民间文学作"folklore""Volkskunde"英文和德文的双重知识背景的解释，梅光迪的解释，则除了"folklore"之外，还有 popular poetry，spoken language 两个意思，他们对民间文学解读的差异是显而易见的，但相通之处就在于，都用"folklore"概念来解释民间文学，且都是放置在解释的第一位，因此，对"folklore"概念的理解直接关涉到对他们民间文学学科概念和理论的阐释，也直接影响到学界对民间文学概念和理论的理解和运用，所以，有必要对"folklore"概念的本来意义作一番探讨。

二、"folklore"概念解析

英语中的"folklore"一词，最早是在 1846 年由英国考古学者 W. J. 托马斯提出的，意指"大众古俗"（popular antiquities）。为了对这一概念有更为清晰的认知，笔者拟将维基百科中"folklore"这一词条的英语解释原文引至于此，并随后附上译文。

Folklore (or lore) consists of legends, music, oral history, proverbs, jokes, popular beliefs, fairy tales, stories, tall tales, and customs that are the traditions of a culture, subculture, or group.

It is also the set of practices through which those expressive genres are shared. The study of folklore is sometimes called folkloristics. The word "folklore" was first used by the English antiquarian William Thoms in a letter published in the London journal The Athenaeum in 1846.[①]In usage, there is a continuum between folklore and mythology. Stith Thompson made a major attempt to index the motifs of both folklore and mythology, providing an outline into which new motifs can be placed, and scholars can keep track of all older motifs.

Folklore can be divided into four areas of study: artifact (such as voodoo dolls), describable and transmissible entity (oral tradition), culture, and behavior (rituals). These areas do not stand alone, however, as often a particular item or element may fit into more than one of these areas.[②]While folklore can contain religious or mythic elements, it equally concerns itself with the sometimes mundane traditions of everyday life.

译文：Folklore 主要包括传奇、音乐、口述历史、谚语、笑话、民间信仰(民众信仰)、童话、故事、天方夜谭以及一种文化、亚文化或一个群体的传统习俗。

同时，folklore 一词也可指上述诸种表达类型所共有的一套实践方法。研究 folklore 的学科也被称为民俗学。Folklore 一词首次由英国考古学家威廉·汤姆斯(William Thoms)于 1846 年在伦敦 The Athenaeum 杂志发表的一封信中使用。(Georges，Robert A.，Michael Owens Jones, *Folkloristics: An Introduction*. Bloomington：Indiana University Press，1995.)在使用上，folklore 和神话学一词有着一定的关联性。史蒂夫·汤普森(Stith Thompson)将 folklore 和神话学的主题进行了梳理，并建立了一个母题模式，通过这一模式，

---

① Georges，Robert A.，Michael Owens Jones. *Folkloristics: An Introduction*. Bloomington：Indiana University Press，1995.

② Georges，Robert A.，Michael Owens Jones. *Folkloristics: An Introduction*. Bloomington：Indiana University Press，1995，p.313.

可以创作出新的主题，也可以追溯概括已有的主题。

　　Folklore 可以分为四个方面：传统的手工艺品（如巫毒娃娃）、可描述的以及可传播的实体（口头传统）、文化、行为（仪式）。然而，这些领域的研究之间并不是孤立的，常常相互影响、相互交叉。① 虽然 folklore 可能包括一些宗教或神话元素，但它也同时关注一些现实层面的东西，如平凡的日常生活传统。

　　从上述的界定中可以看出，folklore 关注习俗、仪式和文化等，更偏向于民俗学或人类学上的考量，童话和故事仅被列为其中的一个部分，并不具有独立的学术意义，在此，folklore 更多的是指向传统的一个概念，对日常生活的关注也是指向日常生活传统。"folklore"一词后来被借用到法语、德语、意大利语、俄语中，并被翻译成日文 minzoku（民俗风情）或 minkan denshô（人与人之间传播的一种艺术形式），随后，这种日文译法被中国采用，遂有"民俗/民间文学"概念。

　　综上，folklore 这个词兼有民俗学和民间文学的双重指向，这一点比较容易理解，因为无论是从学科发展根源来看，还是从民间文学的研究对象、研究方法来看，民俗学与民间文学两者常常是交织在一起的。美国加州大学圣塔芭芭拉东亚语言文化研究系杜国清教授（Kuo-ching Tu）在为 2001 年 6 月刊出的第 9 期《台湾民间文学》专刊所撰写的卷首语中，也对 folklore 概念作出了自己的解释：

　　Definitions of folklore vary among scholars: some take it to be a cultural presentation of the common people in the society while others emphasize that it represents the tradition of an old culture. Due to regional and ethnic differences, folkloric content is not identical; but there is both a broad and narrow sense to the term. In its larger usage, relative to the high culture of the intelligentsia, the term refers to folk wisdom and practical folk knowledge, the lifestyle and culture of common people. According to

---

① Georges, Robert A., Michael Owens Jones. *Folkloristics: An Introduction*. Bloomington: Indiana University Press, 1995, p.313.

the interpretation in The Encyclopedia Americana (1999), "Folklore, in its broadest sense, is the part of the culture, customs, and beliefs of a society that is based on popular tradition." In its more narrow sense it refers simply to the sphere of folk literature and art; for example, The American Heritage Dictionary refers to "folklore" as "traditional stories and legends, transmitted orally (rather than in writing) from generation to generation".

译文：目前对于"folklore"的定义还颇存争议。一些学者认为"folklore"是一个社会集体中属于普通百姓的文化形态，另外一些学者认为"folklore"代表着古老文化的传统。由于地区和民族差异，folklore 的内容也是各有不同的，但均可大致归为广义和狭义两个层面。从广义上说，folklore，是相对精英知识分子而言的民间智慧和实用的民间知识，是普通百姓的生活方式和文化。据《大美百科全书》（1999），"folklore，从广义上而言，是建立在流行的传统文化基础之上的，一个社会的文化、习俗、信仰的有机组成部分"。从狭义上说，folklore 单指民间文学和艺术领域，如《美国传统词典》将"folklore"一词解释为一代一代口头传播（而非书面传播）的传统故事和传说。

这里提到了对 folklore 概念的几种解释，既有作为传统的指称，又有作为普通百姓的生活样态的呈现，同时，还提到了 folklore 概念的广义和狭义之分，就狭义而言，folklore 类同于民间文学。

邓迪斯在《美国的民俗概念》一文中，从史学的角度追溯了美国民俗学界对"folklore"概念的解析，他认为"19 世纪美国的民俗概念局限于已死的或垂危的遗留物"，"20 世纪美国的民俗概念包含了有生命力的和有活力的传统"。① 尽管他区分了人类学民俗学家和文学民俗学家，但对 folklore 概念本身还是更偏向于人类民俗学的理解。邓迪斯将"folklore"拆分为"folk"和"lore"，且分而述之，特别强调民俗学不仅要研究"俗"，还要研究民俗之"民"，这点倒

---

① ［美］阿兰·邓迪斯：《美国的民俗概念》，见《民俗解析》，户晓辉编译，桂林：广西师范大学出版社，2005 年版，第 30 页。

和中国新文学关注"人的文学"颇为契合。

总体而言，相较于西方folklore概念本身的人类学、民俗学导向，中国对folklore的理解有着文学化的倾向，笔者以为，这或与白话文学作为民间文学理论前提有很大的关系。梅光迪提出的"民间文学"是有着非常明确的对象指向的，是指不被主流文学价值体系所认可的文学作品，既包括上文所讨论的folklore，即民间口头传说等，同时也包括popular poetry（俗体诗、通俗文学）和spoken language（口语）。笔者以为梅光迪所说的popular poetry或可对应于胡适提倡的"白话诗"或白话文学，虽然梅光迪与胡适对于白话能否入诗进行诗歌创作始终存在争议，但是正如前文所述，这都是将问题细化到诗歌创作的具体实践层面的问题，他们对于文学革命的精神实质是保持一致的认同的，即这应当是民间作为话语中心力量的一场运动。从梅光迪的理论将民间文学、白话诗、口语放在一个同质并列的框架里，可以清晰地看出梅光迪的学术思路，与其说在此他是对民间文学予以界定，不如说他更是对白话文学进行解说，而这种对白话文学的理解也主要基于梅光迪与胡适之间关于文学问题的激辩。就胡适而言，他理解的白话文学不只是单纯的语言变革，而是指向操持这种语言的整个生存空间，即民间，也是日常生活中的民间，而在此基础上提出的民间文学就不再单纯是民间传说、神话故事等单纯意义上的文学形式，而是扩展至所有民间的话语表达。因此，梅光迪对民间文学的理解既有别于西方"folklore"概念的民俗学、人类学导向，也有别于"folklore"概念更多地作为过去学意义的诠释，由此也就和胡愈之主要基于对西方民间文学理论输入的路向有所不同。胡愈之对民间文学作口头性和集体性特征的概述，更多的是将民间文学视为具有传统意义上的过去学。在胡愈之的定义中，民间文学的两个特质仅是基于文学的外在表现形式，是指流传于民间的集体性和口述性的创作，往往指向的是过去，而没有触及这种文学形式背后的日常生存和生活空间，对民间文学的分析也仅以传统文学的分析方式为参照，这样就有可能造成民间文学和传统文学之间的理论覆盖或疏离，从而遮蔽民间文学的独特价值体系。其实，民间文学作为民间话语的自我表达方式，是有着一套自成的创作、接受、审美体系的，而不应该试图将其纳入我们惯常的文学体系进行讨论或评判。"如果'民间文学'只能以转换成文字的方式存在，那么可能变成另一种形态的'通俗文学'，已非'民间文学'了。'民间文学'可以被采集，以'文字'的方式出现，其真正的生命还是在'语言'上，惟有还原到'语言'的表达形式与情景，才能体会到民间文学的浓厚情感。"① 郑志明将民间文学与通俗文学相区分，是为了凸显民间文学除了语言形式的变化之外，还有民间语言表达形式与情景折射出来的情感表达，姑且不论其民间文学与通俗文学区分的合理程度，仅就有意强调语言形式后的民间情感表达而言，这是抓住了民间文学的自身特点。

虽然梅光迪看到了胡适语言背后的民间日常生活的指向意蕴，但他对白话文学的理解依然停留在语言形式的表层，或许说在他那几个关键词的解释中已有所包含，但他自身并没有真正体悟到胡适语言背后的文化指向和关于人的文学的思考，所以，尽管他一时认同胡适的文学革命自当从民间文学入手，但他对民间文学本身内在的精神实质并未有根本性的、实质性的认同，主张昌明国粹，精英意识非常强烈，所以，在对民间文学的价值体认等方面难以和胡适达成一致，两者难以取得精神层面上的共鸣，他们的分歧始终存在，这就不难理解为何梅光迪回国以后要创刊《学衡》，以批评胡适的文学革命。他们在哈佛之时，就"招兵买马，到处搜求人才，拟回国对胡适作一全盘之大战"②，"故吾今欲指驳新文化运动之缺失谬误，以求改良补救之方"③。胡适在日记里对此也有所记载。尽管梅光迪引入了民间文学概念，但他对民间文学始终保有一种精英知识分子的优越感和疏离感，对民间文学的本体价值少有尊重和认同。胡愈之的民间文学理论兼有英国和德国双重背景，英国的民间文学关注传统和过去，以赫尔德为代表的德国民间文学则关注人的研究，因此，胡愈之对民间文学作"人的文学"的思考，兼有民间文学精神实质的考量，倒更接近于胡适对新文学作"人的文学"的理解。由于学界往往关注胡愈之民间文学理论集体性和口头性的特点，倒忽视了他关于民间文学作为"人的文学"的思考。

民间文学概念来自外来词"folklore"，"folklore"概念本身又多有歧义，

---

① 郑志明：《民间文学的研究范畴及其展望》，见苑利主编《二十世纪中国民俗学经典·民俗理论卷》，北京：社会科学文献出版社，2002 年版，第 379 页。
② 吴宓：《吴宓自编年谱》，北京：生活·读书·新知三联书店，1995 年版，第 177 页。
③ 吴宓：《论新文化运动》，见孙尚扬、郭兰芳编《国故新知论——学衡派文化论著辑要》，北京：中国广播电视出版社，1995 年版，第 79 页。

包含民俗学和民间文学等多重意义，在方法上，又和人类学、民族学、社会学等学科多有交叉。当时学人在引入"folklore"概念和输入理论之时，恰逢中国白话文运动如火如荼，文学革命声势浩大，比照中国文学现状，"folklore"经概念旅行之后已发生了文学化的偏移，当然其中也兼有个体理解和取向上的差异，如梅光迪是以白话文学去对应民间文学，胡愈之是引西方理论来解释中国文学革命中出现的新的文学现象。"folklore"概念本有的多向性，加之学人们的不同理解和取向，导致民间文学从确立伊始就同民俗学、人类学等学科纠缠在一起，"民间文学"学科独特性难以把握。

胡适从语言着手，赋予"白话"这一日常语言文学的价值，进而将白话文学从传统文学价值体系中单拎出来作为一条自有的发展脉络，并开展理论思考，从"活的文学"和"人的文学"两方面概括新文学的特点，前者包含了梅光迪以民间文学概念实则是对白话文学的理解和概括，后者则有着胡愈之对德国民间文学理论关于人的文学的理解和借鉴。民间文学自有其发展的内在轨迹，有不同于传统文学的价值体系和价值评估，是中国文学史中一直被遮蔽的一条主线，需要我们拨开历史的迷雾，重新作审视和判断。

很显然，中国民间文学有着白话文学的背景，为了更好地把握民间文学的意蕴，有必要回溯白话文运动，即从白话文学概念的提出，内涵、意义的挖掘和地位的确立等多方面展开对白话文学的全方位思考，在对白话文学有更充分的理解的基础上，获得对中国民间文学更深入的解读。

第二节　"白话"：作为"民间"与"文学"的话语表述

在文学革命时期，胡适、陈独秀诸人发动了声势浩大的"白话文运动"，对中国传统的"白话""白话文学"概念作了新的解读和激活，并由此促成了文学的现代转型，促成了学科意义上的民间文学的产生。"白话"可以说是胡适新文学革命理论中最重要的一个关键词，确切理解胡适理论中的"白话"所指，对于解读胡适学术思路、把握中国民间文学理论内蕴均具有十分重要的意义。

当年美国《展望杂志》推选胡适为世界百名闻人之一，理由是"曾经替中国发明了一种语言"。对此，胡适解释说："这一项荣誉，世界无论任何人——男人或女人，都不能承当。我没有替中国发明一种语言；世界上也没有任何人曾经替任何国家'发明'过一种语言。"① 确实，白话概念早已有之，是指与文言相对的语言，并非胡适首创，但胡适却因之"暴得大名"，甚至在美国"榜上有名"，个中缘由或许不是一句误读就能解释得清的。周作人曾发表过对新观点和新意义的看法："要说是新，也单是新发见的新，不是新发明的新。"这里特别强调了非"发明"而是"发见"之新，并进而肯定"真理的发见，也是如此。真理永远存在，并无时间的限制，只因我们自己的愚昧，闻道太迟，离发见的时候尚近，所以称它新"。② 以此论之，我们或许可以说，胡适虽没有发明一种语言，但他"发见"了一种语言。只是由于人们更多着眼于胡适对白话的倡导之功，着力于"白话文学运动"中"白话"和"白话文学"在语言形式上的变革意义，而有意无意间忽视了概念本身所存有的更为丰富的学科理论含量。2000 年，美国芝加哥大学特级教授、当代世界电影著名理论家米莲姆·布拉图·汉森和她的学生张真基于对胡适等人的表述和对五四白话文运动的认识和理解，又对"白话"概念作了新的阐释，这为我们重新审视"白话""白话文学"概念打开了新的研究视域。下面就从"白话"概念的提出和"白话"概念的解析两方面展开研讨，结合描述性的史学分析和学理性的概念阐释的双重视野来把握其精神实质。

一、"白话"概念的提出

白话文运动并非始于新文化运动时期，而是发端于晚清，成功于新文化运动时期。晚清以降，内忧外患，中国被迫走上了现代化之路。面对晚清的积贫积弱，以及民族的生存危机，仁人志士高张改革之旗帜，力倡改革之义，践行改革之实，虽然所涉及的具体领域有所不同，但都有一个基本的共同点，即以

---

① 胡适：《胡适口述自传》，见胡适著，季羡林主编《胡适全集》（第 18 卷），合肥：安徽教育出版社，2003 年版，第 295 页。

② 周作人：《人的文学》，见吴平、邱明一编《周作人民俗学论集》，上海：上海文艺出版社，1999年版，第 269 页。

救亡图存、实现社会进步为宗旨。当时的中国，虽然改革的声音此起彼伏，众声喧哗，但是大多还是停留在知识分子层面的"孤鸣"，难以获得整个社会民众的共鸣，导致实际收效甚微。继洋务运动的自强运动、戊戌变法的政治改革运动相继失败之后，文学变革已然成为知识分子新的选择。

当时中国文学发展的困境在于，问题一箩筐，但苦无良策。自晚清开始，就已经有有识之士开始批判文学创作空洞无物、千篇一律的弊病，于是改革的矛头统一指向了对于文学内容、文体和文学思想等方面的改革。如"新诗派"的代表人物黄遵宪倡导"诗界革命"，主张"我手写我口"；梁启超着力推行"诗界革命""文界革命"和"小说界革命"；柳亚子主持刊行《自治白话报》等。这种思路一直沿袭到新文化运动时期。这诸多努力，虽然收获了一些回应和效果，但是都存在一个隐形的理论预设，即文学是由文人创作的。文人或知识分子在文学创作中的主体地位仍然没有发生变化。这些都是文人或知识分子之中发出的号召。但是一个现实存在的问题是，如此创作出来的作品是要推向大众的，即阅读主体或接受主体仍是普罗大众。如此就产生了一个理论的落差：理论的号召并不能实际转换为对现实问题的解决，那么这样的理论也就只能空置。虽然也有学者意识到了民间的主体力量，如严复翻译了《天演论》和《群学肄言》，并提出"民贵君轻、厚今薄古"的思想，但是其本人仍然没有摆脱知识分子的矜贵心态，直言自己的译作并不是面向"市井乡僻之不学"。① 如此高居的姿态，怎么能够真正做到贵民、重民呢？无论是有意向的民间的努力，还是被动的向民间的靠拢，知识分子代言人的身份总是极为尴尬的。

如何才能真正让文学作品说百姓之所想，真正让民成为民自己的代言人，成为一个亟待解决的社会现实问题。晚清小说的繁荣进入了学者们的研究视野，而对于其"俗语入文"的创作实践的关注也发展成了另一股改革思潮。早在1887年，黄遵宪在《日本国志·学术志》中就提出了言文合一的观点。1887年3月，由外商创办的上海申报馆增出的第一份白话报《民报》正式发行，发刊词明确办报宗旨——"本报专为民间所设，故字句俱如寻常说话"②，以供粗识文

---

① 严复：《与梁启超书(2)》，见王栻主编《严复集(第三册)》，北京：中华书局，1986年版，第516页。

② 李晓实：《我国最早的白话报创办于1986年》，《学术研究》1980年第4期。

字的人阅读。1895 年 3 月，严复在天津《直报》发表《原强》一文，提出了开民智、厚民力、明民德等思想。到了 1898 年 6 月，随着启蒙思潮的影响，以裘廷梁为代表，掀起了晚清白话文运动，编辑《白话丛书》，并在 1898 年创办了以白话文为创作主导的《无锡白话报》，鼓励"俗语入文"，提倡文体改革，裘廷梁在《无锡白话报》上发表了题为《论白话为维新之本》（1897 年曾发表于《苏报》）的论文，明确提出"崇白话废文言"的口号，1903 年，梁启超在发表于《新小说》的《小说丛话》一文中，曾作此判断："文学之进化有一大关键，即有古语之文学变为俗语之文学是也。各国文学史之开展，靡不循此轨道。"① 梁启超认识到俗语文学这股新鲜的力量，敏锐地把握住了文学改革的方向，并身体力行以"新民体"作文，虽然并没有实现真正的白话创作，但是拗口艰涩的文言却变得清朗、晓畅、易懂。吴福辉曾将梁启超的这般努力实践概括为"松动的文言"，认为梁启超将文言"口语化"和"欧化"了。② 梁启超的此番努力，在当时也得到了学界的积极响应。1905 年，刘师培在《国粹学报》上发表了《论文杂记》一文，对梁启超提出的文学应进化至"俗语文学"的观点，从史学的角度作了进一步的阐释，论及上古之书到东周、六朝、宋代、元代等文学发展过程："然天演之例，莫不由简趋繁，何独于文学而不然？"③ 知识分子已从文学发展史的角度，意识到了俗语入文这一文学发展的必然规律，在某种程度上改变了对俗语的轻视态度，但"他们对文言文的依恋使他们终究未能挣脱文言文体的窠臼，终究未能提出用白话文学取代文言文学的主张，且在创作中并不全然采用白话"。④

总体来说，梁启超、刘师培关于俗语入文的文学认知主要还是集中于知识分子阶层，依然还是高悬于民间之上，依然和下层有着"你们"和"我们"的区分，鉴于此，俗语入文的文学理论思考并没有在全社会形成一股大范围的思潮，虽然激进求新的观点不断涌现，但并不曾触及底层民众，影响范围有限。

---

① 梁启超：《小说丛话》，《新小说》1903 年第 7 期，见阿英编《晚清文学丛钞·小说戏曲研究卷》，北京：中华书局，1960 年版，第 308 页。

② 吴福辉：《"五四"白话之前的多元准备》，《中国现代文学研究丛刊》2006 年第 1 期。

③ 刘光汉：《论文杂记》，《国粹学报》1905 年第 1 期，见刘师培《中国中古文学史·论文杂记》，北京：人民文学出版社，1984 年版，第 109 页。

④ 李小玲：《胡适与中国现代民俗学》，北京：学苑出版社，2007 年版，第 107 页。

不过，他们在语言上的探索，在客观上却为胡适倡导的"白话文运动"提供了思想准备和理论准备，在社会上也酝酿了一种俗化的倾向和学术氛围。

胡适对白话文学的认识有一个发展变化的过程，梳理这一过程，将有助于我们更好地把握其白话文学思想的内在理路。胡适自幼就受到民间文学的浸染，阅读了大量白话小说，培养了对白话文学的一种初步感受，对其日后白话文学思想的形成有着非同一般的影响。后离开家乡到上海，为一家白话报刊《竞业旬报》撰写稿件，又直接得到了白话写作的训练："这几十期的《竞业旬报》，不但给了我一个发表思想和整理思想的机会，还给了我一年多作白话文的训练。……但我知道这一年多的训练给了我自己绝大的好处。白话文从此成了我的一种工具。七八年之后，这件工具使我能够在中国文学革命的运动里做一个开路的工人。"① 在此，虽然于胡适而言，白话文还只是一种工具，即"启迪民众"的一种工具，但也正是这段经历，使他对"白话"和"白话文学"有了最直观的体验和感受，在积累了丰富的白话文写作实践经验的基础之上，他对文学的感知和文学思维方式也都发生了相应的转变。正因如此，胡适也就有可能在日后的文学革命中实现理论和实践的对接。同时，晚清白话文学运动的失败也使胡适看到了文言文与民众之间的隔阂，看到了文学创作、报刊刊稿在文言和白话之间的摇摆。如何使这种理念引起学界、社会的足够重视，真正将其转变成一种坚定的改革力量，胡适试图尝试语言教育方式的改变。1915 年8 月26 日，他在日记里写道，"作一文（英文）论'如何可使吾国文言易于教授'"，直言"汉文乃是半死之文字"。② 可见，这时的胡适对语言的理解还是偏向于教化功能，还没有摆脱文言中心论，和晚清知识分子对语言的认识和判断并没有本质上的区别。

到了 1916 年，胡适在与梅光迪等同学关于文学问题的辩论过程中，渐渐廓清了对白话与文言，乃至对语言的看法，意识到文字形式与文学本质之间的内在关联，真理越辩越明，胡适也就是在辩论过程中厘清了自己的思路，也透

---

① 胡适：《四十自述》，见胡适著，季羡林主编《胡适全集》（第 18 卷），合肥：安徽教育出版社，2007 年版，第 77 页。
② 胡适：《留学日记》，见胡适著，季羡林主编《胡适全集》（第 11 卷），合肥：安徽教育出版社，2007 年版，第 245 页。

视到了语言的本质。1916年，对于胡适而言，是其对语言和文学的认知有了质的飞跃的年份。笔者认为，胡适坚持新文学从1916年开始，或许与他在这一年对文学语言，包括对文学认识发生根本性的改变有一定联系。他由最初认定文言为"半死的文字"到此时已断定其为"死文字"，领悟到"一部中国文学史只是一部文字形式（工具）新陈代谢的历史，只是'活文学'随时起来替代了'死文学'的历史。文学的生命全靠能用一个时代的活的工具来表现一个时代的情感与感情"。① 他察觉到文字不只是文字形式，还是情感和思想的载体，由此认清了"中国俗话文学（从宋儒的白话语录到元朝明朝的白话戏曲和白话小说）是中国的正统文学，是代表中国文学革命自然发展的趋势的"。"中国今日需要的文学革命是用白话替代古文的革命，是用活的工具替代死的工具的革命。"② 相较于晚清梁启超、刘师培等人对文言的不弃和难舍，胡适则表现出非常决绝的态度，即宣布了文言文的死刑，这有他的偏激之处，矫枉而过正，但也表明了他对文言的一种态度。

1917年1月，胡适在《新青年》上发表《文学改良刍议》一文，正式提出了自己的文学主张，即文学八事。一曰，须言之有物。二曰，不摹仿古人。三曰，须讲求文法。四曰，不作无病之呻吟。五曰，务去烂调套语。六曰，不用典。七曰，不讲对仗。八曰，不避俗字俗语。③

此处对于文学革命提出了许多非常具体的设想，其中，第一、第二、第四条主要涉及文学改良的内容，其余几条涉及文学语言和文学表现形式，可见，胡适的文学改良兼有内容和形式两个方面，并非仅为文学语言，也并非只有文学表现形式。

这些主要都是由此前同梅光迪等人的讨论而总结所得。胡适曾在与梅光迪的书信中提出"作诗如作文"，遭到了梅光迪等人的反对。梅光迪等人从诗的传统审美的角度，认为白话不够凝练，白话入诗不具有可操作性。但是胡适的

① 胡适：《四十自述》，见胡适著，季羡林主编《胡适全集》（第18卷），合肥：安徽教育出版社，2007年版，第108页。
② 胡适：《四十自述》，见胡适著，季羡林主编《胡适全集》（第18卷），合肥：安徽教育出版社，2007年版，第109页。
③ 胡适：《文学改良刍议》，见胡适著，季羡林主编《胡适全集》（第1卷），合肥：安徽教育出版社，2007年版，第4页。

本意并不是抹杀传统诗歌的美，也不是模糊"诗"与"文"的文体界限，而是努力扩大诗歌的面向。当时白话写作虽然在民间普遍流传，受到了人民的喜爱，但毕竟仍处于从属的地位，诗歌仍然是文学中的正统。为了让文学的正统也能表达民间的情感，胡适提出了"作诗如作文"，使诗歌语言"更近于说话"，"造成一种近于说话的诗体"。① 这里特别强调文学体现"说话"的特点，也就是努力作白话诗，用民众日常语言进行诗歌创作，以将民众纳入诗歌的阅读主体，甚至是创作主体。从中不难看出这一时期胡适对民间主体的发现和挖掘，但是并没有十分明确，所以作为文学纲领性的"八事"的提出仍然是在传统文学话语体系的框架内进行的，除了第一条与第三条之外，其余几点使用的都是否定的表达方式，也就是针对当时文坛出现的不良倾向予以纠正，"是单从消极的、破坏的一方面着想的"②，但是其鲜明的文学革命意向和坚决的文学革命决心是十分突出的。

蔡元培曾说："真正主张以白话代文言，而高揭文学革命的气质，这是从《新青年》开始的。"③ 在同年随后刊发的《新青年》第五期中，陈独秀发表了《文学革命论》一文，充分肯定了胡适的努力："其首举义旗之急先锋，则为吾友胡适。"在胡适"八事"的基础上，陈独秀提出了"三大主义"："曰，推倒雕琢的阿谀的贵族文学，建设平易的抒情的国民文学；曰，推倒陈腐的铺张的古典文学，建设新鲜的立诚的写实文学；曰，推倒迂晦的艰涩的山林文学，建设明了的通俗的社会文学。"④ 不同于胡适在具体文学创作层面上的讨论，陈独秀的"三大主义"更偏重的是一种宏观纲领层面上的论述，连用三个"推倒"表达的是一种对于旧文学的批判态度和建设新文学的决心与愿景，但也难免带有激进的色彩。诚如李泽厚所评："陈独秀的主要兴奋点始终是政治。"⑤ 胡适

① 胡适：《逼上梁山——文学革命的开始》，见胡适著，季羡林主编《胡适全集》（第18卷），合肥：安徽教育出版社，2007年版，第105页。

② 胡适：《建设的文学革命论：国语的文学-文学的国语》，见胡适著，季羡林主编《胡适全集》（第1卷），合肥：安徽教育出版社，2007年版，第53页。

③ 蔡元培：《中国新文学大系·总序》，见赵家璧主编《中国新文学大系》，上海：上海良友图书印刷公司，1935年版，第10页。

④ 陈独秀：《文学革命论》，见胡适著，季羡林主编《胡适全集》（第1卷），合肥：安徽教育出版社，2007年版，第16—17页。

⑤ 李泽厚：《中国现代思想史论》，北京：东方出版社，1987年版，第2页。

后来也认识到了这一点，认为五四后来的社会革命转向是对文学领域改革的干扰。但是不得不承认的是，陈独秀的"三大主义"传递出的态度是与当时整个社会思潮走向暗合的，所以胡适的文学改革主张才得以在短时间内引起学界足够的重视，并下行至整个社会，造成了巨大的社会影响。另一方面，也即最为重要的一点原因是，虽然陈独秀论述的侧重点与胡适不同，但他对胡适文学革命的基本精神是认同的，如"平易""新鲜""明了""通俗"这些新文学应该具有的特质都在"三大主义"中得到了保留和强调。所以，虽然整个文学改革的走向发生了政治偏移，但是对于通俗的、大众的、平民的文学导向的把握还是准确的，具有积极的学术意义。

文学革命一经发起，旋即得到了各方学者的响应，钱玄同、刘半农等人纷纷撰文支持，而在同这些同侪的讨论中，胡适的学术思路也渐渐清晰了起来。1917 年 11 月，胡适在《什么是文学——答钱玄同》一文中，不再囿于传统诗话理论，而是直截了当地提出了新文学的主张："'文学有三个要件：第一要明白清楚，第二要有力能动人，第三要美。'因为文学不过是最能尽职的语言文字，因为文学的基本作用（职务）还是'达意表情'，故第一个条件是要把情或意，明白清楚的表出达出，使人懂得，使人容易懂得，使人决不会误解。"①

前文提到"作诗如作文"，特别凸显文学"说话"的特点，要造成"说话的诗体"，这里则涉及如何"说话"的问题，文学改革的重点集中在表达的过程，即"说"的过程。而如何才能做到说得清楚明白？自然是要以大家都能够听得懂的语言和表达习惯来说，也就是民间通行的白话。至此，胡适以"白话"为切入点的理论思考已渐露雏形。

1918 年 4 月，胡适发表《建设的文学革命论》，对自己此前的种种公开提法作了一个简单的总结，也是进一步予以理论上的明确。（一）要有话说，方才说话。（二）有什么话，说什么话；话怎么说，就怎么说。（三）要说我自己的话，别说别人的话。（四）是什么时代的人，说什么时代的话。②

---

① 胡适：《什么是文学——答钱玄同》，见胡适著，季羡林主编《胡适全集》（第 1 卷），合肥：安徽教育出版社，2007 年版，第 206 页。

② 胡适：《建设的文学革命论：国语的文学-文学的国语》，见胡适著，季羡林主编《胡适全集》（第 1 卷），合肥：安徽教育出版社，2007 年版，第 53 页。

在这里，胡适又进一步拓展了"话""说话"的概念，并以"话"的概念一以贯之，以肯定的语气从四个方面概括了早前提出的"八不主义"内容，更侧重强调文学是一门关于"说话"的艺术，并以此体悟文学的本质属性。值得注意的是，这里的"说话"并不是我们今天通俗意义上的说话的行为概念，而是一种表达方式，"话"是指文学创作的内容、情感、思想，也是中国传统的一种文学表现形式，如话本的简称就是"话"，而"说"则是行文组织以传递"话"的过程。所以，第一条是对文学内容的规定，第二条是对文学创作方法的讨论，第三条侧重的是文学的自主意识，第四条表达的是文学创作的现代意识。综合起来看，侧重强调的是一种文学的可读性。胡适并没有对文人文学或传统文学进行批判或否定，而是将文学的受众对象面向整个社会扩张。既然每个人都有所思、有所想，那么每个人也就都有表达的权利，而文学作为一种表情达意的手段，本就应该为每个人共享，而不应该成为某个阶级或阶层集团所特享的权利。如此，胡适便将民间纳入了文学创作主体、审美主体的合理化范围。

在此基础上，胡适进一步提出了"国语的文学，文学的国语"的十字宗旨："我们所提倡的文学革命，只是要替中国创造一种国语的文学。有了国语的文学，方才可有文学的国语。有了文学的国语，我们的国语才可算得真正国语。"①

至此，胡适对于文学的民间意识的挖掘已经比较成熟了，只是这个时候他在具体的用词上还是有些游移，没有明确固定使用"白话"的概念。每一种新思想的提出无不经历过种种不同声音的挑战与打磨，胡适的提法也难免招致了一些论敌的责难。但是当时反对的声音主要集中在两点：一、认为胡适对于"国语""白话"的提倡是片面的"语言工具论"，只是皮毛而难及肌理；二、认为胡适对于"国语""白话"文学价值的充分肯定是对古代韵文文学价值的全面否定。特别是胡适提出"要须作诗如作文"②，就曾引来梅光迪

---

① 胡适：《建设的文学革命论：国语的文学-文学的国语》，见胡适著，季羡林主编《胡适全集》（第1卷），合肥：安徽教育出版社，2007年版，第54页。

② 胡适：《逼上梁山——文学革命的开始》，见胡适著，季羡林主编《胡适全集》（第18卷），合肥：安徽教育出版社，2007年版，第105页。

的强烈反对。梅光迪在回复胡适的信中曾作如此论述："足下谓诗国革命始于'作诗如作文'。迪颇不以为然。诗文截然两途。"① 关于第一点，笔者已在前文有所论述。胡适的理论甫一提出就是对于文学创作全过程的综合把握，而且理论的落脚点也是在文学的内容、感情以及思想价值之上。关于第二点，亦是误读。首先，胡适并没有对所有的白话创作都进行充分的肯定，他曾作出如此回应："读者不要误会；我并不曾说凡是用白话做的书都是有价值有生命的。我说的是：用死了的文言决不能做出有生命有价值的文学来。这一千多年的文学，凡是有真正文学价值的，没有一种不带有白话的性质，没有一种不靠这个'白话性质'的帮助。"② 这也可以进一步回答第一个问题，胡适在语言的提倡之下，还是更多地关注文学本身应具有的文学性、审美性、思想性。其次，胡适并没有全面否定文言文学的价值，虽然将其判定为"死文学"，并认为"那已死的文言，只能产出没有价值没有生命的文学，决不能产出有价值有生命的文学"③，但是要说明的是，胡适的理论所指是小说《儒林外史》，是能够在民间流行，并获得人民喜爱的文学作品（不限于小说）。换言之，胡适认为文学的价值在于民间的传诵，只有传诵才能有交流，而只有有交流，才能实现情感的表达、思想的互换，而文学的生命力也在这传诵的过程中产生。胡适提出的"白话"并不是绝对地与"文言"的概念相对，而是人民能够听得懂、说得出的语言，是一种通行的语言。所以胡适对于《木兰辞》《石壕吏》等文学作品给予了充分的价值肯定，并认定这些就是白话创作。试问：这些作品中没有使用韵脚吗？没有对仗吗？重点是，对仗、韵脚的使用不应影响意思的晓畅、内容的充实。作为一种文学手法，是可以和白话实现充分的融合的。

胡适的提法虽然有全面否定、全面肯定的激进因素，但不乏出于策略的考虑，并不能抹杀这场活动本身的价值，诚如他本人所说："大运动是有意的，如穆倄、尹洙、石介、欧阳修们的古文运动，是对于杨億派的一种有意的革命。

---

① 胡适：《逼上梁山——文学革命的开始》，见胡适著，季羡林主编《胡适全集》（第18卷），合肥：安徽教育出版社，2007年版，第106页。

②③ 胡适：《建设的文学革命论：国语的文学-文学的国语》，见胡适著，季羡林主编《胡适全集》（第1卷），合肥：安徽教育出版社，2007年版，第55页。

大倾向是无意的，是自然的，当从民间文学白话文学里去观察。"①

无论关于具体的论题存在多少争论，文学发展的大方向是不应该，也无法受到阻挡和遏制的，而我们所能做的，就是认清这股趋势，并以己之力切实地推动其有效有序地进行。

二、对"白话"概念的阐释

胡适赋予了白话学术概念的意义。就最初而言，"白话"本不过是作为一种语言的指称，人们往往惯于单从语言学的角度去解读分析，但胡适却复活了这一传统的概念并填充了新的内涵。"白话"概念在胡适整个学术思路发展过程中，其内涵已经变得十分丰富，围绕"白话"概念的争论也一直不休。但因为白话文运动的影响深远，人们往往视白话为与文言相对应的概念，带有简单化和定势化的理解，缺失学理上的阐述，当然，这也与胡适自身没有对概念本身作出学理的分析和阐释有直接的关联。本部分选择以"白话"为理论切入点，回归到"民间文学"作为学术名词提出的理论原点，着重挖掘和探讨"口话"这一概念内涵对于民间文学"民间主体性""生活活态性""文学审美性"等的界定思考。

（一）白话与日常生活

"白话"的概念并不是胡适之首创，而是一个古已有之的概念，是指一种口语化的语言。早在理论产生之初，以白话进行的创作实践就已经开始了，且产生了极其丰富的成果。而新文化运动时期，胡适之所以重提"白话"，主要是意识到这种创作实践所蕴藏的鲜活的力量，意在发掘其价值并给予当时的文学创作一些可能的发展启示。

关于"白话"，陈平原曾作过如此定义："因为汉字不是拼音文字，文字与声音的关系很松散，很早就出现了言、文分离的局面。口语不断随时代变化，文字却基本上岿然不动。在书面语里，于是形成了以北方话为基础的、比较接

---

① 胡适：《胡适致顾颉刚》（1923 年 2 月 24 日），《小说月报》1923 年第 14 卷第 4 号。

近一定时代口语的白话。"① 汉语的书面语包含文言和白话两个系统："一为在先秦口语基础上形成的以先秦到西汉文献语言为模仿对象的文言系统，一为在秦汉以后口语基础上形成的古白话系统。"② 即"白话"是书面语中更接近"口语"化的语言。笔者以为这个定义的落脚点与胡适所说的"白话"是有一致性的，即"白话"主要强调的是一种与生活贴合的表达形式。但是，关于实现怎样的一种"言文一致"，胡适的目标和很多其他学者的理论目标之间还是略有差异。在文学中，造成言、文分离的原因并不仅仅是汉字本身的性质，如陈平原所说的汉字不是拼音文字，还包括文体、表达语辞等关于文学标准变化过程中造成的文学审美标准的变化。胡适所着重批判的是后一个原因，针对种种过于强调模式化的创作所言。所以说，胡适所要实现的"言文一致"也不是将口语和文学创作完全对等，而是在探讨文学创作的多样性和生活态。

关于白话文学，人们常常从语言革命和文学工具两方面予以表达，但语言从来就不是独立的存在，语言已包含了内容，两者不可分割，更何况语言本身就是一种文化现象。白话作为日常生活中人们交流和使用的语言，其意指往往就包含了民众日常生活的种种样态。周作人提到平民文学这个概念，就说到不要拘泥于名词本身的指向意义，即我们说贵族的、平民的，并非说这种文学是专做给贵族或平民看的，专讲贵族或平民的生活，或是贵族或平民自己做的。"不过说文学的精神的区别，指它的普遍与否，真挚与否的区别。"换言之，文学的归属分类来自文学的精神，而不是别的。因此，对于白话文学的理解，也不要局限于白话仅作为语言的表现形式，还应该看到白话所指向的生活意味。他还提到："平民文学不是专做给平民看的，乃是研究平民生活——人的生活——的文学。""平民文学所说，近在研究全体的人的生活。"③ 而"人的文学与非人的文学的区别，便在著作态度，是以人的生活为是呢，非人的生活为是呢这一

---

① 陈平原：《当代中国的文言与白话》，《中山大学学报(社会科学版)》2002 年第 3 期。
② 徐时仪：《汉语白话发展史》，北京：北京大学出版社，2007 年版，第 3 页。
③ 周作人：《平民文学》，见吴平、邱明一编《周作人民俗学论集》，上海：上海文艺出版社，1999 年版，第 278—281 页。

点上"。① 周作人提到的"人"主要强调的是一种"个人主义的人间本位主义"②，其理论更侧重的是对于主体精神的正面肯定，带有人道主义的思想特点，以此为标准，《西游记》《封神榜》等都被周作人认定为宣扬"非人道德"的"非人的文学"。所以说，周作人的"人的文学"的理论更侧重强调的是文学的道德教化作用。胡适认为新文学包含两个方面的内容，一个是"活文学"，一个是"人的文学"，而这两者又是紧密联系在一起的。就胡适而言，他所提出的"人的文学"则有着哲学层面的考量，和自由、平等、民主等观念联系在一起，即人之所以为人的文学，将民众和民间放置在文学的主体位置，这种民间生活常态本身就是价值所在。朱光潜也有过类似的表述，他认为白话相当于但丁所说的"俗语"："事实证明：只有用白话，才能使文学更接近现实生活和接近群众。"但丁抬高俗语，"就是要文学更接近自然和接近人民"。③

　　陈平原从史实的角度勾勒了白话与书面语之间的发展演变关系，他认为，唐代的变文，宋元以降的话本、小说等都是以当时的口语即白话写成的，而无韵的古文以及有韵的诗、词、赋等则追求典雅精炼的文言。"长期以来，精英阶层使用文言，而大众则倾向于白话，这一局面，在清末民初二四十年的社会文化变革中受到巨大的冲击。经由五四新文化人的不懈努力，这种二元对立的格局终于彻底改观。今日中国，无论是大众的日常交流，还是政府的公文或作家的写作，使用的基本上都是白话。"④ 所以，白话作为语言工具的作用已经淡化，甚至失去了本来的意义，但白话所意指的"口语化"特征、"日常生活"内涵却日益凸显。

　　邓晓芒从哲学的层面把 20 世纪初白话文运动走向言文一致的现代白话文的演变称为汉语的现象学还原，认为白话摆脱了文言文这种书面汉语的政治统治功能，成为中国人予以生存的活的语言，成为中国人的"此在"。⑤ 胡适在

① 周作人：《人的文学》，见吴平、邱明一编《周作人民俗学论集》，上海：上海文艺出版社，1999年版，第273页。
② 周作人：《人的文学》，见吴平、邱明一编《周作人民俗学论集》，上海：上海文艺出版社，1999年版，第272页。
③ 朱光潜：《西方美学史》，南京：江苏文艺出版社，2008年版，第109—110页。
④ 陈平原：《当代中国的文言与白话》，《中山大学学报（社会科学版）》2002年第3期。
⑤ 邓晓芒：《依胡塞尔现象学，批判儒家、还原中国传统文化》，《哲学研究》2016年第9期。

《文学改良刍议》中就明确了白话文学不注重模仿古人，而"惟实写今日社会之情状，故能成真正文学"。① "白话"流动于民众之间，有着显明的市民化、世俗化的特点，白话文学的盛行很大程度上也就是满足市民生活的需求。当时上海出现的礼拜六、鸳鸯蝴蝶派等，都是运用白话进行文学创作，阅读对象也主要是市民，刘半农在上海有一段卖文生涯，笔者以为，也就是这段时间的白话创作，和他日后成为歌谣运动的发起者和主力军有着极为密切的关系。而最早引介民间文学理论的也是始于上海的刊物——《妇女杂志》，这和上海作为市民化的城市特征有很大的关联，张真就直接将上海二三十年代的商业大众文化视为广义的五四白话运动②，这一勾连是有其合理性的。户晓辉认为："民间文学或民俗学的实践研究本来就不离日常和日用，所以，对这种日常和日用实践的实践研究也无须离开日常和日用。"③

美国电影评论家汉森深受中国白话文学运动的启迪，援引"白话"（vernacular）术语进入电影领域，提出"白话现代主义"概念，涵括"既表现又传播现代性经验的各种文化实践"。④ 她认为过往的现代主义美学一直局限于艺术的经院化，体现为精英现代主义，她主张应扩大现代主义美学的视野，将大众传媒之下的大批量生产、大批量消费的现代性的各种文化表现也一并纳入进来，并以"白话"概念来统摄这一广义现代主义美学的范畴。她认为，"白话"包括了"平庸、日常的层面，又兼具谈论、习语和方言等涵义"。⑤ 她特别强调白话作为纷繁的话语形式，有着日常生活经验和日常生活表现的指向，并在注释中特别说明，这一白话现代主义概念与五四运动所倡导的中国文学艺术现代主义实践有关，并明确这一观点是参见了胡适、傅斯年等人的相关论述。⑥ 张英进也肯定"白话"概念与日常生活的联系："因为白话用以界定现代主义主要是因为它与日常生活的联系。（或更确切地说，我认为是与现代生活中物质、质体和感官

---

① 胡适：《文学改良刍议》，见胡适著，季羡林主编《胡适全集》（第1卷），合肥：安徽教育出版社，2007年版，第7页。
②⑤⑥ ［美］米莲姆·布拉图·汉森：《堕落女性，冉升明星，新的视野：试论作为白话现代主义的上海无声电影》，包卫红译，《当代电影》2004年第1期。
③ 户晓辉：《民间文学的自由叙事》，北京：社会科学文献出版社，2014年版，第22页。
④ ［美］米莲姆·布拉图·汉森：《大批量生产的感觉：作为白话现代主义的经典电影》，刘宇清、杨静琳译，《电影艺术》2009年第5期。

层面的联系。)"① 二十世纪七十年代，伴随着现代技术下大众传媒的兴起，"日常生活"成了社会学、历史学、民俗学等相关学科关注的问题域，图宾根学派鲍辛格等人甚至将民俗学学科的对象定位为"普通人日常生活"，即将日常生活中的事物、习惯和态度作为研究领域和反思对象，以告别旧有的名称"民俗学(Volkskunde)"。虽然汉森和鲍辛格分别从电影现代主义美学和民俗学学科不同领域出发，但他们都将自己研究的触角伸到技术世界中的大众文化领域，同时都不满于"大众"的概念而分别以"白话"和"日常生活"为关键词予以取代，两者在研究对象、研究方法和研究思路上均存在诸多重合之处，这为我们理解"白话"概念及把握民俗学(含民间文学)学科转型问题提供了新的思路。

首先，他们都对大众概念表示质疑。汉森认为白话的概念尽管词义略嫌模糊，却胜过"大众"(popular)。后者受到政治和意识形态多元决定(over determined)，而在历史上并不比"白话"确定。② 鲍辛格也持同样的观点，认为 Volk 概念被强烈染色或者说具有意识形态负荷，同时大众的群体也难以明确。鲍辛格还特别提到，日常生活虽"不是一个有清晰界限的范畴"，但它的启发性特征能开启一些新领域和诸多的单项选题。③ 其次，他们提出"白话"和"日常生活"的概念是基于对传统的封闭式和单向性的研究对象和研究方式的反动。汉森认为一般的现代主义及现代主义美学研究往往局限于文学、戏剧、音乐、绘画和雕塑等精英化领域，而没有将大批量生产、大批量消费的现代性的各种文化表现纳入其中，并且习惯性地视经典性的传统与现代性的文化表征之间的关系为对立的，互不相容的，呈现为单一的逻辑体系。鲍辛格对民俗学拘泥于所谓传统的、固化的研究对象表示不满："当时的民俗学从根本上认为，若干个世纪以来，这些传统就一直存在于民众(Volk)中间，尽管很少有任何证据。人们习惯地认为，民众就是如此地生活，尽管没有人会明确地知道

---

① 张英进：《阅读早期电影理论：集体感官机制与白话现代主义》，《当代电影》2005 年第 1 期。
② [美] 米莲姆·布拉图·汉森：《堕落女性，冉升明星，新的视野：试论作为白话现代主义的上海无声电影》，包卫红译，《当代电影》2004 年第 1 期。
③ [德] 赫尔曼·鲍辛格等：《日常生活的启蒙者》，吴秀杰译，桂林：广西师范大学出版社，2014年版，第 102 页。

谁是民众。"① 正是由于民俗学关注于传统，关注于搜寻历史遗留物，导致"没有可能去追踪民间生活的现代改变——这里的'现代'必须从广义上去理解"。② 也就是没有注意到时代和社会的发展和变化，即已经由传统的农业文化时代转型到技术时代，乃至将民间文化与现代技术世界完全隔离。第三，他们以"白话"和"日常生活"概念来指称现代性背景下的纷繁复杂的文化现象。一者是打破精英的局限，一者是破除封闭式的传统，但殊途同归，都将眼光转向了大众传媒和现代技术等日常生活领域，即发生了由传统到当下，由静态的、闭锁式的研究转为动态的、整体性的研究的转变。汉森认为"白话"概念作为日常生活的指向，既体现了经济、政治、社会现代化进程，诸如时装、设计、广告等日常生活物质表现形式的转换，同时，也是对这一进程的诸种感受和反应，以突破传统与现代之间的令人遗憾的两极对立的二元划分。汉森的学生张真将白话理解为"一个相互的连续体，一种现世的技术，一个翻译的机器，一种文化的感官机制"。③ 这里对"白话"的理解已远远超脱了其仅作为"文言"相对的概念，已带有鲜明的文化指向和文化意义，由此也就和以鲍辛格为代表的图宾根学派提出的日常生活概念相勾连，鲍辛格将日常生活理解为一个过程，是在社会、文化、历史等现代化背景之下"全部的文化适应过程"④，不是去寻找纯粹的传统，而是注重文化的互动关系，认为"民间文化与大众文化的分界线从来就不是泾渭分明"⑤，不对复杂的文化现象作简单的二元切割，这也是鲍辛格抛弃民俗学概念的一个重要原因。

当下，"日常生活"概念已为学界普遍接受和普遍谈论，但美国学者却没有直接套用这一概念，而是另辟蹊径，以中国传统概念"白话"一词以涵盖之，并赋予其更为丰富的内涵，这也为我们重新理解"白话"概念打开了新的

---

① ［德］赫尔曼·鲍辛格等：《日常生活的启蒙者》，吴秀杰译，桂林：广西师范大学出版社，2014年版，第33页。

② ［德］赫尔曼·鲍辛格等：《日常生活的启蒙者》，吴秀杰译，桂林：广西师范大学出版社，2014年版，第59页。

③ 张英进：《阅读早期电影理论：集体感官机制与白话现代主义》，《当代电影》2005年第1期。

④ ［德］赫尔曼·鲍辛格等：《日常生活的启蒙者》，吴秀杰译，桂林：广西师范大学出版社，2014年版，第53页。

⑤ ［德］赫尔曼·鲍辛格：《技术世界中的民间文化》，户晓辉译，桂林：广西师范大学出版社，2014年版，第11页。

窗户。

显见，相较于西方"folklore"作为历史"遗留物"的指称意义，白话文学更多地指向日常和日用，梅光迪是以白话文学去理解民间文学，因此，他引入的民间文学概念实则已消解了"folklore"作为过去学的意义，而面向当下也是当今民俗学家包括民间文学研究者思考的有关学科转型的问题。

(二) 白话与"说话"

"白话"概念不仅有"日常生活"的意指，更有对"日常生活"现象的描述。就一般而言，我们往往只是将白话视为相对于文言的口头语言或书面语言，但就拆解来看，"白"与"话"两个字本身都兼有语言和叙说的双重意味。所谓"白"既是"说"，也是"话"，"话"也包含"说"与"话"的意思。如前所述，胡适就常以"说话"来概述白话文学的特点，他提出"作诗如作文"，让诗歌语言"更近于说话"，"造成一种近于说话的诗体"。①1918 年，在《建设的文学革命论》中，他更是以"说话"来概述自己对文学革命的理解：

> 自从去年归国以后，我在各处演说文学革命，便把这"八不主义"都改作了肯定的口气，又总括作四条，如下：(一)要有话说，方才说话。这是"不做言之无物的文字"一条的变相。(二)有什么话，说什么话；话怎么说，就怎么说。这是(二)(三)(四)(五)(六)诸条的变相。(三)要说我自己的话，别说别人的话。这是'不摹仿古人'一条的变相。(四)是什么时代的人，说什么时代的话。这是'不避俗字俗语'的变相。这是一半消极，一半积极的主张。②

"说话"成为胡适文学价值判断的一个重要标尺和重要依据，甚至以此为

---

① 胡适：《逼上梁山——文学革命的开始》，见胡适著，季羡林主编《胡适全集》(第 18 卷)，合肥：安徽教育出版社，2007 年版，第 105 页。

② 胡适：《建设的文学革命论：国语的文学-文学的国语》，见胡适著，季羡林主编《胡适全集》(第 1 卷)，合肥：安徽教育出版社，2007 年版，第 53 页。

准，不断扩大白话文学的范围，"我把'白话文学'的范围放的很大，故包括旧文学中那些明白清楚近于说话的作品"。① 并不是凡是古人说的话就是文言，也不是所有古文创作中使用的语言都是文言，"文言"是指那些晦涩难懂的文字。那么，自然也不是说凡是今人说的话就都是白话，也不是所有现代创作中使用的语言都是白话，"白话"是指那些晓畅易懂的文字。这里就隐含了一个很重要的理论切入点：时间并不是划分"白话"和"文言"的标准，也不是划分新文学和旧文学的标准，是否能够实现顺畅的表达才是重点。周作人也对此观点表示赞同："我认为古文和白话并没有严格的界限，因此死活也难分……要想将我们的思想感情，尽可能地多写出来，最好的办法是如胡适之先生所说的：'话怎么说，就怎么写'，必如此，才可以'不拘格套'，才可以'独抒性灵'。"② "说话"本来也是一具有中国传统特色的文学表现形式，或称为话本，起源于唐代人的"说话"，说话之事的底本即为话本。"以俚语著书，叙述故事，谓之'平话'。"③ 胡适有意将民间文学中说唱文学的"说话"形式引入诗词创作，这既是对中国传统文论的一种挑战，也是一种拓展。

同时，"白话"中的"白"还是从戏剧中的"说白"引申来的，至于对白即指人与人之间的对话。胡适曾概述白话的三个意思："一是戏台上说白的'白'，就是说得出，听得懂的话；二是清白的'白'，就是不加粉饰的话；三是明白的'白'，就是明白晓畅的话。"④ 在这里，胡适首先强调了白话作为对白即对话的特点，后两点则强调了白话作为民众对话的语言的特点。就此而言，"白"与"话"不同于单声调，而指向多重声音的交织，汉森将其定位为具有流通性、混杂性和转述性等特点。⑤ 笔者以为，这兼有巴赫金提出的"复调"美学概念的意蕴，尽管"复调"是用来指称陀思妥耶夫斯基的小说创作特点，即作为小说理论的界说，但就其美学特征的概括而言，却有其更大的广延性。巴赫金认为，陀氏小说的基本特点在于"有着众多的各自独立而不相融合的声

---

① ④ 胡适：《白话文学史》，见胡适著，季羡林主编《胡适全集》（第 11 卷），合肥：安徽教育出版社，2007 年版，第 212 页。

② 周作人：《新文学的源流》，南京：江苏文艺出版社，2007 年版，第 58—59 页。

③ 鲁迅：《中国小说史略》，济南：齐鲁书社，1997 年版，第 88 页。

⑤ ［美］米莲姆·布拉图·汉森：《大批量生产的感觉：作为白话现代主义的经典电影》，刘宇清、杨静琳译，《电影艺术》2009 年第 5 期。

音和意识，由具有充分价值的不同声音组成真正的复调"①，这也正是复调小说的特点。巴赫金特别强调声音的独立性，强调不受制于某个体的意志压迫，肯定复调的实质便是"不同声音在这里仍保持各自的独立，作为独立的声音结合在一个统一体中，这已是比单声结构高出一层的统一体。如果非说个人意志不可，那么复调结构中恰恰是几个人的意志结合起来，从原则上便超出了某一人意志的范围"。②

巴赫金高度评价陀思妥耶夫斯基创造了一种全新的艺术思维类型，即复调型，是一种对话型而非独白型作品，认为这是陀氏区别于他人，也是我们理解陀氏作品的关键所在。作为对话型的作品，这种小说并不只有某一个人的"独白"，它是不同人的意识相互作用的结果，而且每一个意识都是相对独立的，"其中任何一个意识都不会完全变成为他人意识的对象"。而且，就旁观者而言，这种小说也不同于一般"独白型"作品，"把小说中全部事件变成为客体对象。这样便使得旁观者也成了参与事件的当事人"。③ 因此，对话型小说的特点体现为，"众多的地位平等的意识连同它们各自的世界，结合在某个统一的事件之中"。④ 对话表现为观点的纷呈异彩，没有作者主导性的观点和主导性的定位，揭示出生活的多样性和人类情感的复杂性。巴赫金多次强调，陀氏批判人的"物化"现象，他的艺术形式就是要解放人和使人摆脱物化⑤，而复调小说的艺术表现形式就能达成人精神上的独立、平等和自由，这也正是陀氏小说吸引巴赫金的地方所在。虽然巴赫金这里的论述是就作家创作而言，但折射出的却是对民间诙谐文化的认知和推崇。巴赫金并不认同文艺复兴中的复兴只是意指"古希腊罗马科学和艺术的复兴"，而是明确它复兴了中世纪的民间诙谐

① ［苏联］巴赫金：《陀思妥耶夫斯基诗学问题》，见《巴赫金全集》（第五卷），白春仁、顾亚铃译，石家庄：河北教育出版社，2009年版，第4页。
② ［苏联］巴赫金：《陀思妥耶夫斯基诗学问题》，见《巴赫金全集》（第五卷），白春仁、顾亚铃译，石家庄：河北教育出版社，2009年版，第27页。
③ ［苏联］巴赫金：《陀思妥耶夫斯基诗学问题》，见《巴赫金全集》（第五卷），白春仁、顾亚铃译，石家庄：河北教育出版社，2009年版，第21—22页。
④ ［苏联］巴赫金：《陀思妥耶夫斯基诗学问题》，见《巴赫金全集》（第五卷），白春仁、顾亚铃译，石家庄：河北教育出版社，2009年版，第4—5页。
⑤ ［苏联］巴赫金：《陀思妥耶夫斯基诗学问题》，见《巴赫金全集》（第五卷），白春仁、顾亚铃译，石家庄：河北教育出版社，2009年版，第81页。

文化，一个巨大而多义的思想现象。汉森受胡适领导的白话文学运动的影响，对白话之"混杂性"等特点的描述本就是对民间生存状态的真实描绘，但作为学科传统的民间文学概念却往往对民间的这一芜杂现象作了理想化的处理，这也是鲍辛格对民俗学（含民间文学）概念不满意的很重要的一方面，"有浪漫化的倾向，而非真实性的描述"。[①]

学界一直对胡适被称为"中国文艺复兴之父"心存犹疑，笔者此前曾撰文发表过个人见解，即认为胡适复兴的是白话文学运动背后所潜存的平等、自由、民主的思想观念，复兴的是由民众创造的丰富的、有独立价值的民间文化与民间文学，但限于胡适思想意义大于学术意义的个体认识，也受制于时代作为思想变革的大背景，胡适对此少有学理意义上的探讨，有时出于策略上的考虑和需要，或为了强调和突出民间文学的价值，甚至以"白话文学中的民间文学"称谓对白话文学中的杂多现象作了净化处理，学界也出于多方面的考量，对民间文学中的"灰色地带"有意回避，少有学理上的探讨，导致白话文学本身所包孕的学术意义一直没有得到很好的阐释。巴赫金复调概念的提出为我们深入探寻和激活"白话"与"白话文学"概念中所蕴含的学术理论含量提供了延展的可能和路径。笔者以为，"白话"概念非常形象地传递和挖掘出语言和文学作为对话的特点和本质，更为恰切地表现了"众声喧哗"的语言本质和语言场景，而这也恰合民间文学具有多元性、群体性、口传性、对话性等特点，传神地表述了巴赫金关于复调概念的哲学领悟，即由复调概念展开对语言存在、社会存在乃至世界存在的本质问题的思考，"不仅社会的语言是'杂语'的，而且语言离开了促其分化的各种杂语的意向，本身也不会存在"。[②]巴赫金从陀氏和拉伯雷作品中挖掘出语言作为存在的本质特点，也恰合于民间文学的本质特点，这为我们着眼于民间文学相对于作家文学而言的传统认知，似乎也提供了反例。

美国学者汉森正在此层面将本作为语言指向的"白话"概念转化为对电影

---

① ［德］赫尔曼·鲍辛格等：《日常生活的启蒙者》，吴秀杰译，桂林：广西师范大学出版社，2014年版，第36页。

② ［苏联］巴赫金：《小说理论》，见《巴赫金全集》（第二卷），白春仁、晓河译，石家庄：河北教育出版社，1998年版，第116—117页。

视觉艺术的描述，并赋予其当下意义。随着城市工业技术的发展、社会大规模消费的转向，视觉与感官认知的新模式产生了，人们的日常生活发生了极大改变，而"白话现代主义"概念却能很好地涵括"既表现又传播过现代性经验的各种文化实践"，即包括现代化生产和消费的时装、设计、广告、建筑和城市环境，以及摄影、广播和电影等涉及城市市民日常生活的各个方面，她从"白话概念中发现了她所要寻找的表达现代主义美学现代转向的所有内涵"。① 而这一发现又源自中国白话文学运动给她的启迪，这为我们重新理解和把握"白话"概念提供了诸多启示。

（三）白话的文学性

胡适提出"白话"理论的出发点是为了解决文学创作的"言文分离"的问题，那么自然就有两个问题需要解决：一、文学的表达形式，即"言"的问题；二、文学的意义，即"文"的问题。而这两个问题在胡适的研究图景中是融合在一起的。

对于胡适选择以语言的角度切入探讨文学创作的改革问题，学界一直存在争议，反对的声音主要集中在一点，即认为胡适的理论是一种形式主义。而且，不仅是反对者持此观点，即使是对胡适的观点大加赞同并极力推行的陈独秀等人也如此，他们只看到这种语言层面的意义所指，而没有真正理解胡适的"白话"概念的意图。陈独秀曾在一封信中提及："惠叶有云：'文字之作用，外之可以代表一国之文化，内之可以改造社会、革新思想。'又云：'文字者，即代表言语之机械也。'此二段名言，前者即排斥古典主义之理由，后者即不避俗语之理由。"② 正如书信中提及的惠叶所言，陈独秀等人对胡适"白话"的解读的理论预设是文字是"言语"的"机械"，而解读的出发点是，这种"机械"是可以"改造社会，革新思想"的工具。这其中涉及陈、胡两人政治立场的不同，但是可以清晰明确地看到，陈独秀的理解只是一种语言机械论，是为

---

① "因为'白话'一词包括了平庸、日常使用的层面，具有流通性、混杂性和转述性，而且兼具谈论、习语和方言的意涵。"［美］米莲姆·布拉图·汉森：《大批量生产的感觉：作为白话现代主义的经典电影》，刘宇清、杨静琳译，《电影艺术》2009 年第 5 期。

② 陈独秀：《答陈丹崖》（1917），见《独秀文存》，合肥：安徽人民出版社，1987 年版，第 655 页。

思想改革寻找一个可能的，也最为经济有效的实现路径。而反对者则认为，胡适单从语言的角度提出文学的改革是对文学之作为文学的文学性的消磨，文学应该保留独立于日常生活、政治生活之外的纯粹性。如此，就形成了两个鲜明的理论阵营，但是我们仔细梳理双方各自的理论脉络，就可以发现，这对阵的理论争议，其实已经跳脱了对于胡适理论本身的争议，而是政治话语和文学话语之间的对话，关于胡适理论本身的讨论价值则被覆盖了。为了还原胡适理论的本身立场，我们首先需要讨论两个问题：其一，是不是形式主义对于文学发展就是消极的、负面的呢？其二，胡适提出的理论到底是不是形式主义呢？

"形式主义"一直是学科讨论的焦点，切入角度多有不同，涉及的学科领域也十分庞杂。笔者无法对其一一展开，进行评点总结，单引相关理论成果，对此问题作一思考。

特伦斯·霍克斯在论及形式主义时，曾有如下论述：

> 我们不能把文学变革看作是对社会变革的反应或是社会变革的副产物，而应看作是文体和风格的自我生成或自我封闭的序列的逐步展现，其动力则是内在的需求。
>
> 因此，就产生了一种新的"形式主义"文学史，在这部文学史中，新的形式或文体起来反抗旧的形式或文体，但并不是作为它们的对立面，而是作为对文学的永恒因素的重新组合、重新聚合。……
>
> 事实上，什克洛夫斯基甚至还指出一条旨在阐明文学的重新聚合过程的"规律"，它的中心原则是"变支流为主流"。他认为，为了更新自身，文学定期给自己重新划定疆界，以便不时地把那些相对于文学主流来说仍被看成是"细枝末节"的因素、主题和技法纳入自己的范围。因此，象新闻报道、轻歌舞剧、侦探小说这类亚文学的或"低级的"文体的某些方面，已经为正统文学的"标准"所吸收了。[①]

[①] ［法］特伦斯·霍克斯：《结构主义和符号学》，瞿铁鹏译，上海：上海译文出版社，1987年版，第71—72页。

霍克斯对于"形式主义"的讨论没有限于文学的创作或审美层面，而是从文学作为一门学科，其自身发展的角度谈起，是一种整体的文学观，认为"形式主义"只是文学发展过程中的一个必经阶段，其最终目的就是吐故纳新，并从根本上保持文学因"陌生化"而产生的创作和阅读美感。虽然霍克斯理论中所提及的"形式主义"与胡适受到批判的"形式主义"是有所差异的，但是这种从时代社会变化入手的文学发展观，是可以帮助我们理解胡适的文学理论的。胡适本人一直强调："文学者，随时代而变迁者也。一时代有一时代之文学：周秦有周秦之文学，汉魏有汉魏之文学，唐、宋、元、明有唐、宋、元、明之文学。此非吾一人之私言，乃文明进化之公理也。"[①]"唐人不当作商周之诗，宋人不当做相如、子云之赋，——即令作之，亦必不工。逆天背时，违进化之迹，故不能工也。"[②]既已明白文学需要不断向前发展，需要不断产生新生的力量，那么接下来就是要找到这种力量的突破口。"近来稍稍明白事理的人，都觉得中国文学有改革的必要。……但是他们的文学革命论只提出一种空荡荡的目的，不能有一种具体进行的计划。他们都说文学革命决不是形式上的革命，决不是文言白话的问题。等到人问他们所主张的革命'大道'是什么，他们可回答不出了。这种没有具体计划的革命，——无论是政治的是文学的——决不能发生什么效果。我们认定文字是文学的基础，故文学革命的第一步就是文字问题的解决。"[③]这也是胡适提出不应模仿古人，而以"白话"进行现代创作的理论立足点。在霍克斯的论述中，提及文学发展的动力，是其外在促成"内在的要求"。那么文学发展的"内在的要求"是什么呢？是自身发展的要求。是因为旧有的文学体制或文学创作思维已经无法满足文学创作的表达需求，而从学科内部生成一种改革的需要，体现的是一种学科的自觉意识。既然是学科内部的问题，那么这种原生的动力必然会推动旧文学在文学内部汲取营养。从纵向来看，即向传统探寻；从横向来看，即向上或向下探寻。在胡适的理论中，通过对于文学发展历史的回顾和考据，总结出了文学发展的普遍

①② 胡适：《文学改良刍议》，见胡适著，季羡林主编《胡适全集》（第1卷），合肥：安徽教育出版社，2007年版，第6页。

③ 胡适：《尝试集·自序》，见胡适著，季羡林主编《胡适全集》（第1卷），合肥：安徽教育出版社，2007年版，第194页。

规律——进化，也找到了文学生命力最蓬勃、最活跃的创作形式——白话；通过对同时代文学发展的考察，找到了每一时代中最富生命力的文学形式——民间的通行文学。

胡适在此基础上，进一步提出："我所主张的'文学的国语'，即是中国今日比较的最普通的白话。这种国语的语法文法，全用白话的语法文法。但随时随地不妨采用文言里两音以上的字。"[①] 从中不难看出，胡适的提法始于文字语言，但又不止于文字语言，而是进而改革文学的表达习惯，而文字语言的表达习惯又与思维习惯、情感倾向等密切相关，所以说，胡适的理论的最终所指，仍是对于文学创作自然的表达与抒发，而这也得到了周作人的响应："一民族之运用其国语以表现情思，不仅是文字上的便利，还有思想上的便利更为重要。我们不但以汉语说话作文，并且以汉语思想，所以使用汉语去发表这思想，较为自然而且充分。"[②] 周作人在此基础上，进一步提出了"人的文学"，他的"人的文学"偏于道德意义上的价值和作用。

胡适的文学理论首先是站在文学语言的角度提出并加以讨论的，同时，胡适的理论较为忠实地反映了当时文学发展的需求方向，而这种文学发展的方向同时又和思想启蒙的社会思潮形成了某种暗合，所以一经提出，多方讨论之势蔚为壮观，这也是胡适的理论能够在短时期内获得胜利的原因，但是另一方面，在种种政治热情下，胡适提出"白话"的原意则或被曲解，或被忽略，或被片面解读，从而造成了更大范围的争议，这是在当时历史语境下不可避免的。李泽厚曾对此有过说明性的论述："没有五四学生运动，白话文不会如此迅速地取得决定性的胜利……没有白话文运动，五四也不会有那样的规模、声势和影响；它们相辅相成地造成了现代史的新序幕……在这个以喜剧形式出现的戏剧中，蕴藏着无可逃脱的深刻悲剧：形式没有取得应有的现代独立性。胡适曾想分开启蒙与救亡，这不但根本没办到和办不到，而且也说明他并不了解白话文运动及其倡导者自己之所以能在思想史上拥有如此地位的真实

---

① 胡适：《答朱经农》，见胡适著，季羡林主编《胡适全集》（第1卷），合肥：安徽教育出版社，2007年版，第84页。

② 周作人：《国语改造的意见》，见周作人著，止庵校订《艺术与生活》，北京：十月文艺出版社，2011年版，第243页。

历史原因。"① 且不论胡适是否清楚地看到白话文运动和五四运动之间的缠绕关系，单就"白话"本身概念的提出，笔者以为在当时的语境下，虽然理论接触较为直接，但"只缘身在此山中"，解读得不全面。我们今天对于概念进行回观，跳脱了当时的语境，可以清晰地看到，经过这么长时间的历史的自然淘沥，胡适的"白话"仍然具有丰富的理论价值与意义，值得我们去关注、讨论。

(四) 白话文学与日常生活审美化

白话概念古已有之，但赋予其文学的意义和价值却是后来的事情，这大体和白话作为口语化的语言为文人所不齿有关。"在中国，意指语言艺术的'文学'一词的正式使用，始于1917年胡适(1891—1962)、陈独秀(1879—1942)、鲁迅(1881—1936)等人发起的'文学革命'。'文学'是对英语 literature 的翻译，这个英语词的词源是拉丁语 litera，原义是与文字和书写有关的文献、文章艺术。这种本义与古汉语'文学'一词的用法和意思基本对应。"② 这基本上符合史实的判断，古汉语的"文学"兼有"文章"和"博学"的意义。这里需要特别提及的是，胡适、陈独秀一班人重视文学的意义，乃是将之加诸方言、俗语等口语化语言即白话之上，运用民众的日常语言反映民众的日常生活，并将其纳入文学审美的轨道。文学不再是少部分人享有的特权，而与民众的生活融为一体，成为民众生活的一部分，表现为日常生活的审美化和审美的日常生活化。但须说明的是，这里提到的"日常生活审美化"并不等同于英国学者迈克·费瑟斯通(Mike Featherstone)所意指的内涵。

费瑟斯通首先提出了"日常生活审美化"的概念，并引发了中国学者的热烈讨论，而中国学者对概念的理解也大多依据他的论著。费瑟斯通着重研究文化人包括艺术家、知识分子、学者、媒介人等在后工业和信息社会的时代，其观念形成和消解的过程，"尝试着把后现代当做由艺术家、知识分子和其他文化专家所发动的后现代主义文化运动来研究，而且还去探究严格意义上的后现代主义，是如何与可被称之为后现代的日常生活体验及实践中广义的文化变迁

---

① 李泽厚：《中国现代思想史论》，北京：东方出版社，1987年版，第92页。
② [日]铃木贞美：《文学的概念》，王成译，中央编译出版社，2011年版，第103页。

相联系的"。①"日常生活审美化"的概念是就艺术家与知识分子及潜在的艺术家、知识分子而言的，关注的是这一群体如何谋划将生活转化为艺术作品。费瑟斯通植根于现代性都市生活经验谈论"日常生活审美化"的问题，带有很明显的精英文化的特点，而汉森提出"白话现代主义美学"概念恰恰是对这种精英意识的克服和否定，带有巴赫金提出的"狂欢化"意味。巴赫金立足于全民文化讨论艺术与生活的关系问题，费瑟斯通关心的是文化人如何谋划生活与艺术作品的关系，巴赫金则消解了民众与审美、生活与审美之间的界限。他反复强调，狂欢节既是表演，也是生活，而且是所有的人生活于其中，其内核"处于艺术和生活本身的交界线上，实际上，这就是生活本身，但它被赋予一种特殊的游戏方式"。②生活即艺术，艺术即生活，两者合二为一，这是巴赫金对民间诙谐文化的表述和认知，精准地抓住了民众文化和文学的本质特点。白话文学中劳动号子的呐喊、男女之间的情歌对歌，等等，既是生活的本身，也是文学的表现。白话文学往往唱出的就是民众自己的生活之歌，"民歌的中心思想专在恋爱，也是自然的事"。民歌"是民俗研究的材料，不是纯粹的抒情或教训诗"③，等等，都说明了白话文学中文学与生活的密不可分。笔者以为，当下在将"日常生活"概念引入民俗学和民间文学时，要把握其作为全民文化的特点，虽然研究的视角由乡村化转向城市化，但也要避免出现精英化的导向。

巴赫金认为民间广场文化和民间诙谐文化体现了民间大众的世界感受，也是民间文化的基本表现形式。他将其分成三类：一是各种仪式的演出形式，二是各种诙谐的语言作品，三是各种形式和体裁的不拘形迹的广场言语。④就三种分类而言，第一类是狂欢化的表演，既是节庆活动，也是广场表演，后两类

---

① [英]迈克·费瑟斯通：《消费文化与后现代主义》，刘精明译，南京：译林出版社，2000年版，前言第4页。
② [苏联]巴赫金：《拉伯雷的创作与中世纪和文艺复兴时期的民间文化》，见《巴赫金全集》（第六卷），李兆林、夏宗宪等译，石家庄：河北教育出版社，2009年版，第8页。
③ 周作人：《中国民歌的价值》，见吴平、邱明一编《周作人民俗学论集》，上海：上海文艺出版社，1999年版，第103页。
④ [苏联]巴赫金：《拉伯雷的创作与中世纪和文艺复兴时期的民间文化》，见《巴赫金全集》（第六卷），李兆林、夏宗宪等译，石家庄：河北教育出版社，2009年版，第5页。

都涉及语言，这些语言都是民众日常化的语言，丰富多彩且极富表现力和感染力。但以往常用传统的文化、美学和文学规范的标准去衡量它们，"关于它们在语言中的顽强的生命力这个严肃的问题，尚未真正提到日程上来"，表现出对传统文学要求文学语言的高雅和精致的观念的摒弃，这和胡适等人对白话文学的推崇如出一辙。"白话"作为"活"的语言，既"活"在民众的日常生活之中，也是鲜活、自然、生动、形象而具有生命活力的表征，从语言狂欢化中感受到原生态的生活和多色彩的世界。

化日常语言为文学语言，化日常生活为文学表现，日常生活与文学的一体化促进了日常生活的审美化和审美化的日常生活的自动化。巴赫金赞赏"拉伯雷从古老的方言、俗语、谚语，学生开玩笑的习惯语等民间习俗中，从傻瓜和小丑的嘴里采集智慧。然而，透过这种打趣逗乐的折射，一个时代的天才及其先知般的力量，充分表现出其伟大"。① 台静农也主动向百姓求教，"请了四位能歌的人，有的是小贩，有的是作杂活，有的是量米的，他们的歌都是从田间学来的"。② 生活即诗，诗即生活，这也就是日常生活审美化的真实写照。因为"民众在表演和传播民间文学时，是在经历一种独特的生活，一般不会意识到自己在从事文学活动"。③

本雅明认为，现代技术将成为社会中的不同群体表达自己的意见、传播自己的亚文化(subcultures)的手段。④ 机械复制将艺术原有的灵光消解了，过往的艺术的神圣感和权威性不复存在，这促成了大众文化的兴起和发展，因此，也有学者主张以大众文化取代作为过去指向的民间文化，而汉森则认为"白话"远胜过"大众"这一带有意识形态的概念，而且也更切合当下的现代性特征。依笔者之见，"白话"不只是切合现代性特征，因为其兼有方言、习语等民间指向的涵义，又包涵传统性、民间性和连续性等特色。

毋庸置疑，"白话""白话文学"是中国民间文学学科发生的媒介和引爆

---

① ［苏联］巴赫金：《拉伯雷的创作与中世纪和文艺复兴时期的民间文化》，见《巴赫金全集》（第六卷），李兆林、夏宗宪等译，石家庄：河北教育出版社，2009 年版，第 5 页。
② 台静农：《致淮南民歌的读者》，《歌谣》周刊第 97 号，1925 年 6 月 28 日。
③ 万建中：《民间文学引论》，北京：北京大学出版社，2006 年版，第 41 页。
④ ［美］乔治·E·马尔库斯、米开尔·M·J·费彻尔：《作为文化批评的人类学——一个人文学科的实验时代》，王铭铭、蓝达居译，北京：生活·读书·新知三联书店，1998 年版，第 171 页。

点，既是民间文学学科发生的源起，也是最初展开学术研究的主要内容和明确方向。但在西方学术话语和学术理论占有绝对优势的情境之下，民间文学作为学科形成的外来概念，在相当程度上影响或左右了中国学科研究的走向，"白话"这一具有历史沉淀、民族特色的概念，其丰富的理论意蕴渐渐被遮蔽，仅成了一个与"文言"相对应的语言符号和语言工具。"白话"和"白话文学"作为没有太多意识形态因素缠绕的、更为单纯的学术概念，其内蕴的学术含量和学术理路理应引起我们的思考和重视，这不失为与西方话语展开对话、创建具有中国特色的概念与理论的一条前行路径。芝加哥大学曾于2002年就"白话现代主义"问题召开专题国际学术会议，由此也旁证了"白话"这一术语所包孕的理论含量。

本章节对"白话""白话文学"概念的重新阐释，更多的是作一种史实的追溯和还原，返本开新，挖掘和激活本土学术概念和理论的潜在意蕴，以把握中国民间文学的学科特点。

第三节 白话：作为中国民间文学学科关键词

一、从民间话语表达到民间文学学科的确立

"白话"在五四以前的文学史中的潜力作用，推动着胡适的"历史的文学观念论"的提出，使他形成了进行文学改革的基本理念范式，也是胡适提出"白话"的理论核心，而这一文学改革理论又进一步推动着他向文学史探寻。通过现代立场对于传统的回溯，以及传统对于现代立场的理论沉淀，胡适找到了一股隐藏在传统文学史中的潜流——白话文学，进而提出了"双线的文学史观"，从学术史的角度正式确立了白话文学的合法地位。

胡适提出"双线文学史观"的重要学术意义在于：一、将历史发展的眼光引进文学研究视野，形成了白话文学史观；二、厘清了"白话"在文学学科内的现代意识。

胡适在毕生研究中都十分注意遵循"历史的态度"。这里所谓"历史的态度",用胡适本人的表述阐释,即为"凡对于每一种事物制度,总想寻出他的前因与后果,不把他当作一种来无踪去无影的孤立东西,这种态度就是历史的态度"。① 而这种态度的最终目的就是"各家都还他一个本来真面目,各家都还他一个真价值"。② 那么"白话"的真面目是什么呢? 真价值又在哪里呢? 胡适给出的答案是文学新鲜生命之所在,是文学发展活力之所在。"白话"作为文学发展的有力组成部分,并不是一个新生的话题,而是有着一脉相承的发展历史。"我为什么要讲白话文学史呢? 第一,我要大家知道白话文学不是这三四年来几个人凭空捏造出来的;我要大家知道白话文学是有历史的,是有很长又很光荣的历史的。我要人人都知道国语文学乃是一千几百年历史进化的产儿……现在有些人不明白这个历史的背景,以为文学的运动是这几年来某人某人提倡的功效,这是大错的。"③

在《白话文学史》一书中,胡适开宗明义地提出了"双线的文学史观":"从此以后,中国的文学便分出了两条路子:一条是那模仿的、沿袭的、没有生气的古文文学;一条是那自然的、活泼泼的,表现人生的白话文学。向来的文学史只认得那前一条路,不承认那后一条路。我们现在讲的是活文学史,是白话文学史,正是那后一条路。"④ 在后来出版的《胡适口述自传》中,胡适对于"双线的文学史观"进行了进一步的理论解释:"这一个由民间兴起的生动的活文学,和一个僵化了的死文学,双线平行发展,这一在文学史上有其革命性的理论实是我首先倡导的,也是我个人 [对研究中国文学史]的新贡献。"⑤

---

① 胡适:《问题与主义》,见胡适著,季羡林主编《胡适全集》(第 1 卷),合肥:安徽教育出版社,2007 年版,第 358 页。
② 胡适:《新思潮的意义》,见胡适著,季羡林主编《胡适全集》(第 1 卷),合肥:安徽教育出版社,2007 年版,第 699 页。
③ 胡适:《白话文学史》,见胡适著,季羡林主编《胡适全集》(第 11 卷),合肥:安徽教育出版社,2007 年版,第 214 页。
④ 胡适:《白话文学史》,见胡适著,季羡林主编《胡适全集》(第 11 卷),合肥:安徽教育出版社,2007 年版,第 232 页。
⑤ 胡适:《胡适口述自传》,见胡适著,季羡林主编《胡适全集》(第 18 卷),合肥:安徽教育出版社,2007 年版,第 431—432 页。

对白话文学发展史的发掘和梳理，实际上是在为白话文学在文学史上的合理地位正声。白话并不仅仅是文言的附庸，白话文学也不应当被看作"不登大雅之堂"的只面向社会下层的文学形式。白话文学虽然在过去的文学发展史中不受重视，但这是人为因素造成的，是当时人们没有正确看待白话文的文学价值，而并不是因为白话文学本身就不值一提。在漫长的发展历程中，白话文学不仅自身在更新发展，同时也在以各种形式为文言文学提供着发展的源泉和动力。白话文学不仅提供了一种民意民声的表达场所，换言之，白话文学的价值并不仅仅在于民歌、民谣等具体文学作品的创作，而是为文学创作提供了多种可能的表述。所以，否定了白话文学的发展历史，那么文言文学也就成了无根之物。正是胡适这种"双线的文学史观"的提出，将文言文学和白话文学进行了学术史上的"绑定"，打破了文言文一统文学天下的话语霸权，将白话文学和文言文学一并纳入，成为文学史发展的两股并行的力量、两种必不可缺的有机组成部分，这才从学术正统上确立了白话文学的地位。胡适提出"双线的文学史观"的历史意义正在于此，诚如陈平原所评："自此以后，中国文学史再也不是'文章辨体'或'历代诗综'，而是具备某种内在动力且充满生机的'有机体'——这一点曾使不少文学史家兴奋不已，也因此催生出不少名噪一时的文学史著。可以这样说，'双线文学观念'是本世纪中国学界影响最为深远的'文学史假设'。这一假设被不断修订完善，甚至衍生出许多新的学术命题：人们往往关注这些具体命题（如乐府、弹词、说书的研究等），而忘却使这些命题得以成立（进入学者视野）的理论框架。时过境迁，胡适的'大思路'已经变成常识，而其论述的空疏与偏颇则日益成为后来者攻击的理由，这无疑是不公允的。"① 这也是笔者在前面所提及的，此前的学人不是没有认识到白话文学的力量，如梁启超、王国维等，但是都没有提出具体的理论思路，而胡适的理论在开创之初就没有止于问题意识，不仅有"大胆的假设"，还有"小心的求证"。"一方面瓦解了诗文中心的观念，重新安排了文学经典的形象，让旁行斜出（平民的）'不肖文学'以一种与正统（贵族的）文学二分天下的姿态取得它

① 陈平原：《中国现代学术之建立——以章太炎、胡适之为中心》，北京：北京大学出版社，1998年版，第194页。

的'话语'地位，一方面又在这两种文学势力历史性的对抗长消中，展开了线性的叙述。"①

然而，仅仅从学术史角度为白话文学确立地位并不足够。认识到白话文学内含的对于文学发展的潜力推动作用的胡适并不是第一人。晚清的梁启超等人都或多或少进行了正声的努力，只是相比胡适而言，略微缺乏系统性和理论的连贯性；对于白话文学的历史发展脉络的梳理，也仅仅停留于历史语境，正如钱玄同所指出的："古书是古人思想、情感、行为的记录，它在现代，只是想得到旧文化的知识者之工具而已……不管它是经是史是子是集，一律都当它历史看；看它是为了满足我们想知道历史的欲望，绝对不是要在此中找出我们应该遵守的道德的训条，行事的轨范，文章的义法来。"② 如何将这种历史意识与现实语境相联系，突破前人的理论局限，这才是胡适所要思索和努力的方向。

周作人在论及晚清白话文运动时，曾作如此评述："那时的白话文和现在的白话文不同，那不是白话文学，只是想要办法，要使一般国民都认些文字，看看报纸，对国家政治都可明了一点，所以认为用白话写文章可得到较大的效力……总之，那时候的白话是出自政治方面的需要，只是戊戌政变的余波之一，和后来的白话文可说是没有大关系的。"③ 如果将白话文学的倡导同政治变革缠绕在一起，作为政治变革的一种途径和辅助，那么一旦政治变革受到阻力或者失败，白话文学的倡导自然也就会失声。胡适提出的"白话文运动"自然也同政治变革缠绕在一起，但是相比晚清，胡适等人倡导进行的"白话文运动"在政治话语外，还在努力为"白话"的文学独立话语创造发展的空间，而且这种改革的态度更为明确："改良中国文学，当以白话为文学正宗之说，其是非甚明，必不容反对者有讨论之余地，必以吾辈所主张者为绝对之是，而不容他人之匡正也。"④ 随后，胡适提出了"国语的文学，文学的国语"的口号，既为白话在文学创作中进行合理化的理论造势，同时也提出了文学的白话化的

---

① 戴燕：《文学史的权力》，北京：北京大学出版社，2002 年版，第 52 页。
② 钱玄同：《青年与古书》，见《钱玄同文集》（第二卷），北京：中国人民大学出版社，1999 年版，第 144 页。
③ 周作人：《中国新文学的源流》，南京：江苏文艺出版社，2007 年版，第 96 页。
④ 陈独秀：《通信》，《新青年》第 3 卷第 3 号，1917 年 5 月 1 日。

发展方向。白话不仅仅成为一种受到肯定的日常用语，还可以是一种文学用语。白话文学不再是一种处于下层的文学形式，而是被推崇到了"国语文学"的位置。这不仅仅让知识分子阶层看到了白话以及白话文学的力量，同时也是一种对民间、民众的宣告，民众不再觉得自己的语言、自己的创作是粗浅的，而从心里生出一种自我肯定的主体意识，实是对民间、民众主体意识的唤醒。"我们当时抬出'国语的文学，文学的国语'的作战口号，做到了两件事：一是把当日那半死不活的国语运动给救活了；一是把'白话文学'正名为'国语文学'，也减少了一般人对'俗语''俚语'的厌恶轻视的成见。"① 这也是胡适提出的"白话文运动"不同于晚清的白话文运动，而能够在整个社会掀起一种新风气的重要原因之一，正如夏晓虹所评："比起梁氏提倡的'俗语文学'，胡适提出的'文学工具的革命'对旧文学的破坏更彻底，因其从根本上颠覆了文高白下的传统价值认定，'白话'因此与'国语'划上了等号。"②

二、对民间文学历史地位的正名

明确将民间的话语表达作为文学革命的一种精神代表后，接下来要进行的工作就是对于民间文学的正名。而胡适所做的工作主要集中在两点：一、对于民间文学发展脉络进行梳理，以证明民间文学不是新兴事物，而是一以贯之的传统；二、提出民间文学对于文学革命的意义，即提供新文学的发展动力。而这种种理论或实践工作都可以在胡适的论著或演讲中找到具体的佐证。

最为集中且有力的表现当属"双线的文学史观"的提出，这是从学科发展史的角度为白话文学正名，也是为民间文学寻找学术根基。"庙堂的文学固可以研究，但草野的文学也应该研究。在历史的眼光里，今日民间小儿女唱的歌谣，和《诗三百篇》有同等的位置；民间流传的小说，和高文典册有同等的位置。"③

① 胡适：《〈中国新文学大系·理论建设集〉导言》，见胡适著，季羡林主编《胡适全集》（第12卷），合肥：安徽教育出版社，2007年版，第286—287页。
② 夏晓虹：《胡适与梁启超的白话文学因缘》，《安徽师范大学学报（人文社会科学版）》2006年第5期。
③ 胡适：《国学季刊发刊宣言》，见胡适著，季羡林主编《胡适全集》（第2卷），合肥：安徽教育出版社，2007年版，第8页。

这是民间文学学科建设的理论意义，意在说明民间文学不是凭空杜撰的，而是一直都有的文学传统，而支撑其发展的原动力就是民间的诉求。这是一股鲜活的力量，也是一种源源不竭的力量。这种力量推动之下的民间文学，既不应该凭空消失，也不应该处于一种被边缘化的弱势地位，这也进一步提出了民间文学学科建设发展的现实意义。由于深受实证主义精神的影响，胡适对于民间文学发展历史的追寻秉持着一种严谨的历史考据的态度，逐层梳理，循序渐进，《白话文学史》就是一个最好的证明。虽然其中也有一些略显生硬粗暴的归类，但是这种"史"的观念却在最初支撑形成了民间文学的整体学科概念。胡适在《历史的文学观念论》（1917 年 5 月）一文中已指出唐人之小诗短词里有白话文学的种子，但是这一种子在何处生长，在何处获得生长的动力呢？在民间文学中，在《国语文学史》以及以此为基础的《白话文学史》中，胡适发现了这片沃土。"民间文学源源不绝的动力使各代之'所胜'的内在筋脉打通，从而使得各代之间有贯通之气，文体盛衰也可得到一种解释。"① 胡适不仅从"史"的角度论证了民间文学的客观存在，而且明确提出了民间文学是文学发生、发展的原动力，这是胡适对民间文学研究的一大挖掘和一大开拓，突破了前人的思维定势，由此产生了广泛的社会影响。

民间文学的历史传统并不是一个有待被书写的概念，而是一个已有的、应被留置的对象。由于《白话文学史》等一系列对于民间文学历史传统溯源的探讨，胡适所受到的最多也最为集中的学术攻击主要集中在一点：对于民间的有意挖掘和过度强调是知识分子想要获得合理话语权的策略手段。简而言之，胡适并没有真正走进民间，接受民间，正如他并没有将所有白话文学作品都纳入文学史的合理范围，而是经过选择的。诚然，胡适确实是有对于民间过度强调或美化的概念，但是这个过程中牵扯了太多的影响因素，既有同时代的人对于胡适思想的片面强调和夸大，也有胡适自身对于"民族惰性"的担忧和考虑。尽管如此，我们不能否认，正是胡适如此反复，甚至偏激的强调，才真正使得民间文学进入精英群体的研究视野，也才真正使得民间文学获得足够的重视和

---

① 徐雁平：《胡适与整理国故考论——以中国文学史研究为中心》，合肥：安徽教育出版社，2003年版，第 166 页。

讨论，民间文学的学术地位才得以逐渐清晰并确立。此外，胡适虽然书写了《白话文学史》一书，但是并不等同于胡适创造了白话文学史，正如胡适本人反复强调的，白话作为一种文学创作形式，始终在民间存在并活动着，并不因历史、政治、地域等因素而消失，所不同的是它的表现形式。在政治话语过度严苛的时候，民间文学可能是以一种庙堂文学的创作来源而变形地存在着；在政治话语有所放松的时候，民间文学就可能获得相对独立的创作形式，产生较多的文学作品。但无论怎样，都不应该否定民间文学始终存在的事实，这是胡适通过历史考据得出的结论，也是他提出"双线文学史"的思考。虽然胡适可能或出于想要保持历史研究的一贯性和延续性，或担心将政治话语对民间文学创作的影响纳入研究范畴可能会造成一些误解（特别是在当时政治情绪狂热的情况下），而在具体发展脉络梳理的过程中，将一些有争议，或以今日之眼光看来，不适合归属为民间文学的作品纳入历史编排中，但是瑕不掩瑜，胡适理论的最重要的意义在于发掘出民间文学被遮蔽的学术价值，让学界意识到民间文学是有着自成一体的发展历史的，而这一历史是应该，也值得我们重视并重新评价的。

三、对民间文学的文学地位的正名

胡适对于民间文学的文学地位的正名主要集中在对于民间文学内附的可能的"新"意义的发掘。仍然是通过历史的考据，胡适找到了民间文学以往对于庙堂文学或文人文学的创作影响，进而提出了今时今日重提民间文学的理论意义。民间文学不仅仅为文人创作提供创作的素材、灵感，如古时常见的采风，还提供文人创作具体手法的模仿范本，可见胡适多处的反复强调：

> 一切新文学的来源都在民间。民间的小儿女，村夫农妇，痴男怨女，歌童舞妓，弹唱的，说书的，都是文学上的新形式与新风格的创作者。这是文学史的通例，古今中外都逃不出这条通例。[①]

---

① 胡适：《白话文学史》，见胡适著，季羡林主编《胡适全集》（第 11 卷），合肥：安徽教育出版社，2007 年版，第 233 页。

文学史上有一个逃不了的公式。文学的新方式都是出于民间的。久而久之，文人学士受了民间文学的影响，采用这种新体裁来做他们的文艺作品。①

如此，胡适便顺理成章、自然而言地为民间文学在现代文学语境中找到了合理地位，跳脱了对于民间文学历史探寻的近似考古研究的圈囿。既然民间文学始终同文人文学或庙堂文学等平行发展着，始终为文人文学或庙堂文学提供着发展创新所必备的素材理念和源动力，那么，只要文人文学要发展，民间文学就不会消失，就必然存在。从另一个角度看，正是因为民间文学客观存在，才一直为文人文学的发展提供着动力。

这里，胡适的理论思路其实正指向我们当今民间文学研究过程中所遇到的一个重要问题：是什么造成了民间文学在当今文学语境下的缺失？

笔者在这里所提出的"缺失"并不单指寻而不见，而是具体涉及几个方面。

第一，民间文学作为民间话语的一种惯常表达，是与民间生活息息相关的，也是对于民间生活情态的最直接、最直观的反映。如此，只要民间生活在进行，在发展，那么就必然有对应的民间文学创作或民间文学形式在进行，在发展。换言之，民间文学的作品体系应该是一个动态的，始终处于不断纳新、发展变化中的体系，但是对比我们现今民间文学作品集的搜集和整理，却明显呈现出一种不对等的情况。入选民间文学作品集的民间文学作品大都集中于古老的传说、神话、寓言故事等，民间文学很多时候甚至同非物质文化遗产画上了等号，并无新鲜的、具有时代感的创作题材。民间文学是否就是一个局限于历史范畴的概念呢？

第二，既然民间文学是一种民间的话语表达，那么一民族有一民族的话语，一个稳定固定的群体有着其特有的群体性话语，自然一民族有一民族的民间文学，一个稳定固定的群体有着其特有的民间文学。那么，民间文学就应该呈现出地域性，而非局限性地域性的特点，即民间文学可以有特殊的民族性或群体性，但不应该是某一民族或某一群体所独有或所特享的文化形式。以此反

---

① 胡适：《词选序》，见胡适著，季羡林主编《胡适全集》（第 3 卷），合肥：安徽教育出版社，2007 年版，第 723 页。

观民间文学的发展现状，民间文学更多时候同民族文化画上了等号，对于民间文学的搜集整理变成了民俗学科下的田野调查，往往呈现出的研究情况就是少数民族文学成为关注的中心，而汉民族文学则渐显式微。

第三，民间文学作为一种民间话语同官方话语的对抗形式，应该呈现出一种普泛性。每个人都是民间的一个独立个体，都有着独立的话语表达。虽然在实际中，不能人人都来创作民间文学，但是每个人都是民间文学理论上的可能的创作主体。同样，对比民间文学的研究现状，研究人员所搜集整理的民间文学作品并不是人人都耳熟能详的（即使在某一固定的民族或团体内部），而很多在民间广泛传诵的类文学创作却难以进入学界的关注视野。大众传媒的种种现代化传播媒介的介入，极大地威胁甚至破坏了民间文学固守的传播途径，这固然会破坏民间文学暗含的文化传统，但是也对民间文学的当代研究提出了一个新的有待思考解决的问题：民间文学是否应该坚持传统的概念解读，按图索骥，却将真正意义上可能代表民间话语的文学创作排除在研究视野之外呢？

笔者以为，胡适的理论思路为我们今天所面临的研究困境提供了一定的借鉴和启发。民间文学是与文人文学、庙堂文学相对而存在的，一方面，民间文学会以某种形式和文人文学、庙堂文学等发生缠绕，民间文学的某些特质会被文人文学、庙堂文学所吸收、借鉴、引用，以一种或隐或显的形式表现出来；另一方面，民间文学又有着不同于文人文学的发展体系、创作规律、特征，既不应将民间文学纳入文人文学体系，以惯常的文学审美创作标准去打量民间文学，也不应完全忽略民间文学，对其视而不见。虽然胡适始终在强调民间文学是新文学的起源，但这一点也受到了后人的诸多质疑。笔者在此并无意为胡适申辩，将所有新文学的起源都归结于民间，确实有抬高民间之嫌，毕竟文学是一个受诸多因素影响的学术体系。但是胡适对于民间文学和文人文学之间的转化关系却是认识得比较清楚明晰的。而我们对于胡适理论思路的片面抽离和解读，以及对胡适提出的民间文学概念过于狭窄和机械的理解，都导致了我们对于民间文学本身具有的动态的生命力的忽视。

另外一个讨论的重点在于，胡适对于民间文学的重提是对文人文学的打压。陈平原就曾尖锐地指出："过去我们曾将俗文学说成是一切文人文学之母，如此过度褒扬，基于以下假设：文人文学与民间文学之间截然对立，前者如果想保持恒久的生命力，就必须不断地从后者汲取养分。不只胡适、郑振铎这么想，鲁迅也是这么说的。——这样绝对化的思考与表述，现在看来是颇有问题的，尤其是将其引入文学史建构。""或者'刚健清新'的民间，或者'陈腐浅陋'的文人，如此二元对立，为文学革命的展开提供了原初动力，但无法贯彻到历史写作中。胡适提倡白话文，获得了巨大的成功；但撰写《白话文学史》，则留下了很多的遗憾。关键在于，反抗者的'悲情'，没能顺利地转化为史家的'通识'。其中最要不得的，便是为了渲染白话文学的'正统'地位，刻意贬低乃至抹煞二千年的文人文学。……可他忘记了，这一反'正统'的理论武器，是一把双刃剑：既指向'文言正统'，也指向'白话正统'。"[①] 笔者认为陈平原的论断有一定道理，即胡适在纠偏的同时又走向了另一个极端，但胡适的论述中也不乏诸多可取之处，乃至对于今日学科的建设多有启迪意义。首先，胡适确曾提出："'正统文学'之害，真烈于焚书之秦始皇！文学有正统，故人不识文学：人只认得正统文学，而不认得时代文学。"[②] 此论述指出了过往正统文学与时代架空的现象，"时代文学"的强调是很有其现实意义的。其次，需要指出的是，胡适所提出的"正统文学"并不与"作家文学"构成直接的对等关系。作家的文学创作，很多是被胡适纳入白话文学史中并受到肯定的。此外，胡适的论述，实是以一种表达性方式对文学创作进行了划分，一方面是官方所提倡的"显"的文学，一方面是民间所流行的"隐"的文学。"正统文学"确有其害，但是这个害处不在于是文人或作家创作的，而是否定了文学创作的多种可能性，将本是表情达意的个性化抒发变成了套式化的机械模拟。这才是胡适提出"白话"理论的初衷。同时，胡适的理论表述始终强调白话文学对于正统文学的推动作用，其实是暗含了一种对于民间文学和作家文学的话语转换的可能，也从客观上为作家文学创作扩大了空间。

---

① 陈平原：《俗文学研究的精神性、文学性与当代性》，见《学术随感录》，开封：河南大学出版社，2006 年版，第 74 页。

② 胡适：《读王国维先生的〈曲录〉》，见胡适著，季羡林主编《胡适全集》（第 2 卷），合肥：安徽教育出版社，2007 年版，第 857—858 页。

第二章　民间文学的哲学背景与理论思考

第一节　胡适民间文学研究的哲学背景

　　胡适常被视为杜威实验主义哲学的继承人和积极践行者，他的白话文学史书写、白话诗歌的尝试都被视为"实验主义"的副产品。但事实上，胡适的哲学思想来源并没有这么简单归一，除了学界偶尔提及的尼采、黑格尔等哲学大师之外，康德的道德哲学和永久和平论也在相当程度上激发了胡适关于民主、自由、平等问题的思考，并关涉到对民间文学关键词如"活的文学"和"人"等的诠释，而这历来为学界所忽视和误置，由此也暴露出长期以来对胡适的解读有流于表层化和浮泛化的倾向，更多是从政治和社会的视角出发，严重缺乏概念和理论背后的哲学基础和逻辑起点上的考量和细察。澄清胡适民间文学哲学思想来源，既是对学科本身的一种历史还原，也将为学科的当下发展提供新的研究路径。

一、关于胡适文学思想的哲学理论来源

　　学界往往将胡适的哲学思想与杜威的实验主义哲学联系在一起，强调实践对于检验真理的重要性、勇于尝试的精神都彰显了胡适作为实证主义传承者的特点。胡适受杜威哲学思想的影响显而易见，且不容置疑，学界对此已达成共

识。但事实上，两者并不具备对等的关系，即胡适哲学思想的来源并没有这么简单归一。季羡林就认定胡适的思想来源相当复杂，"不仅限于杜威"，① 至少还有尼采的影响。江勇振则指出胡适哲学观的多向性和复杂性，"在哲学上根本就是一个调和、糅杂主义者"。② 邓晓芒也认为胡适对杜威是部分的继承和发展，胡适的实用主义并不类同于西方，而是带有中国传统式的特点，延续的是墨家、汉学和清代朴学的传统。因此，在他看来，"实验主义的基本意义仅在其方法论的一面，而不是一种'学说'或哲理"。"杜威在美国鼓吹的那种自由、民主、法治，那些东西，在中国倒是传播不开。"③ 但据笔者所见，杜威所鼓吹的自由、民主和法治之所以没有在中国传播开，自有胡适对其方法论的专注和标榜的因素，但似乎也牵扯到胡适关于自由、民主和法治的理念另有来由，即和康德的知识论和道德哲学有密切关联。但逻辑——知识论"恰好是中国思想传统中最薄弱的一环"，而二十世纪初"中国当时的思想尚未成熟到可以接受康德的学说"，再加上胡适后来明确表示对形而上学的拒斥，以及对杜威哲学方法论的唯一推崇和策略性地运用，导致学界对胡适受康德学说影响多有忽视，论及胡适的哲学背景也总是围着杜威打转，但又普遍感觉到两者有诸多不合节拍之处，于是，误读之说时有谈起。然就笔者看来，误读一说并非就能全部释疑，胡适的哲学思想应该另有来由。如果不拘泥于杜威的话，康德会很自然地进入我们的研究视域，自此，很多的问题，关涉到胡适思想的根本性特征，包括自由、平等、民主，以及播散出的中国现代民间文学中"活的文学"及"人"等关键词的理解将会找寻到更为恰适性的解答方案。

饶有意味的是，学界很少关注到康德对胡适思想的影响，有学者提到也仅是一笔带过，不作细究，还有的学者甚至断定胡适"没有读过康德，对康德毫不了解"，虽提倡人权，但"对人权背后所涉及的思想和哲学都不懂"，"对民

① 季羡林：《胡适全集·序》，见胡适著，季羡林主编《胡适全集》（第 1 卷），合肥：安徽教育出版社，2007 年版，第 21 页。
② ［美］江勇振：《舍我其谁：胡适（第一部：璞玉成璧，1891—1917）》，北京：新星出版社，2011年版，第 310 页。
③ 邓晓芒：《中国百年西方哲学研究中的八大文化错位》，《福建论坛》2001 年第 5 期。

主与自由之间的复杂关系不懂","以至于'五四'知识分子对自由民主以及科学的理解都很肤浅，最后把反民主都当成了民主"。① 据实论来，这样的论断并不客观，因为胡适自己就提到思想上受到过康德的影响。事实上，我们长期以来对胡适民主、自由、平等等思想的解读有流于表层化和浮泛化的倾向，更多是从政治观念出发，严重缺失政治观念后的哲学基础和逻辑起点上的考量和细察。胡适信仰世界主义、和平主义和国际主义，很大程度上和康德的道德律令及永久和平论有关，他的人道主义、民主观念、自由、平等意识，及其后来发动白话文运动、提倡白话文学都和此有密切的关联。甚至可以说，不打通胡适与康德之路，不了解这一点，我们就无法深入理解胡适孜孜以求的民主、自由、平等的精神实质，也就难以把握其哲学思考背景下的文学革命和文学思想理念。而不真正了解胡适哲学思想和文学思想的康德背景，胡适及由其所发动的文学革命、涵盖中国民间文学和民俗学学科等的内在基质依然会陷于云山雾罩之中。得此结论，笔者并不排除胡适的民主、自由、平等意识得益于多种途径，包括中国传统文化中潜藏的民主基质、胡适在美国参与的一些政治活动及杜威的民主和教育哲学等综合因素，但可以肯定的是，康德的道德哲学将是我们探讨胡适哲学、文学思想，把握白话文学及中国现代民间文学学科潜在意蕴的一把密钥和必经路径。

二、胡适与康德的道德哲学

笔者试图以胡适日记、书信为线索，结合其相关论文来还原一段史实，也借此对其民主、自由、平等观念有更为直观的认识和评价。

关于胡适受康德思想的影响，主要是在康奈尔大学时期。早在"发奋尽读杜威书"之前，胡适已经在康奈尔大学学过几年哲学，接受了比较系统的哲学训练和新唯心主义哲学的浸润。据江勇振统计，胡适在康奈尔大学五年，共选修了十四门哲学课，而在哥伦比亚大学仅为四门，其比重一目了然。江勇振以为，胡适受康奈尔大学的影响至深，其人文基础教育和知识都获益于康奈尔大

---

① 《王元化林毓生谈胡适》，见于吴洪森博客，新浪博客 2007 年 12 月 13 日。

学时期打下的基础，"甚至可以说，要了解胡适一生的思想，唯一的途径，就是去发掘他在康乃尔大学的所学、所读、所思。这是解开胡适一生思想的唯一锁钥"。① "唯一锁钥"的说法还是有些绝对和过激，在胡适的人生道路上，构型其思想和观念也不仅是这几年，徽州地域文化、上海的风气之先，还有中国传统文化的积淀等都在他的心灵深处刻下了印痕。在此，笔者以为格里德的观点或可作为补充，即胡适主动接受的，是"那些他的早期教育已为他奠定下根柢的思想，而且，他只是吸收了与他到美国之前虽未坚定于心却也显露端倪的观点最为合拍的那些当代思想"。② 换言之，胡适对西方思想的选择和吸纳有他的前基础和前理解，但不可否认，也不容忽视的是康奈尔大学的几年学习生涯对他思想的成形至关重要，由于胡适后来转学至哥伦比亚大学及其后来有选择性的自叙，我们在追述其思想演变过程时有意无意间凸显杜威而冲淡了这一段史实。

胡适自称："厄德诺是(当代思想家中)对我生平有极大影响的人之一。"早在转学哥伦比亚大学之前，胡适就在康奈尔伦理俱乐部听过厄德诺的讲演："我对他以道德为基础的无神宗教十分折服，因为事实上这也是中国留学生所承继的中国文明的老传统。"厄德诺是"伦理文化运动"新宗教的发起人，"伦理文化学会"也被称为"道德文化学会"，"这一新宗教的基本观念是相信人类的品格和人类本身的行为是神圣的"。而他的这一思想来源又起自康德，是"把康德的抽象观念具体化"。胡适也说，从厄德诺的语录里"很容易看出康德(Immanuel Kant，1724—1804)和康德哲学的至高无上的道德规律对他的影响"。③

在胡适的留学日记里，记录了很多条厄德诺语录④，如："精神上的关系是人与人之间的参互交错的关系。就是爱。就是把自己消费在一个别人的身上，

---

① ［美］江勇振：《舍我其谁：胡适(第一部：璞玉成璧，1891—1917)》，北京：新星出版社，2011年版，第266页。

② ［美］格里德：《胡适与中国的文艺复兴——中国革命中的自由主义(1917—1937)》，鲁奇译，南京：江苏人民出版社，1996年版，第46页。

③ 胡适：《胡适口述自传》，见胡适著，季羡林主编《胡适全集》(第18卷)，合肥：安徽教育出版社，2007年版，第246页。

④ 胡适：《胡适日记》，见胡适著，季羡林主编《胡适全集》(第28卷)，合肥：安徽教育出版社，2007年版，第296页。

而在如此做时，自己也得着鼓舞向上的影响作酬报；道德的责任并不是外来的命令；只是必须要怎样做才可以引出别人——例如所爱之人——的最好部分。"

这些格言凸显了爱与道德的力量，肯定了道德的存在是作为人为自己立法的自律存在，强调通过个体的道德完善，学会尊重他人，看重他人的价值和作用，也就是康德所说的道德律令，即如在《纯粹理性批判》中提到的："大自然安排我们的理性时，其最后意图本来就只是放在道德上的。"① 在康德看来，道德的问题首先是怎么做的问题，即人如何成为有道德的人的问题。而这道德不仅是个人的道德，乃是全人类的道德。同时，道德还是一个过程，是履行自我立法的过程，道德的世界观就是把道德的准则转化为法则并严格遵守，归属于实践哲学范畴。胡适在1915年2月1日给韦莲司的信中，提到自己受到康德思想的影响："无论是对你自己，还是对别人，在任何情况下，都要将人道本身视为一个目的，而不仅仅是个手段。"他概括这句话的中心思想为："尊重每一个人，并将这种感觉升华为一种敬意。"② 这无疑就是康德宣称的"人是目的，而非手段"的表述和观念的翻版。康德说："真正的德行只能是植根于原则之上。这些原则不是思辨的规律而是一种感觉的意识，它就活在每个人的心中，它就是对人性之美和价值的感觉，这样说就概括了它的全部。"③ 康德认为人具有道德可完善性，必将在理性的教导下成为道德自律的人，由此形成了康德的道德哲学之根基。尽管胡适在此征引康德的哲学理论是为了澄清与韦莲司之间纯粹的男女友谊的关系，但由此也清晰地书写出了他对人与人之间乃至对人本身的一种判断和认识，即对每一个独立个体的绝对尊重乃至敬意。胡适在《杜威之道德教育》一文中提到杜威的道德教育，认为杜威是将道德和社会联系在一起，而社会的价值也就在道德，至于这种观念，则始于康德，"从康德至今，大家都讲艺术的利益，是要社会公共受享，不是个人所可私的。养成群性习惯，就是道德教育"。④ "用'道德教育'来教道德，远不如不用'道德教

---

① ［德］康德：《纯粹理性批判》，邓晓芒译，北京：人民出版社，2004年版，第609页。
② 周质平：《胡适与韦莲司：深情五十年》，北京：北京大学出版社，1998年版，第25页。
③ ［德］康德：《论优美感和崇高感》，何兆武译，北京：商务印书馆，2001年版，第14页。
④ 胡适：《杜威之道德教育》，见胡适著，季羡林主编《胡适全集》（第20卷），合肥：安徽教育出版社，2007年版，第49页。

育'来教道德。"① 也就是强调道德上的一种自我要求和自我规范，是对康德道德自律的一种阐释和延展，和杜威将道德观念与人生观念两者并置的经验社会道德呈现出不一样的思维路径。

很显然，胡适对道德的理解，乃是将其视为一种自动和自律的行为，即人固有的理性法则，也就是说，事物和人本该如此，并不受制于社会的外在的任何压力，由此人也获得了自由意志。换言之，胡适对道德和自由的理解既超越了经验世界的思考，但又有着客观实在性，兼有先验哲学和实践哲学的双重特点。

1915年2月14日，胡适日记记录了和韦莲司之间关于"不争主义"的谈论，胡适对韦莲司肯定康德所谓无条件的命令，即道德律令甚表赞同，并将其与墨子的"杀一人以利天下，非；杀已以存天下，是"的观念相提并论，且谓"女士深信人类善根性之足以发为善心，形诸善行"。② 可见胡适对道德的理解包含着对善的追求。或许是得益于这次交流，仅过一个月，1915年3月14日，胡适在给韦莲司的信中说，他已经决定将博士论文题目改为"国际伦理原则的研究"（*A Study of the Principles of International Ethics*）。他以为这有三大好处，即时代的需要、自己的兴趣、图书馆以及哲学系老师的资源。所谓时代的需要是指1914年7月第一次世界大战，这引发了胡适对战争与和平的思考，也是他当时的兴趣点所在，至于哲学系老师的资源也就是以康德研究见长。"康德哲学也正是康乃尔哲学系老师之所长。"③ 胡适称赞康德是博大精深的学者，"康德的人生哲学注重行为的动机，注重他所谓'无条件的良心命令'"。④ 胡适在康乃尔大学选读了康德的批判哲学，具体研读《纯粹理性批判》，"除了读各家的笺注以及当代的研究论著以外，还研讨了康德三大批判之见的关系"。

---

① 胡适：《道德教育》，见胡适著，季羡林主编《胡适全集》（第20卷），合肥：安徽教育出版社，2007年版，第380页。

② 胡适：《胡适日记》，见胡适著，季羡林主编《胡适全集》（第28卷），合肥：安徽教育出版社，2007年版，第51—52页。

③ ［美］江勇振：《舍我其谁：胡适（第一部：璞玉成璧，1891—1917）》，北京：新星出版社，2011年版，第308页。

④ 胡适：《科学的人生观》，见胡适著，季羡林主编《胡适全集》（第7卷），合肥：安徽教育出版社，2007年版，第486页。

康德《纯粹理性批判》第 1 版序言为："我们的时代特别是一个批判的时代，一切事物都必须接受批判。"这与胡适提出的"重新评估一切价值"的口号非常相似，学界普遍认为这一口号是受到了尼采哲学的影响，但也可以见到康德的身影，而批判哲学也正是人类本源的自由精神的体现，和道德哲学一脉相承。1914 年，胡适选修哈孟教授的"德国哲学选读"，用的教科书是德国新康德派哲学家温德尔班所著的德文作品《柏拉图》，胡适评价这本《柏拉图》是"第一流德国学术论文的代表作，反映了当代研究的精华"。[①]

1915 年 3 月 19 日，日记记载："上星期读康德之《太平论》(*Zum Ewigen Frieden*)，为作《康德之国际道德学说》一文。"[②]《太平论》即康德写于 1795 年的《永久和平论》，也就是试图从哲学的根基上寻求解除战争状态，实现永久和平的方案。很显然，胡适那时决定将博士论文题目改为"国际伦理原则的研究"，应该和康德的这篇文章有关，而且当时他已用英文写作了 *Kant's Principles of International Ethics*(《康德的国际伦理学原则》)一文。此文甚为重要，胡适后来很多的思想，包括民主、自由、平等等思想的端倪和脉络来源都可在此找到踪迹，可以帮助我们更好地理解甚或是修正我们过往对他的一些偏见。

在论文中，胡适论述到：康德认为道德的理念必定属于真正的文化，人存在一个更高的道德能力。而政治道德家不应该将所有关于权利和公正的问题降为纯粹的学术理念，应当从规范的理念开始，即将这些问题作为道德问题处理。康德的国际道德标准为："首先追寻纯粹实用理性(practical reason)和他的正义，然后可以实现你的目标，得到永久的和平。"换言之，康德将追求权利和公正纯粹的理念作为义务准则，考虑到理由的先验性。胡适以为康德的政治哲学虽有点不切实际和"古老"，但不是毫无道理，他得出结论："于我而言，这仅仅意味着，在国际、国民间和个人的关系上，完全有必要注重向善的道德标准，以此作为行为的准则，而不是仅仅寻求严谨的戒律，像盲人在黑暗中摸

---

① ［美］江勇振：《舍我其谁：胡适（第一部：璞玉成璧，1891—1917）》，北京：新星出版社，2011 年版，第 261—262 页。

② 胡适：《胡适日记》，见胡适著，季羡林主编《胡适全集》（第 28 卷），合肥：安徽教育出版社，2007 年版，第 83 页。

索一样地去尝试和犯错。"① 以此视之，康德的道德原则是由自由意志建立起来的，也就是人为自己立法，是自律而非他律，这样也就达成了人的自由，而自由也正是康德道德哲学的基石。

三、对自由与民主的阐释

康德对自由的理解并不等同于我们中国传统意义上的随心所欲和为所欲为。康德对(合法的)自由的界定是：它乃是不必服从任何外界法律的权限，除了我能予以同意的法律而外。——同样地，一个国家中对外的(合法的)平等也就是国家公民之间的那样一种关系，根据那种关系，没有人可以合法地约束另一个人而又自己不同时服从那种以同样的方式反过来也能够约束自己的法律。这种天生的、必然为人性所有而又不可转让的权利，它的有效性可以由于人类本身对于更高级的存在(如果他自己这样想的话)的合法关系的原则而得到证实和提高；因为人可以根据这同一个原理而把自己当作一个超感世界的国家公民。因为就我的自由而论，我自身对于神圣的、纯由理性而可以被我认识到的法则并不受任何约束，除了仅仅我自己所能予以同意的而外。② 康德所说的最高级的存在也就是作为道德的存在，可见，康德对自由和平等的论证是以他的道德哲学为基础和支撑的，而在其自由、平等等权利概念中也蕴涵了相应的义务。胡适"倾向于认为康德的态度有很多有价值的真理"。包括共和制和国际联盟的"乌托邦想象"，对人类道德原则的确信及其对永久和平终将实现的期待和憧憬。③ 而这也正是吸引胡适的地方。

唐德刚认为，胡适在接触杜威之前，对伦理文化派极为折服，但遇见杜威后，乃"尽弃其学而学焉"，变成实验主义的信徒了。④ 其实此话并不尽然。因

---

① 胡适：*Kant's Principles of International Ethics*，见胡适著，季羡林主编《胡适全集》(第 35 卷)，合肥：安徽教育出版社，2007 年版，第 91 页。(译文为笔者所译)
② ［德］康德：《历史理性批判文集》，何兆武译，北京：商务印书馆，2010 年版，第 109 页。
③ 胡适：*Kant's Principles of International Ethics*，见胡适著，季羡林主编《胡适全集》(第 35 卷)，合肥：安徽教育出版社，2007 年版，第 104 页。(译文为笔者所译)
④ 胡适：《胡适口述自传》，见胡适著，季羡林主编《胡适全集》(第 18 卷)，合肥：安徽教育出版社，2007 年版，第 262 页。

为到了 1917 年，胡适发表《易卜生主义》一文，依然坚持从权利与责任互为依存的关系角度来阐述自由和平等，所谓"自治的社会，共和的国家，不只是要个人有自由选择之权，还要个人对于自己所行所为都负责任。若不如此，决不能造出自己独立的人格"。也就是说，个体和国家在享有权利的同时也担负着责任和义务。胡适提出发展个人的个性，需要有两个条件：一是须使个人有自由意志，二是须使个人担干系、负责任。① 很显然，这与康德的有关权利和自由的理论主张趋于一致。

胡适谈自由时往往将其与民主并举，肯定民主的获得是以每个个体的自由为前提的。在他看来，"'民主'是一种生活方式；是一种习惯性的行为。'科学'则是一种思想和知识的法则。科学和民主两者都牵涉到一种心理状态和一种行为的习惯，一种生活方式"。② 唐德刚认为胡适对科学和民主两个名词的诠释，是不折不扣的杜威之言，即杜威所说的：民主是一种生活方式。根据唐德刚的理解，这种生活方式可概括为"美国主义"（Americanism），也就是"美国生活方式"的概念化，而中国关于"人权"的争辩也就是"美国主义"中的大题目。③ 实际上，唐德刚在这里将胡适的民主概念作了简单化的处理。

首先，胡适所说的民主不等同于杜威"经验即生活，生活即是应付环境"的民主生活学说，倒是和康德的纯粹理性判断更为接近。正如夏英林所论，胡适的知识论是典型的康德主义知识论。④ 周质平也评价"胡适谈民主，一如他谈科学。始终不在内容上着意，而只是在精神态度上立论"。然"民主毕竟是一种建立在法律条文上的政治制度，不谈制度而只谈精神，不免把民主抽象化了，使人觉得无从捉摸"。⑤ 确实，胡适对民主的阐释并非基于杜威的实证主义的知识认知模式，也不是我们惯常理解的作为一种社会制度实践形态或政治运

---

① 胡适：《易卜生主义》，见胡适著，季羡林主编《胡适全集》（第 1 卷），合肥：安徽教育出版社，2007 年版，第 614—615 页。
② 胡适：《胡适口述自传》，见胡适著，季羡林主编《胡适全集》（第 18 卷），合肥：安徽教育出版社，2007 年版，第 352 页。
③ 胡适：《胡适口述自传》，见胡适著，季羡林主编《胡适全集》（第 18 卷），合肥：安徽教育出版社，2007 年版，第 367 页。
④ 夏英林：《胡适、杜威认识论思想模式比较》，《现代哲学》2004 年第 1 期。
⑤ 周质平：《胡适与中国现代思潮》，南京：南京大学出版社，2002 年版，第 240—241 页。

作方式的民主政治制度，而是进入了康德的主体精神和纯粹理性的层面立论。胡适1953年在台湾新竹发表讲演，再一次重申所谓的"天赋人权"和自由、民主、平等等概念均是人的纯粹思维的产物："人权并不是天赋的，是人造出来的。所谓民主自由平等，都是一个理想，不是天赋的。"①

1955年，胡适对民主的定义是：民主的真意义只是一种生活方式，而这种生活方式千言万语，归根结底只有一句话，就是承认人人各有其价值，人人都应该可以自由发展。② 而"民主主义的生活方式，根本上是个人主义的"。③ 至于个人主义的真义在于，提倡人人要做成一个能"自立"的人，要"人人都觉得自己是堂堂地一个'人'，有该尽的义务，有可做的事业。有了这些'自立'的男女，自然产出良善的社会"。④ 胡适所说的个人主义实际上就是指有独立思想、自由人格的个体。也就是说，胡适理解的民主是与个体的自由和完善联系在一起的，只有自由独立的个体的存在和保证方才有社会民主实现的可能，也就是实现康德所谓的作为人类最高级的存在即作为道德的存在，即"人是（在自然目的中）意识到自己必然要以道德律为终极目的的存在"。⑤ 才可能达成人的自由和现实的民主。

其次，胡适的理想政体并非美国的民主政体，而是康德所建构的"乌托邦"想象，即将民主看作一个过程，而这一过程又与人的道德完善趋于一致。胡适在1915年的日记里记载："梦想作大事业，人或笑之，以为无益。其实不然。天下多少事业，皆起于一二人之梦想。今日大患，在于无梦想之人耳。尝谓欧人长处在敢于理想。其理想所凝集，往往托诸'乌托邦'（Utopia）。柏拉图之 *Republic*（《理想国》），培根之 *New Atlantis*（《新大西岛》），穆尔（Thomas More）之 *Utopia*《乌托邦》，圣·阿格司丁（St. Augustine）之 *City of God*《上

---

① 胡适：《三百年来世界文化的趋势与中国应采取的方向》，见胡颂平编著《胡适之先生年谱长编初稿》，台北：联经出版事业公司，1984年版，第2299页。
② 周质平：《胡适与中国现代思潮》，南京：南京大学出版社，2002年版，第230页。
③ 胡适：《民主与极权的冲突》，见胡颂平编著《胡适之先生年谱长编初稿》，台北：联经出版事业公司，1984年版，第1737页。
④ 胡适：《美国的妇人》，见胡适著，季羡林主编《胡适全集》（第35卷），合肥：安徽教育出版社，2007年版，第632页。
⑤ 〔德〕康德：《判断力批判》，邓晓芒译，北京：人民出版社，2010年版，第406页。

帝之城》，康德之 *Kingdom of Ends*《论万物之终结》及其 *Eternal peace*《太平论》，皆乌托邦也。乌托邦者，理想中之至治之国，虽不能至，心向往焉。"
"今日之民主政体虽不能如康德所期，然有非柏拉图二千四百年前所能梦及者矣。"① 也就是说，在胡适看来，民主政体的最高理想是康德"太平论"中勾勒的共和制"乌托邦"。他早在《康德的国际伦理学原则》一文中就指出："而这种在康德理解意义上的共和制，它从未在世界上存在过。无论这个世界上何种形式的共和制都只是对这个理念部分和不完善的表现。这包括欧洲国家的英国和美国，即使在美国 Madison 或者 Mckingly 都能够轻易地以保卫国家或荣耀的名义，给人民强加一个战争。"② 至于民主政体，康德认为："它奠定了一种行政权力，其中所有的人可以对于一个人并且甚而是反对一个人（所以这个人是并不同意的）而做出决定，因而也就是对已不成其为所有的人的所有的人而作出决定"。③ 所以，民主政体也是一种专制主义，是以表面的民主掩盖了大多数人的暴政。胡适也强调："民主的生活方式，在政治制度上的表现，好像是少数服从多数，其实他的最精彩的一点是多数不抹杀少数，不敢不尊重少数，更不敢压迫少数，毁灭少数。"④ 到了 1941 年 7 月在密歇根大学演讲《民主与极权的冲突》一文时，他继续表明这一观点。"近代民主政治程序的基本哲学，是认为残暴的破坏行为不会产生进步，进步是许多具体的改革积聚的结果。美国的哲学家们曾设法使这种不知不觉的趋势，成为明白清楚的哲学。威尔詹姆斯使用'社会改善论'一名词，标明一种伦理的哲学，劝告世人：目前的世界，虽不是完美的世界，但人类都可以使之改善。"因此，胡适以为，美国的民主政体并不是最完美的政体形式，民主的真谛也并非意识形态下的某种政治图示，而只是个"活的生活过程"。⑤

---

① 胡适：《胡适日记》，见胡适著，季羡林主编《胡适全集》（第 28 卷），合肥：安徽教育出版社，2007 年版，第 77 页。

② 胡适：*Kant's Principles of International Ethics*，见胡适著，季羡林主编《胡适全集》（第 35 卷），合肥：安徽教育出版社，2007 年版，第 101 页。（译文为笔者所译）

③ ［德］康德：《历史理性批判文集》，何兆武译，北京：商务印书馆，2010 年版，第 111 页。

④ 周质平：《胡适与中国现代思潮》，南京：南京大学出版社，2002 年版，第 232 页。

⑤ 胡适：《再谈谈宪政》，见胡适著，季羡林主编《胡适全集》（第 22 卷），合肥：安徽教育出版社，2007 年版，第 558 页。

康德的"永久和平论"和胡适关于民主自由平等的理解，均是基于对人类先验的道德固有的自信。康德看到了人性卑劣背后的道德禀赋："人类有一种更伟大的、尽管如今还在沉睡着的道德禀赋，它有朝一日会成为自己身上邪恶原则的主宰的（这是他所不能否定的），并且这一点他也可以希望于别人。"① "只有在人之中，但也是在这个仅仅作为道德主体的人之中，才能找到在目的上无条件的立法，因而只有这种立法才能使人有能力成为终极目的，全然自然都是在目的论上从属于这个终极目的的。"② 胡适在《告马斯》诗歌中也唱道："爱和法律将匡正人类之过失，——和平和正义将为人类谱写新曲。"③ 显然，胡适对自由、民主和平等的理解自有其坚实的道德哲学根基，他自谓和陈独秀口号式的呼喊有很大的不同：新文化运动时期虽高扬"德先生"（democracy 民主）和"赛先生"（science 科学）旗帜，但就提倡者陈独秀而言，"对'科学'和'民主'的定义却不甚了了。所以一般人对这两个名词便也很容易被真的曲解了"。④

四、活的语言和人的文学

厘清了胡适关于民主、自由、平等等的概念后，我们就可以此为出发点来重新审视他对民间文学的理解。民间文学概念首见于梅光迪给胡适的书信，梅光迪将民间文学概念挪用来指称胡适所倡导的文学革命，且具象化为"俚俗文学"。就学界来说，一般往往认为"俗"乃是相对于"雅"而言，但就胡适而言，他对"俗"的理解则另有心得，他在英文论文《如何可使吾国文言易于教授》一文中提到："我们必须把自己从传统的观点里解放出来。那传统的观点认为白话的字词与语法很'俗'。其实中文里的'俗'字，意指的是'约定俗成'（customary）的意思，其字义本身并没有'鄙俗'（vulgarity）的意思。事实上，许多我们日常所用的词汇是非常能表意，因此是非常美丽的。衡量字词、

---

① ［德］康德：《历史理性批判文集》，何兆武译，北京：商务印书馆，2010 年版，第 115 页。
② ［德］康德：《判断力批判》，邓晓芒译，北京：人民出版社，2010 年版，第 404 页。
③ 胡适：《胡适日记》，见胡适著，季羡林主编《胡适全集》（第 28 卷），合肥：安徽教育出版社，2007 年版，第 85 页。
④ 胡适：《胡适口述自传》，见胡适著，季羡林主编《胡适全集》（第 18 卷），合肥：安徽教育出版社，2007 年版，第 351 页。

言辞的标准，应该在于其是否生气盎然以及有表意的能力，而不在于其是否合于道统（orthodox）的标准。白话是国人日常的语言，它表达了人们日常的需要，本身就是美丽的，而且具备创造一个伟大的、活蹦的文学的条件。［历史上］那些俗文字所写的伟大的小说，就是最好的明证。"①

这是对"俗"的新解，即舍弃了传统和时人对"白话"的偏见和对"俗"相对于"雅"所作的一种艺术上的价值判断。学人们往往纠结于"俗"与"雅"之争，在将民间文学作"俗"文学的归位时，也就降低了其作为文学存有的价值和意义。为了赋予民间文学一种合法性和合理性，往往将研究兴趣和关注点投入文学的道德价值重估，倚重相关的政治美学理论和文学理论，偏于革命性的和思想观念上的解读，有时还兼有情绪化的语言和片面化的裁决，实则是消解了民间文学固有和特有的属性。在此，胡适却另辟蹊径，取一种折中的态度，不以"俗"为"鄙俗"，而为"约定俗成"，这简直是化腐朽为神奇，概念由此获得一种历史感。这既是胡适的"历史癖"使然，也是他惯用的一种策略，因为"用历史法则来提出文学革命这一命题，其潜能可能比我们所想象的更大。把一部中国文学史用一种新观念来加以解释，似乎是更具说服力。历史成分重于革命成分的解释对读者和一般知识分子都比较更能接受，也更有说服的效力"。② 至于不以道统而以"生气盎然以及有表意的能力"为标的，和称其为"活的语言"实则切合人作为具有自由意志的纯粹人的身份，因为"我的自我在它的最深维度中是一个活的存在，在这个存在中，'持久'与'流动'合为一体"。③

关于何谓白话，胡适有一明确定义：白话是"我们老祖宗的话，是我们活的语言，人人说的话，你们说的话，我们说的话，大家说的话，我们做小孩子时都说的话"。④ 胡适意识到语言的守旧性和语言变革的艰巨性，在研究语言文

① ［美］江勇振：《舍我其谁：胡适（第一部：璞玉成璧，1891—1917）》，北京：新星出版社，2011年版，第572页。
② 胡适：《胡适口述自传》，见胡适著，季羡林主编《胡适全集》（第18卷），合肥：安徽教育出版社，2007年版，第327页。
③ ［德］克劳斯·黑尔德：《生活世界现象学·导言》，见 ［德］埃德蒙德·胡塞尔著、［德］克劳斯·黑尔德编《生活世界现象学》，倪梁康、张廷国译，上海：上海译文出版社，2002年版，第24页。
④ 胡适：《活的语言·活的文学》，见胡适著，季羡林主编《胡适全集》（第12卷），合肥：安徽教育出版社，2007年版，第444页。

字的历史演变规律时，他悟到了语言文字历史发展的两条通则："一是在语言文字的沿革史上，往往小百姓是革新家而学者文人却是顽固党；二是促进语言文字的改革须要学者文人明白他们的职务是观察小百姓语言的趋势，选择他们的改革案，给他们正式的承认。"① 胡适将上述两条原则视为关于国语问题一切论著的基本原理。

作为一种概念表述，所谓白话作为人人说的话，等同于国语，白话文学等同于国语文学，是一个依据想象而建构的概念，兼有策略性的考虑。即"把'白话文学'正名为'国语文学'，也减少了一般人对于'俗语'、'俚语'的厌恶轻视的成见"。② 不仅如此，他还断言："总之，国语是我们求高等知识、高等文化的一种工具。讲求国语，不是为小百姓、小学生，是为我们自己。"③ 这里就明确提出白话文作为国语不是为部分人所使用和服务的，而是包括知识分子群体本身，所以，"活的语言"作为国语的语言是被作为理性法则而提出的，不是作为"开启民智"的工具，背后的意味是人与人之间的绝对平等和同一。

胡适关于"活的语言"和"活的文学"的定义是有其道德哲学力量的支撑的，"把我们的文明建立在人人都能享公道、正义与爱的基础上。这就是我所说的人道法则（law of Humanity）。"胡适说这不是什么新的道理，西方的耶稣、中国的墨子都早已说过。其原则就是毋用双重标准。正义、公道只有一个标准：事物无论大小、人无分国籍，对待之法必须一致。④

而这也就是胡适关于自由平等民主思想的来源，也是其民间文学理念得以确立的根基所在。如户晓辉所言：爱与自由则剔除一切经验环境和情况的具体差异，单纯从人格绝对平等以及每个人在被当作手段的同时必须也被当作目的

---

① ［美］唐德刚：《胡适杂忆》，上海：华东师范大学出版社，1999 年版，第 129 页。
② 胡适：《中国新文学大系·建设理论集导言》，见胡适著，季羡林主编《胡适全集》（第 12 卷），合肥：安徽教育出版社，2007 年版，第 287 页。
③ 胡适：《国语运动的历史》，见胡适著，季羡林主编《胡适全集》（第 20 卷），合肥：安徽教育出版社，2007 年版，第 419 页。
④ 胡适：*What An Oriental Sees in the Great War*，见胡适著，季羡林主编《胡适全集》（第 35 卷），合肥：安徽教育出版社，2007 年版，第 135—143 页。译文见［美］江勇振：《舍我其谁：胡适（第一部：璞玉成璧，1891—1917）》，北京：新星出版社，2011 年版，第 401 页。

本身这一绝对原则出发。只有这样，民间文学或民俗学才能获得真正的民主基础，才能真正成为一门对人和生活有用的学问。① 其实，如前所述，胡适受康德影响，都只是将"人道本身视为一个目的，而不仅仅是个手段"。也就是对每一个个体绝对地尊重，并视之为理性的法则，将其作为道德的律令无条件地执行和遵守，自由意志得以实现，民主制度得以保障，民间文学也就在此层面获得哲学思想和理论支持和指导。

关于胡适的民间文学理论的主体就如他自己所言，我们的中心理论只有两个：一个是我们要建立一种"活的文学"，一个是我们要建立一种"人的文学"。前一个理论是文学工具的革新，后一个是文学内容的革新。中国新文学运动的一切理论都可以包括在这两个中心思想里面。② 关于"人的文学"，一般都认为是周作人于 1918 年率先提出的："我们现在应该提倡的新文学，简单地说一句，是'人的文学'。"所谓"人的文学"就是"用这人道主义为本，对于人生诸问题，加以记录研究的文字"。而人道主义"乃是一种个人主义的人间本位主义"，是"从个人做起。要讲人道，爱人类，便须先使自己有人的资格，占得人的位置"。③ 实际上这也就是胡适于 1917 年在《易卜生主义》一文中所提出的"健全的个人主义"，胡适在《中国新文学大系·建设理论集导言》中也对这一过程有所回顾和总结。

尽管都是提倡"人的文学"，但胡适和周作人的侧重点还是有所差异的，周作人重"人性"，胡适重"人文"。胡适以为"人文运动"（humanism）即是"人的文学"（litteraehumane）的运动，目的在于提倡希腊、罗马的语言文字的研究。这运动的方面很多，但其共同性质只是"不满意于中古宗教的束缚人心，而想跳出这束缚，逃向一个较宽大、较自由的世界里去"。也就是说，"人的文学"是一种挣脱羁绊的人的自由精神的体现，语言则是再现自由精神的外在形式。为了将精神具象化，胡适指称托马斯·莫尔(Sir Thomas More)的"乌

---

① 户晓辉：《返回爱与自由的生活世界——纯粹民间文学关键词的哲学阐释》，南京：江苏人民出版社，2010 年版，第 35 页。
② 胡适：《〈中国新文学大系·建设理论集〉导言》，见胡适著，季羡林主编《胡适全集》（第 12 卷），合肥：安徽教育出版社，2007 年版，第 277 页。
③ 周作人：《人的文学》，见吴平、邱明一编《周作人民俗学论集》，上海：上海文艺出版社，1999 年版，第 272 页。

托邦""可以代表'再生'时代的最好精神"。① 也就是说，民间文学作为"人的文学"，依托的是"乌托邦"的精神构想，这恰恰证实了胡适对民间文学的理解乃是其哲学思想的表征和外化，也就回到了如户晓辉所说的纯粹民间文学必须以哲学为逻辑起点的学术预设。

胡适很赞同沈秉文对胡风《论现实主义的路》提出的一些理论，即"人民并没有如理论家所分析的阶级意识，人民也没有阶级斗争的要求，而只是希望从长期积累下来的沉重的精神奴役的创伤下面解脱出来"。在胡适看来，"人"应该超越国别、民族、地域等一切俗世关系的局限，不是作为一般传统意义上理解的人，乃是纯粹的人之所以为人的人，是人固有的道德世界观意义上的人。"从索绪尔关于'内在性'的学术立场看，将历史主体植入研究对象，就很难保证学术研究不受'外在性'也就是意识形态政治性的侵蚀。无论将民间文学的主体闭锁在'劳动人民'之内，还是闭锁在'全民族'之内，都无法以民间文学之逻辑主体的理由将民间文学具体的历史主体推到民间文学生成的抽象背景当中，从而面对索绪尔从内在性学术立场发出的质疑。"② 胡适对民间文学的理解是将其作为文学的类型，而不是用单纯的阶层进行划分，王公贵族跳脱"自我禁锢"的身份，也能书写出"人的文学"。事实上，按阶层的方式区分文学，会有一个误区，即将阶层与创作，将文学价值与出身身份相匹配，这本身就是一个虚假的设定。

由此，我们对胡适有关民间文学的理解就不能仅局限于文学的范畴，还应该将其纳入哲学的考辨当中，而关于哲学的问题首先是解决人的问题。傅斯年在《怎样做白话文》一文中提出了两个重要命题："新文学就是白话文学"，"欧化即人化"，语言是文学的载体，人化的文学必须是人化的语言，也就是将"活的语言"和"人的文学"化约为"人化"。以此反观，中国现代民间文学的学术旨归也就有了新的修正和定位，即民间文学的关键词不是"民间"，而是"人"。户晓辉曾感叹随着学科的日益成熟和规范化，民间文学的研究"离老百

① 胡适：《人文运动》，见胡适著，季羡林主编《胡适全集》（第 13 卷），合肥：安徽教育出版社，2007 年版，第 166—168 页。
② 吕微：《"内在的"和"外在的"民间文学》，《文学评论》2003 年第 3 期。

姓的生活似乎是越来越远了"。① 这实质上是因为偏离了胡适当初为民间文学所预设的民间文学首先是作为哲学意义上的"人的文学"的学术轨道。而且，就胡适来说，他"并非只是利用民间文学来为中国人求民主、争自由"，"而是已经隐隐约约地意识到，民间文学自身就有求民主、争自由的内在目的和要求。换言之，即便在中国民间文学觉醒之初，胡适也并没有仅仅把民间文学当作求民主、争自由的工具，而是替民间文学发现了内在的目的"。②

第二节　想象的民间文学：知识分子作为其生产者

关于中国现代民间文学学科的发生有诸种陈述的可能，包括经济形态的变化、市民阶层的兴起、外来理论的引介、启蒙主义的先导，等等，但这几个因素都没能提出一个新的意识的理论构架。笔者以为，随着人的自我意识的觉醒、世界民族主义运动的兴起，一批精力充沛的知识分子以白话文即国语想象作为其出发点，有力地促成了"把'民'构造为一种社会形式以及把民歌构造成民间文化的本质"③，成为形塑二十世纪初中国民族国家和新国民、新文学的关键人物，由此拉开了中国现代民间文学的序幕。

一、"谁是知识的生产者"

英国人类学者摩尔在论述地方性知识时，首先提出了"谁是知识的生产者"的问题。本文引入这一提问，不是就民间文学知识来源立论，而是从学科确立的视角切入，论述的关键是学科何以形成的问题。关于中国民间文学产生

① 户晓辉：《返回爱与自由的生活世界——纯粹民间文学关键词的哲学阐释》，南京：江苏人民出版社，2010 年版，第 14 页。
② 户晓辉：《民间文学的自由叙事》，北京：社会科学文献出版社，2014 年版，第 206 页。
③ 户晓辉：《论欧美现代民间文学话语中的"民"》，见周星主编《民俗学的历史、理论与方法》（下册），北京：商务印书馆，2006 年版，第 646 页。

的背景，历来有种种解说：一个有代表性的观点是经济方面的因素，即商业的发达、城市的兴起、市民的出现。陈独秀和唐德刚均持此论。1923 年，陈独秀在为《科学与人生观》一书作序时说："常有人说，白话文的局面是胡适之、陈独秀一班人闹出来的。其实这是我们的不虞之誉。中国近来产业发达，人口集中，白话文完全是应这个需要而发生而存在的。适之等君若在三十年前提倡白话文，只需章行严一篇文章便驳得烟消灰灭。"① 这是陈独秀从经济史观的立场对白话文运动取得胜利作出的解释。陈独秀把它归之于产业化的发展，这固然有一定道理，但"产业发达，人口集中"并不是瞬间发生的行为，其影响也应该是渐次的和连续的，而不会以突发性的方式呈现。再者，"产业发达、人口集中"确实在客观上促进了报刊等公共舆论平台的扩展，使接受教育的人数增多，但白话文的推行绝不是同社会的一般发展同生的。胡适认为："文学上的变迁，'代有升降，而法不相沿，各极其变，各穷其趣'，其中各有多元的、个别的、个人传记的原因，都不能用一个'最后之因'去解释说明。"② 胡适充分考虑到时代的变化，但也注意到个人在其中的作用和影响。唐德刚则从文化上的需求，也就是社会供需率方面进行解释，他认为白话文学作为一种通俗文学之所以能兴起，是因为社会上有阅读通俗文学的受众，也就是社会上有这个需求。譬如欧洲文艺复兴时期，小城邦聚居的一些小资产阶级便是通俗文学发芽滋长的土壤。就中国而言，虽然"'通俗小说'真正的大量生产还是自清末开始，也就是因为'五口通商'以后，沿海商业城市日益繁荣，产生了百万千万'城市小资产阶级'的结果。社会上有此需要，作家才有此供应。这也是文化上的'供需率'罢"。③ 唐德刚是从商业城市的繁荣及市民阶层的出现角度来谈论这一话题的，但商业的发达和市民的出现并不是产生通俗文学的必然条件。

还有一种观点认为是外来理论的输入，即中国现代民间文学是作为"输

---

① 胡适：《〈中国新文学大系·建设理论集〉导言》，见胡适著，季羡林主编《胡适全集》（第 12 卷），合肥：安徽教育出版社，2007 年版，第 273 页。
② 胡适：《〈中国新文学大系·建设理论集〉导言》，见胡适著，季羡林主编《胡适全集》（第 12 卷），合肥：安徽教育出版社，2007 年版，第 274 页。
③ 胡适：《胡适口述自传》，见胡适著，季羡林主编《胡适全集》（第 18 卷），合肥：安徽教育出版社，2007 年版，第 319 页。

入"的理论而发展起来的，所以，在屡屡论述其理论和方法时，总免不了寻找外援以解决一些实际问题。

但这就不可避免地会"用西方的思维和概念框架对本土的知识经验作硬性的肢解和切割"。① 学界普遍将胡愈之的《论民间文学》作为对中国民间文学概念和理论的最早论述和系统总结，但笔者一直坚持，胡愈之的论述并不是学科产生的前提和背景，也不是对中国民间文学学科理论的概括和总结，更大程度上是他对西方理论的引介，以此为国人的民间文学研究提供了外域的视野。该文章发表于1921年，距1918年歌谣征集活动拉开中国现代民间文学序幕已晚了几年，而且，登载其文章的《妇女杂志》也已出了"民间文学"专栏，此时民间文学研究在中国大地已是蔚然成风。就如胡愈之自己所言，写作的意图"不过想说明研究民间文学的必要"。而研究民间文学的必要是出于建立民族国家的一种理想和愿望：因此民间文学仍是"民族全体创作出来的"，"仍旧是全民族的作品"；它"表现民族思想感情的东西"，"流露出来的是民族共通的思想感情，不是个人的思想感情"。② 虽然论及民族国家和民族等概念，但主要是照搬西方理念和方法，并没有切合中国的实际状况，所以，就其理论的内容和文学的分类也多和中国的现状相抵牾，这也渐为学界所认识。因此，拘泥于胡愈之的理论引介，将其作为本国民间文学理论之先导和系统之总结，不论从学科发生的时间点还是空间即情境化的本土文化而言，都是难以成立的。

"人类学者总是喜欢把地方上的人们视为地方性知识的生产者，诸如耕作的经验、宇宙论、医药学等方面的知识，但是很少发问这些知识是否可从当地范围中取出来加以估价。这一点对于后现代主义转向（post-modernist turn）的支持者和批评者而言也是同样的。换言之，地方的人们生产地方性理论，地方性理论是无法比较的。因而又有了如下潜在的假定：非西方人的理论脱离其语境就是无效的。"③

---

① 叶舒宪：《文学人类学教程》，北京：中国社会科学出版社，2010年版，第89页。
② 胡愈之：《论民间文学》，见苑利主编《二十世纪中国民俗学经典·民俗理论卷》，北京：社会科学文献出版社，2002年版，第3—5页。
③ ［英］摩尔：《人类学知识的变异性》（"The Changing Nature of Anthropological Knowledge"），见［英］摩尔编《人类学知识的未来》（*The Future of Anthropological Knowledge*），罗特累奇出版公司，1996年版，第2页。转引自叶舒宪：《文学与人类学——知识全球化时代的文学研究》，北京：社会科学文献出版社，2003年版，第24页。

但如果以此为出发点，那么西方人的概念术语也是属于地方性知识，如果脱离其具体语境，其效度和信度也会受到一定的限制，换言之，西方理论也不是放之四海而皆准，具有其普适性的。

第三种观点认为是启蒙运动的结果。学界常常将新文化运动定位为思想启蒙运动，定位为"眼光向下的革命"，如户晓辉就提到：这门学科最初的抱负并非仅仅满足少数学者的私愿，而是要认识民众、关心人民的生活、了解他们的所思所想并以此对他们有所助益。[①] 这样的判断是有它的依据的，如鲁迅的"改造国民性"，"黑屋子"的寓意都为我们所熟知。然而，就胡适来说，他并不将新文化运动等同为启蒙运动，却反复强调这场运动是一次文艺复兴运动，他曾在多种场合甚至在晚年还坚持这一认识，乃至有"文艺复兴之父"之称，美国学者格里德的著作甚至就直接以"胡适与中国的文艺复兴"为题。我们常检讨胡适将两者比附的生搬硬套，却有意无意间忽视了比附后面的深意，胡适很遗憾五四运动将一场文化运动转化成了政治运动，而文化与政治的分野也正是文艺复兴与启蒙运动的差异所在，从中不难见出胡适的思想导向。

有学者据史料论证，启蒙运动从最初构想开始便是为隐匿的政治目的服务的，"最早从启蒙运动的角度诠释五四运动的，正是马克思主义者"，而"共产党人之所以将五四运动诠释为'启蒙运动'，是因为当时需要一种'新启蒙'运动来执行党的新'统一阵线'的路线"。1936 年 9 月和 10 月，共产党人陈伯达和艾思奇先后发表《哲学的国防动员》和《中国目前的新文化运动》两篇文章，建议共同发扬五四的革命传统，号召一切爱国分子发动一个大规模的启蒙运动，唤起广大人民的抗战与民主的觉醒。因此，倡导者将五四运动比附为启蒙运动，是和爱国主义紧密联系在一起的。有学者认为，中国的马克思主义者不断以启蒙运动的观点重新界定五四，并不是对历史作任意性的解读。相反，他们可能出于这一信念，即与文艺复兴相比，启蒙运动更有力于为他们的政治目的服务。也就是说，启蒙运动与五四运动的勾连，乃是后起的回应和有意的选择，且和政治运动联系在一起，这和胡适直接以"文艺复兴运动"作为"新

---

① 户晓辉：《返回爱与自由的生活世界——纯粹民间文学关键词的哲学阐释》，南京：江苏人民出版社，2010 年版，第 14 页。

文化运动"的指南和皈依还是存有很大的差异的。胡适强调文化的独立性，反对文化与政治的联姻，坚持使用"文艺复兴"一词，自有他思想和学术上的考量和思虑，一如梁启超坚持将清代学术史指称为"文艺复兴时代"一样，显现的也是他对自我学术思考的一种坚持。

作如上的阐释，并不是想对上述几大因素作完全性的否决，只是想说明有些定见似乎并没有我们想象中的那么细密和必然。毋庸讳言，任一事物的产生都需要借助于诸种合力，应该说，上述几个方面都为中国民间文学学科的产生和发展作了一定的铺垫，创设了相应的条件，或起到了推波助澜的作用，但这些更多的还只是外因而不是内因。美国民族主义学者本尼迪克特·安德森在解释1760年到1830年在西半球发生的反母国抵抗运动时，不否认经济利益所具有的根本性，也不排除自由主义和启蒙运动所产生的强大的影响力，但他认为"经济利益、自由主义或者启蒙主义这三个因素都没有提出一个新的意识的构架"，在他看来，促成这些抵抗运动的是以复数的、"民族的"方式——而非以其他方式——来想象，这一想象的共同体"和他们仅能看到的位于视野中央的喜爱或厌恶的对象正好相反的是，一个能够看到先前所不曾看到的，位于其视野边缘的事物的构架"。① 他引述约翰·哥特弗利德·冯·赫德的话说："因为每一个民族就是民族；它有它的民族文化，例如它的语言。"以此推论：这个绝妙的纯属欧洲的和语言的私有财产权结合的民族概念在十九世纪的欧洲有广泛的影响力，而一些方言化的辞典编撰者、文法学家、语言学家和文学家，"这些专业知识分子精力充沛的活动是形塑十九世纪欧洲民族主义的关键"。②

---

① ［美］本尼迪克特·安德森：《想象的共同体：民族主义的起源与散布》，吴叡人译，上海：上海人民出版社，2011年版，第61—62页。

② ［美］本尼迪克特·安德森：《想象的共同体：民族主义的起源与散布》，吴叡人译，上海：上海人民出版社，2011年版，第66—69页。笔者注：安德森这里提到的方言指的是某一特定地区的本地语言，即地方语言，如法语、德语等，是和拉丁文这个跨越地方界限的"共通语"相对的，并不等同于语言学上的"方言"和汉语日常词汇中的"方言"一词。（见第8页）这里提到的"民族主义"是"当作像'血缘关系'（kinship）或'宗教'（religion）这类概念来处理，而不要把它理解为像'自由主义'或'法西斯主义'之类的意识形态"。（见第5页）安德森特别强调也有意区分民族主义与种族主义的差异，他认为，种族主义的根源不是民族的理念，而是阶级的意识形态，也就是我们一般意义上理解的狭隘的民族主义。

笔者试图运用安德森将民族作为想象共同体的视角，对中国现代民间文学学科的发生进行分析，由民间文学学科为想象的人造物，可以推衍出知识分子作为其生产者扮演了重要的角色。本课题不同于上述三种思路，也有别于空想，认为民间文学学科是知识分子以白话文即国语想象为出发点，在形构新国家、新国民的同时建构了新的文学。

二、想象的民间文学：知识分子作为其生产者

安德森将民族界定为"一种想象的政治共同体——并且，它是被想象为本质上有限的（limited），同时也享有主权的共同体"[①]，强调民族的属性以及民族主义，是一种特殊类型的文化的人造物，而知识分子则是形塑民族这一想象共同体进而建构民族文化和民族主义的重要角色，换言之，知识分子在某种程度上充当了本国民族主义和民族文化的建构者和生产者。其实，关于文化或思想是人为建构的产物，胡适在谈到天赋人权的问题时也有过类似的表述："从前讲天赋人权；我们知道这个话不正确。人权并不是天赋的，是人造出来的。所谓民主自由平等，都是一个理想，不是天赋的。"[②] 由此可见，胡适清醒地意识到所谓民主自由平等乃是一种人为的乌托邦想象，比照欧洲文艺复兴的成功经验，胡适以白话文即国语想象作为通向其理想世界的入口，发动白话文运动，有如赫尔德有力地促成了"把'民'构造为一种社会形式以及把民歌构造成民间文化的本质"[③]，由此拉开中国现代民间文学和民俗学的序幕。

作为一位一贯谦逊的学者，胡适对自己在其中所起的作用倒从不忌讳，还颇为自得，1923 年 3 月 12 日，他在给韦莲司的信中提到：说到中国的文学革命，我是一个催生者。[④] 1935 年，他说："白话文的局面，若没有'胡适之、陈独秀

① ［美］本尼迪克特·安德森：《想象的共同体：民族主义的起源与散布》，吴叡人译，上海：上海人民出版社，2011 年版，第 6 页。

② 胡适：《三百年来世界文化的趋势与中国应采取的方向》，见胡颂平编著《胡适之先生年谱长编初稿》，台北：联经出版事业公司，1984 年版，第 2299 页。

③ 户晓辉：《论欧美现代民间文学话语中的"民"》，见周星主编《民俗学的历史、理论与方法》（下册），北京：商务印书馆，2006 年版，第 646 页。

④ 周质平：《胡适与韦莲司：深情五十年》，北京：北京大学出版社，1998 年，第 63 页。

一班人',至少也得迟出现二三十年。"① 并认为这乃是思想的产物。有人以为胡适这是居功太多,为他作传的格雷德就有过质疑。虽然唐德刚提到了通俗文学的产生有赖于社会的需求,但也肯定地说:"因而没有'胡适',恐怕也就没有'白话文运动'——至少运动也不会在那时就发生了。"② 1925 年,韦莲司对萧公权说:"他(胡适)正在创造历史。"(He is making history)③其实这里就涉及知识分子在学术转型及范式重塑中所扮演的角色问题。班达对于知识分子的定义是:知识分子是一小群才智出众、道德高超的哲学家-国王(philosopher-kings),他们构成人类的良心。班达甚至对这些人用上了宗教术语——神职人员(clerics),他认为真正的知识分子的活动本质上不是追求实用的目的,而是在艺术、科学或形而上的思索中寻找乐趣,简言之,就是乐于寻求拥有非物质方面的利益,因此某种方式说:"我的国度不属于这世界。"(语出《新约·约翰福音》十八章三十六节)④葛兰西在《狱中札记》中把知识分子"视为近代社会运作中的枢纽"。萨义德也坚持主张知识分子是社会中具有特定公共角色的个人,知识分子是"具有能力'向(to)'公众以及'为(for)'公众来代表、具现、表明讯息、观点、态度、哲学或意见的个人"。⑤

在一种习惯强调"人民是历史的真正创造者"的思维定势下,我们在关注群体力量的同时,往往容易忽视个体在历史的转捩点上所起到的关键作用,然而,时势造英雄,英雄造时势本就是历史的写真。其实,班达所勾勒的知识分子形象也正是胡适给自己所规约和预设的形象。早在美国留学期间,胡适就有志于要"为国人之导师",他在日记里写道:"盖吾返观国势,每以为今日祖国事事需人,吾不可不周知博览,以为他日为国人导师之预备。"并将其视为自己未来的事业,还与 C.W.(注:即韦莲司)相约,以后将各自"专心致志于吾二

① 胡适:《〈中国新文学大系·建设理论集〉导言》,见胡适著,季羡林主编《胡适全集》(第12卷),合肥:安徽教育出版社,2007 年版,第 276 页。
② 胡适:《胡适口述自传》,见胡适著,季羡林主编《胡适全集》(第18卷),合肥:安徽教育出版社,2007 年,第 318 页。
③ 萧公权:《问学谏往录——萧公权治学漫忆》,上海:学林出版社,1997 年版,第 96 页。
④ [美]爱德华·W·萨义德:《知识分子论》,单德兴译,北京:生活·读书·新知三联书店,2009 年版,第 12—13 页。
⑤ [美]爱德华·W·萨义德:《知识分子论》,单德兴译,北京:生活·读书·新知三联书店,2009 年版,第 16—17 页。

人所择之事业，以全力为之，期于有成"。① 1916 年 1 月 4 日，胡适在日记里记下了郑莱的一段话：有些人命中注定要成领袖。他们勤于思考，努力工作：此乃领导之秘诀所在。② 不可否认，胡适有他的好名之心，但他更多的是有作为知识分子的一种担当和责任，如他自己所说："我对政治始终采取了我自己所说的不感兴趣的兴趣（disinterested interest），我认为这种兴趣是一个知识分子对社会应有的责任。"③

那么，如何成为"国人之导师"？胡适对此也有自己的思考和准备。胡适在《学术救国》中提到："我主张要以人格救国，要以学术救国。"④ 所谓"人格救国"，也就是德国哲学家费希特所说的"应当成为他的时代道德最好的人，他应当代表他的时代可能达到的道德发展的最高水平"⑤，即"学者就是人类的教师"。⑥ 胡适在 1915 年 2 月 18 日的日记里记录曾子的话以自勉："曾子曰：'士不可以不弘毅：任重而道远。'""任重道远，不可不早为之计。"至于学术救国，他一直强调哲学的重要性："吾生精力有限，不能万知而万能。吾所贡献于社会者，惟在吾所择业耳。吾之天职，吾对于社会之责任，唯在竭吾所能，为吾所能为。吾所不能，人其舍诸？自今以往，当屏绝万事，专治哲学，中西兼治，此吾所择业也。"⑦ "读书以哲学为中坚，而以政治、宗教、文学、科学辅焉。"⑧ 关于哲学何以能担当起救国的重任，他在《先秦名学史》中对老子哲

① 胡适：《留学日记》，见胡适著，季羡林主编《胡适全集》（第 28 卷），合肥：安徽教育出版社，2007 年版，第 148 页。
② 胡适：《留学日记》，见胡适著，季羡林主编《胡适全集》（第 28 卷），合肥：安徽教育出版社，2007 年版，第 293 页。
③ 胡适：《胡适口述自传》，见胡适著，季羡林主编《胡适全集》（第 18 卷），合肥：安徽教育出版社，2007 年版，第 187 页。
④ 胡适：《学术救国》，见胡适著，季羡林主编《胡适全集》（第 20 卷），合肥：安徽教育出版社，2007 年版，第 139 页。
⑤ ［德］费希特：《论学者的使命 人的使命》，梁志学、沈真译，北京：商务印书馆，1984 年版，第 45 页。
⑥ ［德］费希特：《论学者的使命 人的使命》，梁志学、沈真译，北京：商务印书馆，1984 年版，第 43 页。
⑦ 胡适：《留学日记》，见胡适著，季羡林主编《胡适全集》（第 28 卷），合肥：安徽教育出版社，2007 年版，第 148 页。
⑧ 胡适：《留学日记》，见胡适著，季羡林主编《胡适全集》（第 28 卷），合肥：安徽教育出版社，2007 年版，第 55 页。

学的评价，可窥出他对哲学的认知："简言之，那时的哲学就是在寻找一个能平天下，能够了解并改善它的方法。对这个我称之为'道'的寻求，就是所有中国哲学家——我相信就是所有西方大哲学家也一样——的核心问题。"① 哲学既是一种世界观，也是一种方法论，胡适终其一生所坚守的民主、自由、平等的理念自有其哲学的背景和考量，也是他得以发动中国文学革命的潜在根基。关于此，笔者前此已有论述。

胡适以哲学为起点，然对国家贡献最大的却是"文学的'玩意儿'，我所没有学过的东西"。② 作为"首举义旗之急先锋"，胡适在中国文学革命中扮演了先锋和领袖的角色。安德森以为，知识分子能在社会当中起到先锋的作用，和他们的语言能力和识字能力有关："阅读印刷品的能力已经使我们早先谈过的那种漂浮在同质的、空洞的时间中的想象的共同体成为可能。双语能力则意味着得以经由欧洲的国家语言接触到最广义的现代西方文化，特别是那些 19世纪时在其他地方产生的民族主义、民族属性与民族国家的模型。"③ 安德森这样的判断也恰适中国现代民间文学学科发生的背景，中国新文学革命的倡导者基本上都有留洋的经历，胡适也正是比照西方文艺复兴的成功经验来指导中国文学革命的实施的。但这里有必要厘清民族和民族主义等相关概念。

有学者将白话文运动与中国的民族主义运动相勾连，如约翰·德·法兰西直接以"中国的民族主义与语文改革"为题，但遭到了胡适的严厉批评。1951年，胡适以书评的形式批评了作者对历史和文学史的无知，及对政治的偏见，"［作者］的偏见和无知让他真的相信：语文改革运动和中国的民族主义运动'紧密地联系在一起'。他甚至于认真地指出：中国的共产党是民族主义运动的一部分。他似乎对一个不容否认的事实完全无知：在中国所有的语文改革，无论是白话文运动也好，提倡拼音也好，毫无例外地都是由国际主义者（包括无

---

① 胡适：*The Development of the Logic Method in Ancient China*，见胡适著，季羡林主编《胡适全集》（第 35 卷），合肥：安徽教育出版社，2007 年版，第 345 页。译文见 ［美］江勇振：《舍我其谁：胡适（第一部：璞玉成璧，1891—1917）》北京：新星出版社，2011 年版，第 313 页。
② 胡适：《学术救国》，见胡适著，季羡林主编《胡适全集》（第 20 卷），合肥：安徽教育出版社，2007 年版，第 291 页。
③ ［美］本尼迪克特·安德森：《想象的共同体：民族主义的起源与散布》，吴叡人译，上海：上海人民出版社，2011 年版，第 112 页。

政府主义和共产主义的运动)来领导。并一致地受到民族主义者(包括国民党)的反对"。① 胡适在这里批判的是狭隘的民族主义者,正如他在评述康德的《永久和平论》中所说:"我倾向于认为康德的态度有很多有价值的真理。在我看来,这些狭隘民族主义的主要谬误在于他们认为在世界历史上没有比国家更高的事物。"② "因为世界上所有的民族主义运动(nationalist movement)都是保守的,通常且是反动的。他们经常觉得愧对祖宗;认为凡是对祖宗好的,对他们自己也就够好了。这便是所有民族主义运动的心理状态。"③ 这说明了胡适对狭隘民族主义的警惕和超越,已然具有世界主义和国际主义的眼光,而这也正是萨义德、班达等学者心目中理想的真正的知识分子形象:"知识分子活动的目的是为了增进人类的自由和知识。"④ "若要维护基本的人类正义,对象就必须是每个人,而不只是选择性地适用于自己这一边,自己的文化、自己的国家认可的人。"⑤ "班达倡议知识分子应该不再以集体式的热情来思考,而应该集中于超越的价值,普遍适用于所有国家和民族的价值。"⑥ 很显然,胡适批评的民族主义兼有意识形态或政治运动的特点,也是安德森所否定的"国族主义",安德森提到了"民族主义的两面性",就他来说,他更强调民族主义的文化特征,即从人类学的视野对民族主义予以重新认识和阐释,他认为"民族的属性散发着宿命的气息",是"一种深埋在历史之中的宿命"。⑦ 接近于赫尔德所说的民族主义是一种乡愁,我们每个人其实都是民族主义者。

以此来反观胡适提出的"国语的文学"和"文学的国语"的口号,到"国

---

① 周质平:《胡适与韦莲司:深情五十年》,北京:北京大学出版社,1998年版,第226页。
② 胡适:*Kant's Principles of International Ethics*,见胡适著,季羡林主编《胡适全集》(第35卷),合肥:安徽教育出版社,2007年版,第104页。(笔者译)
③ 胡适:《胡适口述自传》,见胡适著,季羡林主编《胡适全集》(第18卷),合肥:安徽教育出版社,2007年版,第328页。
④ [美]爱德华·W·萨义德:《知识分子论》,单德兴译,北京:生活·读书·新知三联书店,2009年版,第22页。
⑤ [美]爱德华·W·萨义德:《知识分子论》,单德兴译,北京:生活·读书·新知三联书店,2009年版,第80页。
⑥ [美]爱德华·W·萨义德:《知识分子论》,单德兴译,北京:生活·读书·新知三联书店,2009年版,第31页。
⑦ [美]本尼迪克特·安德森:《想象的共同体:民族主义的起源与散布》,吴叡人译,上海:上海人民出版社,2011年版,第140页。

语文学史"的书写，及"我们""你们"的复数性的集体指称，实际上都隐含了安德森所设定的作为民族和民族国家的一种"共同体想象"。胡适以"民族（国家）的语言"、国语文学史、双线文学史观以及集合"你们"和"我们"的复数性想象模型促成了民族的认同和归一，建构了民间文学理论和方法，由此获得学界的广泛响应和支持。

三、想象的民间文学：作为"复数"方式的"想象"和"开始"

萨义德探讨过"源始"（origin）之不可能及"开始"的意义，"主张没有神话/神化的、特权的、单一的'源始'，而是世俗的、人为的、不断重新检验的、复数的'开始'，这些'开始'不仅因应不同情境的需求而产生，而且是'产生意义的第一步'"。[①] 笔者在此援引"复数"概念，兼有两方面的意义，一是民间文学学科作为"复数"方式的"想象共同体"，二是学科作为"复数"方式的"开始"，即包含多种想象的可能。

作为一种话语叙述和口号式的提出，所谓白话文等同于国语，白话文学等同于国语文学，实际上是发生在特定语境之下的话语假定，是一个依据想象而建构的概念。安德森认为想象民族最重要的媒介是语言。杜赞奇则提出，早在现代西方民族主义传入中国之前，中国人早就有类似于"民族"的想象；对中国而言，崭新的事物不是"民族"这个概念，而是西方的民族国家体系。[②] 杜赞奇的说法显然有很大的合理性。1899 年，梁启超在《爱国论》一文中曾感叹国人不爱国是因为国人无国的概念："我支那人非无爱国之性质也。其不知爱国者，由不自知其为国也。"中国有天下人的思想，而非国家的概念，如孔子作《春秋》以治天下，而非国家，既然连国家的概念都没有，自然就难有爱国之说了。对于国人来说，国家乃是一后起的概念，是和西学东渐和救亡图存紧密联系在一起的，所以，关于民族国家的想象既是情境所迫，也是顺

---

① ［美］爱德华·W·萨义德：《知识分子论》，单德兴译，北京：生活·读书·新知三联书店，2009 年版，第 4 页。
② ［美］本尼迪克特·安德森：《想象的共同体：民族主义的起源与散布》，吴叡人译，上海：上海人民出版社，2011 年版，第 15 页。

时代而为。

至于语言，"最重要之处在于它能够产生想象的共同体，能够建造事实上的特殊的连带(particular solidarities)"。① 而白话作为国语的想象就兼有民族语言与国家语言的双重意蕴，胡适将国语翻译为"national language"②，而"national"还包含有"民族的"意义，如胡适就将民族主义运动译为"nationalist movement"，所以，国语既指称为一国之国语，也意指一民族之语言，其概念本身就包含了关于民族和国家的"想象共同体"叙述。而"这一千年来，中国固然有了一些有价值的白话文学，但是没有一个人出来明目张胆的主张用白话为中国的'文学的国语'"。"白话文学不成为文学正宗，故白话不曾成为标准国语。"③ 也就是说，"国语"或"普通话"之所以成为"标准语"，"并非基于语言学上的理由，而是出于政治——特别是民族主义——的考虑"。④ "所谓国语，是指从长城到长江，从东三省到西南三省，这个区域里头大同小异的普通话。"⑤ 胡适强调国语起源于方言，"国语的语言——全国语言的来源，是各地的方言，国语是流行最广而已有最早的文学作品。就是说国语有两个标准，一是流行最广的方言，一是从方言里产生了文学"。⑥ 也就是说，其实国语本也只是地方性语言，一如吴语、赣语等地方性语言，指涉特定的区域和群体，但将其想象为"国家的语言"和"民族的语言""共同体"，就为全民族的国民所共同拥有和使用，取得唯一尊崇的地位。

除了将白话提升为国语外，胡适还特别强调："国语是我们求高等知识、

① ［美］本尼迪克特·安德森：《想象的共同体：民族主义的起源与散布》，吴叡人译，上海：上海人民出版社，2011 年版，第 125 页。

② "我要指出现代欧洲各国的国语(national language)和各国的文学发展史上，彼此之间有几种基本上相同的因素。"胡适：《胡适口述自传》，见胡适著，季羡林主编《胡适全集》（第 18 卷），合肥：安徽教育出版社，2007 年版，第 329 页。

③ 胡适：《我的歧路》，见胡适著，季羡林主编《胡适全集》（第 2 卷），合肥：安徽教育出版社，2007 年版，第 59 页。

④ ［美］本尼迪克特·安德森：《想象的共同体：民族主义的起源与散布》，吴叡人译，上海：上海人民出版社，2011 年版，第 8 页。

⑤ 胡适：《学术救国》，见胡适著，季羡林主编《胡适全集》（第 20 卷），合肥：安徽教育出版社，2007 年版，第 419 页。

⑥ 胡适：《〈中国新文学大系·建设理论集〉导言》，见胡适著，季羡林主编《胡适全集》（第 12 卷），合肥：安徽教育出版社，2007 年版，第 408—409 页。

高等文化的一种工具。讲求国语，不是为小百姓、小学生，是为我们自己。"①
相较于以往的"你们""我们"的泾渭分明，这里有意将"我们"和"你们"
相加，"我们"不再是作为特定的享有特权的知识分子群体的存在，"我们"和
"你们"就是一个同属的集体，这一复数名词的想象共同体的勾勒打破了"我
们""你们"之间的人为界限和森严壁垒。由此，国语的概念已不只是关涉到
"国家""民族"的想象，实质上还延引到关于"人"的想象，也就是诚如安德
森所说的"民族就是用语言——而非血缘——构想出来的，而且人们可以被
'请进'想象的共同体之中"。② 吴叡人就从"nation"词语出发，指出这一词语
除了与"民族""国家"的概念密切相关外，事实上还是和"人民"（people，
Volk）和"公民"（citoyen）这类字眼一起携手走入现代西方政治语汇之中的。
换言之，"nation 指涉的是一种理想化的'人民全体'或'公民全体'的概
念"。③ 由此，胡适提出的"国语的文学""文学的国语"的口号就不只是有涉
"民族国家"的"想象共同体"，实际上民族国家的想象乃是以"我们""你们"
等复数性名词的相加归一的"想象共同体"为前提的。联系到晚清白话文运动，
虽也有关于民族国家建构的呼吁和背景，但最终还是以失败告终，乃是缘于如胡
适所言，是因为有"我们"和"他们"之分。胡适深以为这是晚清白话文运动
失败的根本原因，于是，他极力主张新文学运动为"人文运动"（Humanism），
即"人的文学"（litteraehumane）的运动，其共同性质只是"不满意于中古宗
教的束缚人心，而想跳出这束缚，逃向一个较宽大、较自由的世界里去"。④ 就
胡适而言，所谓人的文学首先表现为一种自我释放，一种自由自在的状态，而
这里所说的"人"也不是作为一般传统意义上理解的阶层或阶级所属的人，乃
是纯粹的人之所以为人的自由之人，是人固有的道德哲学意义上的人，即如前

---

① 胡适：《学术救国》，见胡适著，季羡林主编《胡适全集》（第 20 卷），合肥：安徽教育出版社，
  2007 年版，第 419 页。
② ［美］本尼迪克特·安德森：《想象的共同体：民族主义的起源与散布》，吴叡人译，上海：上海
  人民出版社，2011 年版，第 140 页。
③ 吴叡人：《认同的重量：〈想象的共同体〉导读》，见［美］本尼迪克特·安德森《想象的共同体：
  民族主义的起源与散布》，吴叡人译，上海：上海人民出版社，2011 年版，第 16 页。
④ 胡适：《人文运动》，见胡适著，季羡林主编《胡适全集》（第 13 卷），合肥：安徽教育出版社，
  2007 年版，第 166—168 页。

文吴叡人概述的，是"一种理想化的'人民全体'或'公民全体'的概念"，也是胡适哲学意义上所理解的人之为人的人。

值得注意的是，尽管胡适也会使用"平民文学"的概念，但他所说的"平民文学"并不等同于平民创作的文学，他会将皇帝作下的诗歌视为"道地的平民文学"①，将曹丕的《上留田行》看作"纯粹的民歌"，视《临高台》为"绝好的民歌"。② 也就是说，他并没有将阶层与创作，将文学价值与出身身份相对应，以此来论，他所指称的平民文学和民歌的概念无涉出身与身份，只关乎文学本身的性质和特点。所以，胡适想象的"人的文学"即民间文学已是超脱了国别、民族、地域等一切俗世关系的羁绊，真实、充满生气的"人的意味"成了"人的文学"的唯一尺度和标杆。

民间文学学科作为文化的人造物，是知识分子依据共同体想象而建立起来的概念，背后涉及不同的知识分子对此有相异的形塑和叙述。相较于胡适带有道德哲学意味的"人的文学"的构想，周作人提倡的"人的文学"中的"人"更偏重于"人性"的思考，即是以"人道主义为本"。③ 傅斯年在《怎样做白话文》一文中提出了"欧化即'人化'，'人化'即欧化"的命题，他认为旧文学是不合人性、不近人情的伪文学，缺少"人化"的文学。而近世的西洋文学更多的是"人化的文学"。④ 这和周作人的思想更为接近。至于梅光迪，则将民间文学对等于由下层民众所创作的"俚俗文学"⑤，胡愈之定义民间文学为"流行于民族中间的文学"。⑥ 可见，"民间文学"的学科定位呈现出多元和位移的特点，也就是说，学科如萨义德所说的是"世俗的、人为的、不断重新检验的、

① 胡适：《白话文学史》，见胡适著，季羡林主编《胡适全集》（第11卷），合肥：安徽教育出版社，2007年版，第229页。
② 胡适：《白话文学史》，见胡适著，季羡林主编《胡适全集》（第11卷），合肥：安徽教育出版社，2007年版，第265页。
③ 周作人：《人的文学》，见吴平、邱明一编《周作人民俗学论集》，上海：上海文艺出版社，1999年版，第272页。
④ 傅斯年：《怎样做白话文》，见欧阳哲生主编《傅斯年全集》（第1卷），长沙：湖南教育出版社，2000年，第134—135页。
⑤ 胡适：《胡适口述自传》，见胡适著，季羡林主编《胡适全集》（第18卷），合肥：安徽教育出版社，2007年版，第109页。
⑥ 胡愈之：《论民间文学》，见苑利主编《二十世纪中国民俗学经典·民俗理论卷》，北京：社会科学文献出版社，2002年版，第3页。

复数的'开始'"。虽然"五四运动"的这类知识分子有其共同点，他们"扰动其庞伟的沉静、高高在上的传统"①，掀起了一场"走向民间""眼光向下"的文学运动，但就学科建构而言，却是知识分子不断克服和摆脱自我狭小文学观的过程。因此，民间文学作为"想象的共同体"，不仅是知识分子引领大众获取"民族国家"的一种"认知装置"的过程，更多的是作为一种知识分子的自我认知和自我定位的过程。

这里就指涉到知识分子的文化身份认同问题，民间文学早已存在，但作为学科的确立却是在二十世纪初。换言之，对学科的研究不仅仅是回到民间的问题，事实上还虑及知识分子本身，因为民间文学学科也只是现代知识分子想象出来的一个共同体或建构体。不同于胡愈之对西方民间文学理论与方法的直接引介，胡适与周作人主观上更少有直接学科建构的意识，因此，他们关于民间文学的"想象"在拓宽文学研究视域的同时，也有失学科理论思考上的严谨性。

第三节　知识分子的介入：是民间的消解，还是助力？

作为指向民众的民间文学，作为形构学科的知识分子，其两者之间的关系一直是人们争论不休的问题。知识分子的加入到底是学科发展的动力，还是某种程度对民间的消解，乃至破坏，需要我们作进一步的思考，我们不妨从中国民间文学学科发生、发展的路向说起。

随着学科研究的强化和细化，人们更倾向于将民间文学作单纯的学术考量和处理，以凸显学科研究的客观性和纯粹性。事实上，具有现代意义的中国民间文学并非完全孕育于学科本体的母胎，而是作为思想文化变革的产物，这一客观存在的事实已为学界普遍接受，并在相当程度上影响或左右了学人的研究

---

① ［美］爱德华·W·萨义德：《知识分子论》，单德兴译，北京：生活·读书·新知三联书店，2009年版，第36页。

视野和研究路径。西方学者对中国民间文学学科研究偏思想文化上的指向，从中便可见其一斑。然中国现代民间文学毕竟是以学科的面目出现的，它除了来自外来的推力合力，必然会有其自身的学科土壤和学术背景。在此，学界一般会援引胡愈之对西方民间文学理论的介绍，但作为外来的和借鉴性的理论，终究会有水土不服之处，于是，引述往往也是抽取局部，主要涉及民间文学的两大特质，一为全体的，一为口述的。而就胡愈之本人来说，其意图"不过想说明研究民间文学的必要"。① 但若论及必要，就不止是那两大外在特质所能涵盖的，也不只是几个外来概念的嫁接就可了事，须触碰到学科发生的本原和学科兴起的土壤。德国、英国、日本、美国等国的民间文学学科形成均有其自身各自不同的学科特点和学术土壤，也均得益于各国知识精英们的发现和挖掘，在此，中国民间文学学科得以形成和确立自然也不例外。回望和检视学科形成之初，在试图廓清历史层层迷雾的同时，也尝试着对知识分子介入学科诸问题进行一些思考和探寻，一是想就此进一步缕析中国民间文学学科缘起的学术背景和固有的学术话语，二是想在钩沉史实和面向当下非遗热潮的双重视域下，对何谓知识分子、知识分子何为，还有学科走向等问题有所阐释。

一、"走向民间"与"面向城市"

白话文运动是中国现代民间文学学科得以产生的引爆点，其本身是一场由精英发起的面向大众的"自上而下"的运动，是一场"走向民间"的运动，关于这一点，学界基本上已达成共识，有学者还将其与启蒙运动相提并论，且基于对启蒙运动作"启迪民众"的对应理解。但据史实而论，或从严格意义上来讲，此种界说似乎还应作更为具体的区分，以传统的眼光来看，从运动的发起者身份而言，确实是自知识精英而起，即"自上而起"，但就运动的指向却非惯常理解的"自上而下"，而是"自上而上"，实质上却是要破除陈旧的等级观念，达成消解传统意义上的上与下的界限和隔阂，即"消解上

---

① 胡愈之：《论民间文学》，见苑利主编《二十世纪中国民俗学经典·民俗理论卷》，北京：社会科学文献出版社，2002年版，第9页。

下"之划分。常有人批评新文化运动的触角和影响仅波及上层，并没有深入民间和民众。虽然笔者并不以为新文化运动就此应受到指责，但于运动辐射范围而言，这样的判断大体是符合事实的，因为它首先就是一场面向城市、面向上层的运动。

有学者曾对五四有过这样的评价："'五四'的影响巨大是我们共同承认的，但其影响主要在大城市，特别是有大学的城市，但'五四'似乎从未在乡村生过根。"笔者对这种说法是认同的。《胡适日记》1922 年 7 月 24 日记述，当时北京大学预科考试的作文题目为"述五四以来青年所得的教训"，其间竟有学生问胡适五四运动是个什么东西，是哪一年的事，胡适为此很诧异，后得知这并非特例，已知的就有十几个考生不知道五四运动是什么。[①]

顾颉刚也自述他是到了北大以后方受到新思想的影响的，在他十五岁那年，也就是 1908 年，苏州有"现圣会"的赛会，他"以为这是无聊的迷信，不屑随着同学们去凑热闹"，1913 年进了北大预科，成了戏迷，无奈"只得抑住了读书人的高傲去和民众思想接近"，直到 1915 年，蔡元培出任北大校长，大力破除学校的陈腐观念，陈独秀诸人在《新青年》杂志上积极倡导新思想，他才"始有打破旧思想的明了的意识"。[②] 顾颉刚的这一自序生动再现了当时年轻知识分子在时代感召之下思想所发生的蜕变过程。钟敬文在《我的学术历程》一文中也谈到是北京大学《歌谣》周刊的刊行和对民间文学的着力宣传，让他一个刚见世面的年轻人"像触了电似的"，"蓦地被卷入了这文化的狂潮里去"。[③]

上述诸多例证至少反映了两个导向，一是当时与其说是民众的觉醒时代，不如说是知识分子的觉醒时代，二是五四新文化、新思潮的播撒主要聚焦于城市而非乡村。由此推及中国民间文学学科产生的学术背景，显然得益于精英们视角下的"自下而上"，即以民间文化反观和审视精英文化，凸显民间文化于

---

① 胡适：《胡适日记》（1919—1922），见胡适著，季羡林主编《胡适全集》（第 29 卷），合肥：安徽教育出版社，2007 年版，第 692—693 页。

② 顾颉刚：《自序》，见钱小柏编《顾颉刚民俗学论集》，上海：上海文艺出版社，1998 年版，第 2 页。

③ 钟敬文：《我的学术历程》，见《钟敬文民俗学论集》，上海：上海文艺出版社，1999 年版，第 11 页。

文化上的优势，表明文化"不仅可以开化下层阶级，而且也可以启迪贵族和中产阶级"。①"自下而上"不仅指涉民间文学学科学术背景，而且也在很大程度上决定了学科形成的特点及其发展走向。换言之，中国民间文学学科产生的背景并不只是基于"眼光向下"的运动，抑或更为准确的说法，应该是首先得益于"眼光向上"的运动，中国民间文学学科的缘起并不在于如何启蒙和教化下层民众，而恰恰在于唤醒知识分子对民间和民众的意识，唤醒知识分子对自我和人本身的重新认知和判断。因此，不同于英国民间文学源自对"folklore"的好奇和探寻，也不同于日本民俗学之父柳田国男对农民问题的追问和关注，中国民间文学学科的兴起是与白话文学和人的文学相勾连的，白话本身就带有更多世俗化(或城市化)而非乡村化的指向，而人的思考则带有更多知识分子惯常应有的学理性和抽象性的意味，如中国民俗学的发祥地并非在偏远的乡村，它就在北京西郊香火鼎盛的妙峰山，北大五位教授到此进行了为期三天的调研，由此开了中国现代民俗学田野调查的先河，顾颉刚也被誉为中国民俗学的第一人。可见，中国民间文学有着和其他国家不同的学术起点和学术走向，这也就需要我们明了自己的问题，而不只是简单套用外来的概念和理论来解释中国的现象。

二、"活文学"与"死文学"

胡适早期特别喜欢用"活文学"来概括新文学的本质和特点，以"死文学"来指称文言文学，然而这也是胡适常受人诟病的地方。时至今日，学界也常以文言并未退出历史舞台的史实来否定胡适的"臆断"，当初就有人提出过指责，胡适在《答朱经农》中对此作了回应，他指出他所说的"死"，并不是我们一般意义上理解的"死"，而是取我们惯常所说拉丁文是"死"的语言的同一意思。拉丁文常被人说成是死语言，乃是因为基本不用于日常生活，而活文字，也就是"日用语言之文字"。②换言之，这里的"死"是一个相对的概

---

① [美]乔纳森·卡勒：《文学理论入门》，李平译，南京：译林出版社，2008年版，第40页。
② 胡适：《〈尝试集〉自序》，见胡适著，季羡林主编《胡适全集》(第10卷)，合肥：安徽教育出版社，2007年版，第17页。

念，并非指文言就此销声匿迹，套用胡适的表述，是指"这种文学是少数懂得文言的人的私有物，对于一般通俗社会便同'死'的一样"。① 即一种语言如果不在社会中通行，不在日常中运用，且不为一般社会和民众所接受和理解，那也就无异于死了一样。因此，他认为，语言文字的性质和作用就在于达意表情，"达意达得妙，表情表得好，便是文学"②，便是有生命、有价值的。反之，既不能达意，又不能表情的文字自然是死文字，而"死文字决不能产出活文学"。③ 其时文学的弊端所在，病根所在，乃是因为文学仅"在于重形式而去精神"④，这已然不是单纯的"死"与"活"即存在与消亡的问题，而是涉及胡适对文学的认知和评判，生命力、真实性、思想性、情感性已成为新文学的标杆和尺度，这也是胡适对民间文学本质和特点的把握和评价。澄清对"死文学"与"活文学"概念的理解，也是我们把握胡适民间文学观念的重要一环。

胡适积极倡导"活文学"即白话文学，被钱玄同誉为"中国现代第一个提倡白话文学——新文学——的人"。⑤ 或许有人对此提出质疑，晚清就有白话文运动，胡适何来第一？但就笔者看来，彼白话非此白话，胡适文学之白话还是迥异于晚清口语之白话的，即特别强调白话的语言之美和白话文学的审美特性。作为文字音韵学家的钱玄同自然是深谙此理，所以，才会将白话文学与新文学对等并有意突出，且冠名胡适为"第一人"。钱玄同认为新文学之所以新，皆是为"自由发表我们自己的思想和情感"⑥，胡适在回复钱玄同的书信时，亦特别强调语言之自然的问题，钱玄同对此深表赞同，并认为广义的白话即"凡

---

① 胡适：《答朱经农》，见胡适著，季羡林主编《胡适全集》（第 1 卷），合肥：安徽教育出版社，2007 年版，第 83 页。
② 胡适：《建设的文学革命论》，见胡适著，季羡林主编《胡适全集》（第 1 卷），合肥：安徽教育出版社，2007 年版，第 55 页。
③ 胡适：《建设的文学革命论》，见胡适著，季羡林主编《胡适全集》（第 1 卷），合肥：安徽教育出版社，2007 年版，第 54 页。
④ 胡适：《〈尝试集〉自序》，见胡适著，季羡林主编《胡适全集》（第 10 卷），合肥：安徽教育出版社，2007 年版，第 19 页。
⑤ 钱玄同：《〈尝试集〉序》，见胡适著，季羡林主编《胡适全集》（第 10 卷），合肥：安徽教育出版社，2007 年版，第 3 页。
⑥ 钱玄同：《〈尝试集〉序》，见胡适著，季羡林主编《胡适全集》（第 10 卷），合肥：安徽教育出版社，2007 年版，第 3 页。

近于语言之自然者皆是"。① 这既是对白话文学本质的认定，由此也大大扩充了白话文学的范畴。

白话文学作为新文学，乃是因为对白话之文学属性的肯定和提倡，由此改变了国人的文学品味，改变了人们对以往被视为浅陋的民间歌谣的态度。美国批评家乔纳森·卡勒说："文学一直是一种文化精英的活动。"② 但白话文学运动却在中国掀起了一股"走向民间"的热潮，其结果是"使文学不再成为大众的禁地"。③ 民间文学成了文学发展的源头和助力，作为白话文运动和新文学运动之开路先锋的胡适，在其中所起的作用自然是不容小觑的。同时，胡适提出的双线文学史观为传统文学史提供了新的文学现象，打开了"民间视域"中新的文学通道，民间文学史由此浮出历史地表。

作为"白话"的"活文学"已涉及民间文学的本体价值和学科意义，胡适在《歌谣》复刊词中进一步强调了民间文学的艺术魅力和美学价值，肯定其作为艺术的典范和楷模的作用："民间歌唱的最优美的作品往往有很灵巧的技术，很美丽的音节，很流利漂亮的语言，可以供今日新诗人的学习师法。"④

张真认为"白话"概念较之于我们传统的"通俗""民俗""民间"等术语都显得更有张力，也更有丰富的意蕴，"通俗"具有更多狭义意识形态的意味，"民俗"或"民间"则代表了陈腐的、更多指向农业社会的停滞的传统。⑤ 如今，"白话"（Vernacular）越来越成为英语世界学术讨论的焦点问题，不仅为美国影视学者们关注，也引起了民俗学、文化人类学、建筑学、语言学等诸领域的学者们的关注，美国民俗学界也就此概念进行了新研讨，日本学者小长谷英代发表了题为《"Vernacular"：民俗学的超领域视界》的论文，围绕"Vernacular"从

---

① 钱玄同：《〈尝试集〉序》，见胡适著，季羡林主编《胡适全集》（第10卷），合肥：安徽教育出版社，2007年版，第13页。
② ［美］乔纳森·卡勒：《文学理论入门》，李平译，南京：译林出版社，2008年版，第43页。
③ 胡愈之：《关于大众语文》，《独立评论》1934年第109期。
④ 胡适：《〈歌谣〉复刊词》，见胡适著，季羡林主编《胡适全集》（第12卷），合肥：安徽教育出版社，2007年版，第329页。
⑤ 张真：《银幕艳史——都市文化与上海电影1896—1937》，沙丹、赵晓兰、高丹译，上海：上海书店出版社，2019年版，第57页。

七个方面展开讨论：1. "Vernacular" 与语文学；2. "Vernacular" 与 "Folklore"；3. "Vernacular" 建筑；4. 后现代的 "Vernacular"；5. "Vernacular" 的民俗学再讨论；6. Vernacular 的定位；7. 在理论、政策与交流之中的 "Vernacular"，并认为当下的 "民俗学正将目光转向曾经被搁置一旁的 'Vernacular'，在对其再审视、再部署的过程中，找出本领域的新研究方向"。① 早在二十世纪初，胡适就以 "白话" 切入对文学的思考，这已充分显现了他透过事物表象看本质的敏锐性和前瞻性，也明证了 "白话" 术语所包孕的丰富性和作为学科概念阐释的可能性。

三、"学术的" 与 "文学的"

关于民间文学的学科定位，也是当下争议不断的问题。曾有学者倡导采纳西方模式，将民间文学学科纳入民俗学学科的部属之下，即脱离文学学科而归属于法学学科之下。② 也就是说，一度被列为国家重点学科的民间文学滑入到三级学科的地位。这在民间文学学界引发了一场不小的 "学术地震"，有学者积极为民间文学呼吁，有观点认为民间文学不应成为民俗学的附属，民俗学和民间文学应归属于两个不同学科，应各自为政，此举意在为民间文学张目，以确立其学科的独立地位。

五四学人也曾就这一问题发表过见解，1922 年，周作人在《歌谣》周刊发刊词上说到，搜集歌谣的目的共有两种，"一是学术的，一是文艺的"。一般而言，常常认为周作人的歌谣研究有明显的民俗学偏向，他将歌谣可为民俗学研究提供重要的学术资料视为首要的目的，也确实证实了这一点，但他也并没有以此就否定歌谣本身的文艺属性。歌谣 "不仅是在表彰现在隐藏着的光辉，还

---

① ［日］小长谷英代：《"Vernacular"：民俗学的超领域视界》，郭立东译，《遗产》第二辑，第159 页。

② 王泉根：《学科级别：左右学术命运的指挥棒？》，《中华读书报》2007 年 7 月 4 日。王泉根在文中谈及 "民间文学" 很尴尬的学科归属问题：1997 年《教育部目录》公布实施以来，民间文学已不再由中国语言文学一级学科管辖，而是归属到了社会学一级学科门下，在社会学一级学科门下的民俗学二级学科中，加一括号，注明 "含民间文学"，成为民俗学下面的一个小的部分。

在引起当来的民族的诗的发展：这是第二个目的"。① "学术的"与"文艺的"两个目的是并列的，并非从属的关系，"隐藏着的光辉"意指歌谣中有民众的真感情，有人性的真实呈现，由此会促成民族的诗的发展，这是歌谣作为文艺所具有的独特价值。饶有意味的是，虽然周作人注重歌谣的民俗学价值，但他却声称"自己的园子是文艺"，倡导"艺术的人生"和"人生的艺术"，认为"艺术是独立的，却又原来是人性的，所以既不必使他隔离人生，又不必使它服侍人生，只任他成为浑然的人生的艺术便好了"。②

1936 年，胡适为《歌谣》周刊撰写复刊词，他将周作人的两个目的作了个调换，胡适认为歌谣的收集与保存，"最大的目的是要替中国文学扩大范围，增添范本"，并觉得"这个文学的用途是最大的"，将会给中国新文学开垦出一块新的园地，有着明显的歌谣研究的文学导向，不过，与此同时，他也"不看轻歌谣在民俗学和方言研究上的重要"③，并以《诗经》为例，说明它首先是在文学史上意义重大，但也可用作古代社会的史料。但有意思的是，胡适和周作人对此有一样的操作，即倡导与实践背道而驰，胡适有"历史癖"和"考据癖"，在文学的研究过程中不时会滑向民俗学的研究轨道，如对《诗经》的研究，就多借鉴和运用民俗学和人类学的知识和视野。

很显然，周作人和胡适都未将民间文学作民俗或文学的简单定位或归属，也未将民俗和文学的双重属性作截然的分开，这并非说明他们缺乏学科的明确意识，其实这也是由民间文学本身的属性所决定的，也切合民间文学的学科特点。据理论来看，将民间文学看作民俗学上的附庸是不妥当的，因为民间文学还有其文艺的属性和特色，这样的处理无异于对它的肢解，但在将民俗学与民间文学作学科分类的同时，也不能消解民间文学中的民俗属性，否则势必窄化民间文学的丰富内涵。客观地说，民间文学应是归属于文学而兼有民俗特征的

---

① 周作人：《〈歌谣〉周刊发刊词》，见吴平、邱明一编《周作人民俗学论集》，上海：上海文艺出版社，1999 年版，第 98 页。

② 周作人：《自己的园地》，见《周作人经典作品选》，北京：当代世界出版社，2002 年版，第 41 页。

③ 胡适：《〈歌谣〉复刊词》，见胡适著，季羡林主编《胡适全集》（第 12 卷），合肥：安徽教育出版社，2007 年版，第 329 页。

学科，这是由学科固有的本体性特征所决定的，犹如一枚硬币的两面，很难将其完全拆分，否则将会面目全非。

四、"西化"与"本土化"

还有一个是关于民间文学研究应该走本土化还是走西化道路的问题，这也是当下依然还在讨论的一个话题。这里其实还涉及一个如何看待"西化"与"本土化"的问题，"本土"和"西方"是不是一对截然对立的、非此即彼的概念，本土化是否就意味着与西方绝缘，还是可以借镜发展自我，还有如何借镜抑或借镜到哪一步等问题，这些可能都需要分辨和考量。

胡适背负着"全盘西化"的骂名，他自己也确曾有过"全盘西化"的表述，但在有学者指出和批评后，他也觉不妥，便修改成了"充分的世界化"。关于"本土"与"西学"的问题，胡适与梅光迪曾有过一场激烈的辩论，就此我们或可窥视到时人对这个问题的态度和看法。梅光迪指责胡适剽窃欧美文学的"新潮流"，"诚望足下勿剽窃此种不值钱之新潮流以哄国人也"。① 胡适对此断然否定，他重申自己所提倡的文学革命，并非剽窃欧美的文学潮流，只是就中国今日文学的现状立论的，也就是重文而轻质，拘泥于文字上的雕琢，而忽视文学的精神，他认为"诗味在骨子里，在质不在文"②，然后他解释自己借鉴西洋文学史产生"国语的文学"的历史，是想使"我们减少一点守旧性，增添一点勇气"。③ 换言之，也就是借西洋文学为自己的文学革命提供证据和依据。倡导白话文学基本也就是这个路数，如关于"白话"的概念也就是从中国文学传统而来并赋予其新的内涵，虽也提到过"民俗"和"民间"的概念，但也并没有以此去对应和裁剪中国的文学，所以，胡适没有明确的"民俗学"或"民间文学"的概念，这是因为他论中国文学，"全从中国一方面着想"④，并不管

---

① 眉睫：《梅光迪年谱初稿》，北京：海豚出版社，2017 年版，第 97 页。
② 胡适：《〈尝试集〉自序》，见胡适著，季羡林主编《胡适全集》（第 10 卷），合肥：安徽教育出版社，2007 年版，第 20 页。
③ 胡适：《〈尝试集〉自序》，见胡适著，季羡林主编《胡适全集》（第 10 卷），合肥：安徽教育出版社，2007 年版，第 25 页。
④ 眉睫：《梅光迪年谱初稿》，北京：海豚出版社，2017 年版，第 93 页。

西方学者作何议论。至于梅光迪说胡适剽窃新潮流，应该也有意气用事的成分在里面，胡适批评他读书不读原著，喜读文学批评家之言，这让梅光迪很不快，因此"足下以强硬来，弟自当以强硬往"①，这或在某种程度上解释了他指责胡适"剽窃"的起因。其实梅光迪本人也并不排斥西学，他曾致信胡适：能稍输入西洋文学知识，而以新眼光评判固有文学，示后来者以津梁，于愿足矣。②且在对中学与西学的态度上也颇类似于胡适，即以中为主，以西为辅，"故吾人第一件须精通吾国文字，多读古书"，"再一面输入西洋文学与学术思想，而后可以言新文学耳"。③

这一时期的不少学者都曾有过留洋的经历，如胡适、梅光迪留学美国，鲁迅、周作人留学日本，等等。他们对外来的文化均有切实的感受，但也基本上是立足于中国本土，化外来的文化和学术为我所用，而非被外来的概念或理论牵着鼻子走。周作人就提出既要汲取外国的养料，但外国的材料毕竟有语言和背景的障碍，所以更要吸取本土的资源，要忠于大地，因为我们是"地之子"，必然会受当地的风土人情的影响。胡适积极倡导向西方吸取新知，但倡导的目的是促进本土学术和学科的发展。胡适在引入西方思想与学术的同时，特别注意对本土文化的吸收和借鉴，他提到中国的新文学需要有新的范本，以中国新诗为例，有两个范本的来源：一是来自外国的文学，一是我们自己的民间歌唱。但二十年来的新诗创作，更主要的是偏向于外国的文学而忽视了自己的民间歌唱。他认为民歌不但在语言技术上可以为文人创作作范本，就是在"感情的真实，思想的大胆两点上，也都可以叫我们低头佩服"。④特别值得一提的是，胡适民间文学研究对象的本土化和对中国传统考据学方法的继承和改造，对于今日学界理论研究西化的倾向和走向依然具有启迪和范式作用。

笔者以为，"本土"与"西方"既不是一组二元对立的概念，不应该互为排斥，但也绝不是一种主从依附的关系，从本土的问题出发予以获得世界范围

---

① 眉睫：《梅光迪年谱初稿》，北京：海豚出版社，2017年版，第98页。
② 眉睫：《梅光迪年谱初稿》，北京：海豚出版社，2017年版，第80页。
③ 眉睫：《梅光迪年谱初稿》，北京：海豚出版社，2017年版，第101页。
④ 胡适：《〈歌谣〉复刊词》，见胡适著，季羡林主编《胡适全集》（第12卷），合肥：安徽教育出版社，2007年版，第330页。

包括本土固有资源的启发和支撑，与从西方的概念或理论出发找寻中国的案例作为佐证，这是两种完全不同的路径，前者有可能以此开辟自己的道路，后者必将沦为他人的试验场。

综上所述，反观中国民间文学学科形成的历史，可以很清晰地看到中国民间文学的学科特点，及知识分子在此所扮演的重要角色。邓晓芒提到中国现代史上曾有过两次大规模的启蒙运动，即二十世纪初的"五四运动"和八十年代的"思想解放运动"，但他认为"这两场启蒙运动都是由某些民众的监护人，或者说'知识精英'们，居高临下地对民众进行'启蒙'或'发蒙'"，而根据康德对启蒙的定义，这恰恰是一种反启蒙的态度。他认为这些精英们自己都还没有经过真正彻底的启蒙，还不会运用自己的理性去获得相应的价值原则，却自以为有资格可以去启蒙和教化民众，而且还总是以盲目跟随的人数的多寡作为衡量和评判启蒙成就大小的标准，追求表面上的轰动效应，却少有理论上的深入，这实质上都是一些反启蒙的行为。[①]

作为在德国哲学领域有影响的专家，邓晓芒对康德哲学和启蒙及意义的理解自然是深刻的，提出的问题也是发人深省、有现实意义的。但将个体性的"知识精英"概念替换成集体性的"知识精英"概念，就很容易以偏概全和有失谨严了。我们知道，胡适早在康奈尔大学时就阅读了康德哲学，选修了"康德的批判哲学"，最初的博士论文本来拟定的题目就是康德的"永久和平论"，也为此写过长篇论文，参考了康德的《道德形而上学原理》诸书，并表达了对康德立场的赞成，而康德要恢复的就是一切人的人之为人的权利。胡适在日记里面也记载，那段时间他日日读哲学。他改变传统的"三不朽"命题，认为千千万万像他母亲一样的普普通通的人也是不朽的，视大字不识的农家女子母亲为自己的人生启蒙导师，教会了他如何去尊重人，称呼"我的朋友胡适之"的不仅有社会的各界精英，也多有引车卖浆者之流，因此，说当时的"知识精英"都视自己为"某些民众的监护人"，从史实来看，确实是不尽吻合的，胡适对"开民智"的说法一直是保持警惕的，他认为中国更为迫切的是"开官智"，因为长期以来的封建等级观念在人们的心灵深处可谓根深蒂固，正是因

---

① 邓晓芒：《中国当代的第三次启蒙》，《粤海风》2013 年第 4 期。

为有了这样的认识，胡适领导的白话文运动的指向始终在上层，在知识分子对民众和民间的观念改变上，知识分子"走向民间"也才有其可能。

邓晓芒还提到："五四的启蒙和西方的启蒙相比一开始就面临着先天不足，不像西方启蒙有古希腊理性传统作铺垫。"① 这个判断有一定道理，但也有些过于绝对，五四启蒙运动确实不像西方的启蒙那样植根于古希腊理性传统的坚实基础，但新文化运动也并非完全与古希腊理性传统绝缘，由周作人提出的重要口号"人的文学"就有着很显明的希腊文化背景。周作人深受希腊文化的影响，他多次谈到论及西方文明，大家只是把眼光停留在工业革命以后的英美一二国，而这样的立论不免失之笼统，他认为"希腊是古代诸文明的总汇，又是现代诸文明的来源"。② 不仅西洋文明的主线出自希腊，而且希腊文明甚至可以说是一切学术的始祖，他列举了很多现在文学上、科学上的术语均有希腊的背景作为明证，如戏剧、音乐、哲学等词，即便是后来的神经、微生虫等词，也均来自希腊。他总括希腊文明的精神特点至少有以下两个方面：一是现世的精神，就是酷爱人的现实生活；二是爱美的精神，希腊人认为人是最美的，赋予神人同形同性③，体现的还是对人的现世生活的推崇，他认为就是希腊的这种人本主义思想促成了西方的文艺复兴和西方的现代文明。周作人还提到中国和希腊的文化也有相近的地方，认为中国原本的礼即 art 是有着生活之艺术的涵义的，礼节是"用以养成自制与整饬的动作之习惯，唯有能领解万物感受一切之心的人才有这样安详的容止"。只是后来的礼仪礼教丧失了原有的意义，生生扼杀了人的自然天性，因此，他认为"中国现在所切要的是一种新的自由与新的节制，去建造中国的新文明，也就是复兴千年前的旧文明，也就是与西方文化的基础之希腊文明相合一了"④，即复兴"人"和"人的文学"。他认为真正的人是具有灵肉一致的人性的，兼有物质与道德的生活，是一种人道主义，

① 邓晓芒：《中国当代的第三次启蒙》，《粤海风》2013 年第 4 期。
② 周作人：《在希腊诸岛》，见吴平、邱明一编《周作人民俗学论集》，上海：上海文艺出版社，1999 年版，第 349 页。
③ 周作人：《希腊闲话》，见吴平、邱明一编《周作人民俗学论集》，上海：上海文艺出版社，1999 年版，第 351—354 页。
④ 周作人：《生活之艺术》，见吴平、邱明一编《周作人民俗学论集》，上海：上海文艺出版社，1999 年版，第 225—226 页。

一种个人主义的人间本位主义，"要讲人道，爱人类，便须先使自己有人的资格，占得人的位置"。"用这人道主义为本，对于人生诸问题，加以记录研究的文字，便谓之人的文学。"① 周作人对人的界定和对人的赞美，有理性和客观的认知，他反复强调既不能以统治阶级的好恶定于一尊，也不能以民众的统一思想定于一尊，而是互为尊重，"在不背于营求全而善美的生活之道德的范围内，思想与行动不妨各各自由与分离"。② "我想各人在文艺上不妨各有他的一种主张，但是同时不可不有宽阔的心胸与理解的精神去赏鉴一切的作品，庶几能够贯通，了解文艺的真意。"他还借引述安特来夫在《七个绞死者的故事》序中所说的话："我之所以觉得文学可尊者，便因其最高上的功业是拭去一切的界限与距离。"③

由此观之，五四新文化学人并非只是"抓住了启蒙运动的一些表面的可操作性的口号"④，而是对启蒙和"人的觉醒"的真正含义有深刻的领会和清醒的认识，只是在当时面对"救亡图存"民族危机的关键时刻，人们更为关心的是怎么做，而有意无意间忽视了他们思想背后的深意。

可以想象，如果没有知识分子的自我觉醒，没有社会主导的认同，学科的确立和形成难以实现。有观点认为，政府的主导和知识分子的参与会在相当程度上消解民间文学民间之纯粹性，即渗透了政府的意识形态观念，并经由知识分子精英化的改造之后，民间文学是否还能称之为民间文学？还有以运动形式出现的民间行为对于民间文艺的发展的利与弊的争议，如政府主导下的"非遗"保护运动，"政论性和时效性，是保护运动中涌现出来的'学术成果'所共有的突出特征。民俗学家享受了保护运动所带来的利益与荣光。同时，也得接受这些'学术成果'迅速被垃圾化的残酷现实，忍受着虚度年华、浪费光阴的痛苦与煎熬"。"表面上看，'非遗'保护运动对于民俗学的意义有利有弊。可是，只

---

① 周作人：《人的文学》，见吴平、邱明一编《周作人民俗学论集》，上海：上海文艺出版社，1999年版，第272页。

② 周作人：《诗的效用》，见吴平、邱明一编《周作人民俗学论集》，上海：上海文艺出版社，1999年版，第293页。

③ 周作人：《文艺上的异物》，见吴平、邱明一编《周作人民俗学论集》，上海：上海文艺出版社，1999年版，第297页。

④ 邓晓芒：《中国当代的第三次启蒙》，《粤海风》2013年第4期。

要我们细加分析就会发现，所有积极的一面都是暂时的、不能作为学术遗产留给后人的现世意义，而所有消极的一面都是致命的，难以修复的学术创伤。"①这确实是非常敏锐地提出了现实中可能存在的问题，但出现如此的现象和后果，除了倡导保护运动本身，即以运动形式面目出现所可能带来的问题之外，是否也有执行者包括知识分子急功近利所导致的结果？中国民间文学学科的历史进程告诉我们，民间文学的兴盛与发展似乎也难以摆脱政府的支持和精英的努力，换言之，缺失政治力量的支撑和学者们的共同探索，民间文学的发展可能更是举步维艰。因此，运作下的民间运动对于民间文学学科的发展将会是一个大的推力，前提是政府应给予学术空间一定的自由度，学者也应有一种社会责任感和使命感。

就中国民间文学学科而言，知识分子的介入究竟是民间的消解抑或是助力，在根本性上，取决于知识分子本身的素养，缺失胡适、周作人对"白话文学"和"人的文学"的认知和判断，也就难以达到中国民间文学学科缘起时的高起点和高标杆，当我们指责民众的愚昧或民间的落后乃至于不开化之时，这恰恰是对学科本身的一种背离和消解。因此，知识分子本身的启蒙在今天依然显得非常重要，甚至可以说是更为重要。

---

① 施爱东：《中国现代民俗学检讨》，北京：社会科学文献出版社，2010年版，第199页。

第三章　自觉与不自觉的学科意识与学科实践

第一节　学科意义上的民间文学理论构想

一、学科意义上的民间文学概念

　　民间文学作为一个多维的动态的概念，历来纠缠不清，众说纷纭，在学界有种种不同的界说。D.G.霍夫曼评述：从"科学的"确切定义到更为宽泛松散的界定——认为它囊括所有的主题和符号。[①] 理查德·鲍曼认为"'民间文学'一词虽然更为常用但也存在不少问题"。[②] 肯普·巴特尔甚至感叹："这一术语令人捉摸不透，就连那些自鸣精通的学者也未免闹笑话。"[③]

　　其实，民间文学自古就有，汉代学者就有不少关于采诗方面的记载。据班固《汉书·食货志》记："春秋之月，群居者将散，行人振木铎徇于路以采诗，献之太师，比其音律，以闻于天子。故曰王者不窥牖户而知天下。"[④] 《汉书·

---

① ［美］D.G.霍夫曼：《美国小说中的形式和故事》，纽约：牛津大学出版社，1961年版。转引自
　　［美］玛丽·艾伦·布朗：《民间文学与作家文学》，李扬译，《民间文化论坛》2004年第4期。
② ［美］理查德·鲍曼：《作为表演的口头艺术》，杨利慧、安德明译，桂林：广西师范大学出版社，
　　2008年版，第5页。
③ ［美］肯普·巴特尔：《〈著名美国民间文学〉序》，顾兴梁译，《当代外国文学》1998年1期。
④ 班固：《汉书·食货志》，见上海古籍出版社、上海书店编《二十五史》（第1册），上海：上海
　　古籍出版社、上海书店，1995年版，第476页。

艺文志》云："故古有采诗之官，王者所以观风俗，知得失，自考正也。"① 采诗制度虽然在客观上促成了民歌的收集和保存，但仅是作为统治者"观风俗，知得失，自考正也"，根本上并没有将民歌本身作为学科研究的对象，对民歌的关注还没有转化成对象化的民间文学学科意识，换言之，民间文学在那时还仅是作为统治者掌握民情的一种途径和方式，还没有上升到研究主体的地位，民间文学作为学科的身份还没有确定。

民间文学以学科面目出现始于现代。民间文学自古有之，古书就有不少关于采风盛况的记录。但关于民间文学的学科研究，却是后起的事情。钟敬文认为，"民间文学作为一个学术名词，是'五四'新文化运动之后才出现和流行的。"②

虽然民间文学作为学科的身份是确立了，但它的研究对象却并没有随之明朗化和清晰化。民间文学概念首见于 1916 年梅光迪给胡适的一封信中："文学革命自当从'民间文学'（Folklore，Popular poetry，Spoken language，etc.）入手。"③ 作为一个外来词，民间文学所指的内涵还很宽泛，并没有明确的边界，这从梅光迪括号里的解释就可见出。

在学界，folklore 兼有民俗学和民间文学的双重内涵。一如杨利慧、安德明所说："英语中的'folklore'一词，有两重含义，它既是指作为研究对象的民俗，又是指研究民俗的学问，即'民俗学'。"但"无论是在学术界还是在社会惯常的理解中，folklore 都被看成了与中文'民间文学'相对应的一个概念"。④ 在中国，"folklore"概念的引入和民间文学是同步的，而且，是作为民

① 班固：《汉书·艺文志》，见上海古籍出版社、上海书店编《二十五史》（第 1 册），上海：上海古籍出版社、上海书店，1995 年版，第 528 页。
② 钟敬文：《民间文学述要》，见钟敬文著，季羡林主编《民间文艺学及其历史——钟敬文自选集》，济南：山东教育出版社，1998 年版，第 70 页。
③ 胡适：《逼上梁山——文学革命的开始》，见胡适著，季羡林主编《胡适全集》（第 18 卷），合肥：安徽教育出版社，2007 年版，第 109 页。
④ 英语中的"folklore"一词，有两重含义，它既指作为研究对象的民俗，又是研究民俗的学问，即"民俗学"。在作为研究对象的意义上，它大多既包括神话、传说、歌谣等民间文学方面的内容，也包括风俗、习惯、仪式等其他民俗现象，因此，作为学科而言，folklore 所对应的中文概念应该是"民俗学"。但是，从美国民俗学界的情况来看，由于在学科发展的主要阶段占统治地位的研究主要集中在民间文学方面，因此，无论在学术界还是在社会惯常的理解中，folklore 都被看成了与中文"民间文学"相对应的一个概念。见 ［美］理查德·鲍曼：《作为表演的口头艺术》，杨利慧、安德明译，桂林：广西师范大学出版社，2008 年版，第 5 页。

间文学概念的一个注脚和对应，这一点，倒是和美国民俗学界的实际研究情形类似。但"folklore"的双重含义也为民间文学学科的未来发展留下了极大的裂隙，美国学界一直是有着两条线的发展，以前的重心偏向文学，现在则更趋向于民俗学的研究。中国学界也是如此，一直存在着文学与民俗两条理路的交织，自1997年国务院学位委员会进行专业调整后，关于民间文学学科应该纳入民俗学学科部属之下，还是与民俗学学科各自为政，其争议逐渐公开化和激烈化。① 其实，早在学科形成之初，"folklore"概念本身的模糊性就已预设了这种争议和偏向的不可避免。

梅光迪对"民间文学"作的第二个解释是"popular poetry"。"Popular"一词在汉译中，对应于民众的、大众的、受欢迎的、普通的、广为流传的、流行的、通俗的等多种语义。刘复(半农)在《通俗小说之积极教训与消极教训》一文中，就特别解释了"通俗小说"的概念，认为对应于英文中的"popular story"，"英文'popular'一字，向来译作'普通'或译作'通俗'，都不确当，因为他的原义是：1. suitable to common people; easy to be comprehended; 2. acceptable or pleasing to people in genoral.若要译得十分妥当，非译作'合乎普通人民的，容易理会的，为普通人民所喜悦所承受的'不可"。② 但刘半农认为此说法太麻烦，所以，也就借用"通俗"二字，"是取其现成省事"。由此可见，以"通俗"翻译"popular"仅是权宜之计，两者并非完全画等号。而就他所解释的"通俗小说"来看，是包括"上中下三等社会共有的小说"。不过，刘半农又特别指出，通俗小说不等同于与文言小说相对的白话小说，但肯定"通俗小说当用白话撰述，是另一问题"。叶芝曾写过一篇论popular poetry的文章。作为爱尔兰文艺复兴运动的重要领军人物，叶芝认为在英语入诗以外，诗歌还有很大的创作空间是留给本国普通民众的，是留给那些不会讲英语，也不会读英语的普通人的，是留给传统的。而这些充满乐感、充满色彩的诗歌才是一切诗歌创作的来源。③

① 王泉根：《学科级别：左右学术命运的指挥棒？》，《中华读书报》2007年7月4日。
② 刘复：《通俗小说之积极教训与消极教训》，《北京大学日刊》第一卷第十号。
③ 原文如下：If somebody could make a style which would not be an English style and yet would be musical and full of colour, many others would catch fire from him, and we would have a really great school of ballad poetry in Ireland. *What's the 'Popular Poetry'? by William Butler Yeats.*

这其中所内含的文艺创作思路，可以说是与胡愈之的民族全体、与胡适提出中国的文艺复兴的学术思路一致的，都是基于民间的表达的需要，这其中既有民之为民的个人主义精神的提倡，也有民之为民的民族个性的宣扬，既有现代意识，又融合了对于传统的尊重。

但饶有意味的是，美国当代著名电影研究理论家汉森则舍弃了"popular"一词，认为它所指涉的意义在更大层面上受到政治和意识形态的操纵，而主张以"白话"一词予以取代，并明确说这是受到白话文运动的启发。关于这点，我们在后面还会展开论述。在此，还值得引起注意的是"poetry"一词，"poetry"由诗歌而泛指一切文学，也就是说，民间文学的定位是文学，而非别的。这等于又在某种程度上回应了"folklore"的学科定位问题。

梅光迪对民间文学的第三个解释是：Spoken language，即口语。spoken language一词现在基本通译为口语。引维基百科的英文释义，如下：

Spoken language, sometimes called oral language,[1] is language produced in its spontaneous form, as opposed to written language. Many languages have no written form, and so are only spoken.

In spoken language, much of the meaning is determined by the context. This contrasts with written language, where more of the meaning is provided directly by the text. In spoken language the truth of a proposition is determined by common-sense reference to experience, whereas in written language a greater emphasis is placed on logical and coherent argument; similarly, spoken language tends to convey subjective information, including the relationship between the speaker and the audience, whereas written language tends to convey objective information.[2]

译文：口语，是一种以自发形式产生的语言，同书面语相反。许多语言没有书写形式，只有口语形式。

---

[1] A term that is ambiguous with vocal language.
[2] Tannen, Deborah (1982). *Spoken and written language: exploring orality and literacy*. Norwood, N.J.: ABLEX Pub. Corp.

在口语中，很多的意思是靠语境来决定的，这不同于书面语中意思都是靠文本直接表达出来的。口语中，对于"真"的追求是能够接受常识或生活经验的检验，而书面语则将重点放在逻辑和表达的连贯性。同样，口语倾向于传递主观信息，包括说话人与听者之间的关系，而书面语则倾向于传递客观信息。

对于书面语和口语之间的区别，此处暂不展开讨论。更主要的是想结合口语的特点，对梅光迪的民间文学理论思路进行探索。口语总是和生活经验联系得最为直接也最为紧密，是对情感交流的最及时的反映。这和胡愈之概括的口述的文学(oral literature)有相通之处，但还是有所差异。两者都强调文学的口头性特点，但口述的文学是相对于书本的文学(book literature)而言的，即非文本化的文学。一者是指文学的语言特色，一者是就文学存在的样式而论，前者可以运用于"物化"（文本形式）和"活化"（非文本形式）的两种文学载体，它指涉着一个更大的文学空间。

理查德·鲍曼还曾就"spoken"和"oral"词语的含义作过细微的辨析。他认为"spoken art"（言说艺术）比"口头艺术"(verbal art)或"口头文学"(oral literature)更好一些，更有一种现场感和在场感。而这些词比之"民间文学"一词都更为妥当，"'民间文学(folklore)'一词虽然更为常用但也存在不少问题"。"虽然在'民俗学'的名称之下人们研究了许多事物，但是口头艺术一直是、或者接近是这一更广泛的学科领域的中心，并且构成了运用人类学视角的民俗学者(anthropological folklorists)以及其他领域学者之间的一个主要共同领地。"[①] 鲍曼之所以强调"spoken"，是为了凸显艺术的活态性和口语化特点，以符合民间文学表演性特征，由此打破了过往将研究对象静态化和固态化的局限，研究视域发生转换和拓宽。其实，梅光迪选择的"spoken language"一词，就包含鲍曼所提到的动态感和表演性特质，不过，遗憾的是，这一点历来并没有引起相关学者的关注。

---

① ［美］理查德·鲍曼：《作为表演的口头艺术》，杨利慧、安德明译，桂林：广西师范大学出版社，2008年版，第5页。

因为梅光迪没有对民间文学这几个概念的内涵作具体的阐释和解读，所以，学界历来也没有对这几个释义的英文词语给予足够的重视。但就是这几个充满歧义性和多义性的英文词语，构成了二十世纪初中国民间文学学科建构时期的关键词，而对这些关键词的解析至今也没能达成统一的认识。这也是导致目前民间文学学科处境尴尬的一个重要原因。

二、概念背后的理论预设

李川提到，"如果追究民间文学的学科起源的话，只能追索到西方，而不宜从中国本土资源寻找其学科萌芽或者学术渊源"，因为民间文学"直接的学科来源正是西方的现代化"。[1] 这样的判断似乎有一定的道理，就如梅光迪选择外文进行注释，或许是因为一时难以找到与之相匹配的中文词。但此论断也在某种程度上忽视了概念在不同情境下的差异和变化，"一个观念或一种理论从此时此地向彼时彼地的运动是加强了还是削弱了自身的力量，一定历史时期和民族文化的理论放在另一时期或环境里，是否会变得面目全非"。这些都是需要重新思考的问题。因为"进入新环境的路绝非畅通无阻，而是必然会牵涉到与始发点情况不同的再现和制度化的过程。这就使关于理论和观念的移植、转移、流通以及交换的所有说明变得复杂化了"[2]。所以，要廓清具有现代学科意义上的中国民间文学关键词的迷雾，还有必要重新回到概念输入背后的特殊语境之中。

梅光迪输入"民间文学"概念是有来由的，缘起于与胡适之间的一场有关文学表现形式的争论。1915 年 9 月 17 日，胡适送给梅光迪一首长诗：神州文学久枯馁，百年未有健者起。新潮之来不可止，文学革命其时矣！诗中首次出现了"文学革命"的名词。围绕着文学革命，胡梅两人之间常常通过书信交流辩论。1916 年 3 月间，胡适信中谈及宋元白话文学的重要价值，于是，就有了

---

① 李川：《民间文学观照下的本土文化传统——〈中国古代民间故事类型研究〉读后》，《中国社会科学院院报》2008 年第 7 期。

② ［美］爱德华·W·赛义德：《赛义德自选集》，谢少波、韩刚等译，北京：中国社会科学出版社，1999 年版，第 138 页。

我们前面所引述的梅光迪的那封回信："来书论宋元文学，甚启聋聩。文学革命自当从'民间文学'（Folklore，Popular poetry，Spoken language，etc.）入手，此无待言。惟非经一番大战争不可。骤言俚俗文学，必为旧派文家所讪笑攻击。但我辈正欢迎其讪笑攻击耳。"①

这段史实至少给我们透露了以下几个信息：一是梅光迪引入概念的目的是为了比照胡适提倡的文学革命，是和文学革命即白话文学运动勾连在一起的，且与俚俗文学通用，由此就不难理解梅光迪提到的"popular poetry"和"spoken language"，同时也说明民间文学、白话文学和俚俗文学之间有某种契合点，而这个契合点也就关涉到民间文学学科的基点和关键所在。

二是民间文学是一外来的概念，这个名称和它所命名的内涵均出自西方，但概念的引入并不是单纯的学科输入，而是切合中国的实际需要，这就涉及概念嫁接过来后和中国本土学科对象之间的一个恰适度和黏合度的问题。外来的背景不容忽视，但全盘以西化的概念和内涵来诠释中国民间文学学科的特征和本质显然是不合时宜的。

三是胡适、梅光迪两人对于文学革命自民间文学始的出发点是一致的，也就是对于民间文学于变革文学的意义和作用的认识是趋于一致的，并非我们一般传统理解上的两者在文学运动诸观点上的水火不容，连胡适也高兴地说："梅觐庄也成了'我辈'了！"换言之，梅光迪对胡适白话文运动的内在本体是熟悉和予以肯定的，只是对"白话取代文言"的提法难以接受。由此可见，作为文学运动即白话文学运动中的"白话"的意蕴并不完全对等于作为语言层面上的"白话"一词，这就事关对"白话文学"的认识问题，也事关对民间文学作何种理解的问题。

很显然，梅光迪几个有关民间文学学科关键词的后面有着胡适的白话文学运动的影子在其中，因此，我们不能随便逾越这一特定背景。不过，还需要说明的是，虽然梅光迪早于 1915 年引入了"民间文学"概念，但概念的引入还不等同于学科的建立，因为学科不只是一个简单的命名和下定义

① 胡适：《逼上梁山——文学革命的开始》，见胡适著，季羡林主编《胡适全集》（第18卷），合肥：安徽教育出版社，2007年版，第109页。

的方式。作为学科意义上的民间文学起自于 1918 年 2 月北京大学歌谣征集处的成立,即由刘半农、沈尹默等人倡导的歌谣征集运动,学界对此已达成共识。

我们以往很关注歌谣征集运动的时间点和发起人,但很少追问引发此事件背后的成因,即:此次歌谣征集活动何以能取得成功?刘半农又何以能成为发起人?歌谣征集活动的目的到底是什么?这些其实都关涉到民间文学学科的定位和走向问题。笔者以为,歌谣征集活动的成功除了有北大标杆的旗帜之外,也有在时间节骨眼上的恰逢其时,更为主要的是歌谣征集运动是对文学革命运动的一种声援乃至延续和深入。早在 1914 年,周作人在《绍兴县教育会月刊》第 4 号上就登载了《采集儿歌童话启》:"作人今欲采集儿歌童话,录为一编,以存越国土风之特色,为民俗研究儿童教育之资财。"周作人因人类学之兴趣收集歌谣,目的在于为民俗学研究提供资料,但国内对人类学、民俗学尚感陌生,所以应者寥寥,统共收到 1 篇来稿,而且寄稿者还彼此认识,征集运动以惨淡收场。但到了 1918 年就不同了,由胡适倡导的文学革命已成燎原之势,刘半农也是当时文学革命的一员主将,1917 年 5 月,他在《新青年》上发表了《我之文学改良观》,1917 年 10 月,他在给钱玄同的信中自诩自己,还有陈独秀、胡适和钱玄同为文学改良之"台柱",且"当仁不让"。刘半农认为"歌谣中也有很好的文章"[①],于是提议征集,北大歌谣征集活动的序幕就此拉开。正如陈泳超所说:"由胡适倡导的创作白话诗的风气,却在不经意间引发了现代歌谣运动。"[②]

从梅光迪民间文学概念的引入,到刘半农征集歌谣活动作为具有现代学科意义上的民间文学的标识性开端,都可以回溯到同一个原点,即文学革命,也就是胡适所倡导的白话文学运动。因此,我们在谈论民间文学学科对象问题时,就不能不正面面对胡适的白话文运动。胡塞尔提出"面对实事本身",认为"研究的动力必定不是来自各种哲学,而是来自实事与问题"[③]。以往我们更多地是从民间文学概念或理论入手来谈论学科,过于倚重外来学术的理论支

① 刘半农:《自序》,见《国外民歌译》,北京:北新书局,1927 年版,第 1 页。
② 陈泳超:《中国民间文学研究的现代轨辙》,北京:北京大学出版社,2005 年版,第 56 页。
③ [德] 胡塞尔:《哲学作为严格的科学》,倪梁康译,北京:商务印书馆,2007 年版,第 69 页。

持，却有意无意间忽视了概念和理论背后的内在支柱和潜在制约，将研究对象本体放置于从属的地位，甚至有一种疏离之感。"但是实践先于理论，工匠艺术家更要走在哲学家的前面。先在艺术实践上表现出一个新的境界，才有概括这种新境界的理论。"① 中国民间文学作为学科意义的出现并非概念和理论本身的衍生物，乃是白话文运动和文学革命的附属品，作为一背景材料和学科的实践展演，我们将无法漠视它的客观存在。况且，研究对象是有身份的，事物对象本身将规约我们的视野。因为"一门科学的所有专题对象都以事质领域为其基础，而基本概念就是这一事质领域借以事先得到领会（这一领会引导着一切实证探索）的那些规定。所以，只有相应地先行对事质领域本身作一番透彻研究，这些基本概念才能真正获得证明和'根据'"。② 实际上，这里就涉及民间文学研究的两条理路，一是学科概念和理论的辨析、演绎，一是关于事质领域的分析。前者常被论及，后者却屡被遗忘，论说起来，两者不可偏废。如果没有概念和理论的整理和系统的阐释，就不会有学科的合法性和有效性，但如果缺失先行的对事质领域本身的深层挖掘和深入研讨，也不会有学科存在的合理性和可能性。因此，挖掘胡适白话文学运动的内在立意，也将使梅光迪的民间文学学科关键词获得证明和根据。

三、自觉与不自觉的学科意识

海德格尔认为，学科首先应该思考自身研究对象的性质或特征，并且考虑"如何赢得和保证那种本源的方式，借以通达应当成为这门科学的对象的东西"。③

确切地说，胡适对民间文学学科本身并没有更多的兴趣或有意为之的初衷，他更多是出于文学革命的目的，以达成民族的复苏和振兴。正如安德森所说：中国知识分子是在政治改变失败之后才决心从事文学工作的，因此他们是怀着一种特定的目的来从事文学活动的。他们认为：文学比政治更能产

---

① 宗白华：《美学散步》，上海：上海人民出版社，2007 年版，第 36 页。
②③ ［德］马丁·海德格尔：《存在与时间》，陈嘉映、王庆节译，北京：生活·读书·新知三联书店，2010 年版，第 12 页。

生深刻的影响，一种新的文学将会通过改变读者的世界观为中国社会的全面变革开辟道路。① 因此，学界不太将民间文学学科与白话文学相勾连，近些年这一现象有所改观，已有学者将白话文学与民间文学并举，但更多的是自动归位，然胡适提倡白话文学毕竟不是基于明确的民间文学学科建构目的，所以，两者之间还是存有罅隙的。不过，胡适那种实事求是的科学精神，善于将个体的文学经验"转化成知性的(intellectual)形式"，并"将它同化成首尾一贯的合理的体系"②，且兼有学理上的价值判断，使其成为关于文学的一种知识或学问，却恰适海德格尔赋予学科研究者所应具备的素质和学科进展应有的学术理路。

笔者以为，这应该和胡适的学术追求和学术理想有关，他强调"实验是检验真理的唯一试金石"，"多研究些问题，少谈些主义"。③ 因此，他并不热衷于进行概念上的理论运思和哲学上的抽象思辨，也无意于西方学科概念和理论的框定，尽管他有哲学的学术背景和学术功底，但他更愿意作一些史料整理和事实判据，并将其奉为科学态度和科学精神。如其所说："夫吾之论中国文学，全从中国一方面着想，初不管欧西批评家发何议论。"④ 海德格尔认为，科学研究始终侧重于实证性，但研究的进展却主要不靠收集实证研究的结果，而"主要靠对各个领域的基本建构提出疑问，这些疑问往往是以反其道而行之的方式从那种关于事质的日积月累的熟知中脱颖而出"。⑤ 胡适坚持"做学问要在不疑处有疑"，重新考量中国文学史："中国文学史上何尝没有代表时代的文学？但我们不应向那'古文传统史'里去寻，应该向那旁行斜出的'不肖'文学里去

① Anderson. *The Limits of Realism：Chinese Fiction in the Revolution*. Berkely：University of California Press, 1990, p.3.转引自旷新年：《现代文学观的发生与形成》，《文学评论》2000 年第 4 期。
② ［美］勒内·韦勒克、奥斯汀·沃伦：《文学理论》，刘象愚、邢培明、陈圣生、李哲明译，北京：文化艺术出版社，2010 年版，第 3 页。
③ 胡适：《问题与主义》，见胡适著，季羡林主编《胡适全集》（第 1 卷），合肥：安徽教育出版社，2007 年版，第 324 页。
④ 胡适：《逼上梁山——文学革命的开始》，见胡适著，季羡林主编《胡适全集》（第 18 卷），合肥：安徽教育出版社，2007 年版，第 114 页。
⑤ ［德］马丁·海德格尔：《存在与时间》，陈嘉映、王庆节译，北京：生活·读书·新知三联书店，2010 年版，第 11 页。

寻。因为不肖古人，所以能代表当世。"① 他提出"双线文学史观"，撰写《白话文学史》，"使看不见的东西可见"②，都昭示着文学观念的重大转折和文学史的重新书写，可谓石破天惊。潜藏的"新"文学命题预设了民间文学作为"科学"存有的根基，具有现代意义上的民间文学由此"浮出历史地表"并非历史性的偶遇。就笔者看来，胡适对民间文学的学科意识并不是比照我们传统观念上的以西方概念或以某一理论为先导，而是以事实为判据，以史实为根柢，是"依其所追随的事物来界定和解释的"。③ 也可以说是另一个层面上的更为自主的学科意识。当然，如前所述，他的这种学科意识并不是那么纯粹，还兼有思想变革的成分。

为了挖掘胡适关于"事质领域借以事先得到领会的那些规定"，同时也使梅光迪关于民间文学学科的关键词获得证明和根据，下面我们围绕着几个关键词展开论述。

（一）folklore：民间文学学科定位

要建立一门学科，首先面临的问题就是确立学科研究对象问题，这也是梅光迪提到的第一个关键词"folklore"。

自歌谣研究会成立伊始，学界就有着民俗和文学两派，刘半农"始终是偏重在文艺的欣赏方面的"。④ 周作人则强调："歌谣是民俗学上的一种重要的资料，我们把它辑录起来，以备专门的研究；这是第一个目的。"⑤ 至于胡适，则是以语言来对文学进行切分，并梳理出白话文学一条主线以抗衡中国传统文学，且强调民间文学学科的文学定位。以前，笔者曾认为这是胡适民间文学或

① 胡适：《白话文学史·引子》，见胡适著，季羡林主编《胡适全集》（第 1 卷），合肥：安徽教育出版社，2007 年版，第 217 页。

② 福柯语，转引自［美］佳亚特里·斯皮瓦克著，陈永国、赖立里、郭英剑主编：《从解构到全球化批判·斯皮瓦克读本》，北京：北京大学出版社，2007 年版，第 105 页。

③ ［美］乔治·E·马尔库斯、米开尔·M·J·费彻尔：《作为文化批评的人类学——一个人文学科的实验时代》，王铭铭、蓝达居译，北京：生活·读书·新知三联书店，1998 版，第 24 页。

④ 刘半农：《自序》，见《国外民歌译》，北京：北新书局，1927 年版，第 2 页。

⑤ 周作人：《〈歌谣〉周刊发刊词》，见吴平、邱明一编《周作人民俗学论集》，上海：上海文艺出版社，1999 年版，第 98 页。

民俗学研究的一种主观上①的文学偏向，但通过对史料的进一步爬梳，却发现这是基于胡适对民间文学研究对象的一种判断和认知，而且，和钟敬文由民间文学逐渐转到民俗学的研究路数不同，胡适的此种判断和定位前后大体没有发生过什么变化，并且曾经在不同的场合对其文学的属性作过反复的强调。从1922年9月20日发表的《北京的平民文学》②到1936年的《歌谣周刊》复刊均有体现："我当然不看轻歌谣在民俗学和方言研究上的重要，但我总觉得这个文学的用途是最大的、最根本的。"③

陈友康将胡适的观点归纳为"民间文学跨学科研究中的文学本位论"，肯定这"对我们今天思考民间文学的文化学研究及人类学、民俗学研究依然具有启示作用"。④这样的分析颇有见地，基本上符合胡适对民间文学的学科判断。我们常常将白话文运动归之于语言变革运动，却从根本上忽视了它的成功首先得益于它是一场文学运动，是在文学的层面确立和提升了白话的地位，而中国民间文学学科也正是在这一起点上获得支撑和发展的。

德里达认为应保持学科间的交流，要跨越学科间的界限，以建立新的主题和新的问题意识，寻找研究新问题的方法与进路，但又特别强调"学科界定的重要"，提醒不要让学科"消融在别的学科之中"。⑤学科的交叉研究是当今学科发展的一大趋势，很多学科都在自我扩张，扩大自己的势力范围，占有相关地盘和领地，但在开拓新的疆域的同时，也不应该遗失学科的原初点和起点。学科的领会必须有自我的概念、对象和身份，这是学科学术化和科学化的必经之路。

互为交叉和渗透是人文学科的一大特点，但并不能因此就消弭了本学科的

---

① 以前强调"主观上"，是认为胡适虽在主观上强调民间文学的文学属性，但受制于他的"历史癖"和"考据癖"，他在具体实践中，常常偏离文学的轨道，而滑入到民俗学的研究范畴。李小玲：《胡适与中国现代民俗学》，北京：学苑出版社，2007年版，第154—155页。

② "近年来，国内颇有人搜集各地的歌谣，在报纸上发表的已很不少了。可惜至今还没有人用文学的眼光来选择一番，使那些真有文学意味的'风诗'特别显出来，供大家的赏玩，供诗人的吟咏取材。"胡适：《北京的平民文学》，见胡适著，季羡林主编《胡适全集》（第2卷），合肥：安徽教育出版社，2007年版，第833页。

③ 胡适：《〈歌谣〉复刊词》，见胡适著，季羡林主编《胡适全集》（第12卷），合肥：安徽教育出版社，2007年版，第329、332页。

④ 陈友康：《关于中国民间文学研究的现实困境与未来出路》，《河北学刊》2009年第1期。

⑤ ［法］雅克·德里达：《解构与思想的未来》，夏可君等译，长春：吉林人民出版社，2006年版，第43页。

根基。司汤达曾在小说《红与黑》中将文学比作"是拿在手上的一面镜子"。恩格斯在《致玛格丽特·哈克奈斯》信中高度评价巴尔扎克的创作，认为"从这里，甚至在经济细节方面(如革命以后动产和不动产的重新分配)所学到的东西，也要比从当时所有职业的历史学家、经济学家和统计学家那里学到的全部东西还要多。从中我所学到了比一切政治学家、经济学家所学到的还要多"。① 尽管如此，这并不说明我们就应该将巴尔扎克的小说视为政治学、经济学和社会学类的书籍，小说中呈现出的诸种价值并不意味着它作为文学之存在形式的位移和转换，这实际上就涉及学科领域的互为衍射问题。就如韦勒克所说："倘使研究者只是想当然地把文学单纯地当作生活的一面镜子，生活的一种翻版，或把文学当作一种社会文献，这类研究似乎就没有什么价值。"② 当今民间文学学科陷入困境，就和学科的定位不清有很大的关系。而民间文学在国家学科体制中的位移和降级，不仅仅是使"学科的独立性丧失，学科发展愈发艰难"③，更令人担忧的是变化背后所隐含的事关民间文学文学价值的评价问题，因为这势必影响到学科存在的合法性和有效性。胡适反复强调对民间文学学科作文学的归位，自有他学术上的细察和审视，或许应引起我们对这一问题的足够重视和重新思考。

(二) Popular poetry 与白话文学

白话文学与"古文文学"相对，也被胡适称为"活文学"和"国语文学"。对应于刘半农将"popular"翻译为"通俗"，"popular poetry"则可译为"通俗文学"。就刘半农来说，白话文学对应于古文文学，通俗文学当用白话来写，但还是不同于白话文学，看来他还是把白话仅当作语言工具。而梅光迪的态度则有所不同，他用 popular poetry 解释民间文学，又将民间文学与俚俗文学和白话文学并举，可见他并没有把白话文学简单地看作用"白话"书写的文学，

---

① 中共中央马克思恩格斯列宁斯大林著作编译局编译：《马克思恩格斯选集》(第四卷)，北京：人民出版社，1995 年版，第 684 页。
② [美] 勒内·韦勒克、奥斯汀·沃伦：《文学理论》，刘象愚、邢培明、陈圣生、李哲明译，北京：文化艺术出版社，2010 年版，第 107 页。
③ 江帆：《困惑与忧虑：民间文艺学归属何处》，《中国艺术报》2011 年 6 月 20 日。

也就是说没有将白话工具化，俚俗文学其实也就是俗文学，由是观之，梅光迪对民间文学的理解似乎更为宽泛一些。

胡适一般将以通俗语言即白话写就的文学称为"通俗文学"，但并不等同于民间文学。在《白话文学史》中，他将文学分为民间文学、俗文学和上流文人文学三大类，他说："大概西汉只有民歌；那时的文人也许有受了民间文学的影响而作诗歌的，但风气未开，这种作品只是'俗文学'，《汉书·礼乐志》哀帝废乐府诏所谓'郑声'，《王褒传》宣帝所谓'郑卫'，是也。到了东汉中叶以后，民间文学的影响已深入了，已普遍了，方才有上流文人出来公然仿效乐府歌辞，造作歌诗。文学史上遂开了一个新局面。"① 也就是说，民间文学乃是民间民众的创作，俗文学则介于民间文学与文人文学之间。胡适对文学作如此的分层，是有其深意的。

因"郑声淫"，"郑卫之乐，皆为淫声"，所以，胡适将有低级趣味、格调不高、由下等文人写就的文学归入"俗文学"，以保持民间文学的纯洁和高贵，并提出"民间的白话文学"即等同于民间文学以剔除一般的白话文学。周作人在《关于通俗文学》一文中将文学分为三部分——民间文学、通俗文学和纯文学②，在《中国新文学的源流》中则分为纯文学、通俗文学和原始文学，民间文学即原始文学，"原始文学是由民间自己创作出来的"，通俗文学是"先为士大夫所作，然后流传于民间"。③ 也是有意地将民间文学与通俗文学相剥离。这样的分类虽然可能有个体创作与集体创作，或者是口头创作和文本课题写之区分的考虑，但更为主要的是基于思想上和情感上的评判。

顾颉刚就曾谈到知识分子的这种心态："不幸北大同人只要歌谣，不要唱本，以为歌谣是天籁而唱本乃下等文人所造作，其价值高下不同"。④ 这其实就涉及情感的价值判断问题，将通俗文学从民间文学中抽离更多的是出于文学革

---

① 胡适：《白话文学史》，见胡适著，季羡林主编《胡适全集》（第11卷），合肥：安徽教育出版社，2007年版，第260页。
② 周作人：《关于通俗文学》，见吴平、邱明一编《周作人民俗学论集》，上海：上海文艺出版社，1999年版，第305页。
③ 周作人：《中国新文学的源流》，南京：江苏文艺出版社，2007年版，第6—7页。
④ 顾颉刚、吴立模：《苏州唱本叙录》，见中国民俗学会编《民俗学集镌》（第一辑），上海：上海文艺出版社，1989年影印本，第1页。

命和思想变革的需要，因为通俗文学中含有低级、颓靡、迷信等思想低下的杂质，不符合他们对理想文学的想象，所以，要从民间文学中予以清除，这显然带有个体主观的评判性，而非客观的学术性检讨。其实，民间本来就是有容乃大，精粹与糟粕兼而有之。

学界普遍将胡愈之的《论民间文学》看作对民间文学概念的论述和总结，但写作者的初衷并非如此，其意图"不过想说明研究民间文学的必要"。而研究民间文学的必要是出于建立民族国家的一种理想和愿望：因此民间文学仍是"民族全体创作出来的"，"仍旧是全民族的作品"；它"表现民族思想感情的东西"，"流露出来的是民族共通的思想感情，不是个人的思想感情"。①

作为一种概念表述，所谓白话文等同于国语，白话文学等同于国语文学，实际上是一个依据想象而建构的概念。斯皮瓦克将"人民"和"底层阶级"用作同义词，认为其"本身就被限定为不同于精英的一种差异"，"底层主体并没有说话的空间"，"底层人主体只是民族主义精英编织的主导话语的产物"。② 换言之，作为学科意义上的民间文学更多的是精英主体出于文化建构的想象之物。

胡适的贡献在于他发现了民间文学作为文学存在的独特性并挖掘出来，但受制于文学革命的要求和策略，他将净化后的民间文学推向前台乃至正统，甚至取代传统文学，这就由一个极端走向另一个极端，由一个偏见导致另一个偏见，也难以获得对文学的一个总体概念，其主观性也导致了文学评价客观性的缺失，带来了另外一种遮蔽和无视。

(三) Spoken language 与白话

白话是相对于文言而言的，据胡适解释："'白话'有三个意思：一是戏台上说白的'白'，就是说得出，听得懂的话；二是清白的'白'，就是不加粉饰的话；三是明白的'白'，就是明白晓畅的话。"③ 概括起来，白话有说话、简单、

---

① 胡愈之：《论民间文学》，见苑利主编《二十世纪中国民俗学经典·民俗理论卷》，北京：社会科学文献出版社，2002 年版，第 3—5 页。
② [美] 佳亚特里·斯皮瓦克著，陈永国、赖立里、郭英剑主编：《从解构到全球化批判·斯皮瓦克读本》，北京：北京大学出版社，2007 年版，第 104、11 页。
③ 胡适：《白话文学史》，见胡适著，季羡林主编《胡适全集》（第 11 卷），合肥：安徽教育出版社，2007 年版，第 212 页。

清楚的意思，相当于口语化的语言，这与梅光迪提到的"spoken language"倒是基本吻合，接近于鲍曼提到的"言说"。

美国著名学者米莲姆·布拉图·汉森将新文化运动的"白话"一词与"现代主义"对接，提出了"白话现代主义"概念。她选择"白话"，是因为"'白话'一词包括了平庸、日常使用的层面，具有流通性、混杂性和转述性，而且兼具谈论、习语和方言的意涵"。[1] 她还提到，尽管"白话"（vernacular）词义略嫌模糊，却胜过"大众"（popular），后者受到政治和意识形态多元决定（over determined），而在历史上并不比"白话"确定。[2] 译者在注释里还特别说明，汉森使用"vernacular"（白话）一词，除了基于这一语汇在西方历史文化中的诸多涵义，也受制于对中国五四白话运动的重新认识的重要影响，尤其强调"vernacular"（白话）在语言学上实体层面和寓意层面的双重内涵。汉森关于白话现代主义的两篇论文在美国当代电影研究中产生了相当的影响，为此还召开过"白话现代主义"专题国际学术研讨会。[3]

这是一件很值得玩味的事情，当我们大量借鉴和引入西方的术语、理论和方法，并感觉不借助于西方的术语和思维方式就难以进行思考的时候，美国学者却舍弃西方诸多固有的语言选项，单挑"白话"一词以概括自己所要表述的内容，意义不言而喻。西方学者常认为中国的语言缺乏语法概念，缺乏抽象思维，黑格尔甚至声称"象形文字的阅读是一种聋读和哑写"。[4] 然汉森却从浩瀚的汉语词汇中找到了"白话"一词，并透析出其中所包含的日常与言说的二重性，且以日常和言说为圆心辐射到更大的空间，从而跳脱了"白话"作为单纯

<hr>

① ［美］米莲姆·布拉图·汉森：《大批量生产的感觉：作为白话现代主义的经典电影》，刘宇清、杨静琳译，《电影艺术》2009 年第 5 期。

② ［美］米莲姆·布拉图·汉森：《堕落女性，冉升明星，新的视野：试论作为白话现代主义的上海无声电影》，包卫红译，《当代电影》2004 年第 1 期。

③ 这篇论文原发表于《电影季刊》（Film Quarterly），于 2002 年获得美国电影与媒介研究协会的论文大奖。与汉森的另一篇论文——《大批量生产的感觉：作为白话现代主义的经典电影》成为姊妹篇。这两篇论文在美国当代电影中有重要意义，芝加哥大学于 2002 年 4 月曾就"白话现代主义"问题召开专题国际学术会议，并邀请了包括劳拉·穆尔维（Laura Mulvery）、达得利·安德鲁（Dudley Andrew）在内的电影学者参加。［美］米莲姆·布拉图·汉森：《堕落女性，冉升明星，新的视野：试论作为白话现代主义的上海无声电影》，包卫红译，《当代电影》2004 年第 1 期。

④ 张隆溪：《道与逻各斯——东西方文学阐释学》，冯川译，南京：江苏教育出版社，2006 年版，第 36 页。

的语言符号，用"一种以物质形式接近思想的方法"，① 把捉住符号背后的深意，进而将"白话"与"现代主义"对接，赋予了"白话"概念的现代性和现代主义因子，传统的词语由此获得了重新阐释的可能。

汉森提出"白话"概念确实为我们理解"白话"本身打开了新的窗口，也为我们重新认识民间文学学科研究对象提供了启示。我们以往更多的是从语言工具的层面构型"白话"的意义，将白话文学作为语言工具变革的代名词。姑且不论语言从来就不是孤立的存在，其本身承载着太多文化的内涵。因为"语言不像石头一样仅仅是惰性的东西，而是人的创作物，故带有某一语种的文化传统"。② 贝特森③和沃思勒（K. Vossler）④也曾表达过相似的意思。而"白话"词语本身就是一个有意味的概念，如前所述，鲍曼认为"言说艺术"好于"口头文学"的表述，是因为言说本身就是一个"在场"的行为，切合民间文学以表演为中心的特点，而"白话"中的"白"与"话"均有"说"的意义，类似于"言说"。至于胡适提到的"民间的白话文学"等同于民间文学而区别于庙堂文学，其中自然有出于美化民间文学的考虑。其实，白话一如民间，指向的是特定的生活空间，即汉森所说的"日常生活"，以此观之，"白话"就不仅是一语言概念，"民间的白话文学"完全可简缩为"白话文学"以对等于"民间文学"，因为白话本身就寓意民间。梅光迪将民间文学与俚俗文学和白话文学互称，显然也是有如是之思考。而且，较之"大众""平民"等以阶层来区分的词语，"白话"更少意识形态的侵袭，更有其单纯性和合理性，因为"大众"

---

① ［德］康斯坦丁·冯·巴洛文编著：《智慧书》，陈卉、邓岚、林婷等译，上海：华东师范大学出版社，2011 年版，第 101 页。

② ［美］勒内·韦勒克、奥斯汀·沃伦：《文学理论》，刘象愚、邢培明、陈圣生、李哲明译，北京：文化艺术出版社，2010 年版，第 11 页。

③ "我的论点是，一首诗中的时代特征不应去诗人那儿寻找，而应去诗的语言中寻找。我相信，真正的诗歌史是语言的变化史，诗歌正是从这种不断变化的语言中产生的。而语言的变化是社会和文化的各种倾向产生的压力造成的。"参见 F.W.贝特森：《英诗与英语》，转引自［美］勒内·韦勒克、奥斯汀·沃伦：《文学理论》，刘象愚、邢培明、陈圣生、李哲明译，北京：文化艺术出版社，2010 年版，第 188 页。

④ "一个时期的文学史通过对当时语言背景所作的分析至少可以像通过政治的、社会的和宗教的倾向或者国土环境、气候状况所作的分析一样获得同样多的结论。"参见沃思勒：《语言哲学全集》，转引自［美］勒内·韦勒克、奥斯汀·沃伦：《文学理论》，刘象愚、邢培明、陈圣生、李哲明译，北京：文化艺术出版社，2010 年版，第 189 页。

"平民"乃是精英阶层勾勒的话语概念。同时，"白话"的术语也顺应了当下诸多人文学科日渐关注事实语境的发展态势，能为民间文学学科的阐释"提供更好的参照框架"，使"学术话语变得更加清晰"①，当然，"白话"作为一有史学意味的概念，在历史上有过重大影响，自有其特定语境给予它固化的含义，但正因为固化，而限制了生发的空间。这里对"白话"进行重新阐释，并不是想取代民间文学或其他的概念，而是想通过挖掘白话术语的内涵以为当下民间文学学科提供新的思考路径。

不过，需要说明的是，汉森提到的白话概念不仅与中国传统意义上以语言作为区分度的白话相距甚远，而且，她对白话所作的"日常生活"的理解也有其特定的指向，白话（包括诸多方言习语）的混杂性构成纷繁的话语形式，是与大规模生产、大规模消费和大规模毁灭的现代性结合在一起的，或更确切地说，"是与现代生活中物质、质体和感官层面"② 相联系的，这和我们理解的日常生活是对民间生活的一种判断还是很不一致的。汉森的误读源自异质的文化记忆和文化符码，概念的旅行也是一个去语境化与再语境化的过程。由此，又提醒我们不论是对概念的输出还是输入，都应该进行重新的认知和分析。

福柯曾说："把影响、传统、文化连续性作为描述的单位是不妥当的，而内部一致性的、合理性的、演绎链和并存性的描述才是合理的单位。"③ 上述论述选取二十世纪初中国民间文学学科建构时期的三个关键词为切入点，结合史实判据，试图在挖掘学科原点合理内核的同时，对当下学科的发展有所推进。

第二节　文艺复兴：复兴民间文学之传统

胡适将中国的文学革命以及整个新思潮运动称为"中国的文艺复兴"。这

---

① ［美］理查德·鲍曼：《作为表演的口头艺术》，杨利慧、安德明译，桂林：广西师范大学出版社，2008年版，第5页。
② 张英进：《阅读早期电影理论：集体感官机制与白话现代主义》，《当代电影》2005年第1期。
③ ［法］米歇尔·福柯：《知识考古学》，谢强、马月译，北京：生活·读书·新知三联书店，2010年版，第3页。

一名称固然有对于西方文艺复兴理念的借鉴，但更多是基于胡适立足本土、立足传统、立足民间的理论预设。"中国的文艺复兴"并不局限于史学领域的判断，而包含着胡适对于民间话语的挖掘、对于传统文化与西化等问题的诸多理性思考。学界普遍认为民间文学是启蒙运动的产物，胡适提倡的文艺复兴也是一种启蒙，但事实上，胡适一而再，再而三地强调"文艺复兴"概念，在相当程度上就是为了与启蒙概念相区分，然这并没有引起人们的足够重视。鉴于学界对胡适"中国的文艺复兴"多有误读，故而有必要对这一名称的提出及理论、现实背景等进行梳理，以尽可能地还原胡适的原初本意。笔者此前曾撰文论述了胡适参照西方文艺复兴时期语言变革的成功经验用以指导中国新文化运动，在人的觉醒、文化的复兴与创造等方面将两者勾连，因此，胡适与"中国文艺复兴之父"名实相符。但据实论来，胡适并非简单、直观地将两者予以比附，西方文艺复兴与其说是一个参照物，毋宁说它更像一个比喻词，寓意着中国民间文学传统的复兴。

一、胡适："中国文艺复兴之父"

文艺复兴是指欧洲十四至十七世纪资产阶级借以复兴希腊罗马古典文化的名义发起的大规模的反封建文化运动。这一名称也常被用来粗略地指称这一历史时期。由于这一时期提出了人文主义和理想主义思想，而被后人赋予了极高的史学价值。在中国，同样闪耀着理性和人文主义光辉的五四时期的新思潮则被比称为"中国的文艺复兴"。

胡适被称为"中国文艺复兴之父"①，季羡林也明确指出"他是推动中国'文艺复兴'的中流砥柱。"② 如此前所论："将中国的五四文学革命，进而推及整个新思潮运动比称为欧洲文艺复兴，当始于胡适先生。"③ 所以，要论及"中

---

① 胡适：《日记》，见胡适著，季羡林主编《胡适全集》（第30卷），合肥：安徽教育出版社，2007年版，第414页。

② 季羡林：《胡适全集·序》见胡适著，季羡林主编《胡适全集》（第1卷），合肥：安徽教育出版社，2007年版，第34页。

③ 李小玲：《胡适与中国现代民俗学》，北京：学苑出版社，2007年版，第66—68页。

国的文艺复兴"，还必须从胡适切入。早在 1917 年 6 月 19 日，胡适在其日记中首次提及文艺复兴：车上读薛谢儿女士(Edith Sichel)之《再生时代》(Renaissance)。"再生时代"者，欧史十五、十六两世纪之总称，旧译"文艺复兴时代"。吾谓文艺复兴不足以尽之，不如直译原意也。[①] 表达了对于"再生"和"复兴"的思考。随后，胡适多次强调"再生"之义，在 1958 年五四纪念日的讲演中，曾作如下表述："提起这个四十年前所发生的运动，我总是用 Chinese Renaissance 这个名词(中国文艺复兴运动)。Renaissance 这个字的意思就是再生，等于一个人害病死了再重新再生。更生运动再生运动，在西洋历史上，叫做文艺复兴运动。"[②] 使用"再生"而不是"复兴"不仅仅是对于字词表达的思考，同时还有对于整个运动的定位思考："再生"较之"复兴"，更多强调在对于传统文化价值重新发掘之后，为五四时期的新思潮运动寻找一种理论的支持和社会接受认同的基础。但胡适最后还是选择了"中国的文艺复兴"这一名词进行指称，自然有出于策略方面的考量，毕竟直接引用一个业已取得成果的西方运动思潮的名称，较之重新创造一个新的名称更有效率，也更易成功。

但更为主要的、更深层的内在原因则是源于胡适对欧洲文艺复兴运动的理解，"那是从新文学、新文艺、新科学和新宗教之诞生开始的。同时欧洲的文艺复兴也促使现代欧洲民族国家之形成"。[③] 有学者认为："尽管胡适口口声声说文艺复兴，相较于意大利人文主义，胡适更直接是法国启蒙思潮的继承者。"但就笔者看来，恰恰相反，胡适反对启蒙思想中的权威意识，反而更接近于现代民间文学或民俗学的思想奠基者赫尔德的思考路径，即"有力地促成了把(人)民构造为一种社会结构并把民间诗歌构造为民间文化的本质"[④]，以此致力于确立民众的语言和民间的文学，并最终建立民族国家，这和胡适的出发点是

---

① 胡适：《留学日记》，见胡适著，季羡林主编《胡适全集》(第 28 卷)，合肥：安徽教育出版社，2007 年版，第 568 页。

② 胡适：《中国文艺复兴运动》，见《胡适的声音——1919—1960 胡适演讲集》，桂林：广西师范大学出版社，2005 年版，第 248 页。

③ 胡适：《胡适口述自传》，见胡适著，季羡林主编《胡适全集》(第 28 卷)，合肥：安徽教育出版社，2007 年版，第 334 页。

④ 户晓辉：《返回爱与自由的生活世界——纯粹民间文学关键词的哲学阐释》，南京：江苏人民出版社，2010 年版，第 54 页。

完全一致的。所以，赫尔德成了德国民间文学和民俗学的先驱，胡适的文学革命直接促成了二十世纪初中国民间文学和民俗学学科的产生也绝非偶然和巧合。另外，欧洲各国的启蒙运动往往都是政治革命的先导，而胡适一直很遗憾"五四运动"对于整个文化运动来说，是一项历史性的政治干扰，文化与政治的分野也正是文艺复兴与启蒙运动的差异所在，从中不难见出胡适的思想导向。因此，在人们普遍将五四运动对应于启蒙运动的时候，他依然坚持"比较欢喜用'中国文艺复兴'这一名词"。① 笔者以为，这一坚持并非无心之举，乃是反证了他对启蒙主义本身一直保有的一种警惕，也是他区别于同时期学界同仁之处。另外，胡适对"中国文艺复兴"的认识并不等同于"五四"，在"五四"第二十八周年会上，他对"五四"文化运动的理解是"五四"不是从 1919 年开始的，他将时间节点进行了前移和推后，认为"五四"包括整个"新文化运动"，这从他引述孙中山对五四运动的一段议论和评论中可以见出。② 到了 1960 年，他则对"五四"和新文化运动作了明确区分，认为"五四"是一次爱国运动，与新文化运动不是一件事，但他也承认，"因为思想运动，文学运动在前，所以引起'五四'运动"。其实，这也是基于他对政治与文化的一种认识和判据，因为在他看来，五四是政治的力量，而思想运动和文学运动，"完全不注重政治"。③

李长之也认为"五四运动"不是"文艺复兴"，还只是"启蒙运动"，因为过于清浅，太移植了，且缺乏深度，既没有远景，也没有体现民族的根本精神。而"我们所希望的不是如此，将来的事实也不会如此。在一个民族的政治上的压迫解除了以后，难道文化上还不能蓬勃、深入、自主、和从前的光荣相衔接吗？

---

① 胡适：《胡适口述自传》，见胡适著，季羡林主编《胡适全集》（第 28 卷），合肥：安徽教育出版社，2007 年版，第 334 页。

② "中山先生这一番议论……最可以表示当时一位深思熟虑的政治家对于'五四'运动的前因后果的公平估价。他说的'出版界一二觉悟者从事提倡'，就是指《新青年》《新潮》几个刊物。他说的'学潮弥漫全国，人皆誓死为爱国之运动'……就是指'五四运动'本身。他说的'一般爱国青年，蓬蓬勃勃，发抒言论，各种新出版物纷纷应时而出，扬葩吐艳，各极其致'，就是指'五四'以后各种新文艺、新思潮的刊物。中山先生把当时的各种潮流综合起来，叫做'新文化运动'。"胡适：《"五四"的第二十八周年》，见胡适著，季羡林主编《胡适全集》（第 22 卷），合肥：安徽教育出版社，2007 年版，第 673 页。

③ 胡适：《"五四"运动是青年爱国的运动》，见胡适著，季羡林主编《胡适全集》（第 22 卷），合肥：安徽教育出版社，2007 年版，第 807 页。

现在我们应该给它喝路，于是决定名我的书为《迎中国的文艺复兴》。"①

虽然李长之认为"五四运动"不是文艺复兴，但他也不认同新文化运动是文艺复兴，他并没有将新文化运动与"五四运动"予以区分，因此，他认为西方人称胡适为"中国文艺复兴之父"，是名实不符，张冠李戴。这里就涉及李长之和胡适对文艺复兴在理解上的差异。就李长之看来，文艺复兴乃是"一个古代文化的再生，尤其是古代思想方式，人生方式，艺术方式的再生"，是"新世界、新人类的觉醒"②，类似于马修·阿诺德着重于文学的精神文化的教养和提升作用，接近于周作人的精神层次的提高，应该说还是带有比较明显的精英意识的。这与胡适所指涉的"一个古老民族和古老文明的再生"即"民间"和"民众"的发现和复兴有很大的不同，与欧洲文艺复兴开启重返民间的精神实质也有所偏差。依此之论，李长之的叙述实际上已陷入了一个悖论，既然中西两者的文化复兴指向都不相吻合，那么借西方文艺复兴之名也就显得不是那么恰当了。

就胡适来说，他最初在提出"文艺复兴"概念的时候，确实萌发了要以欧洲文艺复兴为指导进行文学革命的思想，如格里德所称："欧洲的文艺复兴也提供了一种'五四'时代的知识分子们有意识地加以利用的灵感。"③但值得指出的是，胡适后来逐渐扩大了"中国文艺复兴"的内涵与外延，他将上溯至唐代的古文运动，以及唐代以继的宋明理学、小说戏曲的出现等都纳入中国文艺复兴的轨道。从中可以看出，胡适关于"中国文艺复兴"这一概念，并不局限于形式上、概念上对西方文化的一种简单移植，而是强调和突出一种精神理念、一种学术"范式"，包括人文精神、民主精神、怀疑的态度等。

而据胡适本人所言，之所以可将中国的新文化运动比附为西方的文艺复兴，主要理由有三："首先，它是一场自觉的、提倡用民众使用的活的语言创作的新文学取代用旧语言创作的古文学的运动。其次，它是一场自觉地反对传

---

① ② 李长之：《迎中国的文艺复兴》，见《民国丛书》（第四编），上海：上海书店，1992 年版，第 14—15 页。

③ ［美］格里德：《胡适与中国的文艺复兴——中国革命中的自由主义(1917—1937)》，鲁奇译，南京：江苏人民出版社，1996 年版，第 345 页。

统文化中诸多观念、制度的运动，是一场自觉地把个人从传统力量的束缚中解放出来的运动。它是一场理性对传统，自由对权威，张扬生命和人的价值对压制生命和人的价值的运动。最后，很奇怪，这场运动是由既了解他们自己的文化遗产，又力图用现代新的、历史地批判与探索方法去研究他们的文化遗产的人领导。"① 在此基础上，胡适将这段新思潮的意义总结为三方面："研究当前具体和实际的问题""输入学理""整理国故"。而这一切得以成立并发生的前提则是一种"新态度"，即"批评的态度"，在此态度之下，通过三个方面的工作，最后达到"再造文明"的目标。② 从中可以看出，"中国的文艺复兴"并不单指某一具体层面或领域内的文化、文学思潮，而是涉及多方面的社会整体的革新思潮。如前所述，这一思潮所展开的出发点在民间，是本土民间力量发展的诉求，其最后所追求的目标终点也在民间，要"再造"一种可以表达本土本民的所思所感的文明，这与西方文艺复兴借助语言变革重返民间的轨迹如出一辙。胡适随后进行的一系列理论探讨或实践，都与他致力于对民间、本土的挖掘的思考是分不开的，这自然就要触摸到李长之所提到的"民族的根本精神"。

二、对民间文学传统的复兴

很显然，胡适提出"中国的文艺复兴"并非贸然之举，既有其理论上的预设，也有实践上的支撑，同时兼有理性的思辨。为了避免单纯复古的倾向，胡适突出强调对待传统的前提态度是一种"批评的态度"，同时，以"世界文化和我们的老文化自由接触"③ 为标的，"决不想牵着谁的鼻子走"。④ 故此可见，

---

① 胡适著，欧阳哲生、刘红中编：《中国的文艺复兴》北京：外语教学与研究出版社，2001 年版，第 181 页。

② 胡适：《胡适口述自传》，见胡适著，季羡林主编《胡适全集》（第 28 卷），合肥：安徽教育出版社，2007 年版，第 337—338 页。

③ 胡适：《试评所谓"中国本位的文化建设"》，见胡适著，季羡林主编《胡适全集》（第 4 卷），合肥：安徽教育出版社，2007 年版，第 583 页。

④ 胡适：《介绍我自己的思想》，见胡适著，季羡林主编《胡适全集》（第 4 卷），合肥：安徽教育出版社，2007 年版，第 673 页。

胡适"中国文艺复兴"的主张既不表现为对西方理论的顶礼膜拜，也不表现为对中国传统文化的妄自尊大，而是持一种更为理性的、平和的态度。

首先，"中国文艺复兴"概念的提出体现为"自觉"意识的觉醒。

如本文开篇所列，胡适提出"中国的文艺复兴"之时，反复出现的一个关键词就是"自觉"，强调一种自发和主动的发展诉求。"自觉"要求的产生必然是因为已经意识到传统文化之中有着阻碍发展的不合理因素。胡适认为之前唐代古文运动、宋明理学等种种学术思潮、文化运动，之所以没有造成深远的影响，是因为都有一个"共同的缺陷"，"即对自己的历史使命缺乏自觉的认识。没有自觉的推进，也没有明确的辩护与捍卫；都只是历史趋势的自发演变"而无法达到"革命性转变之功"。① 其实，这种"自觉"意识并不始于五四，早在晚清，就已经有一大批知识精英先后表达了改革传统文化的要求，如严复翻译了《天演论》和《群学肆言》，传达了"民贵君轻、厚今薄古"的思想，再如带有"自救"意识的国粹运动。但是新文化运动时期的"自觉"意识表现得更为纯粹，也更为充分。

这种意识首先体现为以知识分子为主体的"自觉"意识的觉醒。新文化运动时期的知识分子整体呈现出了一种更为主动的姿态，表现为有意向欧洲的文艺复兴靠拢，以促成"中国的文艺复兴"之可能。早在 1903 年，梁启超就非常赞赏《江苏》刊物上登载的儿歌民谣，包括《游春》《扬子江》《秋虫》等，称之为"中国文学复兴之先河"。② 胡适深受梁启超文学思想的影响，同时也注意吸收与借鉴晚清文学运动的经验和教训，并对中国文化模式的演化有自己策略性的思考。胡适曾比较中西文明，认为西洋近代文明的第一特色就是科学，而"科学的根本精神在于求真理"，而东方古圣人是劝人要"无知"，要"绝圣弃智"，胡适以为这是畏难和懒惰。③ 胡适意识到文化本身是保守的，每一种文化都有其"惰性"，而中国旧文化的惰性大得可怕。为了打破这种文化固守的

---

① 胡适著，欧阳哲生、刘红中编：《中国的文艺复兴》，北京：外语教学与研究出版社，2001 年版，第 182 页。

② 梁启超：《饮冰室诗话》，北京：人民文学出版社，1959 年版，第 59 页。

③ 胡适：《我们对于西洋近代文明的态度》，见胡适著，季羡林主编《胡适全集》（第 3 卷），合肥：安徽教育出版社，2007 年版，第 5 页。

心里惰性，胡适提出了"全盘西化"（wholesale westernization），"我指出中国人对于这个问题，曾有三派的主张：一是抵抗西洋文化，二是选择折衷，三是充分西化。我说，抗拒西化在今日已成为过去，没人主张了。但所谓折衷的议论，看去非常有理，其实骨子里只是一种变相的保守论，所以我主张全盘的西化，一心一意的走上世界化的路"。① 随后，因"全盘西化"的观点招致潘光旦的批评，胡适将其改为"充分世界化"（wholehearted modernization）："我现在很诚恳地向各位文化讨论者提议：为免除许多无谓的文字上或名词上的争论起见，与其说'全盘西化'，不如说'充分世界化'。'充分'在数量上即是'尽量'的意思，在精神上即是'用全力'的意思。"② 由此可见，胡适所提倡的"全盘西化"或"充分世界化"并不等同于对于传统文化的完全摒弃，而是在保持文化同质的基础上，进行范围的扩大。叶威廉就提出："所谓全盘否定传统往往只是一种表面的姿态而已。所有这些知识分子，胡适、鲁迅、郭沫若、徐志摩、闻一多等等，受的都是古典文化的教育。"③ 从胡适始终立足于中国本土的研究取向就可见一斑。

这种"自觉"的意识还体现在对本土文化的清醒认识和评估上。"民主"思潮涌现，市民阶层作为一个渐趋上升的群体日益发挥着重要的作用。胡适深刻把握住了这一时代特点，意识到民间才是推动社会革新的最根本的主体力量，民众需要属于他们的自主话语权，需要畅通亲近的表达方式。于是他着手发掘白话文的文学价值，并反复强调"今日所需，乃是一种可读，可听，可歌，可讲，可记的言语……不如此者，非活的言语也，决不能成为吾国之国语也，决不能产生第一流的文学也"。④ 所谓"活"的语言正是这种深植于民间和民众的生活语言，胡适以此入手，通过对中国文学史的回溯，进而发现，每一种新的文学形式，每一次文学创新，都不是对上层文言作家的模仿，而是来自

① 胡适：《充分世界化与全盘西化》，见胡适著，季羡林主编《胡适全集》（第4卷），合肥：安徽教育出版社，2007年版，第584—581页。
② 胡适：《充分世界化与全盘西化》，见胡适著，季羡林主编《胡适全集》（第4卷），合肥：安徽教育出版社，2007年版，第585页。
③ ［美］叶维廉：《中国诗学》，北京：人民文学出版社，2006年版，第252页。
④ 胡适：《逼上梁山——文学革命的开始》，见胡适著，季羡林主编《胡适全集》（第18卷），合肥：安徽教育出版社，2007年版，第114页。

乡野村夫、乡村酒肆和市井之人。普通民众不断创作新形式和新范式以为文人文学创作输送新鲜血液和新的活力，将其从僵化危险中拯救出来。"中国文学的所有伟大的时期，都是伟大心灵受人民创造的新的文学形式吸引而创制了最优秀的作品的时期；他们不仅采用这些新的形式而且极力模仿人民的新鲜、平易的语言。当那些来自人民的新形式被株守陈规的文人长期盲目模仿而僵化时，此类伟大的时期也就消逝了。"① 民众的创造力和民间文学的价值得到充分的肯定和张扬，实则是将民间从理论上尊崇至合法地位。

其次，"中国文艺复兴"概念的提出还表现为对中国传统文化与西化的整体性的理性思考。

胡适曾说："大凡一种学说，决不是劈空从天上掉下来的"，它的前因"第一是那时代政治社会的状态。第二是那时代的思想潮流。"② "中国的文艺复兴"既是新文化运动时期"民主""科学"时代思潮的推动要求，也是民间意识觉醒的体现，显现了胡适对中国现状的关注与重视。

尽管胡适背负着"全盘西化"的骂名，但我们从前面的论述中也可得知，他"全盘西化"的提出是有其策略性考虑的。1919 年，《新潮》杂志创刊的时候，胡适提出"整理国故"，1923 年，在《〈国学季刊〉发刊宣言》中系统地提出了"整理国故"的主张，体现了对于本土文化、传统文化的重视。与此同时，胡适努力挖掘传统思想中的现代因子，将传统与现代打通和勾连，如将宋明理学、清代汉学与实证精神相提并论，并通过对中国文学的梳理，从史学的角度提出了"双线文学史观"，撰写了《白话文学史》，甚至在晚年"一头钻进故纸堆"身体力行，都可以体现出胡适对于中国传统文化的重视。但胡适的这一主张以及诸多实践首先遭到了来自新文化阵营内部的质疑和反对。如欧阳哲生所指出的："在'中国的文艺复兴'这一思想框架中，胡适对清代汉学甚至宋明理学的肯定，很容易让人产生'复古'的联想，它既不被新文化阵营所认同，又极有可能被旧派势力所利用，胡适遂只能在中文世界里搁置这样

---

① 胡适著，欧阳哲生、刘红中编：《中国的文艺复兴》，北京：外语教学与研究出版社，2001 年版，第 186 页。
② 胡适：《中国哲学史大纲》，见胡适著，季羡林主编《胡适全集》（第 5 卷），合肥：安徽教育出版社，2007 年版，第 223 页。

一种提法。"① 在当时的社会背景下，求变的热情势如破竹，理性的思考反而显得保守，通过"中国文艺复兴"的提出，当时的人们多是看到了"文艺复兴"这一名称所代表的现代性走向，而忽略了"中国的"本土立场，将西方新思想作为另一种标准和权威力推崇，实是误读了胡适提出"中国文艺复兴"的初衷。胡适并不主张推翻一切重新来过："如果这种新文化不是被旧文化有组织有系统地吸收同化，而是突然全盘替代旧文化，而引起旧文化的消亡，这肯定将是全人类的一个重大损失。换而言之，我们面临的是这样一个问题，即：我们应怎样才能以最有效的方式吸收现代文化，使它能同我们的固有文化相一致、协调和继续发展？"可行的方法是"把现代文化的精华与中国自己的文化精华成功地融合"。② 以此为前提，进行中西文化交流是必要的，也是具有积极意义的，"与陌生文明的接触带来了新的价值标准，本族文化被重新审视、重新评估；而文化的自觉改革、更新就是这种价值转换的自然结果。没有西方文明的紧密接触，就不可能有中国的文艺复兴"。③ 随后，在美国演讲谈及"中国的文艺复兴"时，胡适作了如下表述："中国的文艺复兴正在变成一种现实。这一复兴的结晶看起来似乎使人觉得带着西方色彩。但剥开它的表层，你就可以看出，构成这个结晶的材料，在本质上正是那个饱经风雨侵蚀而可以看得更为明白的中国根底——正是因为接触新世界的科学、民主和文明而复活起来的人文主义与理智主义的中国。"④ 在胡适看来，这种复活起来的人文主义与理智主义的具体涵义就是"包含着给与人们一个活文学，同时创造了新的人生观"。⑤ 从中不难看出，胡适自始至终都是在坚守立足本土的"文艺复兴"，西方的文艺复兴只是一种参考借鉴的标准，但是这也引发了另一个问题，以"文艺复兴"之名引进的这些西方思

① 欧阳哲生：《新文化的另一种解释——中国的文艺复兴》，见《探寻胡适的精神境界》，北京：北京大学出版社，2012年版，第281页。
② 胡适著，欧阳哲生、刘红中编：《中国的文艺复兴》，北京：外语教学与研究出版社，2001年版，第16—17页。
③ 李长之：《迎中国的文艺复兴》，见《民国丛书》（第四编），上海：上海书店，1992年版，第183页。
④ 胡适著，欧阳哲生、刘红中编：《中国的文艺复兴》，北京：外语教学与研究出版社，2001年版，第151页。
⑤ 胡适：《中国文艺复兴》，见胡适著，季羡林主编《胡适全集》（第5卷），合肥：安徽教育出版社，2007年版，第242页。

想是否具有可以成为标准的条件，即对于"中国的文艺复兴"的名实思考。

再次，胡适对"中国文艺复兴"的理论构想与客观现实的错落和游离。

二十世纪初期，中国对西方文明的大规模的介绍与引入，恰逢世界范围内对西方文明的价值重估。迷茫中的中国人试图通过寻求西方的新思想，探索可能的改革模式，无论是用"文艺复兴"还是用"启蒙运动"来表述五四运动，首先就"意味着一种设定，即中国的过去可按西方历史的模式重构"。但这一设定前提就已遭到了质疑和重新评判。有学者指出，我们今日所持的文艺复兴观如"人之醒觉""个人主义""古典之复活"以及"解除权威之束缚"都是从瑞士历史家布克哈特《意大利文艺复兴之文化》一文中辗转流传而出并引以为对文艺复兴的定义性解读。可是布氏所建立的正统的文艺复兴观，"太固定不移，以致与中古时代成为毫不相涉之两橛"。这割断了与中古之间的联系。布克哈特本人也强调这只是"一部尝试之作"①，但他的文艺复兴观却在很大程度上造成了当时对文艺复兴的种种精神的夸大和误读，并在近代欧洲引发了重新评判中古世纪文艺复兴的功过之论争。如此，不仅不会为当时的国人确立一个明确的方向，反而会在更大范围内造成思想的迷茫，特别是其中所呈现出的一种求新的态度更是得到了片面的强调。这些都是当时急于变革、急于寻求短期高效的救国之道的知识分子所没有关注到的。所以，西方思想引进之后根本来不及消化就直接套用在各种形式的变革之上。胡适也敏锐地察觉到了这个问题，他曾指出："当中国学者正在争论时，西方已发生了具有空前历史意义的巨大转变；中国人为之争论得热火朝天的文明，在西方世界也遇到了严重的挑战。"②在晚年立传的时候，他也曾表达过他本人当时对于这种激进态度的担忧，在那时，他就已经觉察到，关于第二方面的输入学理已有走向教条主义的危险了。③

但是由于民族心理的惯性作用，一旦旧有标准遭受质疑，习惯于平衡结构的民族心理在短期内迅速被动或主动接受改变之后，往往渴求的就是另一种平

---

① "一部尝试之作"为布克哈特一书的副标题，笔者注。

② 胡适著，欧阳哲生、刘红中编：《中国的文艺复兴》，北京：外语教学与研究出版社，2001年版，第178页。

③ 胡适：《胡适口述自传》，见胡适著，季羡林主编《胡适全集》（第28卷），合肥：安徽教育出版社，2007年版，第339页。

衡结构的建立。在这种心理因素的影响下，以"重新估定一切价值"为原则的"中国文艺复兴"其中所包含的辩证思想必然会在极大程度上被忽略，而导致整个运动走向极端化。虽然胡适一直强调他对政治是"不感兴趣的兴趣"，但他提出的"中国文艺复兴"最后还是不可避免地与政治纠缠在一起，这其中既有陈独秀等个人力量的推动，也是当时社会情势发展的必然。

纵观古今中外，几乎没有一场文化运动可以单纯地止于文化运动，所不同的是，文化运动在多大程度上保持自身的独立性。陈平原以为："正是因为'五四'最终走出了纯粹的'思想实验室'，介入到实际政治运作乃至社会变革，才有日后的辉煌。比起抗日战争之侧重军事、废除科举之强调教育，五四的大河奔流、泥沙俱下，因'不纯粹'而难以'一言以蔽之'，正是其值得再三评说之处。"① 而一旦文化运动与意识形态之争缠绕在一起，所涉及的不同见解就不再是简单的学术争鸣，而变成了是非问题。虽然胡适一直强调"文明不是笼统造成的，是一点一滴造成的。……解放是这个那个制度的解放，这种那种思想的解放，这个那个人的解放：都是一点一滴的解放。改造是这个那个制度的改造，这种那种思想的改造，这个那个人的改造：都是一点一滴的改造"②，但当时形势下，是不可能坚持渐进原则的。所以胡适提倡的白话文学，最终成了以政府为主导的行为，在政府的大力倡导下，首先在中小学教材中普及，然后推行至全社会，并在短短时间内取得了胜利。这场本来立足于文学的革命"目标远远超出了对一种文学风格的破坏"，而变成了对于话语权的争夺，格里德曾指出："这场革命的反对者所保护的是一完整的社会价值体系。而反对文言文之僵死古风与旧文学之陈词滥调的文学革命的拥护者，所抛弃的也是一个完整的文化与社会遗产。"③ 这一评论有其过于偏激之处，我们今天重新审读这一段历史，应该看到，新旧文学并不是完全对立、取一舍一的关系，而是互为依存、相对存在的，新文学不可能完全站在旧文学的对立面横空出世，而且支撑

---

① 陈平原：《何为/何谓"成功"的文化断裂——重新审读五四新文化运动》，《南方都市报》2008年11月14日第11版。

② 胡适：《介绍我自己的思想》，见胡适著，季羡林主编《胡适全集》（第4卷），合肥：安徽教育出版社，2007年版，第659页。

③ ［美］格里德：《胡适与中国的文艺复兴——中国革命中的自由主义（1917—1937）》，鲁奇译，南京：江苏人民出版社，1996年版，第84页。

两种文学观念的价值体系往往也是相对而存在的。值得注意的是，在格里德的评论中，他指出了在争夺话语权的过程中的极端倾向，也正是这样的一种极端倾向扭转了胡适对于"中国的文艺复兴"本初设想的发展方向。

三、文艺复兴的本土化特色

"中国的文艺复兴"绝不是简单的对欧洲文艺复兴的移植与复刻，而是与五四时期中国社会时代背景等诸多因素相连接的。胡适就曾说："夫吾之论中国文学，全从中国一方面着想，初不管欧西批评家发何议论。"① 当我们今天重新回顾这一历史运动时，也绝不能简单地将其进行简单的"西化"或"断裂"的定性，所谓的"断裂"与"革新"相随而生，相互包含，共同构成这一时期文化发展的独立思考，其中有着主客观诸多复杂因素。正如陈平原所说："今日被大众传媒妖魔化了的'文化断裂'作为'连续性'或'文化保守'的对立面，乃历史进程的有机组成部分。大至人类文明的足迹，小到现代中国的进程，都是在变革与保守、连续与断裂、蜕化与革新的对峙、抗争与挣扎中，艰难前行。"② 这种对与历史演变进程所持的理性化审视，仍是非常值得我们引以反思的。正如胡适在 1933 年出版的演讲集中的前言中所指出的一样："如果说我想提出什么命题的话，那就是我希望读者明白，具有重大意义的文化变革已经而且正在中国发生，尽管缺乏统治阶级的有效领导和有效的中央控制，尽管任何变革发生之前都会有诸多破坏和腐蚀，虽令人难过，却又是必需的。悲观者所悲叹为中国文明之崩溃的东西，正是这种破坏和腐蚀，没有它，就不会有古老文明的再生。"③ 的确，新文化运动已然成为历史，无论是非功过都已成为客观存在无法更改的事实，我们今天对其进行重新的回顾与反思，应该更多地关注这一运动走向的背后原因，关注这一代人在整个过程中所体现出的精神与

---

① 胡适：《逼上梁山——文学革命的开始》，见胡适著，季羡林主编《胡适全集》（第 18 卷），合肥：安徽教育出版社，2007 年版，第 114 页。
② 陈平原：《何为/何谓"成功"的文化断裂——重新审读五四新文化运动》，《南方都市报》2008 年 11 月 14 日。
③ 胡适著，欧阳哲生、刘红中编：《中国的文艺复兴》，北京：外语教学与研究出版社，2001 年版，第 151 页。

力量。而胡适作为其中的先驱领军人物，更值得我们今日客观公正的评判，如某学者所言："正如葛兰西描述的俄国精英一样，胡适并没有打破'与自己人民情感的和历史的联系'，他回到中国并使人民'被迫觉醒'。不管结果好坏，他的确是改变了许多东西。"唐君毅也有相关论述："当时介绍西方思想，实都是零零碎碎。论有系统的介绍，不如前之严复、林纾。论数量，不如国民政府建都以后。新文化运动之新处不在此。此新处不在其成绩，而在其一股新鲜之朝气。此朝气由何而生？此正由其对传统文化，敢于抱批判怀疑之态度而生。"① 若论这种风气之扩大，当始自胡适，而这也正是"中国的文艺复兴"提出的精髓之所在，这其中所蕴含的巨大的思想能量有多少可以被今天的我们吸收并引鉴，以促成中国文化在新时代背景下实现再次的新生，这才是值得我们每个人深度思考的问题，也是我们今天重提"中国文艺复兴"的现实意义之所在。

同时，这些年，"中国文艺复兴"的话题似乎又成了热点问题，李长之的《迎中国的文艺复兴》因为提供了不同的视角而重新为人们所关注，围绕着五四新文化运动到底是启蒙运动还是文艺复兴运动，胡适是否是"文艺复兴之父"等问题展开了热烈的谈论，而这些问题的落脚点实际上都归结为两点：一是中国传统文化究竟意指什么，二是我们对待传统文化的态度。这两个问题直接关涉到对新文化运动包括对胡适个人的评估问题，也波及我们今日如何看视中国文艺复兴等问题。事实上，胡适对这两个问题都有着非常清晰的理性思考和明确的态度，这也是本文的立论所在，但学界对此多存有误读。今天重提这一话题，希望能尽可能地还原胡适对"中国文艺复兴"预设的原初本意，以对今日的文艺复兴有所裨益，对民间文学学科的探讨有所启迪。

第三节　民间文学作为文学的现代转型

"中国文艺复兴"并不是对传统的翻版，更是一次质的飞跃，文学由此发

① 唐君毅：《中国人文精神之发展》，桂林：广西师范大学出版社，2005 年版，第 148 页。

生了天翻地覆的变化。关于文学的现代转型即现代文学的起点，中外学者众说纷纭，显然，每一种文学史的显性叙述中都潜存着叙述者对文学现代转型的阐述视角，而通行版本的现代文学史无论是持"五四说""新文化运动说""民国说"还是"晚清说""通俗文学说"，无一例外都忽视了民间文学对现代文学建立的意义，而民间文学文学价值的确认恰恰是现代文学与古典文学裂变的标志，是现代文学发生的起点。

王富仁认为："起点对一种文化和文学的意义在于，它关系着对一种文化和文学的独立性的认识。"① 确实，起点或可视为一个事件，它往往代表着文化与文学的某种裂变或转型，由此能标示出文化与文学的性质和特点，其意义自是不言而喻的。

一、关于文学现代转型时间点的争议

关于文学现代转型的时间点，历来有种种界说，以前主要集中于新文化运动或五四时期，后来则不断向晚清文学推进，还有的则以历史分期或文类兴起予以概说。作为一个学科缘起的标识，它不仅仅是一个简单的时间区分度问题，背后"意味着提供一个开始和一个结尾，并以此来认识事件的意义"，"因为分期本身改变了事件的性质"。② 本章节试图从现代文学的起点出发，通过解析每一种文学史叙述方式所潜在的观点，对现代文学界碑作出个体性阐释。检讨中国文学史进程，提出对民间文学内在的学术追求是文学观念裂变与转型的标志，以此为支点，希冀对学科的属性和价值作出新的评估。

总括起来，对于现代文学起点，学界大致有如下几种意见。

（一）五四说

这种观点以二十世纪五十年代王瑶编写的《中国新文学史稿》为代表。作为中国现代文学史研究中的奠基之作和经典之作，《史稿》的这一定位影

---

① 王富仁：《当前中国现代文学研究中的若干问题》，《中国现代文学研究丛刊》1996 年第 2 期。
② ［日］柄谷行人：《现代日本的话语空间》，董之林译，《文艺理论研究》1994 年第 1 期。

响深远，几成定论。正如王瑶所说："三十多年来，我们已经有了许多部关于现代文学史的著作。这些著作尽管各有特点，但它们所阐述的都是由 1919 年的五四运动到中华人民共和国成立这一新民主主义革命时期三十年间的文学历史；也就是说，这门学科的起讫时间是明确的，并未引起人们的争论和怀疑。"① 《史稿》以毛泽东的《新民主主义论》作为文学史书写的依据和出发点，并予以解释现代文学的"性质"，指出"中国新文学史既是中国新民主主义革命史的一部分，新文学的基本性质就不能不由它所担负的社会任务来规定"。② 新文学作为新民主主义革命的一部分被赋予了文学史的意义和价值。可见，文学的性质取决于政治意识形态，文学的政治属性成了切割文学"过去"与"现在"的分水岭。

（二）1917 年：新文化运动说

二十世纪八十年代后期钱理群等著的《中国现代文学三十年》也是颇有影响和有代表性的文学史教材。它明确现代文学作为一个时间概念，是以"1917 年 1 月《新青年》第 2 卷第 5 号发表胡适《文学改良刍议》为开端，而止于 1949 年 7 月第一次全国文学艺术工作者代表大会在北京的召开"。其理论前提是"1917 年初发生的文学革命，在中国文学史上树起一个鲜明的界碑，标示着古典文学的结束，现代文学的起始"。而现代文学的概念揭示了文学的"现代"性质，即是"用现代文学语言与文学形式，表达现代中国人的思想、感情、心理的文学"。显然，钱理群等人是以文学的"现代性"特质来进行分期的，他们认为，1917 年的新文化运动对中国的命运影响极大，"正是这场运动为文学革命提供了动力和契机"。③ 由此促成了文学的现代转型。

（三）五四新文学运动说

还有一种观点是将五四运动与新文化运动合二为一，统合为"五四新文学

---

① 王瑶：《中国现代文学史的起讫时间问题》，《中国社会科学》1986 年第 5 期。
② 王瑶：《中国新文学史稿》（上册），北京：开明书店，1951 年版，第 5 页。
③ 钱理群、温儒敏、吴福辉：《中国现代文学三十年》，北京：北京大学出版社，2000 年版，第 1—4 页。

革命时期""，"总之，新文化运动是中国文化现代化的开端，五四新文学革命是中国现代文学的起点"。①

王富仁将"五四"新文化和"五四"新文学时间定位为 1917 年，其理论依据有两个方面，一是因为"文学是一种语言的艺术，脱离开'五四'白话文运动，就无法确立新文学与旧文学的根本区别"，二是因为"中国新的独立知识分子阶层的形成是以'五四'知识分子的走上文化舞台为标志的"。② 王富仁认为，洋务派和维新派的文化变革乃是以获取政治权利为最终目的的，其文化理想往往和政治权利紧密联系，而作为五四新文化运动的倡导者，他们对文化的追求则更为纯粹，不再附着于政治权利的获取。

此种界说将五四运动与新文化运动对等和打通，对新文学时间起点不是限定为具体的哪一年，而是跨越了 1917 年至 1919 这几个年份。

(四) 晚清说："二十世纪中国文学"

关于"二十世纪中国文学"的观点，最初来自国外的汉学家，后来引起了国内学界的积极回应。李欧梵提出："中国现代文学可以上溯到晚清时期，特别是自 1895 至 1911 年的 16 年，在这段时间里，一些'现代'特征变得越来越明显。"③ 他所谓的现代特征主要体现为三个方面，即文学报刊的发展、新小说理论的提出和实践，而晚清在这几方面均有突出表现。王德威则进一步强化了"晚清说"，他断定，"晚清，而不是五四，才能代表现代中国文学兴起的最重要阶段"。④ 他的观点和李欧梵所说的现代性有相同之处，也有不同之处，即他们都不将现代性理解为启蒙知识分子如严复、梁启超等人所竭力追求的政治改革和文学改革，相较于李欧梵对文学报刊的重视，王德威更为看重那些流行于民间的狭邪小说、科幻故事和侠义传奇等，并将其视为被压抑的现代性。

"重写文学史""二十世纪文学"等概念，将中国现代文学史起点上溯到十

① 刘石：《关于胡适的两部中国文学史著作》，《文学评论》2003 年第 4 期。
② 王富仁：《当前中国现代文学研究中的若干问题》，《中国现代文学研究丛刊》1996 年第 2 期。
③ ［美］费正清编：《剑桥中华民国史》（上卷），杨品泉、孙开远、黄沫译，北京：中国社会科学出版社，1998 年版，第 507—516 页。
④ 王德威：《被压抑的现代性——晚清小说的重新评价》，见王晓明主编《批评空间的开创——二十世纪中国文学研究》，上海：东方出版中心，1998 年版，第 123 页。

九世纪八九十年代之交，从中都可以看出"晚清说"观点的影响。

(五) 民国文学说

民国文学说是以历史年代来划分文学起点的。陈国恩的依据是中国文学史上的先秦文学、两汉文学、魏晋南北朝文学、隋唐文学和宋元明清文学，都是以朝代、时间来进行文学的划分的，因此，以此类推，也可以根据时间段将民国时期，即从辛亥革命至新中国成立这段时间的文学称作为民国文学。他认为，"民国文学"概念的提出可以消弭关于现代文学起点上的诸多分歧，因为文学的演变，包括文学的表现形态，往往是纷繁复杂的，因此，"要给文学史分期，以朝代为标准也不失为一个好办法。它的好，就在简单明确，不涉及价值的评判，不会发生重大的歧义"。①

(六) 通俗文学说：以《海上花列传》为起点

范伯群也是以"现代性"为准的，不过他并不赞同中国现代文学以 1917 年的文学革命为界碑，他认为至少可以将这个时间提早四分之一："过去的中国现代文学史大多是以 1917 年肇始的文学革命为界碑，可是中国现代通俗文学步入现代化的进程要比这个年代整整提早了四分之一世纪。"② 而"《海上花列传》从题材内容、人物设置、语言运用、艺术技巧乃至发行渠道等方面都显示了它的原创性，作为中国文学'转轨'的鲜明标志，应该当之无愧"。并且韩邦庆使自己的小说走上现代化之路是不自觉的，"但惟其是自发的，就从另一个角度说明了中国通俗文学的现代化是中国社会推进与文学发展的自身的内在要求，是中国文学运行的必然趋势，是中国社会的阳光雨露催生的必然结果"。范伯群进而还指出，文学的现代化之路与启蒙主义有内在联系，而"中国早期的通俗社会小说——谴责小说，已经具备了启蒙的因素"。③

栾梅健认为《海上花列传》"是中国第一部具有现代性的小说"，是"中国现代文学中的开山之作"。可见，"通俗说"，细化为《海上花列传》说依然以

---

① 陈国恩：《关于民国文学与现代文学》，《郑州大学学报》2011 年第 5 期。
②③ 范伯群：《分论易　整合难——现代通俗文学的整合入史研究》，《中山大学学报》2006 年第 4 期。

"现代性"作为文学史分期的重要乃至唯一依据。①

二、从起点到观点：文学史展开的多元性

上述诸种观点为现代文学史的阐释提供了多种叙述的框架和可能性，由此，既显现了这一学术话题的复杂性和多样化，也折射出文学界碑乃是文学史研究的一个重要内容。予以梳理如前的起点到观点，或是以政治意识形态为依据（"五四说"），或是以历史年代来划分（"民国文学说"），或是将文化运动与政治运动相重合（"五四新文化"），至于其余的几种说法，虽看似多元，但细究起来，最终都汇集到一个共同点，即以"现代性"为模板。

王瑶编撰的《中国新文学史稿》是以革命的意识形态来构建新文学史观的，乃是出于新政权执政党意识形态统治的需要。当时，教育部将中国新文学史定为高等学院中文系必修课程，并对教学内容提出明确要求："运用新观点、新方法，讲述自五四时代到现在的中国新文学的发展史，着重在各阶段的文艺思想斗争和其发展状况，以及散文、诗歌、戏剧、小说等著名作家和作品的评述。"②

《史稿》以毛泽东的《新民主主义论》为指导思想，将新文学定位为新民主主义革命的一部分，其性质和方向均是由新民主主义革命的任务和方向来决定的。《史稿》可谓政治意识形态下的命题作文，其注重文学与政治意识形态的关系及研究，曾成为学界研讨中国现代文学的一种"范式"，"许多晚一辈现代文学研究家，是以《史稿》为入门的向导的"。③ 其本身亦被视为意识形态下"体制化"文学史写作的案例。这也是后来常被学界所诟病的地方，对文学起点的新探寻也往往是以跳出政治话语干扰为出发点，试图卸下政治的禁锢，获得对文学史的新的解说。

"五四新文学运动"说将新文化运动与政治运动相重合，在一定程度上消解了早期"五四说"的意识形态特色，但新文化运动并不等同于五四运动，作

---

① 栾梅健：《〈海上花列传〉与中国现代文学的起源》，《文汇报》2006 年 5 月 9 日。
② 黄修己：《中国新文学史编纂史》，北京：北京大学出版社，1995 年版，第 126 页。
③ 黄修己：《中国新文学史编纂史》，北京：北京大学出版社，1995 年版，第 133 页。

为"首举义旗之急先锋"的胡适就曾强调过两者的差异，并为一场文化运动转化为政治运动而深感遗憾。"民国文学"说虽舍去了诸多枝蔓，偏于单纯简洁，但以历史时期作为文学史的分期，难以真实再现文学发展的本来风貌，

至于"现代性"概念的解说，也是在反对"五四文学"说的背景下脱颖而出的。王德威的"晚清说"，与其说是对晚清文学的肯定和张扬，毋宁说是对"五四文学"说的拆解。王德威认为五四作家"急于切断与文学传统间的传承关系，而以其实很儒家式的严肃态度，接受了来自西方权威的现代性模式，且树之为唯一典范，并从而将已经在晚清乱象中萌芽的各种现代主义形式屏除于正统艺术的大门外。"于是，他试图以对"现代性"的重新解释予以"跳开五四知识分子所设立的限制"。①

作为一个理论术语，"现代性"是一个后起的观念。据李欧梵的观点，"中文'现代性'这个词是近十几年才造出来的，甚至可能是杰姆逊教授来北大做关于后现代主义的演讲时，连带把现代性的概念一并介绍过来的"。② 汪晖也认为，"现代性（modernity）一词是一个内涵繁复、聚讼不已的西方概念"，而且"从十九世纪前期直至二十世纪，现代性概念一直是一个分裂的概念"。③ 西方学者泰勒也提到"所谓现代性，表面看来是从欧洲发展而来的，事实上它蕴含着非常复杂的文化内涵。而西方的这一套现代性又是充满矛盾的，其中包括了理性、科学，但是也包括了其他因素，如个人因素、主体性因素、语言和现实的因素"，等等。④ 正是因为"现代性"的歧义纷繁，导致"'到底二十世纪中国文学的现代性（modernity）在哪里？'这个问题，已被一再提出"。⑤ 西方的"现代性"概念本身就是变动不居的，而以西方理论为参照系且对号入座的中国文学的"现代性"必然会因各自选取的坐标系的不同而发生观点上的位移，

---

① 王德威：《被压抑的现代性——晚清小说的重新评价》，见王晓明主编《批评空间的开创——二十世纪中国文学研究》，上海：东方出版中心，1998 年版，第 121 页。
② 李欧梵：《中国现代文学与现代性十讲》，上海：复旦大学出版社，2002 年版，第 2 页。
③ 汪晖：《韦伯与中国的现代性问题》，见王晓明主编《批评空间的开创——二十世纪中国文学研究》，上海：东方出版中心，1998 年版，第 2—5 页。
④ 李欧梵：《中国现代文学与现代性十讲》，上海：复旦大学出版社，2002 年版，第 3 页。
⑤ 王德威：《被压抑的现代性——晚清小说的重新评价》，见王晓明主编《批评空间的开创——二十世纪中国文学研究》，上海：东方出版中心，1998 年版，第 121 页。

所以，关于现代文学的起点看似纷呈，实际上，无非是不同学者对西方"现代性"概念理解上出现的偏差而已。

问题由此也就产生了，"现代性"概念作为一个舶来品，很显然，它是以西方的文化、文学现象为基准的，那么是否同样能指称中国的文化、文学现象呢？如郜元宝所言，王德威在强调晚清文学的现代性时，"也设立了一个西方标准的现代性模式，从而严重误解了五四以后文学中具有中国特点的现代性因素"。[①] 由此看来，现代性模式取决于西方而不是立足于本土，这就存在着一个西方理论与中国土壤是否恰适的问题。是否真的存在如汪晖所提到的"作为一种普遍主义的知识体系的现代性"[②]？ Taylor 在《个体的来源》一书中就质疑过现代性的普适性价值，"民族国家的模式是否能在第三世界国家行得通的问题"，他甚至断言"现代性""这种文化模式是不可能放之四海而皆准的，所以当它接触到其他文化之时，很自然就会产生不同的变化"。[③]

如何借鉴和引入西方术语和理论，或许，鲁迅的"拿来主义"在当下依然有其现实意义。"拿来"意味着不拒斥不抵触，意味着表现更为主动也更有自主性，即不流于对西方理论的形式化的隔绝，尊重西方话语与中国话语间的交流与碰撞，但绝不是以西风压倒东风，中国的文学史实不能仅是充当西方理论的试验场，更不能将西方模式作为中国理论和现实的模板而"削足适履"。回答和应对中国文学自身的问题，还必须回到中国文学本体，建构自己的理论。正如习近平在文艺座谈会上的讲话所说：不能套用西方理论和艺术标准来剪裁中国的审美，衡量中国的艺术标准。[④]

三、新的界碑：民间文学视域下的中国现代文学

就笔者看来，新文学的界碑不能以政治为标杆，因为文学不是政治的附庸

---

① 郜元宝：《尚未完成的"现代"——也谈中国现当代文学的分期》，《复旦学报（社会科学版）》2001 年第 3 期。

② 汪晖：《韦伯与中国的现代性问题》，见王晓明主编《批评空间的开创——二十世纪中国文学研究》，上海：东方出版中心，1998 年版，第 13 页。

③ 李欧梵：《中国现代文学与现代性十讲》，上海：复旦大学出版社，2002 年版，第 3 页。

④ 习近平：《在文艺工作座谈会上的讲话》，《人民日报》2015 年 10 月 15 日。

或任何别的附庸，它有自己独立的品格。但同时，也不能以西方的概念和理论为坐标，依葫芦画瓢，牵强附会。因为，人的思维一旦被限定在特定思想的体系中，"把本土的历史看作世界性的"，那这种"世界性"将"使我们忘记了自身所属的话语空间的类型"。① 因此，跳出政治及西方的诸种理论预设，由外围转入本体，包括本土与文学本体，即基于中国文学的现实也就是事实本身作出判断和结论，或许是更为可行的办法。

检视中国文学，我们不难发现，文学观念的裂变是以对民间文学的发现和重视为前提的，由此，文学观念的核心和范式都发生了实质性的变化。前已说明，作为汉语概念，民间文学的引入是与胡适领导的白话文学运动紧密相连的。"文学革命自当从'民间文学'（Folklore，Popular poetry，Spoken language）入手，此无待言。"② 梅光迪首次从西方输入民间文学概念，用以类比胡适倡导的白话文学运动，并用"俚俗文学"一词予以解释和界定，且在括号中以"Folklore"诠释之。"Folklore"意指"民众的知识"或"民间的智慧"，包含文学的"民间性"和"民众性"特点，和白话文学运动"走向民间"的指向一致，因此，胡适也常将民间文学、平民文学、白话文学等概念交叉使用，用以区别于上层文学、文人文学和文言文学等指向的传统文学。所以，在新文学运动时期，白话文学往往是一个杂糅的概念，其精神实质与民间文学是吻合的。很显然，白话文学运动代表的只是文学观念的转向，它既不是以西方的"现代性"为参照物，也不等同于五四运动，五四注重政治的力量，而思想运动和文学运动，则"完全不注重政治"。③

白话文学运动将文学的视点由传统的眼光向上而转向了民间和民众，由此催生了具有本土意义上的中国民间文学，也拉开了以民众语言来表达民众情感的现代文学的序幕，或可以说正是民间文学的"民间性"和"民众性"为文学注入了新的内涵，现代文学才得以应运而生。

---

① ［日］柄谷行人：《现代日本的话语空间》，董之林译，《文艺理论研究》1994 年第 1 期。
② 胡适：《逼上梁山——文学革命的开始》，见胡适著，季羡林主编《胡适全集》（第 18 卷），合肥：安徽教育出版社，2007 年版，第 109 页。
③ 胡适：《"五四"运动是青年爱国的运动》，见胡适著，季羡林主编《胡适全集》（第 22 卷），合肥：安徽教育出版社，2007 年版，第 807 页。

（一）民间文学文学价值的确认

白话文学运动常被视为语言形式运动，但语言的变革从来都不可能是独步而行的，新的语言形式承载着新的精神内核。早在晚清时期，就有人倡导白话文，但早期的社会改革者在"提倡白话文的时候，从未想到要涉及文学的范围去，而白话小说的作者，亦从不把自己的作品看作中国的正统文学"。① "他们办教育，往往是一种'开通民智'的心理，他们办'白话报'，自己却看文言报。他们说话用白话，写诗写文章得用文言，他们永远把社会分成两层阶级。"② 胡适则是"第一个肯定白话文的尊严与其文学价值的"。③ 乃至于西方学者甚至误以为他创造了一种新的语言。胡适明确指出："白话并不单是'开通民智'的工具，白话乃是创造中国文学的唯一工具。"④ 而且，"然以今世历史进化的眼光观之，则白话文学之为中国文学之正宗，又为将来文学必用之利器，可断言也"。⑤ 胡适最为夸赞的是那些情感质朴、富有生命力和活力的民间的白话文学，即民间文学。胡适对民间文学文学价值的确认促成了语言的变革和文学的转型，民间文学由边缘一跃而进入正统，从根本上改变了文学史的学术路向，可以说，正是民间文学文学性的确认促进了现代文学的产生。

（二）自觉的民间文学意识

对民间文学的重视乃是一种自觉的行为，唯有自觉，方能有所推进。胡适曾多次提及文学自觉意识的重要性。他认为，中国文学从古到今，都有许多白话的成分，"但是就从来也没有人自觉的，意识的来做白话诗"。⑥ 在总结五十

---

① ［美］夏志清：《中国现代小说史》，刘绍铭译，桂林：广西师范大学出版社，2014年版，第6页。
② 胡适：《新文学·新诗·新文字》，见胡适著，季羡林主编《胡适全集》（第12卷），合肥：安徽教育出版社，2007年版，第436页。
③ ［美］夏志清：《中国现代小说史》，刘绍铭译，桂林：广西师范大学出版社，2014年版，第6页。
④ 胡适：《五十年来中国之文学》，见胡适著，季羡林主编《胡适全集》（第2卷），合肥：安徽教育出版社，2007年版，第329页。
⑤ 胡适：《文学改良刍议》，见胡适著，季羡林主编《胡适全集》（第1卷），合肥：安徽教育出版社，2007年版，第15页。
⑥ 胡适：《新文学·新诗·新文字》，见胡适著，季羡林主编《胡适全集》（第12卷），合肥：安徽教育出版社，2007年版，第435页。

年文学时，他又提出："这五十年的白话小说史仍旧与一千年来的白话文学有同样的一个大缺点：白话的采用，仍旧是无意的，随便的，并不是有意的。民国六年以来的'文学革命'便是一种有意的主张。"近五年的文学革命，"这个有意的主张，便是文学革命的特点，便是五年来这个运动所以能成功的最大原因"。[①] 他认为文学革命之所以当得起"革命"二字，"正因为这是一种有意的主张，是一种人力的促进"。[②] 有意的主张，来自对民间文学本身意义和作用的充分认识和深刻理解，进而才会有自主的行为。

（三）"人的文学"作为"民的文学"

1918 年，周作人首先提出了"人的文学"的口号，"我们现在应该提倡的新文学，简单地说一句，是'人的文学'"。周作人所提到的"人的文学"是基于人道主义出发，"对于人生诸问题，加以记录研究的文字"。[③] 胡适也明确提出：我们的中心理论只有两个：一个是我们要建立一种"活的文学"，一个是我们要建立一种"人的文学"。[④] 胡适倡导的"人的文学"（litteraehumane）与"人文运动"（humanism）关联，即"不满意于中古宗教的束缚人心，而想跳出这束缚，逃向一个较宽大、较自由的世界里去"。他以为，"人的文学"是相对于庙堂文学而言的，"庙堂的文学尽管时髦，尽管胜利，终究没有'生气'，终究没有'人的意味'"。[⑤] 可见，这里的"人"并不指向王公贵族等上层人物，乃是作为普通的自然人的存在，或类同于"民"。胡适提倡"人的文学"且作为"民的文学"的符号揭开了文学新的一页。

---

① 胡适：《五十年来中国之文学》，见胡适著，季羡林主编《胡适全集》（第 2 卷），合肥：安徽教育出版社，2007 年版，第 262 页。

② 胡适：《白话文学史》（上卷），见胡适著，季羡林主编《胡适全集》（第 11 卷），合肥：安徽教育出版社，2007 年版，第 219 页。

③ 周作人：《人的文学》，见吴平、邱明一编《周作人民俗学论集》，上海：上海文艺出版社，1999 年版，第 272 页。

④ 胡适：《〈中国新文学大系·建设理论集〉导言》，见胡适著，季羡林主编《胡适全集》（第 12 卷），合肥：安徽教育出版社，2007 年版，第 277 页。

⑤ 胡适：《白话文学史》（上卷），见胡适著，季羡林主编《胡适全集》（第 11 卷），合肥：安徽教育出版社，2007 年版，第 232 页。

（四）对启蒙的超越

新文学运动常常被誉为面向下层的启蒙运动，但在笔者看来，新文学运动的诞生就根本来说，它不是面对下层的启蒙运动，而恰恰是对启蒙的一种超越，更确切地说，它是一种面向上层包括对统治阶级和知识分子的启迪，即改变和纠正上层人物还有知识分子对民众和民众知识轻视的一种偏见，这和前面所提到的"人的文学"作为"民的文学"是一脉相承的。

王德威将胡适作为五四知识分子代表，并给五四知识分子贴上启蒙、理性、革命等标签①，但这一定位并不切合胡适实际。相较于启蒙运动，胡适坚持"比较欢喜用'中国文艺复兴'这一名词"。② 笔者以为，这一坚持并非无心之举，乃是反证了他对启蒙运动本身一直保有的一种警惕。何谓启蒙运动？康德对此作出了自己的阐释，他认为"启蒙运动就是人类脱离自己所加之于自己的不成熟状态，不成熟状态就是不经别人的引导，就对运用自己的理智无能为力"。③ 如果启蒙运动不是建立在康德意义上的启蒙，而是将自己高悬于民众之上，那么，没有对启蒙的超越，根本就不可能有"民的文学"的发现，有对民间文学文学价值的确认，有对民间文学的一种自觉意识。

显见，不是以西方为参照的"现代性"，也不是作为启蒙的产物，而是启蒙的超越使新文学的属性和价值有了新的评估体系，新文学运动在中国文学史上作为新的界碑成为可能和现实。

第四节　学科意义上的民间文学实践研究

二十世纪初，中国学人不仅在民间文学理论探索上多有建树，而且还以更

---

① 王德威：《被压抑的现代性——晚清小说的重新评价》，见王晓明主编《批评空间的开创——二十世纪中国文学研究》，上海：东方出版中心，1998 年版，第 123 页。

② 胡适：《胡适口述自传》，见胡适著，季羡林主编《胡适全集》（第 18 卷），合肥：安徽教育出版社，2007 年版，第 334 页。

③ ［德］康德：《历史理性批判文集》，何兆武译，北京：商务印书馆，1990 年版，第 22 页。

大的热情、积极主动地投身于具体的实践研究工作，取得了丰硕的成果。受时代精神的感召，文、史、哲等各方面的专家学者纷纷加入文学革命的行列，中国文学革命如火如荼，一派热闹的景象。来自各学科的学者不管有没有明确的民间文学学科意识，但实际上都已经关注到了民间文学，关注到了民间文学的多种表现形态，从而进行着一种实际意义上的学科实践，即从对象出发来挖掘民间文学的意义与价值。在这个过程中，民间文学的一系列基本问题得以探讨，民间文学学科的轮廓在他们的客观实践中逐渐清晰。因此，这一时期学者的出于各自学科背景而进行的对于民间文学的探索，无论是自觉的还是非自觉的，也无论在今天看来是正途还是谬误，都是弥足珍贵的。

在学科建设之初，厘清民间文学具体研究内容，对纷繁复杂的研究对象进行归纳和分析，是至关重要的。二十世纪初，胡适、胡愈之、鲁迅、周作人、顾颉刚等学人或对民间文学进行分类，或就民间文学的不同文类展开具体研究。在实践的层面，这既是民间文学理论的具体化展演，也推动着学科发展的深入。在他们的影响下，更多学人参与到歌谣运动及民间文学语料的搜集、整理与研究中，就不同文类的民间文学分别进行探索，为我们留下了珍贵的历史资料，也奠定了民俗学和民间文学的理论基础。

在西学东渐的浪潮之下，胡愈之借用威廉·汤姆斯(William Thoms)的分类方法，提出将民间文学划分为三大类：(1)故事：演义(sagas)，即俗传的史事；童话(märchen of nursery tales)；寓言(fables)；趣话(drolls)、喻言(apologues)等；神话(myths)；地方传说(place legends)。(2)有韵的歌谣和小曲。(3)片段的材料，例如乳歌(nursery rymes)、谜(riddles)、俗谚(proverbs)、绰号(nicknames)、地名歌(place rymes)等。[1] 在当时，中国尚没有对纷繁复杂的民间文学作相应的分类，胡愈之引外来之理论，也为当时的学人打开了一扇新的窗户，为学人去把握民间文学的分类方案无疑有着开山之功。这一分类方法囊括了民间文学的一般种类，以此对于中国民间文学的内容进行划分，有一定的现实区分度。

---

[1] 胡愈之：《论民间文学》，见苑利主编《二十世纪中国民俗学经典·民俗理论卷》，北京：社会科学文献出版社，2002年版，第8页。

然而，仅从每个类项后缀的英文解释中，我们就能够明显感觉到胡愈之对这一西方植入理论的怀疑。比如，在胡愈之的分类方案中，有"趣话""地名歌"等明显并不流行于中国传统文学领域的类项名称。在西方民俗学家对民间文学的分类中反复出现的"趣谈""（故事中）作为兴趣的，即娱乐""笑话"等，或许是胡愈之将"趣话"单独列为一项的原因。

除胡愈之外，鲁迅在1913年初的教育部《审编处月刊》中倡议成立国民文术研究会时，其中也包括"以理各地歌谣、俚谚、传说、童话等；详其意谊，辨其特征，又发挥而光大之，并以辅翼教育"[①] 的途径。用"歌谣、俚谚、传说、童话"指称国民文术，即民间文学。就其所提到的这几类，也涉及了对民间文学的多种类型。同时，将分类基础上的民间文学纳入"国民文术"之中，作为一种传统积淀进行发扬光大，并辅佐教育，可见鲁迅已经发现了民间文学中的趣味性与教化功能，并有将之作为优秀文化积淀的倾向。

不同于胡愈之、鲁迅关于民间文学的总体分类，更多学者则在自己擅长和感兴趣的领域，就民间文学某一具体类型进行细致的研究。茅盾在其神话研究专著《神话研究ABC》中将中国神话分为六大类："开天辟地的神话""日月风雨及其他自然现象的神话""万物来源的神话""记述神或英雄武功的神话""幽冥世界的神话""人物变形的神话"。[②]

对歌谣的分类研究在所有民间文学研究的种类中参与度最高，成果也最为丰富。周作人关于歌谣的"六分法"，即分为情歌、生活歌、滑稽歌、叙事歌、仪式歌和儿歌，主要是就歌谣的内容而言，[③] 顾颉刚也将歌谣分成六类，不过他不是基于内容，而是就歌者而言，具体分为：儿童在家里唱的歌、乡村女子所唱的歌、奶奶小姐们所唱的歌、农工流氓等所唱的歌、杂歌六类。[④] 1921

① 此文发表于1913年2月教育部《编审处月刊》第一卷第一册，署名周树人，后收入《集外集拾遗》，北京：人民文学出版社，1958年版。
② 茅盾：《中国神话研究》，见《茅盾全集》（第28卷），北京：人民文学出版社，1984年版，第4—5页。
③ 周作人：《歌谣》，见吴平、邱明一编《周作人民俗学论集》，上海：上海文艺出版社，1999年版，第106页。
④ 顾颉刚：《吴歈集录的序》，见钱小柏编《顾颉刚民俗学论集》，上海：上海文艺出版社，1998年版，第310页。

年，沈兼士在与顾颉刚的书信中，总结歌谣的收集与研究工作，其中就提到了对歌谣的分类问题：

> 民谣可以分为两种：一种为自然民谣；一种为假作民谣。二者的同点，都是流行乡里间的徒歌。二者的异点，假作民歌的命意属辞，没有自然民谣那么单纯直朴，其调子也渐变而流入弹词小曲的范围去了……①

尽管他的这种分类法从严格意义上来说还不能算作真正为歌谣作划分，看起来也更像是对民间歌谣范围所作的界定，但是这种分类意识的出现，至少说明对歌谣的分类问题此时已经引起了学人的重视。同时值得注意的是，沈兼士在当时对于民间歌谣的归类分析中，已经发现了其中隐含的文学性，这对于后人通过民间文学进行文学研究的拓展是一种启迪。

始终处在歌谣运动中心的周作人，在 1920 年发表的《歌谣》② 中对歌谣进行分类，被看作学界首开先河的尝试。此文将歌谣的研究分为"文艺的"和"历史的"两个方面，这其实也是 1922 年《歌谣》周刊的《创刊词》中所讲的歌谣研究"文艺的"和"学术的"两个目的的前身。周作人把歌谣分为了情歌、生活歌、滑稽歌、叙事歌、仪式歌和儿歌六大类。其中，周作人对儿歌研究倾注的心血最多，成就也最为丰富，因此，他又对儿歌进行了第二层的划分，称事物歌和游戏歌。周作人对于民间歌谣的细分与论述，成为歌谣运动的发生与发展的基础。自此，一批学者投入民间歌谣的搜集整理和研究之中，成为民间文学发展的重要组成部分。

在分类研究的基础上，以胡适为代表的学人对民间文学的探索，更是深入到对民间文学某一具体类别、某一具体方面的研究，为中国传统的题材找到了新的切入点，为我们进一步研究民间文学开阔了视野。这些研究不仅是基于当

---

① 顾颉刚、沈兼士《歌谣的讨论》，《晨报》1922 年；《歌谣》周刊第 7 号(1923 年 1 月 28 日)转载。转引自刘锡诚：《20 世纪中国民间文学学术史》，开封：河南大学出版社，2006 年版，第 109 页。

② 周作人：《歌谣》，见吴平、邱明一编《周作人民俗学论集》，上海：上海文艺出版社，1999 年版，第 104—107 页。

时的西方理论的切入、中国传统研究的更新，也是根据研究对象和具体文类而进行的研究，因而具有时代的和中国学科的特点。在《白话文学史》中，胡适以历史阶段作为白话文学的划分依据，囊括了神话、民间歌谣、方言文学、古史传说、故事诗等民间文学题材。在琐碎的论述中，不乏对民间文学具体题材的分析和对于民间文学整体架构的真知灼见。

《白话文学史》中有一非常重要的论点：一切新文学的来源都在民间。唐以后的文学，从诗、词到小曲、杂剧、弹词、小说等，都是民间文学的创造。在胡适的"双线文学观"中，文人文学和民间文学不是孤立发展的。事实上，每种文学形式都必然经历从民间产生到被文人文学吸纳的发展阶段。由于传统文学史只记文人创作的正统文学的缘故，使得如今的我们再次提到这些文学形式时反而产生距离感。但是，文人用白话创作出的作品也会重新回到民间，如老妪能解的白居易的诗、柳永词的传唱等。这类作品由于其语言、风格和流传过程中的种种特点，归为民间文学也是一种可行的方案。此外，胡适还提到儿歌、催眠曲、情歌、讽喻诗、讽喻故事、情诗、民间故事等。这些类别可以作为对中国民间文学分类方案细化补充，如儿歌、催眠曲、情歌等是否可以列入民间歌谣大类作为第二级的分类；民间故事与古史传说与小说的区分与联系都有值得研究的空间。

胡适将历朝历代的诗、词到小曲、杂剧、弹词、小说等都归为民间文学的观点被郑振铎继承和发扬。在《中国俗文学史》中，郑振铎甚至直接采用"宋金的杂剧词""元代的散曲""弹词"作为书中的章节的名称。这些体裁能否作为独立的门类？它们与当下民间文学的关系如何？这也是前人对我们民间文学研究的思考与启发。

以下，笔者将不是基于民间文学的总体分类，而是以胡适对中国民间文学实践研讨为主线，与此同时，观照同一时期其他学者对民间文学相关类别的具体研究，从中选取几种在当时有一定代表性的文类，或是提出的新概念和新门类，其中不乏遗漏之处，如周作人的童话研究等，不乏重合之处，如歌谣研究和方言文学研究等。本课题试图通过对学人群体之间思想和学术的交流与碰撞过程的叙述和呈现，予以总结二十世纪初中国学界在民间文学学科意义上的实践探索的路向和意义，待完成的研究也希望能引起学人们的进一步思考。

一、神话研究

神话研究的兴起是二十世纪中国民间文学研究的第一个篇章。其渊源最早可以追溯到梁启超先生对"神话"这一概念的引述。因此，中国的神话研究有着比其他专项研究更长的历史。在对神话本体的分析、神话类型研究与理论方法总结方面，中国神话学都颇有建树。

二十世纪伊始，蒋观云、夏曾佑受"文以载道"的传统文学观念的影响，并模仿日本学者以进化论的眼光，已开始关注到中国神话。但正式将中国神话引入民间文艺学研究领域的人还当属鲁迅，在西方文艺学的启示下，鲁迅首先提出了"神话不特为宗教之萌芽，美术所由起。且实为文章之渊源。"[①] 首次肯定了中国神话的价值。同时，鲁迅发现中国的神话是零散的、不成体系的，并就此提出了自己的看法：

> 中国神话之所以仅存零星者，说者谓有二故：一者华土之民，先居黄河流域，颇乏天慧，其生也勤，故重实际而黜玄想，不更能集古传以成大文。二者孔子出，以修身齐家治国平天下等实用为教，不欲言鬼神，太古荒唐之说，俱为儒者所不道，故其后不特无所光大，而又有散亡。[②]

从上述论述可以看到，鲁迅对于中国神话不成体系的原因，已经有了地理与文化两方面的考量。对此，胡适亦持相近的意见：

> 古代的中国民族是一种朴实而不富于想象力的民族。他们生在温带与寒带之间……不能像热带民族那样懒洋洋地睡在棕榈树下白日见鬼，白昼做梦。所以《三百篇》里竟没有神话的遗迹。所有的一点点神话如《生民》，

---

① 鲁迅：《中国小说史略》，济南：齐鲁书社，1927年版，第21页。
② 鲁迅：《中国小说史略》，济南：齐鲁书社，1927年版，第25页。

《玄鸟》的'感生'故事，其中的人物不过是祖宗与上帝而已。[1]

相比较，鲁迅的论述主要是从中华文化的本体出发，而胡适则多了西方近世产生的民族视角的观照；在同样的时代背景下，二人都从历史中寻找中国神话的轨迹、中国神话零散不成系统的原因，将中国神话研究与深入了解民族文化、国民个性联系起来。胡适从白话文学出发研究神话，有着以文学切入国人民族性研究的自觉追求。这与他通过"文艺复兴"来建构现代中华文明的追求是一脉相承的。

同一时期，周作人运用英国神话学派人类学的理论，开始对中国的神话及传说、童话展开理论研究。他认为："神话传说、童话儿歌，都是古代没有文字以前的文字，正如麦卡洛克的一本书名所说，是'小说之童年'。"[2]"上古之时，宗教初萌，民皆拜物，其教以为天下万物各有生气，故天神地祇，物魅人鬼，皆有定作，不异生人，本其时之信仰，演为故事，而神话兴焉。"[3] 周作人对于神话的引介与论述，以人类学的观点追溯了神话起源，同时提及了神话是"小说之童年"的观点，涉及神话研究的"学术"与"文艺"两种可能。这些观点不仅在 20 世纪初期具有开拓性的意义，在当下依然是神话研究的重要部分。

此后，顾颉刚提出了"层累的神话观"，并通过《虞初小说回目考释》《东岳庙游记》《鲧禹的传说》等一系列文章，建立了相应的古史和神话研究方法，从多个角度厘清了神话与历史的关系。作为胡适的学生，顾颉刚对于神话、历史的看法，深受胡适"疑古"思想影响。但是胡适对此并没有作具体的考察，顾颉刚"古史辨派"神话研究方法的提出，可视为胡适对于历史和神话思考的深化与细化。

在前辈学人研究的基础上，中国现代第一部神话研究专著——茅盾的《中国神话研究 ABC》于 1929 年出版。茅盾借鉴安德鲁·兰和麦根西的理论，结

---

[1] 胡适：《白话文学史》（上卷），见胡适著，季羡林主编《胡适全集》（第 11 卷），合肥：安徽教育出版社，2007 年版，第 277 页。

[2] 周作人：《知堂回想录》，香港：三育图书有限公司，1980 年版，第 252 页。

[3] 周作人：《童话略论》，见吴平、邱明一编《周作人民俗学论集》，上海：上海文艺出版社，1999年版，第 39 页。

合同辈学人的研究成果，对中国神话进行了具体而深入的论述，专著涉及中国神话的性质和范围、中国神话过早消歇的原因、原始人的宇宙观与生活状况，还有神话形成的关系等相关问题，并结合欧洲对神话的分类体系方法，将中国神话分为六大类(详参上一小节)。自此，中国神话研究在研究范围、历史特点、研究方法和系统分类方面均有相当的进展，为神话领域的后来学者的研究奠定了良好的基础。

二、歌谣研究

民间文学在西方发端的初期，学者们关注的重点往往在史诗等题材较为宏达的作品上，并以此来建构对于民族国家的新解，但中国的状况明显与之不同。中国自古有着自上而下的采诗制度，用以"王者所以观风俗，知得失，自考正也"[①]。二十世纪初作为一个发生剧变的社会转型期，从歌谣的采集入手，进行思想启蒙与文艺复兴，显然是非常容易被知识分子接受的一条路径。

作为新文化运动的一部分，中国的歌谣征集运动在发起过程中明显带有学术研究与文艺复兴两大目的，即周作人在1922年歌谣周刊创刊词中所说的"文艺的"与"学术的"两个目的并行不悖。而对于民间文学学科的不自觉建构，正是在两种思想交互影响之下的实践中逐渐成形的。

笔者以下将从上述两个视角出发，来总结二十世纪初歌谣研究的发展得失。

二十世纪初知识分子对于歌谣的重视，首先是出于文艺复兴的目的。早在歌谣运动发起之前，胡适就进行过用白话进行诗歌创作的尝试。1917年《文学改良刍议》开风气之先，直接引发了文学的现代转型，并促成了北大歌谣运动的诞生。而作为对时代新声的应和，歌谣征集运动声势浩大，得到社会各界的大力响应，所涉及的范围、达到的深度已大大超出前辈学人的预期，成为中国民间文学学科之先声。

受白话文学运动的影响，刘半农、沈尹默首先开始了对民间歌谣的征集。

---

① 班固：《汉书·艺文志》，见上海古籍出版社、上海书店编《二十五史》(第1册)，上海：上海古籍出版社、上海书店，1995年版，第528页。

刘半农在《国外民歌译·自序》里写到了歌谣运动发起时的情景：

> 那天，正是大雪之后，我与尹默在北河沿闲着走。我忽然说："歌谣中也有很好的文章，我们何妨征集一下呢？"尹默说："你这个意思很好，你去拟个办法，我们请蔡先生以北大的名义征集就是了。"……中国征集歌谣的事业，就从此开始了。[①]

可见，歌谣征集运动伊始，刘、沈二人已经开始通过采集歌谣来为新文学所用、把歌谣采集作为一种学习。相比传统通过采诗来考证政治得失的观点，此时的知识分子群体已经具有了"到民间去"发现民间的智慧，从而进入胡适所倡导的"文艺复兴"的意识。

在刘半农、沈尹默二人倡导之下，北大歌谣征集处成立。刘半农随即成为歌谣运动的首倡者和白话新诗创作的积极分子。在 1917 年自故乡江阴北上途中，刘半农向船夫采集记录了 20 首吴语民歌，并辑录为《江阴船歌》准备出版，成为"中国民歌的学术的采集上第一次的成绩"[②]。在北大歌谣征集运动影响之下，顾颉刚于 1919 年 2 月开始了苏州的歌谣搜集，并结集出版，即后来为人称道的《吴歌甲集》。在这些前期搜集工作中，学者们已经有了对于歌谣所处的语言环境、民俗场域的关注。这无论是对于当时民间歌谣所承载的地方认同功能的认识，还是对于后续研究的完善，都是难能可贵的。

随着 1920 年北大歌谣研究会成立及 1922 年《歌谣》周刊创刊，歌谣研究迎来了新的机遇。以"学术"与"文艺"两个明确的目的为纲，周作人也进行了一系列歌谣征集与研究。在对待民间歌谣的态度上，周作人同样秉持着以英国人类学派进化论为主的研究观点，对于歌谣的文艺功能的关注较同一时期其他学者要少。当然，身处歌谣运动中心的周作人也看到了歌谣的积极一面，他在《猥亵的歌谣》中指出："我们见了中产阶级的蓄妾宿娼，乡民的私通，要知道这未必全然由于东方人的放逸，至少有一般是由于求自由的爱之动机，不过方

---

① 刘半农：《自序》，见《国外民歌译》，上海：北新书局，1927 年版。
② 周作人：《中国民歌的价值》，见吴平、邱明一编《周作人民俗学论集》，上海：上海文艺出版社，1999 年版，第 103 页。

法弄错了罢了。猥亵的歌谣，赞美私情种种的民歌，即是有此动机而不实行的人所采用的别求满足的方法。"① 在新旧交替的社会背景下，对歌谣中所内涵的情感的发掘以找寻中国民间的自由传统，在当时颇有思想解放的积极意义。

胡适有关歌谣的认识，最早见于其在 1922 年《读书杂志》第二期发表的《北京的平民文学》。该文受意大利使馆华文参赞卫太尔男爵（Baron Guido Vitale）的歌谣集《北京歌唱》（Pekinese Rhymes）的启发而著。卫太尔不仅在此书中收录了他搜集的 170 北京歌谣，还为每首歌谣配上了翻译和注释。卫太尔对歌谣的价值的重视影响了胡适："根据在这些歌谣之上，根据在人民的真感情之上，一种新的'民族的诗'也许能产生出来呢?"② 《北京的平民文学》提到，常惠送给胡适《北京歌唱》的时间是"前年"，也即 1920 年，这与《白话文学史》最初开始构思的时间大致重合。可见这一时期，胡适对于歌谣运动的应和，有着通过对诗歌语言、诗歌意蕴的重新发现来建构"民族的诗"，进而实现对于传统中国的重新发现和时代复兴的实际思考。

在肯定作为民间文艺的歌谣对于当时社会的实际作用的同时，对于歌谣的理论研究和方法探讨，并行不悖地得以发展。1918 年 11 月，刘半农编订的《歌谣选·第 61》在《北京大学日刊》发表，引发了常惠、罗家伦二人的来信讨论。刘半农借此发表了关于研究"歌谣随时代与地方为转移，并非永远不变之一物"，继而提出"吾辈今日研究歌谣，当以'比较'与'搜集'并重。所谓比较，即排列多数之歌谣，并用研究科学之方法，以证其起源流变。虽一音一字之微，苟可讨论，亦大足增研究之兴味也"，在此基础上，胡适对歌谣的比较展开了进一步的具体论述。1921 年，胡适在《歌谣比较研究法的一个例》中引入"母题"概念和"比较研究法"：

> 有许多歌谣是大同小异的。大同的地方是他们的本旨，在文学的术语上叫做"母题"（motif）。小异的地方是随时随地添上的枝叶细节……把这

① 周作人：《猥亵的歌谣》，见吴平、邱明一编《周作人民俗学论集》，上海：上海文艺出版社，1999 年版，第 120 页。
② 胡适：《北京的平民文学》，见胡适著，季羡林主编《胡适全集》（第 2 卷），合肥：安徽教育出版社，2007 年版，第 833 页。

些歌谣比较着看，剥去枝叶，仍旧可以看出他们原来同出于一个"母题"。①

"母题"概念和"比较研究法"的研究方法原本是国外研究神话或传说的方法，但胡适通过对中国歌谣的实例分析证明，二者同样适用于对中国歌谣的研究。胡适在这篇文章中列举歌谣《看见她》。他说这首歌谣全中国都有，若去搜集，"至少可得一两百种大同小异的歌谣：他们的'母题'是'到丈人家里，看见了未婚的妻子'"。②

继而，董作宾花费了十多年的时间，把收集来的68首歌谣按照胡适的方法进行整理研究后，终成佳篇——《一首歌谣整理研究的尝试》。董作宾自己也承认："我当然受了胡先生很大的暗示，我那篇文字研究的结果，丝毫也不曾跳出胡先生所指出的轨范。"③ 自此，对于不同"母题"进行"比较研究"，进而透视这样民间文学体裁的内涵与外延，成为中国民间文学研究的基本方法。

与此同时，在《白话文学史》中，胡适对两汉、三国、南北朝的"民间歌辞"都有涉及，举了大量历史上的民歌作为白话文学的例证，如《李延年歌》（北方有佳人）、《江南可采莲》等。虽然由于这部文学史仅有半部而缺失唐以后的民间歌谣论述，但得益于胡适的倡导，文学研究视野下的歌谣研究工作得以更好地展开。在其影响下，郑振铎的《中国俗文学史》中特设"唐代的民间歌赋""明代的民歌"和"清代的民歌"三章以作介绍与论述，可以算作是对胡适歌谣研究的肯定与继承。

三、方言文学研究

随着歌谣运动的发展，民间文学的方言问题越来越得到学者们的重视。胡

---

① 胡适：《歌谣比较研究法的一个例》，见胡适著，季羡林主编《胡适全集》（第2卷），合肥：安徽教育出版社，2007年版，第825页。
② 胡适：《歌谣比较研究法的一个例》，见胡适著，季羡林主编《胡适全集》（第2卷），合肥：安徽教育出版社，2007年版，第826页。
③ 董作宾：《〈看见她〉之回顾》，《歌谣》周刊第3卷第2期，1937年4月10日。

适对方言文学的关注使他成为"使用'方言文学'概念的第一人"①。胡适幼年在学堂中曾有将古文翻译为方言向旁人介绍的经历，加之歌谣运动的先行者对于方言字句记录的重视，使胡适逐渐意识到：在白话的基础上，方言具有独特的文化内涵和地域文化认同的重要作用。早在1918年，胡适便萌生了通过对方言的关注，为文学创作提供更多可能性的想法：

> 将来国语文学兴起之后，尽可以有"方言的文学"。方言的文学越多，国语的文学越有取材的资料，越有浓富的内容和活泼的生命。
>
> ......
>
> 国语的文学造成之后，有了标准，不但不怕方言的文学与他争长，并且还要倚靠各地方言供给他的新材料，新血脉。②

当然，此时胡适对于方言的关注，只是将其作为文学创作的基础，而并未将其作为一个单独的门类进行研究。在同一时期，刘半农《江阴船歌》的搜集，开始了从方言领域切入民间文学搜集和研究工作的首次尝试。在胡适、刘半农影响下，顾颉刚开始了对家乡苏州的歌谣搜集活动，并辑录为歌谣集册《吴歌甲集》，更多地将对方言的关注运用于民间文学的采集与研究中。相比刘半农的初步整理，顾颉刚的搜集在歌谣数量、方言范围方面都大为拓展：涵盖了江苏大部、安徽与浙江省部分地区等号称天下最富的吴语方言区，书中所收吴歌百首都用苏州话记录，并逐一增加方言注释。③ 一度可谓当时的方言文学范本。④ 1925年，胡适应邀为《吴歌甲集》作序：

---

① ［美］洪长泰：《到民间去——1918—1937年的中国知识分子与民间文学运动》，董晓萍译，上海：上海文艺出版社，1993年版，第101页。
② 胡适：《答黄觉僧君〈折衷的文学革新论〉》，见胡适著，季羡林主编《胡适全集》（第1卷），合肥：安徽教育出版社，2007年版，第108页。
③ ［美］洪长泰《到民间去——1918—1937年的中国知识分子与民间文学运动（新译本）》，董晓萍译，北京：中国人民大学出版社，2015年版，第75页。
④ ［美］洪长泰《到民间去——1918—1937年的中国知识分子与民间文学运动（新译本）》，董晓萍译，北京：中国人民大学出版社，2015年版，第76页。

国语的文学从方言的文学里出来，仍须要向方言的文学里去寻他的新材料、新血液、新生命。这是从"国语文学"的方面设想，若是从文学的广义着想，我们更不能不倚靠方言了。①

在对学生顾颉刚的工作表示肯定与赞同的同时，胡适对于方言文学的位置有了更为系统的认识。不单认为方言文学可以为国语文学提供"新材料、新血液、新生命"，同时也肯定了方言文学在"文学的广义"方面的价值，即作为民间文学的独特价值和对于民间文学研究的价值。秉持这一理念，胡适对于方言文学作品，可谓处处留心。从偶然买到的小说《风月梦》中，有一段描写妓女生活的小曲，胡适注意到此种反映扬州风俗的小曲具有采录价值，因此"做一篇小文，选其中词调尚佳者，记录在《扬州的小曲》"② 中。1926年，亚东图书馆初版《海上花列传》面世，收录了胡适为该书写的长序。在序言中，他称这部小说是"吴语文学的第一部杰作"③，称"《海上花》的胜利不单是作者私人的胜利，乃是吴语文学的运动的胜利"。④

值得注意的是，此时的胡适对于方言的关注实则是横跨我们今人所定义的"民间文学"与"作家文学"两个层面的，而将方言文学引入民间文学具体研究的刘半农、顾颉刚等人，也尚未对方言文学给出具体的定义。这一时期的"方言文学"研究，只是一种发端与开拓，对于这一门类的具体定义，还有待后来学者的接续。

在这一学者群体的倡导下，1924年1月26日，林语堂专门主持成立方言调查会，为歌谣运动的发展开辟新的阵地。同时发表了《北大研究所国学门方言调查会宣言书》，规定调查会的任务是：1. 制定方音地图。2. 考定方言音声，及规

---

① 胡适：《〈吴歌甲集〉序》，见胡适著，季羡林主编《胡适全集》（第3卷），合肥：安徽教育出版社，2007年版，第756—757页。

② 胡适：《扬州的小曲》，见胡适著，季羡林主编《胡适全集》（第3卷），合肥：安徽教育出版社，2007年版，第751页。

③ 胡适：《〈海上花列传〉序》，见胡适著，季羡林主编《胡适全集》（第3卷），合肥：安徽教育出版社，2007年版，第520页。

④ 胡适：《〈海上花列传〉序》，见胡适著，季羡林主编《胡适全集》（第3卷），合肥：安徽教育出版社，2007年版，第528页。

定标音字母。3. 调查殖民历史（即从语言角度来研究民族迁徙的历史）。4. 考定苗夷异种的语言。5. 依据方言的材料反证古音。6. 扬雄式的词汇调查。7. 方言语法的研究。[①] 为了克服汉字在标音上的困难，还制定了一套记录方言的字母（采用国际音标并加以适当的变通），并且标注了 14 种方音作为实例。可以看出，方言调查会对于方言研究有着系统的理论与方法追求。在他们的倡导下，《歌谣》《国语周刊》等刊物上就陆续有方言研究方面的文章发表。但总的来说，这一时期的文章对于方言常流于介绍或描述，分析研究则较为粗浅。

1936 年，《歌谣周刊》在胡适的主持下复刊。为了进一步推进歌谣研究，胡适于 1937 年发表《全国歌谣调查的建议》，提出要调查全国歌谣的分布情况，通过各地歌谣在体例和特点上的相同和相异之处，掌握各省各县歌谣的种类、发源和流布等情形，希望通过分地区的调查和统计，得出"全国歌谣分布区域图"和更精密的"全国歌谣分布流传区域图"。这与欧洲、日本对于民间文学的历史-地理研究和绘制民俗地图的方法颇为相似。但随着战争的逼近，这些可贵的探索未能得到深入。

四、古史传说与有演变历史的小说研究

中国古典小说多是历史上不同时代的传说整合而成，因此在 20 世纪初的民间文学研究中，对通俗小说的历史考证和对古史传说的研究相伴而生。以胡适、顾颉刚为代表的学人在这一方面的开拓，使古史传说与有演变历史的小说研究成为中国民间文学中一个有代表性的类别。

在中国文化传统中，小说向来不受正统文化所重视，被称为"稗官野史"，难登大雅之堂。但也正是这一特点使通俗小说能够表现正史和正统文学所掩盖的民间传统。另一方面，许多小说都是在同民众讲述的过程中不断丰富与完善的，真实记录着民众的愿望与心灵史，因此通俗小说有着更多文化上的张力。明清以来，市民阶级的兴起推动着通俗小说的创作与流传，与之相应，对小说的评点、批注也成为文士阶级闲暇时候的消遣。到了清末民初，梁启超更是提

---

① 袁宝华、翟泰丰主编：《中国改革大辞典》，海口：海南出版社，1992 年版，第 2811 页。

出了"小说界革命"的口号，无疑是对小说具有的民间性和小说对于社会风气改造作用的肯定。

在这些思想与理论的基础上，加之对"野史""小道"兴味浓厚，胡适也开始进入到小说的研究。他对小说的理论性思考，较之前人更为系统，他不仅在小说考证方面硕果累累，对四大名著和《醒世姻缘传》等流行于民国时期的通俗小说，都表达了自己的见解。他以作序或导论的方式研究和介绍了《儿女英雄传》《三侠五义》等近世小说。在实践中，胡适提出"历史演进法"与"箭垛式人物""滚雪球式"的小说变迁规律；将中国传统对于诗文的考据方法引入通俗小说与古史传说的研究中，不仅开拓了民间文学研究的视野与方法，也是对小说和民间传说等文类学术价值的重新定位。

胡适对通俗小说的考证硕果累累，其中所占篇幅最大，也最为重要的当属《水浒传》考证系列文章，胡适对古史传说与通俗小说的主要观点和方法论都能从中窥见一斑。胡适认为，《水浒传》是数百年来历史记载和民间传说不断演进和增删的整合过程。胡适肯定了金圣叹对《水浒传》的评点，认为他已经注意到了小说的人民性，在当时的时代背景下是难能可贵的。同时，金评《水浒传》又存在对于现实意义的轻视的弱点。依胡适看来，"《水浒》的故事乃是四百年来老百姓与文人发挥一肚皮宿怨的地方。宋、元人借这故事发挥他们的宿怨，故把一座强盗山寨变成替天行道的机关。明初人借他发挥宿怨，故写宋江等平四寇立大功之后反被政府陷害谋死。明朝中叶的人——所谓施耐庵——借他发挥他的一肚皮宿怨，故削去招安以后的事，做成一部纯粹反抗政府的书"。[①] 这不仅是胡适对《水浒传》与民间关系的认识，也为一般民间文学现象的考察带来了历史演进的视角："这种种不同的时代发生种种不同的文学见解，也发生种种不同的文学作物——这便是我要贡献给大家的一个根本的文学观念。"[②] 这一文学观念之后被他概括为"历史演进法"。

胡适的"历史癖"和"考据癖"使他在研究文学之时常常脱离对作品本身

① 胡适：《〈水浒传〉考证》，见胡适著，季羡林主编《胡适全集》（第1卷），合肥：安徽教育出版社，2007年版，第514页。
② 胡适：《〈水浒传〉考证》，见胡适著，季羡林主编《胡适全集》（第1卷），合肥：安徽教育出版社，2007年版，第516页。

的分析，不是滑入历史学考据的路子，就是透过文学作品而生发出关于文学的理论来。在《〈三侠五义〉序》中，胡适便从包公和李宸妃的传说中生发出"箭垛式的人物"和"滚雪球"式的演变规律的理论，这与《古史讨论的读后感》中提出的"历史演进法"一脉相承。这种方法的萌芽早在胡适对井田制与禅让传说进行研究时就出现了，胡适对它进行了方法论层面的升华后，在顾颉刚关于孟姜女传说等一系列民间故事研究中发挥了重要作用。美国近代学者 R. D.詹姆森在读到胡适《狸猫换太子故事的演变》一文后，对胡适的历史演进法大加赞赏，"这故事，从宋代的史书笔记，到元代戏曲、清代小说，完成了一个历史事实（或历史传说）到民间故事的漫长历程"。①

胡适对于古史传说与通俗小说的研究也给他的学生顾颉刚带来了巨大的启发。顾颉刚发表于 1927 年的《孟姜女故事研究》，正是运用了地理的考察和历史演变的分析法，对古史传说的典型——孟姜女故事进行了系统而深入的梳理。顾颉刚的成功不仅证明了运用"历史演进法"进行民间文学研究的有效性，也让小说、传说在中国文学研究中有了一个重新的定位。

五、故事诗研究

故事诗（Epic）是胡适在《白话文学史》中引入的一个新概念。"故事诗"兼具"故事"与"诗歌"的特点，因此可被视为民间文学中一个小的门类。从民间歌谣中另辟出一类叙事特点鲜明的叙事歌谣或叙事诗，在歌谣的研究中纳入了叙事的视角，这也是胡适的独到之处。

胡适对"故事诗"这个概念并无明确的定义，但是他抓住了故事诗最大的特点："故事诗的精神全在于说故事：只要怎样把故事说的津津有味，娓娓动听，不管故事的内容与教训。"② 换言之，故事诗并不重视教化、讽喻等社会意义，而以故事的生动曲折为追求。这一特点也决定了故事诗从民间而起，而非

---

① ［美］R·D·詹姆森：《一个外国人眼中的中国民俗》，田小杭、阎苹译，上海：上海文艺出版社，1995 年版。

② 胡适：《白话文学史》（上卷），见胡适著，季羡林主编《胡适全集》（第 11 卷），合肥：安徽教育出版社，2007 年版，第 278 页。

产生于文人阶级。胡适对中国民间的故事诗起源较晚这一问题提出了可能的解释，他通过考察蔡琰长篇自纪诗文中的故事诗趋势、民间秦女休故事诗的流变，推断建安、泰始之间（200—270）是故事诗的起源时代，进而考证了"古代民间最伟大的故事诗"——《孔雀东南飞》出现的时间。在对具体的考证中，胡适运用了比较研究法和"母题"的概念来分析故事诗的异文，从而扩大了"母题"的使用范围、比较研究法的应用范围，给民间文学的研究带来了启发。

此外，胡适还提出南北的故事诗各有其特点，北方主要表现为"英雄文学"，如《木兰诗》和《秦女休（行）》；南方主要表现为"儿女文学"，如上文提到过的《孔雀东南飞》和《日出东南隅》。而南北朝的统一，又使故事诗的发展趋于整合。① 他从地域分异的角度出发，认为不同的历史、不同的传统造就了不同性格和气质的民族，而人民创造的文学中必然会体现这种差异，南北故事诗因此表现出截然不同的风格。这种对故事诗的认识或许有简单化的倾向，但至少说明，胡适已经有了从地域分异的角度去认识故事诗，进而认识民众的内在个性的探索意识；同时也说明，对于文学民间性、民族性的重视，始终伴随着胡适对于具体文类的思考。

以上是二十世纪初的中国民间文学学界在民间文学的各种体裁中成果丰富或值得留意的类项，事实上，对民间文学的分类研究和具体文类研究远不止这些。还有许多文学形式和体裁，也引起了学者的注意，这些都是中国民间文学实践研究取得的丰硕成果。

诚然，中国民间文学的分类这一论题还有许多尚待完善之处。比如，胡愈之、茅盾对西方理论的套用，无法弥合中西体裁的实际错位。周作人对西方理论和方法的接受，贯穿了他做民间文学研究的始终，同时也限制了他的研究视野。胡适站在中国民间文学的出发点上对民间文学整体类别进行宏观把握，这使他的研究方法与成果突出了中国民间文学特点。但遗憾的是，由于胡适没有明确的学科意识，他的民间文学实践没有能够形成一套系统的理论体系，很多时候表现出零散而稍显杂乱的特点，在许多理论的探索上也存在漏洞。胡适虽

---

① 胡适：《白话文学史》（上卷），见胡适著，季羡林主编《胡适全集》（第 11 卷），合肥：安徽教育出版社，2007 年版，第 308 页。

然提出并讨论了许多概念，但他没有对这些概念进行明确的界定，这不可避免地带来指称模糊的后果。因此，胡适对中国民间文学的分类，有些地方存在着重复和混用的现象。比如，方言文学中的地方民歌同时归属于民间歌谣；在对小说的考证中，神话、传说、故事这些内涵和外延都有区别的名词，常常被不加区分地混在一起使用。

用历史的眼光来看，二十世纪的中国学者们无论是从西方找寻能够用于中国的方法，还是在实践中产生一些对中国民间文学的认识，他们在歌谣学、神话学等各门学科的开拓工作都是宝贵的。其中，胡适以中国民间文学的对象为本位，抓住了中国民间文学的要义，对民间歌谣、故事诗、方言文学等概念的提炼和对学科意义上理论、实践和方法论的探索，是不自觉的学科意识下的自觉的民间文学实践研究。胡适看似模糊甚至略带粗糙的民间文学实践研究，不仅对他所处的那个时代，甚至对我们当下的民间文学研究和学科建设依然极富启发意义。

第四章　民间文学方法论思考及影响

　　就民间文学、民俗学的研究方法而言，人们耳熟能详的有田野调查法、资料搜集整理法等。刘半农提倡"比较"与"搜集"并重，[①] 周作人认为民歌是"民俗研究的材料"，"无论如何粗鄙，都要收集保存"。[②] 胡愈之在《论民间文学》中提到，民间文学研究应该分阶段进行，首先是把材料收集起来，然后对材料进行归纳和汇总，"但现在研究我国民间文学，还没有现成的研究资料，所以应该从采集入手"。[③] 可见，搜集和整理的方法也是二十世纪初乃至现在民间文学惯常使用的研究方法，在很大程度上推动了学科研究的深入和发展，学界对此也多有研讨。

　　材料的收集、整理很重要，但分析研究也同样重要，如果没有相应的研究方法，材料也只能是一堆散乱的东西，如果没有材料的分析，也就没有研究的进展。著名科学哲学家波普尔以为："对于科学发展重要的不是致力于收集事实，而是要提出大胆的提供更多信息的经得住实验和批判检验的假说。"[④] 并指出这并不仅是作为科学独有的方法，也为哲学、文学、政治学等社会科学所适用，即具有普适性价值。波普尔的方法论常被总结为"大胆猜测，小心否证"，

---

① 《罗家伦与刘复来往之函》，《北京大学日刊》第 258 号，1918 年 11 月 25 日。
② 周作人：《中国民歌的价值》，见吴平、邱明一编《周作人民俗学论集》，上海：上海文艺出版社，1999 年版，第 103 页。
③ 胡愈之：《论民间文学》，见苑利主编《二十世纪中国民俗学经典·民俗理论卷》，北京：社会科学文献出版社，2002 年版，第 7 页。
④ ［英］K.R.波珀：《科学发现的逻辑》，查汝强、邱仁宗译，北京：科学出版社，1986 年版，第 247 页。

这自然会让我们联想到胡适方法论上的十字真言"大胆的假设，小心的求证"。户晓辉断言，民间文学学科之所以以"民间白话"的发现为开端，乃是因为学人们掌握了科学研究的方法。"中国现代学者对民间文学的'发现'之所以以'民间白话'和'童话'的'发现'为开端，并不是因为他们有朝一日忽然灵机一动，从所谓现实中'找出'了这些东西，而是因为他们有了'科学观察的方法'和知识的透镜才使这些对象呈现出来。"①

　　本章节从宏观与微观两方面对方法论予以阐释。对"大胆的假设，小心的求证"作历史的考辨，进而对"大胆的假设"概念作出新的解析，既用以确证民间文学乃是借助"假设"构建"新范式"的尝试，也为当下民间文学方法论研究及学科建设等问题提供新的启示。胡适引入的"母题"概念，还有歌谣研究的"比较研究法"，有演变历史的小说研究的"历史演进法"，"箭垛式"的人物研究和"滚雪球"式的情节研究概念和方法，在相当大的程度上改变了当时民间文学研究方法缺失的现状。歌谣的"比较研究法"和有演变历史的小说研究的"历史演进法"直接影响到董作宾的《一首歌谣整理研究的尝试》和顾颉刚的孟姜女故事研究，钟敬文称誉两者为"这时期口承民间文艺学上的'双璧'"。② 笔者对"母题"概念、比较研究法和历史演进法均有过专文论述。关于"箭垛式"人物研究、"滚雪球式"情节研究，胡适仅是在谈论相关人物和情节时有所提及，但未在学理的层面展开阐释。本章节试图挖掘"箭垛式"人物研究、"滚雪球式"情节研究等具有鲜明中国特色概念的内在理论潜质，打造中国民间文学理论名片，以期对中国民间文学重外围轻本体的传统学术理路多有纠偏作用。

第一节　对胡适"十字真言"方法论的历史考辨

　　"大胆的假设，小心的求证"当属二十世纪初中国学界影响最大、争议最

---

① 户晓辉：《现代性与民间文学》，北京：社会科学文献出版社，2004 年版，第 118—119 页。
② 钟敬文：《五四时期民俗学文化学的兴起——呈现于顾颉刚、董作宾诸故人之灵》，见《民俗文化学梗概与兴起》，北京：中华书局，1996 年版，第 106 页。

大的方法论，学界对其评价存有诸多的误解。这虽是一个老话题，但也是一个新话题，不仅因为对其方法论本身存有诸多的误解，而且新颖性也可通过对已有命题的重新阐释予以实现。考辨与厘清这一理论方法的学术来源，挖掘和还原方法论背后科学哲学的学术理路，以确证其作为"仍然方兴未艾""仍然能成一家之言"① 的方法论构架，并希冀以此获得一般意义上方法论的普遍性认识和结论。

一、错位与误读：基于哲学和实证下的方法论批评

1921年，胡适总括清代学者的治学方法为"大胆的假设，小心的求证"，"假设不大胆，不能有新发明。证据不充足，不能使人信仰。"② 胡适强调假设与证据同等重要，并将这种方法称为科学的方法，"在应用上，科学的方法只不过'大胆的假设，小心的求证'"。③ "科学方法只是'假设'（Hypothesis）与'证实'（Verfication）的符合。"④ 胡适借古今中外史实案例论证这种方法于自然科学与社会科学领域均具有普遍的共通性和可行性，"在历史上，西洋这三百年的自然科学都是这种方法的成绩；中国这三百年的朴学也都是这种方法的结果"。⑤

有学者认为胡适的这一研究方法在晚年发生了转变，即从"十字法"到"四字法"（勤、谨、和、缓），⑥ "从十字法到四字法，胡适经历了几年的摸索，

① ［美］江勇振：《舍我其谁：胡适（第一部：璞玉成璧，1891—1917）》，北京：新星出版社，2011年版，第285页。
② 胡适：《清代学者的治学方法》，见胡适著，季羡林主编《胡适全集》（第1卷），合肥：安徽教育出版社，2007年版，第363页。附记说明此篇第一至第六章作于1919年8月，第七章作于1920年春，第八章作于1921年11月。"大胆的假设，小心的求证"的提法出现在第八章。
③ 胡适：《治学的方法与材料》，见胡适著，季羡林主编《胡适全集》（第3卷），合肥：安徽教育出版社，2007年版，第132页。
④ 胡适：《科学概论》，见胡适著，季羡林主编《胡适全集》（第8卷），合肥：安徽教育出版社，2007年版，第84页。
⑤ 胡适《治学的方法与材料》，见胡适著，季羡林主编《胡适全集》（第3卷），合肥：安徽教育出版社，2007年版，第132页。
⑥ 郭豫适：《从"十字法"到"四字法"——胡适的治学方法论及其他》，《胡适研究丛刊》第2辑，北京：中国青年出版社，1996年版，第224页。

其变化在 1928 年写《治学的方法与材料》时已露端倪"。① 但笔者以为，"四字法"更为突出的是具体的学习方式、学习态度和学习方法，与"十字法"本身并无抵牾之处。胡适 1959 年 11 月在台湾大学讲演时还反复强调十字法："至于科学方法，我只讲十个字，那就是'大胆的假设，小心的求证'。这两句话合起来是一个口号，一个标语，一个缩写。我把许多很复杂的问题，给他缩写成这十个大字。"② 可见，胡适对"十字法"的认知和倡导是一以贯之、穷其一生的。

学界普遍认为胡适方法论主要受杜威实验主义哲学的影响。季羡林就明确指出，胡适有名的"大胆的假设，小心的求证"，"是他从杜威那里学来而加以简化和明确化了的"。③ 罗志田说："综观胡适一生，他不但在哲学方法上把握了杜威思想的基本精神，更像杜威一样希望把哲学从'哲学家的问题'中解放出来，使它变作'一般人的问题'；其主张用'科学方法来研究社会改造社会'，正是杜威思路的最深切体会和运用。"④ 有学者确信："在方法论层次上，他的确不折不扣的是杜威的信徒。"而胡适自己也多次对此有过明确的表述："我治中国思想与中国历史的各种著作，都是围绕着'方法'这一观念打转的。'方法'实在主宰了我四十多年来所有的著述。从基本上说，我这一点实在得益于杜威的影响。"⑤

学界在肯定胡适受杜威哲学影响的同时，也关注到其方法来源的多样性。季羡林认为"十字法"的来源还有尼采和宋代哲学家张载等的影响。胡适的弟子唐德刚以为，胡适的治学方法乃是中西方法的集合，"他始终没有跳出中国'乾嘉学派'和西洋中古僧侣所搞的'圣经学'的窠臼"。⑥ 唐德刚提到了具有

---

① 桑兵：《横看成岭侧成峰：学术视差与胡适的学术地位》，《历史研究》2003 年第 5 期。桑兵对郭豫适的观点表示赞同，认为胡适后期开始将治学方法由十字真言（大胆的假设，小心的求证）改为四字诀（"勤、谨、和、缓"）。

② 胡适：《科学精神与科学方法》，见胡适著，季羡林主编《胡适全集》（第 8 卷），合肥：安徽教育出版社，2007 年版，第 181 页。

③ 季羡林：《胡适全集·序》，见胡适著，季羡林主编《胡适全集》（第 1 卷），合肥：安徽教育出版社，2007 年版，第 20 页。

④ 罗志田：《杜威对胡适的影响》，《四川师范大学学报（社会科学版）》2002 年第 6 期。

⑤ 胡适：《胡适口述自传》，见胡适著，季羡林主编《胡适全集》（第 18 卷），合肥：安徽教育出版社，2007 年版，第 249 页。

⑥ 胡适：《胡适口述自传》，见胡适著，季羡林主编《胡适全集》（第 18 卷），合肥：安徽教育出版社，2007 年版，第 292 页。

诠释学意味的"圣经学",并特别强调其方法只是西学为表，中学为底①，不过，桑兵却以为近代中国的思想"大都以西为本，属于摹仿而非原创"。② 胡适自然也不例外。

暂且撇开"十字法"是以西学还是以本土化为主不论，综观上述评论，主要还是围绕着"求证"层面展开，应该说，这与中国的学术传统及胡适的自我表述和研究导向不无关联，因此对西方理论的理解也多向此倾斜。本土化的治学方法，"事实上是我国最传统的训诂学、校勘学和考据学的老方法"③，就胡适例证清代学者的治学方法时，"大概多偏重求证的一方面"。④ 有学者认为清代考据学家提出的"实事求是"口号与实验主义倡导的"实验是真理的唯一试金石"有内在勾连，由此，"胡适在方法论的层次上把杜威的实验主义和中国考证学的传统汇合了起来，这是他的思想能够发生重大影响的主要原因之一"。

着眼于"小心的求证"，很容易从中找到中西方法论的交叉点和交集处，以往对胡适"十字真言"的肯定或否定也多出于此。王元化肯定"胡适为我们的现代学术开辟了注重方法论的新方向"，但他对其所提倡的实验主义哲学方法并不苟同。⑤ 桑兵认为胡适的成绩主要在于推广，学术方法影响不是很大，"深入一层看，第一流的学人大都在胡适的十字真言笼罩之外，并且对其方法的科学性不以为然"。⑥ 桑兵主张应分别从学术和思想两方面来评价胡适的方法论，即学术含量不高，但不否认胡适在中国思想史上的地位和影响。然这样的论断似乎也存在着一个内在的矛盾，既然学人对其方法不以为然，学术方法影响不大，那又何来推广的成绩呢？

不过，这样的观点在学界似乎也得到不少学人的认同，尤其在哲学界，对

① 胡适：《胡适口述自传》，见胡适著，季羡林主编《胡适全集》（第 18 卷），合肥：安徽教育出版社，2007 年版，第 169 页。
② 桑兵：《横看成岭侧成峰：学术视差与胡适的学术地位》，《历史研究》2003 年第 5 期。
③ 胡适：《胡适口述自传》，见胡适著，季羡林主编《胡适全集》（第 18 卷），合肥：安徽教育出版社，2007 年版，第 291 页。
④ 胡适：《清代学者的治学方法》，见胡适著，季羡林主编《胡适全集》（第 1 卷），合肥：安徽教育出版社，2007 年版，第 388 页。
⑤ 王元化：《胡适的治学方法与国学研究》，《读书》1993 年第 9 期。
⑥ 桑兵：《晚清民国的国学研究》，上海：上海古籍出版社，2001 年版，第 8 页。

胡适方法论评价不高，非议颇多。他们认为胡适思想肤浅，哲学功底薄弱。金岳霖认为："西洋哲学与名学又非胡先生之所长，所以在他兼论中西学说的时候，就不免牵强附会。"[①] 其套用方法论自然也是简单粗糙。有学者概述说："几十年来，颇有人批评胡适的思想太浅，对于许多比较深刻的问题都接触不到。他提倡的'科学方法'仅流为一种通俗的'科学主义'和'实证主义'。"就连对胡适赞誉有加的唐德刚也对其"十字法"多有微词，责之为过时的理论，是"陈枪烂炮"。[②]

很显然，学界对方法论的评述主要集中于西方实验主义哲学与中国考据学，具体落脚于"求证"，而对于"大胆的假设"却少有论及，谈及的话，也多持否定的态度。如杨贞德认为胡适"未就知识的客观结构探讨所谓'大胆假设'的功能与限制"。[③] 重"求证"轻"假设"，这应该与中国学术重训诂考据的传统理路有关，也和胡适推崇清代学术方法，自诩为杜威门徒，将方法论视为"实验主义产物"等言论有关。但剥离"假设"，仅以"求证"立论，难以窥探方法论之全貌。而以杜威实验主义哲学方法予以解释，又屡屡有诸多与其方法论不相恰适之处，于是，学人常以胡适误读或不通西洋哲学为说辞，对其方法论多有贬斥。但如胡适的方法论并非直接嫁接于杜威的实验主义哲学方法，而是另有来路，再作如是之对应解读，倒免不了产生真正的错位和误读。

二、"人造的假设"与约定论

虽然学界诸人对"大胆的假设，小心的求证"的科学性和合理性提出诸多质疑，但著名美籍华裔神经科学家、加州大学伯克利分校教授蒲慕明却充分肯定十字真言的科学性和合理性，他在《研究生应该具备怎样的科学品质》文中

---

① 金岳霖：《审查报告二》，见冯友兰《中国哲学史》，上海：华东师范大学出版社，2008年版，第437页。
② ［美］唐德刚：《胡适杂忆》，上海：华东师范大学出版社，1999年版，第120页。
③ 杨贞德：《胡适科学方法观论析》，见欧阳哲生选编《解析胡适》，北京：社会科学文献出版社，2000年版，第218页。

提出："有两句话，可以送给大家做座右铭，这是著名的哲学家和文学家胡适说的。第一句是'大胆假设，小心求证'，第二句是'有一分证据说一分话'。如果能严守这两个座右铭，你将成为一个好的科学家。"腾讯创始人马化腾"用自己的实践与腾讯的成长验证了做企业的一个道理：大胆假设，小心求证"，[①] 即用这种科学的方法来管理企业。

哲学界和科学界对"十字法"给出了截然不同的评价，唐德刚曾提到："胡适是位很全面的通人兼专家。他的专家的火候往往为各专业的专家所不能及。所以各行合业如只从本行专业的角度来批胡，那往往就是以管窥豹、见其一斑。"[②] 胡适兴趣爱好广泛，是个杂家通才，晚年，曾感慨不知道自己主修何科，"但是我也从来没有认为这是一件憾事"![③] 所以，其眼光往往能打破学科的界阈，具有跨学科的特色，这就提醒我们不能仅以单一的视角去看视其理论方法。

唐德刚在《胡适杂忆》中记载："据胡先生告诉我，他那个终身提倡的所谓'治学方法'原是他在哥大读书时翻阅《大英百科全书》偶尔发现的。一读之下，至为心折；再读则豁然而悟，以至融会贯通而终身诵之。"[④] 胡适的这一自述并未引起学界的足够重视，但就笔者看来，这一说法可信度很高，只是在时间上还可以推前。据《胡适口述自传》，胡适不是在哥伦比亚大学，而是在康奈尔大学选修布尔教授"历史的辅助科学"（Auxiliary Sciences of History）课程，"因为这门课促使我去翻阅〔《大英百科全书》中的〕的文章"[⑤]，1914年6月2日的日记也有"《大英百科全书》误解吾国纪元"记载。浦斯格为《大英百科全书》所写的"版本学"一文，使胡适很惊异地发现"中西校勘学的殊途同归的研究方法"，并认识到"西方的校勘学所用的方法，实远比中国

---

① 宋振杰：《腾讯创始人马化腾的创业哲学：大胆假设 小心求证》，"前瞻网"2015年6月23日，http://www.qianzhan.com/investment/detail/317/150623-fd6041e5.html。
② 唐德刚：《论"转型期"与"启蒙后"（代序）》，见欧阳哲生《自由主义之累——胡适思想的现代阐释》，上海：上海人民出版社，1993年版，第23页。
③ 胡适：《胡适口述自传》，见胡适著，季羡林主编《胡适全集》（第18卷），合肥：安徽教育出版社，2007年版，第191页。
④ ［美］唐德刚：《胡适杂忆》，上海：华东师范大学出版社，1999年版，第66页。
⑤ 胡适：《胡适口述自传》，见胡适著，季羡林主编《胡适全集》（第18卷），合肥：安徽教育出版社，2007年版，第285页。

同类的方法更彻底、更科学化"。① 西方校勘学"重古本""重旁证",考据学"若无古本可据,而惟以意推测之",此下策也。而胡适是从 1915 年夏天才发奋尽读杜威书的,然在此之前就已通过翻阅《大英百科全书》而形成自己的治学方法,并融会贯通且终身诵之。所以,如果一味以杜威实验主义方法去领会"十字法"假设考证之精髓,去批评胡适的不得要领,事实上很可能是找错了门路。

1919 年,胡适提出"哲学家没有科学的经验,决不能讲圆满的科学方法论。科学家没有哲学的兴趣,也决不能讲圆满的科学方法论",② 因为高谈方法的哲学家至多不过能得到一点科学的精神和科学的趋势,而科学家不能用哲学综合的眼光把科学方法的各方面详细表示出来。因此,"科学方法不是专讲方法论的哲学家所发明的",否则,"实行起来,全不能适用,决不能当'科学方法'的尊号"。③

胡适的这一观点很可引起重视,即科学方法不是专讲方法论的哲学家发明的,这也就在某种程度上间接否决了他的方法论来自他的老师杜威。既如此,胡适为何谈到方法,总要高举杜威的旗帜。笔者以为,这或有策略上的考量,即他所信奉的"适用"哲学的考虑。人们可以出于"各种各样的理由接受新范式,而且往往同时有好几个理由","他们已有的声望以及他们的导师有时也能起重要作用"。④ 基于杜威的声誉及作为自己导师的身份,且当时的社会风气,又是唯西方马首是瞻,胡适选择杜威作为自己理论宣传的招牌,应是最恰适不过的了。到了晚年,无须借杜威之名扬自己的理论,于是就有了早前读《大英百科全书》偶尔发现且终身提倡的方法论。胡适在提出方法论前后有关哲学家与科学家、方法论的发明等表述也足以提醒我们,其方法论的来源有显明的自

---

① 胡适:《胡适口述自传》,见胡适著,季羡林主编《胡适全集》(第 18 卷),合肥:安徽教育出版社,2007 年版,第 283 页。

② 胡适:《清代学者的治学方法》,见胡适著,季羡林主编《胡适全集》(第 1 卷),合肥:安徽教育出版社,2007 年版,第 364 页。

③ 胡适:《清代学者的治学方法》,见胡适著,季羡林主编《胡适全集》(第 1 卷),合肥:安徽教育出版社,2007 年版,第 363 页。

④ [美]托马斯·库恩:《科学革命的结构》,金吾伦、胡新和译,北京:北京大学出版社,2015 年版,第 128 页。

然科学理论方法的背景。

1922年，胡适发表的《五十年来之世界哲学》一文更能佐证笔者的这一判断。在文中，胡适提到了法国Poincare(彭加勒)的经典著作《科学与假设》，彭加勒是十九世纪和二十世纪之交世界数学的领袖和相对论、混沌学的先驱，是前现代科学哲学的缔造者和逻辑经验论的始祖，其身份切合胡适所言的科学方法的制定者应兼有哲学与科学的双重知识背景。胡适在提到思想方法时，将彭加勒位居杜威前列，这也是颇有意味的细节。[①] 彭加勒充分肯定"假设在科学中所占的位置"，认为假设是数学家和实验家不可缺少的方法，至于质疑假设上的学问是否坚固与否，那实在是肤浅的见解。因此，"对于假设且慢粗浅地加以责难，应该细心审察它的作用"，那样，我们将发现它不仅是必需的，而且它往往是合法的。也就是说，对于假设，不论其精确细致与否，而是看它能否起作用，这似乎也能在某种程度上回应哲学家们对胡适方法论粗鄙的责备。通过对物理学与数学理论的分析，彭加勒提出，"我们结论它的原理不过是一种公约；但不是任意的公约"，要根据于实验，要选择"最便利的路径"，"这些公约是我们精神上一种自由活动的产品，它在一种范围里是无障碍的"。换言之，科学理论并不是现实的真实反映，而只是一种假设，如果没有假设的话，科学将变为不可能。至于科学理论的假设，人们选择不同的理论，完全是一种协议或约定，这就是著名的彭加勒约定理论。[②]

亚历山大(P. Alexander)在为美英《哲学百科全书》撰写的条目中写道："约定论通常是为下述任何观点所取的名称：科学定律和理论是约定，这种约定或多或少取决于我们从可供选择的'描述'自然界的方式中进行自由的选择。被选择的可供选择的方式不能说比其他东西更为真实，而只是更为方便而已。"概而论之，约定论主要包含两个要点：一是理论方法的约定性，二是理论选择的便利性与多样性。

---

① "我们试读近代科学家像法国班嘉赍的《科学与假设》(Poincare, Science and Hypothesis)，和近代哲学家像杜威们的《创造的智慧》，就可以明白伯格森的反理智主义近于'无的放矢'了。"胡适：《五十年来之世界哲学》，见胡适著，季羡林主编《胡适全集》(第2卷)，合肥：安徽教育出版社，2007年版，第384页。

② ［法］彭加勒：《导言》，见《科学与假设》，叶蕴理译，北京：商务印书馆，1989年版，第1—2页。

以此来反观胡适对方法论所作的厘定，科学的律令"原不过是人造的假设用来解释事物现象的"，"不过是一些最适用的假设，不过是现在公认为解释自然现象最方便的假设"。① "真理原来是人造的，是为了人造的，是人造出来供人用的，是因为他们大有用处所以才给他们'真理'的美名的。我们所谓真理，原不过是人的一种工具。"② 很显然，这些论述原不过是彭加勒约定理论的翻版和注脚罢了。胡适的"人造的假设"论曾备受学人的指责，认为其论点随意性太大，有违科学的严谨性。但如前所述，以科学哲学家彭加勒视之，这样的论调不过是"肤浅的见解"。胡适如彭加勒一样确信科学上许多发明都是运用"假设"的效果，而"假设"的前提是适用和方便，在胡适看来，这样的科学律令不仅适用于自然科学，在社会科学领域也同样有效，"一切主义，一切学理，都该研究。但是只可认作一些假设的见解，不可认作天经地义的信条；只可认作参考印证的材料，不可奉为金科玉律的宗教；只可用作启发心思的工具，切不可用作蒙蔽聪明，停止思想的绝对真理"。③ 由此确立了一切理论的相对真实性，是对知识观念绝对真理性的否决。胡适敢于对长期以来雄踞文坛的文言文学的正宗地位提出挑战，不只是出于"疑古"，而是和其"人造的假设"观有着密切的关联，即所谓的文言正统论不过是人造的理论罢了。

有学者认识到胡适的思想倾向大体上和分析哲学相同，都以科学方法为中心，只是"不像分析哲学是和自然科学连成一体的"。这话有一定道理，即胡适方法论展演不像分析哲学那样直接沿用自然科学成果和思维方式展开，这主要受制于胡适自身自然科学知识的相对薄弱，但援用自然科学方法建构自己的方法论，两者是趋于一致的。杜威也关心自然科学的发展，接受了达尔文进化论思想的影响，但他的哲学方法并不是基于自然科学方法建立起来的，如罗蒂

① 胡适：《实验主义》，见胡适著，季羡林主编《胡适全集》（第 1 卷），合肥：安徽教育出版社，2007 年版，第 279 页。
② 胡适：《实验主义》，见胡适著，季羡林主编《胡适全集》（第 1 卷），合肥：安徽教育出版社，2007 年版，第 294 页。
③ 胡适：《问题与主义》，见胡适著，季羡林主编《胡适全集》（第 1 卷），合肥：安徽教育出版社，2007 年版，第 352 页。

所说，杜威"不把自然科学看作对于获得事物本质方面具有优先地位"。[①] 他认为"哲学的源头不是科学"，[②] 解决人类问题的方法，是由哲学家发展出来的。这就和致力于科学方法的胡适大不相同。杜威的哲学被称作经验哲学，其美学著作则直接以《艺术即经验》为题，他所提到的经验是由主体与客体，"由自我与世界的相互作用构成的"，[③] "思想的真正训练，是要使人有真切的经验来作假设的来源"[④]，可见杜威强调的是将日常生活经验作为假设的来源和判断假设的能力。江勇振断言胡适关于"真理原来是人造的"说法，"根本就不是实验主义的真理论"！[⑤] 他认为，这只是胡适对杜威实验主义哲学方法的误读。以笔者之见，这并非胡适的误读，其"人造假设说"只是他对自然科学理论方法信奉和追求的结果，与杜威方法论对哲学本位的固守并不相合。如果不撇开胡适与杜威方法论形构的不同知识背景，而将两者生拉硬扯，势必导致对方法论本身真正的误读。

三、假设-演绎论与证伪理论

二十世纪最有影响的科学哲学家波普尔尽管认为彭加勒（Poincare）有工具主义的倾向，但肯定约定主义是一种独立完整的并可以加以辩护的系统，他确信"方法论规则被当作约定"[⑥]，理论"绝大部分是一种相当明显的约定"[⑦]。因此，"所谓的科学规律根本不是关于世界的确定真理，它们只是理论，因而只

① ［美］理查德·罗蒂：《哲学与自然之镜》，转引自［美］约翰·杜威：《艺术即经验》，高建平译，北京：商务印书馆，2010 年版，前言第 6 页。

② John Dewey，"The Need for A Recovery of Philosophy"，MW11.44.转引自［美］江勇振：《舍我其谁：胡适（第二部：日正当中，1917—1927）》，杭州：浙江人民出版社，2013 年版，第 129 页。

③ ［美］约翰·杜威：《艺术即经验》，高建平译，北京：商务印书馆，2010 年版，第 286 页。

④ 胡适：《实验主义》，见胡适著，季羡林主编《胡适全集》（第 1 卷），合肥：安徽教育出版社，2007 年版，第 456 页。

⑤ ［美］江勇振《舍我其谁：胡适（第二部：日正当中，1917—1927）》，杭州：浙江人民出版社，2013 年版，第 118 页。

⑥ ［英］K.R.波珀：《科学发现的逻辑》，查汝强、邱仁宗译，北京：科学出版社，1986 年版，第 27 页。

⑦ ［英］K.R.波珀：《科学发现的逻辑》，查汝强、邱仁宗译，北京：科学出版社，1986 年版，第 29 页。

是人类思维的产物"。①

他定义"一切定律和理论本质上都是试探性、猜测性或假说性的"。②"通过一系列的假设和尝试性的反驳而进行（和进步），科学家构造假设，而后尝试去证伪它们。"③即"大胆猜测，小心否证"，这个科学方法论也是波普尔的科学哲学理论体系的主体。江勇振认为波普尔的方法论类同于胡适的"假设—演绎论"（Hypothetico-Deductivism）或"待证假设暂用论"（Retroductivism）。④这一说法是可信的，因为胡适和波普尔的"假设说"都有很明显的彭加勒"约定论"的影子。

波普尔认为科学发现包含猜想和反驳两大环节，科学是一个知识增长的动态过程，他将这过程复现为著名的四段图式："问题→尝试性解决→排除错误→新的问题"。⑤这和胡适概述思想方法须有五个步骤基本吻合：（一）困难的发生；（二）指定困难的所在；（三）假设解决困难的方法；（四）判断和选定假说之结果；（五）证实结果。⑥"假设"和"证明"（包括证实和证伪）可以说是四段图式和五步骤的总体思路。

他们方法论的共同点都是起于"问题"的开始。所谓困难的发生本身就说明有问题的存在，"凡是有价值的思想，都是从这个那个具体的问题下手的。先研究了问题的种种方面的种种的事实，看看究竟病在何处，这是思想的第一步工夫"。⑦波普尔阐释了问题意识于科学研究和科学发现的重要性，"科学开

---

① ［英］布莱恩·麦基：《哲学的故事》，季桂保译，北京：生活·读书·新知三联书店，2009 年版，第 222 页。

② ［英］卡尔·波普尔：《猜想与反驳——科学知识的增长》，傅季重、纪树立、周昌忠、蒋弋为译，上海：上海译文出版社，1986 年版，第 73 页。

③ ［英］克里斯·霍奈尔、［美］埃默里斯·韦斯科特：《哲学是什么》，夏国军等译，北京：中国人民大学出版社，2010 年版，第 133 页。

④ ［美］江勇振：《舍我其谁：胡适（第一部：璞玉成璧，1891—1917）》，北京：新星出版社，2011 年版，第 284 页。

⑤ ［英］卡尔·波普尔：《猜想与反驳——科学知识的增长》，傅季重、纪树立、周昌忠、蒋弋为译，上海：上海译文出版社，1986 年版，第 3 页。

⑥ 胡适：《思想的方法》，见胡适著，季羡林主编《胡适全集》（第 7 卷），合肥：安徽教育出版社，2007 年版，第 506 页。

⑦ 胡适：《问题与主义》，见胡适著，季羡林主编《胡适全集》（第 1 卷），合肥：安徽教育出版社，2007 年版，第 328 页。

始于问题，而不是开始于观察"①，因为有明确的问题意识，科学家才能根据问题，"大胆提出来准备加以试探的猜想"。②

胡适和波普尔都赞同猜想和假设也就是尝试性解决假设即解决困难的方法往往同时有几个，这也是彭加勒约定理论的观点，因此，需要通过判断或排除错误来作选择。相较于胡适最后的求证，包括证实和否证两方面，波普尔则突出证伪即否证，也就是著名的"证伪理论"。波普尔认为假设之所以可以称为科学方法，只是因为它们是可以被证伪的，即具有可证伪性。波普尔看到了科学理论中的"证伪"现象，提到了新问题的产生，"科学理论是真正的猜测——关于这个世界的提供丰富信息的猜测，它们虽然不可能证实（即不可能表明为证实），但可以付诸严格的批判检验"。③ 波普尔重视证伪的作用，强调"科学只有在找寻反驳中才有希望学到东西和获得进步"。④ 也就是说，通过发现问题或错误以推进科学的发展，单就这方面而言，证伪理论有其可取之处，也是对胡适方法论的补充。但肯定证伪，并非就要否定证实，其实证实和证伪有其一致性，而且强调证伪与不否定理论的存在也使波普尔处于一个自相矛盾的尴尬境地。

科学革命家库恩不赞同波普尔根本否定任何证实程序的存在，他提出，否证的作用很像"反常经验——指引起危机并为新理论铺平道路的经验——所指派的任务"。而反常经验对科学非常重要，"因为它召唤起现有范式的竞争者"。而且，它也"同样可称之为证实，因为它存在于一个新范式对于旧范式的胜利中"。⑤ 库恩的说法颇有道理，因为证伪其实也就是某种程度上的证实。

尽管在证实与证伪方面，胡适与波普尔的观点存在分歧，但对"假设"的

---

① ［英］卡尔·波普尔：《猜想与反驳——科学知识的增长》，傅季重、纪树立、周昌忠、蒋弋为译，上海：上海译文出版社，1986 年版，第 318 页。
② ［英］卡尔·波普尔：《猜想与反驳——科学知识的增长》，傅季重、纪树立、周昌忠、蒋弋为译，上海：上海译文出版社，1986 年版，第 65 页。
③ ［英］卡尔·波普尔：《猜想与反驳——科学知识的增长》，傅季重、纪树立、周昌忠、蒋弋为译，上海：上海译文出版社，1986 年版，第 162 页。
④ ［英］卡尔·波普尔：《猜想与反驳——科学知识的增长》，傅季重、纪树立、周昌忠、蒋弋为译，上海：上海译文出版社，1986 年版，第 160 页。
⑤ ［美］托马斯·库恩：《科学革命的结构》，金吾伦、胡新和译，北京：北京大学出版社，2015 年版，第 123 页。

重视却如出一辙。胡适认为，假设是承上启下的关键，是最重要的一步，"假设是人人可以提的。譬如有人提出骇人听闻的假设也无妨"。[1] 于是，就有了"大胆的假设"之提法，这也是胡适方法论常被人诟病的地方。事实上，胡适对"假设"本身还是有所限定的，即并非天马行空率性而为。一是要以当前的问题限定假设的范围。我们所得到的活的学问知识的最大来源在于人生有意识的活动，应是"真实可靠的学问知识"，这可使我们时时刻刻"拿当前的问题来限制假设的范围，不至于上天下地的胡思乱想"。[2] 二是还要经过"小心的求证"方可。"如果你认为证据不充分，就宁肯悬而不决，不去下判断，再去找材料。所以，小心的求证很重要。"[3] "但是提出一个假设，要想法子证实它。"[4] 也就是说，没有得到证实的假设还只能是假设，即使不失为一个很好的假设，有很充分的理由，但如果没有旁证的话，"它终究只是一个假设，不能成为真理。后来有了充分的旁证，这个假设便升上去变成一个真理了"。[5] 三是不作不成立的假设。他批评学生罗尔纲的论文《清代士大夫好礼风气的由来》"根本就不能成立"，"治史者可以作大胆的假设，然而决不可作无证据的概论也"，不可"胡乱作概括论断"。[6] 可见，胡适所说的"大胆"并不是指任意随性，更多地兼有不拒成见，不故步自封，破除戒律、勇于创新的含义。所谓"假设不大胆，不能有新发明"[7]，胡适发动的文学革命也就是其"大胆假设"成功的案例，有学者认为，这也是胡适对其方法论确信的基础，即"建筑在他早期的成功的历史上"。

波普尔也用"大胆"来修饰"猜想"，他强调："科学理论并不是观察的汇

---

① ④ 胡适：《治学方法》，见胡适著，季羡林主编《胡适全集》（第 20 卷），合肥：安徽教育出版社，2007 年版，第 658 页。

② 胡适：《实验主义》，见胡适著，季羡林主编《胡适全集》（第 1 卷），合肥：安徽教育出版社，2007 年版，第 312 页。

③ 胡适：《治学方法》，见胡适著，季羡林主编《胡适全集》（第 20 卷），合肥：安徽教育出版社，2007 年版，第 662 页。

⑤ 胡适：《清代学者的治学方法》，见胡适著，季羡林主编《胡适全集》（第 1 卷），合肥：安徽教育出版社，2007 年版，第 390 页。

⑥ 罗尔纲：《熙熙春阳的师教》，见朱文华编《自由之师——名人笔下的胡适 胡适笔下的名人》，上海：东方出版中心，1998 年版，第 96—97 页。

⑦ 胡适：《清代学者的治学方法》，见胡适著，季羡林主编《胡适全集》（第 1 卷），合肥：安徽教育出版社，2007 年版，第 388 页。

总，而是我们的发明——大胆提出来准备加以试探的猜想。"① 波普尔认为人们选择的任何假设都存有一些观察，然"这些观察反转来又预先假定已经采纳了一种参考框架，一种期望的框架，一种理论的框架"。② 由此说明理论不是始于观察，而是观察中渗透着理论，即并不存在所谓清除一切猜测或预期的纯粹的观察。波普尔的上述论断有其合理性，阐释了假设与观察之间的关系，换言之，假设从来都不是孤立的假设。但据此，波普尔完全否决归纳，只重视演绎，也失之偏颇。胡适既重演绎，也重归纳，他认为，假设的方法是"归纳和演绎同时并用的科学方法"。③ 在这一点上，胡适的方法论更有其客观性。

不可否认，胡适从中国传统文化即程朱理学和清代考据学中习得了"疑古"和"考证"的精神和能力，乃至提出了存疑主义，这为胡适后来接受自然科学理论方法提供了可能。但"疑古"不等同于"假设"，尽管胡适称汉学家和朱子大不相同之处在于能用"假设"，但显见此"假设"并不类同于方法论意义上的"假设"，"疑古"是对传统观念的质疑④，而"假设"更带有创新，即"但开风气"的意味，如胡适提出了"一个假设之前提"，"故又以为今日之文学，当以白话文学为正宗"。⑤ 民间文学也就在此"假设"之前提下脱颖而出。"假设"乃是自然科学领域常用的概念，"是科学家常用的方法"⑥，受制于胡适自然科学背景的相对薄弱，导致他借用自然科学的研究方法却难以用自然

---

① ［英］卡尔·波普尔：《猜想与反驳——科学知识的增长》，傅季重、纪树立、周昌忠、蒋弋为译，上海：上海译文出版社，1986 年版，第 65 页。
② ［英］卡尔·波普尔：《猜想与反驳——科学知识的增长》，傅季重、纪树立、周昌忠、蒋弋为译，上海：上海译文出版社，1986 年版，第 67 页。
③ 胡适：《清代学者的治学方法》，见胡适著，季羡林主编《胡适全集》（第 1 卷），合肥：安徽教育出版社，2007 年版，第 373 页。
④ "汉学家的归纳手续不是完全被动的，是很能用'假设'的。这是他们和朱子大不相同之处。他们所以能举例作证，正因为他们观察了一些个体的例之后，脑中先已有了一种假设的通则，然后用这通则所包涵的例来证同类的例。他们实际上是用个体的例来证个体的例，精神上实在是把这些个体的例所代表的通则，演绎出来。故他们的方法是归纳和演绎同时并用的科学方法。"胡适：《清代学者的治学方法》，见胡适著，季羡林主编《胡适全集》（第 1 卷），合肥：安徽教育出版社，2007 年版，第 373 页。
⑤ 胡适：《历史的文学观念论》，见胡适著，季羡林主编《胡适全集》（第 1 卷），合肥：安徽教育出版社，2007 年版，第 31 页。
⑥ 胡适：《清代学者的治学方法》，见胡适著，季羡林主编《胡适全集》（第 1 卷），合肥：安徽教育出版社，2007 年版，第 380 页。

科学的实例和思维方式来予以论证和解析,对方法的展开和辨析也显得着力不足,力不从心。同时,胡适有意将方法论主动与中国传统学术和杜威实验主义哲学相对接,不免有生搬硬套之嫌,由此带来诸多的误解和负面的影响。胡适对此应该也是有所警醒的,所以,才有科学家与哲学家的结合方有方法论的产生之言论。彭加勒、波普尔和库恩兼有科学与哲学的双重知识背景,且在方法论上都有所创新突破并影响至今,也在某种程度上明证了胡适方法论来源判断之敏锐,而科学哲学家彭加勒、波普尔和库恩对方法论的论证和阐释,又在相当程度上弥补了胡适方法论理论论证的欠缺和不足,而"约定法""证伪理论""范式""科学革命"等概念依然是当下使用频率极高的词语。对科学哲学的延引和论证,一方面说明了"十字法"的价值和生命力,同时,也希冀以此对方法论本身有更为明晰和深入的理解。

第二节　具有范式意义的方法论

邓迪斯谈道:"中国的民俗学家和世界各地如此众多的民俗家一样,欣赏并真正喜爱民俗,但他们倾向于收集传说、迷信和民歌等诸如此类的材料,却不能以任何有意味的方式分析它。"[1] 所以,他主张中国的民俗学家一是要主动参与到国际对话中来,二是要"从民俗的收集和记录转移到分析和解释的批评场域"。[2] 胡适不否认材料的重要,认为"有新材料才可以使你研究有新成绩、有结果、有进步"。[3] 但也赞同"材料不很重要,重要的在方法"。[4] 他关于民间

---

[1] ［美］阿兰·邓迪斯:《序》,见《民俗解析》,户晓辉编译,桂林:广西师范大学出版社,2005年版,第2页。

[2] ［美］阿兰·邓迪斯:《序》,见《民俗解析》,户晓辉编译,桂林:广西师范大学出版社,2005年版,第1页。

[3] 胡适:《治学方法》,见胡适著,季羡林主编《胡适全集》(第20卷),合肥:安徽教育出版社,2007年版,693页。

[4] 胡适:《治学方法》,见胡适著,季羡林主编《胡适全集》(第20卷),合肥:安徽教育出版社,2007年版,第556页。

文学史的研究、歌谣研究、方言研究和小说研究等民间文学实践活动于当时学科研究均具有"范式"作用，及于今天，对中国民间文学学科研究也具有指导意义和现实价值。

二十世纪初，胡适也意识到"假设"作为方法论上的意义和价值，并以"大胆"二字修饰之，提出了口号式的研究方法："大胆的假设，小心的求证"。这在学界反响甚大，非议颇多，尤其对前者，否定声居多。但事实上，如有的学者所说，胡适"提倡文学革命，开辟国学研究的新疆域，以至批判中国的旧传统"，用的都是这一方法。换言之，这种方法是经过了实践检验的，并有成功的案例。亨廷顿也明确说，"提出一个问题的建设性方式是陈述一个假设"。① 在学界对"假设"作为研究方法越来越重视的语境下，很有必要对"大胆的假设"作重新的学术梳理和阐释。以笔者之见，胡适方法论上的创新和"新范式"的确立，并不只是倚重于"求证"，反而是得益于遭受冷落或更多非议的"假设"倡导上。作为研究方法，"假设"与"论证"不仅是二十世纪初民间文学学科得以发现建构的前提，而就当下来说也并未过时，且对于强调考据训诂的中国学术传统而言，"假设"理论可能更有其提倡的必要性和重要性。

一、"人人可以提出的假设"

关于何为"大胆的假设"，何为大胆，何为小胆，胡适并没有给出明晰的概念，偶尔提及，也未作任何解释。如此，只能就他提到的相关"假设"意义一并列出：1. "大胆的假设"就是人人可以提出的假设。② 这是就假设者而言，它没有特定群体的限定，不是作为专业人士或特定群体的专属，而具有全体民众的普遍特性。盖"因为人人的学问，人人的知识不同，我们当然要容许他们提出各种各样的假设"。历来的观念是学问和知识为少数人所有，至于人人有学问、人人有知识，人人可以提假设的观点，对一般人而言，确属"大胆"，

① ［美］塞缪尔·亨廷顿：《前言》，见《文明的冲突与世界秩序的重建》，周琪、刘绯、张立平、王圆译，北京：新华出版社，2013 年版，第 1 页。

② 胡适：《治学方法》，见胡适著，季羡林主编《胡适全集》（第 20 卷），合肥：安徽教育出版社，2007 年版，第 656 页。

体现了胡适的民本意识。但这并不是就"假设"本身而言。就假设而言，他也提出了一些要求。2."假说是愈大胆愈好"，甚至提出骇人听闻的假设也可以。这是以修饰词对假设作的限定，所谓非常规性的，"譬如有人提出骇人听闻的假设也无妨。假说是愈大胆愈好"。① 3.未能证实的假设。"如果一个假设是站在很充分的理由上面的，即使没有旁证，也不失为一个很好的假设。"② 4.多向性的假设。"假设可以有许多。"③ 日常生活中的种种都可以作为假设的前提，"做学问，上课，一切求知识的事情，一切经验——从小到现在的经验，所有学校功课与课外的学问，为的都是供给你种种假设的来源，使你在问题发生时有假设的材料"。④ 5.突发灵感时的假设。"使你在某种问题发生的时候，脑背后就这边涌上一个假设，那边涌上一个假设。"⑤假设的提出也可能是在长期生活积淀基础上突然性的灵感闪现，并非都是针对某个问题深思熟虑后所作出的判断。这有点类似于"直觉"（intuition），即生活的自觉，也就是伯格森所说的"生活的冲动"。

胡适虽然提倡"大胆的假设"，但如前一节所述，他对"假设"本身还是有诸多限定的，然还是引起了学界的一些非议。林毓生对胡适方法论中"假设"的限定词"大胆"提出了质疑："只偏重于提倡怀疑精神，以为怀疑精神是科学的精髓，故提'大胆'两字以示醒目。""因为科学的假设可能是对的，也可能是错的，但都必须是够资格的假设（competent hypotyesis）。但经他提出'大胆'两字，情况就变得混淆了。因为这样的说法，如不加以限定（qualify），使人以为越大胆越好，岂知许多大胆的假设，虽然发挥了怀疑的精神，却并不够资格成为科学的假设，此种假设是与科学无关的。"⑥ 概述林毓生上面的论

① 胡适：《治学方法》，见胡适著，季羡林主编《胡适全集》（第20卷），合肥：安徽教育出版社，2007年版，第658页。

② 胡适：《清代学者的治学方法》，见胡适著，季羡林主编《胡适全集》（第1卷），合肥：安徽教育出版社，2007年版，第390页。

③⑤ 胡适：《治学方法》，见胡适著，季羡林主编《胡适全集》（第20卷），合肥：安徽教育出版社，2007年版，第657页。

④ 胡适：《治学方法》，见胡适著，季羡林主编《胡适全集》（第20卷），合肥：安徽教育出版社，2007年版，第656—657页。

⑥ 林毓生：《平心静气论胡适》，见欧阳哲生选编《解析胡适》，北京：社会科学文献出版社，2000年版，第22页。

述，大致有两层意思：1. 大胆假设偏重于怀疑精神。2. 不够格的"大胆假设"不具有科学性。就第一点而言，笔者以为，假设并不等同于怀疑，因为怀疑更多的是指向过去，假设则更有预设的意味。第二点有合理性，但提出否定的前提是对"大胆假设"本身已有评估，即"大胆假设"和不具有科学性之间有着某种内在的关联。林毓生进而提出"大胆的假设"有如"尖锐的想象力"，但"尖锐的想象力"并不能促进科学的发展，必须有"正确的、尖锐的想象力"才成。"那必须根据许多传承，用孔恩（Thomas S. Kuhn）的概念来说，即必需根据'典范'（Paradigm）。而新的'典范'的突破性的发展，除了新与旧的'典范'具有辩证的关系之外，乃是'内在理性'的突破。"①

有学者也对"大胆的假设"持保留谨慎的态度，提到如何把握"度"和分寸的问题，认为如果不加分析是很容易引人误入歧途的。首先，假设要建立在对对象了解的基础上。假设的问题都"预设研究者对于本行的研究现状和问题的背景知识有一通盘的了解之后"。其次，不能证实的假设要放弃。再次，假设应该是有限的假设。所谓"大胆的假设"，"必须正理解为在有限可能的范围内尽量'大胆'，而不是漫无边际的即兴联想"。最后，"假设"往往是有其内在的可能。"'假设'往往是学术发展的内在理路逼出来的。"②

林毓生等人都提到了"内在理性"或"内在理路"对"假设"的规约，也就是说，"假设"必须是在可循的轨道上运行，否则，就有违科学的精神或将误入歧途。但这样的否定也存在着一个问题，即如果事先就对假设作如此多的

---

① 林毓生：《平心静气论胡适》，见欧阳哲生选编《解析胡适》，北京：社会科学文献出版社，2000年版，第23页。
② 胡适之先生提倡考证学，有"大胆的假设，小心的求证"的名言。但是这个口号的上半句如果不加分析是很容易引人误入歧途的。在科学研究中，"假设"（hypothesis）的地位并不是很容易取得的。凡是能提升到"假设"的地位的问题都预设研究者对于本行的研究现状和问题的背景知识有一通盘的了解之后，他才能判断怎样建立"假设"，以及建立什么样的"假设"。背景知识也包括材料在内。"假设"纵然有趣，但如果材料不足，则仍然只有放弃。"假设"往往是学术发展的内在理路逼出来的；例如某一问题研究到了某一阶段碰到了障碍，这便需要建立新的"假设"使研究可以继续下去。所以在通常的情形下，"假设"的可能性是有限的。什么样的"假设"获得证实的可能性较高，这是研究者必须事先慎重考虑的。因此所谓"大胆的假设"必须正理解为在有限可能的范围内尽量"大胆"，而不是漫无边际的即兴联想。见丁晓山：《海外学者对"大胆假设小心求证"的不同意见》，《中华读书报》2001年3月14日。

限定，那就必然大大制约了"假设"的想象空间，窄化了"假设"的维度，仿佛是戴着镣铐跳舞。而且，后面的"小心的求证"已对"大胆的假设"作了诸多限定，如果还一味以逻辑性、学理性和实证性再对"大胆的假设"本身作孤立的理解，并加上各种的框定，势必束缚了手脚，"假设"也就失去了其本来的意义。与此同时，他们都将假设的对象锁定于特定的群体即专家的范围，至于非专业人士则不在"假设"的人员之列。

笔者以为，所谓"假设不大胆，不能有新发明"[1]，这里的"大胆"更多地兼有不拒成见、不故步自封、破除清规戒律、勇于开拓创新的含义。胡适所发动的文学革命就可以说是"大胆假设"的成功案例，有学者以为，这也是胡适对其方法论确信的基础，即"建筑在他早期的成功的历史上"。以笔者之见，"大胆的假设"至少应包括以下三个层面的内涵：一是人人可以提出的假设，这是就假设者对象而言，这就破除了"假设"为少数人所有的特权，本身带有平等平权的意义；二是不拒成见，敢于创新，这是就假设的内容而言；三是如林毓生所说的"大胆的假设"应是"内在理性"的突破，符合库恩提出的"范式转换"或"科学革命"。

"人人可以提出的假设"不仅具有学术的意味和价值，也有着深刻的思想意义。高丙中在《民俗文化与民俗生活》中曾提到：民俗学最初在人世间安身立命的时候，被给予的世界就是专家现象之外的世界，也就是胡塞尔所说的"生活世界"。[2] 作为知识分子的胡适却以敏锐的眼光看到了这一现象之本质，并把它指出来。"因为人人的学问，人人的知识不同，我们当然要容许他们提出各种各样的假设。"而且，假设的提出也可能是在长期生活积淀基础上突然性的灵感闪现，并非都是针对某个问题深思熟虑后所作出的判断，"使你在某种问题发生的时候，脑背后就这边涌上一个假设，那边涌上一个假设。做学问，上课，一切求知识的事情，一切经验——从小到现在的经验，所有学校功课与课外的学问，为的都是供给你种种假设的来源，使你在问题发生时有假设

---

① 胡适：《清代学者的治学方法》，见胡适著，季羡林主编《胡适全集》（第1卷），合肥：安徽教育出版社，2007年版，第388页。
② 高丙中：《民俗文化与民俗生活》，北京：中国社会科学出版社，2000年版，第127页。

的材料"。① 这类似于"直觉"(intuition)，即生活的自觉，也就是伯格森所说的"生活的冲动"。"我们的经验，我们的学问，是给我们一点知识以供我们提出各种假设。"② 胡适 1919 年在《论国故学》中提出："学问是平等的。发明一个字的古义，与发现一颗恒星，都是一大功绩。"③ 换言之，"人人可以提出的假设"和具有"范式"意义的假设并不矛盾，也不对立，也都有其价值和意义，而前者的提出在当时本身就很大胆，体现的是对每人个体力量和智慧的尊重和自信。正因为有大胆的勇气和魄力，才有可能打破常规，突破旧范式危机，以建立新范式，从而实现库恩所说的"范式转换"，推动学术的进步和提高。

二、"一个假设之前提"："当以白话文学为正宗"

范式是科学革命家库恩提出的一个重要概念。关于"范式"概念，学界有种种争论和误解，库恩在 1969 年再版书的后记中专就这一概念作了界说。他说，"范式"一词有两种不同的意义，一方面，"它代表着一个特定共同体的成员所共有的信念、价值、技术等等构成的整体"，另一方面，"它指谓着那个整体的一种元素，即具体的谜题解答；把它们当作模型和范例，可以取代明确的规则以作为常规科学中其他谜题解答的基础"。④ 库恩特别强调"范式"是和"科学共同体"紧密联系在一起的，对范式作科学共同体的定位，使范式兼有"学科基质"(disciplinary matrix)的意义，即一个范式是一个科学共同体成员所共有的东西，一个科学共同体则由同专业领域中的工作者所组成。新范式也就是"来自新假说的预期，这些预期的成功又促使新假说转变成后来的工作范式"⑤，

---

① 胡适：《治学方法》，见胡适著，季羡林主编《胡适全集》（第 20 卷），合肥：安徽教育出版社，2007 年版，第 656—657 页。
② 胡适：《治学方法》，见胡适著，季羡林主编《胡适全集》（第 20 卷），合肥：安徽教育出版社，2007 年版，第 657 页。
③ 胡适：《论国故学》，见胡适著，季羡林主编《胡适全集》（第 1 卷），合肥：安徽教育出版社，2007 年版，第 418 页。
④ ［美］托马斯·库恩：《科学革命的结构》，金吾伦、胡新和译，北京：北京大学出版社，2015 年版，第 147 页。
⑤ ［美］托马斯·库恩：《科学革命的结构》，金吾伦、胡新和译，北京：北京大学出版社，2015 年版，第 76 页。

科学革命的结构是：经过范式的确立（常规科学）——反常——新范式的确立，由此引发科学革命，"其中旧范式全部或部分地为一个与其完全不能并立的崭新范式所取代"，由此促成新学科的出现。范式要具备两个条件，一是"空前地吸引一批坚定的拥护者"，二是它们必须是开放的，具有许多的问题，以留待"重新组成的一批实践者去解决"。库恩的理论并非仅适用于科学领域，还通行于人文学科，如他自己所言，这一些论点原本就是借自于文学史家、音乐史家和艺术史家等。①

中国文学革命就是以一个假设之前提：当以白话文学为正宗拉开序幕的。以中国的文学革命而言，也就是以新范式取代旧范式的过程，从一个处于危机的范式转换到新范式，它不只是简单地对一个旧范式予以修改或扩展，即予以文学改良，而是"在新的基础上重建该研究领域的过程，这种重建改变了研究领域中某些最基本的理论概括，也改变了该研究领域中许多范式的方法和应用"。②陈独秀以果敢的态度否决了胡适最初所用的"文学改良"折中的字眼，而高张起文学革命的旗帜，"只有对那些其研究领域受到范式转换直接影响的研究者，才会有革命性的感觉"。③ 因为"文学艺术，亦莫不有革命，莫不因革命而新兴而进化"。④ 梅光迪直言："文学革命自当从'民间文学'（Folklore, Popular poetry, Spoken Language）入手。"⑤ 胡适："一切新文学的来源都在民间。"⑥

---

① ［美］托马斯·库恩：《科学革命的结构》，金吾伦、胡新和译，北京：北京大学出版社，2015年版，第175页。"本课题的主要论点可以应用于许多其他的领域"（第174页），"本课题的论点无疑有广泛的应用性。但事情本应如此，因为这些论点原本借自其他领域。文学史家、音乐史家、艺术史家、政治发展史家以及许多其他人类活动的历史学家，早就以同样的方式来描述他们的学科。以风格、口味、建制结构等方面的革命性间断来分期，是他们的标准方法之一"。

② ［美］托马斯·库恩：《科学革命的结构》，金吾伦、胡新和译，北京：北京大学出版社，2015年版，第73页。

③ ［美］托马斯·库恩：《科学革命的结构》，金吾伦、胡新和译，北京：北京大学出版社，2015年版，第79页。

④ 陈独秀：《文学革命论》，见胡适著，季羡林主编《胡适全集》（第1卷），合肥：安徽教育出版社，2007年版，第16页。

⑤ 胡适：《逼上梁山——文学革命的开始》，见胡适著，季羡林主编《胡适全集》（第18卷），合肥：安徽教育出版社，2007年版，第109页。

⑥ 胡适：《白话文学史》（上卷），见胡适著，季羡林主编《胡适全集》（第11卷），合肥：安徽教育出版社，2007年版，第233页。

傅斯年："中国一切文学都是从民间来的。"① 郑振铎："有一个重要的原动力，催促我们的文学向前发展不止的，那便是民间文学的发展。"② 民间文学也就在文学革命的呐喊声中横空出世，引起了文学领域共同体成员的同声响应，成为二十世纪初一股强劲的文学浪潮。

新旧范式具有不可通约性，即在思想、观念等方面表现出不同的特点，作为新范式，民间文学的确证必须建立在对旧范式的否证基础上，"导致范式改变的反常必须对现存知识体系的核心提出挑战"③，即揭示旧范式的危机状况，也就是"文言之不合"。胡适疾呼，"尝谓今日文学之腐败极矣"，"文学堕落之因，盖可以'文胜质'语包之"。④"吾国近世文学之大病，在于言之无物。"⑤古文大家钱玄同"深慨于吾国文言之不合一，致令青年学子不能以三五年之岁月通顺其文理以适于应用，而彼选学妖孽与桐城谬种方欲以不通之典故与肉麻之句戕贼吾青年，因之时兴改革文学之思"。⑥

文学革命的倡导者深信"他们能解决导致老范式陷入危机的问题"。⑦ 陈独秀高张"文学革命军"大旗，旗上大书革命军三大主义：推倒雕琢的阿谀的贵族文学，建设平易的抒情的国民文学；推倒陈腐的铺张的古典文学，建设新鲜的立诚的写实文学；推倒迂晦的艰涩的山林文学，建设明了的通俗的社会文学。⑧

除了口号式的呼喊之外，新范式还必须提出具体可行的新理论，然"新的科

---

① 胡适：《傅孟真先生的思想》，见《胡适作品集》（第 25 册），台北：远流出版公司，1986 年版。

② 郑振铎：《插图本中国文学史》（上），北京：中国文联出版社，2009 年版，第 6 页。

③ ［美］托马斯·库恩：《科学革命的结构》，金吾伦、胡新和译，北京：北京大学出版社，2015 年版，第 55 页。

④ 胡适：《寄陈独秀》，见胡适著，季羡林主编《胡适全集》（第 1 卷），合肥：安徽教育出版社，2007 年版，第 2—3 页。

⑤ 胡适：《文学改良刍议》，见胡适著，季羡林主编《胡适全集》（第 1 卷），合肥：安徽教育出版社，2007 年版，第 5 页。

⑥ 钱玄同：《钱玄同原书》，见胡适著，季羡林主编《胡适全集》（第 1 卷），合肥：安徽教育出版社，2007 年版，第 43 页。

⑦ ［美］托马斯·库恩：《科学革命的结构》，金吾伦、胡新和译，北京：北京大学出版社，2015 年版，第 128 页。

⑧ 陈独秀：《文学革命论》，见胡适著，季羡林主编《胡适全集》（第 1 卷），合肥：安徽教育出版社，2007 年版，第 17 页。

学理论像旧的理论一样，也是真正的猜测"。① 新的理论"可以构成一门学科的（学科可以描述为一个经历着挑战、变化和成长的有几分松散的理论群）"。② 一门学科也就是新的范式出现，其背后必然要有众多新理论即理论群也就是诸多假设的提出予以支撑。胡适提出了"一个假设之前提"，"故又以为今日之文学，当以白话文学为正宗"。③ 何谓正宗？也就是指具有合法性和唯一性，兼有排他性，首先，需要理论上的证实。于是，胡适将白话抬升到国语的地位，提出"国语的文学，文学的国语"，"我们所提倡的文学革命，只是要替中国创造一种国语的文学。有了国语的文学，方才可有文学的国语"④，这就为白话文学为正宗的"假设"提供了合法性和唯一性。将白话文学与国语运动联系起来。同时，胡适撰写《白话文学史》，从史实的角度予以"求证"理论假设的真实性和客观性，进而提出"一切新文学的来源都在民间"的新结论⑤，更坐实了白话文学为正宗的"假设"。

　　"白话文学为正宗"的假设获得科学共同体成员的认可。鲁迅、郑振铎也发表了类似的见解。周作人更多地从内容的、精神的层面来张扬新文学，他预设："我们现在应该提倡的新文学，简单一句话，是'人的文学'。"⑥ 而人的文学与非人文学的区别就在于著者是以人的生活为主，还是以非人的生活为主。第二年，他提出平民文学的概念，从形式上来说，"古文多是贵族的文学，白话多是平民的文学"。⑦ 平民文学"近在研究全体的人的生活"⑧，即人的文学。

① ［英］卡尔·波普尔：《猜想与反驳——科学知识的增长》，傅季重、纪树立、周昌忠、蒋弋为译，上海：上海译文出版社，1986年版，第162页。
② ［英］卡尔·波普尔：《猜想与反驳——科学知识的增长》，傅季重、纪树立、周昌忠、蒋弋为译，上海：上海译文出版社，1986年版，第94页。
③ 胡适：《历史的文学观念论》，见胡适著，季羡林主编《胡适全集》（第1卷），合肥：安徽教育出版社，2007年版，第31页。
④ 胡适：《建设的文学革命论》，见胡适著，季羡林主编《胡适全集》（第1卷），合肥：安徽教育出版社，2007年版，第54页。
⑤ 胡适：《白话文学史》，见胡适著，季羡林主编《胡适全集》（第1卷），合肥：安徽教育出版社，2007年版，第233页。
⑥ 周作人：《人的文学》，见吴平、邱明一编《周作人民俗学论集》，上海：上海文艺出版社，1999年版，第269页。
⑦ 周作人：《人的文学》，见吴平、邱明一编《周作人民俗学论集》，上海：上海文艺出版社，1999年版，第278页。
⑧ 周作人：《人的文学》，见吴平、邱明一编《周作人民俗学论集》，上海：上海文艺出版社，1999年版，第281页。

钟敬文则提出了民间文艺学的理论构想。从创作来看，鲁迅有意引民间歌谣和神话故事入文。1936 年，有学者总结评论，"兹就其资料搜集及研究经过视之，则知其主要题材为歌谣、为传说、为故事、为谜语谚语，统言之，即以民间文艺为主"，以"求得'白话文学之历史根据'为出发点"。①

"白话文学为正宗"的假设获得了科学共同体成员的认可和求证，白话文学作为民间的、民众的产物，在概念使用上常与民间文学重叠。基于"大胆的假设""小心的求证"，完成了新旧范式的转换，民间文学由此浮出历史地表，并作为一门学科的身份正式亮相。

三、对"大胆的假设"的批评及对当下方法论的启示

"大胆的假设"在实践中成功的运用，说明其方法有其可行性。但如实论来，它受到误读和误解，也不排除多种客观因素。首先，作为"口号式"的方法论，容易让人作简单化理解和望文生义。其次，这和方法的提倡者胡适本人的认识也有很大的关系：

一、胡适自身自然科学背景的相对薄弱，导致他借用自然科学的研究方法却难以用自然科学的实例和思维来予以论证和解析，对方法的展开和辨析也显得着力不足，力不从心。正如林毓生所说："从实质的观点来看，胡先生对科学方法所做的解说，与科学研究及进展的情况是甚少关联的。"②

二、缺乏对方法论关键词的阐述与证明。往往是提出一个概念，而对概念本身含糊其词，没有具体阐释，这样就很容易引起人们的歧义和误解。如对"大胆"的概念，只是强调越大胆越好，但对何谓"大胆"、何谓"小胆"没作明确界定，有时"大胆"是指"文学革命"即"范式的转换"，有时是对某一问题的思考和解决，即他言之为"思想方法的一个实例"。如判定《醒世姻缘》

---

① 《民俗学复刊号——兼评我国民俗学运动》，《大公报·科学周刊》第 10 期，1936 年 11 月 14 日。转引自赵世瑜：《序》，见黄石著，高洪兴编《黄石民俗学论集》，上海：上海文艺出版社，1999 年版，第 14 页。

② 林毓生：《平心静气论胡适》，见欧阳哲生选编《解析胡适》，北京：社会科学文献出版社，2000 年版，第 22 页。

的作者为《聊斋志异》的作者蒲松龄，他认为"这个假设可以说是大胆的"。而"对于《红楼梦》的假设，可以说是小胆的假设"，[①] 他说考证蒲松龄用了故事的比对方法，还有语言学的方法，再用别的方法来证明，以说明这是大胆的假设，"要大胆的假设，而单只假设还是不够的"。[②] 两者的依据何在？没有任何的说明和交代。

三、如前所述，出于宣传性和策略性的考虑，有意将方法论主动与中国传统学术和杜威实验主义哲学相对接，不免有生搬硬套之嫌，容易对读者产生误导。

科学哲学家彭加勒、波普尔和库恩在理论方法上有渊源关系，而胡适的方法论很显然受到彭加勒自然科学方法论的思想影响，因此，他们的方法论在某种程度上表现出一定的契合，也就不足为奇。几位科学哲学家注重概念和方法的解析和评判，又恰好能补胡适"十字法"上述诸方面之不足。同时这些概念的意蕴也包孕于"十字法"之中，至于现在常用到的"建构""人为""想象"等概念实际上也都是"假设"的同义词。可见，"大胆的假设，小心的求证"的方法论并没有过时，而以"小心的求证"限定之，更有其方法论上的客观性和全面性。

伊瑟尔把"文学假设为虚构与想象相互作用的产物"[③]，"对于我们所有的行动来说，虚构都是不可或缺的预料，他们是科学研究中的假设，是建立世界图式的创始性构想"。[④] 而且人类生活也离不开想象的支撑。伊瑟尔认为结构人类学家列维-斯特劳斯二元论理论模式、生产人类学的"原始景象"概念等都是一些假设和假说性的概念。如纳尔逊·古德曼所说：我们所有的构建世界的方式都是"事实出于虚构"。[⑤] 诺斯洛浦曾如是概述中西方理论的差异："东方人用的学说是根据由直觉得来的概念造成的，西方人用的学说是根据由假设得来

① 胡适：《治学方法》，见胡适著，季羡林主编《胡适全集》（第 20 卷），合肥：安徽教育出版社，2007 年版，第 660 页。
② 胡适：《治学方法》，见胡适著，季羡林主编《胡适全集》（第 20 卷），合肥：安徽教育出版社，2007 年版，第 661 页。
③〔德〕沃尔夫冈·伊瑟尔：《引言》，见《虚构与想象——文学人类学疆界》，陈定家、汪正龙等译，长春：吉林人民出版社，2011 年版，第 9 页。
④⑤ 金惠敏：《在虚构与想象中越界——沃尔夫冈·伊瑟尔如是说（代序）》，见〔德〕沃尔夫冈·伊瑟尔《虚构与想象——文学人类学疆界》，陈定家、汪正龙等译，长春：吉林人民出版社，2011 年版，第 5 页。

的概念造成的。"① 胡适看重直觉和假设的作用，否证两者的对立关系，认为一个文化或个人并非"只容纳（所谓）由直觉得来的概念"②，指出人的思想的形成理应包含有理解、观察、想象、综合与假设等诸能力。但胡适也承认和注意到中西方研究方法的差异："他们所谓的方法就是假说与求证，牛顿就是大胆地去假定，然后一步一步去证明。这是和我们不同的地方。我们的方法是科学的，然而材料是书本文字。"③ 刘锡诚也提到，中国"在方法论上，尚经验重归纳，推崇实证，注重材料的搜集、专题的考订（主要来自德国和日本）"④，强调实证研究，养成严谨细致、亦步亦趋的治学路径，这必然在某种程度上束缚想象力的发挥。中国学术传统重考证轻假设，这也从旁说明了为何方法论中"大胆的假设"会引起学界更大的非议。

胡适虽然在方法论的阐释上存在着不少问题，但"人人可以提出的假设""白话文学为正宗文学"等诸多假设，均具有革命和确立新范式的意味，堪称大胆。可以说，没有"大胆的假设"，只有"小心的求证"，文学革命不可能取得成功。而假设的前提，首先是问题的发现和提出。在西学泛滥的当下，可能更需要的是对自身问题的勇敢面对和直面解决，不论是对于西方理论的引进，还是本土化理论的创新，"大胆的假设，小心的求证"依然是我们把握和创建理论的必由之路，尤其在当下作为民间文学样式的新形式——网络文学等多媒体书写的出现，新的文学现象提出了新的文学问题，必然需要有新的文学理论予以回应。而科学开始于问题，科学理论不是观察的汇总，科学发展重要的不是致力于收集事实，而是提出大胆的假说，等等，这些对于历来强调田野调查、材料收集方法的民俗学、民间文学学科来说，更有其警醒的作用。可以说，没有大胆的假设，就没有问题和理论的提出，也就不可能有问题和理论的

① 诺斯洛浦的 *The Meeting of East and West*（《东西的会和》，纽约：麦米伦书店，1946年版，第448页），转引自胡适：《中国哲学里的科学精神与方法》，见胡适著，季羡林主编《胡适全集》（第8卷），合肥：安徽教育出版社，2007年版，第485页。
② 胡适：《中国哲学里的科学精神与方法》，见胡适著，季羡林主编《胡适全集》（第8卷），合肥：安徽教育出版社，2007年版，第485页。
③ 胡适：《治学方法》，见胡适著，季羡林主编《胡适全集》（第20卷），合肥：安徽教育出版社，2007年版，第557页。
④ 刘锡诚：《20世纪中国民间文学学术史》，开封：河南大学出版社，2006年版，第23页。

解决，从而也就不会有学科的进步和推动。

第三节　民间文学中"箭垛式人物"研究

　　胡适提出"箭垛式人物"概念用以指称中国历史上的传说人物。关羽就是一个有代表性的"箭垛式人物"，在二十世纪初，学界对他的研究多呈现为文学与史学研究的两条路径。但"箭垛式人物"概念的引入将扩充我们的研究视野和空间，可以得出关羽形象乃是多民族文化共同建构的产物，源于不同族群间民众俗信与价值判断的交集，关涉到人类学的相关领域，"箭垛式人物"概念提出本身也就预设和规约了人类学视域的必然介入，为民间文学人物研究提供了广阔的视野。

一、关于"箭垛式人物"概念

　　"箭垛式人物"概念是由胡适提出的，所谓"箭垛式人物"，"就同小说上说的诸葛亮借箭时用的草人一样，本来只是一扎干草，身上刺猬也似的插着许多箭，不但不伤皮肉，反可以立大功，得大名"。[1] 胡适提到历史上有很多这样的人物，黄帝和周公之所以成为上古和中古的大圣人，就是因为人们将很多不知谁发明的东西堆在了他们身上，宋朝的包拯也被做成一个箭垛，民间的传说故事把很多精巧折狱的故事都射在他身上。胡适认为屈原也是"箭垛式人物"，与黄帝、周公同类，与希腊的荷马同类，他说，屈原最初不过是一个文学的箭垛。"后来汉朝的老学究把那时代的'君臣大义'读到《楚辞》里去，就把屈原用作忠臣的代表，从此屈原就又成了一个伦理的箭垛了。"[2]

---

① 胡适：《三侠五义·序》，见胡适著，季羡林主编《胡适全集》（第3卷），合肥：安徽教育出版社，2007年版，第472页。
② 胡适：《读楚辞》，见胡适著，季羡林主编《胡适全集》（第2卷），合肥：安徽教育出版社，2007年版，第96页。

其实，中外历史上不乏"箭垛式人物"，这也是民间文学传说中常有的现象，在传说的过程中，"故事便一天一天的改变面目，内容更丰富了，情节更精细圆满了，曲折更多了，人物更有生气了"。①"箭垛式人物"类似于情节结构中的"母题"概念，胡适以此来指称民间文学中有诸多附会之说的历史人物，这也是他在研究有"演化的历史"的小说时提出的一个概念，和他主张"用历史演进的见解来观察历史上的传说"的"历史演进法"的出发点是一致的。胡适对小说的研究起于《水浒传》，并以"考证"来命名其研究，可见他的文学研究带有考据学的意味。自1920年写作《〈水浒传〉考证》后，胡适又陆续以"序言""导论""引论"等不同形式考证了《三国志演义》《西游记》《醒世姻缘传》《镜花缘》《三侠五义》《儿女英雄传》等十二部传统小说。他认为："这种小说是经过长期演变出来的。每部小说的开始，可能都只是些小故事；但是经过长时期的发展，才逐渐变成一种有复杂性格人物的长篇小说。"②所以，他对这类小说的研究常常是和人物研究相勾连的，"箭垛式人物"概念也就是首见于《三侠五义》序。

　　胡适所说的"箭垛式人物"往往是生活在特定历史时期的真实的史实人物，以后逐渐地被传奇化和神化，一般呈现为史实与传说的交织和融合，这种混杂的存在很容易羁绊我们探询的视野和目光，对于进入到文学视域中的历史人物来说尤甚，拘泥于史实的判据或以文学想象为标的的评断都很容易导致偏于一隅，而有失公允的结论。"箭垛式人物"概念的提出既突破了传统意义上对历史人物作静态描述的局限，也突破了毛纶、毛宗岗《三国演义评点》，金圣叹《评点水浒传》的那种直觉式的和随感性的人物评点，可谓如黎锦熙所言，胡适小说考证的工作和成绩，"称得起'前无古人'"。③ 在对传说人物的研究上也是开一新局面。作为文学革命"首举义气之急先锋"，胡适小说考证的初衷本是想以此提升小说的学术地位，但在具体的研究过程中却常常滑

----

① 胡适：《三侠五义·序》，见胡适著，季羡林主编《胡适全集》（第3卷），合肥：安徽教育出版社，2007年版，第471—472页。

② 胡适：《胡适口述自传》，见胡适著，季羡林主编《胡适全集》（第18卷），合肥：安徽教育出版社，2007年版，第402页。

③ 黎锦熙：《国语文学史·代序》，见胡适著，季羡林主编《胡适全集》（第18卷），合肥：安徽教育出版社，2007年版，第18页。

到史学和社会学的研究轨道。正如笔者此前所提出的观点一样："胡适文学主张与文学实践的南辕北辙，既有其策略方面的考虑，也有其学术兴奋点的因素，胡适在小说考证的过程中，引发他兴趣的不是文学本身的变迁，乃是文学流变背后潜在的文化内涵。"① 胡适注重考辨故事和人物源流，自诩为有"考据癖"和"历史癖"，喜欢通过"搜集它们早期的各种版本，来找出它们如何由一些朴素的原始故事逐渐演变成为后来的文学名著"。② 关心社会背景、地域文化和民众心理对重塑人物形象的影响和作用，在对人物作动态叙述的过程中实际上也就进入了民间文学与人类学交叉研究的轨道。应该说，这符合民间文学传承性和变异性的特点，作为区别于一般文学的民间文学，它有着自身的知识体系和知识架构，相应地，也要有自身的理论和方法，"此一架构无法是封闭性的单一范畴，必然地要将各种相关的学科重新进行联结、交叉和组合"。③ 在笔者看来，"箭垛式人物"概念本身就预设了人类学学科的必然介入，因为"人类学家的研究民俗文学则较注重于其文化意义上的探讨"。④ 由此也抓住了民间文学人物形成的特点，提供了"理解文类发展和作品形成奥妙的关键"。⑤

二、关羽：民间文学中的"箭垛式人物"

"箭垛式人物"概念的提出恰适民间文学人物形象演变特点，为了更好地解读和开掘"箭垛式人物"的内在潜质，下面将以个案研究即关羽形象作为例证。选择关羽作为"箭垛式人物"代表的案例，一是基于他的影响力和代表

---

① 李小玲：《从"历史演进法"看胡适小说考证中的民俗学学术偏向》，《民间文化论坛》2006 年第 5 期。

② 胡适：《胡适口述自传》，见胡适著，季羡林主编《胡适全集》（第 18 卷），合肥：安徽教育出版社，2007 年版，第 353 页。

③ 郑志明：《民俗文学的研究范畴及其展望》，见苑利主编《二十世纪中国民俗学经典·民俗理论卷》，北京：社会科学文献出版社，2002 年版，第 373 页，

④ 李亦园：《民间文学的人类学研究》，见苑利主编《二十世纪中国民俗学经典·民俗理论卷》，北京：社会科学文献出版社，2002 年版，第 342 页，

⑤ 陈平原：《中国现代学术之建立——以章太炎、胡适之为中心》，北京：北京大学出版社，1998 年版，第 210 页。

性。在中国历史上，受到最大崇拜的人物莫过于"文圣"孔子和"武圣"关羽，而且关羽在民间的声名还更为显赫些，在他的身上发生了由凡到王到帝到圣的升格，他受儒佛道三教青睐，被士农工商四民祭拜，且在日本、马来西亚、越南、澳大利亚等地均有关公庙；二是因为在二十世纪初期，围绕着三国及人物关羽，胡适、鲁迅、郑振铎和周作人等人都曾有过相关论述，包括版本的考辨、文学的鉴赏、史实的追述等，这既折射出三国及关羽的影响巨大，以此也可反观二十世纪初期关于民间文学人物研究的一些特点，同时，关羽也是"箭垛式人物"概念提出的一个背景式人物。尽管胡适对此没有直接对接，但从他的"关羽已成了一个神人"等的描述中均可见出。

其实，对关羽的议论早已有之。清代史学家赵翼在《陔余丛考》卷35"关壮缪"记载："鬼神之享血食，其盛衰久暂，亦若有运数而不可意料者。凡人之殁而为神，大概初殁之数百年，则灵著显赫，久则渐替。独关壮缪在三国、六朝、唐、宋皆未有埋祀，考之史志，宋徽宗始封为忠惠公，大观二年加封武安王。高宗建炎二年加壮缪武安王。孝宗淳熙十四年加英济王，祭于荆门当阳县之庙。"① 赵翼对关羽由人到王到神的过程作了简单的勾勒，但还谈不上学术上的研讨。

伴随着对民间文学的重新发现和重视，二十世纪初掀起了对有演变历史的小说研究的热潮，其中就包括在民间极受欢迎的三国。鲁迅的《中国小说史略》被胡适称为"一部开山的创作"。② 鲁迅为《三国演义》的成书过程及版本演变勾勒出了一条线索："唐时，已有说三国事者"，至宋时，"说三分"已"风行民间"，"金元杂剧亦常用三国时事"，"为世所乐道"，"其在小说，乃因有罗贯中本而名益显"。"清毛宗岗改订之，是为今通行本。""然今所传诸小说，皆屡经后人增损，真面殆无从复见矣。"③

鲁迅亦称："如盐谷节山教授之发见元刊全相平话残本及'三言'，并加考

---

① 赵翼：《陔余丛考》，上海：商务印书馆，1957年版，第756—757页。
② 胡适：《白话文学史·自序》，见胡适著，季羡林主编《胡适全集》（第11卷），合肥：安徽教育出版社，2007年版，第210页。
③ 鲁迅：《中国小说史略》，济南：齐鲁书社，1997年版，第105页。

索，在小说史上，实为大事"。① 充分肯定了罗贯中本《三国志演义》：皆排比陈寿《三国志》及裴松之，间亦仍采平话，又加推演而作之；论断颇取陈裴及习凿齿孙盛语，且更盛引"史官"及"后人"诗。然据旧史即难于抒写，杂虚辞复易滋混淆，故明谢肇淛（《五杂组》十五）既以为"太实则近腐"，清章学诚（《丙辰札记》）又病其"七实三虚惑乱观者"也。鲁迅说道："至于写人，亦颇有失，以至欲显刘备之长而厚似伪，状诸葛亮之多智而近妖；惟于关羽，特多好语，义勇之概，时时如见矣。"② 如写关云长斩华雄一节，"真是有声有色"，写华容道放曹操一节，"则义勇之气可掬，如见其人"。③ 不论是对版本的考辨、故事的梳理，还是人物的分析，鲁迅都是取文学审美的视角来进行把握，"注重于其文学的、艺术的、美学的意义"。④

　　1922 年，胡适曾作《三国志演义》序，他在篇末特意交代是参考了鲁迅的《小说史讲义》稿本，对三国故事的流变基本上采用了鲁迅的观点。但不同于鲁迅将其置于小说史的宏大背景下的考察和叙述，胡适独立成编，关羽形象更为具象和立体。他提到元朝已有独立的关羽故事，如《义勇辞金》《单刀会》，这时的"关羽已成了一个神人"，《义勇辞金》里称他为"关大王"，《单刀会》的题目也称为《关大王单刀会》，清朝毛宗岗改本即现在通行的《三国志演义》，已对明朝末年李卓吾评本有所增删和修正，如增加了关公秉烛达旦等故事，辨正了关公封汉寿亭侯等故事，粗略地梳理了关羽"箭垛化"过程，总结说："旧说都以为《三国演义》是元末明初一个杭州人罗贯中做的。"但"《三国志演义》不是一个人做的，乃是五百年的演义家的共同作品"。"乃是自宋至清初五百多年的演义家的共同作品。"⑤ 这一判断和结论很重要也很有价值，即《三国演义》不等同于我们传统意义上所理解的出于个人的创作，乃是集体智慧的结晶，其本身也就是一"箭垛式"产物，更遑论其中的人物了。

---

① 鲁迅：《题记》，见《中国小说史略》，济南：齐鲁书社，1997 年版，第 3 页。
② 鲁迅：《中国小说史略》，济南：齐鲁书社，1997 年版，第 105 页。
③ 鲁迅：《中国小说史略》，济南：齐鲁书社，1997 年版，第 368 页。
④ 李亦园：《民间文学的人类学研究》，见苑利主编《二十世纪中国民俗学经典·民俗理论卷》，北京：社会科学文献出版社，2002 年版，第 342 页。
⑤ 胡适：《〈三国志演义〉序》，见胡适著，季羡林主编《胡适全集》（第 2 卷），合肥：安徽教育出版社，2007 年版，第 769—771 页。

相较而言，郑振铎更为赞许《三国志平话》"乃是纯然的民间的著作"。未经学士文人的润改，民间的作品虽然谬诞，但很宏伟，也很活泼可爱。至于罗贯中的个体写作《三国志通俗演义》，则改俗为雅，虽然保存了不少原旧作的东西，但也铲除了很多荒诞不经的材料。如《三国志平话》有因果报应之说，认为汉分三国后复合为晋，皆为报应，而罗氏则将这一段予以删除。尽管如此，但郑振铎并不认为《三国志通俗演义》是纯个人性创作，罗贯中"与其说他是一位'创作家'，毋宁说他是一位'编订者'，或'改写者'，特别是关于'讲史'一部分，因为那些讲史在他之前大都是已有了很古很古的旧本的"。① 因此，郑振铎认为中国传统小说与别国小说不同，是根据口头的传说写成的，更强调其作为民间文学或俗文学的特点。对于人物描写，虽然"人物也往往为历史所拘束，不易捏造，更不易尽量的描写着"。② 但毕竟有想象的空间。关云长单刀赴会的描写就很生动形象。总体而言，郑振铎是取民间文学的眼光评述小说和小说中的人物，其研究更有意为俗文学正名，但以此也凸显了关羽作为"箭垛式人物"的特色。

周作人则对关羽的"箭垛化"过程提出质疑，认为关羽"也只是普通的名将"，"尊为内圣外上则显然尚无此资格"，戏子们在戏台上说白自称吾乃关公，"或若可以说是难怪，士大夫们也都避讳，连书画舫这种书里也出现了，这不能不算是大奇事"。即对关羽在民间受到英雄的崇拜尚可以理解，但"若神明的顶礼则事甚离奇"，因为"无论怎么看没有成神的资格"，看不出关羽神圣之处何在，"在三国演义的书本或演辞中都找不出些须理由来，我所觉得奇怪的就是这一件事"。③ 周作人是较早将人类学理论引入中国的学者，曾多有关于这方面的议论："古说荒唐，今昧其意，然绝域野人，独能领会，征其礼俗，诡异相类，取以印证，一一弥合，乃知神话真诠，原本风习，今所谓无稽之言，其在当时，乃实文明之信史也。"④ 但在对史实人物关羽的评述中，却没能跳出

---

① 郑振铎：《插图本中国文学史》（下），北京：中国文联出版社，2009年版，第494—495页。
② 郑振铎：《插图本中国文学史》（下），北京：中国文联出版社，2009年版，第499页。
③ 周作人：《谈关公》，见《周作人经典作品选》，北京：当代世界出版社，2002年版，第321页。
④ 周作人：《童话研究》，见吴平、邱明一编《周作人民俗学论集》，上海：上海文艺出版社，1999年版，第29—30页。

文本的限制，引古俗和古史来证之，反以现代眼光观之，自然也就查找不到事件的原委。因此，"箭垛式人物"不仅于文学创作者会有所拘束，就是对研究者而言也会有障眼法。

笔者以为，三国故事的敷演并非统治者的有意造势，也不是出自士大夫的个人创作，而是民间民众口耳相传和集体书写的结果。至于统治者对关羽的接纳和封爵加侯已是后起的事情，阮蔡生《茶余客话》卷四曰："关庙之见于正史者唯明史有之，其立庙之始不可考，俗传崇宁真君封号出自宋徽宗，亦无据。"① 李福清也认为："宋之前，官方并不尊崇关羽。"② 可见关羽最初并没有称帝封神而被顶礼膜拜，至于后起的尊崇乃是顺民间之势而为，是看到了其中可以利用的成分，因为关羽身上体现出来的"忠"与"义"，符合统治者强化政权、奴役百姓所需要的道德准则和行为规范，于是，修建寺庙以大肆宣扬。由于统治者的大力提倡，关羽声名日渐显赫，成圣成帝成神，甚至被读书人死心塌地地信奉，在书写中避讳其名，"又送志在春秋的匾额给他，硬欲引为同类"。③ 周作人就此讥讽读书人丑态毕现。

据《三国志》对张飞、关羽的记载，"羽善待卒伍而骄于士大夫，飞爱敬君子而不恤小人"，"又南郡太守糜芳在江陵，将军傅士仁屯公安，素皆嫌羽自轻己"④，关羽友善兵卒轻慢士大夫，士大夫对他多有微辞，陈寿批评他"刚而自矜"，"以短取败，理数之常也"。⑤ 可以想见，士大夫后来对关羽的膜拜更多兼有趋众和功利的考量，并不代表对民间英雄及所存活的民众空间的真实崇拜。由此，也就不诧异于"对关羽的崇拜始终没有摆脱民间的性质，不能完全进入文人士大夫的话语系统"⑥，因为，从根本上来说，关羽崇拜本就是始于民间的。李福清特别提到《平话》对关羽"神眉凤目"的用词，认为"凤眼"符合

---

① 阮蔡生：《茶余客话》（卷四），北京：中华书局，1959 年版。
② ［俄］李福清：《三国演义与民间文学传统》，尹锡康、田大畏译，上海：上海古籍出版社，1997 年版，第 43 页。
③ 周作人：《谈关公》，见《周作人经典作品选》，北京：当代世界出版社，2002 年版，第 321 页。
④ 陈寿：《三国志》，见上海古籍出版社、上海书店编《二十五史》（第 2 册），上海：上海古籍出版社、上海书店，1995 年版，第 114 页。
⑤ 陈寿：《三国志》，见上海古籍出版社、上海书店编《二十五史》（第 2 册），上海：上海古籍出版社、上海书店，1995 年版，第 115 页。
⑥ 王学泰：《关羽崇拜的形成》，《文史知识》2000 年第 9 期。

中国人喜欢根据人的相貌来判断人的道德品质的传统，没有佛经传统的形容词，其描写都是来自民间文学，"笨拙、迟重的文笔，的确是出于民间作者之手，而未曾经过文人学士的润饰的"。① 这或可见出关羽在民间的形象。赵翼《陔余丛考》曰："今且南极岭表，北极塞垣，凡妇女儿童，无有不震其威灵者。香火之盛，将与大地同不朽。"② 这样的尊崇已不是一纸文书的命令就能达成的。

可见关羽崇拜应起于民间，其传说及声望是在民间民众间逐渐形成的，而非统治阶级和士大夫所造。所以，在评说"箭垛式人物"关羽时，就不仅要分析射在箭垛上的箭矢，还要看看箭垛本身，即箭垛何以成为可能的问题，这也就是让周作人大惑不解，也是胡适留待给社会史家去解决的问题，但实际上又是"箭垛式人物"概念所预设的问题。而要解决这一问题，我们就要跳脱《三国志》《三国志平话》和《三国志演义》等文本化的框定，越过各朝代统治者有意改造所布下的迷障，进入人类学的疆域以追根溯源。

三、关羽的"箭垛化"：作为多民族文化建构的产物

胡适曾用人类学的眼光看《楚辞》，称《九歌》为"湘江民族的宗教舞歌"。③ 这在学界也影响了一批学者。"箭垛式人物"概念的提出也多有这方面的考量，他明确人物的"箭垛化"，是"随人的心理随时添的枝叶罢了"。至于民间传说，愈传愈神奇，而关于"这种神话的源流是很可供社会史家的研究的"。④ 这说明他那时就已意识到了对于"箭垛式人物"的研究不应仅局限于文学和史学的眼光。

对于关羽这样一位既是历史人物，同时又是文学中经典人物的人，我们自然可以从史学或文学的某一角度来诠释他，但或许还不够。正如人类学者格尔

① ［俄］李福清：《三国演义与民间文学传统》，尹锡康、田大畏译，上海：上海古籍出版社，1997年版，第101页。
② 赵翼：《陔余丛考》，上海：商务印书馆，1957年版，第757页。
③ 胡适：《读楚辞》，见胡适著，季羡林主编《胡适全集》（第2卷），合肥：安徽教育出版社，2007年版，第98页。
④ 胡适：《三侠五义·序》，见胡适著，季羡林主编《胡适全集》（第3卷），合肥：安徽教育出版社，2007年版，第473页。

兹所说："人是悬挂在由他们自己编织的意义之网上的动物"。① 《鬼神论》曰：鬼神生于人心。周作人谓："我不信人死为鬼，却相信鬼后有人。"即鬼背后往往寄寓了人的欢喜恐惧，从中可以了解到一般不为人所知的人情，也就是鬼里边的人。所谓鬼里边的人，是指鬼神以及事鬼神之仪物、神仙之说、地狱轮回等皆由人心所生，并引哈理孙的话予以佐证："诸神乃是人间欲望之表白，因了驱除与招纳之仪式而投射出来的结果。"② 以此推之，关羽崇拜自有生成其的文化土壤。

周作人论及关羽崇拜，也虑及民众心理，但还是不得要领，关键所在是他忽视了关羽身处的地域文化特性。人是文化的造物，关羽自然也不例外，其崇拜也是生于人心，是当地民间习俗信仰和民众价值认知之产物，非官方和士大夫之流有意为之所能。《三国演义》中提到关羽最初显圣的地点为当阳玉泉山，明清时在这里竖了碑碣，石碑上刻有"最先显圣之地"。可见关羽崇拜始于荆楚之地。

荆楚文化是一个相当庞杂的概念，主要是相对于中原文化而言的。在这里，既生活着楚贵族，又先后或同时生活着三苗、九黎、百越等一些土著民族。有学者认为，"楚的主体民族就是苗族"③，至于"巴人进入南方也比楚人早得多，相对楚而言，自可称土著"。④ 土家族即古代巴人的后裔。《隋书·地理志》云：荆州"诸郡，多杂蛮左，其与夏人杂居者，则与诸华不别。其僻处山谷者，则言语不通，嗜好、居处全异，颇与巴、渝同俗。"⑤ 楚地曾是多民族的聚集地，受到多民族文化的影响和渗透，苗族文化和巴人文化等各民族文化共同构型了楚文化，体现为多民族文化的交融和混合，其文化也呈现出多元复杂的形态。

---

① ［美］克利福德·格尔兹：《文化的解释》，纳日碧力戈等译，王铭铭校，上海：上海人民出版社，1999 年版，第 5 页。

② 周作人：《读〈鬼神论〉》，见吴平、邱明一编《周作人民俗学论集》，上海：上海文艺出版社，1999 年版，第 221 页。

③ 石华森：《楚国主体民族初探》，《吉首大学学报(社会科学版)》1984 年第 1 期。

④ 过常宝：《楚辞与原始宗教》，上海：东方出版社，1997 年版，第 13 页。

⑤ 《隋书·地理志》，见上海古籍出版社、上海书店编《二十五史》(第 5 册)，上海：上海古籍出版社、上海书店，1995 年版，第 114 页。

荆楚多巫风，和中原的理性文化有很大的不同，楚国国君自称"蛮夷"以区别于周人。据考证，传说中的中国远古居民，居住在南方的人统被称为"蛮族"。蛮夷不仅是地域的概念，更兼有文化的差异。周人尚礼，事鬼神但又敬而远之，鲁迅解释说："华土之民，先居黄河流域，颇乏天惠，其生也勤，故重实际而黜玄想，不更能集古传以成大文。"① 至于楚地，则"信巫鬼，重淫祀"，② 而这也"可以代表江南部落民族的主要文化习俗"。③ 《隋书·地理志》云："大抵荆州率敬鬼，尤重祠祀之事，昔屈原为制《九歌》，盖由此也。"④ 王国维在《宋元戏曲史》中也谈道："周礼既废，巫风大兴；楚越之间，其风尤盛。"⑤ 因此，巫鬼信仰与祠祀习俗在楚地有着悠久的传统，也是荆楚地域文化中最为突出的特点。

楚地巴人部落的历史始见于《山海经·海内经》："西南有巴国。太皞生咸鸟，咸鸟生乘厘，乘厘生后照，后照是始为巴人。"太皞即伏羲，后照为巴人始祖。伏羲被列为"三皇"之首，三皇即伏羲氏、女娲氏、神农氏，巴祖廪君乃太祖伏羲四代传人。《世本卷七下·氏姓篇下·姓无考诸氏》（[清]秦嘉谟辑补本)曰：廪君之先，故出巫诞。《说文解字·巫条》解释："巫，祝也。女能事无形，以舞降神者也。象人两袖舞形。与工同意。古者巫咸初作巫。凡巫之属皆从巫。"⑥ 巫是古代被认为是可以以舞降神的人。所以，"巫"往往是原始人群中的智慧超群之人，有学者认为，"酋长""族长"等部落首领的实际社会身份往往是巫师。廪君出于巫，而且很可能他本人就是巫。楚王族一般认为是源于祝融部落。祝，甲骨文字形，像一个人跪在神前拜神、开口祈祷。从示，从儿口。本义为男巫，即祭祀时主持祝告的人。巴郡南郡蛮五姓俱事鬼神，均体现荆楚多巫风的特点。

① 鲁迅：《中国小说史略》，济南：齐鲁书社，1997年版，第25页。
② 班固：《汉书·地理志》，见上海古籍出版社、上海书店编《二十五史》（第1册），上海：上海古籍出版社、上海书店，1995年版，第159页。
③ 过常宝：《楚辞与原始宗教》，上海：东方出版社，1997年版，第13页。
④ 《隋书·地理志》，见上海古籍出版社、上海书店编《二十五史》（第5册），上海：上海古籍出版社、上海书店，1995年版，第114页。
⑤ 王国维：《宋元戏曲史》，北京：中国书籍出版社，2006年版，第3页。
⑥ 许慎：《说文解字》，北京：中华书局，1985年版，第100页。

楚国地域广阔，又曾是土著民族的聚居地，而关羽就生活在这样一个民族众多、巫风盛行之地。陈寿《三国志》载：羽不能克，引军退还。权已据江陵，尽虏羽士众妻子，羽军遂散。权遣将逆击羽，斩羽及子平于临沮。吴历曰：权送羽首于曹公，以诸侯礼葬其尸骸①，即关羽死后身首分离。所以，民间也有关羽"头枕洛阳、身在当阳、魂在荆州"之说。

古荆楚人"巫鬼""鬼神"并重，"巫""鬼""神"不分。如巴人祖先廪君在民间被称为向王天子，长阳舞溪向王天子庙的一块刻石至今犹存，刻石上书："向王生而为英，死而为神，开辟清江、有人禹之德。"自古以来，湘楚风俗信鬼神，所以，关羽死后被民间祭祀也就不足为奇。然则如鲁迅所言：天神地祇人鬼，古者虽若有辨，而人鬼亦得为神祇。人神淆杂，则原始信仰无由蜕尽；原始信仰存则类于传说之言日出而不已，而旧有者于是僵死，新出者亦更无光焰也。② 这在"不事鬼神"的中原文化看来还是颇觉费解。清代学者刘献廷和赵翼以"运数"释之，周作人引以为"奇事"就是余绪。宋代开国皇帝赵匡胤曾以功业无暇为准的，而将关羽逐出神庙。明朝开国皇帝朱元璋在定诸神封号之时，也将关羽弃之门外。由此可见，他们对功业的定位，乃是以成败论英雄。

中国神话也有关于身首分离的记载，发生地均在南方蛮夷之地。《山海经·海外西经》曰："刑天与帝争神，帝断其首，葬之常羊之山，乃以乳为目，以脐为口，操干戚以舞。"③ 陶渊明曾咏诗热情赞美刑天的勇猛。刑天居于南方，乃是南方之神炎帝的战将，其武艺高强，且英勇善战。

除了刑天之外，敢于和黄帝挑战的还有蚩尤，蚩尤乃是上古时代九黎族部落酋长，也被视为苗族的祖先，同时是中国神话中的武战神。孙冯翼辑《皇览》："传言黄帝与蚩尤战于涿鹿之野，黄帝杀之，身体异处，故别葬之。"④ 蚩尤死后，黄帝将蚩尤奉为"兵主"，视为"战神"。

---

① 陈寿：《三国志》，见上海古籍出版社、上海书店编《二十五史》（第2册），上海：上海古籍出版社、上海书店，1995年版，第114页。
② 鲁迅：《中国小说史略》，济南：齐鲁书社，1997年版，第26页。
③ 陈勤建、常峻、黄景春：《民间文学》，广州：广东人民出版社，2003年版，第15页。
④ 孙冯翼：《皇览》，北京：中华书局，1985年版，第3页。

可见，刑天和蚩尤虽均为败神，且身首两地，但无损他们在民间民众心目中的崇高地位，也不影响将其当神而祀。作为苗族的祖先，蚩尤一直都受到苗族人民的祭祀和尊崇，关羽的武将身份和最后的结局与蚩尤多有相似之处，这对于"信巫鬼，重淫祀"[①] 的荆楚民众来说，把对祖先的崇拜、英雄的崇拜移植到关羽的身上，产生类似的联想和幻化也是最自然不过的事情了。这或许也是舍张飞取关羽的一大原因。尽管关羽大意失荆州，败走麦城，最后落得身首两地，以此来看，关羽倒也并没有什么过人之处。但关羽"忠""义""仁""勇"，"威震华夏"，符合楚文化以勇猛和忠诚定位英雄的标准，有别于以成败论英雄、高度秩序化的官方文化的评价体系和认知准则。

关羽生活在一个多民族聚居的地方，是多民族文化共同孕育和建构出来的具有神话色彩的传说人物，也是受到多民族民众祭祀和崇拜的英雄人物，体现了各民族文化间的互为渗透和融合。因此，我们不能以单一民族的眼光看待关羽，不管是文学研究、史学研究，还是人类学研究，我们都应该将其放置于民族文学和民族文化的大背景之下。

作为一位最有代表性的"箭垛式人物"，史实上的关羽已附会了很多的神迹，不复客观的实在。但考量崇拜现象之缘起和演变过程，"亦极有趣味与实意，盖此等处反可以见中国民族的真心实意"。[②] 这里的民族就不仅仅是指汉民族，而是指涉多民族。

"箭垛式人物"概念形象而生动，传神般地捕捉到了民间文学人物形成的特点，为我们分析和解读带有传说色彩的人物形象提供了进入路径。胡适对这一概念的把握更多体现了中国文论直观感悟的特点，少有具体的分析，不像西方学术概念注重学理上的阐释和逻辑上的演绎，相较而言，在实践的操作层面更难以把握，但在另一层面，似乎又能给人更多想象和拓展的空间。

---

① 班固：《汉书·地理志》，见上海古籍出版社、上海书店编《二十五史》（第1册），上海：上海古籍出版社、上海书店，1995年版，第159页。
② 周作人：《说鬼》，见吴平、邱明一编《周作人民俗学论集》，上海：上海文艺出版社，1999年版，第218页。

第四节　传说故事与"滚雪球"式的情节研究

关于传说故事，不同于文本的固化呈现，往往会有一个演变发展的过程，对于这一类的文学表现，胡适提出了"滚雪球"式的情节概念。胡适说："传说的生长，就如同滚雪球一样，越滚越大，最初只是一个简单的故事作个中心的'母题'（Motif），你添一枝，他添一叶，便像个样子了。后来经过众口的传说，经过平话家的敷演，经过戏曲家的剪裁结构，经过小说家的修饰，这个故事便一天一天的改变面目：内容更丰富了，情节更精细圆满了，曲折更多了，人物更有生气了。"① 胡适在这里不仅提到了滚雪球一天天的历时性演变过程，提到了民间的口口相传，还特别提到了平话家、戏曲家、小说家等不同文类的创作者的添枝加叶，就此说明传说故事在不同的文类当中会有不同的表现，既有传说故事的变迁，又可见出文类的变化特点。胡适的这一点提出颇有新意，也很有意义，说明传说故事不仅存活于民间的口耳相传，也流动于创作者的创作过程，由此拓宽了传说故事的研究视域，将改编类的文学作品也纳入其中，这对于研究改编类的文学作品多有启发和指导意义。胡适对文类的演变颇有研究的兴味，如他的《缀白裘》序就提到了元杂剧到明传奇的变化，他自认为该序还是花力气写的，并从中可获得一些"文学史见解"。② 胡适认为狸猫换太子故事本身并没有太多的研究价值，但以为故事的生长变迁，最容易使人们了解一个传说变迁沿革的步骤，"此事虽小，可以喻大"。③ 换言之，也就是由此可窥出文化的生成和变迁。

胡适提到的滚雪球式的情节研究和表演理论中的去语境化和再语境化的概

---

①③ 胡适：《三侠五义·序》，见胡适著，季羡林主编《胡适全集》（第 3 卷），合肥：安徽教育出版社，2007 年版，第 489 页。

② 胡适：《缀白裘·序》，见胡适著，季羡林主编《胡适全集》（第 12 卷），合肥：安徽教育出版社，2007 年版，第 349 页。胡适在注释里谈及这篇序时说：今天读了一遍，觉得这序还是用气力写的，其中的文学史见解也不错。这是一篇值得保存的文章。

念颇为类似，只是相较于胡适的形象化描述，鲍曼的表述更为学理一些。所谓传说的变迁，亦即"滚雪球"的过程，或可作语境转换的理解。语境（context）这一术语最早由英国社会人类学家马林诺夫斯基于1923年提出，后被不同学科套用，对此概念也就有着不同的界定。在文艺学领域，语境主要指文本生成和传播的社会环境和文化环境。美国学者理查德·鲍曼以表演为中心，取动态发展的眼光审视文本在语境中的演变过程，提出了去语境化和再语境化概念，认为对一种语境加以去语境化的过程，其实也就是另一种语境中的再语境化过程。"当一个文本被植入于一个新的语境中时，至少会在其形式、功能或意义的一些方面发生变化，而再语境化则将人们的注意力导向文本从以往的诸种情境中携带了什么，在新的语境中它又要求何种新生的形式、功能和意义。"[1] 尽管鲍曼是就表演的口头艺术而言，提出去语境化与再语境化概念的。不同于胡适提出"滚雪球"式情节以特别重视同源性文本的文类变化和文化变迁，鲍曼则更为强调口头艺术的表演特色，然其概念同样也可以沿用于多种版本间的同源性文本的比较，因为多版本和多异文本身其实就是一个去语境化和再语境化过程，简而化之，也就是"滚雪球"的图式。

"赵氏孤儿"是有世界影响的中国经典故事，曾吸引了不同时期不同学者的关注，但学界更多是从历史考证、社会学和版本校勘或改编优劣比较等视角切入，而少有涉及故事原型的传说繁衍，更难有兼及文类演变或概念差异所呈现出的语境重置入手，去考察"传说的变迁"和文本的"文化构成"，在根本上忽视了"赵氏孤儿"首先是作为一个传说故事的存在。如前所述，胡适的"滚雪球式"的情节研究特别重视文类演变和文化变迁的问题，从而为这类传说故事的研究开辟了新的路径。本部分以《赵氏孤儿》为例，试图从时间和空间，即取横轴和纵轴两个向度，既虑及到历史和文类的推衍延续，又兼及跨文化的细察考量，就《赵氏孤儿》各个版本和改编本（作品）的文类演变与概念歧义背后所折射出的情感表现和文化诉求，具体为诸种艺术形态语境下呈现出的情感传达与道德追求，以及由悲剧、社会精神和风俗等概念演绎外化为的语境

---

① ［美］理查德·鲍曼：《作为表演的口头艺术》，杨利慧、安德明译，桂林：广西师范大学出版社，2008年版，第110—113页。

重置，进行一番粗浅的、微观性的解读，以期在历史性和当下性的双重维度下直观呈现"滚雪球"式情节的动态过程，获取对传说故事的新的阐释，由此得到一些如胡适所言的"文学史见解"。①

文中所依据的资料主要是2010年10月上海古籍出版社编撰出版的《赵氏孤儿》② 中的各种文本(内含汉代司马迁《史记·赵世家》节录、元代纪君祥剧本《赵氏孤儿大报仇》、明代徐元传奇《八义记》、法国伏尔泰《中国孤儿》、1950年代京剧《搜孤救孤》和清代蔡元放《东周列国志》节录等，以下相关引文均出自该书，因引文较多而琐碎，故不一一注明页码)，以及同期上映的陈凯歌导演的同名电影作品，因为这些作品无论从版本、文体还是形式都有一定的代表性和典型性。

一、文类演变下的传说变迁与语境重置

"感人心者，莫先乎情，莫始乎言，莫切乎声，莫深乎义。诗者，根情，苗言，华声，实义。"③ 这里的"情"与"义"，基本就是指情感与道德。刘勰曰："立文之道"中的"情文，五性是也。……五情发而为辞章，神理之数也"。④ 所谓的"五性"，就包括了中国的传统道德内涵：仁义礼智信。可以说"情"与"义"即情感与道德构成了中国艺术审美中的意蕴主体，《赵氏孤儿》之所以能跨越古今中外且经久不衰就在于文本中所潜存的情文涌动和道德诉求。它历经两千余年演变和改编，被各种艺术形式先后搬上舞台，其间有着丰繁的演绎、变化与增删、润色的过程，从中可见出文类的演变和"传说的变迁"⑤，因为"这种种不同的时代发生种种不同的文学见解，也发生种种不同

---

① 胡适：《缀白裘·序》，见胡适著，季羡林主编《胡适全集》(第12卷)，合肥：安徽教育出版社，2007年版，第349页。

② 纪君祥等：《赵氏孤儿》，上海：上海古籍出版社，2010年版。

③ 白居易：《与元九书》，见郭绍虞主编《中国历代文论选》(第2册)，上海：上海古籍出版社，2001年版，第96页。

④ 刘勰著，范文澜注：《文心雕龙注》，北京：人民文学出版社，2008年版，第537页。

⑤ 胡适：《三侠五义·序》，见胡适著，季羡林主编《胡适全集》(第3卷)，合肥：安徽教育出版社，2007年版，第478页。

的文学作品"。①

赵氏孤儿故事始见于《左传》：赵朔娶晋国公主庄姬为妻，后庄姬与叔父赵婴齐私通，事发，赵婴齐被逼逃亡齐国，于是庄姬向晋景公进谗言，晋景公遂族灭赵氏。后庄姬产子赵武，匿之。数年后，韩厥向景公进言，景公乃立武，而反其田焉。据《左传》的记载，赵家被灭乃因"红颜祸水"，至西汉司马迁所著《史记·赵世家》，则有所不同。赵盾死后，屠岸贾假以君命灭赵氏全族，程婴将赵氏孤儿救出。为保全赵氏孤儿，程婴与公孙杵臼商议，取他人婴儿冒充孤儿藏于公孙处，并由程婴向屠岸贾告密。公孙与假孤儿殒命，程婴带孤儿藏匿深山十五年，后在韩厥帮助下得报大仇，程婴自杀。

《左传》和《史记》均为史传作品，本应以写实记传为宗旨，不以虚构事实为能事。但关于同一段史实，却有相异的记载，可见历史也不是纯客观的叙述，学界对孰真孰假的问题历来都存有争议，史实的考辨固然很有其意义，但演变的本身也很值得探究，前者见出了如作者所言"女子，从人者也"的女性从属观念，后者的舍生取义则是儒家忠义思想的体现。可见历史只是人为的历史，正如新历史主义者所说的"一切历史都是当代史"，是经过后人敷演而成的，因此，所谓的历史记载不作为信史，已带有传说的意味，因《史记》的记载更富有传奇性，故以后的故事展演多沿此说。然写实的体裁文类毕竟对创作主体有所束缚，所以，两者虽都有情感勾勒，但都是简笔带过，不做情景渲染和泼墨处理，因此显得客观、冷静和适度的抑制。

元代纪君祥的著名杂剧《赵氏孤儿大报仇》② 已是虚构和想象性的文艺作品，对故事进行了艺术加工，为了强化艺术的感染力，将"谋取他人"的孤儿化身为程婴的亲生儿子且代替赵氏孤儿而死，以血脉相连的骨肉亲情感天地泣鬼神。这一转折极富有戏剧性和传奇色彩，凸显了文艺作品与史传体在情感渲染和处理上的差异。但剧中并没有就此极力描写和抒发程婴夫妻与骨肉的分离

---

① 胡适：《〈水浒传〉考证》，见胡适著，季羡林主编《胡适全集》（第1卷），合肥：安徽教育出版社，2007年版，第516页。

② 纪君祥等：《赵氏孤儿》，上海：上海古籍出版社，2010年版，第10页。本剧注释：《赵氏孤儿》现存《元刊三十种》本、《元曲选》本及《酹江集》本。元刊本无第五折，无宾白，文字缺误多，此据《元曲选本》。

情节和情感，虽然有屠岸贾强逼程婴棒打公孙杵臼和残杀程婴孩子的情景描绘和细节铺陈，然整体的感染力还是有一定的局限性。笔者以为这可能关涉到元杂剧的"一人主唱制"，《赵氏孤儿大报仇》是"末本杂剧"，即由正末主唱，第一折由韩厥主唱，第二、三折由公孙杵臼主唱，第四、五折由成人后的赵武主唱（明刊本增加了第五折），程婴在全剧中就没有一句唱词，从头到尾仅有科白。王国维认为："夫以元剧之精髓，全在曲辞；以科白取元剧，其智去买椟还珠者有几！"① 换言之，元曲是以曲辞取胜，没有唱词的程婴自然不是剧中的中心人物。胡适则就元曲的结构而言，以为四折的限制，无形之中规定了元朝杂剧的形式和性质。在现存的一百多部元曲之中，就没有一部的题材是繁重复杂的。因此，"这样的单纯简要，不是元曲的短处，正是他们的长处"。"四折的元曲在文学的技术上是很经济的"②，从艺术创作的角度来说，这确实显现了剧作家驾驭材料的高超技艺。然杂剧在艺术的表现形式上毕竟有些单一，主要以歌唱为主，只是兼有说白表演的形式，因此，没有主唱的程婴形象就显得有些弱化。杂剧不重儿女情长，更重公孙杵臼和韩厥等人舍生取义的叙写，固然受制于元杂剧"一人主唱"，难以全面铺开的艺术形式所限，同时也应该和剧作者的创作背景和主导意图有密切关联。正如许建中所说："我们可以说纪君祥用这个在宋代，尤其是在南宋有独特意义的故事创作《赵氏孤儿》杂剧，表达自己在元初的现实情怀，确有抒发民族情绪、激励民族意识、弘扬爱国热情的重大意义。"③

至于明代徐元的传奇《八义记》则增加了"周坚替赵朔死"情节，韩厥义死，程婴与公孙忤臼商议换孤，赵氏孤儿成年后发誓报仇，设计杀了屠岸贾，最后夫妻父子得以团圆。大团圆的结局导致了"孤儿不孤"，淡化了元杂剧中的复仇主题和悲剧色彩。正如王国维所言："明以后，传奇无非喜剧，而元则有悲剧在其中。"④ 传统的观点往往取社会学的视角，认为元悲剧很大程度上和

---

① 王国维：《译本〈琵琶记〉序》，见姚淦铭、王燕编《王国维文集》，北京：中国文史出版社，1997年版。第545页。
② 胡适：《缀白裘·序》，见胡适著，季羡林主编《胡适全集》（第12卷），合肥：安徽教育出版社，2007年版，第350页。
③ 许建中：《"赵氏孤儿"故事在宋代独特的意义》，《文学遗产》2000年第6期。
④ 王国维：《宋元戏曲史》，北京：中国书籍出版社，2006年版，第149页。

元朝处于异族统治有关。但胡适却从文类和创作者的艺术造诣切入予以阐释，他说："明清两代的传奇都是八股文人用八股文体做的。"而"这些八股文人完全不懂得戏剧的艺术和舞台的需要"。最后的大团圆也只是八股文的"大结"。传奇出于南戏，不受杂剧四折的拘束，也不限于"一人主唱"，一人宾白，而是各种角色都可以唱，可以宾白，由此，角色分工更细，曲调更丰富，但也带来了如胡适所说的弊端，"把元曲的《赵氏孤儿》来比较后起的《八义图》，就可以明白这种后起的传奇在文学的技术上是最不讲究剪裁的经济的"。胡适认为："元曲每本只有四折，故很讲究组织结构。"而"南戏与传奇太冗长、太拖沓，太缺乏剪裁，所以有许多幕是可以完全删去而于戏剧的情节毫无妨碍的"。① 胡适的解读颇具匠心，说明文学的发展并非只有由简趋繁，由粗到精的单一向度，而牵扯到多种因素，可能呈现出复杂的性状，这又为传说故事的研究开辟了新的进入路径。

到了二十世纪四五十年代，京剧《搜孤救孤》在艺术表现上更为成熟，吸取了中国传统地方戏曲之所长，在唱腔、板式、音乐、舞蹈等方面更为自由和完善。京剧强化了虚拟的成分，能更好地表达各类人物瞬息万变和丰富复杂的思想感情。京剧《搜孤救孤》在情境的设置上较之杂剧和传奇发生了一定的转换，程婴成为了主角，公孙杵臼为配角，也就是亲情这一条主线得以强化。四场戏中就特意设计了"舍子"专场，而这也是戏剧冲突很强的一场戏。不同于元杂剧的一人唱制，场上的三个人物即程婴、程妻、公孙杵臼都各有重要的唱腔，能更好地抒发人物细腻的感情变化。"舍子"专场运用了唱念做打四种艺术表现手段，将程妻爱子、护子、抢子的行为及内心情感的波澜起伏表现得淋漓尽致、扣人心弦。此段戏的矛盾焦点集中在"舍子"的理智与情感的冲突上，即程婴和公孙杵臼所代表的大义、忠良、厚恩、美名等中国传统伦理道德与母爱、亲子、妻情、友情等情感的矛盾、冲突与纠结。在封建时代，都是以前者为先、为主，而在现代社会则更为讲究两者的平衡，甚至偏向后者，所以，剧中情境的调整也是时代使然。

---

① 胡适：《缀白裘·序》，见胡适著，季羡林主编《胡适全集》（第 12 卷），合肥：安徽教育出版社，2007 年版，第 350—351 页。

2010 年底上映的陈凯歌导演的电影《赵氏孤儿》，又发生了从舞台剧到影像画面的改变，舞台表演会有场地和背景的限制，而电影在表演和表现上则更具有逼真性、广泛性和灵活性，可以借助画面、声响、蒙太奇等综合艺术表现手段，通过镜头的剪辑和组合形构电影独有的艺术感染力。如屠岸贾搜孤、程妻护子一幕，就借助了电影光影声像的综合效果，那撞击墙壁的声响猛烈捶打着观众的心弦，屠岸贾突然摔死婴儿的举动和"砰"的声响更将观众的情感推向极致，这从观众席上的"哎呀"惊恐声中亦可见出。巨大的声响与程妻被惊呆画面的定格和对照，一并形成了似惊雷震响和"无声胜有声"的交互艺术效果。就这点而言，影片较之舞台剧有它的表现优势。但也受制于电影画面的快速切换，情感的表现难以细腻，如母爱、母子间的情感气氛就没有京剧渲染得那么浓烈。同时，从道德角度而言，影片的整体处理，淡化了忠君道义的观念，更强调个体尤其是平民的意识，这从程婴由赵府门客转为草泽郎中的身份，还有以亲儿换孤乃情势所迫就可见一斑，这也是导演力图表现平民时代的意旨所在，但却显得不够真实。影片极力想铺陈与渲染更具广泛意义的普通个体具有牺牲精神的大义理念，并作了个性化的展演，凸显出了些许的现代性和现代意蕴，但也少却了传统剧目当中那种荡气回肠、动人心魄的英雄豪气。

1755 年首演的伏尔泰的《中国孤儿》是五幕戏剧，全剧设计成了亲情与爱情、忠义间的矛盾，特别是亲情与爱情的冲突，成了最重要、最突出的主线。人物身份发生了变化：屠岸贾成了鞑靼皇帝成吉思汗，程婴为中国官员臧惕，程妻是臧惕妻子伊达美；人物关系也作了新的调整：伊达美是成吉思汗的意中人，但她宁死不屈服于成吉思汗的软硬兼施，不愿舍弃亲生孩子，是一位兼有美貌和坚韧性格的中国女性形象；剧情也有相应的变化：臧惕要用自己的孩子替换先皇的孤儿，伊达美坚决不从，成吉思汗后被伊达美夫妻道德感化而将他们全部释放。

在剧中，伏尔泰严格遵循西方古典主义的三一律，即一事一地一日，将跨度二十多年的《赵氏孤儿》故事浓缩到一个昼夜展开，由此，矛盾更为集中，但情节也更为简化。而且，西方戏剧不同于中国戏曲以唱为主，主要是通过对话和情节来铺陈剧情和塑造人物形象。虽然此剧在某种程度上延续了中国《赵氏孤儿》故事中所一贯渲染与传播的忠义、报恩、名节的传统思想与道德观念，但对理性、仁爱的推崇及对夫妻情爱的细腻描述及对情爱力量的夸饰展现，将西方的自由、平等、博爱的思想和道德的舍命诉求，揭示得更为充分。可以说，伏尔泰是借中国戏剧之名抒发的却是西方启蒙运动时期强调个性、追求情感的时代心声。

传说故事由于文类的不同而会呈现出情感表达上的差异，中国古代学者对此也有过论述，如刘勰在《文心雕龙·定势》中所说："夫情致异区，文变殊术，莫不因情立体，即体成势也。"① 由此可见，去语境化与再语境化也"可以被创造性地运用于文类之上（Briggs and Bauman）"，文类作为一种话语生产和接受的框架，"它由社会所提供并为文化所模塑"。② 纪传体、元杂剧、明传奇、京剧、电影、戏剧等各文类均带有时代和国别的印痕。一般而言，史传重实，小说体的作品较为强调叙事中的抒情，戏剧、电影则突出行动中的抒情。《赵氏孤儿》的各类文体中因后者更多，故而其中的情感抒发，如美国现代戏剧批评家韩美尔敦所说："……以客观的动作。以情感而非理智的力量，当着观众，来表现一段人与人间的意志冲突。"③ 当然，所谓"意志冲突"中，虽主要为情感因素，但也包含了"理智的力量"，这一点在西方的戏剧中显现得较为明显，如伏尔泰的《中国孤儿》。此外，再加上时代观念的演变和写作者的个体差异，也就有着对同一故事作不一样的展演和诠释的可能，彰显了传统与现代的对接与缝隙，集体与个人之间的融合与张力，情感表现的多样性及情感背后潜藏的多层面的道德诉求，揭示出"人类的感情确实在变化，最低限度也有它自己的惯例和习俗"④ 的深层意蕴。

二、跨文化背景下的传说变迁与语境重置

法国的伏尔泰自称他的《中国孤儿》题材不同于《赵氏孤儿》，写的是

---

① 刘勰：《情采》《定势》，见刘勰著，范文澜注《文心雕龙注》，北京：人民文学出版社，2008 年版，第 529 页。
② ［美］理查德·鲍曼：《作为表演的口头艺术》，杨利慧、安德明译，桂林：广西师范大学出版社，2008 年版，第 110—113 页。
③ 汪流等编：《艺术特征论》，北京：文化艺术出版社，1984 年版，第 395 页。
④ ［美］勒内·韦勒克、奥斯汀·沃伦：《文学理论》，刘象愚、邢培明、陈圣生、李哲明译，北京：文化艺术出版社，2010 年版，第 2 页。

"成吉思汗的那个的时代","在这个剧本里没有一个英雄能以聪明才智获得一致推崇"。很显然,作者是有意将故事的发生地挪移到异文化情境中,其目的是想借助于"他者"的眼光来看视中国风俗和中国精神,并通过"他者"的同化与感化彰显中国传统文化的魅力和力量。这样的安排已然是一种有意味的书写方式,作为跨文化语境下的异文化视角,凸显了对原文本的两重疏离和阻拒,即有着双重的去语境化与再语境化过程。所以,联系伏尔泰的《中国孤儿》,或许更能见出传说故事在跨文化语境下呈现出的"滚动"性。

我们不妨从伏尔泰的"作者献词"切入,他的这篇不短的"作者献词",内容很丰富和厚重,解读它的内涵,既可以了解伏尔泰自己创作的指导思想和艺术构思,又有助于我们通过"他者"的眼光,见出中西文化和艺术的异同。

概括地说,伏尔泰的"作者献词"中,有三个概念值得我们关注。

一是"中国悲剧"。伏尔泰三次提到这一概念,每一次的含义又有所不同。

第一次是谈及自己的《中国孤儿》创作时提出的。他提到中国《赵氏孤儿》的法译本和创作年代:成吉思汗朝。他特别指出,这"证明鞑靼的胜利者不改变战败民族的风俗;他们保护着在中国建立起来的一切艺术;他们接受着它的一切法规"。这番话,一方面表明他的《中国孤儿》所取年代和人物与成吉思汗密切相关,以强调时代和人物的"他者"身份;另一方面也说明了风俗的巨大影响力及中国文化与艺术具有不可动摇和无可替代的力量。

第二次是说《赵氏孤儿》的选本来历和基本艺术特征。《赵氏孤儿》"是从这个国家的一个庞大的戏剧总集里抽出来的",肯定《赵氏孤儿》在中国戏剧和悲剧中所占有的代表性和独特性地位。"这个民族三千多年来就研究这种用言行周旋来妙呈色相、用情节对话来劝世说法的艺术了","因此,诗剧只是在这与世隔绝的庞大中国和在那唯一的雅典城市里才长期受到崇敬"。这里的"用言行周旋来妙呈色相、用情节对话来劝世说法"和"诗剧"概念的判断,也都在一定程度上代表了西方有识之士对中国戏剧艺术与审美特征的把握、概括与欣赏,即强调中国戏剧的抒情特色。

第三次是在与十七世纪英国和西班牙的悲剧比较时再次强调的。伏尔泰较为具体细致地分析了《赵氏孤儿》情节的时间长度,以及獒犬、杀戮、公主、孤儿等的情节,并与莎士比亚、洛卜·德·维加作品进行比较。在与《一千零一夜》比较时，他又谈及了《赵氏孤儿》的优缺点。优点是"尽管令人难以置信，剧中却趣味横生；尽管变化多端，全剧却极其明畅"；缺失的是"时间和剧情的统一、情感的发挥、风俗的描绘、雄辩、理性、热情"等。优点说得较为准确；缺点主要是以西方的戏剧理论为准则，客观与否还有待商榷。如时间与剧情的统一是以西方古典主义戏剧的"三一律"来规范的，"三一律"要求戏剧在"一时一地一日"里完成，这确实能增强戏剧效果，强化戏剧冲突，故事因而显得紧凑，但也在相当程度上束缚了戏剧家的创作，有如戴镣铐跳舞，负面的因素一直备受指责。至于情感、风俗、理性、热情等，其实在《赵氏孤儿》中均有表现，只是因为与西方的含义不尽相同，所以引起伏尔泰的误读。但他说了这些缺失后，还是充分肯定"这部作品依然优于我们在那个相同的时代所作的一切"。

王国维也提到了《赵氏孤儿》的悲剧特色，他的评述是相较于中国传统戏剧惯于"大团圆"的模式而言："其最有悲剧之性质者，则如关汉卿之《窦娥冤》，纪君祥之《赵氏孤儿》。剧中虽有恶人交构其间，而其蹈汤赴火者，仍出于其主人翁之意志。即列之于世界大悲剧中，亦无愧色也。"[1]

悲剧的概念始自于西方，王国维的悲剧概念来源于叔本华，叔本华认为悲剧是指自由意志和它自身的矛盾斗争，即自由意志本身的自相矛盾，这亦是西方的悲剧观念，如莎士比亚的许多悲剧就不是表现为好人与坏人间的冲突，而是每个独立个体自己的内心冲突，由此促成人物的毁灭。但概念"旅行"到中国后又融入了本土的理解，所谓悲剧也就是"将人生有价值的东西毁灭给人看"[2]，中国《赵氏孤儿》的大部分的版本和改编本、电影，都很符合中国的悲剧理念，都以真、善、美的毁灭、多人的死亡和好人惨遭迫害而告结束，虽然最后也有恶人被杀、仇恨得报的成分，如《八义记》的"报复团圆"的结尾。但总体而言，仍是较为典型的悲剧。而伏尔泰的《中国孤儿》的结尾却没有死亡和鲜血，中国官员及夫人、真假孤儿等都活下来了，实现了真正意义上的大团圆。如此安排显然是伏尔泰出于歌颂中国伦理道德力量所作的有意改动，也

---

① 王国维：《宋元戏曲史》，北京：中国书籍出版社，2006 年版，第 149 页。
② 鲁迅：《再论雷峰塔的倒掉》，见《鲁迅的杂文集》，沈阳：万卷出版公司，2008 年版，第 1 页。

间接地折射了他对悲剧的理解关涉人物意志本身的内在矛盾冲突，而不是像王国维理解的悲剧是"由于剧中之人物之位置及关系而不得不然者"。[①]

二是"社会精神"。文艺作品是以生动形象的形式表现人类的心灵、精神和理想、思想的，所以它往往可以代表一个时代、社会、民族的时尚风貌、道德品位。这也常常成为文艺评论和美学研究的重要对象。伏尔泰用"真正社会精神"和"中国精神"这两个概念来简要概括《赵氏孤儿》的内涵、意义与价值，而这两者又是紧密联系在一起的。伏尔泰将中国人和希腊人、罗马人并列，称之为"古代具有真正社会精神的民族"。这种精神是为了"发展人的社会性，柔化他们的风俗，促进他们的理性，……使他们共同领略着纯粹的精神乐趣"。"文明国家"都是有戏剧和接受戏剧的。他指出，《赵氏孤儿》是使人"了解中国精神，有甚于人们对这个庞大帝国所曾作和所将作的一切陈述"。这也是伏尔泰将故事发生地转到"成吉思汗的那个的时代"的深刻用意，成吉思汗朝对汉民族传统文化的吸纳和接受，"证明鞑靼的胜利不改变战败民族的风俗"，至于成吉思汗最后的感化则又一次彰显了中国精神的内在感染力量。

各种版本和改编本的"赵氏孤儿"，内中所表现和揭示的"社会精神"，可以从这些文本与作品的关键词中体会和体验到忠君、廉、公、孝、恩报、恩义、大义、仗义、义为、丈夫、朝纲、谏诤、忠良，等等。这些词语和所指涉的内涵与观念，几乎囊括了封建时代的所有道德和伦理等精神范畴，除却其中的忠君、朝纲等一些消极、落后的内容，其余大部分在现代社会也都还有品德与人格教育与熏陶的积极作用。伏尔泰的《中国孤儿》中，也保留了一些类似的词语与概念：礼法艺文、伦常之义、义无反顾、君臣之义、名分、纲纪、事天敬、事君忠、忠义、人伦、忠肝义胆、大义、名节等，但又从西方的观念与视界，增添了民族、义务、正义、祖国、天赋人权、自由、理性、幸福、爱情等的内容，与"社会精神"更为贴近。该剧本中，虽仍保留了搜孤救孤这一基本构架，但矛盾的重点却转到了国家、民族和爱情、理智的交锋上。成吉思汗仇恨当时中国的原因有二：一是地位上的歧视，二是爱情的受挫。也就

---

① 王国维：《红楼梦评论》，见姚淦铭、王燕编《王国维文集》，北京：中国文史出版社，1997 年版，第 11 页。

是说，成吉思汗与当时中国的仇恨与怨恨中，不仅包含了一般所谓的民族、阶层的成分，更涵盖了爱情受阻后想挽救、受屈辱后想发泄、争回面子等的个性心理。这恐怕更多的还是从属于西方和现代社会所说的人性的丰富和复杂的范畴了。

三是"描绘风俗"。伏尔泰不止一次地提到文艺与风俗的密切关系，甚至说："最有趣的故事，如果不描绘风俗，也是等于零的；而这种风俗的描绘，虽是艺术的最大秘诀之一，如果不引起人们的道德感，也还是一种无谓的消遣。"如前所述，他就认为《赵氏孤儿》的缺失包括没有"风俗的描绘"，而自己的戏剧是想描写鞑靼人和中国人的风俗。这就牵扯到中西双方对"风俗"概念的不同读解上，伏尔泰所理解的"风俗"是和前面所说的社会精神和伦理道德规范联系在一起的，并不等同于我们一般意义上所理解的民风习俗，即民俗，如《辞海》就将民俗解释为"民间风俗"。他充分肯定中国"完善了伦理学，伦理学是首要的科学"①，"中国人最深刻了解、最精心培养、最致力完善的东西是道德和法律"②，但遗憾《赵氏孤儿》没有对此进行描摹。

实际上，《赵氏孤儿》的各种版本和改编本，也都有一些类似占卜、祈祷、认义子、命名等的民风习俗的穿插与描绘。

其中的占卜和祈祷这一崇信心意性的民俗最为突出。短短千余字的《史记·赵氏家》（节录）中，竟有三次写到这一民俗。第一次是在开头："初，赵盾在时，梦见叔带持要而哭，甚悲；己而笑，拊手且歌。盾卜之，兆绝而后好。"这是圆梦形式的占卜，虽有心理的依据，但还是一种预兆性或理想化的带有迷信色彩的心意民俗，特别是占卜将来的内容。而倘若作为传说故事（也可见《赵氏孤儿》是纪实与传说的结合故事），就另有意义了——暗示故事的进展和结局。这种方式在中国传统的经典文艺作品，如《水浒》《红楼梦》中，都运用过，有朦胧、神秘、含蓄、深沉的艺术效果。第二次写赵朔妻生儿，屠岸贾欲追杀时："夫人置儿绔中，祝曰：'赵宗灭乎，若号；即不灭，若无声。'及索，儿竟无声。"较之前述的占卜，这可以看作更为神奇的崇信心意的表达，

---

① ［法］伏尔泰：《风俗论》（上卷），梁守锵译，北京：商务印书馆，2000年版，第87页。
② ［法］伏尔泰：《风俗论》（上卷），梁守锵译，北京：商务印书馆，2000年版，第249页。

心理安慰的色彩也更浓郁一些。第三次在后半段："居十五年，晋景公疾，卜之，大业之后不遂者为祟。"这一崇信的作用与效果和第一次相同：引出了赵氏孤儿的复出、复仇、报恩和程婴的殉身等的故事结局。

正是由于伏尔泰对"风俗"的狭隘理解和对中国传统文化的有意无意间的美化，导致他对这些带有迷信色彩的民间俗信的描写视而不见，甚至在他的《风俗论》中下此论断："似乎所有民族都有迷信，只有中国的文人学士例外"。① 因此，在他的改编本中并未出现类似描写，这还是有点遗憾的，毕竟那是中国古代社会和民众理想意愿与精神诉求的一种颇具民族特色的文化心理的体现。

由上可见，尽管伏尔泰的《中国孤儿》取材于《赵氏孤儿》，但在对一些关键词，如"悲剧""社会精神""风俗"等概念的表述和理解层面上却存有较大的差异，这就涉及文化属性和文化识别的问题，和特定的族群文化有关。对同一概念解读上的偏误有民族文化积淀上的因素，由此也促成了文本的去语境化与再语境化过程，构成了作品的特殊性语境。这种特殊性语境就有如德里达形容的刺猬形象，有如米勒所说的"每部作品也是一个单独的空间，周围都有刺一样的东西保护着"。②

三、"滚雪球"情节研究方法的当下性

"滚雪球"式的情节不仅适用于传说故事，也适用于对同源性文本的研究，同源性文本因时代、文类和空间的差异而呈现出去语境化和再语境化形态，由此每单一文本具有其相对独立性和自足性。鲍曼特别强调文本的历史延续性，"对于去语境化和再语境化过程的关注，通过关注一再发生的、对于口头传统的一系列情境性运用当中的互文性联系（intertextual link），将历史性维度注入到了表演研究之中"。就如"赵氏孤儿"故事的忠义主线就一以贯之。同时，鲍曼也承认文本诠释的当下性。"处于交流实践中的一首歌谣、一个故事或者一则谚语，都是当下进行的阐释性建构（interpretive construction），因为表演

---

① ［法］伏尔泰：《风俗论》（上卷），梁守锵译，北京：商务印书馆，2000 年版，第 36 页。
② ［美］希利斯·米勒：《文学死了吗》，秦立彦译，桂林：广西师范大学出版社，2007 年版，第53 页。

者会主动在他们自己和以往的表演之间建立起连接。"① 表演者相当于书写者，应该还包括阅读者。所以，本课题对带有传说故事特色的同源性文本的研讨，着力于凸显作为有时代印迹的文类与有文化标识的概念背后所形成的特殊语境，所谓的去语境化和再语境化即剥离和模塑既是对个体独立价值的肯定，也不忽视其作为故事传说的呈现，在对传统的追溯之中，更有对当下的重构，由此亦可得出一些文学史的见解。

"滚雪球"式的概念正是抓住了传说故事的内在特征，传神而贴切。作为研究方法，"滚雪球"的情节理论并未过时，反而在新的时代背景下呈现出新的学术活力。胡适曾说："种类的变化是适应环境的结果，真理不过是对付环境的一种工具；环境变了，真理也随时改变。"② 在谈到实在论时，他还打过一很形象的比喻："实在是我们自己改造过的实在。这个实在里面含有无数人造的分子。实在是一个很服从的女孩子，他百依百顺的由我们替他涂抹起来，装扮起来。"③ 可见，变化和虚构并不只是文学的专属，历史和文化作为建构的产物，也不免带有传说故事的色彩，"滚雪球"概念预示着更为广阔的学术空间，而且，相较于表演理论，"滚雪球"式的形象化表述或许更能凸显中国特色。遗憾的是胡适对于"滚雪球"式的情节研究只有简单、粗略的介绍，未能完全展开，有待于后来者的填充和拓展。

---

① ［美］理查德·鲍曼：《作为表演的口头艺术》，杨利慧、安德明译，桂林：广西师范大学出版社，2008 年版，第 110—113 页。
② 胡适：《实验主义》，见胡适著，季羡林主编《胡适全集》（第 1 卷），合肥：安徽教育出版社，2007 年版，第 281 页。
③ 胡适：《实验主义》，见胡适著，季羡林主编《胡适全集》（第 1 卷），合肥：安徽教育出版社，2007 年版，第 298 页。

第五章　民间文学研究的当代意义

民间文学作为民俗文化的积淀和民族精神的体现，隐含着民族振兴富强的政治构想，是民族文化理想的附着物，有助于增强民族自信心和民族凝聚力。寻找"民间的诗"或许很能代表当时学人对民间文学的憧憬和追求。但在思想启蒙的年代，乃至在中国民间文学发展史上的相当一段时期，受制于政治意识形态的影响，民间文学对其政治色彩的图解时有放大的趋势，其思想内涵常被作简单化的解释和处理，而对其文化意义和文学意义却在不同程度上有所忽视和遮蔽，这既影响到我们对民间文学本身的理解，影响到民间文学作为独特民间文化样式呈现的价值和意义，也在某种程度上制约了学科的渐进发展。重提二十世纪初寻找"民族的诗"，以挖掘民间文学蕴涵的民族意识和文学价值。

二十世纪初，学界对民间文学学术价值和文学价值的肯定，更多是从思想意义和思想方法着手，对民间文学学科本身的学理探讨和阐述明显不足，导致民间文学研究思想性大于学术性。一旦当民间文学作为思想的意义和价值不再为人所重视，学术性的缺失必然导致人们对它的疏离。以现代文学为切入点，"意识形态化"学院派和"精英化"学院派概念可以用来予以描述中国现、当代文学史叙事，民间文学的文学价值始终没有得到普遍性的认可，这一现象实际早在它产生之日就已存在。在文学史的回溯当中，挖掘民间文学于文学史的意义，为当下文学史写作的缺失提供一种补充或予以完善。

当下对于民间文学的概念和理论多有质疑，二十世纪初民间文学学科的形成有外在的刺激，也有内在的需求，在与西方学术同步的同时，更多是直接引入相关的学科概念与理论，发生了西方学术概念的代入，而失去了自己概念和理论的特色。胡适充分肯定民间文学自身所存有的文化与文学价值，赋予民间文学情感性、生命力和文学性等等特点，从本体论意义上确立民间文学学科建立之价值和意义。但受自觉非自觉学科意识和"历史癖"和"考据癖"的学术偏向等诸多方面的影响，胡适未能对上述见解作充分展开。对于民间文学理论，胡适少有学理性的探讨，理论的空疏也是客观的存在，由此也一直不太为人所注意。客观评价胡适民间文学研究之得失，并以此反观和反思中国民间文学学科发展的轨迹和特点，从而为当今民间文学学科研究和建设提供一些论据和启示。

本章节试图从二十世纪初民间文学以寻找"民族的诗"为起点、民间文学研究的文学史意义和民间文学概念及理论反思等三方面展开论述，在学术史重述的背景下予以挖掘二十世纪初民间文学研究的当下意义。

第一节　寻找"民族的诗"

作为学科意义上的中国民间文学是以歌谣征集运动拉开序幕的，是中华民族身处危机时期的产物，它伴随着思想政治变革的转型而产生。受时代精神的感召，一时文、史、哲各学科的专家、学者趋之若鹜，积极参与，因为在他们心中所激荡的是如卫太尔所说的"根据在这些歌谣之上，根据在人民的真感情之上，一种新的'民族的诗'也许能产生出来"。[①] 胡适和周作人同时引述了卫太尔的这句话，也可说这是当时学人的共同心声。"民族的诗"的产生必将有助于唤起国人的民族意识，凝聚国人的民族归属感和认同感。要谈到"民族的诗"，就有必要先对民间文学负载的民俗文化的概念作一解释。民俗文化也指称民间文化，是相对于由文献构成的表层文化而言，也是相对于官方或庙堂文化的一种表述，后来发展为对应于上层或精英文化而言的约定俗成的理解。民俗文化是指人类群体在历史延续过程中逐渐积淀且代代传承的生活方式和文化

---

① 周作人：《〈歌谣〉周刊发刊词》，见吴平、邱明一编《周作人民俗学论集》，上海：上海文艺出版社，1999 年版，第 98 页。

传统，包孕着人类物质和精神生活的两个层面，"是一国一民族固有的传承性生活文化。它支撑着国家和民族的表层文化的凝结与发展"。① 是一国一民族生活习俗、思维方式和精神风貌等的集中体现。"一切这些习俗，……构成一个民族的风貌。"② "真正的民族文化，只有在这些长期流传于普通民众的民俗文化中才能获得。"③ 换言之，民俗文化既是一个民族文化的"源"，也是一个民族文化的"流"，是一个民族起源与演变的根柢和见证，浓缩和负载着民族之历史和精神。因此，"民族的诗"有着维系民族情感，凝聚一国民众之力量，激发民众民族意识和爱国热情的作用。

一、民族精神与国家意识

民族精神往往是与民族情感和国家意识紧密联系在一起，国民的爱国热情往往能激发国民的民族自豪感和自信心，反之亦然。列宁曾说："爱国主义是千年来固定下来的对自己的祖国的一种最深厚的感情。"而"对自己祖国的一种最深厚的感情"也正是源自一国一民族之民俗文化的认同感和归依感乃至作为一种内在精神力量的支撑。人们常把民间文化视为民族国家特性的标示，"被看作民族国家文化的'耕土层'"。④ 在德国，"volkstümlich"一词既指称为下层民众所接受和拥有的一切东西，也指称民族国家的特质。对于民俗学而言，"民族的理念"变成了"它的各种分散研究的核心"。⑤ 而且，还借助于与民族性格之间的关系来提升自己的地位。⑥ 以此观之，也可以说，民族国家意

---

① 陈勤建：《文艺民俗学》，上海：上海文化出版社，2009 年版，第 344 页。
② ［俄］别林斯基：《别林斯基选集》（第 1 卷），满涛译，上海：上海译文出版社，1980 年版，第 239 页。
③ 陈勤建、周晓霞：《略论民俗与民族精神》，《上海行政学院学报》2004 年第 4 期。
④ ［德］赫尔曼·鲍辛格等：《技术世界中的民间文化》，户晓辉译，桂林：广西师范大学出版社，2014 年版，第 8 页。
⑤ 《学术意义上的民俗学》，载《300 年来的文化研究》（*Culturstudien aus drei Jahrhunderten*），Stuttgart，1859，第 216 页。转引自 ［德］赫尔曼·鲍辛格等：《技术世界中的民间文化》，户晓辉译，桂林：广西师范大学出版社，2014 年版，第 17 页。
⑥ ［德］赫尔曼·鲍辛格等：《日常生活的启蒙者》，吴秀杰译，桂林：广西师范大学出版社，2014 年版，第 62 页。

识乃内在于民俗文化之中，而民俗文化的精神内核也就潜存着具有民族意识的爱国主义情感。

在此，需要厘清一下"国家"与"民族"概念之间的关系问题。作为民族主义研究的代表人物安德森强调说："事实上，民族属性(nation-ness)是我们这个时代的政治生活中最具普遍合法性的价值。"① "nation"一词就包含"民族"和"国家"的双重意蕴，因此，在通俗语汇上，"民族"与"国家"这两个词经常被混用。至于"民族主义"则被当作像"血缘关系"这类概念来处理，而不是"把它理解为像'自由主义'或'法西斯主义'之类的意识形态"。② 即更为强调民族主义的文化特征，即从民族的民俗文化传承的视野对民族主义予以重新认识和阐释，认为"民族的属性散发着宿命的气息"，是"一种深埋在历史之中的宿命"。③ 也正是在此层面，海耶斯(J.H.Hayes)认为民族主义是一种具有民族意识的爱国主义，"民族主义是一种爱国主义、是忠诚于民族——国家的一种表现"。④ 即对本民族传统文化的固守和传承是对本民族——国家的一种忠诚，也是一种民族主义和爱国主义的表现。换言之，也就是从文化的传承即民俗文化的视域来领悟民族主义和爱国主义，因为民俗文化包孕了一个民族——国家的传统和历史，承载着一个民族——国家的记忆和情感，即民俗文化本身就潜存着具有民族情感和民族意识的爱国主义基质。正因为民俗文化蕴含着民族情感和民族意识，所以民俗文化在弘扬民族意识、增强民族凝聚力和实施爱国主义教育方面有着其不可忽视的作用和价值。

在历史上，民族主义与爱国主义运动的高潮往往伴随着对本国民间文学的重视和发现，因为"民族就是用语言——而非血缘——构想出来的"。⑤ 二十世纪初，由胡适等人所掀起的白话文学运动并非一场简单的语言变革运动，而是一场由充满爱国热情的中国知识分子所发动的面向全社会的思想文化运

---

① ［美］本尼迪克特·安德森：《想象的共同体：民族主义的起源与散布》，吴叡人译，上海：上海人民出版社，2005 年版，第 2 页。
② ［美］本尼迪克特·安德森：《想象的共同体：民族主义的起源与散布》，吴叡人译，上海：上海人民出版社，2005 年版，第 5 页。
③⑤ ［美］本尼迪克特·安德森：《想象的共同体：民族主义的起源与散布》，吴叡人译，上海：上海人民出版社，2005 年版，第 140 页。
④ ［美］威尔森：《赫尔德：民俗学与浪漫民族主义》，冯文开译，《民族文学研究》2008 年第 3 期。

动，其精神的核心，也就是民族意识和爱国主义精神的集中体现。面对迫在眉睫的民族生存危机、腐败无能的政治危机和以少数人物为主体的精英文化危机，当时的许多学界人士强烈意识到民族觉醒和民族振兴的重要和作用，正是带着一种救亡图存的爱国热情，仁人志士开始主动走向民间，掀起了一场声势浩大的文学革命运动，民族主义的张扬和爱国主义的热情至此达到了高潮。1936 年，《哲学的国防动员》《中国目前的新文化运动》两文曾呼吁：共同发扬五四的革命传统精神，号召一切爱国分子发动……一个大规模的启蒙运动，唤起广大人民的抗战与民主的觉醒。因为从政治观点出发，五四运动与新启蒙运动两者都和爱国主义挂上钩，而中国的新旧启蒙运动也就是以爱国主义为其主要任务。

胡适认为，爱国是所有美德之本，早在 1908 年，他就写过《白话（一）爱国》篇，"其实国与家原是一般的"，"国是人人都要爱的，爱国是人人本分的事"。① 正是基于对祖国的一种责任感和对民族的一种使命感，他一直在努力寻找变革之路，最后，他感悟到语言与民众间的隔膜是民族发展和振兴的一大障碍。于是，他主张以白话取代文言，提出"一切新文学的来源都在民间"，倡导"双线文学史观"，中国文学观念、文化思想由此发生了现代转型，既直接促成了具有现代学科意义的中国民间文学学科的产生，也成为五四爱国主义运动的先导。在 1913 年 12 月，鲁迅发表《拟播布美术意见书》一文，提出："当立国民文术研究会，以理各地歌谣、俚谚、传说、童话等；详其意谊，辨其特性，又发挥而光大之，并辅翼教育。"② 可见在那时鲁迅就已经意识到了民间文学所内含的道德思想教育价值。胡愈之在《论民间文学》一文中也强调研究民间文学的必要是出于建立民族国家的一种理想和愿望：因为民间文学仍是"民族全体创作出来的"，"仍旧是全民族的作品"；它"表现民族思想感情的东西"，"流露出来的是民族共通的思想感情，不是个人的思想感情"。③ 很显然，

---

① 胡适：《白话（一）爱国》，见胡适著，季羡林主编《胡适全集》（第 21 卷），合肥：安徽教育出版社，2007 年版，第 105 页。

② 此文发表于 1913 年 2 月教育部《编审处月刊》第一卷第一册，署名周树人，后收入鲁迅：《集外集拾遗》，北京：人民文学出版社，1958 年版。

③ 胡愈之：《论民间文学》，见苑利主编《二十世纪中国民俗学经典·民俗理论卷》，北京：社会科学文献出版社，2002 年版，第 3—5 页。

在他们看来，民间文学不只是记载了生于斯、长于斯的人们世世代代演变和流传下来的生活方式和生活习惯，即只是在简单地更迭生活或传递着历史信息，更重要的是它寄寓了这个民族共同的价值取向、认知方式和生活理念等，抑或说，它是一个民族得以屹立于世界之林的文化之根和民族之魂，就是这个根和魂连结着一个民族的群体，而对民族的认同，对祖国的热爱正是爱国主义思想的集中体现，也是中国民俗文化精神的结晶。所以，对二十世纪初中国民间文学学科形成历史的回溯和研究，不仅有其学科研究的意义和价值，而且就在当下，对于弘扬和激励国民的民族情感和爱国热情，也同样有着不容小觑的现实作用。这是因为"民间文艺研究的价值主要体现为在当代中华民族伟大复兴的实践过程中，不断增强中华民族对自己历史文化传统的记忆，同时为培育和践行社会主义核心价值观、建设和谐社会，提供必要的历史文化依据和广大人民情感立场的支撑"。[①]

著名民俗学家 W·R·巴斯科姆曾说："作为一种教育形式的民俗在世界很多地区均可找到。"[②] 确实，在世界上有很多国家都把民间文学的宣传作为道德教育的内容和方式，如芬兰、瑞典、丹麦、挪威等北欧诸国都将民间文学作为对人民实施爱国主义教育，强化民族内聚力的重要途径，这是因为民间文学本体就蕴含着爱国主义的精神内核。威尔森在《赫尔德：民俗学与浪漫民族主义》一文中对各国一些爱国主义者试图通过寻找"民族的诗"来唤起民众的民族意识，以建立民族主义国家有翔实的阐述，"民俗学在一开始就和新兴的浪漫民族主义运动紧密联系在一起，热情的爱国主义学者搜集民间文学记录不仅仅是为了看过去的人们是怎样生活的——古文物研究者的主要兴趣所在，而在于发现历史模式来重塑现在、建设将来"。[③] 这些探索的路径和范例都为我们当下深入挖掘民间文学的思想文化内涵提供了诸多的启示。

---

① 万建中：《民间文艺事业就是人民的事业》，《中国艺术报》2014 年 10 月 17 日。
② ［美］W·R·巴斯科姆：《民俗的四种功能》，见［美］阿兰·邓迪斯编《世界民俗学》，陈建宪、彭海斌译，上海：上海文艺出版社，1990 年版，第 1 页。
③ ［美］威尔森：《赫尔德：民俗学与浪漫民族主义》，冯文开译，《民族文学研究》2008 年第 3 期。

二、民间文学的生活化与日常生活的文学化

民间文学作为一民族之文学，以一种民族精神力量的形式存在，进而对人类族群的生存状态产生深远而重要的影响，换言之，民间文学既寄寓了民众精神生活的内在追求，同时，也渗透于民众日常生活的方方面面。"民间文艺活动本身就是人民的生活，是人民不可缺少的生活样式，民间文艺具有浓厚的生活属性，民众在表演和传播民间文艺时是在经历一种独特的生活方式。"①

中国民间文学内蕴的民俗文化源远流长、丰赡厚重，悠久的历史文化和幅员广阔的地理环境孕育了中国独特而内涵丰富的民俗文化形态。从国人尊奉的"文圣"孔子"修身、治国、平天下"的理想到"武圣"关羽"忠、信、义、仁"的品行，均可见中国民众坚持正义、宽厚豁达、忠贞爱国等优良文化传统。"天下兴亡，匹夫有责"，崇尚民族利益，以爱国、兴国为己任的爱国主义思想是中华民族优秀传统文化的核心所在，它不仅是中国民俗文化之本，同时也是中华民族赖以生存和发展的基石，是中华民族得以振兴和腾飞的强大精神动力。因此，充分挖掘民间文学中民俗文化因子中的优秀成分及其内蕴的教育潜能，将有助于国民整体文化素质的养成和提升，即将继承发扬优秀民俗文化纳入国民思想文化教育的轨道上来，也就是将教育日常化和常态化。

美国著名教育家杜威在《我的教育信条》中指出，教育即生活，"生活就是发展，而不断发展，不断生长，就是生活"。"教育是生活的过程"，最好的教育就是"从生活中学习"。② 因此，教育不应该仅仅局限于课堂，还要回归生活。在日常的活态的民俗生活之中，通过展现丰富厚重的民俗文化景观，以培养和增强人们的民族情愫和民族自信心、自豪感。一般来说，民俗博物馆等文化展馆主要是通过民俗文物的陈列和解说来再现历史和现实的民俗文化事象，这既会涉及民俗事项的产生、演变、特征和功能，也包含民间传说、信仰、民

---

① 万建中：《民间文艺事业就是人民的事业》，《中国艺术报》2014 年 10 月 17 日。
② ［美］杜威：《我的教育信条》，见王承旭、赵祥麟编译《西方现代教育论著选》，北京：人民教育出版社，2001 年版，第 5—15 页。

间仪礼和民间游艺等内容，其能指范围极为广泛。民俗文物的陈列展示和内涵发掘，就是以一种生动形象的直观形式呈现，而在物象呈现的背后往往又伴随着一个个优美的传说故事。人们在沉浸于传说故事的情感波澜的同时，也充分领略到中国文化的博大精深，为普通民众创造绚烂多姿的民俗文物感到骄傲和自豪，由此唤起对中国民族文化的追求热望，激发内心强烈的爱国热情，从而于方寸天地之间接受到中国传统文化的熏陶和教育。因此，各种形式的民俗文化展馆不只是展示了一国一民族的文化传统和文化传承画面，同时，也提供了一个寓理性于感性的国民教育的生动教材，开辟了一个寓教于乐的国民教育的流动课堂。

除了民俗博物馆、历史博物馆等关于民俗文化的集中展示之外，民俗文化还以其鲜活的形态呈现、渗透并扩展到我们现实生活的方方面面，包括文学、艺术、制度、物质、宗教等各个领域，一个民族节日、一幅清明上河图、一段美丽的传说，等等，都蕴含着一个民族的记忆、历史和骄傲，这种文化同源促成了国人对民族和国家的认同感和归属感。"民间的往往是真正民族的。真正可以透见民族性的不是正教，而是俗信迷信；不是正史，而是轶史（传说、神话）；不是正统文学，而是民间文学；不是教会规范，而是民间风俗习惯。"①中共中央办公厅、国务院办公厅 2017 年印发的《关于实施中华优秀传统文化传承发展工程意见》，正是抓住了传统文化蕴涵着民族情感和民族精神的内在基质。如前所述，国家意识又是与民族精神和民族情感紧密联系在一起的。因此，爱国主义教育并不等同于高高在上、与现实生活脱节的说教，它就可以延展于我们日常生活之中。以节日为例，以往我们的节假日是劳动节、国庆节、建军节等，而传统的具有民族特色节日却与我们渐行渐远，乃至有人说，中国是一个没有自己文化传统节日的国家。因此，将清明节、端午节、中秋节等民族传统节日定为国家法定节假日就不仅仅是达到增加几天假日，刺激经济消费的目的，其社会和文化心理的影响不言而喻且意味深长。节日本就是民族历史和文明的产物和象征，包含民族的情感和记忆，传统节日的回归能培养和激发

① 高丙中：《内容提要》，见《民俗文化与民俗生活》，北京：中国社会科学出版社，2000 年版，第 9 页。

民众对本国本民族的一种深厚的情感，同时，节日习俗中有着丰富的文化内涵，如端午节关于屈原的传说，寄寓的就是爱国主义情怀。而且，作为本属于民众自己的节日，有它特定的仪式、习俗和传说，这些程式化的仪式和习俗的留存又往往伴随着民间的自我叙述，并业已成为文化的积淀内化于民众的心理，成为一个民族和国家的"集体无意识"。因此，"过百姓自己的节日"于民众而言，民族的情怀、爱国主义情感的激发远比符号化的、口号式的宣传更为有效也更为持久。

民居民宅往往是民众生活活态化的呈现，如西塘就保有较醇厚的古风古貌，有着桥多、弄多、廊棚多等特点。自宋至清时期建造的安仁桥、安境桥、安善桥、仁桥、五福桥、永宁桥、清宁桥、卧龙桥、渡禅桥、来风桥等至今保护完整，每座桥都有它的来历、故事和寓意。古宅民居如种福堂、薛宅，古庙如七老爷庙、圣堂及名园西园等，不仅建筑本身有着较高的艺术价值和研究价值，而且宅院内陈列出的竹雕、木刻、砖石、瓦当、古籍善本、名家碑帖都溢出浓浓的民俗文化气息，至于"种福堂"的匾额、"七老爷庙"的传说故事等等更是折射出西塘民众向仁向善、知恩图报的心理。正如杨启亮所说："中国人其实是素有以伦理道德代宗教之优良传统的，或者也可以说中国人素有宗教般重视道德的传统。"[1] 人们在惊叹于"卧龙凌波，彩虹飞架"的精湛桥梁工艺、沉醉于"九龙捧珠""八面来风"的浓郁水乡风情、称奇于古朴典雅的明清古建筑群、回味于西塘传说之余，切实感受到中国民俗文化和民间文学的独特魅力，中国民众的善良质朴和勤劳智慧，民族自豪感和自信心油然而生。

中国民间文学蕴藉着中华民族优良的精神品格，具有跨越时代的生命力量，有着团结民众、凝聚民族精神的无形的内在驱动力。只要艺术作品善于挖掘、提炼和展示民俗文化的精髓，同样能让我们在艺术审美的过程中获得思想的提升和精神的升华。印象刘三姐就是糅合了漓江的山水风情，刘三姐的经典山歌演绎了多民族的原生态文化，即民俗文化，以歌舞等艺术表演形式再现了乡民们的日常劳作和情爱生活，借助于光和影的作用将自然的山水风光与多姿

---

① 杨启亮：《中国传统道德精神与21世纪的学校德育》，《教育研究》1999年第12期。

的民族风情完美融合，融民族性、艺术性和视觉感于一体，产生了极大的震撼力。丰富的民族文化以艺术的形式得以呈现，让人们在陶醉于美的艺术享受之中，切实感受到中国文化的博大精深、自然风光的旖旎无限，不着痕迹地接受了一次思想上的洗礼，收到了很好的思想文化教育效果。

中国民间文学有着自身独特的魅力，凝结着中华儿女的聪明与才智，是一个民族的文化特色的彰显和一个民族的文化名片，也是推动社会进步和发展的强有力纽带。因此，对民间文学的合理利用和巧妙展示，可以达到"润物细无声"的思想文化教育效果。"魅力湘西"的策划人张建勇在一次大会上发言说，他当初力主去娱乐化，考量的重心是如何凸显湘西的民俗文化，包括如何将湘西民俗文化与爱国主义结合在一起。"赶尸"一幕就集中表现了他这一理念，即将湘西"赶尸"习俗与清末湘西籍著名将领罗荣光抵御八国联军侵略，镇守天津门户大沽口炮台的故事糅合在一起，经过艺术化的处理，再现了将士们用鲜血和生命保家卫国的英雄壮举，有着极大的艺术震撼力，谱写了一曲中华民族不屈不挠、英勇抗敌的爱国主义颂歌。古老神秘的习俗获得了全新的演绎。

民间文学正是以一种民族精神力量的方式存在并进而对人类族群产生影响，作为一种内在的基质，它的影响是潜在的和深层的。同时，民间文学又是渗透于民众的日常生活之中，民间文学表现形式的丰富性和多样性，往往与民众日常生活的丰富性与多样性一体化。

三、辨风正俗与民间文学的文学研究

但令人遗憾的是，民间文学蕴涵着的民俗文化的价值和作用有时并没有得到社会和人们的普遍认同。当然，这有其历史的渊源，也和民间文学本身的复杂性有关。中国历来将上层文化或精英文化视为正统文化，享有正宗文化的地位和殊荣，与之相反，民俗文化则被看作是藏污纳垢之地，因其不入主流难登大雅之堂而退居边缘备受冷落，如民间歌谣、民间俗信、俚俗故事、民间笑话等常被斥为低俗和迷信，至于剪纸、皮影、面人等民间工艺也被看作是拿不出台面的东西。所以，有的学者很痛心地指出，我们就一直没有用文化的眼光来看待民俗文化。为此，专家们发出了抢救和保护民俗文化的呼吁，以期引起全社会对民俗文化的关注和重视。不可否认，民俗文化作为广大民众自觉或不自觉过程中创造出来的文化，自有其精华与糟粕的并存，这确实需要我们辨风正俗，作认真的甄别，但并不能因此就为泼掉脏水而连带把孩子也给倒掉。毋庸置疑，民俗文化是人类文化的根基，从精神层面上看，它是一个民族精神情感的重要载体，是民族凝聚力的表征，包含着丰富的爱国主义内涵。因此，我们并不能因其世俗性、浅陋性而忽视了它的重要价值和教育意义。今天，我们在强调学习外语，掀起国学热潮的同时，也不妨把眼光投向民间，加大关于本民族文化、文学的宣传力度，因为"只有民族的，才是世界的"，弘扬民俗文化必将有助于增强民族自信心、自豪感。在此，我们应该有意识地突破过往的精英文学和上层文学的框定和局限，有针对性地补充一些有关民间文学的知识和素材，注重挖掘民间文学中的有益成分，用其独有的思想艺术魅力以陶冶情操，提高人们的审美情趣，培养对祖国和人民的文化情感，让人们在潜移默化之中接受到思想文化教育。

值得欣喜的是，民间文学蕴涵着民族情感和爱国主义思想基质，有着巨大的教育力量这一理念已越来越为国人普遍接受、认识和重视。民间文学是"历史的活化石"，记载着民众日常生活的样态，也是一个民族的文化根基和精神支柱，它在提高整个民族的精神文化素质，培养国民的爱国情操，增强民族凝聚力等方面均有着其独特的价值和作用。当下"民俗热潮"的兴起必将会强化民众的民族认同感和归属感。不过，在此须引起我们警觉的是，当下的"民俗热潮"是在西化和经济主导的社会语境下形成的，泥沙俱下，有两种倾向需要注意和克服，否则，不但不能起到情感教育的效果，反而会适得其反。一是有将民间文学庸俗化和低级化的倾向。伴随着现代城市浪潮和经济浪潮，许多体现民族精神和爱国情操的优良民间文学往往被丢弃，而一些落后、不健康的民间文学内容和样式却借机沉渣泛起，以无聊为有趣，以低俗为幽默，追求低级趣味和感官享受，将民俗文化恶俗化。二是搞假民俗和伪民俗。出于经济利益的驱使，有些人打着民俗文化的旗号实际上却是干着破坏民俗文化的事情，本来"文化搭台，经济唱戏"利用得好，能促成民间文学与经济发展的双赢，但有的地方一味以刺激经济发展为目的，为此甚至不惜改造和编造民间传说，如争抢文化名人、虚构伪造文化名人历史故事的闹剧时有发生。历史成了一种戏说，文化名人内在的精神气质倒是被遮蔽了。

除上述两种倾向之外，还有一种导向需要注意，即对民间文学文学价值的认知问题。"民族的诗"是指体现民族、国家意识的民间文学。钟敬文曾饱含深情地说："'五四'是我的启蒙老师。它的教导有两方面：一方面是唤起我的国家、民族意识，另一方面是指导我走向新文学及民间文学。"① 新文学运动改变了人们对民间文学的态度和认识，前人采风"对于歌谣，多半是取其内涵的义理，而不注重其外表的词句——无论歌谣之附会或赏鉴者，都是如此；——所以增削任情，是我们中国人对于歌谣的传统方法"。② 可见士大夫对民间文学的文学价值是漠视和无视的，到了二十世纪初，这一现象才有所改观。中国民间文学是以寻找"民族的诗"拉开序幕的，有着自身鲜明的文学属性。然而，时至今日，民间文学的研究视角又越来越与社会学、人类学、民族学形成交叉，其文学属性渐已淡忘。陈平原评述五四时期的那一代人，包括蔡元培、李大钊、周作人、鲁迅、胡适、刘半农、沈尹默、顾颉刚、常惠、魏建功、董作宾等，认为他们对俗文学(陈平原将之与民间文学等同)的关注，是有其精神性追求的。"眼光向下，既是思想立场，也含文学趣味。提倡俗文学(比如征集歌谣)，在五四新文化人看来，既可以达成对于'贵族文学'的反叛，又为新文学的崛起获取了必要的养分。"③ 陈平原特别强调当时学人对民间文学其文学性的赏鉴，并对当下中国俗文学(民间文学)的研究，其关注的视点由文学而逐渐转向民俗、宗教、语言等，与文学基本无关的现状表示惋惜。他认为，这一转向虽有其合理性，但丢弃"文学"，仅将民间文学视为社会史料，实在有点可惜。民间文学大体成为学术研究的材料和佐证，而在文学史上是缺席的，这一研究现状理应引起我们的重视。因此，重提二十世纪初寻找"民族的诗"，既是对中国民间文学学术史上文学偏向的回溯，也是对当下远离文学

---

① 钟敬文：《自序》，见钟敬文著，季羡林主编《民间文艺学及其历史——钟敬文自选集》，济南：山东教育出版社，1998 年版，第 1 页。
② 钟敬文：《读〈粤东笔记〉》，《歌谣》周刊第 67 号，1924 年 11 月 9 日，转引自刘锡诚：《20 世纪中国民间文学学术史》，开封：河南大学出版社，2006 年版，第 173 页。
③ 陈平原：《俗文学研究的精神性、文学性与当代性》，《中华读书报》2004 年 11 月 10 日。

研究的某种提醒。

第二节 民间文学研究的文学史意义

关于"文学史"这一术语的正当性（合法性）和合理性问题，一直为文学理论家所关注。韦勒克早就提出了要重写文学史，"一部综合的文学史，一部超越民族界限的文学史，必须重新书写"。① 文学史怎样才是历史的，或文学的，或综合的，这牵涉到对文学精髓的把握。海登·怀特指出："历史话语所生产的东西是对历史学家掌握的关于过去的任何信息和知识的阐释。这些阐释可以采取多种形式，从简单的编年史或事实的罗列一直到高度抽象的'历史哲学'，但它们的共性在于它们都把一种再现的叙事模式当作独特'历史'现象的指涉物的根本。用克罗齐的一句名言来说，没有叙事，就没有独特的历史话语。"② 换言之，什么人叙事，叙什么事，怎么叙事，构成了历史话语本身。

就现代文学研究对象问题，历来争执不下。从学科确立之时的政治意识导向，到二十世纪八十年代北京、上海两地学者先后发出"重写文学史"之呼声，再到 2012 年王德威在复旦大学作了题为"重写'重写文学史'——从复旦到哈佛"的讲座等。"重写文学史"似乎是一个老话题，但好像又是一个常说常新的话题。文学史的编写不只是作为一个简单的文学对象的选择问题，实际上，它关涉到对文学的认知、判断和评价等诸多文学理论问题。本章节以现代文学史为切入点，以期对文学本身等诸多问题有所思考和探寻，最后回到学科的起点，还原史实，挖掘民间文学于文学史的意义，为当下文学史写作的缺失提供一种补充或予以完善。

---

① ［美］勒内·韦勒克、奥斯汀·沃伦：《文学理论》，刘象愚、邢培明、陈圣生、李哲明译，北京：文化艺术出版社，2010 年版，第 45 页。
② ［美］海登·怀特：《"形象描写逝去时代的性质"：文学理论和历史书写》，陈永国译，《外国文学》2001 年第 6 期。

一、意识形态化学院派特色

民间文学作为汉语概念的引入是与胡适领导的白话文学运动紧密相连的，而学界对民间文学的研究也由此开始。1916 年 3 月，梅光迪致信胡适，将白话文学与民间文学等同，并使用"俚俗文学"一词以解释、界定民间文学。

白话文学运动伴随着中国民间文学学科的产生，由此也拉开了中国现代文学序幕。中国现代文学作为一个时间概念，是以白话文学运动为背景的，即以 1917 年 1 月《新青年》第 2 卷第 5 号胡适《文学改良刍议》的发表作为其标示性开端。二十世纪五十年代，中国现代文学学科建立，并被列入大学中文系课程。教育部规定中国新文学史为高等学院中文系必修课程，且对教学内容提出具体要求："运用新观点、新方法，讲述从五四时代到现在的中国新文学的发展史，着重在各阶段的文艺思想斗争和其发展状况，以及散文、诗歌、戏剧、小说等著名作家和作品的评述。"[1] 很显然，这和现代文学作为白话文学运动产儿的背景已有较大出入，更多是出于新政权执政党意识形态统治的需要，王瑶编撰的《中国新文学史稿》[2] 就是按照政府要求的革命意识形态来构建新文学史，即以毛泽东的《新民主主义论》为指导思想，将新文学定位为新民主主义革命的一部分，其性质和方向是由新民主主义革命的任务和方向来决定的。《中国新文学史稿》"作为被普遍采用的大学教材，影响比纯文学著作要大得多。许多晚一辈现代文学研究家，是以《史稿》为入门的向导的"。[3]《史稿》是中国现代文学学科形成的奠基之作，在现代文学研究乃至整个学科发展史上既有代表性，又有影响力。《史稿》注重文学与政治意识形态的关系及研究，曾成为学界研讨中国现代文学的一种"范式"，本身亦被视为意识形态下"体制化"文学史写作的案例。

但就笔者看来，此种定位却在一定程度上忽视了《史稿》首先是作为"个体化"的具体为知识分子身份的文学史叙事。据王瑶自述，他本是教古典文学

① 谢泳：《〈中国新文学史稿〉的版本变迁》，《中国现代文学研究丛刊》2009 年第 6 期。
② 王瑶：《中国新文学史稿》，上海：上海文艺出版社，1982 年版。
③ 黄修己：《中国新文学史编纂史》，北京：北京大学出版社，1995 年版，第 133 页。

的，后"改教了新文学，但我在思想上并没有放弃了我研究古典文学的计划，因为我以为研究新文学是很难成为一个不朽的第一流学者的"。① 不难看出，王瑶对古典文学与新文学孰高孰低的内在价值判断，与新政权出于政治意识形态的需要，有意"将文学史知识筛选、整合与经典化"② 的理论预设还是有很大差异的，他以古典文学为文学标的显然不是出于政治的考量，更多附着于精英知识分子的一种文学价值判断。关于文学史的研究对象，他认为："应该是在社会上公开发表过并且得到社会上一定评价的作品，不包括没有产生社会影响的个人手稿。"③ 也就是说，白话文学运动所张扬的民间文学并没有被他纳入文学史写作的范围，民间文学曾作为一把劈向旧文学的利刃横空出世、喧闹一时，但最终还是被知识分子的主流文学史打入"冷宫"，"难登大雅之堂"。至于文学评价是以古典文学讲究典雅、隐晦与蕴藉等审美趣味为准则，俞平伯的散文"文言文的词藻很多，因为他要那点涩味；絮絮道来，有的是知识分子的洒脱与趣味"。④ 尽管在1958年，北京师范大学中文系55级集体编写了《中国民间文学史（初稿）》，但那也是单独将其抽取出来的书写，在知识分子的主流文学史中，民间文学依然是缺席的存在。

不可否认，《中国新文学史稿》在政治权力之下，其写作不可避免地体现官方意志，但王瑶扎实的古学根基和古典审美趣味也在很大程度上左右史学叙述方式，即在写作实践中自觉不自觉地偏离了政治史观的预设，转而滑入精英知识分子价值判断的轨道上来。但《史稿》又不同于一般的个体性的知识分子写作，因为它隶属高校教材，为教学所用，鉴于教材使用的对象及其影响力和代表性，这就必然要求在学术与政治上达成某种妥协和平衡。温儒敏曾说，现代文学学科建立伊始，就表现出两个鲜明的特点，一是政治性强，二是与教学紧密相关，这种状况对后来现代文学研究乃至整个学科发展，影响都很大。⑤ 笔者以为，还须补充第三个特点，即特定知识分子话语体系，

① 王瑶：《王瑶文集》（第7卷），太原：北岳文艺出版社，1993年版，第499页。
② 温儒敏：《王瑶的〈中国新文学史稿〉与现代文学学科的建立》，《文学评论》2003年第1期。
③ 王瑶：《关于中国现代文学研究工作的随想——在中国现代文学研究会学术讨论会上的发言》，《中国现代文学研究丛刊》1980年第4期。
④ 赵雷：《经典的解读：现代文学史的两种作品分析模式》，《中华文化论坛》2012年第1期。
⑤ 温儒敏：《王瑶的〈中国新文学史稿〉与现代文学学科的建立》，《文学评论》2003年第1期。

由这三者构成了现代文学学科独特的或可称之为"学院派"特色。称为"学院派"有以下几个方面的考虑：一是特定的身份，均为高校教师，教师为他人之导师，担当引导者与领路人的角色，有学术上的优先性和话语权，有时还充当"国家"或"民众"的代言人；二是编写的文学史为教材，相对于一般的文学著作而言，更有代表性和影响力；三是身份的相对独立性与作为"体制人"的某种约束性，校园代表着更为自由、松散的空间，可以释放自我的能量，但也脱不了体制对个体的束缚和规范。政治环境的宽松与否会直接影响到学术研究的路向。

王瑶固守自己的学术理想，但同时也努力贴近政治时代的要求，如将新文学的起点定为1919年，而不是1917年或1915年，就是例证。但《史稿》还是遭到了批评，"批评者所针对的是其政治思想方面的'严重错误'，主要是收录作家作品的标准在政治上把关不严，让一些'落后'以至'反动'的作家也进入文学史；此外对作品的分析也被认为忽视思想内容和时代意义，具有'唯艺术论'的倾向"。① 这一事件真实再现了知识分子在政治权力挤压与自我学术追求的夹缝中求得生存的状况。

直到二十世纪八十年代，政治气氛相对宽松，学界率先是高校教师对附属于意识形态下的现代文学史叙述表达了强烈不满。1985年，北京大学陈平原、钱理群、黄子平三人提出了"二十世纪文学"的概念，试图打破近、现、当代文学之间的界限，将现代文学纳入"二十世纪中国文学""十九世纪以来的中国文学""百年中国文学"等研究范畴之中。所谓"二十世纪中国文学"，"就是由上世纪末本世纪初开始的至今仍在继续的一个文学进程，一个由古代中国文学向现代中国文学转变、过渡并最终完成的进程，一个中国文学走向并汇入'世界文学'总体格局的进程，一个在东西方文化的大撞击、大交流中从文学方面(与政治、道德等诸多方面一道)形成现代民族意识(包括审美意识)的进程，一个通过语言的艺术来折射并表现古老的中华民族及其灵魂在新旧嬗替的大时代中获得新生并崛起的进程"。② 至于"二十世纪中国文学"这一概念"首

① 赵雷：《经典的解读：现代文学史的两种作品分析模式》，《中华文化论坛》2012年第1期。
② 黄子平、陈平原、钱理群：《论"二十世纪中国文学"》，《文学评论》1985年第5期。

先意味着文学史从社会政治史的简单比附中独立出来，意味着把文学自身发生发展的阶段完整性作为研究的主要对象"。①

1988 年，上海复旦大学陈思和、华东师范大学王晓明在《上海文论》第 4 期主持了"重写文学史"专栏，明确提出：重写不是把颠倒的历史再颠倒过来，是"为了冲击那些似乎已成定论的文学史结论，目的在于探讨文学史研究多元化的可能性"！③ 意在"开拓性地研究传统文学史所疏漏和遮蔽的大量文学现象，对传统文学史在过于政治化的学术框架下形成的既定结论重新评价"。"重写文学史"，不是要在现有的现代文学史著作行列里再多出几种新的文学史，也不是在现有的文学史基础上再加几个作家的专论，而是"要改变这门学科原有的性质，使之从从属于整个革命史传统教育的状态下摆脱出来，成为一门独立的、审美的文学史学科"。④

北京、上海高校学者的同声呼吁意在消解现代文学学科的政治化色彩，强化文学的审美特性，凸显学术发展的延续性和整体性，在学界产生了广泛的影响，一时讨论热烈。但也有学者对此发出了不同声音，旷新年认为："20 世纪中国文学"概念的提出"是要把一个资产阶级现代性的叙事硬套在中国现代的历史发展上，用资产阶级现代性来驯服中国现代历史，这种文学史的故事具有明显的意识形态的预设和虚构性。'重写文学史'在后来被视为是一个'反对政治'的'文学性'实践；然而，实际上却明显地甚至直接地受到政治的规划，无疑具有政治实践的意义。"⑤ 这样的分析不无道理，《中国现代文学三十年》在提出"现代化"坐标时，就明确"'文学的现代化'，与本世纪中国所发生的'政治、经济、科技、军事、教育、思想、文化的全面现代化'的历史进程相适应"。⑥可以说，现代文学研究在试图摆脱政治羁绊的同时又陷入新的政治怪圈之中，二十世纪五十年代，政治为表，文学为里，现在只是表里之间的关系发生了一个颠倒而已，体现了"学院派"向主流意识形态的自觉靠拢。

---

① 黄子平、陈平原、钱理群：《论"二十世纪中国文学"》，《文学评论》1985 年第 5 期。
③ 陈思和、王晓明：《主持人的话》，《上海文论》1988 年第 4 期。
④ 曹顺庆、童真：《重谈"重写文学史"》，《西南民族大学学报》2004 年第 1 期。
⑤ 旷新年：《"重写文学史"的终结与中国现代文学研究转型》，《南方文坛》2003 年第 1 期。
⑥ 钱理群、温儒敏、吴福辉：《序》，见《中国现代文学三十年》，北京：北京大学出版社，2000 年版，第 1 页。

学术的探讨最终未能改变现代文学学科作为大学课程的设置，但对文学作为政治意识形态附庸的现象确实形成了巨大的冲击，政治由前台而退居幕后，注重人性的挖掘和强调审美意识的精英话语表述成为了学科的理想追求。

二、精英化学院派特色

如果说早期学科研究的学院派特色在某种程度上被政治意识形态所遮蔽或冲淡的话，那么随着政治色彩的淡化，学科的"经典化"又注入了新的内涵，"精英化"学院派特色则得以进一步凸显。

"重写文学史"引发了学界对现代文学的重新思考，到了二十世纪九十年代，学界开始对中国现代文学的价值进行重估，有学者提出了"断裂说"，认为"五四"新文学运动以激进的彻底反传统的方式否定了中国文学传统，从而造成了中国文学封建道统的断裂。复旦大学陈引驰 2012 年发表的《断裂还是延续：近现代中国文学的变折》[①] 的演讲，说明此争论还在继续。持"断裂说"的学者认为新文学在成就上难以与数千年的古典文学相提并论，不是传统意义上的"经典之作"。显然，这里的"经典"概念已不同于早期官方以意识形态为标杆对现代文学史所作的"经典化"理解和处理，虽然王瑶在新文学性质的表述上强调文学的政治意识形态特色，但在实践操作中还是不自主地以古典文学为价值取向之标杆。换言之，在知识分子的话语体系中，"文学经典"虽一度被意识形态所绑架，但以古典文学为参照的"经典"模式依然暗流涌动。

"断裂说"理论下的文学"非经典化"定位给现代文学研究提出了新的挑战，在此，有学者在不否定古典文学为"经典"的学术前提下，提出文学的多元化特色，肯定新文学运动的意义和价值，并援引西方现代性视角对现代文学的成就予以重新评价。《中国现代文学三十年》认为"现代文学"既是一个时间概念，"同时还是一个揭示这一时期文学的'现代'性质的概念"。即是"用现代文学语言与文学形式，表达现代中国人的思想、感情、心理的文学"。该

---

① 陈引驰：《断裂还是延续：近现代中国文学的变折》，《文汇报》2012 年 10 月 8 日。

书延续了由朱自清开创、王瑶发展的"以作家的创作成果作为主要研究对象"①的文学叙事方式，"重点也放在对作家(特别是足以显示现代文学已经达到的水平的高峰性作家)的文学成就的论述，以及各文体代表性作品的分析、自身演变的历史线索的梳理"。② 但在对作家作品的评价上，引入了"现代性"视域，兼顾了传统与现代的双重视野，注重人性挖掘和审美趣味的西方文学理论成了继古典文学作为"典范"后的又一个新的文学评价坐标，"把'世界文学'作为参照系统"，③ 一些被尘封的作家和作品得以重新浮出历史地表，鲁迅一统文坛的现象得以根本性改观，于是，又出现了新一轮的对文学经典的重新发现和重新阐释。

钱理群的研究计划就是"立足于中国现代文学由'分离'到'回归'，逐渐'经典化'的发展趋势"。"编选出'20世纪中国文学经典'"显示出"本学科已经达到的水平"。④ 相应地，在大学课堂，现代文学被纳入二十世纪文学范畴，其名称渐次被经典文学所代替。学科的"经典化"研究更强化了学科的"精英化"学院派特色。

海外现代文学研究更是走了一条精英化道路，正如孙康宜所说："数十年来美国汉学界一直流行着一种根深蒂固的偏见：那就是，古典文学高高在上，现代文学却一般不太受重视。因此，在大学里，中国现代文学常被推至边缘之边缘，而所需经费也往往得不到校方或有关机构的支持。一直到90年代，汉学界才开始积极地争取现代文学方面的'终身职位'，然而其声势仍嫌微弱。有些人干脆就把现代中国文学看作是古代中国文学的'私生子'。"⑤

美籍华裔学者夏志清的《中国现代小说史》"其典范性的理论框架，早已成为东西方研究中国现代文学史的经典之作，也是必读之作"。⑥ 夏著文学史较

① 钱理群、温儒敏、吴福辉：《序》，见《中国现代文学三十年》，北京：北京大学出版社，2000年版，第1页。
② 钱理群、温儒敏、吴福辉：《中国现代文学三十年》，北京：北京大学出版社，2000年版，第666页。
③ 黄子平、陈平原、钱理群：《论"二十世纪中国文学"》，《文学评论》1985年第5期。
④ 钱理群：《我的中国现代文学研究大纲》，《中国现代文学研究丛刊》1997年第1期。
⑤ 孙康宜：《"古典"或"现代"：美国汉学家如何看中国文学》，《读书》1996年第7期。
⑥ ［美］夏志清：《中国现代小说史》，刘绍铭译，桂林：广西师范大学出版社，2014年版，封底。

之王著文学史，在理论框架和写作理路上有着很大的不同，如若说王著更注重文学"史"的意义，夏著则更强调"优美作品之发现和评审"（"the discovery and appraisal of excellence"），并视之为文学史家的首要工作，"这个宗旨我至今还抱定不放"。① 夏志清自谓西洋文学研究者，他对文学的认识和判断更多是基于西方文学理论，具体而言，他的文学理念和方法主要来自英国批评家利维斯的《伟大的传统》和新批评派的小说评论与细读方法。作为精英主义立场的代表，利维斯明确表明"文学就是现代的道德意识"②，强调道德的重要性和对人性的关怀，主张对文学"进行最为谨严精密的分析"③，"对于'根本的英文性'（essential Englishness)的信念——即确信某些英文比其他英文更是英文——是上层阶级的沙文主义的某种小资产阶级的翻版"。④ 受利维斯和新批评方法的直接影响，夏志清力倡文学批评的经典意识，"我所用的批评标准，全以作品的文学价值为原则"。⑤ 批评"中国现代小说的缺点即在其受范于当时流行的意识形态，不便从事于道德问题之探讨(its failure to engage in disinterested moral exploration)"⑥，认为中国由于摒弃传统的宗教信仰，导致写出来的小说浅显而抓不住人生道德问题的微妙之处。很显然，这是在用西方文学理论的概念和话语来套用中国文学，中国文学成为了西方理论的实验场，正如王德威所言："夏志清承袭了英美人文主义的'大传统'（Great Tradition)，以新批评(New Criticism)的方法细读文本，强调文学的审美意识和人生观照，他的《中国现代小说史》(A History of Modern Chinese Fiction，1961)堪称是欧美现代中国

① ［美］夏志清：《中国现代小说史》，刘绍铭译，桂林：广西师范大学出版社，2014 年版，第 13 页。
② ［英］特雷·伊格尔顿：《二十世纪西方文学理论》，伍晓明译，北京：北京大学出版社，2007 年版，第 26 页。
③ ［英］特雷·伊格尔顿：《二十世纪西方文学理论》，伍晓明译，北京：北京大学出版社，2007 年版，第 32 页。
④ ［英］特雷·伊格尔顿：《二十世纪西方文学理论》，伍晓明译，北京：北京大学出版社，2007 年版，第 36 页。
⑤ ［美］夏志清：《中国现代小说史》，刘绍铭译，桂林：广西师范大学出版社，2014 年版，第 350 页。
⑥ ［美］夏志清：《序》，见《中国现代小说史》，刘绍铭译，桂林：广西师范大学出版社，2014 年版，第 9 页。

文学研究的开山之作，至今仍为典范。"① 不可否认，夏著援引西方理论确实给现代文学研究打开了一扇新的窗户，给压抑于意识形态下的文学叙事吹来了清新空气，但西方理论、观念和范式必有和本土文化不相恰适的地方，比对只能是在有效性层面展开，如果只是作僵化的照搬和硬性的肢解，必然水土不服，因此，夏著的一些理论嫁接也受到了质疑。后来他自己对此也有所意识，认为"拿富有宗教意义的西方名著尺度来衡量现代中国文学是不公平的，也是不必要的"。② 有这样的清醒亦是难能可贵，对一些唯西学马首是瞻、亦步亦趋的学者亦不啻为警言。

旷新年以为："夏志清的《中国现代小说史》构成了大陆 80 年代以来'重写文学史'的最重要的动力，它不仅有力地推动了大陆的'重写文学史'运动，同时在'重写文学史'的实践上具有明显的规范意义。"③ 这话有一定道理但并不完全，应该说，大陆对夏志清的观点还是有选择性地吸收的。相较于从晚清说起的文学史、"20 世纪文学"等概念而言，夏志清倒是更为认同新旧文学之间的"质"的差异，他评价"胡适在白话文运动中的贡献是非常显著的：他不但认识到白话文的教育价值，而且还是第一个肯定白话文的尊严与其文学价值的人"④，认为是胡适掀起的白话文学运动"把整个中国文学史的路向改变过来"。⑤ 因此，他将现代文学的起点锁定为 1917 年 1 月，即胡适发表《文学改良刍议》。但令人遗憾的是，局限于精英主义文学史观，他并未顺着白话文学运动将中国文学史路标转向民间文学的史实叙事予以拓展，而是瞬间又返回到利维斯所崇尚的"经典文学"老路。让人感到吊诡的是，夏志清开篇第一章关于白话文学运动带来文学新路向的观点倒成了中国学界无视的"盲点"，而寻找文学经典的学术理路却促成了学者对现代文学经典的新一轮挖掘和予以重新的阐释，现代文学学科发展的"精英化"学院派特

---

① 王德威：《海外中国现代文学研究的历史》，《文学报》2014 年 5 月 8 日。

② ［美］夏志清：《序》，见《中国现代小说史》，刘绍铭译，桂林：广西师范大学出版社，2014 年版，第 12 页。

③ 旷新年：《"重写文学史"的终结与中国现代文学研究转型》，《南方文坛》2003 年第 1 期。

④ ［美］夏志清：《中国现代小说史》，刘绍铭译，桂林：广西师范大学出版社，2014 年版，第 6 页。

⑤ ［美］夏志清：《中国现代小说史》，刘绍铭译，桂林：广西师范大学出版社，2014 年版，第 3 页。

色愈演愈烈。

不论是高举"纯文学"的标杆，还是以西方的文学理论基准为标的，表面上好像撇清了政治权力对文学的压抑，但事实上还是自觉地与主流意识形态即"现代性"追求保持步调一致，文学的独立并没有得到真正的实现。但独立的标榜却将现代文学研究转而陷入精英式文学图解的围城，以审美价值为核心来评价文学，文学被等同于高雅文学，民间文学因为不是知识分子"定义"中的文学而被逐出文学史。"精英化"学院派大行其道，这与学科最初确立的民间文学背景倒是渐行渐远了。

三、民间文学在文学史中的缺失与反思

陈思和于二十世纪九十年代提出了"民间"概念以研究中国现当代文学，打开了文学研究的新视域，这里的"民间"是一个与国家相对的概念。《民间的浮沉——对抗战到文革文学史的一个尝试性解释》[①] 探讨了"民间"的存在形态、价值和意义。《民间的还原——"文革"后文学史某种走向的解释》指出了"民间形态是新时期文学最初形成的两个源头之一"，敏锐地发现"民间是自在的文化形态，它与知识分子勾勒的文学史没有关系"。[②] 王光东在《"民间"的现代价值——中国现代文学与民间文化形态》一文中讨论了中国现代文学与"民间"之间的关系，肯定了"现代知识分子对民间意义的发现，构成了中国新文学的一个方面"。[③] 上述论文注意到了现当代文学史的"民间"背景，肯定了民间文化形态于文学史的意义，揭开了被文学史遮蔽的"民间"史实，对文学史叙事构成了冲击。但"民间"概念的引入，是为了与知识分子、"庙堂"概念相对应，更为强调"民间"对知识分子的影响，关注的重心是知识分子的价值立场和精神重建问题，"民间"更多的是扮演了从属的角色。

---

① 陈思和：《民间的浮沉——对抗战到"文革"文学史的一个尝试性解释》，《上海文学》1994 年第 1 期。

② 陈思和：《民间的还原——"文革"后文学史某种走向的解释》，《当代作家评论》1994 年第 2 期。

③ 王光东：《"民间"的现代价值——中国现代文学与民间文化形态》，《中国社会科学》2003 年第 6 期。

真正从民间文学的角度切入文学史研究的是美国学者洪长泰，他的代表作《到民间去——1918—1937 年的中国知识分子与民间文学运动》解析了五四时期中国知识分子对民间文学发掘、讨论和推广整个过程，他充分认识到：历来研究"五四"文学的著作，大都偏重于写实文学、浪漫主义文学和城市消闲文学的讨论，却忽略了这一时期文学中极为重要的一面，那就是青年民间文学家刘半农、周作人、顾颉刚、钟敬文诸先生大力提倡与热烈讨论的民间文学。事实上，"就中国文学史而言，民间文学也的确是非常重要的一环"。① 但洪长泰更为看重民间文学与中国文化的关系，所以，这本书"不单是一部有关中国现代民间文学史的书，它还是一部有关民俗学和文化史的著作"，② 更多是取文化思想史而非文学审美的观点。

中国现代文学的产生是以对民间文学文学属性的价值确认和充分肯定为根本前提的，由此才有文学的现代转型，这一点毋庸置疑。但为何民间文学在主流文学史中常常成为"被人遗忘的角落"？为何民间文学的文学价值始终难以得到社会层面的认可和承认？其原因是复杂的，但回溯民间文学学科形成之初，至少有两点能说明一些问题。

一是文学性与学术性的扭结。白话文学运动首先是文学运动而不是简单的语言形式运动。现代文学是以俗语文学（白话文学）为开端的，"在各国公民中，现代民族国家都鼓励民族、语言上的统一。现代文学是俗语文学"。③ 因此，白话文学运动常被视为语言形式运动，但文学的转型并不只是语言的变革。新文学运动时期，白话文学常被指称为俗文学、平民文学、活的文学或民间文学等等，概念转换的本身就赋予了丰富的文学内涵。"早期的社会改革者在提倡白话文的时候，从未想到要涉及文学的范围去，而白话小说的作者，亦从不把自己的作品看作中国的正统文学。"而胡适"是第一个肯定白话文的尊严与其文学价值的"。④ 胡适自信地断言："然以今世历史进化的眼光观之，则白话文学

---

① ② ［美］洪长泰：《到民间去——1918—1937 年的中国知识分子与民间文学运动》，董晓萍译，上海：上海文艺出版社，1993 年版，第 17 页。

③ ［美］希利斯·米勒：《文学死了吗》，秦立彦译，桂林：广西师范大学出版社，2007 年版，第 10 页。

④ ［美］夏志清：《中国现代小说史》，刘绍铭译，桂林：广西师范大学出版社，2014 年版，第 6 页。

之为中国文学之正宗，又为将来文学必用之利器，可断言也。"① 胡适白话文运动的成功归因于他通过文学运动即对白话文学文学价值的确认而促成了语言的变革，白话文学（民间文学）由边缘一跃而进入正统，从根本上改变了文学史的路向。可以说，民间文学文学性的确认是中国现代文学学科得以形成的原动力。但受限于胡适对文学思考的思想性大于学术性，还有他的"历史癖"和"考据癖"的时常发作，致使他对民间文学的学术议论常被其思想光芒所遮蔽，对文学的思考也常常纳入史学的轨道，民间文学的文学价值少有理论的阐释，也未能得到社会的普遍认可。

二是自上而下的思想启蒙与自下而上的文学影响的并存。白话文学运动是中国现代文学得以产生的引爆点，其本身是一场由精英发起的"自上而下"的运动，但精英们的研究视角却是"自下而上"，即以民间文学反观和审视上层文学，体现了民间文学于文学上的优势。由北大发起的声势浩大的、如火如荼乃至波及全国范围内的民间歌谣征集运动便是明证。另外，知识分子深入乡村、深入田间，积极开展田野调查，主动向民众学习，创作民间艺术，知识分子走向民间一时蔚然成风，并吸引各学科精英人物共同参与。可见，"自上而下"的目的是"自下而上"，表明了文学"不仅可以开化下层阶级，而且也可以启迪贵族和中产阶级"。② 对于"自上而下"，学界已达成共识，但对于"自下而上"的研究视角和以此所确立的价值标杆即从民间文学反观和启迪精英文学，学界却少有提及，然"自下而上"的预设决定了民间文学进入中国现代文学的路径，但"自上而下"的运动又必然阻碍着民间文学的实质进入。

民间文学的文学价值始终未获得社会应有的认可，既是情势使然，也是"学院派"特色的体现，更涉及话语权等问题。首先，从情势来说，因为文学的现代转型一方面是民族国家的产物，另一方面，又是"民族国家生产主导意识形态的重要基地"③，一开始就杂糅了很多非文学因素，紧跟着五四运动又将

---

① 胡适：《文学改良刍议》，见胡适著，季羡林主编《胡适全集》（第 1 卷），合肥：安徽教育出版社，2007 年版，第 15 页。
② ［美］乔纳森·卡勒：《文学理论入门》，李平译，南京：译林出版社，2008 年版，第 40 页。
③ ［美］刘禾：《文本、批评与民族国家文学》，见《语际书写——现代思想史写作批判纲要》，上海：上海三联书店，1999 年版，第 193 页。

一场文化运动转化成政治运动，文学的属性更被弱化。

其次，中国现代文学学科又有着鲜明的学院派特色，知识分子的学术定位始终伴随着主流意识形态与传统学术价值评判之间的冲突、平衡和对抗，不论是"意识形态化"的学院派还是"精英化"的学院派，民间文学始终与"经典"无涉。精英文学俯瞰民间文学优势明显，这从与民间文学概念纠缠不清的通俗文学的遭际上或可见出一斑。本文无意对这两个概念进行辨析，只想透过现象发现事物的本质。

目前通俗文学已纳入文学史教材，但这里的通俗文学乃是取文人文学的创作，并不包括散佚在民间的大量的无名作品，对通俗文学的评价仍是以经典文学为据。但"现代通俗文学在时序的发展上，在源流的承传上，在服务对象的侧重上，在作用与功能上，均与知识精英文学有所差异。如果不看到这一点，那么中国现代通俗文学的特点也就会被抹杀，使它只能作为一个'附庸'存在于中国现代文学史中"。范伯群还提到："我认为要将现代通俗文学融入现代文学史，成为一个有机的组成部分，还有一段漫长的路要走——主要是学术研究之路。"[1] 强调标准和统一，已然成为文学判断的准则，文学史据此选择文本、解读文本亦是通行的惯例，如前所述，"文学经典"并非一成不变，取决于意识形态与文学审美价值的调整排列组合，"经典文学"本就是一个人为建构起来的概念。

再次，或许不止于文学的价值判断，可能还涉及文学话语权的问题，即谁掌握了话语权，谁制定了相应的评价规则。张均从出版现状角度剖析了通俗文学的尴尬处境，"在精英文学势力与通俗文学势力的出版博弈中，'群众'是缺席的。精英势力面临的通俗文学势力，主要不是'群众'及其作者，而是他们不确定的代理人。然而，由于党的文艺政策必须通过精英知识分子来落实，通俗文学势力注定了要被'造返'到落寞与边缘之中。这是被他人'代理'、'代表'的宿命与无奈"。[2]

---

① 范伯群：《分论易　整合难——现代通俗文学的整合入史研究》，《中山大学学报》2006 年第4 期。

② 张均：《"普及"与"提高"之辩——论五十年代精英文学与通俗文学的势力之争》，《文学评论》2008 年第5 期。

一般认为由文人创作的通俗文学尚处于被他人"代理""代表"的宿命而无可奈何，那作为"缺席的"、活跃于民间的、无名的文学作品的境遇更是可想而知。"社会史学家和历史社会学家已经表明，普通大众虽然确实是历史过程的牺牲品和沉默的证人，但他们同样也是历史过程的积极主体。因此，我们必须发掘'没有历史的人民'的历史——'原始人'、农民、劳工、移民以及被征服的少数族群的鲜活历史。"①

　　"文学一直是一种文化精英的活动"②，"没有历史的人民"的文学被文学史所放逐，乃是情势必然。但"作为历史过程的积极主体"，无声并不等同于不存在，而且，对他们的历史不只是停留于挖掘，而应该让他们本身参与历史，构成历史，并自己叙述自己的历史。民间文学进入文学史，将有助于"复苏并进一步探索一种通俗的、劳工阶级的文化"，恢复长期被湮没的声音，以完成"从社会底层追溯历史的工程"。③ 从另一个角度来说，缺失民间文学的文学史，也是不完整的文学史。韦勒克明确提到："我们必须承认这样一个观点，即口头文学的研究是整个文学学科的组成部分，因为它不可能和书面作品的研究分割开来；不仅如此，它们之间，过去和现在都在连续不断地互相发生影响。"④作为一个重要观点，文学的总概念离不开头文学，否则就不是一个总体性概念。所以，现代文学史要打破以作家为主线的文学书写惯例，延引带有地域特色和民族特色的民间文学进入史学领域，扩大文学史范围，以建构整体性和多元化的文学史。

　　现在的研究日趋多元化，吉尔兹认为："意欲将之归为一体的囊括对社会学研究的一切的所谓'一般性理论'仍在我们中有其信众，但其实质已逐渐空乏，这种企望已渐被视为虚妄。"⑤ 确实，在一个多元化的社会，文化丧失多元

<hr>

① ［美］埃里克·沃尔夫：《欧洲与没有历史的人民》，赵丙祥、刘传珠、杨玉静译，上海：上海人民出版社，2006 年版，第 2 页。
② ［美］乔纳森·卡勒：《文学理论入门》，李平译，南京：译林出版社，2008 年版，第 43 页。
③ ［美］乔纳森·卡勒：《文学理论入门》，李平译，南京：译林出版社，2008 年版，第 47 页。
④ ［美］勒内·韦勒克、奥斯汀·沃伦：《文学理论》，刘象愚、邢培明、陈圣生、李哲明译，北京：文化艺术出版社，2010 年版，第 41 页。
⑤ ［美］克利福德·吉尔兹：《地方性知识：阐释人类学论文集》，王海龙、张家瑄译，北京：中央编译出版社，2000 年版，第 2 页。

性将变得苍白和可怜，因为很难以整齐划一的标准来规范丰富的文学现象，"百花齐放、百家争鸣"本就是文学的真相，要以某一标准去予以规范，这无异于画地为牢。韦勒克提出"透视主义"概念以反对绝对的价值尺度和相对的价值判断，主张"必须用一种新的综合观点取代并使它们成为和谐体，这种新的综合观点使价值尺度具有动态，但又并不丢弃它"。透视主义"并不表示对价值随心所欲的解释和对个人怪诞思想的颂扬，而是表明从各种不同的、可以被界定和批评的观点认识客体的过程"。① 这些都给我们调整文学研究理路、更新"学院派"文学理论等提供了启示。

胡适提到"一切新文学的来源都在民间"②，韦勒克也提到很多基本的文学类型及主题都起源于民间文学，"对于每一个想了解文学发展过程及其文学类型和手法的起源和兴起的文学家来说，口头文学研究无疑是一个重要的领域"。③ 巴赫金曾用狂欢化概念来表述民间文化存在形式，"对那种最直接地，或者通过各种中间环节间接地在自身中体验到不同形式的(古希腊罗马或中世纪)狂欢民间创作影响的文学，我们将称之为狂欢化文学(carnivalized literature)"。④ 他还提到，古希腊罗马文学与中世纪文学之间并不存在传统的中断，民间狂欢文化对整个文化包括文学的发展都产生了巨大的影响，换言之，即民间文学的潜流在任何时代都不曾停歇。可见，民间文学不只是新文学的来源，还是联系本民族文学的桥梁和纽带，是建立具有民族特色的文学史的唯一路径和必要保证。即便"精英化"学院派代表的夏志清也清醒地看到了这一点："当时倡导白话文学，不但不会与中国文学的传统脱节，而且还是保证这个传统继续发展下去的唯一可靠的办法。"⑤

综上所述，民间文学不只是作为某个时期的文学史的补充，它还应该是各

---

① [美] 勒内·韦勒克、奥斯汀·沃伦：《文学理论》，刘象愚、邢培明、陈圣生、李哲明译，北京：文化艺术出版社，2010 年版，第 167 页。

② 胡适：《白话文学史》(上卷)，见胡适著，季羡林主编《胡适全集》(第 11 卷)，合肥：安徽教育出版社，2007 年版，第 233 页。

③ [美] 勒内·韦勒克、奥斯汀·沃伦：《文学理论》，刘象愚、邢培明、陈圣生、李哲明译，北京：文化艺术出版社，2010 年版，第 41 页。

④ [苏联] 米哈伊尔·巴赫金：《陀思妥耶夫斯基诗学问题》，刘虎译，北京：中央编译出版社，2010 年版，第 118 页。

⑤ [美] 夏志清：《中国现代小说史》，刘绍铭译，桂林：广西师范大学出版社，2014 年版，第 6 页。

第五章　民间文学研究的当代意义　　253

个时期文学史的内在主线，是整体性文学史的必要支撑。因此，民间文学于文学史的意义不容置疑，民间文学进入文学史也是势在必然。

第三节　从民间文学概念到理论的诸多思考

民间文学概念因其意识形态性、概念指称的滞后性和不合时宜，还有民众对它的负面评价等，已越来越受到西方学者的质疑和弃用，虽也有中国学者对这一外来概念提出过异议，但并未引起学界的普遍重视和深刻反思。本节试图展开对民间文学概念和相应理论的讨论，对胡适民间文学研究中所存有的问题进行反思，以为当下民间文学学科走向探寻出路。

一、对民间文学概念的质疑

时至今日，folklore（民间文学）概念越来越受到学界的普遍质疑，不少西方学者对这一概念予以否定乃至抛弃。1996 年，在美国民俗学会年会上，学者们就这一概念的合法性展开了热烈讨论，他们各抒己见，赞同者有之，但更多的是提出了否定意见：

一是认为 folklore（民间文学）在德国曾和政治意识形态有过紧密联系。作为学科概念的 folklore 即民俗学或民间文学，曾被用于支持德国纳粹的意识形态，因而与殖民统治有着千丝万缕的联系，导致民俗学家对 folklore 一词退避三舍，folklore 概念甚至被人们视为"万恶之源"，而这"对学科的窘境难辞其咎"。①

二是概念指称的滞后性和不合时宜。有学者认为，folklore 概念先天不足，创建之初乃是意指文明社会里的"残留物"，而这会随着时代的前进发展而逐渐消失，因此，难以"面对日新月异、复杂多样的文化产品研究对象"。②即便对概念予以修补，也无济于事，既阻碍人们思想、行为领域的视野，也不利于

---

①② 李扬、王钰纯：《"folklore"名辩》，《民俗研究》1999 年第 3 期。

相关学者的求职从业。吕微认为："指涉学科对象的 folklore，则往往被认为仅仅圈定了民间文学一贯传承但即将消亡的传统体裁和题材文本，因而妨碍了当下语境化实践的非传统学科对象进入学术视野。"① 户晓辉也认为英语 folk 和德语 Das Volk 概念除了因其指涉范围的局限已难以适应当下生活的指称之外，其概念的传统指涉也已经在社会阶层生活中失去了实际的对应内容。②

三是民众间对它的解释。邓迪斯提到"folklore"与 myth（神话）的意义类似，意指撒谎、错误等。而民众对"folklore"的负面的理解和解释导致民俗学科及其研究者难以取得相应的学术地位，如果民俗真如民众所认为的指称撒谎和错误等义，那么"整个学科致力于谬误这种观念在寻求真理的学术语境中也是不可思议的"。③

由于 folklore 概念上存有诸多不和谐，科申布莱特-吉布丽特（B.iKrshenblatt-iGmdlett）甚至提出创建新词的建议："解决我们危机的出路，不在于捍卫我们的知识传统、以耻为荣，抑或是澄清误解、以正视听，而应追根究底、改旗易帜，寻找符合后学科架构的学科名称来。"④

事实上，当下已有一些国家的学者摒弃"folklore"这一概念，其中就包括提出 folklore 概念的英国学者。在英国的大学里没有"民俗学系"，开设的课程为"文化研究""当代文化研究""社会史"等。在美国，也更多的是用"verbal or spoken art"（言语艺术或口头艺术）等术语予以取代。⑤ 民间文学或民俗学的概念在欧美国家已是名不存实已亡，"即使保留着'民俗学'这样的名称，其实

---

① 吕微：《序：接续民间文学的伟大传统——从实践民俗学的内容目的论到形式目的论》，见户晓辉《民间文学的自由叙事》，北京：社会科学文献出版社，2014 年版，第 2 页。

② "美国学者邓迪斯把'民'解释为具有共同习俗的任何人组成的群体，英语 folk 和德语 Das Volk 的概念好像已经被解构从而失去了其传统的指涉意义而变得不再适用于当代生活，这似乎可以看作欧美学界普遍放弃使用'民间文学'概念的部分原因。另一方面原因在于，随着欧美国家民主制度的不断完善和自由理念的深入人心，英语 folk 和德语 Das Volk 的传统指涉已经在社会阶层生活中失去了实际的对应内容，阶层文化和社会等级已经在社会阶层生活中失去了实际的对应内容，阶层文化和社会等级已经逐渐被统一文化或文化一体化取代。"户晓辉：《民间文学的自由叙事》，北京：社会科学文献出版社，2014 年版，第 41 页。

③ ［美］阿兰·邓迪斯：《民俗解析》，户晓辉编译，桂林：广西师范大学出版社，2005 年版，第 57 页。

④ 李扬、王钰纯：《"folklore"名辩》，《民俗研究》1999 年第 3 期。

⑤ ［美］阿兰·邓迪斯：《民俗解析》，户晓辉编译，桂林：广西师范大学出版社，2005 年版，第 57 页。

际的研究目标和方法已经与传统学科没有多少关系"。① 在德语国家（包括德国、奥地利和瑞士）的民俗学科领域，出现了"经验文化学""欧洲民族学""文化人类学"等广为人知的变体。② 吴秀杰在翻译德国"日常生活"理论的译著中提到，德国学术界已摒弃"Volkskunde"概念，只是为了与中国学术界对接，才使用"民俗学"和"民俗文化研究"等概念。这确实很让人费解，在中国，虽也有学者对"folklore"概念有过异议，但民间文学-民俗学界仍然使用这一概念，而且，学界之外的人也认同"民间文学"的说法。③ 这一现象本身也很值得我们思考和讨论。

二、关于民间文学理论的种种争议

除了民间文学概念产生危机之外，对民间文学理论的认识也多有分歧。民间文学的一个主要争议点集中在民间文学的创作主体上。首次正式对民间文学的主体进行说明规定的是胡愈之，在胡愈之的定义中，民间文学的主体被规定为"民族全体"，这里的"民族全体"是相对于个人而言，也就是强调文学创作的集体性。这个定位纳入了各个阶层的各个民众，同"民族全体"相对应的，但是从另一个方面看，"民族全体"这个词过空，外延过广，似乎涵盖了一切。而我们也知道，当一个概念看似无所不含，如果没有相对的限定的话，概念也就会失去其本身的明确的指向性。正如"民族全体"这个词，所有阶层所有人都可以涵盖在其中，那么概念区分度在哪里呢？高丙中认为当把"民"解释为任何群体之时，却没能对此作出足够合理的和恰当的解释。"当他们把'民'扩大为'任何群体'时，他们必须论证任何群体都是民俗之'民'。"④ 确实，当"民族全体"把所有的民众都纳入其中，"民族全体"也就成了一个空洞的

① 户晓辉：《民间文学的自由叙事》，北京：社会科学文献出版社，2014 年版，第 49 页。
② ［德］赫尔曼·鲍辛格等：《日常生活的启蒙者》，吴秀杰译，桂林：广西师范大学出版社，2014 年版，总序第 2 页。
③ 吕微：《序：接续民间文学的伟大传统——从实践民俗学的内容目的论到形式目的论》，见户晓辉《民间文学的自由叙事》，北京：社会科学文献出版社，2014 年版，第 3 页。
④ 高丙中：《民俗文化与民俗生活》，北京：中国社会科学出版社，2000 年版，第 127 页。

能指，而作为"民族全体"的文学也就成了一个空洞的概念。

但是如果我们跳出创作主体的思考框架，重新考量这一名词，我们可能会发现隐藏在阐释惯性之下的东西。笔者认为，胡愈之的"民族全体"的概念，重点不是强调创作主体，而是一种创作特质，包含创作过程、素材来源等诸多方面，其重点是落在"民族"上，将其还原为概念之初，就是指所有人，每个人，这其中既包含民族心理、精神特质、思维方式等精神层面所指，也包含生活原态的现实所指。民间文学应该体现的是一个民族，一个整体的共性，是能够完整还原或展现一个民族生活形态的文学形式。它既具有文学的特征，但同时它也具有类似史料的特征，是凝缩着合理想象的生活纪实。民间文学展现的是一种文化自觉意识，是一种生活发展的轨迹。通过阅读民间文学，我们能够知道关于我们现在生活的过去，以及如何走到今天的轨迹，这才是民间文学最为本真的特征。

随后的诸多定义中，基本都是以胡愈之提出的"民族全体"为基础，再进行细化或有意识的解读，比较集中的体现是进入到解放战争时期之后，由于政治活动的需要，民间文学因为内涵的"民间"的概念不自觉同主流政治话语中的人民、百姓等实现了对缝，于是，民间文学被广泛提倡，但是却带有极其浓厚的阶级属性色彩。

1927 年徐蔚南对于民间文学的定义是："民族全体所合作的，属于无产阶级，从民间来的，口述的，经万人的修正而为最大多数人民所传诵爱护的文学。"[1] 在"民族全体"的概念基础上，加入了"无产阶级""最大多数人"等的限定，其实是政治话语的渗透。

1935 年，陈光尧在《中国民众文艺论》一书中进一步对民间文学进行定义："民众文艺本是一种有全体民众所合作，经众人口头的修改，而属于平民阶级的，深入而浅出的，整个的，口述的自然文艺。"[2] 陈光尧的定义同样带有浓厚的政治色彩，不仅对于民间文学的创作主体进行了进一步限定，而且从概念的源头就已经进行了转换，将"民间文学"扩大为"民众文艺"，一方面，

---

① 徐蔚南：《民间文学》，上海：世界书局，1927 年版，第 6 页。
② 陈光尧：《中国民众文艺论》，北京：商务印书馆，1935 年版，第 1—2 页。

主体的内涵缩小了，而另一方面，学科指向扩大了，且落脚点又再次置换概念，变为"平民阶级"，可以清晰看出为政治话语服务的主导指向。

1938 年，郑振铎也对民间文学进行了定义："（所谓俗文学就是）不登大雅之堂，不为学士大夫所重视，而流行于民间，成为大众所嗜好，所喜悦的东西。"① 虽然郑振铎的定义是针对"俗文学"而下的，但是从其整个学术思路中都可以看出民间文学和俗文学概念的同质同构。郑振铎避开了对俗文学的正面定义，而是选择了一种否定式界定。他虽然没有明确说明俗文学的主体，但是却隐含了主体，即和士大夫所相对的群体。其实是对胡适提出的白话文学与"贵族文学""文人文学"二分法的进一步引申。但是在胡适的理论中，虽然将白话文学与"贵族文学""文人文学"置于相对的位置，但是并没有将其进行绝对的划分。郑振铎的定义仍然没有摆脱政治话语的影响，后来的学者虽然极力避开政治话语对于学术的干扰，但是郑振铎定义过程中呈现的否定性参照的思路却被保留下来。

由上可见，二十世纪初学人对民间文学、白话文学、俗文学、大众文学等概念的理解和把握往往是缠绕在一起的。笔者以为，这种概念上的互为指称现象的出现并非偶然，和中国民间文学作为现代学科的兴起直接导源于胡适提倡的文学革命和白话文运动有关。换言之，作为学科意义上的民间文学的产生本身并不具备纯粹的学术背景，概念的互为杂糅也是必然的结果。

1980 年，钟敬文也对民间文学进行了定义，而这一定义也成为被引用最多的几成标准的定义："民间文学是劳动人民的口头创作，它在广大人民群众当中流传，主要反映人民大众的生活和思想感情，表现他们的审美观念和艺术情趣，具有自己的艺术特色。"② 在这一定义中，主体的定位仍然有着阶级色彩，但是相比此前的几种定义，主体已经实现了较大的扩大化，也是比较贴近民间文学的主体实质的。

2008 年，出版了由程蔷、祁连休、吕微主编的，有一定代表性的民间文学学术史著作《中国民间文学史》，将民间文学与作家文学相对应："民间文

---

① 郑振铎：《中国俗文学史》，上海：上海书店，1984 年版，第 1 页。
② 钟敬文：《民间文学概论》，上海：上海文艺出版社，1980 年版，第 1 页。

学是与作家文学相区别的非个人化，非专业化并趋向于模式化和功利性表达的文学类型。"① 在此定义中，添加了一些特质化的规定，如"模式化""功利性"等，但是仍然是以作家文学或文人文学为参照系以审度民间文学。将文学的创作主体分成了两个部分：作家与非作家。这种区分方法在大众传媒尚未广泛普及的时代还可以立足，但是随着网络以及种种现代传播手段、方式的出现及普及，这种区分方法就多少显得有点力不从心。比如说现在最为常见的一种文学方式——网络文学。有的网络文学作家在创作一部作品之前或许并无意创作，只是随心在网络上开了一个直播帖，讲讲自己的故事。但是这个故事意料外收获到了很多人的关注、跟帖。在同其他网友的互动过程中，发帖人逐渐调整故事的构架、走向、人物定位甚至语言等。最后这样的一篇无心之作出版刊行，成为小说。这个过程中，如果套用作家文学与非作家文学的分类标准，似乎都很难对其进行完整的说明。于是为了解决这个问题，我们只好再不断引入新名词：网络文学、通俗文学、大众文学等。但是这都不能从根本上解决问题，原因之一就在于我们以往的定义中对于民间文学、作家文学的主体性划分不够明确。

陈思和则对民间文学中的"民间"特征，作了以下几个方面的界定："一、它是在国家权力控制相对薄弱的领域产生的，保留了相对自由活泼的形式，能够比较真实地表达出民间社会生活的面貌和下层人民的情绪世界；虽然在政治权力面前民间总是以弱势的形态出现，但总是在一定限度内被接纳，并与国家权力相互渗透。二、自由自在是它最基本的审美风格。三、它既然拥有民间宗教、哲学、文学艺术的传统背景，用政治术语说，民主性的精华与封建性的糟粕交杂在一起，构成了独特的藏污纳垢形态。"②

由上可见，"民间"这个概念在学术史发生、发展的过程中，受到了太多因素的缠绕，或是政治意识话语，或是知识分子话语，这种种话语的影响过于强烈，导致我们在后来的解读过程中，总会先入为主自动带入一些其他话语的

---

① 祁连休、程蔷、吕微主编：《中国民间文学史》，石家庄：河北教育出版社，2008 年版，第 10 页。

② 陈思和：《民间的浮沉——对抗战到"文革"文学史的一个尝试性解释》，见《鸡鸣风雨》，上海：学林出版社，1994 年版，第 34—35 页。

解读，而其最深层的本初指向已经变得微乎其微了。不能否认的是，胡适在提出白话文学的时候，也难免带有一些政治启蒙和知识分子优越话语权，但是超越时代背景，胡适的白话理论历经学术发展过程的淘沥，保留下来的一些学理思路还有值得我们思考借鉴的地方，比如胡适对于民间的主体定位，没有选择直接进行定性的划分，而是从语言的角度切入——使用白话的群体。不论其具体身份是什么，只要是使用，且较多（或几乎全部）使用白话的人就是民间文学的主体。这个角度看似粗浅，但笔者以为却是对于民间最本质的贴合，也是最能跳脱政治话语、知识分子话语缠绕的定义。这也可以进一步解释民间和知识分子之间的关系。由于五四时期对于民间话语的过度美化以及随后解放战争时期对于民间话语的过度抬升，民间与政治权力话语相纠缠，无意中将知识分子置于一种偏从的地位，知识分子似乎只有通过借助民间代言才能进行自我表达，消弭了知识分子的独立话语，也消弭了民间话语的独特性。而如果我们重新回归到白话文学的概念，以语言的角度去理解民间，走进民间，这种矛盾的对立状态似乎也就能得到一些解决的思路。对于民间的提倡并不是对于知识分子地位的按压或偏离，使用白话的是民间，而白话这一概念本身指向的是一种生活的本真状态，正如陈平原所指出的："对于 20 世纪中国知识分子来说，'平民'、'大众'、'民间'等词汇，代表的不仅仅是文化资源，更是生活经验与思想立场。"[1] 这种生活经验无论对民间还是对知识分子来说都不是陌生的，所以也就为知识分子进入民间，利用或转化这种生活资源提供了可能。而同时，这种生活资源又不会因为知识分子的介入就被从民间手中剥离，它为知识分子和民间提供了一种共处共享的交融空间。

另外，关于民间文学"口头性"特征也是学界争论较多的一个问题。陈泳超在《中国民间文学研究的现代轨辙》一书中，通过对各家理论的梳理，提出不应将"口头性"作为民间文学的主要特征，因为这样会极大地缩小民间文学的学科范围，也是造成各家民间文学作品集的入选标准差异的原因所在。陈泳超进一步提出以表演性来概括民间文学的特征。笔者认为，陈泳超的提法有着对于民间学科的有益反思。确实，对于民间文学的口头性的模式化认识，已经

----

① 陈平原：《序言》，见《现代学术史上的俗文学》，武汉：湖北教育出版社，2004 年版，第 3 页。

对具体的学科研究实践造成了一种禁锢。邓迪斯意识到以口头传统来理解民俗和民间文学，会有两个难点，一是"并非口头传播的一切都是民俗（在没有文字的文化中，一切都是口头传播的）"，二是"严格地说，有些民俗形式并非以口头形式传播的"。[①] 后者的例子一方面有游戏和民间艺术，另一方面有墓志铭、传统的书信（例如天堂之书）和厕所里的文字（例如墙壁涂鸦）之类的书写形式。这里其实就涉及创作方式和传播方式的问题，一般提到民间文学的"口头性"，基本都是从这两点入手的：一、创作方式，作为民间文学的创作主体——平民百姓不会写字或不识字，故选择了口头创作的方式；二、传播方式，由于以前物质条件的限制，特别是在原始初民的时候，文学在民间一经产生就只能通过口耳相传的方式来实现在民间的流行。而笔者以为，这两点基本认识固然是对民间文学特征的认识，也确实在一段时间内或者至今符合民间文学的创作、传播的事实，但是并不足以概括民间文学创作特征的全部，都只是对"口头性"停留在字面意思上的表层理解。

关于第一点——创作方式的问题，其实涉及的不仅仅是民间文学的起源问题，而是整个文学的起源问题——到底是先有文字还是先有声音，而这也一直都是学界讨论的热点，也一直没有得出定论。但无论是持什么观点，对于文学的产生都有一个基本的认同点——文学是感情所至的自然流露，如谭正璧所言："文学发生于文字之先……这'性情所至自然流露'八字，真能形容尽致，尤为言简而有味。"[②] 如此反观胡适提出的白话运动，正如胡适本人所一直强调的，白话之所以要被大力倡导，甚至将文言取而代之，主要原因就在于文言已经不能顺畅地表达情感，他在《文学改良刍议》中提到的八事之一便是须言之有物，而言之有物中的"物"便是情感和思想，似乎和谭正璧的思想是暗合的。

笔者无意也难以对文学的起源问题作出定性的讨论，而是想以此说明，从这个角度进行民间文学口头性特征的说明是不充分的，以此去理解胡适的白话概念也是不全面的。第一，如果预设是先有声音，后有文字的话，那么口头性就不仅仅是民间文学所特有的一种特征，而是所有文学形式发展的必经历程，

---

① ［美］阿兰·邓迪斯：《民俗解析》，户晓辉编译，桂林：广西师范大学出版社，2005年版，第31页。

② 谭正璧：《中国文学史大纲》，上海：光明书局，1931年版，第12—13页。

而在不断的发展过程中，一部分人的文学创作逐渐脱离了声音而转借文字，一部分人仍然沿用声音创作，如此就出现了文学的分水岭，也就绕回到我们此前一直讨论的文人文学与民间文学之间的关系问题。"一切文学新体，率皆起于民间，渐次流行，即为文人采用。而民间文学多为音乐性的，其主要官能为耳，故其文辞鄙俚亦不为病，或竟有无乐词者……而文人文学为记述性的，其主要官能为目，固其文辞多尚藻饰，且以其与音乐脱离，而又欲保存其固有之音乐性，于是遂有韵律，藻饰与韵律，实文人文学之重要条件也。然韵律与藻饰使用过度，遂成为无生命之古典文学，渐硬化而死亡，而民间之新文学又起而代之。"① 这种看似紧密连贯的逻辑，其实只是一种先入为主之见，有了一个预设的前提，其实民间并不是一个固定不变的概念，民间也会吸收知识，也会学习写字认字，那么如此一来，是不是民间文学也终究会脱离声音而转借文字？那如此之后，民间文学和文人文学之间的区别又在哪里呢？第二，如果是预设先有文字，后有声音的话，那么民间就会被自动预设成为一个始终民智有待开化的群体，这又绕到了本文此前论及的知识分子和民间民众之间的关系问题，仍然是形成了一个逻辑自我说明自我解释的怪圈而没有真正解决问题。基于此，笔者以为，是否会使用文字进行创作并不是决定民间文学口头性的一个必然因素。

关于第二点——传播方式的问题，同样也存在两点质疑：第一，在竹帛书简等出现之前，所谓的文人文学是如何进行传播的呢？是不是也要借助口耳相传的力量来实现政治话语或社会话语的力量呢？民间文学在发展的过程中有时确实存在着和文人阶层或上层精英阶层不同的传播方式，而在这个时间差中，文人文学通过文字、书本等形式进行传播，民间文学则停留在民众之间口耳传播的阶段也是可能的。这就引出笔者的第二点质疑：在大众媒介广泛兴起的今天，民间文学的传播方式是否也会发生相应的改变？如果我们承认大众传播媒介的广泛社会影响，就不能不重新思考对于民间文学口头性的定性是否准确。如果说口耳相传不是民间文学的唯一传播方式，那么又是什么支持民间文学之所以为民间文学呢？

笔者并无意彻底否定"口头性"作为民间文学的特性，"口头性"的提出

---

① 徐嘉瑞：《近古文学概论》，上海：北新书局，1936 年版，第 10 页。

在很长一段时间内得到学术界的认可和达成共识是有一定学术基础的。"运用口头语言是民间文学生活属性最重要的范式，口头语言亦即生活语言。理解和研究民间文学，关键是理解和研究各地民间文学的话语形式。我们之所以谓之'民间文学'，就是因为它是诉诸口头语言的。民间文学的呈现方式是'发音'，而不是别的。对于民间文学而言，口头语言绝不仅仅是交流的工具或者说载体，而是民间文学本身，是声音构建了民间文学及其文化场域。"① 陈泳超虽然否定了"口头性"，但是其提出的表演性还是能够看出对"口头性"的学术思路的承袭。何为民间文学"口头性"的内在特质，胡适的"白话"概念和学术理路或许能给我们一些启示。

笔者以为，"口头性"不仅仅是指向语言表层的结构，如语句、语词等，还应指向深层的超语言的因素，如语境、思维习惯、情感表达等。所以对于民间文学的"口头性"的分析，不应仅仅停留在民间用语的句词表达上，还应该还原民间文学文本承载之下的语言表达情境，即对言说活动过程的关注。这也是胡适"白话"概念对于民间文学的一个有意义的学术挖掘。

对于胡适提出的"白话"，很多解读都是对于概念中的"白"的解读，并将其与同时代的启蒙精神相联系。李长之就曾有过明确的论述："明白与清楚，也正是'五四'时代的文化姿态……这样的一个象征人物，就是胡适……白话文运动不妨看作是明白清楚的启蒙精神的流露。"② 李长之将胡适的白话文运动类同于晚清白话文运动，并没有意识到胡适的"白话"概念已不是单纯的语言概念、区别于文言的一种语言。其更为深远的意义在于这是一种日常用语，是一种民众日常交流的生活用语。白话，相较于文言，是一种有场景有表情的语言。正如胡适本人所一直强调的，话怎么说，文就怎么作。这种表达的过程的凸显才是胡适提出"白话"最为有力的理论意义。

"白话"首先是作为一个完整的语言概念。既然为语言，我们就不能单独强调其意思或词句的使用，而是应该从整体理解——语言体现着一种身份话语、情感话语。语言体现着一种内在状态和外在行为之间的沟通和融合。"语

---

① 万建中：《论民间文学的口头语言范式》，《民俗研究》2006 年第 1 期。
② 李长之：《李长之文集》（第 1 卷），石家庄：河北教育出版社，2006 年版，第 20 页。

言之直接的力量，就是语言之把内在的生命带到活泼生动的表现，因而把我们的心灵置入震撼的状态的力量。"① 而民间的语言和民间文学之间基本上是一种无缝的对接，即民间文学的很多创作是由民间用语直接转化过来的，这个过程中，语言中所天然蕴含的情感、表情都被相对完整地保留下来，有着和日常生活最亲密的联系，也因此而形成了民间文学的最生动的生命力。这种生命力是直观的。这种直观不是说一眼明了的浅显通俗，事实上也正相反，很多民间文学作品中呈现出的民族生活状态对于我们大部分人来说是陌生、新鲜的。笔者在这里提出的直观，是指这种民间语言具有一种通行的力量：一方面，它在产生它的群体内部之间是不需要转码或转译的；另一方面，这种语言和其所要传达的感情与思想之间是直接对应的，也即韦勒克所说的，是一种"理想的语言"。②

　　其次，"白话"是一种说话的行为。说话这个行为本身，就预设了交流行为的双方、说话的情境等多方面因素。这是一个互动的过程，正因为是互动的，所以话语的走向是不固定的，每个参与其中的因素都可能会对最后完整的话语呈现造成影响。而在这个过程中，对于民间主体地位的凸显是明确无误的，每个人都可以说话，每个人都可能参与到这个话语行为之中，每个人也都可能成为创作的主体。"说话是说话者生命的一部分，且由于如此而分享了说话者生命的活力，这给予它一种可以按照说者以及听者的意愿来剪裁的弹性……熟悉的话题可以通过新鲜的措辞而重新赋予生命……节奏可以引进来，配以抑扬、顿挫、重音，直到说话近乎吟诵，讲故事演变成了一种高深的艺术。"③ 此外，由于是说话的行为，那么只要说话的行为在进行，那么民间文学的创作就不会停止，这也就形成了民间文学永远的原动力，而同时由于话语情境的存在，无论是如何再现民间文学的创作作品都会多少剥离一下原来的韵味，这也是陈泳超提出将表演性作为对民间文学的特征概括的一个主要的理论立足点。但笔者以

---

① 李长之：《李长之文集》（第 3 卷），石家庄：河北教育出版社，2006 年版，第 492 页。

② 笔者注："文学必定包含思想，而感情的语言也绝非文学所仅有。尽管如此，理想的科学语言仍纯然是'直指式的'：它要求语言符号与指称对象（sign and referent）——吻合。"［美］勒内·韦勒克、奥斯汀·沃伦：《文学理论》，刘象愚、邢培明、陈圣生、李哲明译，南京：江苏教育出版社，2005 年版，第 23 页。

③ ［美］休斯顿·史密斯：《人的宗教》，刘安云译，海口：海南出版社，2002 年版，第 398 页。

为，如果以表演性来作为对民间文学的特征指称，又会引发新的问题，作为有表演性的民间文学同其他的民间文艺表演之间的区分界限在哪里？如果按照表演性来对应寻找民间文学的具体作品，是不是要将所有有文学性的民间表演都纳入民间文学的学科范围内呢？当我们面对学科研究的困境时，往往会选择引入新的名词概念来解决新的研究语境，但是这种概念的引入往往又会引发新的学术争议而模糊了本来的学术面目。

对于民间文学的口头性的争论，笔者以为，或许可以回归到学术史及学科本身进行理论溯源。当然，这里所提出的白话概念因为有了太多因素的缠绕，一时也难以成为学科指称的理想概念，但是白话所内涵的理路仍是值得我们去思考的。长期以来，人们往往直观地将"口头性"等同于口口相传，导致"口头性"在被反复强调和重提的过程中，其最根本的概念指向反而被遮蔽了，而被加入了太多惯常性的理解，这也引起了学界学人的关注。贺学君就曾指出："民间文学并不是简单的口头言说，而是一种在特定语境下话语表演的视听艺术，包孕着鲜活丰富的内涵。这种内涵还有待人们深入地开掘和认识。所以'口头性'是一个需要打开的黑箱。从这里进入，有口头而表演、而受众、而场景……其深处直抵'活态'生命场。正是这种生命场，促成了民间文学叙事的独特方式和品行，例如语言的拙朴性、区域性，结构的程式性，讲述的表演性等等都非常值得探究。"[1]贺学君突破了对"口头性"作口耳相传的狭隘理解，而将其与活态的生命场、与独特的语言表达方式等相勾连，这或许也是对民间文学特性把握的更有效的打开，而白话概念的重新解读或许为我们提供了这种可能。

三、民间文学作为外来词

如前所述，"'民间文学'作为汉语学术概念，是从英文 folklore（直译作'民的知识'，也可以意译为'民俗''民情'）移译过来的"。[2]作为学科意义上的中国民间文学是以白话文学运动拉开序幕的，这已成为学界共识。民间文学

---

① 贺学君：《从书面到口头：关于民间文学研究的反思》，《民间文化论坛》2004 年第 4 期。
② 吕微：《序：接续民间文学的伟大传统——从实践民俗学的内容目的论到形式目的论》，见户晓辉：《民间文学的自由叙事》，北京：社会科学文献出版社，2014 年版，第 1 页。

作为一外来词，最初是用来指称白话文学的，始见于梅光迪 1916 年 3 月 19 日与胡适的通信。① 从胡适的叙述中，很清晰地看到梅光迪所引入的"民间文学"概念直接对应于胡适发动的文学革命即白话文学运动。

但在当时，报纸杂志上还少有民间文学的提法，多是以中国传统的各种文类称之，诸如歌谣、民歌、儿歌、神话、故事、童话等，如：蒋观云的《神话历史养成之人物》（1903 年），周作人的《童话研究》（1913 年 9 月）、《儿童的文学》、《童话略论》（1913 年 11 月）、《中国民歌的价值》（1919 年），刘半农的《中国之下等小说》（1918 年）等。

二十世纪二十年代初期，白话文学、民间文学、国语文学和平民文学的概念还是交叉使用的，如在胡适的《国语文学史》（1921 年 11 月至 1922 年 1 月编）、《白话文学史》（1927 年夏至 1928 年 6 月）及相关论文中就是如此。在《国语文学史》第二章《汉朝的平民文学》中，他将田野的文学、平民的文学、白话文学与民间文学并举，称赞白话文学中的《陌上桑》是"汉朝民间文学中的佳作"，《孔雀东南飞》是"汉朝民间文学的最伟大杰作"。② 但随着现代学科意识的增强，明确的学科概念和研究对象及相应的理论支撑乃是学科形成的基础，交错使用概念不利于学科概念的明晰化，于是，与此同时，移植过来的民间文学概念和理论渐渐成为了学科的概念和理论。

民间文学概念随着白话运动的深入而渐渐浮出水面，伴随白话运动的风起云涌，不少报纸杂志也纷纷改用白话，如《妇女杂志》在 1920 年所有文章全部改用白话文，到了 1921 年 1 月，《妇女杂志》出现了民间文学专栏，"征集各地流行的故事、歌谣，预备作为中国民间文学的研究资料"。③ 同时发表了胡

---

① 据胡适记载：一九一六年三月间，我曾写信给梅觐庄，略说我的新见解，指出宋元的白话文学的重要价值。觐庄究竟是研究过西洋文学史的人，他回信居然很赞成我的意见。他说：来书论宋元文学，甚启聋聩。文学革命自当从"民间文学"入手，此无待言。惟非经一番大战争不可。骤言俚俗文学，必为旧派文家所讪笑攻击。但我辈正欢迎其讪笑攻击耳。（三月十九日）这封信真叫我高兴，梅觐庄也成了"我辈"了！胡适：《逼上梁山——文学革命的开始》，见胡适著，季羡林主编《胡适全集》（第 18 卷），合肥：安徽教育出版社，2007 年版，第 109 页。

② 胡适：《国语文学史》，见胡适著，季羡林主编《胡适全集》（第 11 卷），合肥：安徽教育出版社，2007 年版，第 34—35 页。

③ 胡愈之：《论民间文学》，见苑利主编《二十世纪中国民俗学经典·民俗理论卷》，北京：社会科学文献出版社，2002 年版，第 3 页。

愈之的《论民间文学》一文，因为民间文学在欧美发达已久，但在中国却是壮举，所以，胡愈之主要是介绍和引入西方的概念和理论，并将之与中国的类似文体相对应："民间文学的意义，与英文的 folklore 德文的 Volkskunde 大略相同，是指流行于民族中间的文学；像那些神话、故事、传说、山歌、船歌、儿歌等等都是。"他还提到民间文学作品具有两项特质："第一，创作的人乃是民族全体，不是个人"，"第二，民间文学是口述的文学（Oral Literature），不是书本的文学（Book Literature）"。① 胡愈之将"folklore"译为民情学，而民间文学则是民情学的一部分，而且是最重要的部分，他介绍了英国、美国、法国、德国、奥国、瑞士和意大利等国建立民情学学会的情况，提出建立中国民情学会、民间文学研究会的想法。接着，他援用英国学者托马斯的分类方法对中国民间文学加以分类，把民情（俗）学的研究资料分成三类，即信仰和礼制、讲谭和歌谣、艺术，进而又将民情学上最重要的部分民间文学分为三类——故事、歌曲、片段的材料，然后又对每一类进行了细分。胡愈之的《论民间文学》输入了欧美学者有关民间文学的研究成果，"成为中国现代文化史和现代文学学术史上第一篇全面系统论述民间文学及其特征的文章"。② 自此，民间文学的概念和理论渐为人们所熟知和运用。

商务印书馆出版的另一本杂志《小说世界》（1923 年 1 月创刊）的主编胡寄尘也积极倡导民间文学，在刊物上推出《中国民间文学之一斑》（第 2 卷第 4 期）、《民间文艺书籍的调查》（第 16 卷第 10 期）等文章。1927 年，中山大学《民间文艺》创刊，1928 年改为《民俗》周刊。

除了报纸杂志之外，高校也开始开设了民间文学课程，"除北大外，清华（朱自清）、女师大（周作人）、中央大学（程憬）、齐鲁和山大（丁山）等校，都曾开过民间文学或神话学的课程"，"全国解放后，举凡重要的大学中文系，也都开设了民间文学（或人民口头创作）课程"。③ 二十世纪五十年代，民间文学被正式列为高校中文系修读科目，获得了学科体系内的肯定与重视。1958 年，北京

① 胡愈之：《论民间文学》，见苑利主编《二十世纪中国民俗学经典·民俗理论卷》，北京：社会科学文献出版社，2002 年版，第 3 页。
② 刘锡诚：《20 世纪中国民间文学学术史》，开封：河南大学出版社，2006 年版，第 120 页。
③ 刘锡诚：《20 世纪中国民间文学学术史》，开封：河南大学出版社，2006 年版，第 12 页。

师范大学中文系 55 级集体编写了《中国民间文学史（初稿）》，从学科范畴角度确立了民间文学的主体地位。①

民间文学作为外来词，从概念到理论，都直接影响和形塑了中国民间文学的学科建构理路。胡愈之引西方理论来研究中国民间文学，北大征集歌谣最初本是为创作"白话诗"提供依据和模本的，目的是以推动白话文学运动，有着鲜明的文学化和时代性特征，但后来渐渐转入到对古俗古风即带有学术性和传统性特色的西方民俗学学科研究的轨道上来。叶舒宪曾提到："每一种文化都有其独特的精微特质，这往往是无法通约的，即无法用普遍性的理论和概念工具加以准确把握的。"② 确实，我们似乎更愿意套用西方的概念和理论予以研究，就连以研究本民族文学为特色的民间文学也未能幸免。西方理论注重概念的辨析和逻辑的推论，更具有实践的操作性。但民族间的文化与文学差异的存在显然是不争的客观事实，以同一概念和理论去定义和解说异质的文化与文学现象，必然会有诸多的不合时宜。在唯西学是从之时，容易导致失去自己文化和文学的特性。作为 folklore 概念的故乡，英国尚已对其概念心存疑虑且予以抛弃，而我们对于借用过来的概念，更应保有一份清醒的认识和思考。

四、建立"地地道道的中国式的理论"

正如钟敬文所说，"要建立真正的民间文艺学，就必须针对民间文学的特点，它本身所独具的性质去进行探索，找出规律"。"在这种特定的对象上探索出来的理论，才能具有自己的特点，才是地地道道的中国式的理论。"③ 那么民间文学"本身所独具的性质"是什么呢？如鲍辛格所说："不是把民间世界理解为没有时间内容的、无处实现的理念，而是理解为'单纯的民众'实际的精神世界和物质世界。"④ 笔者以为是民间话语的正声，是对"人"的发掘，是对

---

① 北京师范大学中文系 55 级学生集体编写：《中国民间文学史（初稿）》，北京：人民文学出版社，1958 年版。

② 叶舒宪：《文学人类学教程》，北京：中国社会科学出版社，2010 年版，第 89 页。

③ 钟敬文：《中国民间文学讲演集》，北京：北京师范大学出版社，1999 年版，第 68—69 页。

④ ［德］赫尔曼·鲍辛格等：《技术世界中的民间文化》，户晓辉译，桂林：广西师范大学出版社，2014 年版，第 31 页。

人之所在的民间的自由世界的挖掘。诚如吕微所言："希望将民间文学的研究回归到中国民间文学——民俗学在其起源处对'人'的自由存在的意义世界的震惊与发现。"①

民间文学，首先是关于"人"的文学，是无关种种外在权力话语的人的本真形态的文学，这是胡适民间文学哲学思想的逻辑起点，也应是民间文学的哲学思想的逻辑起点。伴随着文学革命运动，这种对于"人"的文学的探讨就被掺杂到了关乎文学是为人生还是为审美的问题之中，周作人曾明确提出过"人的文学"的概念，这在当时影响巨大，也直接影响和丰富了胡适对新文学的构想，胡适认为新文学包括活的文学和人的文学两个方面。但就胡适对于民间文学的"人"的定义，与周作人的指向还是有所区别的。周作人构建"人的文学"的理论框架是文学，参考系是精英话语等其他权力话语，探讨的是文学的发展纯性的问题，其最终的理论落脚点仍是精英文学，是为平民生活——人的文学找寻出路，类似于马修·阿诺德提倡的用适度丰富和精致的文学品位培养和提高"群氓"等下层民众的思想和情感，达成人性整体和谐和全面发展的完美。"平民文学绝不单是通俗文学，白话的平民文学比古文原是更为通俗，但并非单以通俗为唯一之目的……因为平民文学，不是专做给平民看的，乃是研究平民生活——人的生活——的文学……他的目的，并非想将人类的思想趣味竭力按下，同平民一样，乃是想将平民的生活提高，得到适当的一个地位。"② 也就是说，周作人所提出的人的生活的文学乃是强调对平民予以精神上的教化和提升，是对平民生活和平民文学的一种重塑，所谓人的文学即是"让人成人"的文学，寄寓了周作人的文学理想，也代表了当时大部分知识分子或精英分子的文学理想。关于胡适对人的文学的理解前面已多有论述，胡适的"人"概念基本对应于"民间"和"白话"所指向的生活空间。"白话"的参考系是民众的日常用语，同其相对应的是非日常用语；白话文学的参考系是文学，白话文学与文人文学是同一坐标系中的两条平行线，同属文学系但同时又有着相对独立的发展走向。"白话"指向的是民间的生活常态，而"白话文学"指向的是

---

① 吕微：《民间文学——民俗学研究中的"性质世界"、"意义世界"与"生活世界"——重新解读〈歌谣〉周刊的"两个目的"》，《民间文学论坛》2006 年第 3 期。
② 周作人：《艺术与生活》，北京：北京十月文艺出版社，2011 年版，第 5 页。

一种审美意识，两种概念合二为一就揭示了民间文学的学科本质——对于民间生活常态的审美。较之于周作人的"让人成人"的文学设想，胡适理论中对于"人"的发掘乃是自然状态下人之所以为人的人。

由于理论对象是民间的生活常态，所以就不可避免地要对民间的生活常态进行考察和还原。笔者认为，民间文学进入学术研究视野至少有以下三条路径。

第一，一般意义上的民间文学，接近于历史遗留物的一种路径，关注于传统的挖掘，关注于民间民众的自我创作。这种路径之下，侧重的是一些少数民族或相对处于弱势的民间主体的文学性创作的考察和搜集。有些少数民族可能语言处于濒危，或者人口数量较少等多种原因而导致他们的文学创作无法通过自身的力量得到有效的保留或被认识了解，而需要借助人类学家、民俗学家的学术力量。

第二，大众传播媒介的介入，这是现代语境下民间文学进入大众视野的一种最广泛的方式，大众媒介也正逐渐成为民间文学的主要创作阵地。大众媒介以其传播速度快、传播面广泛、可在最大程度上纳入最多可能的创作主体的特点而天然具有适合民间文学生长、生成的环境。在大众媒介影响如此巨大而深入的今天，以民间为主要群体面向的民间文学如果忽略或排除掉大众媒介中诞生的可能的民间文学或类民间文学话语的话，都是十分可惜的。但是在我们认识到大众媒介的重要性，并将其引入民间文学的学术视野内的时候，要十分注意保持民间文学的文学特性和生活审美特性，注意同大众话语的剥离。

第三，知识分子、精英人物的转借，这是民间文学进入学术视野最常见的一种方式，事实上，或有意或无意，现在我们对于民间文学的研究仍然是在以这种方式进行。知识分子、精英分子对民间文学的介入是不可避免的。这种介入的思路正如胡适当年提出白话文运动的思路是一致的。胡适提出白话文运动的一个基本出发点是因为意识到民间文学虽然蕴藏着很多丰富的精神资源和思想宝藏，但并不为人所知，民间处于自在自为的状态，自在的民间本身对于这一事实是毫无知觉的，而且也没有外界的助力推进，因此，这种不自觉一方面保留了民间文学的独特的生活原态，如万建中所言："民众的创作活动，基本上是一种无意识，或下意识的。这即是说，民众在创作和表演民间文学时，并不把它当作艺术创作来对待，民间创作活动，常常是伴随着物质生产和精神生活一道进行的。民间文学是在一定的民众生活中产生的，离开了民众生活，民间文学就不是真正的民间文学。"① 但是另一方面，也会使民间文学易于流失。而知识分子、精英分子在转借的过程中，如何保持民间文学的原汁原味是个需要审慎对待的问题。"在当前处于现代化进程中，人们主张或强调包括民间文学讲述在内的各种民俗传统时，总会不断地在当前的话语、行为与过去的话语、行为之间创造关联，以获得文化代言的合法性。"② 知识分子、精英人士对于民间文学的转借，应该保持一种亲近的抽离。上述三种途径，彼此之间并不是完全独立的，而是时有交叉时有渗透的。但是民间文学又不应局限于民俗学的史料的搜集整理，还应该关注到民间文学的文学属性。

白话文学概念的提出：一方面扩大了文学范畴；另一方面也在某种程度上缓和了民间文学口头性和书面文本性之间的对立矛盾。

第一，胡适提出白话文运动的具有学术史意义的一点是，将民间引入文学的视野，从而为文学创作提供了更多的可能。

一是对于民间文学诸形式的引入。将小说以及其他种种民间文学创作都纳入到了文学的正式殿堂，获得以正统文学同样的地位或更高的地位。在中国，小说一直处于一种边缘的位置，向来不纳入文学的范畴，《庄子·外物》有云："饰小说以干县令，其于大达亦远矣。"③ 发展至明清，小说的地位逐渐开始受到重视，但是对于小说的审美，还多局限在小说的娱乐消费性："小说者，文学中之以娱乐的，促社会之发展，深性情之刺戟者也。"④ 如果要将小说提升到一个和国民思想相当的地位，"又不免誉之失当"。⑤ 另有维新派康有为、梁启超等启蒙思想者，认识到小说与民间的贴合性，大力倡导小说，但是总是缠绕着种种意识形态话语的影响，小说与其说是一种文学体裁，更像是一种政治话语的工具。及至五四，由于大批文学家、文学理论家的参加，如鲁迅、周作人

---

① 万建中：《民间文学的再认识》，《民俗研究》2004 年第 3 期。
② 康丽：《传统化与传统化实践——对中国民间文学研究的思考》，《民族文学研究》2010 年第 4 期。
③ 庄子：《庄子·外物》，见曾国藩《经史百家杂钞》（上），长沙：岳麓书社，2009 年版，第 25 页。
④⑤ 徐念慈：《余之小说观》，原载《小说林》1908 年第 9 期，转引自陈大康：《中国近代小说编年史》，北京：人民文学出版社，2014 年版，第 1477 页。

等，小说在文学中的地位才被正式确立和认可，胡适则用传统的考据学方法对小说进行学术研究，极大地提高了小说的文学价值和文学地位。再如北大的歌谣征集运动，吸引了足够的学术目光，以及大批的文人学者的躬身践行。陈平原并不完全赞同胡适提出的"我们的韵文史上，一切新的花样都是从民间来的"这一理论预设，但充分肯定胡适关于俗文学可以替"中国文学扩大范围，增添范本"的说法①，并认为这一说法对民间歌谣的现存发展困境有提醒作用。

二是对于民间生活题材的关注和民间文学生命力张扬的肯定。李长之曾对胡适的白话文运动提出过质疑，认为白话只是明白无误，而这种明白无误作为文学创作会因为过于直白而失去文学的美感。"对朦胧糊涂来说，明白清楚是一种好处；但就另一方面来说，明白清楚就是缺少深度。水至清则无鱼，生命的幽深处，自然有烟有雾。"② 李长之对文学的评价准则代表了中国传统文学的审美要求和审美标准，即思想的含蓄深刻、语言的凝练诗意，带有明显的精英意识倾向。胡适则推崇文学思想的清晰、语言的直白、感情的直露，即文学的生活化和生活的文学化，两者之间还是有很大的差异的。但李长之强调考察"完人"人格，追寻着一种有生命力的创作，在此层面，又和胡适强调文学情感的真挚和生命力表现的追求相契合。而当时吸引学人关注民间文学，也正是因为其"最强烈最有价值的特色是它的真挚与诚信"，并"于文艺趣味的养成极是有益的"。③ 由对文辞形式的锤炼讲究到对精神实质的探寻追求，这也是当时的一大转变。学界将目光重新投回民间，去民间寻找文学创作的动力和源泉，将民间话语纳入文学的正统话语，使文学获得了新的艺术生命。

第二，白话文学的提出是对于民间文学文学性和民俗性的有力对接，即为民间文学口头性和文本记录之间的转化提供了可能。

民间文学由于其特殊的群体面向，使得它作为一种文学类型的同时还兼有

---

① 陈平原：《俗文学研究的精神性、文学性与当代性》，《中华读书报》2004年11月10日。
② 李长之：《李长之文集》（第1卷），石家庄：河北教育出版社，2006年版，第20页。
③ 周作人：《歌谣》，见吴平、邱明一编《周作人民俗学论集》，上海：上海文艺出版社，1999年版，第105页。

民俗学的特色，会涉及田野调查等研究方法：如何搜集资料？如何记录文本？口头文学和文献文本之间的关系如何？等等。人们对此往往会有两种不同的偏向和考量，或主张原貌记录和保存，或多有语言的润色和修改。从理论上来说，因为口头性的特质，民间文学必须还原在当时的民间话语语境中才能够完美呈现其内涵的思想、情感，也就需要研究人员去进行较多的田野调查。但是另一方面，研究过程中就涉及保存记录的必要，而一旦转移到书面文字的表达，民间文学的情境性又会遭到破坏。列维-斯特劳斯曾经敏锐地指出过这一研究困境，认为图书即文献破坏了口头传说所体现的人和人面对面交流的那种直观感："当书写造福于人类的同时，也从人类身上夺去了某种最基本的东西。"[1]这个问题一直是学界讨论的热点，而在讨论的过程中，似乎学界批评的矛头都是指向书面印刷对于生活经验的抹杀，即口头文学在搜集、整理和出版的过程中，不可避免地会受到记录者个体的喜好和偏向的左右，如有选择地收集材料，或有甄别性地记录、改写材料，于是，"民间真实的、鲜活的口头文学传统在非本土化或去本土化的过程中发生了种种游离本土口头传统的偏颇，被固定为一个既不符合其历史文化语境与口头艺术本真，又不符合学科所要求的'忠实记录'原则的书面化文本。而这样的格式化文本，由于接受了民间叙事传统之外并违背了口承传统法则的一系列'指令'，所以掺杂了参与者大量的移植、改编、删减、拼接、错置等并不妥当的操作手段，致使后来的学术阐释，发生了更深程度的误读"。[2]

所有的文学素材当转化成书本文学的形式记录下来，都会或多或少折损其素材本身第一手的生命力和生动性，这不仅仅是民间文学所面临的困境。但是以文字保存又是我们难以取代的方法，书面印刷虽然有着不尽如人意的地方，但是却也是不应该也是无法避免的，那么以口语入文则在一定程度上缓解了书面文本和口头文本之间的对立状态。很多口语在经过数十代人的流传，其内赋的音调、语气等都包含着一种精神特质，一种身份认证，成为了一种民间生活

① ［法］克洛德·莱维-斯特劳斯：《结构人类学》，谢维扬、俞宣孟译，上海：上海译文出版社，1995 年版，第 377 页。
② 巴莫曲布嫫：《"民间叙事传统格式化"之批评——以彝族史诗研究中的"文本迻录"为例》，《中国俗文学学会通讯》第 30 期。

的通用语。比如，北方口语中，会用"贼拉拉"一词表示"特别、十分"的意思，有一首歌就叫《我贼拉拉地爱你》，这个词在说出口的过程中，会自然地加重"贼"的发音，并无意拉长"拉"的音，如此一读，一股鲜活的生命气息就扑鼻而来，仿佛置身北方辽阔的土地，感觉到了当地人的一种豁达开朗的性格。如果用"特别"取而代之，那其中的生活气息也就不见了。所以说，采用口语，可以在最大程度上接近当时的生活场景。如果直接转化成书面语，那么其中那股说不清道不明的味道也就消失殆尽了。这也又绕回到了胡适提出的话怎么说，文章就怎么写的论断。

柳田国男始终强调以"'认识平民的过去'为第一要义。他的'平民'指被官方史学所遗忘而作为'史外史'存在的'常民大众'。'一国民俗学'的新鲜之处在于向这些遗忘历史不曾记录的'常民'投去的那种'全新而亲密'的视线"。[1] 柳田国男强调了对平民和传统的关注，但笔者以为，民间文学不应仅仅停留在"历史不曾记录"之上，而是要实现一种传统和现代的熔接。胡适等人领军进行的"白话文运动"，使"白话不但在文学上成了正宗，在一切写作文件上都成了正宗。这件事在中国文化思想、学术、社会和政治等方面都有极大的重要性，对中国人的思想言行都有巨大的影响。在某些方面看来，也可以说是中国历史的一个分水岭"。[2] 这种现代意义对于文学创作的转向在于：民间可以诗意地生活，文学可以诗意地表达民间。民间文学之于现代文学的意义，并不仅仅是提供了对于人类发展历史的想象，而是在更宽更广的程度上为文学在现代语境下的胜利寻找到了一种写实性的力量空间。

2012 年，莫言获得诺贝尔文学奖，使中国文学正式取得世界文学体系的认可。那么，是什么使得莫言的作品成功走向了世界？莫言的文学作品有着多种风格、手法的交叠使用，但是支撑其文学创作思想的核心之一就是民间的生活原态。莫言本人在谈及自己第一次进入到文学创作世界的时候，也提及了这种生活原态："川端康成的秋田狗唤醒了我：原来狗也可以进入文学，原来热水也

---

① ［日］子安宣邦：《东亚论：日本现代思想的批判》，赵京华编译，长春：吉林人民出版社，2004年版，第 133—165 页。

② 周策纵：《胡适对于中国文化的批判与贡献》，见《胡适与近代中国》，台北：时报文化企业有限公司，1991 年版，第 319 页。

可以进入文学。从此以后，我再也不必为找不到小说素材而发愁了。从此以后，当我写一篇小说的时候，新的小说就像急着回家产卵的母鸡一样，在我的身后咕咕乱叫。"① 莫言将自己家乡的民间艺术带进了小说，以对家乡的情感和感触，用日常的语言描摹生活，还原和呈现生活的原貌，致使其创作具有浓郁的民族特点和地域文化特色，"留给了我们有着深厚韵致的审美世界——源于民间、富有生命活力而又具有现代意义的艺术世界，也就是说莫言以一种'民间身份'去叙述民间乡土社会中的人物和所发生的事件"②，我们从他的小说当中能嗅到泥土的芳香和本土的气息。莫言的获奖充分说明了"只有民族的，才是世界的"。

2016 年，诺贝尔文学奖授予民谣艺术家鲍勃·迪伦，以表彰他"在伟大的美国歌曲传统中创造了新的诗歌表达"。鲍勃·迪伦是 20 世纪美国最重要、最有影响力的民谣歌手，他运用口语化的语言、采用重复叠加的语言表现形式，以达成文学风格上的通俗化和直白化，产生了强烈的艺术感染力。如果从传统的价值分层而言，他的歌词并不合追求典雅庄重的所谓正统文学之轨辙。因为粗俗，不入主流，甚至常有人质疑他的作品是否能纳入文学的范畴。鲍勃·迪伦对此倒不以为然，他特立独行，远离主流文化，坚持自己对文学的追求和理解，即强调是给耳朵写诗，并认为莎士比亚的创作也是为了言说而不是阅读。正如诺贝尔皇家学院的霍拉斯·恩格道尔（Horace Engdahl）教授的颁奖词所言，他的创作"不为歌颂永恒，只在叙述我们的日常"。

可以说，莫言的小说和鲍勃·迪伦的诗歌所收获到的成功和认可，既是对知识分子对民间本真话语的提倡和重视的肯定，也是对于民间在现代话语语境之下多种面向的价值的肯定。民间既"是指根据民间自在的生活方式的向度，即来自中国传统农村的村落文化的方式和来自现代经济社会的世俗文化的方式来观察生活、表达生活、描述生活的文学创作视角"，同时也"是指作家虽然站在知识分子的传统立场上说话，但所表现的却是民间自在的生活状态和民间的审美趣味，由于作家注意到民间这一客体世界的存在，并采取尊重的平等对

---

① 莫言：《我变成了小说的奴隶——莫言在日本京都大学的演讲》，见 http://review.jcrb.com.cn/ournews/asp/readNews.asp?id=3461。

② 王光东：《民间的现代之子——重读莫言的〈红高粱家族〉》，《当代作家评论》2000 年第 5 期。

话而不是霸权态度，使这些文学创作充满了民间的意味"。① 民间提供着一种原始的审美世界，提供着一种鲜活的生命世界，提供着一种自在的生命形态，而这一切通过文学的想象话语得到合理的表达，才形成了我们对于历史、对于传统、对于现在、对于当下的真切而直接的解读。

五、对胡适民间文学研究的批评

胡适在文学的现代转型过程中扮演了重要的角色，由此催促了民间文学学科的产生。但需要说明的是，民间文学作为学科的产生，有多方面的因素，同时也是众多学人合力的结果，没有文史哲各学科学人的积极参与和共同努力，声势浩大的文学革命运动根本不可能发生。当时可谓群星灿烂，熠熠生辉，但限于个体的能力和精力，无法一一作细致地描述和展演，只能围绕中心人物胡适兼及对群像作简单的勾勒。之所以选择以胡适为中心，是因为他在中国民间文学学科领域中被遮蔽的光芒，他是民间文学学科的前行者和探索者，他提出的很多命题至今对我们仍有启迪意义。洪长泰在其有代表性的专著中提到："北京大学的刘复、周作人和顾颉刚等站在这场运动的最前沿，发现了民间文学，颠覆了中国知识分子以往的正统文学观；更重要的是，它改变了中国知识分子对民众的基本态度。"② 但就笔者看来，相较于刘复（刘半农）、周作人、顾颉刚等人，这样的表述和定位或许更适合于胡适。刘半农是白话文学运动的积极支持者，也是胡适创作白话新诗的积极响应者，出于创作新诗的初衷而意识到歌谣中也有很好的文章，于是提议征集。笔者此前曾对刘半农发动歌谣征集运动的动机及过程有过非常具体的论证。周作人则更着意于民俗学的学术价值，这与他受西方人类学家和日本民俗学运动的影响有关，但他对于民俗学学科是否存在有过犹疑，对于民间文学的文学价值也历来评价不高。顾颉刚最初对民间文艺颇为不屑，有着读书人的高傲，只是到了大家提思

---

① 陈思和：《民间的还原——"文革"后文学史某种走向的解释》，见《鸡鸣风雨》，上海：学林出版社，1994年版，第74页。
② ［美］洪长泰：《到民间去——中国知识分子与民间文学，1918—1937（新译本）》，董晓萍译，北京：中国人民大学出版社，2015年版，第1页。

想革新，"始有打破旧思想的明了的意识"，然而，"对于歌谣的本身并没有多大的兴趣"。① 应该说，在颠覆中国知识分子以往的正统文学观，改变知识分子对民众的基本态度方面，胡适的立场远比他们超前和激进，如他坚持反对"开民智"，主张"开官智"，不赞同"启蒙运动"之说法，而坚持"中国文艺复兴"之说，都可以显见其态度的明确和立场的坚定，甚至可以说，刘半农和顾颉刚都在相当程度上受到了胡适这一思想的影响。当然，笔者提及此，并非要否定刘半农等人对于民间文学的贡献，他们在实践研究上的实绩有目共睹，极大地推动了学科的发展。然笔者在此想追问的是：胡适为何会在民间文学开拓者名单中"缺席"？当然，这里不排除有涉我们对民间文学学科的认知更偏重于实践研究的导向，但除此之外，笔者以为，至少还说明了这样两个问题：一是刘复、周作人和顾颉刚等人的实践功绩恰为胡适所不足，这或许是被"遗忘"被"遮蔽"的一大原因；二是胡适关于民间文学理论、方法阐释上的空疏也可能是不容回避的客观存在。胡适于民间文学的贡献更多体现为思想和学理的层面，思想的开拓者和先行者或许更恰合他的身份。但正如胡适自己所言，"但开风气不为师"，只是"开山劈地、大刀阔斧的砍去"②，未做细致的工作，因此，贡献巨大，问题也有不少。虽然胡适对民间文学学科建设有自己独特的贡献，然而对于建构一个全新的学科而言，仅有一些机敏的洞察与发散性的思考显然是不够的。学科概念和架构的提出和搭建、系统理论的阐述和研究方法的阐发等内容也应该成为一个学科关注的焦点。而胡适作为一个全才，其关注内容之广博和兴趣爱好之广泛，使其文学的阐述在为我们带来诸多思想精华的同时，也留下了理论阐述的非系统性和学科思考不足等历史缺憾。同时作为开风气之先者，其矫枉过正的表述也时有发生，这都是须引起我们注意的地方。

反观胡适有关白话文学和民间文学概念与理论等相关论述，我们可以发现其缺憾至少包括以下几个方面：第一，没有明确的学科概念和学科意识；第二，没有从学科概念出发进行理论阐述；第三，有思想方法，未有系统的方法论概

---

① 钱小柏编：《顾颉刚民俗学论集》，上海：上海文艺出版社，1998 年版，第 2、13 页。
② 胡适：《胡适日记》，见胡适著，季羡林主编《胡适全集》（第 29 卷），合肥：安徽教育出版社，2007 年版，第 525 页。

述和实践操作；第四，提倡白话文学并非为了建构学科而是出于文学变革，有思想考量而未有学术思考。今日对于胡适关于白话文学思想的反思，对于我们构建一个新的学科体系具有重要的理论与现实意义，下面分而述之。

其遗憾之一在于没有明确的学科概念和学科意识，仅是将之置于大的文学学科背景下进行阐述。纵观《白话文学史》一书，胡适对于概念的指称与定义往往带有相当大的主观性与随意性。平民文学、田野文学、白话文学、下层文学、国语文学等概念在书中交替使用。诚如钱玄同所说，是"中国现代第一个提出白话文学——新文学——的人"①，而且不乏对白话文学有许多独到和精辟的见解，赋予了白话以文学的内涵和文学的价值，但因为他自觉与非自觉的学科意识，他终究没有把白话文学当作学科概念予以解读。所以才会有诸种概念的交叉使用，胡适以平民文学、俗民文学、民间文学等多种概念来多方位阐述和定义他理念中的"白话文学"：它应该是来自民间的、平民百姓原创的、不同于精英阶层的（或下层的）、浅显易懂的、质朴率真的文学样式。几重概念的交替出现，在提出"白话文学"的同时，又以其他概念的阐述扩大了白话文学原有的内涵与意义，但由此也就失去了作为学科概念之谨严性。

传统语境下，"白话"是与"文言"相对的概念。自然，这也是胡适所坚持的。胡适之所以极力提倡白话文这一俗语体，是"因为白话文这一形式体现着平民精神。中国传统文化的表达载体是文言。文言成分深化了日常文笔，文言文不仅传达着传统价值观念，它本身甚至就体现着一种传统价值。因为它与口语分离造成的艰深与典雅，以及所表达内容的狭窄与程式化，使其成为少数人才能掌握的'贵族文学'。反对文言，提倡白话，乃是平民意识觉醒并高涨的产物"。②然而在当时学人的理解中，"白话"的概念并非与之绝对对立，正如周作人所说："白话文之兴起完全由于达意的要求，并无什么深奥的理由。因为时代改变，事物有思想愈益复杂，原有文句不足应用，需要一新的文体，乃始可以传达新的意思。其结果即为白话文，或曰语体文，实则只是一种新式

---

① 钱玄同：《尝试集·序》，见胡适著，季羡林主编《胡适全集》（第10卷），合肥：安徽教育出版社，2007年版，第3页。
② 白振奎、蒋凡：《鲁迅、胡适早期文学史观与文学史方法论比较研究》，《学术月刊》2002年第3期。

汉文，亦可云今文，与古文相对而非相反。"① 这一观点将历朝语体的口语化更新都算作为"白话"，大大拓展了原有"白话"的指涉范围，体现在胡适观念中，"白话文学"并非关于过去的文学，而是一具有民众性与当下性的概念。同时，胡适强调白话作为俗文学的本质特征："所谓俗'vulgar'，其简单的意义上便是通俗，也就是能够深入群众。它和'俗民 folk'一字，在文学上是同源的。"② 在具体的论述中，胡适也常常以"俗文学"和"俗民文学"与"白话文学"的概念交替使用，即说明胡适界定的"白话"概念至少包含了"俗"与"民"两方面的意思，这就涉及书写内容和书写对象，但这里的俗民文学也容易产生歧义，即到底是指俗民创作的文学还是指描写俗民生活的文学，但显见的是，其意义已将今人所定义的民间文学、俗文学两类文学都囊括在内，从而赋予了白话文学不同于贵族精英书写的更加自由、率真和充满活力的内容特点。这些内容也为五四新文化运动的开展提供了文学上的工具。几个层次的意义通过具体的文本语境，我们可以逐渐进行发现与理解，然而从学科建设的角度出发，从这些概念的交替使用中，我们也可以看到胡适对于白话文学与民间文学的考量是初步的、混融的、未成体系的。

"白话"是具有中国特色的概念，胡适对白话之"白"多有解读，释之为戏台上说白之"白"，清白之"白"，明白之"白"，对文学的"说话"特点也多有概述，但却忽视了"话"在中国本土的特殊意义。其实，"话"本来就是指称中国传统的一种特殊的文学体裁和文学风格，"话"也称作"话本"，起源于唐代人的"说话"，如元稹的《一枝花话》和敦煌写卷《庐山远公话》等，话本也就是说话人讲故事、讲历史的底本，中国传统有"话本""平话""词话""诗话""拟话本"等概念指称。讲史家的话本一般称作"平话"，如《三国志平话》《全相平话》，郑振铎和李福清都称赞《三国志平话》为纯然的民间著作。评话或词话是指叙说为主，但还穿插有一些诗词和唱词的。所以，"白话"不只是相对于"文言"的一种语言，还是具有中国特色的话语概念，遗憾

---

① 钟叔河编：《周作人文类编》（第一册），长沙：湖南文艺出版社，1998 年版，第 830 页。
② 胡适：《胡适口述自传》，见胡适著，季羡林主编《胡适全集》（第 18 卷），合肥：安徽教育出版社，2007 年版，第 303 页。

的是胡适未能从中国体裁和风格的形式上对此作学理性的探讨，由于过于强调白话作为思想意义的指向而淡化了其作为学科概念的探索。

遗憾之二在于没有从概念出发对民间文学作系统的理论阐述。因为胡适没有明确的学科意识和学科概念，自然也就难有理论的阐释和衍生，胡适对于"白话文学"这一概念的阐述，往往是从具体的文学作品进行分析和举例的。这一点，从该书的目录层级中便能看出。该书目录以年代为主线，时而以文体为章节标题，时而以文学创作者为章节标题，具有较大的随意性；在篇章的具体内容方面，往往对于具体作品的引用颇多，而通过对作品的具体点评分析进行阐发则常常点到为止。

胡适的理论表述零散而稍显杂乱，在理论的探索上也存在一些漏洞，虽不时有策略上的考量，但矫枉过正，不免有言辞上的偏激，而缺失概念和论述上的严谨性。如全盘西化的提出，就受到很多学人的批评，他后来辩解为是用字的不小心，其本来的意思乃是充分的世界化，还有如死文学与活文学的概念，在朱经农提出质疑以后，他解释此死非彼死，乃是取拉丁文之死之意，这样的解释有一定的合理性，但也容易引起他人的歧义和误解。

胡适常会提出并讨论一些概念，但他并没有对相关概念进行明确的界定，这不可避免地带来指称模糊的后果。胡适提出了"方言文学"的概念，认为方言文学是国语文学的源头，但他并没有把概念界定清楚，关于方言文学的概念、特点及与地方文化的关系等均没有具体的解释。还有如他对中国民间文学的分类，有些地方存在着重复和混用的现象。比如方言文学中的地方民歌又同时归属于民间歌谣；在对小说的考证中，神话、传说、故事这些内涵和外延都有区别的名词，常常被不加区分地混在一起使用。胡适在晚年曾尽力试图对民间文学的文类作出一个完整的概括，因此还涵盖了一些他自己都没有涉足过的领域，但是，正如任何分类研究一样，对对象的归纳都是无法穷尽的，比如西方民间文学中提到的俗谚、谜语等，都遗憾未能包括。

胡适对理论的解读往往以概念的方式，而且又常常用概念去解释概念，以获取对概念本身的理解，而少有对概念本身的性质、特点等的阐发，如俗民文学、俗文学与白话文学等的交替使用和互为解释。他提出俗民文学的概念已包孕了对民众或人的理解和推崇，但他并没有像周作人一样直接提出"人的文学"的理论，受其影响，胡适提出新文学包含有两个方面的内容，一是活的文学，一是人的文学，这是对白话文学在精神实质上的重要补充。事实上在对人的文学的论述上，胡适比周作人的认识更贴近于民间文学本身，周作人对人的文学的理解，接近于马修·阿诺德提倡以高雅文学改变陋民思想意识的初衷。与之不同，胡适则十分看重民间文学自身的文学价值，这也是他区别于同时代诸多学人之处。洪长泰表达过同样的意思："与胡适不同的是，绝大多数民俗学者认为，民歌之所以具有历久不衰的魅力，与其说是由于其文艺形式和审美价值，不如说是由于其深刻的社会内容。"① 胡适充分肯定民间文学自身所存有的文化与文学价值，赋予民间文学情感性、生命力和文学性等特点，从本体论意义上确立民间文学富有文学之价值和意义。但受制于自觉非自觉的学科意识，还有"历史癖"和"考据癖"的学术偏向等诸多方面的影响，胡适未能对上述见解作充分展开，仅有零星的概说，没有系统的论证，由此也一直不太为人所注意。

遗憾之三在于研究方法上的概说性，未成方法论体系。胡适非常强调方法的重要性，是方法论的终身追求者，看重求学论事观物经国之术。"胡适为我们的现代学术开辟了注重方法论的新方向，这一点也是不会被磨灭的。"② 胡适提倡的方法是思想方法，带有指导意义上的方法，这和他个人的自我定位有关，"我现在只希望开山辟地，大刀阔斧的砍去，让后来的能者来做细致的功夫"。③ 所以，他的方法往往是大而化之，非操作性的实践方法，更多表现为某种思维方式的走向。如他提出的"大胆的假设，小心的求证"这一影响巨大的十字真言方法论，也主要是基于思想和思维方式层面的影响。而就从具体的方法论而言，如他所提出的"比较研究法"和"历史演进法"，虽然前者也提到了《看见她》歌谣在不同地方的表现，后者也谈到了方法上的几个步骤，但更多还是解说性而非学理性的研讨，而且在具体的实践层面，运用这两种方

---

① ［美］洪长泰：《到民间去——中国知识分子与民间文学，1918—1937（新译本）》，董晓萍译，北京：中国人民大学出版社，2015 年版，第 77 页。
② 王元化：《胡适的治学方法与国学研究》，《读书》1993 年第 9 期。
③ 胡适：《胡适日记》，见胡适著，季羡林主编《胡适全集》（第 29 卷），合肥：安徽教育出版社，2007 年版，第 525 页。

法取得最大成就和最大影响的还当属董作宾的《看见她》的研究和顾颉刚的孟姜女故事研究。

胡适以他的敏锐和博学，往往能准确地把抓住民间文学人物形成和情节发展的特点，还有民间文学的种种独特的艺术表现形式，这在民间文学学科研究初期，在方法论匮乏的时期，确实提供了一些很有启发性的思路和方法，很大程度上影响到了同时期的学人。但毋庸讳言的是，他少有对方法本身的具体阐释和运用，更多是感悟式和灵感式的概念方法的提出。如关于"箭垛式"的人物研究，他发现传说中的人物往往有一个箭垛化的过程，并以中国历史上的黄帝、周公、包龙图等人为例证，具体还对包公传说演变过程作了细致的描述，认为"箭垛式人物"符合传说演变的规律。刘锡诚以为，"箭垛式人物""不失是中国学者原创的传说论学说"。① "箭垛式人物"概念的提出确实为我们理解传说中的人物打开了视野，但据实论来，胡适更多的只是展演了传说人物演变的过程，并未对"箭垛式人物"的特点作深入的挖掘。

关于"滚雪球"式的情节研究也是如此，只是用形象化的语言说明了"传说的生长，就同滚雪球一样，越滚越大，最初只有一个简单的故事作个中心的'母题'（Motif），你添一枝，他添一叶，便像个样子了"。② 主要是描述滚雪球的过程，但未对"滚雪球"式的情节作文学理论方法上的探讨，即：何为滚雪球？滚雪球的艺术特征和文学表现是什么？和一般的情节研究有何区别？等等，均未能深入下去。所以，他的方法论也如同他的民间文学理论阐释一样，常常是概念式的，而少有学理性的生发和实践操作性的特色。

显见，胡适虽然重视方法论的宏观和微观的思考和探索，但就宏观而言，更多的是思想性方法，就微观而论，更多的是概念式的提出或是例证式的说明，方法当中也多有交叉和重合之处。胡适立足本土进行方法论的提炼和概括，有很值得我们借鉴的地方，但其方法论上的空疏也不容回避，也有待于我们的填充和完善。

遗憾之四，胡适提倡民间文学并非为了学科建构而是出于文学变革，主观

---

① 刘锡诚：《20世纪中国民间文学学术史》，开封：河南大学出版社，2006年版，第230页。
② 胡适：《〈三侠五义〉序》，见胡适著，季羡林主编《胡适全集》（第3卷），合肥：安徽教育出版社，2007年版，第489页。

上多有思想考量而少有学术思考。胡适提倡民间文学隐含着民族振兴富强的政治构想，是其文化理想的附着物，因此，他在充分肯定民间文学学术价值和文学价值的同时，也积极倡导民间文学的思想意义。在思想变革的年代，乃至在中国民间文学发展史上的相当一段时期，前者渐次被遮蔽或误读，后者则逐渐被放大或凸显，导致民间文学研究思想性大于学术性。一旦当民间文学作为思想的意义和价值不再为人所重视，学术性的缺失必然导致人们对它的疏离，当下民间文学的危机其实早在它产生之日就已潜伏。

相较于胡愈之引介西方理论以建设中国民间文学学科理路之不同，胡适对民间文学的兴趣和关注并不是出于学科建构的意图，甚至还不完全是面向民众和民间文学本身，而是面向上层和知识分子，希望以此影响和辐射到政府和知识阶层，以此改变他们对民众和民间文学轻视的态度和眼光，即不是"开民智"，而是"开官智"，这是胡适和其他学人很不一样的地方。胡适编著《白话文学史》，主要是出于文学实验，即通过史实来确证白话文学史的存在，将白话文学置于文学学科的大背景之下、在文学史写作的框架之下进行，并没有要建构独立学科的意识，白话文学更多地成为一种思想导向和文学取向，而不是作为学术话语予以展开。

胡适提到撰写《白话文学史》的目的，一是让大家知道"白话文学不是这三四年来几个人凭空捏造出来的"，而是"有历史的，是有很长又很光荣的历史的"；我们现在的责任只是替"开路先锋"们"修残补阙"和"发挥光大"；二是要大家知道"白话文学在中国文学史上占一个什么地位"，"白话文学史就是中国文学史的中心部分"①，这一千多年中国文学史也就是白话文学的发达史。即从史实的角度确证白话文学的存在及在文学史上的地位，以改变人们对白话文学的偏见和歧视的态度。因而，胡适的工作重心是对于白话文学地位的发现，是揭示白话文学彼此斗争、彼此消长的历史过程。在古文、儒教当行的历史背景下，新文化运动迫切需要立论，而立论最有效的方式便是先破除之前占据权威地位的古文。当然胡适对此的思考更深一层：一方面希望挖掘和确证

---

① 胡适：《白话文学史》，见胡适著，季羡林主编《胡适全集》（第11卷），合肥：安徽教育出版社，2007年版，第215—216页。

民间智慧，一方面希望通过白话文的推广促成新文化运动，以两个层面上的共同努力来让民间的智慧推动社会整体的发展。因此，"白话"被用作一种具有思想含义的文化革新的工具，但同时，胡适的文学史书写中又渗入了主流传统之外的民间气息，民间传统被认为是积极的、充满活力的，因而来自民众的智慧和声音在其中得到了重新发现和重视。

从领导白话文学运动到《白话文学史》的撰写及相关的文学研究工作来看，胡适往往着眼于研究对象，能抓住事物的本质，但就主观上而言，并非出于学科建设的需要，而是致力于白话文学的普及、推广与宣传，通过对白话文学为中心的重新梳理，改变社会尤其是上层人物和知识分子对白话文学的一种偏见，让大家对文学史有一种新的审视。因而，胡适的梳理具有思想的考量但未有明确的学科思考。胡适所作的工作是探索性的、开创性的，同时也是不够完善的。当然从另一方面来说，胡适敢发、能发前人之所未发的学识与胆识，较之同时代的研究者，已站在了一个更高的学术视点上，而其所作的工作，也为后来的学人和研究者开辟了民间文学文学发展的新路径。

胡适有很多的真知灼见，但也有很多未能深入和明确之处，这都需要我们对其理论予以重新发现或作进一步的思考。

结　语

　　本书以胡适的民间文学治学理路为视点，兼及同时代学人的学术研讨，以当时影响最大的民间文学学术关键词，包括"白话""白话文学""人的文学"等及"大胆的假设，小心的求证"等方法论为切入点，展开对二十世纪初中国民间文学研究及当代意义的挖掘，兼有理论与学科建设的视角，希望能以此对中国民间文学理论和学科建设的发展有所推进。为此，主要在下述几个方面进行了相应的探索：

　　一是对"白话""白话文学"等概念予以重新阐释，激活具有本土化特色的民间文学话语和理论。郑元者在 2004 年曾呼吁，关于艺术人类学与民间文艺学的研究，"一个根本性的任务就是要始终联系中国文化和中国艺术自身的实际，提出真正具有本土化意味的问题、话语，并在此基础上形成本土化的学科理论，而不是热衷于简单地挪用西方的或西方化的理论话语来解决中国问题"。① 其实，早在新文化运动时期，胡适、陈独秀诸人发动了声势浩大的"白话文运动"，对"白话""白话文学"概念作了新的解读和阐释，并由此促成了民俗学和民间文学学科的产生。但由于人们更多着眼于"白话文运动"中"白话"和"白话文学"在语言形式上的变革意义，而有意无意间忽视了"白话"和"白话文学"概念本身所包孕的更为丰富的学科理论含量。美国著名电影评论家汉森认为"白话"一词包括平庸、日常的层面，又兼具谈论、习语和方言

---

① 郑元者：《中国问题、中国话语与中国理论》，《杭州师范学院学报（社会科学版）》2004 年第 6 期。

等涵义，尽管词义略嫌模糊，却胜过"大众"（popular）。后者受到政治和意识形态多元决定（over determined），而在历史上并不比"白话"确定。① 她在注释中提到，这一白话现代主义与五四运动所倡导的中国文学艺术现代主义实践有关，并特别强调这一观点是参见了胡适、傅斯年等人的相关论述。② 张英进也肯定"白话"概念与日常生活的联系③，当下，"日常生活"概念已为民俗学、人类学和历史学等学科的学者普遍谈论和普遍接受，中国知名高校围绕着"日常生活"的话题，召开专题会议，如 2016 年中国人民大学的"日常生活研究论坛"、中山大学的"民俗学'日常生活'转向的可能性"的讨论，等等，都体现了学界对学科转向问题的思考及对"日常生活"概念的关注。美国学者以中国的"白话"一词涵盖"日常生活"，认为其切合当下大规模生产、大规模消费的现代性特征，赋予了"白话"当下的意义，这为我们重新思考和界定"白话"概念提供了新的思路。

笔者以为，"白话"概念不仅有"日常生活"的意指，更有对"日常生活"现象的描述，"白"与"话"都兼有叙说和表达的意味，接近于巴赫金所说的"复调"概念，"各种独立的不相混合的声音与意识之多样性、各种有充分价值的声音之正的复调"④，更为恰切和形象的词语是"众声喧哗"，巴赫金以为这也正是语言本身的特点，也恰合民间文学具有多元性、群体性、口传性等特点，也和当下网络时代互动性极强的传媒形式相契合，同时，"话"（话本）本来就是中国传统的一种表现形式和表现风格，如平话、评话、词话等，是由民间说话艺术演变过来的一种文学样式。民间文学作为学科名词因其指涉范围的局限已难以适应当下作为日常生活空间的指称，已渐为西方学人所抛弃。⑤ 复活和

---

① ② ［美］米莲姆·布拉图·汉森：《堕落女性，冉升明星，新的视野：试论作为白话现代主义的上海无声电影》，包卫红译，《当代电影》2004 年第 1 期。

③ "因为白话用以界定现代主义主要是因为它与日常生活的联系，或更确切地说，我认为是与现代生活中物质、质体和感官层面的联系。"张英进：《阅读早期电影理论：集体感官机制与白话现代主义》，《当代电影》2005 年第 1 期。

④ ［苏联］米哈伊尔·巴赫金：《陀思妥耶夫斯基诗学问题》，刘虎译，北京：中央编译出版社，2010 年版，第 3 页。

⑤ "美国学者邓迪斯把'民'解释为具有共同习俗的任何人组成的群体，英语 folk 和德语 Das Volk 的概念好像已经被解构从而失去了其传统的指涉意义而变得不再适用于当代生活，这似乎可以看作欧美学界普遍放弃使用'民间文学'概念的部分原因。另一方面原因在于，（转下页）

更新白话文学作为民间文学这一外来词所指涉的中国文学活动空间，既是作一种史实的还原，也试图在历史的语境之下复活传统概念的潜在意蕴，为民间文学学科的发展补充新的内容。"白话文学"概念内蕴的对于民间文学作为"日常生活化""复调性""日常生活审美性"的界定思考突破了一度被窄化的民间文学仅作为下层民间话语表达的藩篱，进而将日常生活审美纳入民间文学的研究范畴，实现了传统与当下的合理对接，中国民间文学传统得以接续和发扬，理论焕发出新的生命活力。

二是基于史料进行理论提炼和概括，对以往的观点多有纠偏。本课题虽是以二十世纪初为研究背景，所探讨的却是关于民间文学本体论、方法论等与学科建构相关的一般理论和学术问题。对民间文学学科建构关键词如自由、平等、民主，还有人的文学等作出了新的阐释，以期"返回民间文学的实践理性起点"[①]，对学科本体作出解答。以往对中国民间文学学科的发生背景，对自由、平等、民主等概念的理解更多是基于政治意识形态下的考量，少有哲学上的审视和思考，本课题通过对史料的钩沉和分析，对此作出了重新的解释。明确胡适自由、平等、民主的概念并非附庸于政治，而是基于康德的主体精神和纯粹理性的层面立论，至于"人的文学"的倡导，乃是切合人作为具有自由意志的纯粹人的身份，由此寻找到民间文学以哲学为逻辑起点的学术预设，对民间文学学科的关键问题即民间文学何为给出了明晰的答案。"而今天的学者多已经遗忘了赫尔德、胡适、周作人对民间文学内在目的的深刻阐发。"[②] 笔者通过对史料作精细的爬梳和考辨，对此问题作了相应的探索和解释。同时，返回历史（时间）的时空，对中国民间文学学科的形成和发生给出史实的分析和判据，以"白话""白话文学""人的文学"概念对学科予以重新界定，以知识分子作为学科之生产者，立足于中国历史的现状作理论的阐释和深化，践行本土

（接上页）随着欧美国家民主制度的不断完善和自由理念的深入人心，英语 folk 和德语 Das Volk 的传统指涉已经在社会阶层生活中失去了实际的对应内容，阶层文化和社会等级已经在社会阶层生活中失去了实际的对应内容，阶层文化和社会等级已经逐渐被统一文化或文化一体化取代。"户晓辉：《民间文学的自由叙事》，北京：社会科学文献出版社，2014 年版，第 41 页。
① 户晓辉：《民间文学的自由叙事》，北京：社会科学文献出版社，2014 年版，第 11 页。
② 吕微：《序：接续民间文学的伟大传统——从实践民俗学的内容目的论到形式目的论》，见户晓辉《民间文学的自由叙事》，北京：社会科学文献出版社，2014 年版，第 26 页。

特色之初衷。因此，本课题与其说是学术史的研究，毋宁说是民间文学的理论著作。依史立论，既有别于对史料做收集整理的研究工作，也不同于以论带史，同时也有异于作纯运思的理论演绎，强调史料分析与理论阐释的结合，这既显现了笔者的一种学术追求，也形成了自身独特的研究风格和特色。

三是由个案研究到群像研究，进而切入到民间文学学科理论和学术史的研究。笔者此前曾对胡适与中国现代民俗学作过一个学术史的还原工作，也就是从史料的角度勾勒和复原胡适对中国现代民俗学的贡献和价值。但随着阅读的增加和思考的深入，笔者发现胡适之所以能在一个群星璀璨的时代脱颖而出，扮演"首举义旗之急先锋"① 的角色，在很大程度上归因于他找到了民间文学学科的内在目的。"在现代民间文学学科产生之初，像赫尔德、胡适和周作人这样的学科先驱恰恰是一些全才，至少他们拥有现代哲学的眼光并且受过现代自由价值观的启蒙，而后来的许多学者之所以难以理解这些伟大先驱的洞见甚至长期对他们的远见卓识视而不见，恰恰是因为这些被高度分化和细化的学科训练出来的后人不再具备先驱者曾经具备的综合视野和哲学眼光。"② 确实，胡适作为一位通才，思想敏锐，视野开阔，又有做"国人之导师"的理想，他往往能见他人之未见，言他人之未言，对于民间文学也多有洞见。基于此，本书有一个重大的转折，即由个案研究进入到对民间文学的本体研究和学科理论研究，换言之，胡适个案研究更多的是作为学科理论研究的案例和注脚。笔者此前的研究是从学术史的层面确证胡适对民俗学/民间文学学科的贡献，此书则围绕胡适勾勒出群像的风貌，以相关概念为切入点展开论述，依据史实但又跳出史实的羁绊，将其作为民间文学一般概念与理论予以探讨；以往是将人物研究置于学术史的背景之下，本书则是从学科概念出发，提炼出民间文学研究的一般规律和方法，前者重史，现在重论。

本书以胡适作为切入点，但其落足点却不只限于个人，还包括陈独秀、周作人、梅光迪、刘半农、顾颉刚、董作宾等群像，而且也不只是限于学人对民间文学的表述，而是将视野延伸到民间文学学科建设和学科理论的思考和探索

---

① 陈独秀：《文学革命论》，见胡适著，季羡林主编《胡适全集》（第1卷），合肥：安徽教育出版社，2007年版，第16页。
② 户晓辉：《民间文学的自由叙事》，北京：社会科学文献出版社，2014年版，引言第2页。

的深处。本书挖掘了胡适民间文学研究的合理内核和多重贡献，并由当时最具影响力和最有代表性的概念出发，展开对学科和学术史的重新梳理和评价，以更全面、更客观地把握中国民间文学学科形成的轨迹和特点，并从传统到当下，重构民间文学的话语体系。"这种透过具体学者治学道路的描述及成败得失的分析，'勾勒出近百年学术史的某一侧面'，气魄虽不够宏大，其细腻与深沉，却也别具丰韵。"①

四是方法论上的创新。民间文学研究历来关注文献资料和田野调查，注重实证研究，但在理论探索和创建方面着力不够。本书采用文献收集和田野调查并举的研究方法，在研究上注重史论结合，互为佐证，同时也注重本土化方法论的探寻。研究方法主要体现为三结合：一是民间文学研究与学科研究相结合，也就是将民间文学的具体研究与民间文学学科研究结合起来，既深化对民间文学的认识，也强化民间文学的学科意识；二是个案研究与整体研究相结合，将对胡适的个案研究置于宏观的民间文学学科和民间文学史学研究的背景之下，既可以凸显胡适对民间文学的贡献，又可以以此回溯民间文学作为学科形成的缘起和学术走向；三是理论研究和实践研究相结合，论从史出，即是将对民间文学的实例研究与对民间文学的理论思考相结合，既有对西方理论的借鉴，同时也从历史材料和文学实践中进行理论提炼和概括。本书对胡适"十字真言"方法论予以重新考辨，挖掘其合理内核，并希冀以此获得一般意义上方法论的普遍性认识和结论。与此同时，挖掘"箭垛式"人物研究、"滚雪球式"情节研究等具有鲜明中国特色概念的方法论之内在理论潜质，打造中国民间文学研究方法理论名片，以期对中国民间文学重外围轻本体的传统学术理路多有纠偏意义。

五是研究的学术与现实意义。本书试图回归历史和传统，以中国民间文学的引领人胡适为切入点，以当时最有影响和最有代表性的概念及理论为基点，通过对胡适与中国民间文学的研究，深化和拓展胡适对于民间文学学科研究的贡献和价值，并借助鲍辛格的"日常生活"、巴赫金复调、狂欢化诗学和汉森

---

① 陈平原：《后记》，见《中国文学研究现代化进程二编》，北京：北京大学出版社，2002年版，第507—508页。

"白话现代主义"等概念和理论思路，更全面、更客观地把握中国民间文学学科形成的轨迹和特点，从而推动民间文学学科研究的深入，以补当下民间文学理论和学科研究之薄弱。

民间文学的发现和倡导隐含着民族振兴富强的政治构想，胡适充分肯定民间文学的学术价值和文学价值，更多的是从思想意义和思想方法着手，少有学科本身的学理探讨和阐述，理论和方法的空疏是客观的存在，日后民间文学理论与方法研究的不足在此已埋下了伏笔。民间文学的发现导致了文学的现代转型，但以现代文学为切入点，"意识形态化"学院派和"精英化"学院派概念可以用来描述中国现当代文学史叙事，民间文学的文学价值始终没有得到普遍认可，这一现象其实早在它产生之日就已潜伏。在文学史的回溯当中，挖掘民间文学对于文学史的意义，为当下文学史写作的缺失提供一种补充或予以完善。

六是对民间文学学科概念与理论的反思。民间文学概念因其意识形态性、概念指称的滞后性和不合时宜，还有民众对它的负面评价等，已越来越受到西方学者的质疑和弃用。也有中国学者对民间文学这一外来词提出过异议，但并未引起学界的普遍重视和深刻反思。本书对民间文学概念和民间文学主体性、口头性等理论进行了反思，进而探讨民间文学在当代研究语境下的可能走向。重提"白话"（vernacular）、"人的文学"等概念，期冀在历史的回溯中为学科的发展寻找新的学术增长点。

与此同时，民间文学与民众和民间紧密相联，这与当今时代关注民生，体现"以人为本"，建设和谐文化与和谐社会的主旋律趋于一致，与习近平总书记在文艺座谈会上所强调的社会主义文艺从本质上讲就是人民的文艺，文艺要反映好人民的心声，就要坚持为人民服务、为社会主义服务这个根本方向趋于一致。而民间文学作为民族文化的积淀和民族精神的体现，隐含着民族振兴富强的政治构想，是民族文化理想的附着物，有助于增强民族自信心和民族凝聚力。

笔者认为民间文学在中国的兴起恰恰是唤醒知识分子对民众认识的过程，是启迪知识分子和上层人物对民间文学认识的过程。换言之，民间文学学科的产生，伴随的是知识分子对民间智慧的重新确认，没有知识分子认知上的觉醒，就不会有民间文学学科的产生。正如维柯所说：自然界的科学认识要留给创作自然界的上帝，而人类制度的世界是由人制造出来的，因此，这种世界原理或原因"必然在我们自己的人类心灵各种变化中就可以找到"。维柯以《新科学》命名他的书，认为新科学包括哲学与语言学，也是从非人到人的过程，维柯认为："哲学观照理性或道理，从而达到对真理的知识；语言学观察来自人类选择的东西，从而达到对确凿可凭的事物的认识。""哲学家们如果不去请教于语言学家们的凭证，就不能使他们的推理具有确凿可凭性，他们的工作就有一半是失败的。同理，语言学家们如果不去请教于哲学家们的推理，就不能使他们的凭证得到真理的批准，他们的工作也就有一半会失败了。如果双方各向对方请教，他们对他们的政体就会更有益，而且也就会比我们早一步构思出这门新科学了。"① 因此，学科的推进需要多学科学人们的共同参与和共同努力。

当然，一个学科的产生和兴起并非个人力量所为，如前所述，二十世纪初是一个群星灿烂的时代，民间文学作为学科的产生，也是文、史、哲各学科学人共同努力的结果。周作人、鲁迅、刘复、梅光迪、顾颉刚等人在民间文学学科建构的过程中均起了非常重要的作用，本书仅是选取一个不太为人关注的视角，即以胡适为中心，试图从史学的角度探寻学科的源起，进而挖掘其当代意义，希冀能对当下民间文学学科的发展有所推进。

限于个人哲学和语言学等诸方面知识储备的欠缺，书中不免有很多感悟似的论述和判断，缺乏探源性和思辨性的阐释，因此，本书也留下了诸多遗憾，寄希望于未来作进一步的拓展和完善。

---

① ［意］维柯：《新科学》，朱光潜译，北京：人民文学出版社，1997 年版。

附录一

网络文学：日常生活视域下的文学呈现

洪圣兰

笔者注：伴随着民间文学传播方式由口头到纸质再到网络的呈现形式，出现了新的文学样式，即网络文学。本文由学生网络写手结合自己的创作谈校园网络文学写作感受，兼及对网络文学与传统民间文学之间关系的理解。本章节未作删改，目的是以原貌予以呈现。

摘要：由于新媒介对于我们社会生活的巨大影响，网络文学也在我们的社会文化中占有着很重要的地位，时刻影响着我们这个时代的文化发展，恰巧网络文学以一种崭新的承载方式传承了民间文学的特性。网络文学作为"非官方"或"与官方相对"的来自民间的纯粹之声，体现出了民间文学的基本民间精神。本文以校园网络文学《致复旦》为文本，探析网络文学传承民间文学的特性。

关键词：网络文学；民间文学；民间精神

一、网络文学的民间性

21世纪先进的网络科技发展促使网络文化大繁荣，网络文学作为一种崭新的承载方式使文学能够以一种全新、多元化的面貌展现在众人前，网络民间文学也几经更迭，从之前的简单白话记叙走到当下流行的玄幻小说、侦探小说等。网络环境的特殊性导致了网络文学呈现出一种烦冗复杂的传播方式，同时也导致了网络文学的写作模式和写作风格与以往的传统文学都相差甚远。除了传统文学中包含的小说、散文、诗歌等文体，网络文学还包含了日常体验的感悟杂记、纪实性的生活记录、具有一定现实性的杜撰故事等……网络文学所具有的随意性、多元化和虚拟性赋予了民间文学新的价值信仰，作为与官方之声相对的来自民间的纯粹之声也体现了网络文学作为新民间文学的民间精神。与官方的"精英"和正确取向相比，民间文学传递出了真实的群众之声，体制下的反叛与先锋让网络民间文学更具阅读性，来源于民众又走回民众中的网络文学也更易受到认可。

"在文学史上，一种新文学的产生，不管是在内容上，还是在形式上，往往来自民间文学。"[①] 网络文学作为一种新文学体系，以新的面貌形式承载并延续民间文学的基本特性已是必然，承载着一定的民间文学的影响也已是必然。作者以一种轻快、白话的方式，借由平民日常生活的话语及满足日常需求的话语去进行个人情感的表达与宣泄，是内心深处最真诚深刻的欲望，作者无需再在自己的网络小说中承担任何意义上的教化责任，也无需带着商业目的去推广软广告或以此谋生，更无需带着政治目的硬性输出价值观、道德观念以对群众起一定的引导作用。作者仅是借由网络这样的虚拟性平台来获得更大范围的共情和认同，来酣畅淋漓地畅想，而读者也能够赋予这样的民间文学不同的定义。本篇文章以笔者发布在网络平台上的原创校园故事《致复旦：谢谢你的成全，我们会好好在一起的》（以下简称《致复旦》）来阐述新时代网络文学作为民间文学的传承、延续与发展。

笔者《致复旦》的诞生是源于当时另一篇在微信朋友圈广为流传的《致交大》。笔者看到了这篇在朋友圈转发无数的文章，产生了《致复旦》的灵感，《致交大》的主要内容是复旦写给交大的一封自白信，描述两人因拥有共同的理想抱负而相恋，却因为现实距离太遥远不能相守，于是写了一封信表达了内心的遗憾与惋惜。笔者因此写了一篇《致复旦》来"回应"复旦对交大的自白，笔者所写的文章则是描述了交大与华师相识相知相恋相守的生活全过程，而笔者将这篇文章投放在了当时所工作的校园媒体组织的平台上。

网络民间文学的书写并不是进行文化输出的渠道，而更多的是民众内心状态与价值取向的输出，在多元文化冲击下，21 世纪的民众成为了迷茫的一代，

---

① 季羡林：《季羡林文集：比较文学与民间文学》，南昌：江西教育出版社，1996 年版，第 282 页。

处于这文化杂乱的大熔炉中，网络民间文学反映出了这个时代民众的价值取向的复杂性。站在多重选择的路口，大环境的压力让网络文化呈现出了更强的虚拟性，或以感情生活为媒介进行情感的输出，或以精神质的写作方式进行幻想的输出，且多数受到网友们的追捧，而这正是构成民间文学根本的民间性。

民间文学承载的不仅是某一个时代或地域的文学文化发展，更是当时代地域的真实生活的展现，它反映了一个时代的集体生活文化和民间精神，一个时代民众在精神文化和审美意识形态上的共性，而网络文学恰巧承袭了民间文学这样的特性。现在基于网络业的迅速发展，网络文学作为一种新民间文学，其在网络虚拟平台上的代谢性也显得异常迅速，即时性的趣味性话题伴随着时新话题的更新而不停更新，新出现的一本小说、一部电视剧、一个人物都能引起话题并成为网络文学创作的对象及原因，而这些网络文学的创作描写了日常普通生活的柴米油盐酱醋茶类的小事，刻画普通民众群体的市民生活的想法，以达到自娱或娱人的效果。

同时，网络平台的特殊性也使得作者与读者的互动变得更为频繁，作者在读者即时的评价与互动下完成作品的创作。部分作者为了让读者出乎意料获得新的惊喜而刻意避开了文本原有的发展，走向了新的写作；部分作者为了迎合读者的喜好与阅读习惯而改变文风；部分作者剑走偏锋，为了特立独行而创作一些读者难以识破的文本。这些行为构成了一种特殊的作者与读者共同创作的形式，读者对于角色的理解、对于文本之于现实的投射、对于文本结构的合理性等方面的理解与评价直接影响到作者的书写。这让网络文学成为一种开放性的集体文学，读者完全参与到了作品的创作中。

二、网络文学承载的基本特性

以校园网络文学为例，校园网络文学中近两年出现的一个趣味性话题就是各大知名学校的拟人记叙小说。在小说中，各校化身为同样具有血肉之躯的人类，以同样年龄阶段的在校大学生的视角，将这些普通又不普通的大学日常生活和大学中繁杂的关系描述在这些创作中。而创造出这些故事和人物的人同样是在校大学生，这样的创造显得更加具有客观性和写实性，也更具有随意性，而读者也更容易对此类即时性现实创作更能产生共情。交大、复旦、华师三者的复杂关系一直广为高校学子流传调侃，将其投射到现在大学生生活上就形成了一段复杂的三角关系，三者形象总是被捆绑在一起出现，提到复旦，后面一定紧跟着交大，交大复旦一起出现时，华师也一定会出现在同一空间，关于三者间的关系也众说纷纭。这样云雾迷蒙的关系正巧给予了大众自由联想与自我创造的机会，可以是同窗好友，可以是亦师亦友，可以是恋人未满，甚至可以是横刀夺爱、始乱终弃，无论群众给予这样的校园网络文学何种定义或更改，都让《致复旦》这篇校园网络文化作品的民间文学色彩更加浓厚。笔者从以下几个方面来阐述网络文学所涵盖的民间文学特性。

（一）集体性

通览《致复旦》全文，该篇文章的创作目的不带有任何的政治因素和道德教化目的，笔者不利用该文章对于某一学校形象的塑造而对该学校进行抨击打压，也不会利用该文章对读者进行官方价值观的强行灌输。这篇文章的创作手法符合大部分大学生对于大学生活和大学感情生活的理解和基本审美，大学生校园恋爱的常规模式，群体生活经历的共享使得学生读者们更能够产生自己对于文章的理解与想法，文章能够满足学生自身对于校园生活和校园情感的一种想象和抒发需求，体现了网络文学反馈出的一种集体特性。读者对于文章的评论也各有千秋，褒贬不一，有人表达能够在文中找到自身经历很感动，有人表达这样的校园恋爱很真实，令人向往；但有人也表达文章中所描述的学校间的关系让人觉得不堪入目，有人表达了对作者把华师大写成女生的反感态度。笔者最初撰写文章的目的之一就是希望能够这篇文章能在学生群体中引起一定的反响，故在文章中加入了一些容易让人议论的民间印象，而这样的民间印象也的确让读者各自都发表了自己对于这些印象的看法。无论哪一种对于文章的评价都是来自民间群众的真实反馈，这些反馈都能够体现网络文学在民众之中引起的集体性反应。

在《致复旦》这篇文章中，一些人物塑造和情节构造呈现出了民间文学特性中所含有的一种因民众之间约定俗成而形成的刻板印象，而这样的刻板印象和民间习俗在网络文学中也是常见现象。例如华师被拟人化为女生，交大复旦则被拟人化为男生，体现出了大众对于理科男、文科女的基本概念；交大复旦因距离遥远分手，华师交大因两两相望结合也体现出了民众对于地域和距离存在的刻板印象。这样顺理成章的结合模式体现了民间文学传递出的一种民众间的集体性，也透露出了民众在潜意识中对于约定俗成的共性认识。作者自身的刻板印象与生活印象同样也是来源于民间的一种约定俗成，这样的约定俗成同样也会成为读者群体对于该问题的争议，即使文章符合社会的普遍认知，也不会是每一个人都满意这样的作品，总会对此类约定俗成造成的刻板印象有反对的声音，民众之间不同声音的碰撞使得最开始的母题被一次又一次地再创作，而群体间的接受差异正是构成民间文学的原因。在民间文学中，作者不会用自己构造的严谨的价值体系去破除社会原有的价值体系，民间文学没有如此严谨逻辑的架构体系，而是按照民间约定俗成的事物来进行创作。正因为民间文学是民众的产物，按照约定俗成的规定进行的创作能够反映出民众集体对于一个问题的集体性想法。而在网络文学中也有着相同的共性模式，文中所反映出的刻板印象正源自民间文化本身就拥有的印象，恰好体现了民间文学所发出的来自民间的声音，也是民众集体生活文化的一种体现。

（二）趣味性

民间文学曾一度因大多都以口头创作为主而被定义窄化，民间文学即口头文学，一是因为传播者大多不识字，二是因为口头形式更便于传播，而当下的网络文学与当时民间文学的口头化传播同源。网络文学大多以轻松、简短的白话作为其载体，更偏向于日常生活中的言语交流，而正因为白话"俗"又具有游戏性的特性，网络文学能够广泛地在民众之间传播。举个例子，在《致复旦》中，笔者对陷入恋爱期的少女进行了细致的心理活动的具象刻画，惴惴不安、羞涩、对于新校园的陌生感和刚步入大学时的不安感与身份认同问题是每个大学生在初入大学时都会体验到的生活，而笔者细腻的描写更容易引起学生的共鸣。把变幻莫测的心理状态隐射在植物生长的过程上，让文章变得更加诙谐，也更具有可读性。在描写恋爱少女的同时也描写了经历长期相恋的情侣间的相处，以争吵的方式概括了交大与复旦的关系，心理活动的具象化加上刻意排版成诗的格式，言语的你来我往、大段的对话描写与生活言语有极大的重叠，也使这篇文章让青年读者更容易阅读，适合现下碎片式的网络主流阅读方式。同时，在题材上也选择了符合阅读群众期待趋势中的内容，符合青年对于美好爱情的基本理解和审美，一见倾心、日久生情的大学校园恋爱模式广为学生接受与认可，也使学生自身对于这样的恋爱产生一种向往之情，而《致复旦》将这些不言而明的生活日常文字化了。

网络文学为了增强故事的可读性和趣味性，会在文章中加入很多诙谐的民间笑料和来源于民间的故事，也有作者喜欢加入很多嘲讽式的言语来嘲讽或自嘲，以揭开民众对于某些事物的共同感情。有些是作者的自创，而有些则是渐渐传承下的其他作品的材料，还有些是作者直接引用网络文化发展中的流行素材，其中的一部分材料因为其传播速度快和传播范围广而成了一种固定符号，一次次出现在同类小说中，在一次次的传播与创造中诞生出了一种新的意象与文化，使网络文学在原基础上更具有阅读性，也更能够对此进行再创作。而创作出的符号意象也会在网络文学的创作中被保存、传承下去，成为这个时代所特有的特殊精神文化写真，当代的民间景观也能通过文字的变异而得以保留。

（三）自由性

高校拟人化的创作思想从最原始的个人思想演变成了当下学生群体所潜移默化认同的集体文化，接受者和创造者在此情况下也变得没有那么泾渭分明，以高校命名的人物形象在时间上与空间上不具有连贯性，而民众认知中的高校形象是高校学子们集合后的整体形象，是高校学子整体文化的结晶，片段性的故事描写使得民众无法构成完整的人物形象，每个人都能成为它的续写者，这是网络文学的自由性。

笔者由最开始的接受者变成了之后的创造者，将这样的一个民间意象广泛流传，在朋友圈里转发评价的每一个群众也都对这个意象进行了自己的创造和传播，群众在同一个民间文化上发出了各自不同的声音，传承了民众自由的民间精神。这就是民间文学特有的主客体接受关系间的模糊性，主客体之间的互相转换和影响也让网络文学有了更宽泛的自由性和随意性，这样的随意性正是延续了民间文学口语化所遗留的特性。

作者的匿名也给予了网络文学很大的自由性，在虚拟网络的匿名保护下，作者有着充分的自由发表自己的言论，而读者也能够自由地对该作品进行更多的二次创作。作者自身来源于民间，其自身带有的生活印象在其文学中也会得到一定的体现，作者自身的生活印象对读者对于该作品的最终评价有着一定的导向作用。读者对于该生活印象的评价，甚至这样的生活印象所引起的争议也都是纯粹的来自民间的声音，这些声音对网络文学进行了二次创造，而读者对于这些二次创造具有一定的导向作用。《致复旦》在最初传播之时也收到了很多读者的评价，有些读者认为《致复旦》表达出了青涩纯真的校园爱情，同时也以有趣的方式展现了高校间受青年群众追捧的复杂关系十分感人；而有些读者认为故事的人物关系发展不堪入目，抹黑了高校的正常形象。不同读者截然相反的评价在传播的同时也传递出传播者的认知与生活印象，这种自由再创作的创作形式与创作思想在文字的传播中不停地被传承下去。

有些读者也会对所喜欢的网络文学进行续写，而创造出的作品也是一种能够符合社会普遍认知标准的作品，然而大部分即时的评论与创作会快速地被网络代谢掉。不受官方意识形态的影响，民众通过网络文学的创造发出呼唤，发出对于自由言论的渴望，网络文学是这个时代特有的民间精神的最好证明，而这类网络文学也会一次一次被延续传承下去，其中包含的民间价值体系的构建会在每一次传承中变得更加完善。主流精英文学的发展让文学变得高不可攀，如果不具有较专业的文学审美及文学基础知识，则很难进入精英文学的阅读，民众与官方文学无法建立沟通，使得精英文学传播的不是民间之声，而成为官方试图用精英文学向民众植入正确取向的媒介。网络文学不仅是传递民间之声的产物，更是激发民间之声的媒介，此起彼伏的呼声通过网络文学搭建起的桥梁才得以宣泄并引起共鸣，民众通过他者的个体陈述来完善自身的个体陈述，相较于精英文学正确政治观、价值观的输出，网络文学的发展更显得不可捉摸。

三、传播媒介的影响

新的传播媒介改变了我们的生活方式，新的传播途径和传播方式的介入也是必然，大众媒介对于民众社会文化的影响愈来愈大，作为网络发展的原住民，我们较上一代更能适应烦冗的网络环境，而我们的生活已经离不开大众媒介。美国著名传播学者詹姆斯·凯瑞认为："媒介不仅仅是传递信息的载体，而是成为了社会维系仪式中的重要组成部分。传播活动也并非如传播学者关注的那样单是信息在空间的传播和对受传者的控制与影响，而更重要的是维系社会在时间上的延续，创造、表达，并更新某一社会群体共同的意义系统和价值信仰。"区别于报纸、电视这样的官方信息输出渠道，互联网就成了属于民众自己的区域，新媒体使得民众之间的距离越来越小，民众之间的文化传播与影响也越来越大，一次点击、一次转发就可以传递文化，民众的每一次转发、每一次传播都是一个渐渐形成新文化的过程。而在这一次次的文化传播中，民众通过互相传播影响，在原有价值体系的基础上，潜移默化地形成了一种新的价值信仰。

当下的都市人大多患上了都市独有的孤独病，作为孤单的个体，他们既渴望进入群体，又离经叛道，而多元的网络文学在这样的环境下滋生与传播，更容易获得民众的共鸣与认同。网络文学就通过互联网这个媒介在形成自己独特的社会文化，建立一个自己特有的价值体系。校园网络文学仅是网络文学中一个小小的板块，但是也能够体现出网络文学作为民间文学延续所秉持的特性，除了日常生活的描写之外，网络文学还承担着更大的任务，就是满足民众自身对于生活的情感需求。像霸道总裁爱上我，或者扛着大刀去闯荡江湖这样在真实生活中难以实现的故事，在网络这个虚拟平台上才能够实现。每个人都有抒发自己情绪的愿望和权利，民众在媒介上宣泄着自己灵魂的呼唤，灵魂的空洞在叫嚣着对自由的渴望，这样的行为体现了整个时代的生活文化和民间精神，这是民众自发统一的社会行为，形成了一种时代性的社会文化，而网络文学则是这种社会行为和文化下诞生的产物。而在不停地传承与变化中，这个产物也会不停地更新，再次衍变成一种全新的文学，但无论它未来以何种方式呈现，都将成为民间文学的再延续和传承。

参考书目：

1. 洪长泰.到民间去：1918—1937 年的中国知识分子与民间文学运动 [M].董晓萍，译. 上海：上海文艺出版社，1993.

2. 季羡林.季羡林文集：比较文学与民间文学 [M].南昌：江西教育出版社，1996.

3. 李惠芳.中国民间文学 [M].武汉：武汉大学出版社，1999.

4. 鲁曙明，洪浚浩.传播学 [M].北京：中国人民大学出版社，2007.

5. 蓝爱国.网络文学的民间性 [J].天津社会科学，2007(3)：102—106.

6. 邵宁宁.网络传播与新民间文学的兴起 [J].文艺争鸣，2011(9)：152—158.

7. 欧阳友权.网络文学的价值取向及其自逆式消解 [J].中国高校社会科学，2011(10)：67—71.

8. 杨汉瑜.论网络文学的民间性创作立场 [J].西南民族大学学报：人文社科版，2013，34(4)：177—180.

9. 杨新敏.网络文学与民间文学 [J].苏州大学学报：哲学社会科学版，2003(1)：90—93.

10. 周丹.论网络文学的民间立场 [J].山东理工大学学报：社会科学版，2007，23(2)：68—72.

致复旦：谢谢你的成全，我们会好好在一起的

一

在和姐姐分开之后，心里像是牵着一个线

从闵大荒牵到大中北

与姐姐隔着十万八千里的

看似寸草不生的地方

我却碰到了他……

穿着干净的白衬衫和球鞋

琐碎的前发随着风在前额摇摆着

踏着脚踏车，他飞快地驶过我的身旁

风把他白衬衫的后摆吹得圆鼓鼓的

阳光撒过树叶照射的他的眼底尽是闪烁的光斑

当他抬起清澈的眸子望向我的时候

我不得不承认……

我怦然心动了。

二

再一次见到他，他还是那副随意的模样
穿着格子衬衫，踩着老旧帆布鞋
大喇喇地躺在草坪上晒太阳
心如乱麻的我还没想好要对他说些什么
回过神来已然站在了他的身边
似乎感觉有人挡住了阳光
他坐起身来迷茫地看着我

"诶，你不是对面新来的那个嘛！"
"啊……啊！是的！学长，我是刚来这里的华师。"
"欸欸欸，好稀奇耶，这么荒凉的地方居然来了那么漂亮的姑娘。"
"啊……谢谢学长的夸奖……我……"

明明有很多话想说
却脸红害羞得什么都说不出口的我
在他的眼里会不会看起来很好笑？

"哈哈哈，好久没看到那么清新的妹子了，
我刚来这里可不习惯了，我来带你熟悉熟悉吧。"
"嗯……谢谢学长。"
"客气啥，闯大荒还能有个陪伴。
你真是天上掉下来的师妹妹，要帮忙就打我电话啊。"

初见时惊鸿一瞥的感觉
这个时候在心底缠绕
眼前的少年原来并不是想象中那样的

不食人间烟火

带着少年般爽朗的笑容

眸子依旧闪闪发亮

就这样……他走进了我的生活里。

三

白天跟着他在闵大荒四处探险，

晚上被他带着烧烤聊天。

最初来到闵大荒的忐忑与猜忌，

就这样化在了昨日的黄土里。

我的心就像是春天里刚发芽的小花儿一样，

噗嗤一下钻出地里，

花骨朵儿在风中摇曳着抖动着，

在每一次他带着含笑的眼睛看着我的时候，

在每一次他打电话给我喊着要出去浪的时候，

在每一次他在我面前提起复旦的时候，

那小花骨朵儿就这样在我心底

颤颤抖抖地茁壮成长。

渐渐，我们变得无话不说，

我们会一起躺在草坪上做白日梦，

我们会一起在深夜压马路，

我们还一起联谊，一起过生日，

我向他诉说姐姐被上纽大拐走的愤怒，

他向我诉说复旦又背着他跟别人出去的愤懑，

我们一起做了很多很多……

然后，就这样，我目睹了他和复旦的一次争吵

喜欢就是这样奇怪的东西，

在最开始的时候愿意为你去摘天上的星星

愿意为你烽火戏诸侯

愿意陪你去做你想做的所有事情

但渐渐地……一切都渐渐变味了

彼此渐渐地受不了对方身上的小缺点，

当初的萌点成为了现在的诟病，

我受不了每次从别人嘴里知道你昨晚又在哪里和谁在一起，

你也受不了夜夜日日我对你永无止境的质问。

当初那手指的触碰，那无意的对视，都是浪漫的，都是令人心跳不已的，

而现在，连哭着挽回都已于事无补。

"你总是这样不在乎我的感受，当初不愿和我一起来这个荒凉的地方，

现在是不是正好称了你的意，你可以无牵无挂地去和别人瞎搞？"

"你在乱说些什么！怎么就称了我意。

说我倒是很有理，你跟那个华师又是怎么回事情？"

"我正在说我们的事情，你扯上华师做什么？"

"看看，你现在都在袒护她了，还说什么事情都没有？"

"……"

你们吵架，你们和好，你们接着吵架……

一切似乎像是一个无限的循环，

看着他每一次哭着对她诉说他的想念，

看着他每一次的争吵，

看着他再一次的原谅。

当初你不愿随他一起来这闯大荒，就应该料到会有今日了吧。

当日说好的举案齐眉比翼双飞，

却也成了明日黄花过往云烟。

看着看着，我在心里对自己说：

如果那是我该会有多好，我会好好珍惜你的。

也许真的是太远了吧。

那些当初看起来可能的，不可能的，

都在这漫长的距离中碎成了粉末。

在他闪着无数光斑的眸子里，

我看见了从前的交大，

我看见了不一样的交大。

四

在长久地失去复旦的联系之后，

交大回到了过去爽朗的样子，

即使听到的是一个我讲的拙劣笑话

他也会大声笑着。

在那个一起漫步的晚上，他牵住了我的手；

在那排小小的樱花树下，他第一次吻了我。

在这一生中，我们最渴望的，

就是能够在对的时间遇上对的人。

但是我们永远无法得知，

身边的人究竟是不是那个冥冥之中月老为我们牵线的人。

所以，我并不在意你是不是对的人，

我只知道他是那个

在对的时间恰到好处让我心动的人。

我知道我们接收着外界所有非议的眼光，
但是在这物是人非的世界里，我遇到了最喜欢的人。

复旦，谢谢你
过去已不能挽回，而未来还在继续。
从今往后，交大由我接手
谢谢你的成全。

附录二

李小玲民间文学研究中的"问题意识"与"学术史意识"

周兴华

在民间文学研究这一领域，李小玲的研究令人印象深刻。作为国家社科基金项目《二十世纪初民间文学研究及当代意义——以胡适民间文学理论为例》(11BZW092)的阶段性成果，她的《作为学科的中国民间文学——兼及对胡适白话文学的新的阐释》(《文艺理论研究》2012/05)、《对中国现代民间文学的新阐释》(《江西社会科学》2012/10)、《想象的民间文学：知识分子作为其生产者》(《上海大学学报》2012/06)、《胡适与20世纪初中国现代民间文学研究》(《江西社会科学》2011/12)、《民间文学的文学史意义》(《上海文化》2014/10)等一系列论文基于史料的爬梳，将学科意义上的中国民间文学置于历史和当下的双重维度下进行冷静而客观的评述，体现了明确的"问题意识"与"学术史意识"。

我们不妨以《作为学科的中国民间文学》这篇文章为例看其研究特点。这篇文章针对的主要问题是现实中的学科危机，但她没有过多描述对学科现状的忧思，而是从学术史的角度揭示危机产生之根源。

现代意义上的中国民间文学学科，以1918年北京大学歌谣研究会的成立为开端，至今已有百年的历史。它曾有过辉煌的岁月，但在后来的发展中却渐渐由中心趋于边缘。1997年国务院学位委员会进行专业调整，一直与中国古代文学、中国现当代文学并列的民间文学学科被纳入民俗学学科部属之下，又以"民俗学(含中国民间文学)"的名义挂在法学类的社会学门下。学科构成条件的人为消解，使民间文学在当前的学科体系中身份模糊，地位尴尬。

那么，五四时代就已兴起的"民间文学"为什么会有这样的危机？在学科内部，是否存在导致这种危机的必然因素？带着明确的"问题意识"，李小玲以二十世纪初中国人文学科引领现代学术风气的重要人物梅光迪、胡适等人为基点，通过考稽史实，从源头上去找寻造成今日困境的历史根源。

首先，民间文学的开创者们在学科建立之初未对关键性概念进行明确界定，这为后来的危机埋下了"隐患"。民间文学学科身份已然确立，但它的研究对象却并没有随之明朗化和清晰化。"民间文学"作为外来词，其来源不只一个，含义也不只一个。Folklore，popular poetry，spoken language 都与"民间文学"的指称有一定的关系，然而又没有明确的边界。"Folklore"兼有民俗学和民间文学的双重内涵；"popular poetry"则对应于民众的、大众的、受欢迎的、普通的、广为流传的、流行的、通俗的等多种语义；"spoken language"强调的是口语性。作者认为，这几个充满歧义性和多义性的英文词语构成了二十世纪初中国民间文学学科建构时期的关键词，由于当时"没有对民间文学这几个概念的内涵作具体的阐释和解读"，尤其是 folklore 一词兼具民俗学与民间文学双重内涵的事实为民间文学学科留下了极大的裂隙，从而使偏重于文学与偏重于民俗的两种研究路向并行发展，最终导致民间文学学科的危机不可避免。

那么，民间文学的开创者们为什么未正视概念内涵这一学科建立与发展中的根本问题呢？《作为学科的中国民间文学》揭示了原因之所在。作者一方面赞同"如果追究民间文学的学科起源的话，只能追索到西方，而不宜从中国本土资源寻找其学科萌芽或者学术渊源"的观点，但她要深究的是"概念输入背后的特殊语境"或称思想性资源。她认为，"概念的引入并不是单纯的学科输入，而是切合中国的实际需要"。学界对"文学革命自民间文学始"这一观点达成共识，梅光迪引入"有关民间文学学科关键词的后面有着胡适白话文学运动的背景"，刘半农征集歌谣活动作为具有现代学科意义上的民间文学标识性开端，也可以回溯"文学革命"即胡适白话文学运动这一原点。也就是说，"中国民间文学作为学科意义的出现并非是概念和理论本身的衍生物，乃是白话文运动和文学革命的附属品"。

其次，民间文学学科的开创者所提出的一些理念未得到后人应有的重视，导致学科自身的一些缺憾，这是危机产生的另一个重要根源。《作为学科的中国民间文学》一文指出，胡适提倡白话文学虽然并不是基于明确的民间文学学科建构，而是出于文学革命的目的，但他强调的"实验是检验真理的试金石""多研究些问题，少谈些主义"的学术思路却在另一个层面上呈现出了更为自主的学科意识。作者认为，胡适有意将民间文学从中国文学史中抽出，并揭示其本质、特点、意义、价值以及发展规律，已表明他是将民间文学作为一门独立的学科进行研究和思考的，而他对民间文学的现代性、历史延续性、学科的独立性和学理性的论述更是对民间文学的价值和地位进行了肯定。虽然胡适因受制于文学革命的要求和策略，将净化后的民间文学推向前台乃至正统的做法，带来了另外一种遮蔽和无视，但他对民间文学作为文学存在的独特性的挖掘却为中国民间文学学科的建立与发展提供了有益的启示。胡适反复强调对民间文学学科作文学的归位，已经道出了中国民间文学学科建立与发展的基点，而学界长期以来对这一问题的忽略，却在有意无意之间影响到学科存在的合法性和有效性，并造成了中国民间文学学科今日的尴尬处境。

"问题意识"与"学术史意识"是《作为学科的中国民间文学》这篇文章最大的特点，也是其民间文学研究的整体特征。如《对中国现代民间文学的新阐释》从学术史的角度关注胡适民间文学观的哲学思想来源；《想象的民间文学：知识分子作为其生产者》通过史实的梳理考察知识分子的社会理想与学科建立之间的关系；《胡适与20世纪初中国现代民间文学研究》从学科的缘起去追溯学科的本源和本质；《民间文学的文学史意义》则以中国现代文学史叙述的发展变化为切入点，挖掘民间文学之于文学史的意义。这些文章都从某个具体的问题出发，向历史的深处探究，再回到民间文学学科建设的原点。其中的甄别与梳理，既显示了作者的学识与功力，也体现了她试图匡正偏向的一种努力。"问题意识"作为学术研究的核心和灵魂，是学术创新与发现的支点；"学术史意识"作为一种学术追求，给人一种眼光，也给人一种境界。李小玲立足学科现状的提问方式与通向历史的探询方式，既挖掘出了学科原点的合理内核，也从展开维度及可能性上为民间文学研究提供了新的理解途径。这种借助于学术史来理解、触摸、反省传统的研究思路，不仅使李小玲对民间文学危机问题的洞察极具穿透力，而且还充分体现了她追求的学术境界——以扎实文风表达对当今浮泛文风的坚定拒绝。

本文作者：周兴华（1960—　），女，河南汝南人，浙江万里学院文化与传播学院教授，文学博士，主要从事文学理论、文学批评教学与二十世纪中国文论研究。

主要参考文献

著作、论文集等

[1]　阿炳编：《国学宗师：胡适》，北京：中国青年出版社，1995 年版。

[2]　白吉庵：《胡适传》，北京：人民出版社，1993 年版。

[3]　北京师范大学中文系 55 级学生集体编写：《中国民间文学史（初稿）》，北京：
　　　　人民文学出版社，1958 年版。

[4]　曹伯言选编：《胡适自传》，合肥：黄山书社，1991 年版。

[5]　陈独秀：《独秀文存》，合肥：安徽人民出版社，1987 年版。

[6]　陈光尧：《中国民众文艺论》，北京：商务印书馆，1935 年版。

[7]　陈金淦：《胡适研究资料》，北京：北京十月文艺出版社，1989 年版。

[8]　陈平原：《学术随感录》，开封：河南大学出版社，2006 年版。

[9]　陈平原：《中国现代学术之建立——以章太炎、胡适之为中心》，北京：北京大
　　　　学出版社，1998 年版。

[10]　陈平原主编：《红楼钟声及其回响——重新审读"五四"新文化运动》，北京：北
　　　　京大学出版社，2009 年版。

[11]　陈平原主编：《现代学术史上的俗文学》，武汉：湖北教育出版社，2004 年版。

[12]　陈平原主编：《中国文学研究现代化进程二编》，北京：北京大学出版社，2002
　　　　年版。

[13]　陈思和：《鸡鸣风雨》，上海：学林出版社，1994 年版。

[14]　陈泳超：《中国民间文学研究的现代轨辙》，北京：北京大学出版社，2005
　　　　年版。

[15]　戴燕：《文学史的权力》，北京：北京大学出版社，2002 年版。

[16]　董晓萍：《民俗非遗保护研究》，北京：文化艺术出版社，2016 年版。

[17]　费海玑：《胡适著作研究论文集》，台北：台北商务印书馆，1970 年版。

[18]　傅斯年：《傅斯年全集》，长沙：湖南教育出版社，2000 年版。

[19] 高丙中：《民俗文化与民俗生活》，北京：中国社会科学出版社，2000 年版。

[20] 高有鹏：《中国现代民间文学史论——中国现代作家的民间文学观》，郑州：河南大学出版社，2004 年版。

[21] 耿云志编：《胡适评传》，上海；上海古籍出版社，1999 年版。

[22] 耿云志：《胡适新论》，长沙：湖南出版社，1996 年版。

[23] 耿云志、闻黎明编：《现代学术史上的胡适》，北京：生活·读书·新知三联书店，1996 年版。

[24] 耿云志主编：《胡适论争集》，北京：中国社会科学出版社，1998 年版。

[25] 耿云志主编：《胡适研究丛刊》，北京：中国青年出版社，1996 年版。

[26] 顾颉刚编：《古史辨》，上海：上海古籍出版社，1982 年版。

[27] 顾颉刚：《孟姜女故事研究集》，上海：上海古籍出版社，1984 年版。

[28] 郭绍虞主编：《中国历代文论选》，上海：上海古籍出版社，2001 年版。

[29] 胡不归、毛子水、吴相湘：《胡适传记三种》，合肥：安徽教育出版社，2002年版。

[30] 胡明：《胡适传论》，北京：人民文学出版社，1996 年版。

[31] 胡适：《胡适的声音——1919—1960 胡适演讲集》，桂林：广西师范大学出版社，2005 年版。

[32] 胡适：《胡适说文学变迁》，上海：上海古籍出版社，1999 年版。

[33] 胡适纪念馆：《论学谈诗二十年：胡适杨联升往来书札》，合肥：安徽教育出版社，2001 年版。

[34] 胡适著，季羡林主编：《胡适全集》，合肥：安徽教育出版社，2007 年版。

[35] 胡适著，欧阳哲生、刘红中编：《中国的文艺复兴》，北京：外语教学与研究出版社，2001 年版。

[36] 胡颂平编：《胡适之先生晚年谈话录》，北京：中国友谊出版社，1993 年版。

[37] 胡颂平编著：《胡适之先生年谱长编初稿》，台北：联经出版事业公司，1984年版。

[38] 户晓辉：《返回爱与自由的生活世界——纯粹民间文学关键词的哲学阐释》，南京：江苏人民出版社，2010 年版。

[39] 户晓辉：《民间文学的自由叙事》，北京：社会科学文献出版社，2014 年版。

[40] 户晓辉：《现代性与民间文学》，北京：社会科学文献出版社，2004 年版。

[41] 黄修己：《中国新文学史编纂史》，北京：北京大学出版社，1995 年版。

[42] 纪君祥等:《赵氏孤儿》,上海:上海古籍出版社,2010年版。

[43] 季维龙编:《胡适著译系年目录》,合肥:安徽教育出版社,1995年版。

[44] 江绍原:《江绍原民俗学论集》,上海:上海文艺出版社,1998年版。

[45] 姜义华主编:《胡适学术文集·新文学运动》,北京:中华书局,1993年版。

[46] 李长之:《李长之文集》,石家庄:河北教育出版社,2006年版。

[47] 李长之:《迎中国的文艺复兴》,见《民国丛书》(第四编),上海:上海书店,1992年版。

[48] 李欧梵:《中国现代文学与现代性十讲》,上海:复旦大学出版社,2002年版。

[49] 李小玲:《胡适与中国现代民俗学》,北京:学苑出版社,2007年版。

[50] 李又宁主编:《胡适与他的朋友》(第四集),纽约:纽约天外出版社,1997年版。

[51] 李又宁主编:《胡适与他的朋友》(第一集),纽约:纽约天外出版社,1990年版。

[52] 李泽厚:《中国现代思想史论》,北京:东方出版社,1987年版。

[53] 梁启超:《梁启超全集》,北京:北京出版社,1999年版。

[54] 梁启超:《论中国学术思想变迁之大势》,上海:上海古籍出版社,2001年版。

[55] 梁启超:《清代学术概论》,上海:上海古籍出版社,2000年版。

[56] 林伟民编:《胡适思想小品》,上海:上海社会科学院出版社,1997年版。

[57] 刘半农:《国外民歌译》,北京:北新书局,1927年版。

[58] 刘魁立:《刘魁立民俗学论集》,上海:上海文艺出版社,1998年版。

[59] 刘青峰:《胡适与现代中国文化转型》,香港:香港中文大学出版社,1994年版。

[60] 刘锡诚:《20世纪中国民间文学学术史》,开封:河南大学出版社,2006年版。

[61] 刘勰著,范文澜注:《文心雕龙注》,北京:人民文学出版社,2008年版。

[62] 鲁迅:《鲁迅的杂文集》,沈阳:万卷出版公司,2008年版。

[63] 鲁迅:《中国小说史略》,北京:人民文学出版社,2007年版。

[64] 吕微:《民俗学:一门伟大的学科——从学术反思到实践科学的历史与逻辑研究》,北京:中国社会科学出版社,2015年版。

[65] 罗志田:《再造文明之梦:胡适传》,成都:四川人民出版社,1995年版。

[66] 梅光迪:《梅光迪文录》,沈阳:辽宁教育出版社,2001年版。

[67] 欧阳哲生编:《容忍比自由更重要——胡适与他的论敌》,北京:时事出版社,

1999 年版。

[68] 欧阳哲生编：《再读胡适》，北京：大众文艺出版社，2001 年版。

[69] 欧阳哲生选编：《解析胡适》，北京：社会科学文献出版社，2000 年版。

[70] 欧阳哲生：《自由主义之累——胡适思想的现代阐释》，上海：上海人民出版社，1993 年版。

[71] 祁连休、程蔷、吕微主编：《中国民间文学史》，石家庄：河北教育出版社，2008年版。

[72] 钱理群、温儒敏、吴福辉：《中国现代文学三十年》，北京：北京大学出版社，2000 年版。

[73] 钱小柏编：《顾颉刚民俗学论集》，上海：上海文艺出版社，1998 年版。

[74] 钱玄同：《钱玄同文集》，北京：中国人民大学出版社，1999 年版。

[75] 上海古籍出版社、上海书店编：《二十五史》，上海：上海古籍出版社、上海书店，1986 年版。

[76] 沈寂主编：《胡适研究》(第二辑)，合肥：安徽教育出版社，2000 年版。

[77] 沈卫威：《文化·心态·人格：认识胡适》，开封：河南大学出版社，1991 年版。

[78] 沈卫威：《无地自由：胡适传》，上海：上海文艺出版社，1994 年版。

[79] 石原皋：《闲话胡适》，合肥：安徽人民出版社，1985 年版。

[80] 宋剑华：《胡适与中国文化转型》，哈尔滨：黑龙江教育出版社，1996 年版。

[81] 孙郁：《鲁迅与胡适——影响 20 世纪中国文化的两位智者》，沈阳：辽宁人民出版社，2000 年版。

[82] 谭正璧：《中国文学史大纲》，上海：光明书局，1931 年版。

[83] 唐君毅：《中国人文精神之发展》，桂林：广西师范大学出版社，2005 年版。

[84] 万建中：《民间文学引论》，北京：北京大学出版社，2006 年版。

[85] 汪流等编：《艺术特征论》，北京：文化艺术出版社，1984 年版。

[86] 王光东等：《20 世纪中国文学与民间文化》，上海：复旦大学出版社，2007年版。

[87] 王光东：《民间的意义》，长春：吉林出版集团有限责任公司，2009 年版。

[88] 王国维：《宋元戏曲史》，北京：中国书籍出版社，2006 年版。

[89] 王文宝：《中国民俗学学史》，成都：巴蜀书社，1995 年版。

[90] 王晓明主编：《批评空间的开创——二十世纪中国文学研究》，上海：东方出版中心，1998 年版。

[91] 王瑶：《中国新文学史稿》(上册)，北京：开明书店，1951 年版。

[92] 乌丙安：《民俗学原理》，沈阳：辽宁教育出版社，2001 年版。

[93] 吴二持：《胡适文化思想论析》，北京：东方出版社，1998 年版。

[94] 吴平、邱明一编：《周作人民俗学论集》，上海：上海文艺出版社，1999 年版。

[95] 小田、季进：《胡适传》，北京：团结出版社，1999 年版。

[96] 徐嘉瑞：《近古文学概论》，上海：北新书局，1936 年版。

[97] 徐蔚南：《民间文学》，上海：世界书局，1927 年版。

[98] 徐雁平：《胡适与整理国故考论——以中国文学史研究为中心》，合肥：安徽教育出版社，2003 年版。

[99] 严复：《严复集》，北京：中华书局，1986 年版。

[100] 杨春时：《百年文心——20 世纪中国文学思想史》，哈尔滨：黑龙江教育出版社，2000 年版。

[101] 杨莲芬：《晚清至五四：中国文学现代性的发生》，北京：北京大学出版社，2003 年版。

[102] 叶舒宪：《文学人类学教程》，北京：中国社会科学出版社，2010 年版。

[103] 叶舒宪：《文学与人类学——知识全球化时代的文学研究》，北京：社会科学文献出版社，2003 年版。

[104] 易竹贤：《胡适传》，武汉：湖北人民出版社，1998 年版。

[105] 殷海光：《中国文化的展望》，上海：三联书店，2002 年版。

[106] 俞吾金编选：《疑古与开新——胡适文选》，上海：上海远东出版社，1995 年版。

[107] 苑利主编：《二十世纪中国民俗学经典·民俗理论卷》，北京：社会科学文献出版社，2002 年版。

[108] 苑利主编：《二十世纪中国民俗学经典·神话卷》，北京：社会科学文献出版社，2002 年版。

[109] 苑利主编：《二十世纪中国民俗学经典·史诗歌谣卷》，北京：社会科学文献出版社，2002 年版。

[110] 苑利主编：《二十世纪中国民俗学经典·学术史卷》，北京：社会科学文献出版社，2002 年版。

[111] 张隆溪：《道与逻各斯——东西方文学阐释学》，冯川译，南京：江苏教育出版社，2006 年版。

[112]　张真：《银幕艳史——都市文化与上海电影 1896—1937》，沙丹、赵晓兰、高丹译，上海：上海书店出版社，2019 年版。

[113]　张忠栋：《胡适五论》，台北：允晨文化实业股份有限公司，1987 年版。

[114]　张紫晨：《中国民俗与民俗学》，杭州：浙江人民出版社，1986 年版。

[115]　章清：《胡适评传》，南昌：百花洲文艺出版社，1992 年版。

[116]　赵家璧主编：《中国新文学大系》，上海：上海良友图书印刷公司，1935 年版。

[117]　赵世瑜：《眼光向下的革命——中国现代民俗学思想史论(1918—1937)》，北京：北京师范大学出版社，1999 年版。

[118]　郑振铎：《插图本中国文学史》，北京：中国文联出版社，2009 年版。

[119]　郑振铎：《中国俗文学史》，北京：商务印书馆，1998 年版。

[120]　中国民俗学会编：《民俗学集镌》(第一辑)，上海：上海文艺出版社，1989 年影印本。

[121]　钟敬文：《民俗文化学梗概与兴起》，北京：中华书局，1996 年版。

[122]　钟敬文：《中国民间文学讲演集》，北京：北京师范大学出版社，1999 年版。

[123]　钟敬文：《钟敬文民间文学论集》，上海：上海文艺出版社，1982 年版。

[124]　钟敬文：《钟敬文民俗学论集》，上海：上海文艺出版社，1998 年版。

[125]　钟敬文：《钟敬文学术论著自选集》，北京：首都师范大学出版社，1994 年版。

[126]　钟敬文主编：《民间文学概论》，上海：上海文艺出版社，1980 年版。

[127]　钟敬文著，季羡林主编：《民间文艺学及其历史——钟敬文自选集》，济南：山东教育出版社，1998 年版。

[128]　周星主编：《民俗学的历史、理论与方法》，北京：商务印书馆，2006 年版。

[129]　周质平：《胡适与鲁迅》，台北：时报文化出版企业公司，1988 年版。

[130]　周质平：《胡适与韦莲司：深情五十年》，北京：北京大学出版社，1998 年版。

[131]　周质平：《胡适与中国现代思潮》，南京：南京大学出版社，2002 年版。

[132]　周作人：《药堂杂文》，北京：北京十月文艺出版社，2012 年版。

[133]　周作人：《艺术与生活》，北京：北京十月文艺出版社，2011 年版。

[134]　周作人：《中国新文学的源流》，上海：华东师范大学出版社，1995 年版。

[135]　周作人：《周作人经典作品选》，北京：当代世界出版社，2002 年版。

[136]　朱洪：《胡适大传》，合肥：安徽人民出版社，2001 年版。

[137]　朱文华编：《自由之师——名人笔下的胡适 胡适笔下的名人》，上海：东方出版中心，1998 年版。

[138] 朱文华：《胡适评传》，重庆：重庆出版社，1988年版。

[139] 朱文华：《再造文明的奠基石——五四新文化运动三大思想家散论》，上海：上海教育出版社，2000年版。

[140] 宗白华：《美学散步》，上海：上海人民出版社，2007年版。

[141] ［美］阿兰·邓迪斯编：《世界民俗学》，陈建宪、彭海斌译，上海：上海文艺出版社，1990年版。

[142] ［美］阿兰·邓迪斯：《民俗解析》，户晓辉编译，桂林：广西师范大学出版社，2005年版。

[143] ［德］埃德蒙德·胡塞尔：《哲学作为严格的科学》，倪梁康译，北京：商务印书馆，2007年版。

[144] ［美］埃里克·沃尔夫：《欧洲与没有历史的人民》，赵丙祥、刘传珠、杨玉静译，上海：上海人民出版社，2006年版。

[145] ［美］爱德华·W·萨义德：《知识分子论》，单德兴译，北京：生活·读书·新知三联书店，2009年版。

[146] ［美］爱德华·W·赛义德：《赛义德自选集》，谢少波、韩刚等译，北京：中国社会科学出版社，1999年版。

[147] ［苏联］巴赫金：《巴赫金全集》，钱中文等译，石家庄：河北教育出版社，2009年版。

[148] ［美］本尼迪克特·安德森：《想象的共同体：民族主义的起源与散布》，吴叡人译，上海：上海人民出版社，2011年版。

[149] ［法］丹纳：《艺术哲学》，傅雷译，北京：人民文学出版社，1963年版。

[150] ［德］费希特：《论学者的使命、人的使命》，梁志学、沈真译，北京：商务印书馆，1984年版。

[151] ［美］费正清编：《剑桥中华民国史》（上卷），杨品泉、孙开远、黄沫译，北京：中国社会科学出版社，1998年版。

[152] ［法］伏尔泰：《风俗论》（上卷），梁守锵译，北京：商务印书馆，2000年版。

[153] ［美］格里德：《胡适与中国的文艺复兴——中国革命中的自由主义（1917—1937)》，鲁奇译，南京：江苏人民出版社，1996年版。

[154] ［德］赫尔曼·鲍辛格等：《技术世界中的民间文化》，户晓辉译，桂林：广西师范大学出版社，2014年版。

[155] ［德］赫尔曼·鲍辛格等：《日常生活的启蒙者》，吴秀杰译，桂林：广西师范

大学出版社,2014 年版。

[156] [美]洪长泰:《到民间去——1918—1937 年的中国知识分子与民间文学运动》,董晓萍译,上海:上海文艺出版社,1993 年版。

[157] [美]洪长泰:《到民间去——中国知识分子与民间文学,1918—1937(新译本)》,董晓萍译,北京:中国人民大学出版社,2015 年版。

[158] [美]佳亚特里·斯皮瓦克著,陈永国、赖立里、郭英剑主编:《从解构到全球化批判:斯皮瓦克读本》,北京:北京大学出版社,2007 年版。

[159] [美]贾祖麟:《胡适之评传》,张振玉译,海口:南海出版社,1992 年版。

[160] [美]江勇振:《舍我其谁:胡适(第二部:日正当中,1917—1927)》,杭州:浙江人民出版社,2013 年版。

[161] [美]江勇振:《舍我其谁:胡适(第一部:璞玉成璧,1891—1917)》,北京:新星出版社,2011 年版。

[162] [德]康德:《纯粹理性批判》,邓晓芒译,北京:人民出版社,2004 年版。

[163] [德]康德:《历史理性批判文集》,何兆武译,北京:商务印书馆,2010 年版。

[164] [德]康德:《论优美感和崇高感》,何兆武译,北京:商务印书馆,2001 年版。

[165] [德]康德:《判断力批判》,邓晓芒译,北京:人民出版社,2010 年版。

[166] [德]康斯坦丁·冯·巴洛文编著:《智慧书》,陈卉、邓岚、林婷等译,上海:华东师范大学出版社,2011 年版。

[167] [美]克利福德·吉尔兹:《地方性知识:阐释人类学论文集》,王海龙、张家瑄译,北京:中央编译出版社,2000 年版。

[168] [法]克洛德·莱维-斯特劳斯:《结构人类学》,谢维扬、俞宣孟译,上海:上海译文出版社,1995 年版。

[169] [美]勒内·韦勒克、奥斯汀·沃伦:《文学理论》,刘象愚、邢培明、陈圣生、李哲明译,北京:文化艺术出版社,2010 年版。

[170] [美]勒内·韦勒克:《辨异:续〈批评的诸种概念〉》,刘象愚、杨德友译,上海:上海人民出版社,2015 年版。

[171] [俄]李福清:《三国演义与民间文学传统》,尹锡康、田大畏译,上海:上海古籍出版社,1997 年版。

[172] [美]理查德·鲍曼:《作为表演的口头艺术》,杨利慧、安德明译,桂林:广西师范大学出版社,2008 年版。

[173] [美]刘禾:《语际书写——现代思想史写作批判纲要》,上海:上海三联书

店,1999 年版。

[174] [英] 路德维希·维特根斯坦：《文化和价值》,黄正东、唐少杰译,北京：清华大学出版社,1987 年版。

[175] [德] 马丁·海德格尔：《存在与时间》,陈嘉映、王庆节译,北京：生活·读书·新知三联书店,2010 年版。

[176] [英] 迈克·费瑟斯通：《消费文化与后现代主义》,刘精明译,南京：译林出版社,2000 年版。

[177] [法] 米歇尔·福柯：《知识考古学》,谢强、马月译,北京：生活·读书·新知三联书店,2010 年版。

[178] [美] 乔纳森·卡勒：《文学理论入门》,李平译,南京：译林出版社,2008 年版。

[179] [美] 乔治·E·马尔库斯、米开尔·M·J·费彻尔：《作为文化批评的人类学——一个人文学科的实验时代》,王铭铭、蓝达居译,北京：生活·读书·新知三联书店,1998 年版。

[180] [美] R·D·詹姆森：《一个外国人眼中的中国民俗》,田小杭、阎苹译,上海：上海文艺出版社,1995 年版。

[181] [美] 唐德刚：《胡适杂忆》,上海：华东师范大学出版社,1999 年版。

[182] [英] 特雷·伊格尔顿：《二十世纪西方文学理论》,伍晓明译,北京：北京大学出版社,2007 年版。

[183] [法] 特伦斯·霍克斯：《结构主义和符号学》,瞿铁鹏译,上海：上海译文出版社,1987 年版。

[184] [法] 西蒙娜·德·波伏娃：《第二性》,陶铁柱译,北京：中国书籍出版社,1998 年版。

[185] [美] 夏志清：《中国现代小说史》,刘绍铭译,桂林：广西师范大学出版社,2014 年版。

[186] [美] 休斯顿·史密斯：《人的宗教》,刘安云译,海口：海南出版社,2002 年版。

[187] [法] 雅克·德里达：《解构与思想的未来》,夏可君等译,长春：吉林人民出版社,2006 年版。

[188] [美] 叶维廉：《中国诗学》,北京：人民文学出版社,2006 年版。

[189] [日] 直江广治：《中国民俗文化》,王建明等译,上海：上海古籍出版社,1991

年版。

[190] ［美］周策纵:《胡适与近代中国》,台北:时报文化企业有限公司,1991 年版。

[191] ［美］周策纵:《五四运动史》,长沙:岳麓书社,1999 年版。

[192] ［日］子安宣邦:《东亚论:日本现代思想的批判》,赵京华编译,长春:吉林人民出版社,2004 年版。

[193] Americo Paredes, Richard Bauman. *Towards New Perspectives in Folklore*. Austin: University of Texas Press, 1972.

[194] Barre Toelken. *The Dynamics of Folklore*. Logan: Utah State University Press, 1996.

[195] Bauman, Richard. *Story*, *Performance*, *and Event: Contextual Studies of Oral Narrative*. Cambridge: Cambridge University Press, 1986.

[196] Ben-Amos, Dan. *Folklore Genres*. Austin: University of Texas Press, 1976.

[197] C. K. Ogden and I. A. Richards. *The Meaning of Meaning: A Study of the Influence of Language upon Thought and of the Science of Symbolism*. A Harvest / HBJ Book, 1989.

[198] Cocchiara, Giuseppe. *The History of Folklore in Europe*. Translated from the Italian by John N McDaniel, Institute for the Study of Human Issues, Inc., 1981.

[199] Coffin, Tristram P., Cohen, Hennig. *Folklore in America: Tales*, *Songs*, *Superstitions*, *Proverbs*, *Riddles*, *Games*, *Folk Drama and Folk Festivals*. New York: Doubleday, 1966.

[200] Elliott Oring. *Folk Groups and Folklore Genres: An Introduction*. Logan: Utah State University Press, 1986.

[201] Georges, Robert A., Michael Owens Jones. *Folkloristics: An Introduction*. Bloomington: Indiana University Press, 1995.

[202] Jerome B. Grieder, Hu Shih and the Chinese Renaissance: *Liberalism in the Chinese Revolution*, *1917—1937*. Cambridge, Mass: Harvard University Press, 1970.

期刊、报纸论文等

[1] 安德明:《家乡——中国现代民俗学的一个起点和支点》,《民族艺术》2004 年

第 2 期。

[2] 安德明、杨利慧：《1970 年代末以来的中国民俗学：成就、困境与挑战》，《民俗研究》2012 年第 5 期。

[3] 巴莫曲布嫫：《口头传统与书写传统》，《读书》2003 年第 10 期。

[4] 巴莫曲布嫫：《"民间叙事传统格式化"之批评——以彝族史诗〈勒俄特依〉的"文本迻录"为例》，《民间文化青年论坛·民间文化青年论坛第一届网络学术会议论文集》，2003 年。

[5] 白振奎、蒋凡：《鲁迅、胡适早期文学史观与文学史方法论比较研究》，《学术月刊》2002 年第 3 期。

[6] 曹顺庆、童真：《重谈"重写文学史"》，《西南民族大学学报》2004 年第 1 期。

[7] 常惠：《民间文学史话》，《民间文学》1961 年第 9 期。

[8] 常惠：《我们为什么要研究歌谣》，《歌谣》1922 年。

[9] 陈独秀：《通信》，《新青年》第 3 卷第 3 号，1917 年 5 月 1 日。

[10] 陈独秀：《文学革命论》，《新青年》1917 年第 2 卷第 6 号。

[11] 陈改玲：《胡适与文学史学科——评〈白话文学史〉》，《郑州大学学报》1998 第 3 期。

[12] 陈国恩：《关于民国文学与现代文学》，《郑州大学学报》2011 年第 5 期。

[13] 陈建宪：《论比较神话学的"母题"概念》，《华中师范大学学报》2000 年第 1 期。

[14] 陈美林：《略评胡适对〈儒林外史〉的研究》，《南京师院学报》1981 第 4 期。

[15] 陈勤建：《20 世纪初中国学界民俗自觉意识的发生》，《民间文化》2001 年第 1 期。

[16] 陈勤建：《20 世纪中日民俗学学术倾向及前瞻》，《民俗研究》2001 年第 1 期。

[17] 陈勤建：《中国现代民间文学在民俗学文化学中独立发展》，《广西师范学院学报》2004 年第 2 期。

[18] 陈勤建、周晓霞：《略论民俗与民族精神》，《上海行政学院学报》2004 年第 4 期。

[19] 陈思和：《民间的还原——"文革"后文学史的某种走向的解释》，《当代作家评论》1994 年第 2 期。

[20] 陈思和、王晓明：《主持人的话》，《上海文论》1988 年第 4 期。

[21] 陈引驰：《断裂还是延续：近现代中国文学的变折》，《文汇报》2012 年 10 月 8 日。

[22] 陈泳超：《胡适与歌谣》，《民俗学刊》(第二辑)，2002 年 4 月。

[23] 陈友康：《关于中国民间文学研究的现实困境与未来出路》，《河北学刊》2009 年第 1 期。

[24] 邓必铨：《重评〈文学改良刍议〉》，《江西大学学报》1981 年第 1 期。

[25] 邓晓芒：《中国百年西方哲学研究中的八大文化错位》，《福建论坛》2001 年第 5 期。

[26] 范伯群：《分论易 整合难——现代通俗文学的整合入史研究》，《中山大学学报》2006 年第 4 期。

[27] 高扬：《顾颉刚与现代民俗学思潮》，《广西民族学院学报》2000 年第 1 期。

[28] 高玉：《胡适白话文理论新评——从胡适与"学衡派"的分野入手》，《学术研究》2001 年第 10 期。

[29] 郜元宝：《尚未完成的"现代"——也谈中国现当代文学的分期》，《复旦学报(社会科学版)》2001 年第 3 期。

[30] 顾颉刚：《我和歌谣》，《民间文学》1962 年第 2 期。

[31] 贺学君：《从书面到口头：关于民间文学研究的反思》，《民间文化论坛》2004 年第 4 期。

[32] 洪认清：《顾颉刚的"疑古辨伪"思想与胡适的学术影响》，《安徽史学》2002 年第 1 期。

[33] 胡适研究会编：《胡适研究通讯》，学会内部交流材料，2008 年 2 月—2017 年 3 月。

[34] 胡愈之：《关于大众语文》，《独立评论》1934 年第 109 期。

[35] 胡愈之：《论民间文学》，《妇女杂志》1921 年第 1 期。

[36] 户晓辉：《论欧美现代民间文学话语中的"民"》，《民间文化论坛》2004 年第 3 期。

[37] 黄川：《评〈文学改良刍议〉》，《新疆大学学报》1981 年第 1 期。

[38] 黄子平、陈平原、钱理群：《论"二十世纪中国文学"》，《文学评论》1985 年第 5 期。

[39] 江帆：《困惑与忧虑：民间文艺学归属何处》，《中国艺术报》2011 年 6 月 20 日。

[40] 金荣华：《"情节单元"释义——兼论俄国李福清教授之"母题"说》，《湖北民族学院学报》2001 年第 3 期。

[41]　金性尧:《胡适〈中国章回小说考证〉》,《古代文学理论研究》1981第3期。

[42]　康丽:《传统化与传统化实践——对中国当代民间文学研究的思考》,《民族文学研究》2010年第4期。

[43]　康文:《要唱民族的歌》,《民间文学论坛》1985年第2期。

[44]　旷新年:《"重写文学史"的终结与中国现代文学研究转型》,《南方文坛》2003年第1期。

[45]　旷新年:《胡适文学思想研究》,北京大学博士学位论文,1996年。

[46]　黎敏:《郑振铎对民间文学诸体裁的研究》,《东南大学学报(哲学社会科学版)》2001年第4期。

[47]　李川:《民间文学观照下的本土文化传统——〈中国古代民间故事类型研究〉读后》,《中国社会科学院院报》2008年第7期。

[48]　李小玲:《从"历史演进法"看胡适小说考证中的民俗学学术偏向》,《民间文化论坛》2006年第5期。

[49]　李小玲:《从起点到观点:对中国现代文学界碑的一种思考》,《江西社会科学》2014年第12期。

[50]　李小玲:《对胡适"大胆的假设,小心的求证"的历史考辨》,《史林》2016年第4期。

[51]　李小玲:《对中国现代民间文学的一种新的阐释——以胡适民间文学观中的哲学意蕴为视点》,《江西社会科学》2012年第10期。

[52]　李小玲:《胡适与20世纪初中国现代民间文学研究》,《江西社会科学》2011年第12期。

[53]　李小玲:《论胡适的俗民文学观》,《杭州师范学院学报》2005年第6期。

[54]　李小玲、马悦:《"中国文艺复兴"再思考》,《云南师范大学学报》2012年第5期。

[55]　李小玲:《民间文学的文学史意义》,《上海文化》2014年第10期。

[56]　李小玲:《民俗文化视域下的爱国主义教育》,《求实》2012年第12期。

[57]　李小玲:《想象的民间文学:知识分子作为其生产者》,《上海大学学报》2012年第6期。

[58]　李小玲:《语境视域下的同源性文本研究——以〈赵氏孤儿〉为例》,《民俗研究》2012年第6期。

[59]　李小玲:《中国民间文学中的"箭垛式人物""武圣"关羽研究》,《民族文学研

究》2012 年第 6 期。

[60] 李小玲：《作为学科的中国民间文学——兼及对胡适白话文学的新的阐释》，《文艺理论研究》2012 年第 5 期。

[61] 梁启超：《小说丛话》，《新小说》1903 年第 7 期。

[62] 梁实秋：《歌谣与新诗》，《歌谣周刊》第 2 卷第 9 期，1936 年 5 月 30 日。

[63] 刘半农：《我之文学改良观》，《新青年》1917 年第 3 卷第 3 号。

[64] 刘波：《从元文艺学看钟敬文的民间文学研究》，《广西民族大学学报(哲学社会科学版)》2009 年第 4 期。

[65] 刘复：《通俗小说之积极教训与消极教训》，《北京大学日刊》第一卷第十号。

[66] 刘光汉：《论文杂记》，《国粹学报》1905 年第 1 期。

[67] 刘进才：《新文学建构中民间资源的探询——高有鹏〈中国现代民间文学史论〉的学术史意义》，《文化遗产》2008 年第 2 期。

[68] 刘石：《关于胡适的两部中国文学史著作》，《文学评论》2003 年第 4 期。

[69] 刘锡诚：《胡适民间文学理论与实践》，《西北民族研究》2007 年第 2 期。

[70] 刘锡诚：《民俗百年话题》，《民俗研究》2000 年第 1 期。

[71] 陆树仑、李庆甲：《试评胡适的小说考证》，《中国现代文学研究丛刊》1980 年第 1 期。

[72] 吕微：《论学科范畴与现代性价值观——从〈白话文学史〉到〈中国民间文学史〉》，《文学评论》2001 年第 4 期。

[73] 吕微：《民间文学-民俗学研究中的"性质世界"、"意义世界"与"生活世界"——重新解读〈歌谣〉周刊的"两个目的"》，《民间文学论坛》2006 年第 3 期。

[74] 吕微：《民间：想象中的社会》，《文化研究》2000 年第 6 期。

[75] 吕微：《"内在的"和"外在的"民间文学》，《文学评论》2003 年第 3 期。

[76] 栾梅健：《〈海上花列传〉与中国现代文学的起源》，《文汇报》2006 年 5 月 9 日。

[77] 骆玉明：《古典与现代之间——胡适、周作人对中国新文学源流的回溯及其中的问题》，《中国文化》2000 第 4 期。

[78] 马悦：《白话：作为民间的话语表达》，华东师范大学硕士学位论文，2013 年。

[79] 牛鸿英：《从"形式革命"到"整理国故"——试论胡适对新文学的系统构建》，《陕西师范大学学报》1999 年第 2 期。

[80] 欧阳健：《重评胡适的〈水浒〉考证》，《学术月刊》1980 年第 5 期。

[81] 欧阳哲生:《中国的文艺复兴——胡适以中国文化为题材的英文作品解析》,《近代史研究》2009 年第 4 期。

[82] 钱理群:《我的中国现代文学研究大纲》,《中国现代文学研究丛刊》1997 年第 1 期。

[83] 钱玄同:《尝试集·序》,《新青年》1918 年第 4 卷第 2 号。

[84] 施爱东:《洪长泰的〈到民间去〉》,《民俗研究》2007 年第 3 期。

[85] 施爱东:《民俗学在非物质文化遗产保护运动中的尴尬处境》,《民间文化论坛》2014 年第 2 期。

[86] 孙昌熙、史若平:《试论新文学运动中胡适的历史作用》,《文史哲》1979 年第 3 期。

[87] 孙康宜:《"古典"或"现代":美国汉学家如何看中国文学》,《读书》1996 年第 7 期。

[88] 孙文宪:《作为结构形式的母题分析——语言批评方法论之二》,《华中师范大学学报》2001 年第 6 期。

[89] 谭帆:《"俗文学"辨》,《文学评论》2007 年第 1 期。

[90] 万建中:《论民间文学的口头语言范式》,《民俗研究》2006 年第 1 期。

[91] 万建中:《民间文学本体特征的再认识》,《北京师范大学学报(社会科学版)》2004 年第 6 期。

[92] 万建中:《民间文学的再认识》,《民俗研究》2004 年第 3 期。

[93] 万建中:《民间文艺事业就是人民的事业》,《中国艺术报》2014 年 10 月 17 日。

[94] 王德威:《海外中国现代文学研究的历史》,《文学报》2014 年 5 月 8 日。

[95] 王富仁:《当前中国现代文学研究中的若干问题》,《中国现代文学研究丛刊》1996 年第 2 期。

[96] 王光东:《"民间"的现代价值——中国现代文学与民间文化形态》,《中国社会科学》2003 年第 6 期。

[97] 王光东:《民间的现代之子——重读莫言的〈红高粱家族〉》,《当代作家评论》2000 年第 5 期。

[98] 王泉根:《学科级别:左右学术命运的指挥棒?》,《中华读书报》2007 年 7 月 4 日。

[99] 王姝:《郑振铎"俗文学派"研究——基于当代民间文学视角的考察》,《民族文学研究》2012 年第 1 期。

[100]　王学泰：《关羽崇拜的形成》，《文史知识》2000 年第 9 期。

[101]　王瑶：《关于中国现代文学研究工作的随想——在中国现代文学研究会学术讨论会上的发言》，《中国现代文学研究丛刊》1980 年第 4 期。

[102]　王瑶：《"五四"时期对中国传统文学的价值重估》，《中国社会科学》1989 年第 3 期。

[103]　王瑶：《中国现代文学史的起讫时间问题》，《中国社会科学》1986 年第 5 期。

[104]　温儒敏：《王瑶的〈中国新文学史稿〉与现代文学学科的建立》，《文学评论》2003 年第 1 期。

[105]　《文化部召开文艺界座谈会，他们都说了啥?》，《中经文化产业》2014 年 10 月 25 日。

[106]　吴福辉：《"五四"白话之前的多元准备》，《中国现代文学研究丛刊》2006 年第 1 期。

[107]　夏晓虹：《胡适与梁启超的白话文学因缘》，《安徽师范大学学报(人文社会科学版)》2006 年第 5 期。

[108]　夏英林：《胡适、杜威认识论思想模式比较》，《现代哲学》2004 年第 1 期。

[109]　谢泳：《〈中国新文学史稿〉的版本变迁》，《中国现代文学研究丛刊》2009 年第 6 期。

[110]　徐念慈：《余之小说观》，《小说林》1908 年第 9 期。

[111]　许建中：《"赵氏孤儿"故事在宋代独特的意义》，《文学遗产》2000 年第 6 期。

[112]　薛和：《〈文学改良刍议〉再析》，《南京师院学报》1981 年第 2 期。

[113]　杨启亮：《中国传统道德精神与 21 世纪的学校德育》，《教育研究》1999 年第 12 期。

[114]　易竹贤：《评胡适的小说考证》，《鲁迅研究》1981 年第 3 期。

[115]　张均：《"普及"与"提高"之辩——论五十年代精英文学与通俗文学的势力之争》，《文学评论》2008 年第 5 期。

[116]　张英进：《阅读早期电影理论：集体感官机制与白话现代主义》，《当代电影》2005 年第 1 期。

[117]　赵雷：《经典的解读：现代文学史的两种作品分析模式》，《中华文化论坛》2012 年第 1 期。

[118]　郑敏：《世纪末的回顾：汉语语言变革与新诗创作》，《文学评论》1993 年第 3 期。

[119] 钟敬文：《建立中国民俗学学派论纲》,《广西民族学院学报》2000 年第 1 期。

[120] 钟敬文：《我在民俗学研究上的指导思想及方法论》,《民间文学论坛》1994 年第 1 期。

[121] 周芳芸：《胡适〈文学改良刍议〉之我见》,《四川师院学报》1981 年第 2 期。

[122] 周家麟：《胡适与民间文学》,《新疆大学学报》1981 年第 4 期。

[123] 周棉：《二十世纪世界华文诗坛的弄潮儿——论留学生与二十世纪的中国新诗》,《河北师院学报》1997 第 2 期。

[124] 周正举：《一切新文学的来源都在民间——胡适论民歌》,《四川大学学报》1995 年第 1 期。

[125] 周忠元：《20 世纪中国俗文学学科建设的反思》,《文艺理论研究》2009 年第 3 期。

[126] 朱德发：《试评〈文学改良刍议〉》,《山东师范大学学报（人文社会科学版）》1981 年第 6 期。

[127] 朱文华：《论胡适〈中国章回小说考证〉的方法论》,《江淮论坛》1982 年第 6 期。

[128] ［日］柄谷行人：《现代日本的话语空间》,董之林译,《文艺理论研究》1994 年第 1 期。

[129] ［美］海登·怀特：《"形象描写逝去时代的性质"：文学理论和历史书写》,陈永国译,《外国文学》2001 年第 6 期。

[130] ［美］肯普·巴特尔：《著名美国民间文学·序》,顾兴梁译,《当代外国文学》1998 年第 1 期。

[131] ［美］玛丽·艾伦·布朗：《民间文学与作家文学》,李扬译,《民间文化论坛》2004 年第 4 期。

[132] ［美］米莲姆·布拉图·汉森：《大批量生产的感觉：作为白话现代主义的经典电影》,刘宇清、杨静琳译,《电影艺术》2009 年第 5 期。

[133] ［美］米莲姆·布拉图·汉森：《堕落女性,冉升明星,新的视野：试论作为白话现代主义的上海无声电影》,包卫红译,《当代电影》2004 年第 1 期。

[134] ［美］威尔森：《赫尔德：民俗学与浪漫民族主义》,冯文开译,《民族文学研究》2008 年第 3 期。

后　记

又是一个十年，又是觉得有很多的问题没有厘清，辗转反侧，夜不能寐，当年我的博士论文历时十年，最后整理成书之时似乎也是在这样的纠结挣扎中，在诸多遗憾、些许不甘和拖之不能再拖的无奈之下交稿的。这当然和我的懒散和拖延症有关，但其中可能更多夹杂有对书稿的某种期待，即力求能做得更为扎实一点。

本书是我 2011 年立项的国家社科基金项目《二十世纪初民间文学研究及当代意义——以胡适民间文学理论为例》的结项成果，其间陆陆续续发表了十几篇作为阶段性成果的论文，本书主要就是以这些论文为基点连缀而成的。因此，在篇章结构上可能显得不是那么的完整和系统。不过，就论文写作而言，我主要是以问题为导向，以具有中国特色的"白话""白话文学"等概念为理论架构，在追踪知识分子思想探索路径的同时，试图展开到对二十世纪初中国民间文学学科研究及当代意义的挖掘。换言之，写作的过程其实也就是我对问题不断思考的过程，依此而论，书稿似乎也还是有着它一条内在的主线的。本书稿于 2019 年入选了华东师范大学新世纪学术基金出版项目，感谢评审老师的认可和肯定，也感谢华东师范大学出版社的支持和鼓励。

本书的写作过程可谓漫长，回望过往，感慨良多，亦感恩在心。

首先我要感谢我的博士生导师陈勤建教授。确立胡适先生作为博士论文的选题，就是陈老师的建议。恩师提及钟敬文先生曾多次说起研究民间文学要关注胡适先生，以恩师的睿智，他敏锐地察觉到与胡先生差不多同时代的学人此话背后的深意，并说我是文艺学出身，又修读过现代文学的相关硕士课程，且有外国文学的教学经历，比较适合做这个选题。因材施教，这是陈老师一贯的教学原则,由此也奠定了我以后的学术方向。

本书是我的国家社科基金项目的最终成果,从申请课题到结项到出书,历时十年,其间一直得到陈老师的悉心指点。从申报选题中的"二十世纪初的民间文学"背景到今日成书之时以"白话文学"直接点题,均得益于陈老师的点拨。以"白话"概念去检视和反思中国民间文学学科,是我在学术史梳理过程中一个越来越强烈的想法,也得到了陈老师最充分的肯定和最大的支持。他认为我的想法是有依据的,也是可行的,由此会对中国民间文学学科有一个重新的认识。他提到中国文学传统中的"话本""说话""说书""话文""话"等概念,认为中国人如此强调"话"与"说",和中国人的思维方式与生活方式等有密切的关联。陈老师的鼓励给了我极大的信心和前行的动力,让我能在这条寂静甚至有点荒凉的学术小径上坚定地走下去。

陈老师常常告诫我在学术上要做到三坚持、二要二不要,即坚持文学研究,坚持理论研究,坚持中国本土研究,要能坐冷板凳,要能成一家之言,不要追逐时髦热点,不要盲从西方理论。老师的话我铭记在心,一刻都不曾忘记,但受制于个人学术素养的局限,未能成一家之言,愧对老师的期望。记得柳青曾说过:人生的道路虽然漫长,但要紧处常常只有几步。而我在人生的几个重要关节口都曾得到陈老师不遗余力的相助。人生得遇恩师,何其幸哉!

我要感谢吕微老师和户晓辉老师,和两位老师的相识结缘始于文字,见面后颇有点一见如故的感觉。两位老师是学界公认的民间文学理论大家,是"实践民俗学"的前行者和探索者,在学界产生了广泛而深远的影响。我很喜欢两位老师的文字,有温度、有力量,而且文如其人,在他们身上有着民间文学学科应该赋予其从业者的独特魅力,切合我心目中真正的学者应有的形象和姿态,这使我一下子就在心理上拉近了和两位老师的距离。我还清晰地记得吕老师对好的学者的评价——资料搜集的细致、资料共享的胸襟、专心致志的态度、相互批评的坦诚,并感怀胡适、陈独秀、钱玄同诸人总把功劳让与自己的朋友,而"这些'吾友'成就了五四的伟大"。我时时会想起与两位老师通信频繁的那段日子,虽然常常跟不上节奏,但内心的纯粹和宁静却是实实在在的。感谢两位老师多年以来一次次的大力提携和鼎力相助,并为我的拙著作序,实在是荣幸之至。

与此同时,还要感谢复旦大学郑元者教授对我的启发和指导,感谢郑土有师兄和黄景春师兄对我的书稿提出的宝贵意见。感谢华东师范大学出版社孔繁荣老师的大力帮助,使书稿得以顺利出版,感谢编辑李玮慧老师的认真和贴心,让我倍感踏实和温暖。

本书的完成还得到了研究生的支持和帮助,课题组成员马悦也是我的硕士研究生,她的硕士论文《"白话"作为民间的话语表达》散见于书稿绪论的第二部分、第一章的部分段落和第五章的第三节等。为了与书稿的整体框架和总体思路相吻合,我对她的硕士论文作了相应的调整、删改和补充等。第三章第四节的内容由当时在读的硕士生张文灿和博士生梁珊珊共同完成,张文灿还为整个书稿的注释和编排做了大量的工作,付出了极为艰辛的劳动。在此一并表示感谢。

当我写此后记的时候,阳台上种植的幸福树争先恐后地开出了一簇簇的花朵,据说幸福树开花寓意着幸福吉祥。

感恩生命中一切美好的遇见。